HEYNE
BÜCHER

W0335436

Das Buch

Der Kriegsfotograf Mitch Coltrane hat im ehemaligen Jugoslawien die Greueltaten der Kriegsverbrecher und ihre erschreckenden Opfer auf Zelluloid gebannt. Mit knapper Not entkommt er, schwer verletzt, seinen Verfolgern und reist sofort zurück in seine Heimatstadt Los Angeles. Dort pflegt ihn seine Exfreundin Jennifer gesund. Dann nimmt Mitch einen Auftrag des berühmten Fotografen Randolph Packard an: Er soll Wohnhäuser in der Umgebung von Los Angeles, die Packard in den 30er Jahren aufgenommen hat, in ihrem heutigen Zustand fotografieren. Kurz darauf stirbt Packard, Mitch führt das Projekt alleine fort. In dem Haus des verstorbenen Packard findet er in einer Geheimkammer Hunderte von Bildern einer rätselhaften und wunderschönen Frau aus den 30er Jahren. Mitch ist besessen von dem Gedanken, die Identität dieser Frau zu lüften. Als er dann wirklich eine Frau findet, die derjenigen auf den Fotos unglaublich ähnlich sieht, beginnt ein tödliches Verwirrspiel. Doch Gefahr droht auch von anderer Seite. Einer der Kriegsverbrecher, der Serbe Dragan Ilkovic, hat Mitch in den USA aufgespürt. Ilkovic, dessen Verbrechen durch die Fotos des Kriegsreporters öffentlich bekannt wurden, will sich an ihm rächen. Er startet eine erbarmungslose Hetzjagd, trachtet jedem Menschen im Umfeld des Fotografen nach dem Leben.

Der Autor

David Morrell, 1943 in Kanada geboren, studierte an der University of Pennsylvania amerikanische Literatur und lehrte ab 1970 an der University of Iowa. Als Autor der Romanvorlagen für die Rambo-Filme ist David Morrell weltbekannt geworden. Heute gehört er zu den populärsten und erfolgreichsten Thrillerautoren der USA. David Morrell lebt in Santa Fe, New Mexico. Im Wilhelm Heyne Verlag erschienen: *Der Nachruf* (01/10614), *Der Blick des Adlers* (01/13058).

DAVID MORRELL

DAS EBENBILD

Roman

Aus dem Amerikanischen
von Helmut Gerstberger

WILHELM HEYNE VERLAG
MÜNCHEN

HEYNE ALLGEMEINE REIHE
Nr. 01/13255

Titel der Originalausgabe
DOUBLE IMAGE

Umwelthinweis:
Das Buch wurde auf
chlor- und säurefreiem Papier gedruckt.

2. Auflage

Redaktion: Verlagsbüro Oliver Neumann, München
Deutsche Erstausgabe 3/2001
Copyright © 1998 by David Morrell
Copyright © der deutschsprachigen Ausgabe 2001 by
Wilhelm Heyne Verlag GmbH & Co. KG, München
Printed in Germany 2001
Umschlagillustration: ZEFA Visual Media/GS
Umschlaggestaltung: Nele Schütz Design, München
Satz: Pinkuin Satz- und Datentechnik, Berlin
Druck und Bindung: Ebner Ulm

ISBN 3-453-17801-7

http://www.heyne.de

Gewidmet Stirling Silliphant (1918–1996)
für *Route 66, Naked City* und all die
anderen wundervollen Dinge, die du geschrieben hast.
Sie haben in mir den Wunsch geweckt, Schriftsteller zu
werden.
Lieber Freund, du hast erreicht, wonach alle wahren
Schriftsteller streben:
Du hast jemandes Leben verändert.

Der Ausdruck ›ein Foto *schießen*‹ ist nicht zufällig entstanden; er entlarvt eine Attitüde der Unterwerfung und Inbesitznahme. Nur wenn der Fotograf über Wahrnehmungsgabe verfügt und kreative Eingebung entwickelt, umschreibt der Ausdruck ›ein Foto *machen*‹ auch das Verstehen und das Einfühlungsvermögen in die Spannung zwischen äußeren und inneren Ereignissen. Stieglitz sagte einmal zu mir: »Wenn ich ein Foto mache, mache ich Liebe!«

Ansel Adams

EINS

1

Die Mulde roch nach Lehm, Moder und Urin. Sie war etwa einen Meter breit, zwei Meter lang und einen Meter tief – die Maße eines flachen Grabes. Coltrane lag seit sechsunddreißig Stunden in der Mulde, unter sich eine gummierte Plane und über sich ein erdfarbenes Nylontuch gespannt, das er mit dürren Ästen festgesteckt und zwecks zusätzlicher Tarnung mit herabgefallenen, trockenen Kiefernnadeln bestreut hatte. Etwa zweihundert Meter unterhalb des bewaldeten Abhangs, an dem sein Versteck lag, tauchte ein Konvoi von Fahrzeugen auf. Sechs schwere Lastwägen mit offenen Ladeflächen holperten die schmale Straße herauf, die auf einer Lichtung in dem einsamen Tal endete. Hinter ihnen folgten mit klirrendem, in dem engen Tal hallendem Rumpeln eine Planierraupe und ein Bagger. Ein paar spärliche Schneeflocken schwebten taumelnd auf den hart gefrorenen Boden herab, als der Konvoi neben einem rechteckigen, etwa fünfzig Meter breiten und hundert Meter langen Areal Halt machte, wo vor nicht sehr langer Zeit die Erde aufgewühlt worden war.

Besorgt sah Coltrane zu den zunehmend dunkler werdenden Wolken empor, die sich in das Tal senkten, und sandte ein Stoßgebet hinterher, dass sich das Wetter jetzt, nachdem er so lange gewartet hatte, nicht gegen ihn wendete. Er griff nach einer der vier Kameras, die er vor sich aufgereiht hatte, fokussierte das Zoomobjektiv und begann Fotos zu schießen. Männer in abgetragenen Winterklamotten und automatischen Gewehren in den Händen sprangen von den Lastwägen und ließen ihre Blicke forschend über die Hänge des Tals schweifen. Trotz der Vorsicht, mit der Coltrane sein Versteck präpariert hatte, spannte er unwillkürlich die Muskeln an, als die Männer in seine Richtung sahen. Voller Sorge, entdeckt worden zu sein, zog er den Kopf ein und schmiegte sich noch flacher an den Boden der Mulde. Als die Männer ihre Aufmerksamkeit dem gegenüberliegenden Berghang zuwandten, ließ Coltrane erleichtert die Luft aus seinen Lungen weichen und machte noch ein paar Aufnahmen. Ein o-beiniger Mann mit massigem Brustkorb, fleischigem, vierschrötigem Gesicht, einem dichten Schnurrbart und dunklem Haar winkte die Planierraupe und den Bagger zu dem aufgewühlten Areal.

Jetzt hab' ich dich, du Bastard! Coltrane konnte sein Glück kaum fassen und drückte erneut auf den Auslöser. Vor ein paar Tagen in Tuzla hatte sein Kontaktmann beim UN-Inspektionsteam eine Karte ausgebreitet und auf ein Dutzend Gebiete gedeutet, deren Erkundung geplant war. Natürlich würden sie sich diesen Regionen erst dann zuwenden können, wenn sie mit dem Dutzend anderer Gebiete fertig waren, in denen gegenwärtig Nachforschungen betrieben wurden. Der Zeitplan hing vom Wetter ab, das sich vermutlich bald verschlechtern würde, da der November schon fast zur Hälfte vorbei war. Bis die UNO-Ermittler sämtliche verdächtigen Gebiete erreicht und inspiziert hatten, hatten die Männer, die sie auf die Anklagebank bringen wollten, längst alle Beweise vernichtet.

Coltrane hatte die abgelegenste Region gewählt und war losmarschiert, bepackt mit zwei Rucksäcken und mit Hilfe seines Kompasses und einer Geländekarte, die ihn davor bewahrt hatten, sich zu verirren. Er überquerte einige Flüsse und Bergketten, bis er zu diesem Berghang gelangte. Zwischen Büschen versteckt, wartete er zwei Stunden lang und suchte die zerklüftete Landschaft nach irgendwelchen Anzeichen darauf ab, dass er bemerkt worden war. Erst bei Einbruch der Dunkelheit baute er diesen primitiven Unterschlupf und kroch hinein, erschöpft und hundemüde, doch wohlwissend, dass er, ehe er an Schlaf denken durfte, zuerst etwas essen musste: die mit Käse belegten Brote und die Trockenwurst, die er mitgebracht hatte. Aber bevor er aß, musste er noch etwas erledigen, das absolute Priorität besaß: seine Kameras überprüfen.

Während des nächsten Tages und der folgenden Nacht war Coltrane in seinem kalten Versteck geblieben und hatte sich nur bewegt, wenn er ein paar Bissen Wurst aß, mit einem Strohhalm aus der Feldflasche trank oder sich zur Seite drehte, um in eine Plastikflasche zu urinieren. Die ganze Zeit über nagte die Befürchtung an ihm, dass er hier seine Zeit verschwendete, dass er den falschen Ort gewählt hatte oder dass weder hier noch sonst irgendwo etwas geschehen würde und er ebenso gut wieder von hier verschwinden konnte. Die schmuddelige Bar, in der seine Fotografen-Kollegen in Tuzla herumhingen, erschien ihm immer reizvoller. Doch er hasste es, wenn die Ungeduld sein Handeln bestimmte. Aufzugeben widersprach seinem Naturell.

Und nun war er heilfroh, dass er es nicht getan hatte. Er bekam nicht nur erstklassige Bilder von den Vorgängen, die sich, wie das UN-Inspektionsteam vermutete, an vielen verschiedenen Orten zutrugen, er dokumentierte auch die Teilnahme jenes Mannes, den es unbedingt überführen wollte.

Dragan Ilkovic. Ein passender Name für ein Ungeheuer.

Der Hundesohn lehnte sein Gewehr gegen den Kühler eines Lastwagens, stemmte die Fäuste in seine breiten, kraftvoll wirkenden Hüften und betrachtete mit offenkundiger Befriedigung, wie der Bulldozer begann, Erde beiseite zu schieben. Der Bagger holperte hinter ihm in Position. Mit hämmerndem Herzen machte Coltrane in schneller Folge einige Aufnahmen. Er war froh, dass er vier Kameras mitgebracht hatte, jede mit einem anderen Objektiv und einem Film unterschiedlicher Lichtempfindlichkeit bestückt, zwei davon schwarzweiß, die anderen beiden farbig, um mit dem Wechseln der Filme keine Zeit zu verlieren.

Unten im Tal stieß einer der bewaffneten Männer einen lauten Schrei aus und deutete aufgeregt auf etwas, das der Bulldozer freigelegt hatte. Der Mann mit dem vierschrötigen Gesicht rannte zu ihm hinüber und rief dem Baggerfahrer Kommandos zu. Einen frustrierenden Moment lang verbargen die zusammen laufenden Männer das, was sie in Aufregung versetzt hatte. Doch die Traube löste sich rasch wieder auf, da einige der Männer zu einem Lastwagen liefen, von dessen Ladefläche sie ein großes, schweres Gerät abluden. Coltrane zuckte entsetzt zusammen, als das kleine Bild in seinem Sucher, vergrößert durch das Zoomobjektiv, klar und deutlich vor seinem Auge erschien.

Er starrte auf Leichen, auf ein heilloses, die Seele versengendes Gewirr zahlreicher Leichen. Die Toten waren so hastig in das Massengrab geworfen worden und ihre Glieder derart ineinander verheddert, dass es unmöglich war zu sagen, welches Bein zu welchem Torso, welcher Arm zu welcher Schulter, zu welchem Hals, zu welchem Kopf gehörte. Das Wirrwarr der leblosen Körper wurde noch unentwirrbarer, als der Bulldozer Brustkörbe und Wirbelsäulen zerquetschte. Die Kleidungsstücke hatten sich bereits zersetzt, Fleisch war verwest, wodurch eine faulende, schwarze Masse entstanden war, aus der graue Knochen ragten und Münder ohne Lippen, die in stummer, ewiger Qual offen klafften.

Während des Krieges war diese Region ein angeblich von der UNO kontrollierter, sicherer Zufluchtsort für Moslems gewesen. Aus Hunderten Kilometern Entfernung waren schätzungsweise fünfzehntausend Moslems hierher geflüchtet, um Schutz zu finden. Doch sie waren ein viel zu verlockendes Angriffsziel für die Serben gewesen, die die Enklave prompt eingekesselt und bombardiert hatten, wodurch die UN-Truppen gezwungen waren, zu kapitulieren und sich zurückzuziehen. Überraschenderweise ließen die Serben die Kinder der Moslems gehen. Doch sie vergewaltigten die Frauen, um die Fortpflanzung der Moslems zu verhindern – indem sie moslemische Frauen zwangen, Kinder von Serben auszutragen und in die Welt zu setzen. Und was die Männer anbelangte … Coltrane stieg bittere Galle hoch, während er, abwechselnd seine vier Kameras benutzend, ein Foto nach dem anderen schoss von dem, was übrig geblieben war, nachdem die Serben die muslimischen Männer auf Lastwagen geladen und in abgelegene Täler wie dieses transportiert hatten, wo sie mit Bulldozern und Baggern Gruben aushoben, die Moslems zum Rand der Gruben trieben und erschossen.

In einigen Gruben wie der, die Coltrane fotografierte, lagen bis zu vierhundert Tote, hatte man ihm erzählt. Es war eine Menge Hass und Entschlossenheit bis zum Äußersten nötig, um so etwas fertig zu bringen, doch die Serben hatten sich dieser Herausforderung gewachsen erwiesen. Nachdem sie schließlich dem letzten Moslem eine Kugel in den Hinterkopf gejagt hatten, schoben sie mit Bulldozern Erde über die Toten, und damit hatte es sich – Problem gelöst, alles sauber und ordentlich erledigt. Erst als der Krieg zu Ende war und Bosnien in serbische, kroatische und moslemische Gebiete geteilt wurde, begann die UNO, von Gräueltaten und Verbrechen gegen die Menschlichkeit zu sprechen. In den Niederlanden wurde ein Tribunal zur Verfolgung von Kriegsverbrechen einberufen, und plötzlich waren eine Menge serbischer Kommandeure wie Dragan Ilkovic dort unten gesuchte Verbrecher. Sie mussten die Spuren beseitigen, die sie hinterlassen hatten.

Das Dröhnen einer schweren Maschine lenkte Coltranes Aufmerksamkeit auf das Gerät, das die Männer von einem der Lastwagen abgeladen hatten. Es besaß einen riesigen Trichter auf der einen Seite und ein Auswurfrohr auf der anderen und sah aus wie eine dieser Häckselmaschinen, die Räumkommandos der Straßenreinigung benutzen, um herabgefallene Äste zu zerkleinern. Bei dieser Maschine handelte es sich allerdings um einen Backenbrecher, einen Steinzerkleinerer, den Dragan Ilkovic aus einem der umliegenden Bergwerke herangeschafft hatte. Der Bagger schaufelte die Gebeine in den Trichter, und das Auswurfrohr spie auf der anderen Seite zerkleinerte Knochensplitter auf die Ladefläche eines Lasters. Diese wurden später in einen Bergwerksschacht gekippt, wie einer von Coltranes Informanten vermutet hatte. Das Problem war, dass niemand beweisen konnte, dass eine solche Beseitigung der Spuren tatsächlich stattfand.

Bis jetzt, dachte Coltrane grimmig. Mit einem raschen Blick zum Himmel registrierte er, dass die Wolken zunehmend dunkler und schwerer wurden. Die spärlich fallenden Schneeflocken hatten sich zu einem Schneegestöber verdichtet. Er musste sich beeilen. Er machte noch eine Nahaufnahme von Dragan Ilkovic, griff dann nach einer Kamera mit Weitwinkelobjektiv für eine letzte Aufnahme – und fühlte im selben Augenblick, wie sein Herz aussetzte, als die Tarnplane, die er über sich gespannt hatte, fortgerissen wurde.

2

Hände packten seine Arme und Schultern. Gutturale Stimmen bellten. Coltrane gelang es gerade noch, die Tragriemen seiner Kameras zu fassen, bevor er aus der Mulde gezerrt wurde. Die Hände rissen ihn herum, und er stand zwei muskulösen Männer in Winterjacken gegenüber, deren Gesichter verzerrt und wutentbrannt waren. Das Klicken seiner Kameras musste ihre Aufmerksamkeit geweckt haben, als sie nach unerwünschten Augenzeugen Ausschau hielten. Umgekehrt hatte dieses Klicken, das unter der niedrigen Plane in seinem Versteck überlaut gewesen war, ihre sich nähernden Schritte überlagert.

»Okay, Jungs – beruhigt euch.« Coltrane hatte wenig Hoffnung, dass sie ihn verstanden. Doch selbst wenn sein Tonfall seine defensiven Absichten zu erkennen gab, die beiden Männer zeigten nicht die geringste Neigung, sich zu beruhigen. Stattdessen stießen sie ihn nach hinten.

Coltrane machte eine beruhigende Geste, die jedoch wirkungslos blieb. »Ich hab' hier nur gezeltet. Nichts gegen euch oder sonst jemanden. Was haltet ihr davon, wenn ich mein Zeug zusammenpacke und verschwinde?«

Die Männer nahmen die Sturmgewehre von ihren Schultern.

Schon einige Male – in Nicaragua, am Beginn seiner Karriere als Fotograf, und später im Libanon und im Iran – hatten Männer wegen der Fotos, die Coltrane gemacht hatte, Waffen auf ihn gerichtet. Immer galt ihre Aufmerksamkeit den Kameras. Doch *diese* beiden Männer hatten seine Kameras kaum mit einem Blick gestreift. Als sie ihre Waffen hoben, schien das einzige, wofür sie Interesse zeigten, seine Brust zu sein.

O Gott! Coltrane reagierte, ohne zu denken. Er gab vor zu stolpern, während er rückwärts taumelte, drehte sich, wie um das Gleichgewicht wiederzuerlangen, und drehte sich weiter, einmal um die eigene Achse wirbelnd, wobei er die schwerste seiner Kameras am Tragriemen in weitem Bogen herumschwang. Das wuchtige Zoomobjektiv krachte gegen das Kinn des Mannes rechts von Coltrane. Knochen brachen knirschend. Mit einem Ächzen taumelte der Mann nach links gegen den zweiten Mann, dessen Waffe verrutschte und einen ratternden Feuerstoß ausspie, der Splitter aus einem Baumstamm fetzte.

Coltrane stürmte auf die Männer zu, während sie, vergeblich nach Halt rudernd, in die Mulde stürzten. Erneut schwang er die Kamera und ließ sie auf die Stirn des zweiten Mannes krachen. Blut spritzte auf, und der Mann sackte zusammen.

Aufgeregte Stimmen hallten aus dem Tal herauf. Coltranes Blick flog in diese Richtung. Die winzigen Gestalten dort unten hatten die Schüsse gehört. Sie sahen herauf, einige gestikulierend und deutend, andere schrien etwas. Der Mann mit dem massigen Brustkorb packte sein Gewehr und lief auf den Hang zu.

Coltrane rannte zum Kamm des Berghangs hinauf und tauchte in das dichte Fichtengehölz auf der anderen Seite. Schatten umfingen ihn. Die Kameras schlugen gegen seine Hüfte. Die, die er als Waffe benutzt hatte, war blutverschmiert, das Objektiv zerbrochen. Hoffentlich war das Kameragehäuse nicht geborsten, hoffentlich hatte der Film kein Licht abbekommen. Trotz des halsbrecherischen Tempos, mit dem er den Hang hinabstürmte, drückte er den Rückspulknopf an der Unterseite des Kameragehäuses und hörte erleichtert das Surren, das ihm sagte, dass der Motor nicht beschädigt war. Im selben Augenblick rutschte er auf einem Bett trockener Fichtennadeln aus und verlor den Boden unter den Füßen. Er landete mit solcher Wucht auf dem Rücken, dass seine Zähne aufeinander schlugen. Verzweifelt stemmte er die Absätze in das gefrorene Erdreich, um seinen schlitternden Sturz den steilen Hang hinab zu bremsen, doch die Nadeln boten keinen Halt. Er überschlug sich und krachte gegen einen Baum, der seinen Fall stoppte. Mit schmerzverzerrtem Gesicht betastete er seine rechte Seite, wo offenbar die Kamera zwischen Baumstamm und seine Rippen geraten war.

Ich muss den Film rausnehmen, damit er nicht beschädigt wird … Mit zitternden Händen löste er den Verschluss an der Seite der Kamera, klappte die Rückwand auf und nahm den zurückgespulten Film heraus. Seine Erleichterung währte jedoch nur einen kurzen Augenblick, denn auf dem Kamm des Hangs über ihm erklangen Stimmen. Angst packte ihn. Nach Atem ringend, rappelte er sich auf, schob den Film in eine Tasche, ließ die lädierte Kamera fallen und stürmte mit großen Schritten das verbleibende Stück des Hangs hinab.

Die mächtigen Fichten standen hier so dicht, dass selbst an einem sonnigen Tag kein Lichtstrahl den Boden erreichte, doch heute schien die Sonne nicht. Die tiefhängenden, dunklen Wolken hüllten den Nachmittag in diffuses Dämmerlicht. Die Luft wurde kälter. Es begann wieder zu schneien, zunächst nur spärlich, dann in dichten, großen Flocken, die sich wie eine weiche weiße Decke auf den Wald legten und mit einem silbernen Wispern durch die Äste der Fichten sickerten.

Die Rufe hinter ihm wurden lauter und wütender. Ein ratternder Feuerstoß fetzte Splitter aus Baumstämmen.

Coltrane erreichte einen halb zugefrorenen Fluss, und beinahe hätte er versucht, mit einem Satz drüber zu springen, doch gerade noch rechtzeitig begriff er, dass der Fluss zu breit war. Er wandte sich nach links. Ganz sicher konnte er nicht einfach hineinspringen und zum anderen Ufer waten. Das Wasser war so kalt, dass er sich Erfrierungen oder eine gefährliche Unterkühlung holen würde. Er musste versuchen, einen umgestürzten Baum zu finden, der über den Fluss gefallen war. Doch der Fluss wurde immer breiter, je weiter er am Ufer entlang lief, und umgestürzte Baumstämme, die den Fluss überbrückten, gab es nicht. Coltrane hatte die Farbe seiner Kleidung – braune Wollhose, grüner Skianorak und eine Strickmütze derselben Farbe, die er über seine Ohren gezogen hatte – gewählt, um mit den Grün- und Brauntönen des Nadelwalds möglichst zu verschmelzen. Er versuchte sich einzureden, dass zumindest dies ein Vorteil für ihn war. Der Gedanke vermochte ihm allerdings nur wenig Zuversicht einzuflößen, die sogleich wieder zerstob, als ein weiterer Feuerstoß das Holz der Bäume zerfetzte. Obwohl er die Sprache nicht verstand, ließ der Tonfall der Stimmen keinerlei Zweifel aufkommen, dass die Männer Flüche brüllten.

Als ihn eine glatte, hart gefrorene Schneewechte zwang, seine Schritte zu verlangsamen, fiel sein Blick auf eine knorrige Kiefer dicht am Ufer, und er entdeckte einen abgestorbenen Ast, der in gut drei Meter Höhe über das Wasser hinweg ragte. Er sprang hoch. Er hatte Mühe, mit den Lederhandschuhen festen Halt zu finden. Der Schnee machte den Ast glitschig. Coltrane biss die Zähne zusammen, schloss die Finger zu einem festeren Griff und fühlte, am Ast schwingend, das Gewicht der restlichen drei Kameras, die an seiner rechten Schulter baumelten. Handbreit um Handbreit hangelte er sich über den Fluss.

Hinter ihm, näher jetzt, knackten Äste. Das dumpfe Poltern von schweren Schritten auf dem Waldboden. Am anderen Ufer des Flusses ließ er sich zu Boden fallen, federte hoch und lief tiefer in den Wald hinein. Entschlossen, die Filme aus den Kameras zu nehmen, drückte er der Reihe nach die Rückspulknöpfe. Abrupt riss ihn etwas an der Schulter zurück. Der Ruck war so stark, dass er im ersten Augenblick glaubte, von einer Kugel getroffen worden zu sein. Doch statt zu Boden zu stürzen, hing er, die Füße nach wie vor auf der Erde, schräg über dem inzwischen fast ganz vom Schnee bedeckten Waldboden. Er begriff, dass sich einer der Kamerariemen an einem dicken Aststummel verfangen hatte. Der Ast hatte die Schulter seines Anoraks aufgerissen und seine Haut aufgeschrammt. Unter Schmerzen befreite er den Arm von dem Riemen. Er hörte, wie das Surren des Kameramotors wimmernd abbrach, ließ die Rückwand aufspringen und schob die Filmrolle in seine Tasche. Der Riemen hatte sich heillos verfangen; er ließ die Kamera hängen und rannte weiter.

Nicht stehen bleiben, dachte er. Einfach weiterlaufen. Es schneit immer stärker. Der Schnee wird meine Spuren auslöschen. Das geräuschvolle Aufspritzen von Wasser hinter ihm sagte ihm, dass einige seiner Verfolger in den Fluss gesprungen waren, denen es zu lange dauerte, bis sich einer nach dem anderen an dem Ast zum anderen Ufer hinüber gehangelt hatte. Keine Sekunde später hallten spitze Schreie und Schmerzgeheul durch den Wald; das eisige Wasser war offenbar ein Schock für die erhitzten Körper. Wenigstens einige von ihnen werden jetzt langsamer, versuchte Coltrane sich Mut zu machen.

Doch auch er wurde langsamer. Der Waldboden stieg nun steil an. Keuchend quälte er sich den Hang hinauf. Der Schmerz auf seiner rechten Brustseite wurde stärker. Er trug noch immer zwei Kameras bei sich und fürchtete, dass den Filmen darin etwas passieren könnte. Im Laufen griff er nach einer, ließ die Rückwand aufschnappen und fischte den zurückgespulten Film heraus, der ihm jedoch, von einem entsetzten Aufstöhnen begleitet, aus den Fingern rutschte und in eine Schneewehe fiel. Er lief ein paar Schritte zurück, bückte sich und tastete mit den Fingern durch den Schnee, fand den Film und schob ihn in die Jackentasche zu den anderen.

Die Kamera, aus der er soeben den Film genommen hatte, zersplitterte, und Coltrane wurde von der Wucht einer Kugel in den Schnee geschleudert. Er fühlte eine sengende Hitze, dann Eiseskälte in seiner ganzen linken Seite. Eine Welle der Übelkeit schwappte durch seine Eingeweide, als er begriff, dass eine Kugel, die für seinen Rücken gedacht war, die baumelnde Kamera getroffen hatte, von ihr abgelenkt worden und über seine linke Seite geschrammt war. Er wälzte sich hinter den Stamm einer Fichte, als das ferne Bellen eines Schusses durch den Wald hallte. Er musste herausfinden, wo der Schütze war, um seine Schusslinie zu vermeiden. Mit einem Stöhnen rappelte er sich auf und riskierte einen Blick zwischen den Baumstämmen hindurch in die Richtung, aus der er gekommen war. Schneeflocken fielen auf seine Wimpern, und er musste einige Male blinzeln. Der Wind legte sich plötzlich, als hielte er den Atem an. Einen Moment lang hörte das Schneetreiben auf. Coltrane lief ein kalter Schauer über den Rücken, als er den krummbeinigen Mann mit den massigen Schultern auf einem Hügelkamm gegenüber entdeckte. Dragan Ilkovic' fleischiges Gesicht war gegen den Schaft seines Gewehrs geschmiegt, das Auge am Visier.

Ilkovic feuerte erneut; die Kugel pfiff an Coltrane vorbei und ließ hinter ihm Erde und Schnee aufspritzen. Wütend stellte Ilkovic sein Schnellfeuergewehr von Einzelschuss auf Automatik und jagte einen langen, ratternden Feuerstoß herüber, der, weil das Schneetreiben wieder dichter wurde, irgendwo weiter unten in den Wald schlug ohne Schaden anzurichten. Ilkovic verschwand im Schneesturm, und Coltrane fühlte, wie die eisige Kälte bis ins Mark seiner Knochen drang. Die Hand gegen seine blutende Seite gepresst, stolperte und wankte er weiter, den Hang hinauf, die lauter werdenden Stimmen seiner Verfolger hinter sich.

3

Der Wind war zu einem Sturm angeschwollen, als Coltrane den Bergrücken erreichte. Wären nicht seine Verletzungen gewesen, dann wäre er vermutlich über den Kamm gerannt, was seinen Tod bedeutet hätte, denn die andere Seite des Berghangs fiel jäh in einer steilen Felswand ab, deren Fuß in dem dichten Schneetreiben nicht auszumachen war. Wohin? Rechts oder links? Soweit er in dem Schneegestöber erkennen konnte, erstreckte sich die Felswand in beide Richtungen. Doch für welche Richtung er sich auch entschied, wenn er dem Grat folgte, war das Ende vorhersehbar: Seine Verfolger würden sich in zwei Gruppen teilen und ihm auf den Fersen bleiben.

Den Weg, den ich gekommen bin, kann ich nicht zurück, dachte er. Er entdeckte einen Vorsprung in der Felswand etwa drei Meter unterhalb des Grats, ließ sich auf den Bauch nieder und schob sich, seine Schmerzen ignorierend, über die schartige Felskante, an der er sich abwärts gleiten ließ, bis seine Arme ganz ausgestreckt waren. Er ließ los. Als er auf dem Felsvorsprung landete, fiel er nach vorn auf die Knie und dann flach auf den Bauch. Blind vor Schmerz klammerte er sich an den Fels. Er fürchtete, ohnmächtig zu werden.

Doch er durfte sich jetzt keine Schwäche erlauben. Er musste die Felswand noch tiefer hinab – so weit, dass ihn seine Verfolger in dem Schneetreiben nicht mehr ausmachen konnten. Mit hämmerndem Puls spähte er nach unten und entdeckte einen weiteren Felssims, doch dieser war viel tiefer als der Erste. Selbst wenn er sich mit ausgestreckten Armen von dem Felsvorsprung, auf dem er lag, baumeln ließ, würde er noch einige Meter tief fallen und durch die Wucht des Aufpralls mit an Sicherheit grenzender Wahrscheinlichkeit das Gleichgewicht verlieren und in den Abgrund stürzen. Während die wütenden Stimmen über ihm immer näher kamen, stellte er sich vor, was geschehen würde, wenn seine Verfolger den Grat erreichten. Sie würden über den jähen Felsabfall auf der anderen Seite nach unten schauen, und auf ihren verdrossenen Gesichter würde ein breites Grinsen erscheinen, wenn sie ihn drei Meter unter sich hilflos auf dem Felsvorsprung kauern sähen. Und ihr Grinsen würde noch breiter werden, wenn sie das Feuer eröffneten. Ihm blieb gar nichts anderes übrig …

Schneeflocken umtanzten einen Gegenstand, der schwer an Coltranes verletzter Schulter hing: seine letzte Kamera. Mit gerunzelter Stirn betrachtete er den Nylonriemen. Wenn er nicht in den nächsten dreißig Sekunden von diesem Felsvorsprung verschwand, würde er nirgendwo mehr hin gehen. Mit fliegenden Fingern lockerte er den Verschluss und zog den Riemen auf seine maximale Länge von etwas mehr als einem Meter auseinander. Er konnte nur hoffen, dass er sein Gewicht halten würde. Sein Atem ging so schnell, dass er fürchtete ohnmächtig zu werden, als er den Riemen über eine Felsnase schlang und sich dann über den Sims schob und abwärts gleiten ließ, wobei er sich einzureden versuchte, dass er an einem Seil hing. Der Riemen würde nicht bis zu dem Felssims hinabreichen, aber er würde ihn zumindest näher heran bringen. Schnee wirbelte ihm ins Gesicht. Am ganzen Leib zitternd, glitt er tiefer, doch der Felssims war noch zu weit entfernt, um sich fallen zu lassen, fast eine ganze Körperlänge. Ein kalter Schauer lief ihm über den Rücken, als er begriff, dass er sich noch keine Handbreit tiefer gehangelt hatte. Der *Riemen* hatte das für ihn getan – er hatte sich gedehnt. Jetzt ächzte er bedenklich. Alle seine Instinkte drängten Coltrane, sich zu beeilen, doch er wagte es nicht. Jede ruckartige Bewegung konnte den Riemen reißen lassen. Er glitt wieder ein Stück tiefer.

Und da riss der Riemen. Coltrane schlitterte an der Felswand abwärts und spürte, wie der Wind ihn von der Wand wegdrückte. Er fiel, krallte Halt suchend mit den Händen nach dem Fels und landete halb auf, halb neben dem Felsvorsprung. Der Wind zerrte heftiger an ihm. Seine Handschuhe fanden keinen Halt und glitten ab. Langsam rutschte er über die glatte Kante des Felssimses, die Muskeln in

Panik gespannt. Der Inhalt seines Magens strebte unaufhaltsam seiner Kehle zu, während er fiel und auf den Aufprall auf den Felsen tief unten wartete. Doch der Aufprall kam viel früher als er erwartet hatte; seine Beine gaben unter ihm nach, und er stürzte benommen zu Boden. Es dauerte eine ganze Weile, bis er begriff, dass er auf einem weiteren Felsvorsprung gelandet war. Möglicherweise hatte er das Bewusstsein verloren. Er wusste es nicht zu sagen. Eines wurde ihm jedoch klar, als er, auf dem Rücken liegend und gegen die Schneeflocken blinzelnd, die ihm ins Gesicht fielen, nach oben sah: Er konnte den Grat der Felswand nicht sehen, was bedeutete, dass er ebenfalls nicht zu sehen war.

Doch er durfte hier nicht liegen bleiben. Das Schneetreiben konnte jeden Augenblick nachlassen und die Sicht auf ihn freigeben. Er musste weiter. Mit einem Stöhnen setzte er sich auf, und ihm wurde erneut übel. Als er vorsichtig über den Rand des Felsvorsprungs spähte, klärte sich sein Blickfeld ein wenig, und er sah, dass der nächste Felssims nur etwas mehr als einen Meter tiefer lag. Mit schmerzverzerrtem Gesicht ließ er sich hinab gleiten. Als er den nächsten Blick nach unten wagte, stellte er fest, dass er sich auf einem Abhang befand, der zum Talgrund abfiel.

Der Schnee lag jetzt knöcheltief. Seine Beine drohten ihm den Dienst zu versagen, als er vorwärts stapfte, doch er erlaubte ihnen nicht, schwach zu werden. Ich muss die Filme hier rausbringen, trieb er sich immer wieder vorwärts, wenn er glaubte, am Ende zu sein. Die Dämmerung brach herein und färbte den Schnee grau. In der zunehmenden Dunkelheit wurde die Sicht immer schlechter. Seine Gedanken verschwammen. Als er gegen eine Fichte stieß und ihm die eisigen Nadeln ins Gesicht stachen, wurde ihm klar, dass er halb besinnungslos vorwärts getaumelt sein musste. Er konnte jetzt kaum mehr die Hand vor Augen sehen. Wenn er nicht bald Schutz fand, würde er erfrieren. Er sank auf Knie und Hände und kroch mit letzter Kraft unter die tief hängenden, schneebedeckten Äste der Fichte. Unter ihrem dichten Dach lag kein Schnee auf dem Teppich aus toten Nadeln, und er hatte gerade genug Platz, um sich mit dem Rücken gegen den Stamm zu lehnen. Der Baum verströmte einen durchdringenden Harzgeruch. Doch davon abgesehen hatte Coltrane in der zunehmenden Dunkelheit, die vom Fauchen und Flüstern des Windes draußen erfüllte war, das Gefühl, in einem Zelt zu sein.

Er verlor das Bewusstsein.

4

Völlige Dunkelheit umgab ihn, so undurchdringlich und absolut, dass er fürchtete, blind geworden oder in der Hölle zu sein. Doch seine Schmerzen machten ihn mit einem Schlag hellwach. Das gedämpfte Heulen des Windes schien weit entfernt. Es war Nacht. Die dicke Schneedecke auf den Ästen machte die Luft in dem Unterschlupf drückend. Er leckte sich über seine trockenen, aufgesprungenen Lippen. Vollkommen orientierungslos und von Schmerzen gepeinigt, beschlich ihn die Angst, dass er hier sterben würde.

Er zog den rechten Handschuh aus und brachte die Kraft auf, die Hand unter die linke Seite seines Anoraks zu schieben. Sein Pullover und sein Thermo-Unterhemd waren durchtränkt von einer warmen, klebrigen Nässe. Seine vorsichtige Berührung ließ ihn zusammenzucken. Die Wunde schien so lang wie seine Hand und so breit wie ein Finger. Die abgeprallte Kugel hatte eine tiefe Furche quer über seine linke Seite gepflügt. Und war dann wieder ausgetreten? fragte er sich. Oder steckte sie in ihm? Hatte sie nur Fett durchschlagen oder die Bauchdecke durchbohrt?

Noch nie hatte er sich so hilflos und allein gefühlt. Das Gefühl der Einsamkeit wurde noch schlimmer, als er nach dem tröstlichen Gewicht seiner Kameras tastete und sich erinnerte, dass er mit vier Apparaten losgezogen war und nun keiner mehr da war. In der Felswand hatte er die vierte Kamera noch bei sich gehabt. Ich habe den Riemen abgemacht und sie in die Tasche geschoben, oder? Bestürzt tastete er über seine Anoraktasche. Das Einzige, das er fühlte, waren die drei Filmzylinder. Er hatte die vierte Kamera und – was viel schlimmer war – den Film darin verloren.

Er bemühte sich, seine Stimmung aufzuhellen. He, ich habe die anderen drei gerettet. Das ist doch 'ne Menge. Falls ich sie hier rausbringen kann...

Der Satz sträubte sich, zu Ende gedacht zu werden.

Was dann? fragte er sich. Falls ich sie hier rausbringen kann?

Sind diese Fotos es wert, dafür zu sterben?

Diesmal zögerte er nicht. Machst du Scherze? Das UN-Inspektionsteam bemüht sich verzweifelt, Beweise wie diese in die Hände zu bekommen. Die Filme werden beweisen, dass hier weitaus schlimmere Greueltaten begangen wurden, als irgendwer vermutet hatte. Dieser Bastard Ilkovic wird endlich für das, was er getan hat, bezahlen müssen.

Vielleicht.

Coltrane war beunruhigt. Ich verstehe nicht.

Oh, die Fotos, die du geschossen hast, sind schockierend genug und reichen aus, Ilkovic zu überführen, na schön. Aber was, wenn sich die Politiker einmischen und, um den Frieden in der Region zu sichern, eine Amnestie verkünden? Was, wenn sich gar nichts ändert? Sind es deine Bilder wert, dafür getötet zu werden?

Coltrane hatte keine Antwort darauf. Erneut tastete er nach dem beruhigenden Gewicht einer Kamera. Ein befreundeter Detective der Mordkommission hatte einmal im Scherz gesagt, Coltrane gehe es mit Kameras so wie Polizisten mit ihrer Zweitwaffe: ohne sie fühle er sich nackt. »Und wenn ich es genau bedenke«, hatte der Detective den Faden scherzend weitergesponnen, »sowohl mit Kameras wie auch mit Revolvern schießt man auf Menschen, oder?« Das sei ganz und gar nicht dasselbe, hatte Coltrane widersprochen. Wer Fotos schieße, töte keine Menschen. Im Gegenteil – es mache sie unsterblich. Das war der Grund, warum er Fotograf geworden war. Als er zwölf gewesen war, hatte er Fotografien seiner verstorbenen Mutter gefunden und sich in seiner Fantasie ausgemalt, dass sie mit den Fotos weiterlebte.

Die Bilder von seiner Mutter waren wunderschön gewesen.

Während ihn Fieberschauer schüttelten und sein Bewusstsein in Sphären hinüber dämmerte, in denen eine noch viel grauenvollere Dunkelheit herrschte, hatte er einen letzten klaren Gedanken.

Warum habe ich so lange hässliche Fotos gemacht?

5

Ein dröhnendes Rumpeln ließ ihn aus dem Schlaf aufschrecken. In der ersten Panik dachte er, es wäre das Donnern einer Lawine, die ihn zerschmettern und unter sich begraben würde. Als er den Kopf hob und versuchte, sich zu bewegen, ließ ihn der Schmerz, der in seiner linken Seite aufflammte, fast ohnmächtig werden. Das Rumpeln wurde lauter. Während sich sein Gehirn bemühte, einen klaren Gedanken zu fassen, begriff er, dass er sich irren musste, dass die Hänge hier nicht steil und die Berge nicht hoch genug waren für Lawinen. Außerdem schien das Rumpeln von *unterhalb* seines Unterschlupfs zu kommen und nicht von oben. Es ergab keinen Sinn. Was verursachte den Lärm?

Finde es heraus. Flecken tanzten ihm vor den Augen, als er die Hände auf den Boden stemmte und sich, ohne die stechenden Fichtennadeln wirklich wahrzunehmen, auf die Knie erhob. Er kroch unter den schneebedeckten Ästen hervor. Das gleißende Sonnenlicht auf dem frisch gefallenen Schnee machte ihn beinahe blind. Die Luft war eisig kalt und stach in seine Nase.

Als er aus zusammengekniffenen Augen den Abhang hinab blinzelte, dachte er, er halluzinierte. Er konnte nicht glauben, dass er sich an einem Hang oberhalb einer Straße befand und das Rumpeln von einem Konvoi schwerer Panzer herrührte, die das NATO-Emblem trugen. Auf wackligen Beinen stapfte er, schwankend und mit rudernden Armen wie ein Seiltänzer balancierend, durch kniehohe Schneewehen den Hang hinab, so schnell er konnte, was alles andere als schnell war, doch das machte nichts, denn der Fahrer des ersten Panzers hatte ihn gesehen und hielt an. Soldaten sprangen heraus, als er taumelte und in den Schnee stürzte. Die Soldaten riefen sich etwas auf Deutsch zu, während sie auf ihn zu rannten, um ihm zu helfen.

Drei Tage später saß er, entgegen den Anordnungen der UN-Ärzte, in einem Flugzeug nach Hause. Direkt aus der Hölle in die Stadt der Engel.

ZWEI

1

Als Coltrane aus einem Albtraum aufschreckte, der sich durch nichts von dem Trauma seiner realen Erinnerungen unterschied, war ihm, als wäre er Ewigkeiten gerannt. Der Aufprall der Kugel, die seine Kamera zerschmetterte, warf ihn zu Boden, und er rollte sich verzweifelt herum, um aus Ilkovic' Schusslinie zu kommen. Er zuckte zusammen, als Hände seine Schultern packten und ihn zurückstießen.

Ein Stöhnen entrang sich ihm. In Panik riss er die Augen auf. Die Hände drückten ihn weiterhin nach unten, und eine sanfte Stimme flüsterte: »Schscht. Ich bin's – Jennifer.«

»Aah.« Er war schweißgebadet. Seine Brust hob und senkte sich schwer.

»Du bist zu Hause. Du bist in Sicherheit.«

»Okay …«

»Du hattest einen Albtraum. Ich musste dich fest halten, sonst wärst du aus dem Bett gefallen.«

Coltranes Herz hämmerte so wild, dass er fürchtete, es würde jeden Augenblick aus seiner Brust springen. Seine Zunge fühlte sich trocken und geschwollen an. »Jennifer …?« Im Halbdunkel seines Schlafzimmers, als das er den Raum jetzt erkannte, sah er zu ihr empor. Noch immer benommen und desorientiert, schien es ihm, als sähe er sie durch den imaginären Sucher einer Kamera, der ihr wunderschönes ovales Gesicht, ihre hellblauen Augen und die dunklen Sorgen in ihren Zügen umrahmte. Sein Blick verweilte auf ihren sanft geschwungenen Lippen, den glatten, gebräunten Wangen und dem kurz geschnittenen blonden Haar, das den Grannen von reifem Korn glich.

Sein Herz raste jetzt nicht mehr, als wäre ihm seine Brust zu eng. Endlich schien er genügend Luft zu bekommen. Er ließ sich auf das Kissen zurücksinken.

»Hier.« Jennifer griff nach einem Glas Wasser auf dem Nachttisch. Sie steckte einen Strohhalm hinein und hielt ihn an seine ausgetrockneten Lippen. Er trank mehrere große Schlucke, labte sich genussvoll an dem wundervoll kühlen Nass, die Tropfen ignorierend, die ihm über das Kinn rannen.

»Ich nehme an, ich bin die Letzte, die du zu sehen erwartet hast, oder?«, sagte Jennifer.

Coltrane wusste nicht, was er darauf antworten sollte. Er hatte sie das letzten Mal vor sechs Monaten gesehen, als sie sich getrennt hatten.

»Daniel hat mich geholt«, erklärte sie.

Coltrane nickte, eine Bewegung, die seine Kopfschmerzen schlimmer machte. Daniel war ein Freund, der im Haus nebenan wohnte.

»Als du heute Morgen bei ihm aufgetaucht bist, hast du ihm einen furchtbaren Schrecken eingejagt. Er hat sich den Tag über um dich gekümmert, aber er arbeitet nachts im Krankenhaus und brauchte jemanden, der auf dich Acht gibt.« Jennifer lächelte verlegen. »Er hat mich in der Redaktion angerufen.« Sie zögerte und salutierte dann scherzhaft. »Schwester Nightingale meldet sich zum Dienst. Solange du niemand Besseren findest, musst du, schätze ich, mit mir vorlieb nehmen.«

»Ich kann mir niemand Besseren vorstellen.«

Jennifers Lächeln verriet, dass sie sich darüber freute. »Kann ich dir was bringen? Daniel sagte, ich soll dir Tylenol gegen das Fieber geben. Und dieses Antibiotikum. Die Wunde ist etwas entzündet.«

»Was immer der Doktor befielt.« Coltrane schluckte die Pillen und spülte sie mit ein paar kräftigen Schlücken Wasser hinab. Sein Körper schien die Flüssigkeit sofort zu absorbieren.

»Wie fühlst du dich?«, fragte Jennifer.

Coltrane kippelte die flache rechte Hand ein paarmal schnell hin und her, um zu sagen: nicht so besonders.

»Daniel hat mir erzählt, was du ihm berichtet hast. Aber das ist natürlich längst nicht alles. Es gibt ein paar Dinge, über die ich gern mehr wüsste. Du kannst sie mir ja später erzählen. Wenn du wieder bei Kräften bist. Das ist alles, worauf du dich jetzt konzentrieren sollst – wieder gesund zu werden.«

»Ich muss …«

»Was denn? Na los.«

»… ins Bad.«

»Leg deinen Arm um meine Schulter. Ich helfe dir hoch.«

Als Jennifer die Bettdecke beiseite zog, stellte Coltrane fest, dass er nur Boxershorts und ein T-Shirt trug. Das Hemd war nach oben gerutscht, und er starrte auf die Wölbung des frischen Verbands, den Daniel auf die genähte Wunde an seiner Seite gelegt und mit breitem, weißem Klebeband befestigt hatte. Unter dem Verband sah er getrocknetes Blut. Quer über den Bauch verliefen tiefe Kratzer, und seine Beine waren mit Schrammen und blauen Flecken bedeckt.

Coltrane stützte sich auf Jennifer.

»Schaffst du es alleine?«, fragte sie, während sie ins Badezimmer schlurften. »Soll ich draußen bleiben?«

»Ich bin schon okay«, brummte Coltrane, doch sein Knie knickte unter ihm weg, und Jennifer musste ihn fest halten.

Er sank auf den Toilettensitz. »Nicht gerade meine beste Vorstellung, fürchte ich«, ächzte er.

»Red keine Unsinn. Tu, was du tun musst.«

»Ich bin okay. Du kannst draußen warten.«

»Bist du dir sicher?«, fragte Jennifer.

»Ja, danke.«

»Solange du sicher bist, wirst du auch nicht umkippen.«

Coltrane nickte und sah, wie sie Anstalten machte, das Badezimmer zu verlassen. Er flüsterte ihren Namen.

Sie drehte sich um.

»Danke«, sagte er. »Das meine ich ernst.«

2

»Ich hab' dir zwei Geschenke mitgebracht«, sagte Jennifer am nächsten Abend. »Aber das erste zählt nicht.«

Interessiert beobachtete Coltrane, wie sie die linke Hand hinter ihrem Rücken hervorzog. Sie legte ein Exemplar des *Southern California Magazine* auf das Bett, dessen Titelblatt ein Foto der Windkraftanlage außerhalb von Palm Springs einnahm. »Die neueste Ausgabe. Ich habe vieles verbessert. Ich weiß nicht, ob du uns auch noch gelesen hast, nachdem ...«

»Ich habe nicht eine einzige Ausgabe verpasst.«

Ihre hellblauen Augen strahlten.

»Auch nicht, wenn ich im Ausland war; ich hab' es mir schicken lassen. Und es hat mir in vielen kalten Nächten wärmende Erinnerungen beschert. Wenn das das Geschenk ist, das nicht zählt, kann ich mir schwer vorstellen, was du in deiner anderen Hand hinter deinem Rücken versteckst.«

Jennifer zog die Hand hervor und hielt ihm ein flaches, rechteckiges, etwa zwanzig mal fünfundzwanzig Zentimeter großes und in Geschenkpapier gewickeltes Päckchen hin. Gespannt beobachtete sie, wie er es schüttelte.

»Es klappert nicht. Fühlt sich an wie Glas. Ich frage mich, was ...«

Sie beobachtete, wie er das Geschenkpapier aufriss. Doch das Unbehagen, das sich auf seinem Gesicht malte, als er sah, was es war, ließ ihre Vorfreude in Verwirrung umschlagen. »Dein drittes Titelblatt bei *Newsweek*«, sagte sie. »Ist gestern rausgekommen. Ich dachte, ich lasse es einrahmen.«

Mit düsterem Blick betrachtete Coltrane die Schwarzweißaufnahme von dem Bagger, der Knochen in den Trichter des Steinzerkleinerers schaufelte, und von Dragan Ilkovic, der zufrieden zusah. »Danke ...«

»Das klingt nicht so, als würdest du es ernst meinen.«

»Das war sehr aufmerksam von dir.«

»Warum klingst du dann nicht überzeugt?«

Schweigen erfüllte den Raum.

»Was du Daniel darüber erzählt hast, wie du verwundet wurdest ...«, sagte Jennifer. »Ich wusste manches schon aus den Nachrichten – aus dem CNN-Interview, das du gegeben hast, als du da drüben im Krankenhaus lagst.«

»Das war auch der Grund, warum ich mich aus dem Krankenhaus verdrückt und das erste Flugzeug nach Hause genommen habe, das ich kriegen konnte. Nachdem CNN mich aufgespürt hatte, wusste ich, dass es nicht lange dauern würde, bis eine Menge anderer Journalisten um mich herum schwirren würden. Ich hatte keine Ahnung, dass die UNO die Fotos so schnell veröffentlichen würde. Ich konnte es nicht ertragen, über die Bilder zu reden.«

»Du hast dein Telefon ausgesteckt.«

»Es hat ständig geläutet. Ich konnte nicht schlafen. Ein halbes Dutzend Fernseh-Talkshows wollte mich als Gast haben.«

»Die Leute denken, du bist ein Held.«

»Ich bitte dich!« Voller Abscheu legte Coltrane das gerahmte *Newsweek*-Titelblatt beiseite. »Ich hatte Glück, dass ich überlebt habe.«

»Dafür kriegst du den Pulitzerpreis noch mal.«

»Ich hoffe nicht. Nicht für *diese* Aufnahmen. Man musste keine Genie sein, um diese Bilder zu schießen, bestenfalls ein verdammter Narr, der bereit war, eineinhalb Tage in einem Erdloch zu liegen.«

Jennifer wirkte irritiert. »Ich habe dich noch nie so reden hören.«

»Haben die Fotos irgendetwas verändert? Ist Ilkovic wegen Kriegsverbrechen vor Gericht gestellt und verurteilt worden?«

»Er ist verschwunden. Niemand weiß, wo er ist.«

»Bravo!« Das Wort klang wie ein Fluch.

»Sie werden ihn kriegen.«

»Sicher.«

»Ich verstehe nicht, was mit dir passiert ist«, sagte Jennifer. »Du warst immer stolz, wenn du aus heiklen Situationen mit mehr oder weniger heiler Haut entkommen warst und deine Fotos veröffentlichen konntest.«

»Ich hatte viel Zeit zum Nachdenken, während ich versucht habe, die Nacht zu überstehen und nicht als Eisklumpen irgendwo in den Bergen von Bosnien zu enden. Ich habe mich gefragt, ob ich jemals Fotos gemacht habe, die die Menschen, wenn sie sich die Bilder anschauen, froh oder vielleicht sogar glücklich darüber gemacht haben, dass sie leben. Vielleicht ist es an der Zeit, dass ich ein richtiger Fotograf werde.«

»Aber es gibt keinen besseren!«

»Ich bin kein Fotograf. Stieglitz, Steichen, Strand, Weston, Adams, Bernice Abbott, Randolph Packard – das waren Fotografen. Sie wussten, wozu eine Kamera da ist.«

Er schwieg düster.

Nach einer Weile sagte Jennifer in das Schweigen hinein: »Ich habe chinesisches Essen mitgebracht. Glaubst du, du kannst was essen, wenn ich runtergehe und dir einen Teller bringe?«

Statt zu antworten, überraschte Coltrane sie mit einer Gegenfrage. »Wie geht es dir, Jennifer?«

»Gut. Ich arbeite viel. Die Zeitschrift entwickelt sich bestens.«

»Aber was ist mit *dir*? Geht es *dir* gut? Wie fühlst *du* dich?«

»Ein wenig einsam.«

»Hm …«

Sie schien den Atem anzuhalten.

»Mir geht es nicht anders. Ich habe dich vermisst, Jennifer.«

Ihr Blick verschleierte sich. Mit langsamen Schritten ging sie zu ihm, ließ sich auf die Knie sinken, so dass ihr Gesicht auf einer Höhe mit seinem war, und strich ihm zärtlich über die stoppelige Wange. »Es tut mir Leid. Ich habe zu viel von dir gewollt. Ich glaube, ich habe dir die Luft zum Atmen genommen. Ich werde das nie wieder tun.«

»Es war genauso meine Schuld wie deine.«

»Nein. Ich habe mich geändert. Wirklich.«
»Wir haben uns beide geändert.«
Den Schmerz in seiner Seite ignorierend, beugte Coltrane sich vor und küsste sie.

3

VERANSTALTUNGSHINWEISE

Der legendäre Fotograf Randolph Packard lädt am Freitag, dem 21. November, von 17 bis 19 Uhr in der Sunset Gallery in Laguna Beach zu einer der äußerst seltenen Ausstellungen seiner Fotografien. Packard, dessen Werk die Veränderungen in Südkalifornien dokumentiert, gilt als einer der großen Innovatoren der modernen Fotografie. Er erblickte das Licht der Welt in …

4

Coltrane konnte es nicht fassen. Wenn er das *Southern California Magazine,* das Jennifer ihm mitgebracht hatte, nicht aufgeschlagen und zufällig die Veranstaltungshinweise überflogen hätte, dann hätte er sicherlich zu spät oder nie von Packards Ausstellung erfahren. Selbst jetzt blieb ihm kaum genug Zeit, denn Freitag, der 21. November, war heute, und es war schon fast drei. Glücklicherweise hatte er vor gut einer Stunde die Kraft aufgebracht, alleine aus dem Bett zu kommen, sich zu waschen und anzuziehen. Die Jeans, das Baumwollhemd und die bequemen Segeltuchschuhe waren nicht unbedingt das, was er für einen – wie es aussah – formellen Empfang ausgewählt hätte, doch ihm blieb nicht mehr genügend Zeit, sich umzuziehen. Im Vorbeigehen fischte er ein leichtes Jackett von der Garderobe, hängte sich eine Kamera um, klemmte sich einen Band von Packards gesammelten Publikationen unter den Arm und hastete dann zu seinem Wagen.

Die Anstrengung erschöpfte ihn, doch er zweifelte nicht eine Sekunde daran, dass es die Mühe wert war. Während er Los Angeles hinter sich ließ und im dichten, von Smog und Auspuffgasen umwaberten Verkehr auf dem San Diego Freeway so schnell es ihm möglich war nach Süden brauste, fühlte er sich, als hätte er eben erfahren, dass jemand von den Toten auferstanden sei. Großer Gott! Wie alt mochte Packard inzwischen sein? Über neunzig? Der Großteil seiner Arbeiten stammte aus den Zwanziger- und Dreißigerjahren. Dann waren seine Publikationen spärlicher geworden, und in den Fünfzigerjahren war er ganz aus dem Blickpunkt der Öffentlichkeit verschwunden. Oder, wie der Verfasser des Artikel im *Southern California Magazine,* ein Zitat von F. Scott Fitzgerald bemühend, es ausgedrückt hatte: ›Für Randolph Packard gab es keinen zweiten Akt.‹ Doch sein erster Akt war sicherlich bemerkenswert gewesen. Gerüchte über Drogen, Orgien und seine häufigen, unerklärt gebliebenen Reisen nach Mexiko waren durch Kaliforniens Künstlerzirkel gegeistert und hatten das Interesse der Öffentlichkeit an seinen Arbeiten wach gehalten.

Nichts von dem, was in dem Artikel stand, war für Coltrane neu gewesen. Als er angefangen hatte, sich für Fotografie zu begeistern, war Randolph Packard eines seiner Idole gewesen. Er besaß jedes Buch mit Arbeiten Packards, das je veröffentlicht worden war. Seine eigenen Arbeiten waren stark von Packards These beeinflusst, dass jeder ernst zu nehmende Fotograf dem Betrachter mit seinem Bild etwas vermitteln solle, das ein schieres Betrachten des Objekts in seiner natürlichen Umgebung nicht vermöge.

Packards Porträts von Stummfilmstars waren bekannt: Rudolph Valentino, Clara Bow, Ramon Navarro und viele andere, an die sich niemand mehr erinnern würde, hätte Packard sie mit seinen Fotografien nicht unsterblich gemacht. Jedes dieser Porträts stellte den Stummfilmstar von strahlendem Licht umflossen dar. Doch die Schauspieler verströmten dieses Licht nicht etwa, sie absorbierten es. Die Gloriole aus Licht war so strahlend und hell, als hätte Packard sie nicht nur als Kinostars, sondern als Sterne im eigentlichen Sinn gesehen. Doch Sterne einer besonderen Art, die wegen ihrer aufgeblähten Egos und ihres ausschweifenden Lebensstils Energie in sich aufsaugten, bis sie entweder explodierten oder in sich kollabierten und sich selbst verzehrten.

Als Coltrane in den Moloch aus zusammengewachsenen Städten, der das Orange County bedeckte, eintauchte, fühlte er, wie seine Vorfreude wuchs. Die dicht bebauten Hänge erinnerten ihn daran, dass das County einmal von Orangenbäumen buchstäblich bedeckt war. Und sie ließen ihn an Packards klassische, sonnendurchflutete Fotografie davon denken, auf der mehr Orangen auf dem Boden lagen, als an den Bäumen hingen – der Überfluss der Reife am Rande des Verfalls.

Packard hatte auch Laguna Beach fotografiert. Nicht die Stadt, die in den Zwanziger- und Dreißigerjahren nur aus ein paar Hütten bestand, sondern die Sichel aus Sand an der Küste des Ozeans. Dieser Abschnitt des Pacific Coast Highway war noch immer so kurvenreich wie in Packards Tagen, jetzt aber wie überall in Südkalifornien mit Tankstellen, Andenkenläden und Restaurants zugepflastert, die sich Wand an Wand reihten. Die überlastete vierspurige Straße war auch nicht viel schneller als die schmale, zweispurige, die sie ersetzt hatte. Während der Dämmerung Ende November war der Strand selbst nahezu leer; eine kalte Brandung krachte auf den Sand. Als Packard diese Gegend fotografiert hatte, hatte er sie wie ein unbewohntes Paradies erscheinen lassen. Doch wenn der Betrachter Packards am häufigsten reproduzierte Ablichtung des Strands, *Horizont, 1929,* genauer betrachtete, entdeckte er in dem Idyll eine verräterische Unvollkommenheit, das ironisch bittere Bedauern, dass die Zeit nicht stehen bleibt, das für Packards gesamtes Werk typisch war: ferner Rauch am Horizont, den die Schlote eines vorüberfahrenden Frachters ausspien.

Coltrane hatte Glück und fand in der Forest Avenue gegenüber vom Strand einen Parkplatz. Er schlang sich die einäugige Nikon Spiegelreflex um den Hals und atmete tief durch, während er den Blick über die Lichter der Kunstgalerien in der von Bäumen überschatteten Straße schweifen ließ. Als er sich nach hinten beugte und vom Rücksitz das Exemplar von Packards *Reflexionen über die Stadt der Engel* angelte, wurde ihm plötzlich schwindlig, und er musste sich am Beifahrersitz abstützen, um nicht zusammenzuklappen. Sein linke Seite tat höllisch weh. Er packte das Steuer mit beiden Händen, holte noch einmal tief Luft und richtete sich auf. Kalter Schweiß stand ihm auf der Stirn.

Vielleicht ist es doch keine so gute Idee, dachte er. Es ist ein Wunder, dass ich während der Fahrt hier runter nicht am Steuer ohnmächtig geworden bin. Ich gehöre ins Bett und nicht auf eine Cocktailparty, bei der mir fremde Leute die Ellbogen in die Rippen rammen.

Nein, dachte er und fühlte sich viel älter als die fünfunddreißig Jahre, die er war. Ich muss einen neuen Anfang finden.

5

Der Empfang in der rustikal wirkenden Sunset Gallery war nach draußen bis auf die Straße geschwappt. Coltrane schob sich zwischen modisch gekleideten, mit teurem Schmuck behängten Menschen mit perfektem Make-up und sorgfältig gestylten Frisuren hindurch und ignorierte die Blicke, die auf seine Segeltuchschuhe schielten. Die Galerie quoll über von Leuten, die mit aufgesetztem britischem Akzent sprachen. Viele hatten so schmale Lippen, als wären sie von Kieferstarre befallen. Sie nippten Champagner aus zierlichen Kelchen, doch Coltrane interessierte nicht, wo die Bar war. Aus verborgenen Lautsprecherboxen rieselte Musik, die CD eines Streichquartetts, so wie es klang, doch er war sich dessen nicht sicher; die Leute redeten zu laut. Alles, was ihn interessierte, waren Packards Fotografien. Noch bevor er sich einen Weg durch die Menge bahnte, wurde ihm klar, dass es erstaunlich viele waren.

Seine verletzte Seite mit dem Ellbogen schützend, schob er sich auf die nächstgelegene Wand mit Fotografien zu und fühlte, wie seine Aufregung wuchs, als er feststellte, dass er keine davon zuvor gesehen hatte. Neben nahezu allen Aufnahmen hing eine kleine Karte mit dem Hinweis, dass sie aus Packards privater Sammlung stammten. Sie waren alle zwischen den Fünfziger- und den Neunzigerjahren datiert, was eindrucksvoll belegte, dass Packard das Fotografieren im Alter keineswegs aufgegeben hatte. Er hatte sich nur entschieden, seine Arbeiten der Öffentlichkeit nicht zu zeigen. Coltranes Aufregung schlug in Bestürzung um, als ihn die Kraft der Bilder traf. In diesem zweiten Akt seiner Karriere rückte Packard den Verfall, den er früher nur angedeutet hatte, in den Mittelpunkt. Jede der Fotografien befasste sich mit Vernichtung und Tod – eine tote Möwe in einer Öllache; ein abgemagertes Kind, das Abfall aß; ein Buschfeuer, das ein auf staksigen Pfählen bizarr an einem Berghang in Los Angeles klebendes Zigmillionen-Dollar-Haus zerstörte.

Erschüttert bahnte sich Coltrane einen Weg zur nächsten Wand, ohne sich um die verärgerten Blicke derer zu kümmern, die er beiseite drängte. Die nächsten Bilder waren sogar noch beunruhigender: Polizisten, die in einer dunklen Gasse um die Leiche einer Frau herum standen; ein Pitbull in einem Käfig, der mit gefletschten Zähnen auf Kinder losgehen wollte, die ihn durch die Gitter mit Stöcken drangsalierten; ein Mann, der bei einer Demonstration oder einem Aufruhr einen anderen Mann attackierte. Die Schwarzweißaufnahmen waren auf Papier gedruckt worden, um die Schatten zu vertiefen; ihre kahle Trostlosigkeit ging unter die Haut. Das einzige, was noch fehlte, war eine Aufnahme von einem Gewirr menschlicher Skelette, die von einem Bagger aus der Erde gekrallt und in eine Zerkleinerungsmaschine geschaufelt wurden.

Rückwärts taumelnd, um schnell von hier wegzukommen, stieß Coltrane mit den Waden gegen ein senkrecht stehendes, metallisches Rad mit Speichen und wäre beinahe darüber gefallen. Er fing sich gerade noch. Mit wachsender Verlegenheit spürte er, dass er gegen einen Rollstuhl gestoßen war.

Rasch drehte er sich um. »Es tut mir Leid. Ich wollte nicht …« Seine Entschuldigung blieb ihm im Hals stecken, als er sah, wer in dem Stuhl saß.

Randolph Packard war schmal und runzlig geworden, doch er besaß noch immer eine beinahe unheimliche Ähnlichkeit mit den Fotografien, die in seiner Jugend von ihm gemacht worden waren. Sein zu seinem Kennzeichen gewordener gewellter Haarschopf über der Stirn war zurückgewichen und dünn und schlohweiß geworden, doch er war noch immer erkennbar. Die hypnotischen Augen waren dunkler, das Gesicht schmaler, der Nasenrücken schärfer. Doch trotz seines runzligen, von Leberflecken bedeckten Gesichts, dessen schlaffe, durchscheinende Haut kaum den Schädel verhüllte, war er unverkennbar Packard.

»Der Stuhl war im Weg.« Packard hustete, als wäre ihm Sand in die Kehle geraten.

»Ich muss mich entschuldigen. Ich hätte schauen sollen, wo ich hinlaufe«, erwiderte Coltrane. »Habe ich Ihnen wehgetan?«

»Die Wahrheit tut nie weh. Sagen Sie mir, was Sie von den Bildern halten.«

Coltrane war überrascht. »Sie sind … äh …«

»Unbeschreiblich, offenbar.«

»… beeindruckend.«

»Aus Ihrem Mund klingt das nicht wie ein Kompliment.«

Coltrane wollte taktvoll sein. »Sie sind technisch perfekt.«

»Technisch?« Packard hustete heftiger. Nach wie vor bekam er den Sand nicht aus der Kehle. »Die Kamera um Ihren Hals, ist das ein modisches Accessoire? Erzählen Sie mir nicht, Sie sind Fotograf.«

»Doch.« Coltrane wurde steif. »Ich bin Fotograf.«

»Oh, na schön. Wenn Sie Fotograf sind: Was gefällt Ihnen an den Bildern nicht?«

Coltrane stieg Galle in den Magen. »Sie sind zu trostlos für meinen Geschmack.«

»Ist das Ihre ehrliche Meinung?«

»Wenn Sie meine *ganz* ehrliche Meinung hören wollen – sie sind hässlich.«

»Hässlich?«

»Hierher zu kommen war wichtig für mich. Ich brauchte Hoffnung, keine Verzweiflung.«

Packard sagte einen Augenblick lang nichts, starrte Coltrane aus seinen von Runzeln gesäumten Augen nur unverwandt an, dann sagte er: »Tja, gut für Sie.«

»Wie bitte?«

»Ich wollte die Wahrheit hören. Sie sind die einzige Person in diesem Raum, die sie mir gesagt hat. Was haben Sie da unterm Arm?«

»Einen Ihrer Fotobände.«

»Sie haben ihn für ein Autogramm mitgebracht?«

»Das war meine Absicht, ja.«

»Aber jetzt sind Sie sich nicht mehr sicher.«

»Das ist richtig.«

»Und Sie sind wirklich Fotograf?«

Coltrane nickte.

»Dann beantworten Sie mir noch eine Frage offen und ehrlich: Warum sind Sie Fotograf geworden?«

Coltrane wandte sich zum Gehen. »Ich werde Sie nicht länger belästigen.«

»Ich habe Sie was gefragt. Schnell. Denken Sie nicht erst lange nach. Geben Sie mir eine Antwort. Warum sind Sie ...«

»Um die Zeit anzuhalten.«

»Wirklich?« Packards tief liegende Augen musterten ihn prüfend. »Wie heißen Sie?«

»Mitchell Coltrane.«

»Mitchell ...« Packards Blick schien sich einen Augenblick nach innen zu kehren, dann fokussierte er sich, noch um eine Spur durchdringender, wieder auf Coltrane. »Ja, ich kenne Ihre Arbeit.«

Coltrane vermochte nicht zu sagen, ob das für Packard in etwas das Gleiche bedeutete, wie in Hundescheiße zu treten.

»Sagen Sie mir, warum Sie die Zeit anhalten wollen«, verlangte Packard zu wissen.

»Alles fällt auseinander.«

»Und die Mitte bietet keinen Halt mehr? Ich wusste nicht, dass es noch Leute gibt, die Yeats lesen.«

»Und die Menschen sterben.«

»Wie wahr.« Packard hustete erneut mit schmerzverzerrtem Gesicht.

Plötzlich stürmte aus der Menge ein exaltierter, farbenprächtig gekleideter Mann auf Packard zu. »Hier sind Sie, Randolph! Ich hab' Sie überall gesucht.« Er war etwa Mitte vierzig, übergewichtig, hatte ein gerötetes Gesicht, einen grau melierten Schnurrbart und trug Designerklamotten im Wert von etlichen tausend Dollar. »Es sind ein paar Leute gekommen, die Sie unbedingt kennen lernen müssen.« Der Mann packte die Griffe von Packards Rollstuhl. »Entschuldigen Sie uns. Lassen Sie uns bitte mal durch, Herrschaften.«

»Einen Augenblick.« Packards gebrechliches Flüstern trug erstaunlich weit. Er winkte Coltrane, näher zu treten. »Hier ist meine Karte. Ich möchte, dass Sie morgen zum Mittagessen kommen. Punkt dreizehn Uhr. Bringen Sie das Buch mit. Morgen signiere ich es Ihnen.«

Und dann war Packard verschwunden.

6

Was habe ich erwartet? fragte sich Coltrane, als er sich durch die Menge kämpfte, um dieser Vernissage so schnell wie möglich zu entrinnen. Es gab viele Geheimnisse, die sich um Randolph Packard rankten, doch alles, was Coltrane über ihn gelesen hatte, stimmte in einem überein: in der Beurteilung seiner Persönlichkeit. Selbst für seinen wohl wollendsten Biografen war Packard hochmütig. Sein anmaßendes, arrogantes Wesen wurde je nach Lesart entweder als Folge dessen erklärt, dass er von sehr wohlhabenden Eltern verzogen worden war, deren Vermögen er im Alter von sechzehn Jahren erbte, nachdem seine Eltern bei einem Bootsunglück ums Leben gekommen waren; oder aber als die herrische Art eines Genies, dessen Sensibilität ständig von den Menschen um ihn herum attackiert wurde.

Was immer die Ursache sein mochte, Coltrane hatte fraglos eine Kostprobe davon bekommen. Wütend floh er aus der Kunstgalerie. Er war derart von seinen Gefühlen abgelenkt, dass er den Wetterumschwung erst bemerkte, als er seinen Chevy Blazer erreichte, den er in der Forest Avenue kurz nach der Einmündung in den South Coast Highway geparkt hatte. Für kurz vor sechs war es, selbst an einem Tag Ende November, ungewöhnlich dunkel. Zumindest ein Widerschein des Sonnenuntergangs hätte am Horizont über dem Ozean noch zu erkennen sein müssen, und trotz des Lichts der Straßenlaternen hätte er das Funkeln der Sterne sehen sollen. Doch der Himmel war vollkommen schwarz und von der tiefschwarzen Tinte, in die der Ozean sich verwandelt hatte, nicht zu unterscheiden. Ein böiger Wind blies ihm Sand vom Strand ins Gesicht. Die ersten Regentropfen zerplatzten auf der Windschutzscheibe, als er den Wagen hastig aufsperrte und einstieg.

Während der nächsten zwanzig Minuten, als er auf der glitschigen, glänzenden 405 nach Los Angeles zurückfuhr, wurde der Sturm seiner Stimmung gerecht. Doch dann schien ihn der niederprasselnde Regen irgendwie zu besänftigen und zu befreien. Obgleich ihn der im Regen nur zäh fließende Verkehr normalerweise ungeduldig gemacht hätte, erfüllte ihn eine seltsame Zufriedenheit, während er an den hin- und herflappenden Scheibenwischern vorbei auf die Straße starrte. Er schob eine seine Lieblingskassetten in den Stereorekorder und lauschte Bobby Darin und seinem herzzerreißenden Song ›The Gal That Got Away‹. Während er hingerissen und voller Bewunderung Bobby Darins perfekten Phrasierungen zuhörte, kam ihm in den Sinn, dass kaum irgendwer jemals positiv über Bobby Darin als Mensch gesprochen oder geschrieben hatte. Darin hatte gewusst, dass er aufgrund seiner Herzprobleme wahrscheinlich nicht älter als Mitte dreißig werden würde. Und weil er gefühlt hatte, dass ihm nur eine begrenzte Zeit blieb, hatte er sich so auf seine Karriere konzentriert, dass ihm sonst nichts und niemand wichtig war. Egozentrisch war nicht das richtige Wort, um ihn zu beschreiben. Ebenso wenig gefühllos oder gar grausam. Offenbar war Talent nun mal keine Garantie für einen edlen Charakter.

Während Coltrane über diese Dinge nachsann, nahm ein Gedanke, der sich um den nahe liegenden Vergleich zu Randolph Packard drehte, immer deutlichere Konturen an: Vielleicht ist es keine gute Idee, eines deiner Idole kennen zu lernen.

7

Durch den nach wie vor mit unverminderter Stärke niederprasselnden Regen schälten Coltranes Scheinwerfer Jennifers roten BMW aus der Dunkelheit vor seinem Haus. Das beunruhigte ihn. Er hatte eine Nachricht in ihrem Büro hinterlassen, dass er nicht zu Hause sein würde. Warum war sie trotzdem gekommen? Besorgt, dass ihre Probleme von neuem beginnen würden, drückte er die Fernbedienung für das Garagentor, steuerte den Wagen in die Parkbox und machte den Motor aus. Er war froh, dass das stundenlange Trommeln des Regens auf dem Wagendach vorbei war. Reglos blieb er eine Weile sitzen und genoss die relative Stille erschöpft. Dann drückte er erneut die Fernbedienung und stieg aus dem Wagen. Trotz des Rumpelns des herabgleitenden Garagentors hörte er das Schnappen einer anderen Tür, der Tür oberhalb der Stufen. Küchenlicht floss über sie herab.

»Mitch?«

Als Jennifer in dem hellen Rechteck auftauchte, sah er sie durch eine imaginäre Kamera, unwirklich vergrößert durch das Objektiv. Vor dem Licht hinter ihr leuchtete ihr blondes Haar wie ein Heiligenschein. Sie trug eine bequeme graue Hose und einen marineblauen Pullover. Auf ihren Lippen lag der Schimmer eines blass orangefarbenen Lippenstifts.

»Bist du in Ordnung?« Sie kam ein paar Stufen herab.

»Hat dir deine Sekretärein meine Nachricht nicht ausgerichtet?«

»Was für eine Nachricht?« Jennifer blinzelte irritiert. »Nein. Ich war den ganzen Nachmittag nicht im Büro. Und bis ich Gelegenheit hatte anzurufen, war meine Sekretärin schon weg.«

Coltranes Schultern entspannten sich. Ein Missverständnis. Es würde nicht wieder so kommen wie schon einmal. Er griff nach dem Geländer und stieg die Stufen zu ihr empor.

»Ich habe mir Sorgen gemacht, als du nicht hier warst«, sagte Jennifer. »Dann habe ich die aufgeschlagene Zeitschrift auf deinem Küchentisch gesehen. Und als ich bei den Veranstaltungshinweisen den Artikel entdeckt habe und den Tag und die Uhrzeit der Packard-Ausstellung, dachte ich mir, dass du hin gefahren bist.«

»Falls du dich jemals entscheidest, aus dem Zeitschriftengeschäft auszusteigen, würdest du eine verdammt gute Detektivin abgeben.« Coltrane machte die Küchentür zu. »Du wolltest nachsehen, ob es mir gut geht.« Er strich ihr übers Haar und küsste sie; ihr Lippenstift schmeckte nach Aprikosen. »Ich war ein Narr. Ich hätte zu Hause bleiben sollen. Zusammen mit dir.«

Das Kompliment machte Jennifers blauen Augen so klar und durchscheinend wie das Wasser der Karibik, wenn die Sonne hinter einer Wolke hervorlugte. Dann drang etwas anderes, das er gesagt hatte, an ihr Bewusstsein, und sie runzelte die Stirn. »Wieso nennst du dich einen Narren?«

»Ich will es so ausdrücken: Randolph Packard kennen zu lernen war nicht unbedingt so, wie ich es mir erhofft hatte.«

»Du hast furchtbar hohe Maßstäbe.«

Ihre Bemerkung irritierte ihn. »Ich habe seine Arbeiten bewundert, seit ich alt genug war, einen guten von einem schlechten Fotografen zu unterscheiden.«

»Dann verstehe ich nicht, was du noch verlangst. Nach allem, was ich gehört habe, hätten die Dinge nicht besser laufen können.«

»Nach allem, was du gehört hast? Wie soll ich das verstehen?« Coltrane zog die Brauen hoch.

»Packard hat vor einer Viertelstunde hier angerufen.«

»Was? Du machst dich über mich lustig.«

»Er hat deine Nummer aus dem Verzeichnis der Pressefotografen. Er dachte, du wärst inzwischen zurück. Als ich ihm sagte, dass du noch nicht hier bist, hat er über dich gesprochen. Du hast ziemlich Eindruck auf ihn gemacht.«

Coltrane beschlich ein Schwindel erregendes Gefühl von Unwirklichkeit.

»Er sagte, er hat seit langem niemanden mehr kennen gelernt, der so ehrlich ist wie du. Was um alles in der Welt hast du zu ihm gesagt?«

Coltrane sank auf einen Küchenstuhl. »Eigentlich habe ich ihn beleidigt.«

Jennifers Kinnlade klappte herab.

»Ich habe gesagt, dass ich die Fotografien in der Ausstellung hässlich finde.«

»Du weißt wirklich, wie man sich Freunde macht und die Leute beeindruckt.«

»Glaub mir, ich habe kein bisschen übertrieben, was seine Fotos angeht. Sie sind genauso hässlich wie die, die ich mache.«

»So wie die, die du von den Wänden genommen hast?«

Coltrane drehte den Kopf in Richtung Wohnzimmer. Am Vormittag hatte er alle seine gerahmten Fotos abgehängt. Das Titelblatt von *Time*, das einen amerikanischen Soldaten zeigte, der ein zum Skelett abgemagertes somalisches Kind mit einem Löffel fütterte; die beiden Titel von *Newsweek* – auf einem war eine wehklagende, vor Schmerz aufgelöste Witwe nach einem Raketenangriff auf Nordisrael, die in einem Arm ihre tote Tochter, im anderen ihren toten Mann hielt – und auch das häufig veröffentlichtes Foto für Associated Press von der ersten Welle anfliegender amerikanischer Hubschrauber bei der Invasion Panamas. Diese und andere sensationelle Höhepunkte seiner Karriere lagen jetzt in einem Schrankfach gestapelt. »Ein beschissener Fotograf erkennt einen anderen beschissenen Fotografen auf den ersten Blick.«

»Vielleicht ist das der Grund, warum er ein Projekt mit dir zusammen machen will«, sagte Jennifer.

Coltrane war sich nicht sicher, ob er richtig verstanden hatte. »Ein Projekt mit mir?«

»Er sagte, er kennt deine Arbeit und findet, sie ist beeindruckend.«

»Das denkst du dir nur aus.«

»Nein, wirklich nicht. Aber er sagt, du musst den Großteil der Arbeit machen. Er steuert lediglich seinen Rat und die Originalfotos bei – für einen Fotoessay über Südkalifornien.«

»Worüber reden wir hier eigentlich?«

»Über seine berühmte Serie von Häusern in Los Angeles in den Zwanziger- und Dreißigerjahren.«

Coltrane richtete sich auf. Diese Serie von zwanzig Bildern war ein Meisterwerk. Packards Fotografien von Häusern unterschiedlichen Stils in weit auseinander liegenden Vierteln der noch nicht zu einer einzigen Betonwüste zusammen gewachsenen Stadt waren nicht nur geradezu beklemmend schön, sie schienen darüber hinaus auch den bevorstehenden Verlust der Unschuld zu betrauern, die sie zum Ausdruck brachten.

»Packard findet, die Bilderserie sollte noch einmal gemacht werden«, sagte Jennifer. »Du gehst zu denselben Orten zurück, findest dieselben Plätze, wo er seine Kamera aufgestellt hat. Du wählst dieselben Blickwinkel. Du fotografierst, was jetzt dort ist. Er sagt, er denkt schon seit langem über eine Fortsetzung der Fotoserie nach, ist aber inzwischen nicht mehr rüstig genug, es zu machen.«

»Er will, dass ich den Assistenten für ihn spiele?«

»Mehr als das. Er sagt, selbst wenn er die Aufnahmen machen könnte, würde er sie nicht machen. Er ist derselben Meinung wie du, was seine jüngsten Arbeiten angeht: Er kann die Schönheit nicht mehr erkennen. Er hofft, wenn du nach so vielen Jahren an seiner Stelle dieselben Plätze noch einmal fotografierst, wirst vielleicht du die Schönheit entdecken, die er nicht mehr sehen kann.«

»Du meine Güte.«

8

Irgendwann in der Nacht wachte Coltrane davon auf, dass er nach Jennifer tastete. Seine Lippen fanden ihre, doch als er sich weiter auf seine verletzte Seite wälzte, stöhnte er vor Schmerz auf. »Lieg still«, flüsterte sie. »Lass mich das machen.« Er fühlte ihre Wärme, während sie sich über ihn beugte und seinen Hals mit Küssen bedeckte. Sie erschauerte, als seine Hände über ihre Brüste glitten. Er ließ sich treiben. Schwebte. Der Schmerz verschwand. Die Zeit blieb stehen.

9

»Wir hätten uns nie trennen sollen«, sagte er.

Die Nachttischlampe brannte. Sie waren soeben aus dem Bad zurückgekommen. Nackt setzte sich Jennifer neben ihm auf das Bett, die Beine unter sich gezogen.

»Ich habe dir keine andere Wahl gelassen«, sagte sie.

Seine grünen Augen betrachteten sie prüfend. »Ich habe mich zu wenig um dich gekümmert.«

Sie schüttelte den Kopf. »Wir kennen beide die Wahrheit. Ich habe dich zu sehr vereinnahmt, bis du es mit der Angst zu tun bekommen hast und davongelaufen bist.« Sie sah auf ihre Hände hinab. »Es gibt etwas, das ich dir nie erzählt habe.«

Coltrane zog die Brauen hoch und fragte sich, worauf sie hinaus wollte.

»Es fällt mir schwer, darüber ... Ich war mal verheiratet.«

Überrascht drehte er den Kopf zu ihr herum.

»Vor zehn Jahren. Später habe ich herausgefunden, dass er in der Nacht vor unserer Hochzeit meine beste Freundin gevögelt hat. Das war, nachdem ich erfahren hatte, dass er jede Frau, die er kriegen konnte, flach gelegt hatte, während er mit mir verheiratet war, was allerdings nicht lange war – weniger als sein Jahr.«

»Warum um alles in der Welt hast du mir das nicht gesagt?«

»Ich rede nicht gern darüber. Die ganze Geschichte beweist nur, dass ich eine Idiotin bin.«

»Aber warum hat er dich geheiratet, wenn er nicht vorhatte, dir treu sein?«

»Er hat gesagt, er liebt mich.« Jennifers Stimme bebte vor Selbstironie. »Gott ist mein Zeuge, ich habe ihn geliebt. Ich glaube, mit mir verheiratet zu sein bot ihm die Gelegenheit, herumzuhuren und zugleich eine Ausrede zu haben, warum er all die anderen Frauen nicht heiraten konnte. Ich war so brav und dumm, ihm ein Zuhause zu geben, ihn zu bekochen und ihn nicht zu nerven, wenn er anrief und sagte, er hätte noch eine Menge zu arbeiten und käme erst später nach Hause.«

»Das tut mir wirklich Leid – ich meine, dass du eine solche Erfahrung machen musstest.«

»Bestimmt nicht so sehr wie mir damals. Das Schlimme daran war, dass ich danach große Schwierigkeiten hatte,

Männern wieder zu vertrauen. Ich hatte immer den Verdacht, dass jeder, der Interesse an mir zeigt, nichts anderes will, als mich auszunutzen.« Jennifer biss sich auf die Unterlippe. »Ich denke, das ist nur eine andere Art zu sagen, ich habe nicht daran geglaubt, dass ich für irgendeinen Mann etwas so Besonderes sein kann, dass er nie wieder nach anderen Frauen schaut. Deshalb« – sie zuckte schicksalsergeben mit den Schultern – »habe ich überkompensiert. Ich wollte, dass du mich auf einer Ebene liebst, die pure Theorie und in der Praxis unerreichbar war. Aber ich schwöre dir, das wird nie wieder passieren. Ehrenwort. Ich werde keine Forderungen mehr stellen.«

»Du hättest mir schon früher davon erzählen sollen. Es hilft mir, vieles besser zu verstehen.«

»Deshalb erzähle ich es dir jetzt. Ich habe dich schon einmal verloren, Mitch. Ich will dich nicht wieder verlieren.«

10

Packard wohnte in Newport Beach. Mit Hilfe seines *Thomas Guide* gelangte Coltrane zu einer Villa in spanischem Stil, die zum Teil hinter einer hohen, getünchten Mauer verborgen war. Sowohl die Mauer wie auch das Haus selbst waren blassrosa und stark ausgebleicht von der kalifornischen Sonne, obgleich im Augenblick noch immer die Wolken des Sturms von Freitagabend den Himmel verdunkelten und alles in ein milchiges Grau tauchten. Coltrane fuhr durch das offen stehende Eisentor und ging vom Gas, um den Pfützen auszuweichen, die sich überall um die Löcher und Risse in der asphaltierten Auffahrt gebildet hatten. Die Hecken und Büsche mussten dringend gestutzt werden. Avokados verfaulten im Gras.

Der übergewichtige, farbenfroh gekleidete Mann, der Packard bei der Vernissage fort geschoben hatte, öffnete auf Coltranes Klingeln hin die Tür. Er sah aus, als hätte er eine anstrengende Nacht hinter sich. Sein rotes Sportsakko passte farblich wunderbar zu seinen geröteten feisten Wangen. Sein grau melierter Schnurrbart schien seinen Mund nach unten zu pressen. In der Hand hielt er ein halb leeres Glas mit – wie Coltrane vermutete – Bloody Mary. »Ich weiß nicht, ob das eine gute Idee ist«, brummte der Mann.

Coltrane war sich nicht sicher, was er damit meinte - das Mittagessen in flüssigem Zustand zu sich zu nehmen oder Coltrane ins Haus zu bitten.

»Die Ausstellung hat ihn sehr mitgenommen«, erklärte der Mann.

»Das hätte ich nicht gedacht. Ich hatte den Eindruck, dass er in guter Verfassung ist.«

»Weil er lebhaft und aufgedreht war? Daran erkennt man, wenn er sich besonders verletzbar fühlt.« Der Mann wechselte die Bloody Mary in die Linke und streckte Coltrane die Rechte entgegen. Die Hand war kalt vom Eis in dem Glas. »Duncan Reynolds.«

»Mitch Coltrane.«

»Ich weiß. Dem Weisen genügt ein Wort zur rechten Zeit: Nehmen Sie sich vor ihm in Acht. Ich habe nicht die leiseste Ahnung, was er diesmal ausheckt.«

Als Coltrane die Stirn in Falten zog, wölbte Duncan ebenfalls die Augenbrauen. »Ist irgendetwas?«, fragte er.

»Ich bin es nur nicht gewöhnt, dass mich der Freund von jemandem vor seinem Freund warnt. Zumindest nicht gleich bei den ersten paar Worten, die wir miteinander wechseln.«

»Freund?« Duncan zog beleidigt das Kinn ein, wodurch sich mehrere Fettringe um seinen feisten Hals legten. »Sie glauben, Randolph und ich sind Freunde? Großer Gott, nein. Ich bin sein Assistent. Sein Chefkoch und Tellerwäscher. Sein persönlicher Krankenpfleger und Mädchen für alles.«

Von irgendwoher im Haus schrillte eine Glocke.

»Ich würde ihn nicht warten lassen«, sagte Duncan.

Während dieses kurzen Gesprächs zwischen Tür und Angel stand die Haustür offen. Erst jetzt, nachdem Duncan sie zugemacht hatte und Coltrane ihm durch einen düsteren Korridor folgte, fiel ihm auf, wie dunkel es im Inneren des Hauses war. Dicke Vorhänge verdeckten die Fenster in mehreren, von Dämmerlicht erfüllten Räumen, an denen er vorüber kam. Im Vergleich dazu war der letzte Raum, in dem gedämpftes, indirektes Licht brannte, von Helligkeit geradezu durchflutet. Der Raum war überraschend spärlich möbliert – ein paar Polstersessel, ein Kaffeetisch und ein Sofa, die allesamt Male der Abnutzung trugen. Die Wände waren völlig kahl, die Vorhänge zur Seite gezogen, doch nicht die Spitzengardinen dahinter. Durch die Fensterfront sickerte graues Tageslicht, und man blickte auf ein von Blättern übersätes Stück Rasen hinaus. Jenseits davon waren eine Jacht und ein Stück des Piers zu sehen, an dem sie vertäut lag – beides machte den Eindruck, als wären Instandhaltungsarbeiten dringend nötig. Sogar das Wasser sah trüb aus.

Jetzt nahm Coltrane ein leises, zischendes Geräusch wahr. Zuerst dachte er, es käme von der Pumpe auf einem Aquarium, doch als sein Blick weiter durch das Zimmer schweifte, fiel er auf Packard, der in seinem Rollstuhl neben dem Kamin saß. In den Nasenlöchern des alten Mannes steckten Plastiktuben, die durch einen Schlauch mit einem kleinen Sauerstoffzylinder an der Rückseite des Rollstuhls verbunden waren. Packard schien in seinem grünen Seidenpyjama und dem ebenfalls grünen Morgenmantel zu ertrinken. Sein schmales Gesicht wirkte noch eingefallener als am Abend zuvor. Die Augen waren trüb, sein weißes Haar spärlich, seine Haut von braunen Flecken übersät. Als er hustete, bereitete ihm der Sand in der Kehle, der ihm bei der Ausstellung zu schaffen gemacht hatte, keine Probleme. Sein gegenwärtiges Problem war eine Menge zäher Schleim.

Coltrane sah diskret zur Seite, während der alte Mann in ein Taschentuch spuckte. »Vielleicht sollte ich ein andermal wiederkommen …«

»Unsinn«, wisperte Packard heiser. »Ich habe Sie zum Lunch eingeladen.«

Coltrane trat näher, weil er ihn kaum verstand.

»Ich lade selten jemanden in mein Haus ein.«

Coltrane war jetzt so nahe, dass er ihn berühren konnte, wenn er wollte. Packards gepresstes Flüstern hatte etwas seltsam Intimes an sich.

»Und ganz sicher nehme ich ein Angebot, das ich einmal gemacht habe, nicht zurück.« Der alte Mann räusperte sich umständlich. »Aber ich fürchte, mein Appetit ist nicht so, wie er sein sollte.« Der Sauerstoff zischte leise. »Wahrscheinlich irgendetwas, das ich gestern bei dem Empfang gegessen habe. Ich hoffe, es macht Ihnen nichts aus, dass Sie allein essen müssen.«

»Wenn Sie sich nicht wohl fühlen, warum verschieben wir es nicht?«

»Nichts da. Duncan, bringen Sie unserem jungen Mann etwas zu essen. Gibt es was, worauf Sie besondere Lust haben?«

»Ein Sandwich genügt völlig. Egal mit was.«

»Ich dachte eigentlich an etwas Delikateres als ein Sandwich.« Packard legte den bleichen Kopf schief. »Wenn der Dom Pérignon kühl genug ist, bringen Sie ihn dann gleich, Duncan?«

Duncan prostete ihm mit seiner Bloody Mary zu und ging aus dem Zimmer.

11

Stille senkte sich über den Raum, abgesehen von dem Zischen des Sauerstoffs. Der Unterschied zwischen dieser Unterhaltung und der gestern Abend wurde noch eklatanter. Coltrane kam zu dem Schluss, dass Packard gestern nicht nur Make-up getragen, sondern sich auch mit irgendeiner Droge stimuliert hatte. Sie hatte ihn so wach und reizbar gemacht. Das würde auch erklären, warum sein Umgangston nun so viel umgänglicher war.

»Ich sehe, Sie haben den Bildband zum Signieren mitgebracht. Welcher ist es denn?«

»*Reflexionen über die Stadt der Engel.*«

»Der gefiel mir von allen immer am besten.« Packard klang seltsam traurig. »Wie, um alles in der Welt, haben Sie ein Exemplar gefunden? Sie sind sehr selten. Und teuer.«

»Ich habe viel Zeit damit verbracht, in Antiquariaten rumzustöbern.«

»Vermutlich *sehr* viel Zeit.« Packard griff nach dem großformatigen Buch und dem Füllfederhalter, den Coltrane ihm hin hielt. Nachdem er den Buchdeckel aufgeschlagen hatte, strich er mit seiner dürren, knochigen Hand liebevoll über eine Seite. »Ich bin älter geworden. Aber dieses Papier, das feinste, das ich damals finden konnte, ist dasselbe geblieben wie 1931, als es bedruckt wurde. Vor einem ganzen Lebensalter.« Mit einem sentimentalen Kopfschütteln zog er die Verschlusskappe des Füllers ab und sammelte Kraft für den kompakten Schnörkel seiner Signatur.

»Bitteschön.« Ein schelmisches Blitzen glomm in seinen Augen, als er den Füllfederhalter und das Buch zurückgab. »Jetzt ist es noch seltener und noch teurer. Wo Sie gerade den Stift in der Hand haben, würde ich Sie gern bitten, diese Gefälligkeit zu erwidern und für mich ebenfalls etwas zu signieren.«

Coltrane verstand nicht, was er meinte. Einigermaßen verblüfft beobachtete er, wie Packard in eine Tasche an der Seite seines Rollstuhls griff und ein Exemplar von *Das Dunkel jenseits der Linse* hervorzog, dem einzigen veröffentlichten Fotoband Coltranes mit Aufnahmen aus Kriegsgebieten.

»Sie kennen meine Arbeit tatsächlich«, murmelte er erstaunt.

»Ein Fotograf, der den Pulitzerpreis gewonnen hat, weckt nun mal meine Aufmerksamkeit«, sagte Packard. »Sie sind sehr gut.«

»Vielen Dank.« Coltranes Stimme klang belegt. »Aus Ihrem Mund bedeutet mir das sehr viel.« Es gelang ihm einigermaßen, seine Hand ruhig zu halten, als er seinen

Namenszug in das Buch schrieb. »Aber ich wünschte, ich hätte meine Karriere anderen Themen gewidmet als Krieg und Tod. Ich denke oft darüber nach.«

»Der Tag, an dem Sie mit Ihrer Arbeit zufrieden sind, ist der Tag, an dem sie aufhören, ein guter Fotograf zu sein«, sagte Packard. Unvermittelt hustete er. Der Husten verschlimmerte sich Besorgnis erregend.

»Kann ich irgendwas für Sie ...«

»Nein.« Packard keuchte angestrengt durch das Taschentuch, das er sich gegen den Mund presste.

Coltrane wusste nicht, was er tun sollte. Er dachte daran, ihm auf den Rücken zu klopfen, fürchtete jedoch, er könnte dem alten Mann wehtun.

Endlich richtete Packard sich wieder auf. »Es ist das Wetter. Die kühle Luft. Ich hätte gestern Abend nicht aus dem Haus gehen sollen.«

»Warum haben Sie es dann getan?« Die wie aus dem Nichts ertönende Stimme gehörte Duncan. Er trat mit einem Eiskübel, einem Champagnerglas, einem weißen Tuch und dem Dom Pérignon ins Zimmer.

»Um mich daran zu erinnern, wie blind die Menschen sind«, erwiderte Packard. »Der Einzige, der erkannt hat, wie schlecht meine letzten Fotografien sind, ist dieser junge Mann hier.«

»Vielleicht waren alle anderen nur höflich.« Duncan ließ den Champagnerkorken knallen und füllte das Glas für Coltrane.

»Das macht Mr. Coltrane umso mehr zum einzigen glaubwürdigen Besucher der Ausstellung.«

»Abgesehen von mir. Ich sage Ihnen immer, was ich denke.« Duncan stellte die Flasche in den Eiskübel und legte das Tuch daneben.

»Und was denken Sie jetzt?«

»Dass ich mich gleich ums Mittagessen kümmere.« Der Anflug eines Lächelns zuckt um Duncans Mund, als er aus dem Zimmer ging.

Coltrane spürte, wie die Perlen des Champagners an seiner Nasenspitze prickelten, als er an dem Glas nippte.

»Ich sehe, Sie haben Ihre Kamera dabei.« Packard nickte in Richtung der Nikon, die an einem Riemen an Coltranes Schulter hing. »›Um die Zeit anzuhalten‹, haben Sie gesagt.«

Der rasche Themawechsel irritierte Coltrane.

»Ich habe Sie gefragt, warum Sie Fotograf geworden sind. Das war Ihre Antwort. Und dann fügten Sie hinzu: ›Alles fällt auseinander ... Und die Menschen sterben.‹«

»Ja.«

»Wer?«

»Wie bitte?«

»Wer ist gestorben?«

12

Coltrane blickte zu Boden.

»Meine Frage bereitet Ihnen Unbehagen?«

»Ja ...«

»In meinem Alter« – Packard machte eine Pause und rang nach Luft – »spart es mir wertvolle Zeit, wenn ich neue Bekannte bitte, mir das Wichtigste zu erzählen, das ich über sie wissen muss.«

»Eine Menge Leute wollen aber nicht an das Wichtigste in ihrem Leben erinnert werden«, entgegnete Coltrane.

Der Sauerstoff zischte leise.

»War es eine Schwester?«

Der Champagner hatte mit einem Mal einen sauren Beigeschmack.

»Ein Bruder?«

Coltrane stellte das Glas auf den Tisch. »Meine Mutter.«

»Ich verstehe.«

»Und mein Vater.«

»Als Sie ein Kind waren? Meine Eltern starben ebenfalls, als ich noch jung war. Nicht weit von hier. Bei einem Bootsunglück vor Santa Catalina.«

»Ja, als Sie sechzehn waren.«

Packard schien nicht überrascht, dass Coltrane alle Details aus seinem Leben kannte.

»Meine Eltern starben, als ich elf war«, sagte Coltrane. »Obwohl beide schon lange zuvor tot waren; es dauerte nur eine Weile, bis ich das begriff.«

Packard zog die Stirn in Falten.

»Mein Vater hat meine Mutter geschlagen.«

Packard rührte sich nicht und blieb stumm. Hätte er in irgendeiner Weise reagiert, dann hätte Coltrane das Thema auf der Stelle gewechselt. Doch Packard schien seine Zerrissenheit zu fühlen. Die Gegenwart des alten Mannes hatte etwas Hypnotisches. Als sich das Schweigen in die Länge zog, nur vom Zischen des Sauerstoffs unterbrochen, ertappte sich Coltrane bei dem Wunsch, weiter zu erzählen.

»Mein Vater hat meine Mutter nicht geschlagen, weil er ein Trinker war oder weil er sich Sorgen wegen seiner Arbeit machte oder aus irgendeinem anderen Grund, den man manchmal als Entschuldigung hört. Ich habe nie gesehen, dass er etwas getrunken hat. Und er hatte ein eigenes, erfolgreiches Unternehmen, eine Kette von chemischen Reinigungen, die von Jahr zu Jahr zahlreicher wurden. Vielleicht war es der Druck im Büro, von dem ich nichts mitbekam. Oder vielleicht hatte sein Vater seine Mutter geschlagen. Vielleicht hat er es deswegen getan. Vielleicht dachte er, es ist normal. Ich dachte das eine Zeit lang. Ich dachte, die Väter von allen Kindern schlagen ihre Frauen …«

Coltrane fühlte sich in der Zeit zurückversetzt. Er blinzelte, als erwache er aus einer Trance, und griff nach dem Champagnerglas. Ohne Rücksicht darauf, wie sehr die bitteren Erinnerungen den Geschmack des edlen Getränks noch mehr versäuerten, nahm er einen tiefen Schluck. Er empfand das seltsame Bedürfnis, mit seinen Erklärungen fortzufahren, als würde Packard sie, mehr als jeder andere auf der Welt, verstehen.

»Eines Nachts, nachdem mein Vater meiner Mutter eine

besonders heftige Abreibung verpasst hatte, tat er etwas, das er noch nie zuvor getan hatte: Er nahm sich mich vor und prügelte mich windelweich. Er schlug mir einen Zahn aus. Am nächsten Morgen schwor er mir, dass es ihm furchtbar Leid tue und dass so etwas nie wieder passieren würde und ich meinem Lehrer sagen solle, ich sei von meinem Fahrrad gestürzt und hätte mir mein Gesicht dabei so zugerichtet. Er mache es ganz bestimmt wieder gut. Dann fuhr er zur Arbeit. Noch im selben Augenblick, in dem sein Wagen um die Ecke verschwand, zerrte meine Mutter mich nach oben und half mir, Kleidung und andere Sachen in zwei Koffer zu werfen. Dann packte sie zwei Koffer für sich. Ich erinnere mich, wie sie mit panischer Angst in den Augen immer wieder aus dem Schlafzimmerfenster schaute, weil sie fürchtete, mein Vater könnte zurückkommen.«

Coltrane betrachtete die aufsteigenden Perlen in seinem Champagnerglas. Sie schienen größer zu werden. Wieder driftete er in die Vergangenheit zurück. »Sie muss es schon seit langem geplant haben. Sie ließ das Garagentor geschlossen, während sie die Koffer im Wagen verstaute, damit die Nachbarn nichts sahen. Dann fuhr sie mit mir zur Bank. Anschließend fuhr sie zum Busbahnhof und ließ mich mit den Koffern dort warten, während sie den Wagen wegbrachte – zum Bahnhof, wie sie mir später erzählt hat, damit mein Vater dachte, wir hätten die Stadt mit dem Zug verlassen. Eine Stunde später kam sie zum Busbahnhof zurück, und die nächsten drei Jahre waren wir auf der Flucht, machten immer nur für ein paar Tage in irgendwelchen Städten Halt, wo meine Mutter Arbeit annahm, bis sie wieder genug Geld gespart hatte, um die Flucht fortzusetzen. Später habe ich unsere Fluchtroute rekonstruiert. Von New Haven in Connecticut nach Trenton, New Jersey, von dort nach Harrisburg, Pennsylvania, dann nach Youngston, Ohio, dann Sedalia, Missouri, dann Boulder, Colorado, von dort nach Flagstaff, Arizona, und schließlich Los Angeles.«

Ungeheuer durstig trank er das Glas leer und füllte es von neuem. Ebenso gut hätte er Wasser trinken können. »Wir änderten ständig unseren Namen. Meine Mutter erklärte mir, dass sie nur nach Jobs suchte, bei denen sie das Geld auf die Hand bekam - Putzen zum Beispiel. Jobs, für die sie keine Steuern zahlen musste und keine Sozialversicherungsnummer brauchte, die in irgendeinem Regierungscomputer gespeichert gewesen wäre. Sie sagte, wenn wir keine Spuren hinterlassen und nicht versuchen würden, mit Freunden oder Verwandten zu Hause Kontakt aufzunehmen, würde mein Vater uns niemals finden. Ich weiß heute noch nicht, wie ...« Die aufwallenden Emotionen schnürten ihm die Kehle zu. »Eines Nachmittags, nachdem mich meine Mutter aus der Bibliothek abgeholt hatte, wo ich nach der Schule immer warten musste, bis sie mit der Arbeit fertig war, gingen wir an einer Eisdiele vorbei. Mutter kaufte ein Eis in der Waffel – zwei konnten wir uns nicht leisten. Danach fuhren wir mit dem Bus zu dem Wohnwagen raus, in dem wir lebten, und als wir die Tür aufmachten, saß mein Vater auf einem Hocker am Küchentresen und legte eine Patience.

So ruhig, wie ich ihn selten erlebt hatte, stand er auf, seufzte, zog einen Revolver hervor und sagte: ›Zusammengehörigkeit kommt gleich nach Gottesfurcht.‹ Dann schoss er meiner Mutter eine Kugel ins Gesicht. Einfach so. Wenn mein Vater sich etwas in den Kopf gesetzt hatte, war er nicht aufzuhalten. Mir war, als hätte mir jemand mit beiden Händen auf die Ohren geschlagen. In meinem Kopf war ein ohrenbetäubendes Schrillen, aber irgendwie dachte ich, ich hätte meine Mutter aufächzen hören, als sie zu Boden stürzte. Vielleicht war es aber auch ich, der ächzte. Ich fühlte eine nasse, klebrige Masse auf meinem Gesicht. Dann richtete mein Vater den Revolver auf mich. Er sah mich mit einem komischen Stirnrunzeln an, blickte auf meine tote Mutter hinab, dann wieder auf mich, und jagte sich eine Kugel in den Kopf.«

Als Coltrane sein Glas an die Lippen hob, stellte er fest, dass es erneut leer war. »Meine Großeltern haben mir erzählt, dass ich ein Jahr lang kein Wort gesprochen habe.«

13

Coltrane schwieg beklommen, dann holte er tief Luft, um fortzufahren. Packards mitfühlender Blick ließ ihn nicht eine Sekunde lang los und wirkte auf ihn auf eine beinahe unheimliche Weise wie ein Zwang, seine Geschichte zu Ende zu erzählen.

»Nachdem meine Großeltern nach Los Angeles gekommen waren, um mich zu holen, unsere Kleider und Sachen zusammengepackt, alle Rechnungen bezahlt und den Transport der beiden Toten nach Connecticut arrangiert hatten, nachdem all die juristischen Förmlichkeiten geregelt waren und ich mit ihnen nach New Haven geflogen war, konnte ich mich nicht mehr erinnern, wie meine Mutter ausgesehen hatte. Ich saß stundenlang in meinem Versteck im Keller und versuchte, mich an ihr Gesicht zu erinnern, doch alles, was ich sah, war das Bild von dem aufspritzenden Blut, als die Kugel sie traf. Verzweifelt versuchte ich, mir ihre Stimme ins Gedächtnis zurückzurufen, doch alles, was ich in meiner Erinnerung hörte, war der Knall des Schusses. Das war meine Realität; nicht das, was im Haus meiner Großeltern um mich herum passierte. Ich muss gegessen und geschlafen, mich gebadet, angezogen und ferngesehen haben, zur Schule gegangen sein, aber die Bilder und Geräusche, die ich wirklich wahrnahm, waren nur in meiner Fantasie.

Ich hatte kein Empfinden dafür, dass die Zeit verging. Schließlich fand ich heraus, dass ein Jahr vergangen war. Ich hörte jemanden in einem Zimmer über meinem Versteck weinen. Es war, als würde sich ein Nebel heben, als ich aus meinem Versteck hinter dem Heizungskessel hervorkroch und die Kellerstufen hinaufschlich, magisch angezogen von dem Schluchzen. Ich lief durch die Küche ins Wohnzimmer und entdeckte, dass es meine Großmutter war. Sie saß vornüber gebeugt auf einem Stuhl, das Gesicht in den Händen vergraben, und weinte so bitterlich, dass die Tränen durch ihre Finger rannen und auf die durchsichtigen Plastikhüllen des Albums mit Fotografien tropften, das aufgeschlagen vor ihr auf dem Kaffeetisch lag.

Ich trat neben ihren Stuhl und starrte auf die Fotografien hinab. Eine war in strahlendem Sonnenschein aufgenommen worden und überbelichtet, wodurch die Farben hell und die Konturen hart wirkten. Ich konnte eine Schaukel, eine Rutschbahn und eine Wippe ausmachen wie die, die jemand in der Wohnwagensiedlung aufgestellt hatte, in der meine Mutter und ich gewohnt hatten. Im Hintergrund erkannte ich einen Wohnwagen. Ich sah einen Jungen auf der Schaukel und eine Frau, die ihn anschubste. Ich beugte mich näher über das Foto und nahm die Frau genauer in Augenschein – ihr langes, im Wind wehendes sandfarbenes Haar, den schlanken Hals, ihr fein geschnittenes Gesicht, ihr strahlendes Lächeln. Die Frau trug ein braun-weiß karierte Hemd mit aufgerollten Ärmeln, das über ihre Jeans hing. Das Hemd und die Jeans sahen aus, als wären sie ihr zu groß, was nur umso deutlicher machte, wie zierlich sie war. Der Ausdruck auf ihrem Gesicht verriet, dass es ihr riesigen Spaß machte, das lachende Kind zu schaukeln.

Allmählich wurde mir bewusst, dass das Weinen aufgehört hatte. Als ich den Kopf hob, sah ich, dass meine Großmutter die Hände hatte sinken lassen und mich anschaute. Ihr Gesicht war vom Weinen gerötet und geschwollen.

›Das ist meine Mutter‹, sagte ich. Es waren die ersten Worte, die ich seit einem Jahr gesprochen hatte. ›So sieht sie aus. Jetzt erinnere ich mich wieder.‹«

14

»Und Sie wurden Fotograf, weil Sie versuchen wollten, die Vergangenheit zu bewahren?«, fragte Packard.

»Die Gegenwart. Dieses Fotoalbum und andere, die meine Großeltern hatten, zeigten meine Mutter. Wie sie aufwuchs und heiratete. Dann war sie hochschwanger mit mir. Dann hielt sie mich auf den Armen, badete mich, zog mich auf. Die Zeit war außer Kraft gesetzt. Sie lebte in den Seiten dieses Albums. Gott sei Dank fand ich keine Fotos von meinem Vater. Meine Großmutter erzählte mir, dass sie jedes Bild von ihm verbrannt und ihn dabei jedes Mal verflucht hatte. Er war tot. Meine Mutter nicht. Sie lebte in den Fotografien weiter.

Aber auf einigen Fotos war sie vollkommener als auf anderen. Während ich sie stundenlang ansah, wuchs meine Enttäuschung. Einige Fotos waren leicht verwackelt, manche überbelichtet, andere unterbelichtet. Einige waren von zu nah, andere von zu weit entfernt aufgenommen. Auf manchen waren Dinge undeutlich, die ich unbedingt genauer sehen wollte – ein Schimmern in den Augen meiner Mutter, ihre Hände. In meiner Fantasie stellte ich mir bessere Fotos vor. Ich hoffte inständig, dass man sie besser hätte machen können.«

»Und der nächste Schritt war, selber zu lernen, wie man fotografiert?«

»Sie haben sicher die Erzählungen von frustrierten Fotografen gehört, die berichten, dass sich die Menschen mancher primitiver Völker nicht fotografieren lassen, weil sie glauben, die Kamera stehle ihnen die Seele. Ich weiß nicht, ob diese Geschichten wahr sind, aber falls sie wahr sind, täuschen sich die Eingeborenen. Die Kamera stielt gar nichts. Sie *gibt* nur – und zwar Unsterblichkeit. Zumindest habe ich das geglaubt, als ich ein Junge war. Ich wollte von allen, die ich kannte, Fotos machen, damit ich mich an sie erinnerte, denn eines Tages würden sie sterben. Aber nicht auf meinen Fotografien. So lange meine Fotos existierten, dachte ich, lebten auch diese Leute.«

»Wollte. Dachte. Sie benutzen andauernd die Vergangenheitsform.«

»Irgendwo auf meinem Weg habe ich die falsche Richtung eingeschlagen. Ich fing an, Bilder zu machen, die nicht das Leben priesen, sondern den Tod festhielten. Ich fing an, Vernichtung und Verzweiflung zu dokumentieren, statt

Hoffnung.« Coltrane schüttelte heftig den Kopf. »Nie wieder. Ich möchte in meinen Bildern das Leben würdigen und preisen.«

»Dann möchte ich um jeden Preis« – Packard hustete gequält –, »dass Sie *mich* fotografieren.«

15

Als Duncan mit einem Tablett ins Zimmer geschlurft kam, auf dem sechs verschiedene Sorten Kaviar – durchscheinende, fett glänzende Fischeier in Gold, Schwarz, Grau, Braun, Graugrün und Grünschwarz – angerichtet waren, verließ Coltrane sein ohnehin mäßiger Appetit vollends. Die von neuem aufgewühlten Emotionen und vor allem der Champagner hatten seinen Magen übersäuert. In zunehmendem Maße verließen Packard, dessen Augen tränten und schwer wurden und dessen Stimme sich immer mehr mit rasselndem Schleim füllte, die Kräfte, die Unterhaltung fortzusetzen. Nachdem sie die Details ihres gemeinsamen Projekts besprochen hatten, verabschiedete Coltrane sich deshalb rasch.

Das Nachmittagslicht war noch immer grau und diesig. Während der ganzen Fahrt zurück nach Los Angeles, kämpfte Coltrane gegen eine bleierne Erschöpfung. Er erreichte seine Wohnung um halb fünf und war noch immer nicht hungrig. Tatsächlich fürchtete er, ihm könnte schlecht werden. Er legte sich auf die Ledercouch, versuchte, auf die Reihe zu kriegen, was ihm widerfahren war, und sank schließlich in einen traumbewegten Schlaf. Einmal klingelte das Telefon, doch er befand sich an einem viel zu dunklen Ort, um abzunehmen oder zu hören, ob jemand eine Nachricht auf dem Anrufbeantworter hinterließ.

16

»Hast du mich gestern Abend angerufen?«, fragte Coltrane.

Es war elf Uhr am Sonntagmorgen. Er saß mit Jennifer auf dem schmalen Balkon ihrer Eigentumswohnung, von dem aus man über den Hafen von Marina del Rey blicken konnte. Die Wolken waren noch immer grau und hingen tief. Eine kühle Brise wehte vom Meer, und Coltrane fröstelte, obwohl er einen Pullover anhatte. Seit er aufgewacht war, bekam er das Gefühl nicht los, als wäre er schwer verkatert. Er redete sich ein, dass er nur etwas frische Luft brauchte, um wieder auf den Damm zu kommen.

Jennifer schüttelte den Kopf. »Wir hatten doch besprochen, dass du herausfinden willst, wie du allein zurechtkommst.«

»Du hast also nicht angerufen?«

Jennifer schien amüsiert. »Es hat Zeiten gegeben, da habe ich dich viel zu oft angerufen, weißt du nicht mehr?«

»Ich frage nur, weil gestern Abend, als ich geschlafen habe, jemand angerufen und keine Nachricht hinterlassen hat. Als ich heute Morgen nachsah, blinkte das Licht auf dem Anrufbeantworter. Es waren eine Menge Nachrichten drauf, aber alle von früher am Tag – Zeitungsreporter und Redakteure von Fernsehtalkshows, die ein Interview über die Bosnienfotos wollen. Aber dann, am Ende des Bands, war fünfzehn Sekunden lang nur irgendeine klassische Musik zu hören und dann ein ›Klick‹.«

»Ich war es nicht«, sagte Jennifer.

Coltrane rieb sich die Stirn und stärkte sich mit einem Schluck dampfendem Espresso. »Ein Reporter hätte sicher gesagt, was er zu sagen hatte.«

»Du überlegst, ob es Packard war?«

»Der Gedanke ist mir gekommen, ja.« Obwohl Coltrane eine Sonnenbrille trug, war das Licht unerträglich grell. Aus zusammengekniffenen Augen beobachtete er ein Segelboot, das mit tuckerndem Motor quer durch den überfüllten Hafen auf das offene Meer zustrebte.

»Vielleicht liegt es daran, dass ich Jungfrau bin«, sagte Jennifer.

»Wie meinst du das?«

»Es ist doch abgemacht, oder? Ich meine, dass du und Packard für das Magazin zusammenarbeiten werdet?«

Coltrane nickte. »Packard hat versprochen, dir die Abzüge und die unterschriebenen Genehmigungsformulare für die Veröffentlichung morgen per Boten zu schicken.«

»Falls es tatsächlich Packard war, der gestern Abend bei dir angerufen hat - glaubst du, er hatte vor, dir zu sagen, dass er es sich anders überlegt hat? Vielleicht solltest du ihn anrufen und dich vergewissern, dass die Abmachung noch steht.«

»Und ihn in Sorge versetzen, ich könnte mich als Nervensäge entpuppen?«

Jennifer nagte an ihrer Unterlippe. »Ja, vielleicht hast du Recht. Manchmal weiß ich nicht, wann es vielleicht besser ist, die Dinge so zu lassen, wie sie sind.«

17

Als er die Stufen von seiner Garage hinaufstieg und in die Küche trat, hörte Coltrane jemand seinen Namen rufen. Er war im Begriff gewesen, in die Dunkelkammer im ersten Stock hinaufzugehen, doch nun drehte er den Kopf, änderte die Richtung seiner Schritte und spähte ins Wohnzimmer.

Die Haustür stand offen; vom Patio strömte Licht herein. Ein rothaariger Mann stellte einen großen Pappkarton neben einen Zweiten. Er war wie Coltrane etwa Mitte dreißig. Sein schütteres Haar betonte das runde, volle Gesicht. Die bleiche Haut war von Sommersprossen übersät.

»Bin gerade noch rechtzeitig gekommen«, sagte der

Mann. »Ich hab' für die beiden Pakete unterschrieben und sie für dich reingebracht.«

»Hallo, Daniel«, sagte Coltrane grinsend. »Ich wollte dich schon die ganze Zeit anrufen, aber ich weiß, du hast Nachtdienst. Ich wollte dich nicht am Tag aus dem Schlaf reißen.«

»Ich weiß deine Rücksicht zu schätzen. Es war eine harte Woche.«

»Ich schätze, dazu habe ich auch meinen Teil beigetragen, als ich am Mittwochmorgen an deine Tür gehämmert habe.«

»Es war das Beste, was du tun konntest. Ein paar Stiche der Naht waren entzündet und mussten gesäubert und behandelt werden. Wie sehen sie aus?«

»Bestens.«

»Das glaube ich erst, wenn ich es sehe. Hoch mit dem Pullover und dem Hemd.«

Coltrane seufzte und tat, wie ihm geheißen.

»Nicht schlecht.« Daniel beugte sich näher und betrachtete die Narbe aus zusammengekniffenen Augen. »Das Antibiotikum, das ich dir verschrieben habe, scheint zu wirken. Du hattest eine beginnende Infektion, aber die Rötung um die Stiche ist fast verschwunden. Hast du noch Fieber?«

»Nein.«

»Du hast eine verdammt gute Konstitution, mein Freund. Ich bezweifle, dass ich das überlebt hätte.«

Coltrane antwortete mit einem Achselzucken.

»Denk daran, dass du alle Tabletten von dem Antibiotikum nehmen musst. Und trink viel. In ein paar Tagen kann ich dir die Fäden ziehen.«

»Daniel?« Coltrane legte allen Nachdruck in das nächste Wort. »Danke.«

»Nicht der Rede wert.«

»Doch. Es ist sehr wohl der Rede wert. Du bist immer da, wenn es drauf ankommt.«

»Was hast du von mir erwartet? Dass ich dir sage, du sollst dich verpfeifen, weil ich gerade vom Nachtdienst heimgekommen bin und schlafen möchte?«

»Du bist ein wahrer Freund.«

»Ich hoffe nur, du bist nicht sauer, dass ich Jennifer mit reingezogen habe. Mir fiel sonst niemand ein, auf dessen Hilfe ich zählen konnte.«

»Weshalb sollte ich sauer sein? Überhaupt nicht. Die Dinge entwickeln sich bestens.«

»Gib es zu – sie hat dir gefehlt. Wir drei haben wirklich sehr schöne Zeiten zusammen erlebt. Wenn Jennifer etwas zu sehr gewollt hat, dann nur, weil sie dich sehr mag.«

»Oder ich habe es nicht genug gewollt.« Coltrane wechselte das Thema. »Was sind das eigentlich für Kartons?«

»Ein Mann von einem Kurierdienst saß in seinem Wagen vor deinem Haus. Er ist mir aufgefallen, als ich rausging, um mir ein wenig dringendst nötige Bewegung zu verschaffen und eine Runde zu laufen.« Daniel tätschelte die leichte Wölbung in Bauchhöhe unter seinem blauen Jogginganzug. »Dem Gewicht nach müssen in den Kartons Goldbarren oder so was Ähnliches sein. Der Typ vom Lieferservice wollte sich zuerst nicht drauf einlassen, dass ich den Empfang bestätige. Erst als er gesehen hat, dass ich einen Schlüssel zu deinem Haus habe, war er einverstanden.«

»Ein Kurierservice am Sonntag?«

»Der Fahrer hat erzählt, der Auftraggeber hätte ausdrücklich darauf bestanden.«

»Nirgendwo ein Absender. Hat der Fahrer gesagt, von wem …?«

»Randolph Packard.«

»*Packard*?«

»Der Name sagt mir nichts.«

Coltrane erklärte rasch, während er einen der Kartons vorsichtig öffnete. In ihm lag auf einer dicken Schicht Schaumstoff ein versiegelter Umschlag. Er brach das Siegel auf und zog eine handgeschriebene Karte heraus.

Ich bin überzeugt, Sie wissen damit etwas anzufangen.

Erstaunt zog Coltrane die Schaumstoff-Verpackung beiseite. Seine Verwunderung schlug um in grenzenlose Verblüffung, als er in dem Karton ein Stativ und ein etwa dreißig mal dreißig Zentimeter messendes schwarzes Gehäuse entdeckte, dessen Vorder- und Rückseite mit Balgen verbunden waren.

»Was ist das?«, fragte Daniel.

»Eine Kamera.«

»Ich habe noch nie eine Kamera gesehen, die aussieht wie ein Miniaturakkordeon.«

»Man nennt so was Balgen- oder Großbildkamera.« Als Coltrane allmählich dämmerte, was es bedeutete, diese Kamera in Händen zu halten, ergriff ihn Ehrfurcht. »Heute benutzen nur noch Studiofotografen solche Kameras, aber in den alten Zeiten, als Packard am Zenit seiner Karriere war, war das der übliche Standard für jeden ernsthaften Fotografen. Packard nahm so eine Kamera sicherlich überallhin mit.«

»Weshalb sehen die so ulkig aus?«

»Ich nehme mal an, du weißt nichts über Verschlussgeschwindigkeiten und Blenden«, sagte Coltrane.

»Du lieber Himmel, nein. Mir genügt meine ›Guck und klick‹-Kodak. Damit knipse ich drauflos, ohne mir den Kopf zu zerbrechen.«

»Verstehe.« Coltrane grinste. »Du kannst dir nicht vorstellen, wie es war zu fotografieren, als die Kameras noch keinen eingebauten Belichtungsmesser, keinen Autofocus und all den übrigen Schnickschnack hatten.«

»Das nennt man Fortschritt.«

»Vielleicht, aber bist du nicht manchmal auch wegen den Bildern frustriert, die diese automatischen Kameras machen? Sie sehen meistens überbelichtet aus. Die Aufnahmen haben keine Konturen, und die Farben sind viel zu grell oder haben einen Rot- oder Blaustich.«

»Für einen Schnappschuss sind sie gut genug.«

»Aber wenn du ein erstklassiges Foto willst, musst du zu anderen Mitteln greifen. Du brauchst einen Belichtungsmesser, um das vorhandene Licht so genau wie möglich zu messen. Dann musst du die Blendenöffnung im Objektiv und die Verschlussgeschwindigkeit, beziehungsweise die dadurch bestimmte Belichtungszeit, so aufeinander abstimmen, dass eine ganz bestimmte Lichtmenge auf das Negativ fällt. Diese Großbildkameras haben exakte Einstellknöpfe, mit denen man das alles präzise regulieren kann. Und die Scharfeinstellung funktioniert ebenso präzise. Man schiebt diesen Balgen wie bei einem Akkordeon auseinander oder zusammen und bringt damit das Objektiv näher an die Mattscheibe am Rückteil der Kamera heran oder weiter weg, bis das Bild vollkommen scharf ist. Eine Kamera dieser Größe benötigt ein Acht-mal-zehn-Negativ. Man kann davon einen Acht-mal-zehn-Abzug machen, ohne den körnigen Effekt zu kriegen, den du mit Vergrößerungen von einem Fünfunddreißig-Millimeter-Negativ bekommst. Mit einer solchen Kamera kann man so scharfe und brillante Bilder machen, dass du nie wieder mit den Schnappschüssen einer automatischen Kamera zufrieden bist.«

»Sieht aus, als wäre es schwer, damit umzugehen.«

»Noch schwerer, als du glaubst. Halt das mal, damit ich das Stativ aus dem Karton nehmen kann.«

Coltrane zog die Beine des Stativs auseinander und klemmte sie fest, dann setzte er die Kamera darauf und schraubte sie an. Er legte ein schwarzes Tuch über die Kamera. »Und jetzt schlüpf drunter und schau auf die Mattscheibe.«

Daniel duckte sich unter das Tuch und tauchte sogleich wieder auf. Irritiert rieb er sich die Augen. »Alles steht auf dem Kopf.«

»Und erscheint seitenverkehrt«, nickte Coltrane. »Der Fotograf muss sich vorstellen, wie das Foto normal aussähe. Aber nicht nur das: Die Kamera ist verdammt schwer. Man benötigt dafür Negative, die von lichtundurchlässigen Haltern geschützt sind, zwei Negative pro Halter. Wenn du also hundert Aufnahmen machen willst, brauchst du fünfzig Halter, und die sind wirklich schwer. Und dann brauchst du natürlich verschiedene Filter und Objektive, die du ebenfalls mitschleppen musst. Sie sind wahrscheinlich in dem anderen Karton. Wenn du mit einer Großbildkamera zum Fotografieren gehst, ist es, als würdest du zu einer Safari aufbrechen.«

»Bist du sicher, dass das der Mühe wert ist?«

»Im Augenblick möchte ich es nicht anders.« Coltrane starrte die Kamera ehrfürchtig an. »Sieh dir die Kratzer darauf an. Alt.« Mit zusammengekniffenen Augen versuchte er, den Namen des Herstellers zu entziffern, der auf dem Metallrahmen an der Rückseite eingeprägt war. »Korona. Ich weiß nicht mal, ob die Firma überhaupt noch existiert.«

Benommen und überwältigt von der Bedeutung, die diese Geste für ihn und sicherlich auch für Packard hatte, sank Coltrane auf das Sofa. Das musste die Kamera sein, mit der Packard seine berühmte Serie von Häusern in Los Angeles fotografiert hatte, dachte er. Er hatte sich nicht vorgestellt, dass dieses Projekt – die Bilder der Los-Angeles-Serie noch einmal aufzunehmen – auch einen Kursus über den Umgang mit Großbildkameras beinhalten würde. Ihm war klar gewesen, dass er buchstäblich in Packards Fußstapfen treten würde und dabei versuchen musste, so gut er es vermochte, denselben Platz zu finden, an dem Packard seine Kamera aufgestellt hatte, und denselben Kamerawinkel. Doch Coltrane hatte angenommen, er würde dabei die heute üblichen Kameras benutzen. Nun begriff er, dass eine moderne Ausrüstung der Intention des Experiments nicht gerecht werden konnte, weil sich dann das Augenmerk mehr darauf richten würde, wie die *Fotografie* sich seitdem entwickelt hatte, nicht darauf, was seit den Zwanzigerjahren aus der Stadt geworden war. Darüber hinaus wollte Packard Coltrane mit dieser Geste vermutlich auch zu verstehen geben, alles ihm Mögliche zu versuchen, sich mit ihm zu identifizieren, sich glauben zu machen, Packard zu sein. Nur dann würde Coltrane die Entscheidungen verstehen, die Packard getroffen hatte, als er die Häuser fotografierte.

Das Telefon klingelte.

Vielleicht ist es der Alte, dachte Coltrane. »Hallo?«

»Du errätst nie, was gerade ein Bote abgegeben hat«,

sprudelte Jennifer aufgeregt hervor. »Die Abzüge und die unterschriebenen Genehmigungsformulare. Die Sache ist definitiv in trockenen Tüchern.«

»Und du errätst nie, was ein Bote gerade bei mir abgeben hat. Die Großbildkamera, die Packard damals benutzt hat.«

»Was?«

»Komm rüber. Du musst dir diese Kamera ansehen.«

18

»Hallo.« Duncans Stimme klang undeutlich, als hätte er getrunken.

»Hier ist Mitch Coltrane.«

Keine Antwort. Coltrane presste den Hörer fester ans Ohr, weil er glaubte, mit der Verbindung sei etwas nicht in Ordnung. »Duncan?«

»Geht es um die Kamera?«

»Ich kann kaum glauben, wie großzügig er ist. Ist jetzt ein passender Zeitpunkt, mit ihm zu sprechen? Ich würde ihm gerne danken und ihm versprechen, dass er alles wieder in bestem Zustand zurückbekommt.«

»Nein, ich fürchte, es ist jetzt kein passender Zeitpunkt.«

»Dann rufe ich später noch einmal an. Wann, glauben Sie, fühlt er sich möglicherweise …«

»Randolph ist vor zwei Stunden gestorben.«

Ein kalter Schauer durchlief Coltrane, bei den Füßen beginnend, bis hinauf zu seinen Haarwurzeln. »Nein. Wie … Gestern …«

»Er hat sich nur nichts anmerken lassen. Heute Nacht gegen drei Uhr wurde sein Atem immer schwächer. Selbst bei der höchsten Sauerstoffstufe musste er nach Luft ringen.«

»O Gott.«

»Ich habe seinen Arzt angerufen, aber Randolph hatte

strikte Anweisungen gegeben, dass er unter keinen Umständen ins Krankenhaus wollte. Wir konnten nicht mehr tun, als ihm seine letzten Stunden so weit wie möglich zu erleichtern. Am frühen Nachmittag ist er dann verschieden.«

»Die Kamera.« Coltrane hatte Mühe, seine Stimme unter Kontrolle zu bekommen. »Wann hat ...«

»Wir haben gestern Abend darüber gesprochen. Bei dieser Gelegenheit hat er auch die Genehmigungen für die Veröffentlichung der Fotos unterschrieben, die Ihr Verleger, zusammen mit den Abzügen, mittlerweile in Händen haben müsste. Das Projekt kann vorangehen wie geplant. Aus irgendeinem Grund war es Randolph sehr wichtig, dass jemand in seine Fußstapfen tritt und seinen Schritten von damals folgt.«

»Ich werde ihn nicht enttäuschen.«

»Das hat er auch nicht angenommen. Er fühlte sich Ihnen inzwischen sehr nah. Einen ›Mitwaisen‹ hat er Sie genannt. Ich möchte mich vergewissern, dass Sie verstehen: Randolph war kaum mehr in der Lage zu sprechen, als es dem Ende zuging, aber er hat die erstaunliche Kraft aufgebracht, mir das Versprechen abzunehmen, es Ihnen zu sagen.«

»Mir was zu sagen?«

»Dass die Kamera Ihnen gehört.«

»Was?«

»Er hat sie Ihnen nicht geliehen. Sie ist ein Geschenk. Ich schätze, Sie können es auch als Erbe bezeichnen.«

19

Und so erweckte Coltrane, von der Trauer um seinen großen Kollegen bedrückt, Packard wieder zum Leben. Dieser Gedanke wollte einfach nicht aus seinem Kopf, während er in der Dunkelkammer unter dem dämmrigen, bernsteinfarbenen Licht der Speziallampe arbeitete. Jennifer stand neben ihm und sah ihm mit gespanntem, düsterem Blick zu, wie er mit Hilfe einer Zange einen Bogen Fotopapier in die Wanne mit Entwicklerlösung legte. Er rüttelte die Wanne ein wenig, bewegte das Papier mit der Zange in der Lösung hin und her und ließ es dann ruhen. Zunächst blieb das Papier weiß und leer. Dann vollzog sich die Magie, und ein Bild erschien darauf: Die Schwarzweißfotografie eines alten Mannes, der in die Kamera emporblickt.

Jennifer war einen Augenblick lang nicht fähig, etwas zu sagen. »Es ist toll.«

Die Trauer tilgte jeden Anflug von Zufriedenheit, die Coltrane möglicherweise empfand, aus seiner Stimme. Der durchdringende Geruch der Chemikalien hinterließ einen bitteren Geschmack im Mund. »Ich habe ein Dutzend Aufnahmen gemacht, aber das hier ist die, bei der ich sofort wusste, dass ist genau das, was ich wollte.«

Die Fotografie zeigte Packard, abgezehrt und in den Falten seines zu großen Pyjamas und Hausmantels versinkend, in seinem Rollstuhl vor dem Kamin. Die Blende, die Coltrane für die Aufnahme gewählt hatte, gab auch den Hintergrund scharf wider, insbesondere ein Stück eines ausgebrannten, zerklüfteten Scheits im Kamin, in dem genau die Art von Symbolismus im Detail sichtbar wurde, wie Packard ihn in seinen frühen Arbeiten selbst gern verwendet hatte.

»Seine Augen«, sagte Jennifer.

Coltrane nickte. »Der Ausdruck in ihnen veränderte sich ständig – von Arroganz in Ungeduld, in Ironie, Amüsiertheit, bis hin zu Berechnung. Aber genau dieser Ausdruck hier war es, den ich haben wollte. Davor, als er sich seine Bilder in dem Fotoband ansah, den ich zum Signieren mitgebracht hatte, wurden seine Augen traurig. Nicht ein Funken von Stolz auf das, was er geschaffen hatte, war in ihnen zu sehen. Das einzige, woran ihn seine Fotos erinnert haben, so schien es, war die Vergänglichkeit der Zeit.«

»Hattest du keine Probleme, ihn dazu zu bekommen, das Buch auf seinem Schoß zu halten?«

»Überhaupt nicht. Er sagte: ›Ich ergebe mich Ihnen ganz.‹«

»Wir haben hier also die Fotografie eines gebrechlichen alten Mannes, der zufällig ein Genie ist, beim Betrachten eines seiner Bücher. Eine Fotografie eines Fotografen und seiner Fotografien.«

»Seine Bilder sind dieselben geblieben, nur er ist älter geworden.« In Coltranes Stimme schwang Wehmut.

»Aber jetzt bleibt er in dieser Fotografie immer derselbe.«

»Ich bin gespannt, was für ein Gefühl es sein wird, zu denselben Plätzen zu gehen wie Packard, dasselbe zu tun wie er, zu fühlen wie er – zu versuchen, er zu sein.«

DREI

1

Als er sich dem Beverly Hills Hotel näherte, bog Coltrane nach links vom Sunset Boulevard ab und steuerte den Wagen den Benedict Canyon Drive hinauf. Es war kurz nach acht am Mittwochmorgen, dem Tag nach Packards Beisetzung. Entschlossen, das Projekt in Angriff zu nehmen, waren er und Jennifer früh aufgebrochen. Sie fuhren durch die Schatten hoher Palmen, vorbei an teueren, von blühenden Sträuchern überwucherten Häusern hinter akribisch gestutzten Hecken. Der Himmel war, nachdem die Wolken weitergezogen waren, zur Abwechslung wieder klar und strahlend blau.

»Hör auf, mich auf die Folter zu spannen. Sag schon, welches Haus ist das Erste auf der Liste?«, fragte Jennifer.

»Falcon Lair.« Coltrane trug seine üblichen Arbeitsklamotten: lederne Wanderstiefel, Jeans und ein blaues Sweatshirt.

Jennifers orangefarbenes Sweatshirt mit der Aufschrift ›Southern California Magazine‹ bildete einen leuchtenden Kontrast dazu. Ihr kurzes blondes Haar hatte sie unter einer Baseballmütze versteckt, was ihr Gesicht auf eine knabenhafte Art attraktiv machte und Coltrane an den Filmschauspieler erinnerte, dessen Name sie soeben aussprach: »Rudolph Valentino?«

»Der Scheich persönlich.«

»Ich habe nie verstanden, warum er sein Haus Falcon Lair genannt hat. Klingt entsetzlich pathetisch – ›Falkenhorst‹!«

»Mitte der Zwanzigerjahre versuchte Valentinos zweite Frau, das Studio zu bewegen, ihr die Aufsicht über die Produktion eines seiner Filme zu übertragen. Der Film hieß *The Hooded Falcon*. Aber sie trieb die Kosten derart in die Höhe, dass das Studio die Dreharbeiten einstellte. Um ihr verletztes Ego aufzubauen, nannte Valentino die Villa, die sie bauten, nach dem abgebrochenen Projekt. Kurz danach ließen sie sich scheiden.«

»Und was ist aus Valentino geworden?«

»Als seine Frau ihn verließ, drohte er, sich eine Kugel in den Kopf zu jagen. Stattdessen kaufte er dann Tonnen antiker Möbel – Ritterrüstungen und maurische Wandschirme und ähnlichen Plunder. Er trug mehr zusammen, als in Falcon Lair Platz hatte, aber irgendwie schaffte er es, alles in das Haus hinein zu stopfen. Er hat für das Zeug so viel Geld ausgegeben, dass er am Ende kurz vor dem finanziellen Ruin stand. Er machte sich Sorgen wegen seiner Karriere, bis er mit einunddreißig an einem Magengeschwür starb.«

2

Packards vielgerühmte Aufnahme von Falcon Lair war von einem benachbarten Hügel aus gemacht worden. Sie zeigte die Dreizehn-Zimmer-Villa winzig klein in der Ferne, von einer hohen weißen Mauer umgeben, auf einem abgeflachten Bergrücken thronend. Sie wirkte so abgelegen und einsam, dass sich unwillkürlich der Gedanke an ein spanisches Kloster aufdrängte. Auf keinem der vielen Hügel jenseits davon gab es Häuser, doch tentakelähnliche Straßen, die die Hänge empor krochen, kündeten bereits die bevorstehende Invasion an. In der linken unteren Ecke der Fotografie gab eine Tafel inmitten des aufgewühlten Erdreichs an einem der Hänge die nächste Baulanderschließung bekannt. ›BEVERLY TERRACE‹ stand darauf. Die

Botschaft war klar: Bald würde die Gegend mit ähnlichen Villen vollgebaut sein. Die Abgeschiedenheit, die die Wohnlage so attraktiv machte, würde für immer verloren sein. Als würde er damit die bevorstehende Invasion kommentieren, war es Packard gelungen, einen Raubvogel ins Bild zu bekommen, der im Vordergrund schwebte.

3

Nahe dem oberen Ende des Benedict Canyon Drive bog Coltrane nach links in eine versteckte Seitenstraße und lenkte den Wagen höher in die bewaldeten Hügel empor. Je einsamer die Gegend wurde, umso teurer sahen die Häuser aus.

»Woher weißt du, dass das der richtige Weg ist?«, frage Jennifer.

»Ich weiß es nicht. Ich habe mir am Montag eine Karte mit eingezeichneten Höhenlinien gekauft und sie mit einer Straßenkarte von Beverly Hills und Packards Foto verglichen. Falcon Lair liegt auf einem dieser steilen Abhänge da drüben rechts, also müssen wir in der entgegengesetzten Richtung nach der Stelle suchen, von der aus Packard das Foto gemacht hat.«

Jennifer schüttelte den Kopf. »Damals hat es all diese Straßen noch nicht gegeben. Es ist unmöglich zu sagen, auf welchem Weg Packard hier hoch gekommen ist.«

»Und die Bäume hier oben versperren die Sicht. Wir wissen also nicht, wo in Relation zu Falcon Lair wir uns befinden.«

Sechs Stunden später hielt nur noch ihre verbissene Entschlossenheit sie davon ab aufzugeben. »Dieser Job erfordert einen Entdecker, keinen Fotografen«, knurrte Coltrane, während er den Wagen in eine weitere Seitenstraße steuerte.

Jennifer wand sich in ihrem Sitz. »Mir tut der Hintern

weh. Ich fühle mich, als wäre ich bis nach Vegas und zurückgefahren.« Leere Kaffeebecher und zerknüllte Junkfood-Verpackungen von mehreren Abstechern nach West Hollywood, zwecks Besuchs einer Toilette, übersäten den Boden vor dem Beifahrersitz. »Ich wette, ich habe zehn Pfund zugenommen.«

»Vielleicht war das Ganze ja nichts anderes als das, was Packard unter einem Scherz versteht – ich meine, mich zu beschwatzen, bei dem Projekt einzusteigen.« Coltrane erreichte den höchsten Punkt der, wie es ihm schien, hundertsten Seitenstraße und deutete auf das von einer Mauer umgebene Anwesen links von der Straße. »Meinst du, von hier könnte er die Aufnahme gemacht haben?«

Jennifer sah zu dem Anwesen hinüber und drehte dann den Kopf nach rechts, wo der Ausblick von Büschen und Baumwipfeln eingeschränkt war. »Versuchen wir's. Alles, um rauszukommen und zu schauen, ob mich meine Beine noch tragen.«

Die sanfte Brise roch süß. Obwohl es erst geregnet hatte, hörte Coltrane einen Rasensprinkler.

»Das könnte es sein.« Er fasste das Anwesen näher ins Auge. Es lag höher als die Straße und war die höchste Erhebung weit und breit. »Von drinnen könnten wir vielleicht über die Bäume bis zur anderen Seite des Canyon hinüberschauen.«

Jennifer blickte auf die Uhr. »Zehn nach zwei. Das Licht wird bald perfekt sein.«

»Ja. Vielleicht ist der Tag doch nicht ganz vergeudet. Vielleicht kann ich noch ein paar Aufnahmen machen.«

Die von Rhododendron gesäumte Auffahrt endete vor einem verschlossenen Eisentor. Hinter einer kleineren, ebenfalls verschlossenen Tür führte ein schmaler Weg zum Haus oder tiefer in den Garten. Daneben war in die von Efeu überwucherte Mauer eine Gegensprechanlage eingelassen.

Coltrane drückte den Knopf.

»Ja? Hallo?« Eine blechern klingende Frauenstimme tönte aus dem Lautsprecher.

»Entschuldigen Sie die Störung, Madam, aber ich bin Fotograf bei …«

»Sie sind früh dran.«

Coltrane tauschte einen verständnislosen Blick mit Jennifer.

»Wie bitte, Ma'am? Ich verstehe nicht ganz …«, sagte Coltrane in die Sprechanlage.

»Sie sollten doch erst am Samstag kommen.«

»Am Samstag?«

»Zur Hochzeit unserer Tochter.«

»Ich fürchte, da liegt ein Missverständnis vor.«

»O Gott! Sagen Sie mir jetzt nicht, Sie können nicht zur Hochzeit kommen!«, rief die Frau.

»Ich weiß nichts von einer Hochzeit, Ma'am. Ich arbeite für das *Southern California Magazine* und …«

»Ein Magazin? Aber ich will keine Magazine oder Zeitschriften.«

Jennifer fing zu kichern an.

»Ich verkaufe keine Zeitschriften, Ma'am. Ich möchte nur ein paar Fotos von einem Haus auf der anderen Seite …«

»*Fotos von unserem Haus*? Mein Mann rastet aus, wenn er das hört. Er will auf keinen Fall, dass irgendwer irgendwas über unserer Privatleben erfährt. Im letzten Film, den er produziert hat, geht es um arabische Terroristen. Er sagt, wenn die herausfinden, wo wir wohnen, sprengen sie uns im Schlaf in die Luft.«

Jennifer krümmte sich und hielt sich die Hand vor den Mund, um ihr Lachen zu ersticken.

»Ich habe gar nicht die Absicht, Ihr Haus zu fotografieren, Ma'am. Ich möchte Rudolph Valentinos Haus fotografieren.«

»Rudolph Valentino? Sie reden Unsinn! Soweit ich das beurteilen kann, *sind* Sie ein Terrorist. Ich kann Sie vom Haus aus sehen, junger Mann. Wenn Sie nicht auf der Stelle gehen, rufe ich die Polizei!«

»Bitte lassen Sie es mich erklären …«

Die Sprechanlage hatte ein leises Summen von sich gegeben. Jetzt war es verstummt.

Als sich Coltrane, nach moralischer Unterstützung suchend, zu Jennifer umdrehte, sah er, dass sie sich auf den Bordstein hatte sinken lassen und sich vor Lachen den Bauch hielt. »Nur noch neunzehn Häuser, die du fotografieren musst«, stieß sie prustend und von Lachanfällen unterbrochen hervor. »Bei dem Tempo, bist du im nächsten Sommer damit fertig.«

»Vielleicht auch früher«, sagte eine Stimme.

4

Jennifer hörte abrupt zu lachen auf. Beide wirbelten zur Gartentür herum, hinter der eine attraktive, zerbrechlich aussehende Frau Ende zwanzig stand und sie musterte. Sie war groß und schlank und trug eine braune, bequeme Hose und eine braune Strickweste. Sie hatte die Arme über der Brust verschränkt. Ein Kopftuch bedeckte ihr Haar.

»Sind Sie wirklich vom *Southern California Magazine*?«

Jennifer erhob sich und zeigte ihr gewinnendstes Lächeln, wobei sie auf den Schriftzug auf ihrem Sweatshirt deutete. »Ich schwör's.«

»Einen Augenblick.« Die Frau griff durch die Gitter der Tür und drückte den Knopf der Gegensprechanlage.

Die blecherne Stimme antwortete sogleich: »Junger Mann, ich habe Ihnen gesagt ...«

»Mutter, ruf nicht die Polizei. Diese Leute scheinen in Ordnung zu sein. Ich lasse sie herein.«

»Aber ...«

Die Frau nahm den Finger vom Knopf der Sprechanlage, dann tippte sie eine Nummernkombination auf dem Tastenfeld auf der anderen Seite der Gartentür, wodurch sie die elektronische Verriegelung löste. »Wollen Sie wirklich ein Haus auf der anderen Seite des Canyon fotografieren, Mr. ...«

»Mitch Coltrane. Dies ist die Herausgeberin des *Southern California Magazine*, Jennifer Lane.«

»Diane Laramy.«

Sie schüttelten sich die Hände und traten durch das Tor.

»Was ist das für eine Geschichte mit Rudolph Valentino?«

Coltrane erklärte ihr das Projekt, während sie eine sanft ansteigende Rasenfläche hinaufgingen und dann am höchsten Punkt des Hügels unter einem Zitronenbaum stehen blieben.

»Genau hier ist es.« Jennifer klang erstaunt. Sie zeigte Diane Packards Fotografie, dann deutete sie auf die sich windende, von Häusern gesäumte Straße an der Flanke des gegenüberliegenden Berghangs hinab. Ein weitläufiges Haus mit rotem Dach stand ein wenig abseits der anderen, an den von Erosion zernagten Bergrücken geklammert; das letzte Haus in einer Sackgasse. Seine Mauern waren noch immer weiß, und es sah nach wie vor wie ein spanisches Kloster aus. Doch da endeten die Ähnlichkeiten mit der Fotografie auch schon. Die Invasion, die Packards Aufnahme prophezeit hatte, ließ Falcon Lair aussehen, als würde es belagert.

»Ich fing schon an zu glauben, dass dieses Projekt nicht zu machen ist«, sagte Coltrane.

»Unheimlich«, murmelte Diane. »Wenn ich dieses Foto ansehe und dann das Haus, habe ich das Gefühl, als wäre ich in der Vergangenheit und in der Gegenwart zugleich.«

»Genau darum geht es«, sagte Coltrane.

Er und Jennifer schritten den Hügel kreuz und quer ab, beugten sich hier hin und dort hin, wobei sie ihren Blick auf Falcon Lair mit der Perspektive auf Packards Fotografie verglichen und versuchten, den genauen Platz zu finden, wo Packard seine Kamera aufgestellt hatte.

Mit dem Rücken gegen den Stamm des Zitronenbaums gepresst, verharrte Coltrane eine Weile und grinste dann breit. »Ich glaube, ich … Ja. Genau hier.«

»Lass mich sehen.« Jennifer lief zu ihm und schmiegte sich an seine linke Schulter.

Interessiert eilte Diane ebenfalls hinzu und stellte sich rechts neben Coltrane. Er hob die Fotografie so, dass sie den Blick versperrte, dann senkte er sie wieder, und an Stelle des Falcon Lair der Zwanzigerjahre trat das Falcon Lair der Gegenwart.

»Es ist wie ein auf seltsame Weise doppelt belichtetes Bild«, sagte Diane. »Der Zitronenbaum war damals sicher nicht hier.«

»Oder der Rasen«, fügte Jennifer hinzu. »Und offensichtlich auch nicht Ihr Haus.«

»Oder irgendeines der anderen Häuser.« Coltrane fuhr fort, die Fotografie zu heben und wieder zu senken. Die Wirkung war hypnotisierend.

»Vor so vielen Jahren stand jemand genau an dem Punkt, wo ich jetzt stehe, und hat dieses Foto gemacht«, sagte Diane.

»Er ist am Sonntag gestorben«, sagte Coltrane.

Diane fröstelte plötzlich.

»Ist irgendetwas nicht in Ordnung?«, fragte Coltrane.

»Nein. Mir ist nur ein wenig kühl.«

Doch Coltrane konnte den Gedanken nicht aus dem Kopf verbannen, dass Diane vielleicht aus einem anderen Grund ein kalter Schauder über den Rücken gelaufen war. Ihr zerbrechliches Aussehen erfüllte ihn mit Sorge. Ihre Haut war so durchscheinend, dass er auf ihren Wangen das Blau der Venen durchschimmern sah. Ihre Augen wirkten eingesunken, wahrscheinlich weil sie kürzlich sehr abgenommen hatte. Die Hose, die sie trug, und die Strickweste waren ihr viel zu weit. Das Tuch bedeckte ihren Kopf so vollständig, dass er nichts von ihrem Haar sah.

»Bitte entschuldigen Sie …« Coltrane fühlte sich unbehaglich. »Wir stehlen Ihre Zeit.«

»Nein, nein – kein Problem«, sagte Diane. »Es macht mir Spaß.«

»Das freut mich. Trotzdem …« Coltrane sah zum Himmel empor. »Viel besser kann das Licht kaum werden. Ich muss anfangen.«

5

Als Coltrane und Jennifer zum Wagen zurückgingen, um die Kamera, das Stativ und die Taschen mit der übrigen Ausrüstung zu holen, bestand Diane darauf, ihnen zu helfen. Obwohl sie nur eine kleine Kamera trug, war sie außer Atem, als sie die Kuppe des Hügels erreichten. Coltrane hatte nicht die Zeit, darüber nachzudenken, welche Gründe dies haben konnte. Ihm blieben nur noch etwa zwei Stunden brauchbares Licht, und er musste sich beeilen.

Er brauchte fast fünfzehn Minuten, um die schwere Kamera auf dem Stativ festzuschrauben. Danach benutzte er den Belichtungsmesser und kalkulierte die nötige Belichtungszeit und Blendenöffnung, wählte das Objektiv, steckte den Kopf unter das schwarze Tuch am hinteren Ende der Kamera, schob mit dem Einstellschlitten den Balgen hin und her, um die Bildschärfe einzustellen, und verglich das, was er auf der Mattscheibe sah, mit der Aufnahme Packards. Alles richtig einzustellen war schwieriger, als er erwartet hatte. Nachdem er sich eine Dreiviertelstunde lang auf das auf dem Kopf stehende, seitenverkehrte Bild konzentriert hatte, war ihm schwindlig, als stünde er selbst auf dem Kopf.

Er machte zwölf Aufnahmen, war aber nicht zufrieden. Ihm wurde klar, dass es nicht ausreichte, einfach nur die mit Packards Aufnahme identische Perspektive des Berghangs abzulichten, um ein wirklich gutes Foto zu machen. Das Ergebnis wäre nicht mehr als eine visuelle Spielerei. Er musste auf dem aufbauen, was Packard getan hatte, und eine angemessene Metapher für den Raubvogel finden, der über Falcon Lair schwebte.

»Mitch?«

Coltrane rieb sich den Nacken.

»Mitch?«

»Hmm?« Er drehte den Kopf zu Jennifer.

»Du hast dich in den letzten zehn Minuten nicht gerührt. Bist du okay?«

»Ich denke nach.«

»Du hast nur noch eine Dreiviertelstunde Licht.«

»Eine *Dreiviertelstunde*?« Konsterniert sah Coltrane auf seine Uhr. Er hatte mehr Zeit vertan, als er mitbekommen hatte.

Wieder steckte er den Kopf unter das schwarze Tuch am hinteren Ende der Kamera. Vorhin, als er und Jennifer durch die Seitenstraßen auf dem Hügel gefahren waren, hatte er sich gefragt, ob Packard sich einen Scherz erlaubt hatte, als er ihm dieses Projekt vorschlug. Inzwischen war ihm klar, dass es Packard mit dieser Idee sehr ernst gewesen war. War es dem alten Mann, der mit einem Fuß bereits im Grab gestanden hatte, darum gegangen, Coltrane stellvertretend für alle anderen Möchtegern-Packards zu zeigen, dass er nicht den Hauch einer Chance hatte, sich mit ihm zu messen? War dieses Projekt für den alten Mann nur ein Mittel zum Zweck gewesen, ein letztes Mal zu beweisen, wie überlegen er allen anderen als Fotograf war?

»Mitch?«

Coltrane registrierte eine Bewegung auf der Mattscheibe. Er hörte ein fernes, dröhnendes *Whuup-whuup-whuup* und schaute von der Kamera auf. Als er den Blick über den Himmel schweifen ließ, sah er, dass die Bewegung ein ferner, rotierender Punkt war – ein Hubschrauber. Er schob ein Acht-mal-zehn-Negativ in den Halter und tastete nach dem Auslöser. »Komm schon, ja«, flüsterte er heiser. Er hielt den Atem an, während die blitzenden Rotoren des Helikopters über den Horizont schwebten.

»*Jetzt*.« Er drückte auf den Auslöser.

Die Kamera klickte.

Er atmete aus. Packards Raubvogel hatte Valentinos schlimmes Ende und die bevorstehende Invasion des Landes symbolisiert. Nun hatten ein Hubschrauber und alles, was er in Bezug auf die Mechanisierung des zwanzigsten Jahrhunderts symbolisierte, die Stelle des Falken eingenommen.

»Wenn diese Aufnahme so wird, wie ich hoffe …« Coltrane sah dem Hubschrauber nach, der in der Ferne entschwand. »Das war eine einmalige Gelegenheit. Selbst wenn noch ein Hubschrauber vorbeifliegt, ist es mehr als unwahrscheinlich, dass er an derselben Stelle durchs Bild saust, wo Packards Falke kreist.«

Jennifer sah mit einem prüfenden Blick zum Himmel empor. »Das Licht nimmt schneller ab, als wir gedacht haben.«

»Es reicht vielleicht noch für ein paar Aufnahmen.«

Eine leise Stimme fragte: »Glauben Sie, Sie ...«

Coltrane sah Diane fragend an.

»Wenn Sie mit Ihren Aufnahmen von dem Haus fertig sind ...« Diane zögerte.

»Ja?«

»Könnten Sie dann ein Bild von mir machen?«

»Natürlich. Es wäre mir ein Vergnügen.«

»Ich möchte Sie allerdings nicht über Gebühr beanspruchen ...«

»Überhaupt nicht. Sie haben uns das Gefühl gegeben, willkommen zu sein. Es würde mir großen Spaß machen, wenn ich Ihre Freundlichkeit in irgendeiner Weise erwidern könnte. Wenn Sie sich hier rüber drehen würden ... ja – mit der tief stehenden Sonne auf Ihrem Gesicht ...« Coltrane lächelte. »Das wird sehr hübsch.«

6

»Sie stirbt«, sagte Coltrane, als sie von dem Anwesen auf dem Hügel wegfuhren.

»Irgendwas ist auf jeden Fall nicht in Ordnung mit ihr«, bestätigte Jennifer.

Im Rückspiegel sah Coltrane Diane in der Einfahrt stehen, die Arme über ihrer viel zu großen Weste verschränkt, und verloren hinter ihnen herblicken, wie sie zurück zum Benedict Canyon Drive fuhren. Dann bog er um eine Ecke, und sie verschwand.

»Sie durch die Kamera zu betrachten hat es noch offensichtlicher gemacht«, sagte Coltrane. »Die tiefen Höhlen um ihre Augen. Ich glaube, sie ist völlig kahl unter dem Kopftuch. Chemotherapie. Ich glaube, ihre Hochzeit am Samstag ist ihr verzweifelter Versuch, sich ans Leben zu klammern.«

Jennifer sagte eine Weile lang nichts. »Ja«, murmelte sie schließlich. »Sich ans Leben zu klammern.«

Es war bereits dunkel, gegen sechs etwa, als Coltrane den Wagen in die Garage unter dem Mietshaus in Westwood, in dem er wohnte, steuerte. Jennifers BMW war am Bordstein geparkt.

»Möchtest du nicht was zu essen holen?«, fragte sie.

»Am liebsten würde ich gleich in die Dunkelkammer gehen und die Negative entwickeln.«

Die Aufnahmen von Falcon Lair erwiesen sich als hervorragend. Die meisten entsprachen ziemlich genau dem Blickwinkel, den Packard gewählt hatte, doch ziemlich genau war nicht genau genug. Um der Intention des Projekts gerecht zu werden, musste die Übereinstimmung vollkommen sein. Die Aufnahme mit dem Hubschrauber an Stelle des Falken entpuppte sich als Volltreffer. Coltrane brauchte nur einen von der Originalaufnahme geringfügig abweichenden Ausschnitt zu machen und davon eine Vergrößerung anzufertigen, damit Falcon Lair auf beiden Fotografien exakt gleich groß war. Beinahe unheimlich mutete an, dass der Hubschrauber fast genau an derselben Stelle war, wo der Falke sich befunden hatte. Wenn er die Entwicklungszeit etwas veränderte, konnte Coltrane denselben kräftigen Kontrast erhalten, der Packards Bild auszeichnete. Als er von Packards Foto auf sein eigenes sah, hatte er das merkwürdige Gefühl, auf eine Zeitraffer-Fotografie zu blicken, als wären beide Aufnahmen von ein und derselben Person gemacht worden, die fast zwei Drittel eines Jahrhunderts lang bewegungslos an derselben Stelle gewartet hatte. Während er auf das Relikt aus der Vergangenheit hinabstarrte, erinnerte er sich, gelesen zu haben, dass nach Valentinos Tod Buster Keaton in die Gegend gezogen war und eine italienische Villa erbauen ließ. John Gilbert hatte einen mediterranen Palast hingestellt. Andere einstige Hollywoodstars, deren Namen heute längst in Vergessenheit geraten waren, bauten dort ebenfalls Häuser. Alles vergangen und vergessen. Nur Falcon Lair blieb. Und würde immer bleiben, so lange Packards Fotografie und seine eigene überdauerten.

»Es ist wirklich hervorragend.« Jennifer legte einen Arm um ihn.

Doch die Aufnahme von Falcon Lair war nicht das Glanzstück des Tages.

Dieses Privileg gebührte dem Foto von Diane.

Coltrane hatte dafür ein Farbnegativ gewählt. Der warme Schein der untergehenden Sonne wischte die Blässe von Dianes Wangen. Ihr Gesicht war sehnsuchtsvoll erhoben, ihre tief liegenden Augen traurig, ihre hageren Züge gefasst, ihre schmalen Schultern gestrafft, während sie tapfer dem Sonnenuntergang ihres Lebens entgegenlächelte.

»Auf das hier setze ich gern meinen Namen«, sagte Coltrane. »Ihre Tapferkeit ist wirklich bewundernswert.«

»Packard hätte diese Aufnahme sicherlich liebend gern gemacht«, sagte Jennifer.

Während sie in der Dunkelkammer arbeiteten, hörten sie dreimal das Telefon klingeln. Jedes Mal brach es nach dem vierten Klingeln ab, dem Intervall, das Coltrane bis zum Einschalten des Anrufbeantworters einprogrammiert hatte. »Das sind wahrscheinlich wieder irgendwelche Reporter, die ein Interview über die Fotos von den Kriegsgreueln wollen. Ich hoffe, die fünfzehn Minuten Berühmtheit sind bald zu Ende«, knurrte er.

Doch nachdem er die Abzüge fertig hatte und ins Wohnzimmer ging und die Wiedergabetaste des Anrufbeantworters drückte, runzelte er finster die Stirn, als alles, was er auf dem Band hörte, düstere, getragene klassische Musik war.

Jennifer blieb neben ihm stehen. »Dieselbe Musik wie Sonntagabend?«

Coltrane nickte besorgt. »Und diesmal wissen wir, dass es nicht Packard war.«

7

Sein Unbehagen wegen der Anrufe verdrängend, verließ Coltrane am nächsten Morgen kurz nach sieben Uhr seine Wohnung. Er strotzte vor Energie; noch nie war er wegen eines Projekts so voller Enthusiasmus gewesen. Zunächst steuerte er auf einen nur ein paar Blocks entfernten Briefkasten zu und warf den an Diane adressierten Umschlag ein. Darin steckten neben drei Abzügen der Aufnahme von ihr auch je ein Abzug von Packards Falcon-Lair-Foto und von Coltranes aktualisierter Version davon. Auf ein Blatt Papier hatte er ein paar Zeilen geschrieben: »Hier ein paar festgehaltene Augenblicke unseres fotografischen Abenteuers. Genießen Sie Ihre Flitterwochen. Ich wünsche Ihnen alles Glück der Welt.« Er sah zu, wie die Klappe über den Schlitz des Briefkastens herabfiel. Und halten Sie das Leben fest, dachte er.

Damit machte er sich an die Arbeit.

Es hatte einmal eine Zeit gegeben, wie er wusste, in der Pfefferbäume am Hollywood Boulevard wuchsen, als Reitwege Beverly Hills durchzogen und Straßenbahnschienen auf den Strecken verliefen, die jetzt von Freeways beansprucht wurden, als Sherman Oaks, North Hollywood, Burbank, Tarzana, Encino, Van Nuys und all die anderen eingemeindeten Stadtteile im San Fernando Valley – Coltrane liebte den Klang ihrer Namen – noch eigenständige, von Farmland umgebene Ortschaften waren. Jeder dieser Orte zeichnete sich durch eine andere Architektur aus. Die Cottages im englischen Stil in dem einen Ort unterschieden sich von den Bungalows im Stil einer spanischen Mission im anderen, viktorianische Häuser in diesem Städtchen, Kolonialstil im nächsten. Die Vielfalt der Regionen ging verloren und wurde zerstört, als das Farmland mehr und mehr schrumpfte und die Gemeinden zusammenwuchsen. Trotzdem konnte man manchmal, wenn man von einer dieser Ortschaften zur anderen fuhr, die Viertel ignorierte, wo sie zusammengewachsen waren, und sich nur auf die historischen Ortskerne konzentrierte, noch immer den Unterschied zwischen ihnen sehen.

Randolph Packard war es gelungen, diese Unterschiede in seinen Bildern einzufangen. Er vermittelte in ihnen ein Gefühl von Weite und Raum, von sonnendurchfluteter Abgeschiedenheit. Wie immer in seinen Fotografien verkündete ein Detail hier und ein Detail dort den bevorstehenden Untergang der Idylle – die winzigen Gestalten von Landvermessern auf einem Feld im Hintergrund zum Beispiel oder das halb fertig gestellte Skelett eines Gebäudes auf einem Hügel in der Ferne. Coltrane grübelte über diese Veränderungen nach, während er auf der 405 in das unter einer Smogwolke liegende Tal hinein fuhr. Er stellte sich vor, wie es in Packards Jugend gewesen sein musste, einen klaren Blick auf die jetzt vom Dunst verhüllten San-Gabriel-Berge zu haben. Und während er Packards Spuren folgte und versuchte, mit dessen Augen zu sehen, hatte er das Gefühl, sich in der Zeit rückwärts zu bewegen.

8

Der Wohnwagenpark befand sich in Glendale – triste Reihen heruntergekommener Wohnwagen, überquellende Abfalltonnen am Ende jeder Reihe, Kies vor jedem Trailer, nirgendwo Gras, keine Bäume, nur ein paar Blumenkästen hier und dort mit vertrockneten Ringelblumen und Geranien, die die Köpfe hängen ließen. Coltrane fuhr bis zur dritten Reihe und bog dann nach links ab, vorbei an einem alten Mann mit Hosenträgern über dem T-Shirt, der einen Korb mit Wäsche zu der Leine neben seinem Wohnwagen trug.

Etwa auf halbem Weg die Querstraße hinab erreichte Coltrane einen kleinen Spielplatz. Er hielt an, stieg aus dem Wagen und ging auf den hüfthohen, verrosteten Maschendrahtzaun zu, der den Spielplatz umgab. Von den Schaukeln und Wippen war die Farbe abgeblättert. Der Boden sah aus wie Beton. Eine magere Schwarze schob einen Jungen auf der Schaukel an. Ihr Haar war zu einem halben Dutzend Zöpfe geflochten, die bis auf die Schultern herabfielen. Sie trug Sandalen, verknitterte Shorts und einen roten Pullover, der, obgleich verwaschen und ausgebleicht, der einzige farbige Fleck in dem Wohnwagenpark war. Als der Junge seine Beine streckte, um der Schaukel mehr Schwung zu geben, konnte Coltrane die Sohlen seiner Joggingschuhe sehen und die Löcher darin.

Die Frau sah aus zusammengekniffenen Augen in Coltranes Richtung, dann wandte sie ihre Aufmerksamkeit wieder dem Jungen zu.

»Hallo«, sagte Coltrane.

Sie blieb ihm eine Erwiderung schuldig.

»Ich habe hier mal gewohnt.«

Die Frau schwieg.

»Hin und wieder schaue ich vorbei, wenn ich in der Gegend bin.«

Die Frau zuckte mit den Achseln.

»Meine Mutter hat mich früher immer auf dieser Schaukel angeschoben«, sagte Coltrane.

»Wollen Sie was?«

»Ich würde gern ein Foto von Ihnen machen.«

»Warum?« Die Frau erstarrte.

»Jemand hat einmal genau dort, wo Sie jetzt stehen, ein Foto von mir und meiner Mutter gemacht. Ich würde gerne fühlen, was der Fotograf gefühlt hat. Ich möchte versuchen, das gleiche Foto noch mal zu machen.«

Die Frau sah verdutzt drein.

»Machen Sie einfach mit dem weiter, was Sie gerade gemacht haben. Ich werde Sie nicht stören. Ich schieße nur das Foto und verschwinde wieder.«

Der Blick der Frau verlor an Härte, während sie mit ihrem Misstrauen kämpfte. Schließlich, nach einem weiteren Achselzucken, wandte sie ihre Aufmerksamkeit wieder dem Jungen zu und begann, ihn anzuschieben.

Coltrane wählte eine kurze Belichtungszeit, um Unschärfen zu vermeiden, dann spähte er durch den Sucher. Ihm war klar, dass Packards Kamera für diese Situation zu unhandlich war, und er benutzte deshalb seine Nikon. Durch den Sucher sah er, wie die Frau, deutlich verkleinert, doch optisch irgendwie verstärkt, die Schaukel anschob. Der Junge schwang in die Höhe, dann wieder abwärts. Die Frau schob ihn erneut an, und ihr Körper lehnte sich in die Bewegung. Der Junge blickte nach oben, als wäre sein Ziel der Himmel. Als er wieder zurückschwang, korrigierte Coltrane die Scharfeinstellung. Er legte seinen Finger auf den Auslöseknopf. Es stand für ihn außer Frage, in welcher Position er sie haben wollte. Er hatte diese Position tausende Male auf jenem Foto studiert, das in ihm den Wunsch erweckt hatte, Fotograf zu werden.

In *Probeaufnahmen*, einem Buch, das Packard über das Fotografieren geschrieben hatte, hatte der Meister ein Kapitel seiner Theorie über Antizipation gewidmet.

> *Wenn Sie die Elemente des Bildes sehen, das Sie machen wollen, ist es zu spät, den Verschluss der Kamera auszulösen. Bis Sie dies bewerkstelligt haben, werden sich jene Elemente bereits verändert haben. In diesem kurzen Augenblick werden Wolken sich verschoben haben, Lächeln eingefroren sein, Zweige sich in der leichten Brise bewegt haben. Es liegt in der Natur des Lebens, dass die Dinge in Bewegung sind, selbst wenn es nicht den Anschein hat, und die einzige Möglichkeit, die genaue Position Ihres Sujets, so wie Sie es haben möchten, einzufangen, ist, Ihr Sujet zu studieren, bis Sie seine Dynamik verstehen, und dann vorwegzunehmen, was Ihr Sujet tun wird. Die Aufgabe des Fotografen ist es, in die Zukunft zu projizieren, um die Gegenwart zeitlos zu machen.*

Jetzt, dachte Coltrane. Er drückte auf den Auslöseknopf, und in der Millisekunde, als die Kamera klickte, erreichten die Frau und der Junge eine perfekte Balance. Durch den Sucher betrachtet, schien die Zeit stehen geblieben. Coltrane seufzte und senkte die Kamera. Der Junge erreichte den höchsten Punkt seines Aufwärtsschwungs, verharrte kurz in der Schwebe, dann schwang er abwärts. Die Zeit setzte wieder ein.

»Danke«, sagte Coltrane. »Wie heißen Sie, und wie ist Ihre Adresse? Ich schicke Ihnen ein paar Abzüge.«

»Seh' ich so blöd aus? Glauben Sie, ich verrate Ihnen, wie ich heiße und wo ich wohne?«

Coltranes Stimmung sank.

Er wandte sich vom Spielplatz ab und betrachtete den Wohnwagen hinter sich. Die drei Betonstufen, die zur Tür hinauf führten, hatten Risse. Das Fliegengitter war aus dem verbogenen Aluminiumrahmen der Tür gerissen. In einem der Fenster war ein Pappkarton anstelle der Scheibe.

Er überquerte den Kiesweg. Die verbogene Tür quietschte, während er sie aufzog. Die Metalltür dahinter schepperte, als er dagegen klopfte. Er wartete, hörte jedoch keinen Laut. Er klopfte ein zweites Mal, doch noch immer rührte sich nichts. Als er ein drittes Mal klopfte, begann er sich Sorgen zu machen, doch im selben Augenblick wurde die Tür aufgeschoben, und eine schwarze Frau mit krummem Rücken, runzligem Gesicht und kurzem, silbergrauem Haar spähte durch den Spalt.

»Aah, du bist's.« Die Frau raffte den zerrissenen Hausmantel vor ihrer Brust zusammen. »Wo hast du gesteckt? Hab' dich seit Monaten nicht gesehen.«

»Ich war beruflich unterwegs – im Ausland.«

»Ich hab' schon gedacht, dir is' was zugestoßen.«

»Na ja, eigentlich ist mir tatsächlich was zugestoßen. Komme ich ungelegen?«

»Das Gleiche wie immer?«

»Ja.«

»Dann mach und bring's hinter dich.«

Coltrane trat ein. Abgestandene Küchengerüche schlugen ihm entgegen. Sein Blick schweifte durch das lang gestreckte, mit angeschlagenen Möbeln voll gestopfte Wohnzimmer. Links von ihm war ein hochklappbarer Kartentisch, auf dem ein angefangenes Puzzle ausgebreitet lag.

Jenseits davon trennte eine Theke das Wohnzimmer von der düsteren Küche.

Es kam ihm wie gestern vor, dass er und seine Mutter hier gestanden hatten, wo er jetzt stand, die Tür hinter ihnen offen, Sonnenlicht strömte herein, als sein Vater sich vom Küchentresen, wo er eine Patience gelegte hatte, umwandte und den Revolver vor das Gesicht seiner Mutter hob.

Coltrane hörte den Schuss in seinen Ohren gellen. Mit aufgerissenen Augen sah er, wie seine Mutter zu Boden stürzte, das Blut auf dem Boden um sie herum. Lange, sehr lange sah er auf den Boden hinab.

Schließlich hob er den Kopf und wandte sich zu der alten Frau um. »Danke.«

»Was bringt dir das?«

»Ich weiß es nicht.« Coltrane gab der Frau dreihundert Dollar.

»Wirklich großzügig diesmal.«

»Na ja ... Ich mach' im Augenblick ziemliche Veränderungen durch. Ich komme vielleicht nicht wieder.«

9

Kunsthistoriker und andere gelehrte Köpfe, die Packards Beitrag zur Fotografie analysierten, hatten die Lage jedes einzelnen Hauses der Serie dokumentiert, doch Coltrane wusste nie, was ihn erwartete, wenn er bei einer der Adressen anlangte. Manche der Häuser gab es nicht mehr; sie hatten einem mehrstöckigen Apartmenthaus, einer vierspurigen Straße oder einem Supermarkt Platz gemacht. Andere waren renoviert und ihre Fassaden so verändert worden, dass sie nicht wieder zu erkennen waren. Ein paar wenige waren so erhalten geblieben, wie sie damals gewesen waren. Die meisten davon befanden sich in einem mehr oder weniger fortgeschrittenen Zustand des Verfalls.

Auch wenn es nicht schwer war, die Häuser zu finden – den genauen Platz auszumachen, von dem aus Packard sie fotografiert hatte, erwies sich oft als ein beinahe ebenso schwieriges Unterfangen wie das Aufspüren der Hügelkuppe in Dianes Garten, von der aus er Falcon Lair fotografiert hatte.

In den folgenden zwei Wochen sollte sich herausstellen, dass sich nicht nur hinter jedem Haus, das Coltrane an so unterschiedlichen Orten wie Arcadia, Whitley Heights, Silver Lake und Venice fotografierte, eine Geschichte verbarg. Auch jeder Fototermin entwickelte seine eigene Geschichte, die manchmal so bitter und schockierend wie die Begegnung mit Diane war, dann wieder eher komisch oder abstoßend oder erhebend und in zwei Fällen sogar gefährlich. In Culver City schleppte er die Balgenkamera, das Stativ und die Taschen mit den Objektiven und anderem Zubehör auf das Dach eines Lagerhauses, das noch nicht existiert hatte, als Packard seine Aufnahmen machte. In Gardena musste er zahlen, um vom Schlafzimmerfenster im ersten Stock des Hauses einer achtzigjährigen Witwe eine Aufnahme machen zu dürfen. Andere Häuser fotografierte er von einer Gasse aus, von einem Schulhof, vom Straßenrand eines Freeway und von der Ladefläche eines Pickup. Nur knapp entkam er einer Meute bissiger Hunde. Er rettete einem Drogensüchtigen das Leben, der sich in einem Abflussgraben eine Überdosis gesetzt hatte. Er redete sich aus einer Konfrontation mit einer Straßengang heraus. Er traf einen blinden Schriftsteller, einen einarmigen Songschreiber und einen gealterten Schauspieler, der einmal einen Polizisten in einer TV-Serie gespielt hatte und jetzt Versicherungsvertreter war. Er machte von allen Aufnahmen.

An manchen Abenden kam er zu spät nach Hause, um Jennifer noch anzurufen. An anderen hatte er so viel in der Dunkelkammer zu tun, dass er das Gespräch mit ihr kurz hielt. »Ich erzähle dir alles, wenn ich fertig bin. Ich habe Angst, ich verschreie alles, wenn ich darüber rede, oder vermassle es sonst irgendwie, wenn ich mich nicht ständig damit beschäftige. Ist verdammt lange her, dass mich ein

Projekt so vereinnahmt hat. Ich werde aber bald fertig sein. Dann fahren wir für ein paar Tage weg. Nach Carmel hoch. Wohin du willst.«

Und jeden Abend, wenn er seinen Anrufbeantworter abhörte, war zumindest ein Anruf dabei, bei dem sich keiner meldete und nur diese merkwürdige Trauermusik zu hören war.

VIER

1

In einer Stadt, die die Imitation zu ihrem Credo erhoben hatte, war das Haus einzigartig. Entworfen von Lloyd Wright, dem Sohn von Frank Lloyd Wright, war es 1931 für einen Filmproduzenten erbaut worden, dessen Filme zwar nicht unbedingt originell waren, der jedoch so viel Verstand hatte, einem originellen Architekten nicht ins Handwerk zu pfuschen. Da das Haus in einer erdbebengefährdeten Region stand, war es aus Eisenbeton errichtet worden. Seine gestuft übereinander aufragenden drei Stockwerke bewirkten einen Burg-Effekt. Blitzende Fenster dominierten die oberen Zimmer, die von Büschen und blumenüberwachsenen Terrassen flankiert wurden. Zierblenden aus gehämmertem Kupfer, die präkolumbische, Pfeilspitzen ähnelnde Formen und Muster zitierten, strebten an den Ecken empor und folgten Brüstungen und Zinnen.

Zumindest auf Packards Fotografie von dem Haus. Doch Coltrane wusste nicht, ob das Haus noch existierte. Mit Hilfe seines *Thomas Guide* und den Informationen aus einer von Packards Biografien näherte er sich der Gegend auf einer dicht bebauten, engen, von Bäumen gesäumten Straße, die sich an einem der zahlreichen Berge nahe des Hollywood Reservoir empor wand. Zweifel nagten an ihm und machten ihn unsicher, doch als er den Kamm des Berges erreichte und auf die dicht bebaute Senke jenseits davon hinabsah, schlug sein Herz schneller, als er entdeckte, wonach er suchte.

Sein Atem stockte. Dies war ein Fall, bei dem Packards

Fotografie ihrem Objekt nicht gerecht wurde. Zum einen besaß das Haus eine Präsenz, eine Kompaktheit und eine Unmittelbarkeit, die die Fotografie, auch wenn sie mit Hilfe von Perspektive und Schatten trickste, nur anzudeuten vermochte. Außerdem war Packards Foto eine Schwarzweißaufnahme, weshalb Coltrane nicht vorbereitet war auf die grünblaue Färbung der gehämmerten Kupferblenden entlang der senkrechten und waagrechten Linien oder auf den korallenroten Farbton der Wände oder das Rot und Gelb der Blumen auf den Terrassen.

Nachdem er so viel Mühen darauf verwendet hatte, die genauen Stellen zu finden, von wo aus Packard die anderen Häuser aufgenommen hatte, entdeckte er diesmal bereits beim ersten Versuch den exakten Ort, den er für die Aufnahme brauchte. Er konnte es nicht fassen. Erregung stieg in ihm auf. Er stieg aus seinem Blazer, öffnete die Heckklappe und legte seine Ausrüstung bereit. Er wartete, bis ein Laster vorbeigefahren war, dann stellte er die Großbildkamera mitten auf die Straße, von neuem erstaunt, wie schnell und sicher er inzwischen mit ihr umgehen konnte, nahm die nötigen Einstellungen vor, um dieselbe Perspektive wie auf Packards Fotografie zu bekommen, schob ein Negativ ein und machte das Foto.

Mit einem zufriedenen Seufzen ließ er die Luft aus seinen Lungen weichen. Um sicher zu gehen, dass sich kein mechanischer Fehler eingeschlichen hatte, entschied er sich, noch ein Dutzend Aufnahmen zu machen, doch im Grunde genommen war er mit diesem Job fertig. Es war nicht nötig, nach Details zu suchen, die den Unterschied zwischen der Vergangenheit und der Gegenwart kommentierten, denn in diesem Fall gab es keinen Unterschied. Obgleich die nähere Umgebung von Grün überwuchert war, war das Haus genau so erhalten, wie es auf Packards Fotografie aussah. Es war so schön wie eh und je.

Eine Hupe blökte hinter ihm. Er bedeutete dem Fahrer des Kombi, um ihn herumzufahren, dann konzentrierte er seine Aufmerksamkeit wieder auf das Haus unterhalb. Nachdem er das belichtete Negativ herausgezogen hatte, entschied er sich nachzuprüfen, ob die Kamera nicht ein Stück verrutscht war. Er bückte sich, spähte unter das schwarze Tuch und konzentrierte sich auf das auf dem Kopf stehende Bild auf der Mattscheibe.

Eine Bewegung weckte seine Aufmerksamkeit: Jemand kam aus der Vordertür des Hauses, ein stattlicher Mann, der einen großen Pappkarton zu einem Mercedes trug und dann ins Haus zurückging. Der Mann trug eine grüne Sportjacke und bewegte sich mit einem auffallend wiegenden Gang.

Nein. Coltrane zog die Augenbrauen hoch. Das kann nicht sein.

2

Er wartete neben dem Mercedes, bis Duncan Reynolds, wieder mit einem Pappkarton auf den Armen, erneut aus der Vordertür kam. Um nichts weniger füllig, das Gesicht ebenso stark gerötet wie beim letzte Mal, als Coltrane ihn gesehen hatte, stellte Duncan den Karton neben einer Azalee ab, machte die Tür hinter sich zu und nahm den Karton wieder hoch. Erst jetzt bemerkte er Coltrane neben dem Wagen.

Duncan zögerte, versuchte seine Überraschung zu verbergen, und ging dann den abschüssigen Betonweg zur Straße hinab. »Ich schätze, ich brauche Sie nicht zu fragen, was Sie in dieser Gegend machen.«

»Soll ich Ihnen helfen?«

»Warum nicht? Wo Sie schon mal hier sind.« Duncan, dessen Augen ein wenig blutunterlaufen waren, gab Coltrane den Karton und schloss den Kofferraum des Mercedes auf.

Als Coltrane den Karton neben die anderen drei in den Kofferraum stellte, gewährte ihm eine offen stehende Klappe eines Kartons einen Blick auf den Inhalt: Aktenmappen, prall gefüllt mit Fotografien in Prospekthüllen und dicken Stapeln abgehefteter Negativhüllen.

Coltrane trat einen Schritt vom Wagen zurück. »Wir beide wissen, warum *ich* in dieser Gegend bin, aber …«

»Ich kümmere mich um die letzten Details«, erklärte Duncan.

Coltrane schüttelte verständnislos den Kopf.

»Die Möbelpacker waren schon in den letzten Tagen hier und haben die Möbel weggebracht. Aber das fotografische Material, Randolphs Negative und so weiter, wollte ich ihnen doch nicht anvertrauen.«

Coltrane begriff noch immer nicht.

»Natürlich!« Duncan warf verstehend die Arme in die Luft. »Sie wussten es ja nicht.«

»Was wusste ich nicht?«

»Dass dieses Haus Randolph gehörte.«

»Es gehörte … Dieses Haus gehörte ihm?«

»Nachdem Randolph es seinerzeit fotografiert hatte, ging es ihm nicht mehr aus dem Kopf. Er war so hingerissen von der ungewöhnlichen Architektur, dass er es kaufte.«

Coltrane konnte seine Verblüffung noch immer nicht abschütteln. »Keiner seiner Biografen hat das je erwähnt.«

»Nun, wie Sie inzwischen sicherlich bemerkt haben, neigte Randolph dazu, aus vielen Dingen seines Privatlebens ein Geheimnis zu machen. Er kaufte das Haus über einen Mittelsmann und ließ als Eigentümer in den Besitztitel den Namen einer der Gesellschaften eintragen, die er von seinen Eltern geerbt hat. Manchmal kam er her, um über seine Jugend nachzudenken. Die meiste Zeit benutzte er das Haus als Büro, Archiv und Dunkelkammer. Möchten Sie es von innen sehen?«

3

Ein großes Oberlicht aus Buntglas tauchte die Eingangshalle in strahlendes Licht. Stufen führten nach unten und nach oben, und die Bereiche jenseits davon waren ebenso lichtdurchflutet wie die Halle. Coltrane war noch nie in einem Haus gewesen, das so viel Licht einfing. Er folgte Duncan die Stufen empor und fand sich in einem weißen Raum wieder, dessen breite Fensterfront auf einen Garten hinabsah. Das Fehlen von Möbeln und sonstigen Einrichtungsgegenständen ließ die klaren Linien des Raums noch eleganter wirken.

»Schlafzimmer und Badezimmer sind dort rechts.« Duncan deutete einen Korridor hinab, der in ein weiteres sonnendurchflutetes Zimmer führte. »Das Esszimmer ist hier links. Sehen Sie sich die Wände an: Sie sind mit Chromperlenschnüren behängt. Original Art-déco-Design. Die Küche ist dahinter.«

Coltranes Schritte hallten gespenstisch, als sie die Stufen in den nächsten Stock emporstiegen. Auch diese Ebene des Hauses war von Sonnenlicht erfüllt.

»Ein Badezimmer, ein Schlafzimmer und ein Studio. Noch ein Balkon.«

Eine letzte Stufenflucht nach oben, und Coltrane trat in einen Raum, dessen vier Wände aus Fenstern und dessen Decke aus einem Oberlicht bestand. Eine Glastür in der Mitte jeder Wand führte auf eine von Blumen übersäte Terrasse hinaus, die das Zimmer auf allen Seiten umgab.

»Das große Schlafzimmer.«

Fasziniert drehte sich Coltrane einmal im Kreis.

»Aber den wichtigsten Teil des Hauses habe ich Ihnen noch nicht gezeigt«, sagte Duncan.

Neugierig folgte Coltrane ihm in die Eingangshalle hinab, von wo sie in das unterste Stockwerk hinabstiegen. Nach einem kurzen Korridor, von dem die Dunkelkammer abging, traten sie in einen Raum mit breiten Fenstern, die auf einen schmalen Pool hinausblickten, in dessen Wasser sich die korallenroten Wände des Hauses spiegelten. Jenseits des Pools war ein Blumengarten.

Doch Duncan schenkte dem Blick auf den bunten Garten keinerlei Beachtung; er dirigierte Coltrane nach links zu einer weißen Tür in einer weißen Wand. Als er einen vertieften Riegel zurückschob, öffnete sich die Tür nicht etwa in einen Raum, sondern gab den Blick auf eine weitere Tür frei. Sie war aus Metall. Er schloss sie auf. Der Raum hinter der aufschwingenden Tür war dunkler als die Dunkelkammer. »Das hier war früher einmal ein weiteres Schlafzimmer. Randolph hat daraus einen Tresor gemacht.«

Kalte Luft drang durch die offene Tür. Coltrane machte einen Schritt rückwärts.

Als Duncan einen Lichtschalter anknipste, erleuchtete hartes, grelles Licht einen fensterlosen Raum, der mit Metallregalen, wie sie in Bibliotheken üblich sind, vollgestellt war, die alle, bis auf eines, leer waren. »Hier hat Randolph seine wichtigen Negative und Abzüge aufbewahrt.«

Aus Gründen, die Coltrane nicht verstand, widersetzte sich in ihm alles, den Raum zu betreten.

»Eine Klimaanlage kühlt die Luft auf konstante dreizehn Grad Celsius.« Duncans Schritte scharrten über den Betonboden, als er den Tresor betrat.

Widerstrebend folgte ihm Coltrane. Die kalte Luft ließ ihn frösteln.

»Der Raum ist mit Stahlbeton verschalt, der jedes Erdbeben übersteht«, erklärte Duncan. »Er ist gegen Feuer und Wasser isoliert, und als zusätzliche Vorsichtsmaßnahme gegen Feuer ist in die Decke eine Halongas-Löschanlage installiert.«

Was ist bloß los mit mir? dachte Coltrane. Hier ist doch genügend Platz. Weshalb also diese klaustrophobischen Anwandlungen?

Da hörte er ein metallischen Klicken, wirbelte herum und sah, dass die Tür zugefallen war. »Lässt sich die Tür auch von innen öffnen?«, erkundigte er sich besorgt.

»Selbstverständlich. Die Gefahr, sich hier aus Versehen

einzusperren, ist ausgeschlossen. Randolph hat an alles gedacht.« Duncan blieb vor dem Regal, das nicht leer war, stehen. »Ich habe nur noch ein paar Kartons rauf zu schaffen. Helfen Sie mir?«

»Gern.«

Coltrane konnte es kaum erwarten rauszukommen. Sein Atem ging erst wieder normal, als er und Duncan, mit Kartons beladen, in das die Seele erquickende Sonnenlicht hinaustraten, und Duncan hinter ihnen die Dunkelheit einschloss. Sofort ging es Coltrane besser. Wieder fühlte er sich eins mit dem Haus.

4

Draußen auf der Straße half er Duncan, die Kartons im Mercedes zu verstauen. Er wandte sich um, blickte auf das Haus zurück und rief sich die beinahe mystische Eigenschaft des Lichts darin und die Helligkeit ins Gedächtnis.

Abgesehen von dem Tresor, dachte er.

Doch der Tresor zählt nicht, dachte er. Er wurde erst später eingebaut.

»Wie geht es jetzt weiter?«, fragte er Duncan. »Wo bringen Sie die Kartons hin?«

»In die UCLA. Randolph hat dort eine Sammlung eingerichtet. Seit ein paar Tagen fahre ich zwischen der Uni und hier hin und her. Das ist Zeit raubend. Vielleicht hätte ich jemanden mit dieser Arbeit betrauen sollen. Aber irgendwie hat mich das beruhigt.«

»Und das Haus?«

»Wird zum Verkauf ausgeschrieben.« Duncan zögerte. »Es ist seltsam, wissen Sie. Randolph hatte nicht besonders viel übrig für das Haus in Newport Beach, in dem er lebte. Sie haben ja gesehen, in welch schlechtem Zustand es ist. Aber das Haus hier, in das er nur selten kam, hat er in perfektem Zustand erhalten.«

»Es wird also zum Kauf angeboten?«

»So haben es die Nachlasstreuhänder beschlossen. Das Haus in Newport Beach hat Randolph mir vermacht, aber für dieses Haus hier hat er keine Vorkehrungen getroffen.«

»Würden Sie mir einen Gefallen tun, Duncan?«

»Das kommt darauf an.«

»Bitten Sie die Treuhänder, noch zu warten, bis sie das Haus zum Verkauf ausschreiben.«

5

»Du willst das Haus kaufen?«, fragte Jennifer ungläubig.

Daniel sah ebenfalls verblüfft drein. Es war halb drei am Samstagnachmittag. Sie saßen in Coltranes Chevy Blazer und fuhren an den Weihnachtsdekorationen auf dem Hollywood Boulevard vorüber.

»Deshalb also die Geheimniskrämerei! Habe ich Recht?«, erkundigte sich Daniel. »Du willst uns ein Haus zeigen.«

»Ihr solltet euch geschmeichelt fühlen. Ich würde niemals einen so einschneidenden und folgenschweren Schritt tun wie diesen, ohne mir anzuhören, was ihr davon haltet.«

»Aber du bist oft gar nicht in der Stadt – manchmal monatelang«, sagte Jennifer.

»Vielleicht ändert sich das ja.«

»Das glaube ich erst, wenn ich es sehe. Wann hättest du denn überhaupt Zeit, dich um das Haus zu kümmern?«

»Ich könnte Leute anstellen, die das für mich tun.« Coltrane bog nach links auf den Beachwood Drive, der in das Gewirr von Straßen in den Hollywood Hills empor führte.

»Wenn du jetzt schnell verreisen musst, brauchst du nur deine Wohnung zuzusperren und in den Wagen zu steigen«, sagte Daniel. »Kein großes Tamtam und kein Theater. Ganz zu schweigen davon, dass du mich als Nachbarn hast, der rüberkommt und nach dem Rechten sieht, wenn du nicht da bist. Und du hast Jennifer. Warum um alles in der Welt willst du dein Leben unbedingt komplizieren?«

»Ich habe eigentlich gehofft, es dadurch einfacher zu machen.« Coltrane bog nach rechts und folgte der gewundenen, von Eukalyptusbäumen gesäumten Straße bergauf. »Ich möchte Wurzeln haben.«

»Dann pflanz in Gottes Namen einen Baum«, knurrte Daniel. »Ich sage dir – es könnte sein, dass du einen Fehler machst.«

Coltrane erreichte den Kamm des Hügels. Vor Aufregung verzog sich sein Gesicht zu einem Grinsen, als das Haus ein Stück unterhalb der Straße auftauchte. Er hatte befürchtet, dass er, wenn er zurückkehrte, nicht mehr denselben magischen Zauber empfinden würde. Aber er war noch stärker als beim ersten Mal, falls das überhaupt möglich war.

»Das ist es.« Er hielt vor dem Haus an.

Der Motor erstarb.

»Was haltet ihr davon?«

Weder Jennifer noch Daniel sagten etwas.

»Also? Sagt schon«, drängte Coltrane.

»Verdammt!«, stöhnte Daniel.

»Was ist denn?«

»Es ist fantastisch.«

»Was denkst du, Jennifer?«

Sie sagte noch immer nichts.

»Jennifer?«

»Das ist eines der Häuser, die Packard fotografiert hat.«

»Richtig.«

»Warum hast du mir das nicht gesagt?«

»Ich wollte nicht, dass du eine vorgefasste Meinung hast.«

Jennifer hob die Hand, um ihre Augen vor der Sonne zu schützen. »Das hätte ich nicht erwartet. So eindrucksvoll es auf Packards Fotografie auch aussieht, sie wird dem Haus nicht gerecht.«

»Dann verstehst du, warum ich versucht bin, es zu kaufen«, sagte Coltrane.

»Die Frage, die mir in den Kopf kommt, ist: wie? Besitzt du eine Ölquelle oder was in der Art, wovon ich nichts weiß?«

»Genau das habe ich auch gedacht«, sagte Daniel. »Das ist ein Anwesen aller erster Güte. Der Preis, den sie dafür verlangen, liegt sicher weit über einer Million.«

»Eineinhalb Millionen«, sagte Coltrane.

»Wie zum ... Wie kommst du auf den Gedanken, dass du dir ein solches Haus leisten kannst?«

»Mein Vater wird es für mich kaufen.«

Die beiden sahen ihn an, als hätte er den Verstand verloren.

»*Dein Vater?*«, fragte Jennifer.

»Der Hundesohn hatte zwanzig chemische Reinigungen«, erklärte Coltrane. »Nachdem er meine Mutter und sich selbst erschossen hatte, wurden die Läden verkauft. Der Erlös kam auf ein Treuhandkonto, über das meine Großeltern verfügten, solange sie mich aufzogen. Außer für mein Essen, meine Kleidung, meine Arztrechnungen und meine Ausbildung am College wurde das Geld nicht angerührt. Bis ich einundzwanzig war, wusste ich nicht einmal, dass dieses Konto existiert. Ich dachte, meine Großeltern würden die Rechnungen bezahlen. Hätte ich gewusst, woher das Geld kam ... Einige Male hätte ich es beinahe ausgegeben. Was mich davon abhielt, waren meine Großeltern. Sie wollten das Geld zwar auch nicht, aber ich machte mir Sorgen, dass ihnen etwas Schreckliches zustoßen könnte, dass ihre Arztrechnungen katastrophale Ausmaße annehmen würden oder dass ... Ich wollte in der Lage sein, ihnen alles, was sie für mich getan hatten, zu vergelten, falls es nötig sein würde. Also ließ ich das Geld, wo es war – nur für den Fall. Damit, dass ich es mal für mich selber brauchen würde, habe ich nicht gerechnet.« Coltrane hatte einen bitteren Geschmack im Mund. »Aber letztendlich wird das Arschloch, das sich mein Vater nannte, doch etwas für mich tun.«

Das emotionsgeladene, lastende Schweigen wurde vom Gestotter eines Rasenmähers irgendwo ein Stück die Straße hinab unterbrochen, der nicht anspringen wollte.

»Na schön«, sagte Jennifer. »Ich sehe, du hast dich schon entschieden.«

»Warum seid ihr bloß so negativ?«

Sie starrten einander an.

Verlegen blickte Daniel zu Boden. »Ich schätze, wir klingen tatsächlich negativ. Die Wahrheit ist, dass ich dich gern als Nachbarn habe. Das Letzte, was ich möchte, ist, dass du wegziehst.«

»Aber es ist doch nicht so, als würde ich in eine andere Stadt ziehen. Wir werden uns weiterhin sehen.«

»Trotzdem wäre es nicht dasselbe.«

»Nein.« Coltrane fühlte einen Anflug des Bedauerns. »Nein, das wäre es wohl nicht.«

»Wir wollen nur das Beste für dich«, sagte Jennifer. »Findest du nicht, du solltest dich wenigstens vergewissern, dass das Haus beim letzten Erdbeben keinen Schaden davongetragen hat? Vielleicht stürzt es demnächst ein. Oder vielleicht sind die Wasser- und Abflussleitungen völlig im Eimer, oder das Haus ist auf einem Sumpf gebaut.«

Coltrane lachte glucksend. »Ich hatte eigentlich schon vor, es von einem Sachverständigen inspizieren zu lassen.« Er zog den Schlüssel aus der Tasche, den Duncan ihm geliehen hatte. »Möchtest du dich selber überzeugen wegen dem Sumpf?«

6

»Diese Tresorgruft«, stöhnte Daniel, als sie wieder herauskamen.

»Ich weiß«, sagte Coltrane. »Aber es gibt eine einfache Lösung für das Problem.«

»Ich kann nicht sehen, wie.«

»Das verdammte Ding rausreißen und das Haus so restaurieren, wie es ursprünglich war.«

»Du klingst, als hättest du ...«

»Ich habe mich entschieden. Ich kaufe es.«

»Eines möchte ich dich noch fragen, dann halte ich den Mund«, sagte Jennifer.

»Okay – frag.«

»Wenn du zufällig durch diese Straße gefahren wärst, und das Haus hätte keine Verbindung mit Packard, und du hättest gesehen, dass es zu verkaufen ist – hättest du es dann auch sofort kaufen wollen?«

Coltrane dachte eine Weile darüber nach. »Wahrscheinlich nicht.«

»Dann kaufst du das Haus also, weil Packard es fotografiert und berühmt gemacht hat?«

Coltrane zögerte. »Ich glaube nicht.«

»Ist es, weil Packard das Haus *gehört* hat? Willst du dich tatsächlich so mit ihm identifizieren?«

Coltrane schwieg.

7

»Es gibt noch etwas, das ich euch zeigen möchte«, sagte Coltrane, als sie in seiner Garage aus dem Blazer stiegen.

In ihren Gesichtern konnte er sehen, dass sie keine Ahnung hatten, wovon er sprach.

»Aber ich muss zugeben, ich bin ein bisschen aufgeregt deswegen. Gott – ich hoffe, ihr zeigt ein bisschen mehr Begeisterung, als bei dem Haus.«

»Wofür?«, wollte Jennifer wissen.

»Ihr müsst hier warten, bis ich alles fertig habe.«

Sie blickten noch immer verständnislos, als er über die Treppe nach oben verschwand.

Zwei Minuten später rief Coltrane in die Garage hinab: »Okay, ihr könnt jetzt raufkommen.«

Er hatte eine CD von Miles Davies aufgelegt – *Kind of Blue* – und hielt Gläser mit gekühltem Chardonnay für sie bereit, als sie die Treppe herauf kamen.

»Was wird denn das?«, fragte Daniel skeptisch.

»Na ja, ich dachte, wenn ich schon eine Ausstellung mache, kann ich auch gleich die Atmosphäre mitliefern.«

»Was für eine Ausstellung?« Jennifer nippte an ihrem Wein. Als sie über den Rand ihres Glases einen Blick ins Wohnzimmer warf, erstarrte sie mitten in der Bewegung.

Coltrane brauchte nichts zu erklären. Was er ihnen zeigen wollte, war nicht zu übersehen: Überall, an den Wänden, auf den Bücherregalen, den Möbeln, wo immer er sie aufhängen oder hinstellen konnte, befanden sich Fotografien in schmalen Passepartouts.

»Mein Gott, Mitch!«

»Deshalb wollte ich gestern Abend nicht zum Essen gehen«, sagte Coltrane. »Ich habe wie ein Verrückter gearbeitet, um mit den Abzügen fertig zu werden.«

»Sie sind ...« Ihr fehlten die Worte.

Coltranes Neuinterpretationen von Packards Aufnahmen zeigten eine Vielzahl von geradezu beklemmend beziehungsreichen Anspielungen auf die Originale. ›Zeitschleifen‹ hatte er sie genannt, während er an den Fotos gearbeitet hatte. Er hatte sein Bestes getan, um die kräftigen Konturen von Packards Bildern nachzuahmen, bis hin zum winzigsten Schatten und dem zartesten Schimmer von Licht. Nebeneinander gestellt, riefen seine und Packards Bilder starke Gefühlsregungen beim Betrachter hervor und schufen die Illusion, in zwei Zeitepochen gleichzeitig zu sein.

Jennifer und Daniel schienen fasziniert, während sie von einem Bild zum anderen gingen und sie lange betrachteten. Coltrane sagte nicht ein Wort. Er saß nur stumm auf einem Stuhl neben der Tür des Wohnzimmers, nippte an seinem Weinglas und beobachtete die beiden.

Das Projekt umfasste mehr als nur die Aufnahmen von Packards Häuser. Eingeschoben zwischen den ›Zeitschleifen‹ waren andere Fotografien, welche die emotionalen Begegnungen festhielten, die Coltrane erlebt hatte, während er auf Packards Spuren gewandelt war.

Jennifer schüttelte erstaunt den Kopf.

Daniel blickte Coltrane an, als sähe er ihn mit neuen Augen.

»Das ist das Beste, was du je gemacht hast«, sagte Jennifer. »Ich habe das Gefühl, dass du nichts dagegen haben wirst, über *diese* Bilder zu sprechen.«

»Nein«, bestätigte Coltrane und atmete erleichtert auf. »Über *die* Bilder spreche ich gern.«

»In einem habe ich mich allerdings getäuscht«, sagte Jennifer. »Ich dachte, das wäre der geeignete Stoff für einen Leitartikel im Magazin.«

»Du hast es dir anders überlegt?«

»Ja. Es ist einfach zu viel, und ich will nichts weglassen. Es wird wohl zum ersten Mal eine Sonderausgabe geben.«

»Ich weiß nicht, was ich darauf sagen soll.«

»Ich schon«, warf Daniel dazwischen. »Wo hast du den Wein versteckt?«

Coltrane lachte.

Jennifer küsste ihn. »Ich bin so stolz auf dich.«

Als sie und Daniel sich wieder den Fotos zuwandten, registrierte Coltrane, dass das rote Licht auf seinem Anrufbeantworter brannte. Er drückte auf die Wiedergabetaste.

Sein Magen krampfte sich zusammen, als ein Chor klassische Trauermusik sang.

»Schon wieder?« Jennifer sah von dem Foto auf, das er von der alten farbigen Frau in der Wohnwagensiedlung gemacht hatte. »Das ist wirklich lästig.«

»Mir fallen auf Anhieb eine ganze Reihe weniger freundliche Bezeichnungen dafür ein«, knurrte Coltrane. »Ich wünschte, ich hätte einen von diesen Apparaten, die auch die Nummer des Anrufers anzeigen. Dann könnte ich den Kerl zurückrufen und ihm mal ein bisschen Musik vorspielen – obwohl ich wahrscheinlich Schwierigkeiten hätte, eine so abartige Musik zu finden wie diese.«

»Ich würde Verdi nicht gerade abartig nennen«, meinte Daniel, ohne den Blick von der Fotografie der jungen Schwarzen, die einen Jungen auf einer Schaukel anschob, zu nehmen. Neben das Bild hatte Coltrane das verblichene Foto seiner Mutter gestellt, auf dem zu sehen war, wie sie ihn vor vierundzwanzig Jahren auf derselben Schaukel angeschoben hatte.

»Verdi?«

»Du solltest mehr für deine Bildung tun, mein Lieber. Wenn du dir nur mal was anderes anhören würdest als immer nur Jazz, oder wenn du zu den klassischen Konzerten mitgekommen wärst, in die ich dich eingeladen habe ... Aber im Ernst, die Musik auf deinem Anrufbeantworter ist von Verdi.«

»Italienisch. Darum verstehe ich kein Wort von dem, was sie singen.«

»In diesem Fall singen sie allerdings nicht italienisch, sondern lateinisch. Lass mich die Musik noch mal hören.«

Coltrane drückte die Wiederholtaste.

»Kein Zweifel.« Daniel nickte. »Das ist aus dem Requiem.«

»Die Musik für eine Totenmesse?«, fragte Jennifer.

»Hört ihr, was sie singen? ›*Dies irae.*‹ ›Der Tag des Zorns.‹ Das ist ganz sicher aus dem Requiem.«

Coltrane schüttelte den Kopf. »Aber wer ruft mich jeden Tag an und spielt mir Musik für eine Totenmesse vor? Und warum?«

»Ein Witzbold mit einem krankhaften Sinn für Humor vielleicht.«

»›*Dies irae*‹. Worum geht es da?«

»Wenn du es wirklich wissen willst, gehe ich schnell zu mir rüber und hole die Platte«, erwiderte Daniel. »Auf dem Cover ist eine Übersetzung.«

Daniel kam mit einer LP in der Hand zurück. Nach dem obligaten, wenn auch diesmal kurzen Exkurs zu einem seiner Lieblingsthemen, dass Vinyl einen volleren und viel lebendigeren Klang als jede CD habe, hob er die Platte und fügte hinzu: »Dirigent: Leonard Bernstein. Solist: Plácido Domingo. Das hier ist eine der besten ...«

»Sag uns nur, was der lateinische Text bedeutet, Daniel.«

»Okay.« Daniel seufzte grinsend, als hätte er Spaß daran, sie ein bisschen auf die Folter zu spannen. »Es müsste hier drin sein ...« Er faltete das Doppelalbum auf und ließ den Zeigefinger entlang des übersetzten Texts abwärts wandern. »Hier. ›*Dies irae.*‹

Der Tag des Zorns, der Tag des Grimms
wird die Welt in Asche legen …
Und ein schreckliches Zittern wird anheben,
wenn der Richter erscheint
und alle Dinge zerstreuet werden.«

Daniel ließ das Album sinken. »Wenn ihr mich fragt, kann ein bisschen Gottesfurcht bei einer Beerdigung nicht schaden. Das schärft unseren Blick für das wirklich Wichtige.«

»Aber ich kann darin keine verborgene Botschaft oder so was Ähnliches erkennen«, sagte Coltrane. »Du etwa, Jennifer?«

»Die einzige Botschaft, die ich darin erkennen kann, ist die, dass ich wieder öfters beten sollte. Ich glaube, wir lagen ziemlich richtig: Ein Scherzkeks mit einem krankhaften Sinn für …«

Das Telefon klingelte.

»Ja, hallo?«, sagte Coltrane.

Verdis Requiem schmetterte ihm ins Ohr.

8

»Du bist nie zu Hause«, sagte eine heisere Stimme mit schwerem Akzent.

Ein kalter Schauer lief über Coltranes Rücken. »Was? Wer sind Sie?«

»Der Richter.«

»Mitch?«, rief Jennifer, vom Ausdruck auf Coltranes Gesicht beunruhigt. »Was ist los?«

»Jetzt hör mir mal zu, du kranker Bastard!«, bellte Coltrane ins Telefon. »Wenn du nicht aufhörst, hier anzurufen …«

»Es wird noch eine Zeit kommen, in der du dir wünschst, dass ich sonst nichts getan hätte, als dich anzurufen.« Die Stimme klang wie Kieselsteine, die in einem Pappbecher geschüttelt werden. »Jennifer hat ganz Recht damit, dass sie wieder öfter beten sollte.«

Ein Prickeln lief über Coltranes Kopfhaut. »Woher wissen Sie, was sie gesagt …«

»Der Tag des Zorns wird die Welt in Asche legen, wenn ich erscheine und alle Dinge zerstreut werden.«

Coltrane fühlte sich, als wäre elektrischer Strom durch seinen Körper gejagt worden. Er wirbelte herum und sah sich mit gehetztem Blick im Wohnzimmer um. Der entsetzte Ausdruck auf seinem Gesicht erschreckte Jennifer und Daniel noch mehr. »Sie haben ein Mikrofon hier drinnen versteckt?«

Die Stimme lachte glucksend; sie klang so rau und brüchig, als würde jemand mit seinen Stiefeln über hartgebackenen Lehm stapfen. »Oh, ich habe noch viel mehr getan in deiner Wohnung. Schau mal in dein Schlafzimmer hoch. Ich habe dir ein paar Souvenirs dagelassen.«

Die Verbindung brach ab.

9

Coltrane hatte das Gefühl, als hätte sein Herz aufgehört zu schlagen. Abrupt knallte er den Hörer auf und rannte zur Treppe in der Küche.

»Was ist los, Mitch? Wer war das?« Jennifers atemlos hinter ihm her gerufenen Fragen vermischten sich mit jenen von Daniel, die ähnlichen Inhalts waren. Dann polterten die Schritte der beiden hinter ihm die Treppe empor.

Er erreichte den Korridor im oberen Stock und stürmte an der Tür zur Dunkelkammer, dann am Bad vorbei, um seine Schritte sogleich zu zügeln aus Angst vor dem, was ihn im Schlafzimmer erwartete. Als er vorsichtig hinein spähte, hatte das, was sich seinem Blick bot, in etwa dieselbe Wirkung auf ihn, als hätte sich eine Hand gegen seine Brust gepresst und ihn nach hinten gestoßen.

Das Schlafzimmer sah aus wie eine Parodie der Ausstellung, die er für Jennifer und Daniel unten im Wohnzimmer arrangiert hatte: Überall waren Fotos – auf dem Fußboden, auf dem Schreibtisch, auf dem Nachttisch und auf dem Bett. Dasselbe Format wie die Abzüge von Packards Großbildkamera. Doch selbst von Weitem konnte Coltrane erkennen, dass diese Fotos zu körnig waren, um mit einer Großbildkamera aufgenommen worden zu sein. Es waren Vergrößerungen von einem 35-mm-Negativfilm. Was jedoch auf ihnen zu sehen war, entschädigte für ihre mangelnde Feinauflösung.

Jennifer und Daniel waren jetzt direkt hinter ihm.

»Was ist passiert?«, fragte Daniel. »Wer war das am Telefon?«

Coltrane blieb ihm die Antwort schuldig. Die Muskeln um seinen Mund zuckten, als er das Zimmer betrat, seine Schritte vorsichtig zwischen die Fotografien setzend, den Blick auf die Bilder gesenkt. Dann sah er auf und studierte die Aufnahmen um sich herum.

»Das ist verrückt«, ächzte Jennifer.

Bild für Bild zeigte Coltrane, wie er die Balgenkamera aufbaute, die Häuser von Packards Fotoserie fotografierte oder Aufnahmen von den Leuten und Örtlichkeiten machte, denen er auf Packards Spuren begegnet war. Es war sogar ein Foto von ihm und Jennifer dabei, wie sie sich von Diane in der von Rhododendren gesäumten Einfahrt zum Haus ihrer Eltern verabschieden. Ein anderes Foto zeigte Coltrane auf dem Wohnwagenpark in Glendale beim Fotografieren der jungen schwarzen Frau, die ihren Sohn auf der Schaukel anschob. Wo immer er in den vergangen zwei Wochen gewesen war, jemand war ihm gefolgt und hatte *ihn* fotografiert.

»Als wir uns von Diane verabschiedet haben, habe ich keinen Menschen auf der Straße gesehen, der uns fotografiert haben könnte«, sagte Jennifer.

»Mit einem guten Teleobjektiv kann die Kamera einen ganzen Block entfernt gewesen sein.«

Coltrane wandte sich dem Bett und den Bildern von einem Bagger zu, der einen Haufen menschlicher Knochen in den Trichter eines Backenbrechers schaufelte, während ein krummbeiniger, schnauzbärtiger Mann mit massigem Brustkorb und vierschrötigem Gesicht, die riesigen Hände in die Hüften gestemmt, dabei stand und mit einem zufriedenen Lächeln zusah.

»Das sind die Fotos, die ich in *Newsweek* gesehen habe«, sagte Daniel.

»Nein«, entgegnete Coltrane. »Diese Fotos hast du noch nie gesehen. Sie wurden nicht veröffentlicht.« Obwohl er fürchtete, ihm könnte übel werden, machte er einen zögernden Schritt auf den Gegenstand zu, das am Kopfende des Bettes lehnte. Alle Fotos schienen so arrangiert, dass sie die Aufmerksamkeit auf diesen Punkt lenkten. »Sie können gar nicht veröffentlicht worden sein. Die Negative waren in einer Kamera, die ich auf meiner Flucht in einer Felswand in Bosnien verloren habe ... Es war diese Kamera hier. Jemand hat sie gefunden und die Negative entwickelt.«

Er starrte erneut auf die Fotografien von dem krummbeinigen, untersetzten Mann hinab, der mit offensichtlichem Vergnügen zusah, wie der Backenbrecher einen Regen von Knochensplittern ausspie. Die frisch verheilte Wunde an seiner Seite pochte.

»Dragan Ilkovic«, flüsterte er.

»Was hast du gesagt?«, fragte Daniel.

Coltrane war, als würde Feuer durch seine Nervenbahnen schießen. »Wir müssen uns beeilen. Jennifer, packe die Fotos hier zusammen. Daniel, du schnappst dir die von unten. Schnell! Es ist hier drin nicht sicher! Wir müssen raus!«

10

Die goldenen Strahlen des Sonnenuntergangs tauchten sechs schweißglänzende, Basketball spielende Männer in einen fast rötlichen Schein. Sie duckten und drehten sich, wirbelten und fingierten mit erstaunlich behänder Präzision, warfen, sprangen und versenkten den Ball auf der einen und dann wieder auf der anderen Seite. Vier der Männer waren Schwarze. Alle waren ungefähr in Coltranes Alter – Mitte dreißig. Sie spielten mit solcher Konzentration und Begeisterung, dass die Vergangenheit und die Zukunft nicht zählte – nur das Jetzt und das Spiel.

Coltrane sah ihnen von den Zuschauerbänken auf der Straßenseite eines der vielen Basketballfelder am Muscle Beach in Venice aus zu. Hinter ihm rollten Fahrradfahrer und Rollerskater vorüber. Vor ihm hoben sich die wirbelnden Silhouetten der Spieler gegen die spiegelnde Fläche des im Sonnenuntergang rot schimmernden Ozeans ab. Es war, als sähe man expressionistischen Tänzern auf einer Bühne zu. Einen Augenblick später glitt die Sonne eine Spur zu tief, und die Schatten wurden dunkler. Die Spieler wandten sich einander zu und stützten, vornüber gebeugt und schwer atmend, die Hände auf die Knie, während der vom Brett zurückprallende Ball den Korb verfehlte und unbeachtet zwischen ihnen aufsprang.

»Ich kann keinen Korb treffen, den ich nicht sehe.«

»Der Korb wär' das Wenigste. Ich seh' nicht mal mehr den Ball.«

»He, ihr könnt jetzt nicht aufhören. Noch zwei Punkte, und wir haben euch geschlagen.«

»Nächstes Mal vielleicht, Bruder. Heute seid ihr dran, das Bier zu bezahlen.«

»Immer bin ich mit dem Bezahlen dran.«

Als die Gruppe an einer Palme vorbei zum Gehweg schlenderte, sagte einer der Schwarzen: »Geht schon mal vor. Da drüben sitzt ein Typ, mit dem ich reden muss.«

»Dann bis später.«

Miteinander scherzend und diverse Würfe imitierend, wich die Gruppe zwei Skateboardern aus und strebte auf ein nahes Café zu.

Coltrane erhob sich von den leeren Zuschauerrängen und ging dem Mann entgegen.

Der Schwarze griff in eine Sporttasche, kramte ein Handtuch heraus und wischte sich den Schweiß vom Gesicht.

»Tag, Greg.«

»Hallo, Mitch.«

Sie schüttelten einander die Hand.

Coltrane war einsdreiundachtzig, der Mann, mit dem er sprechen wollte, gut fünf Zentimeter größer. Sie waren beide etwa gleich schwer – um die zweihundert Pfund. Coltranes Haar war lockig und sandfarben und fiel im Nacken bis zu seinem Kragen herab, während Greg drahtiges, schwarzes Kraushaar hatte, das fast bis auf die Kopfhaut geschoren war. Beide besaßen kühne, durchaus attraktive Gesichtszüge, doch die des Schwarzen waren breiter und erweckten den Eindruck, als wären sie aus Ebenholz geschnitzt, während die Coltranes wie aus Granit gemeißelt wirkten.

»Bist du zufällig vorbeigekommen?« Greg schlang das Handtuch um seinen Nacken und zupfte sich das nass geschwitzte Unterhemd von der Brust.

Eine kühle Dezemberbrise frischte vom Meer her auf und ließ Coltrane frösteln. »Nein. Ich habe bei dir zu Hause angerufen. Deine Frau hat mir gesagt, wo ich dich finde.«

»Ich hab' so das Gefühl, du bist nicht vorbeigekommen, um über die alten Zeiten zu quatschen.«

»Ich fürchte, nein.« Coltrane hob eine Fotopapierschachtel, die er in der Hand hatte, hoch. »Ich möchte, dass du dir das mal ansiehst.«

Greg betrachtete die Schachtel mit gerunzelter Stirn, dann wandte er sich wieder Coltrane zu und sagte: »Komm mit mir nach Hause. Lois wird sich freuen, dich wieder zu sehen. Du kannst zum Essen bleiben.«

»Ich glaube nicht, dass das 'ne gute Idee ist.«

»Warum?«

»Bei der Art von Schwierigkeiten, die ich im Augenblick habe, weiß man nie, was ich dir ins Hause schleppen würde.«

11

Gregs Nachname war Bass. Er war Lieutenant beim Los Angeles Police Department. Coltrane hatte ihn vor zwei Jahren kennen gelernt, als das *L.A. Times Sunday Magazine* ihn gebeten hatte, eine Fotoreportage über die Threat Management Unit des LAPD zu machen, die einzige Polizeieinheit der Vereinigten Staaten, die sich ausschließlich mit »Stalkern« befasste – abgewiesenen Verehrern oder verstoßenen Ehemännern, die aus Rache oder enttäuschter Liebe das Objekt ihrer Begierde bedrohten. Was die *L.A. Times* daran interessiert hatte, war der Umstand, dass Stalker, die heimlich und im Schutz der Nacht agierten und deren Vergehen oft unbemerkt blieb, als ›unsichtbare Kriminelle‹ bezeichnet wurden. Die Idee hinter der Reportage war, dass ein einfallsreicher und versierter Fotograf wie Coltrane einige Stalker vielleicht sichtbar machen könnte.

Coltranes Verbindungsmann bei der Threat Management Unit war Greg gewesen, und im Verlauf des Jobs waren sie Freunde geworden. Coltrane hatte sich Gregs Achtung und ungeteilten Respekt erworben, weil er einer der vielen verängstigen Frauen, die die Threat Management Unit zu schützen versuchte, geholfen hatte. Nachdem er mehrere Nächte in den Büschen vor ihrem Haus auf der Lauer gelegen hatte, gelang es ihm, einen Schnappschuss von dem bis dahin unbekannten Strolch zu machen, einem Mann, mit dem sie vor fünf Jahren zweimal ausgegangen war – er goss um drei Uhr morgens Benzin auf den Rasen vor ihrem Haus. Der Stalker ging für eineinhalb Jahre hinter Gitter. Seit damals war Coltrane Greg in drei weiteren Fällen behilflich.

Sie saßen einander am Tisch in der hintersten Nische einer Kneipe gegenüber und tranken Budweiser. Keiner sagte ein Wort, während Greg das letzte Foto betrachtete und den Stoß dann nachdenklich zusammenschob und in die Schachtel zurücklegte.

»Dieser Kerl glaubt also, es ist 'ne tolle Sache, Menschen die Hände mit Draht auf den Rücken zu binden, sie am Rand einer Grube Aufstellung nehmen zu lassen und ihnen dann in den Hinterkopf zu schießen, damit sie in die Grube fallen, ohne dass jemand sie anfassen muss, bevor sie verscharrt werden. Klingt, als wären er und Hitler die besten Kumpels gewesen.«

»Abgesehen davon, dass Hitler ein Nazi war. Ilkovic entstammt der kommunistischen Garde der Zeit, als Bosnien noch ein Teil Jugoslawiens war. Darum dürfte sein Vorbild eher Stalin gewesen sein.«

»Politik als Entschuldigung für Massenmord.« Greg schüttelte angewidert den Kopf.

»Ilkovic hat sich im kommunistischen System nach oben gearbeitet, lernte Englisch und wurde für den diplomatischen Dienst ausgebildet. Eine Weile war er im jugoslawischen Konsulat in London akkreditiert. Wie bei Massenmördern oft der Fall, ist er sehr gebildet. Und ein kühler Rechner. Gleich nachdem das sowjetische System zusammenbrach, ging er zurück in das heutige Bosnien und nutzte den Bürgerkrieg für seine Zwecke. Er erlangte seine Macht vor allem dadurch, dass er die Serben mit flammenden Appellen aufforderte, den Krieg nicht nur zu gewinnen, sondern vor allem auch den Gegner auszurotten. Er dachte wahrscheinlich, wenn die Serben alle Moslems umgebracht hätten, könnte er sie auch dazu bringen, die andere große ethnische Gruppe in dem Gebiet, die Kroaten, auszuradieren oder zumindest zu vertreiben. Dann würden die Serben ganz Bosnien kontrollieren, und da er die Serben kontrollierte … Es dauerte nicht lange, und Bosnien entwickelte sich zu seinem ganz privaten Schlachtfeld.«

»Ich wette, er hat jede Minute davon genossen. Dragan Ilkovic. Ein ziemlich widerlicher Zeitgenosse. Und der ist hinter dir her, weil du Aufnahmen von ihm gemacht hast, die ihn als Kriegsverbrecher entlarven und seine Chancen zunichte gemacht haben, die Kontrolle über die bosnische Regierung zu erlangen?«

»Es dürfte selbst für ihn nicht leicht sein, ein Land zu regieren, während er wegen Verletzung der Menschenrechte und wegen Kriegsverbrechen im Gefängnis sitzt«, sagte Coltrane.

»Nur sitzt er nicht im Gefängnis«, knurrte Greg. »Er ist in Los Angeles und brennt darauf, es dir heimzuzahlen.«

12

Sanitäter schoben im Eilschritt einen jungen Mann auf einer Bahre in die Notaufnahme. Der Mann hatte eine Sauerstoffmaske auf dem Gesicht, und seine Brust, die sich nicht bewegte, war voller Blut.

Coltrane sprang zur Seite und ließ sie vorbei, dann folgte er ihnen durch elektronisch gesteuerte Glastüren, die zischend hinter ihm zuschwangen. Zwei Schwestern und ein Arzt liefen zu dem jungen Mann auf der Bahre und schoben ihn in eine Kabine und zogen den Vorhang zu. Sie warfen hektische Schatten, während andere Schwestern und Ärzte in anderen Kabinen andere Patienten verarzteten und weitere Patienten sich auf den Bänken entlang der Wände drängten.

»Kann ich Ihnen helfen, Sir?«

Coltrane drehte sich zu einer müde aussehenden Frau mit Brille um, die eine grüne Krankenhausbluse trug und einen Klemmhefter in Händen hielt.

»Sind Sie verletzt? Brauchen Sie …« Sie verstummte, als sie ihn genauer ins Auge fasste und kein augenscheinliches Gebrechen an ihm entdecken konnte.

»Ich suche Dr. Gibson.«

In diesem Augenblick tauchte Daniel, dessen roter Haarschopf in flammendem Kontrast zu dem Grün seiner Krankenhauskluft stand, aus einer der Kabinen auf und strebte mit schnellen Schritten auf einen Schalter in der Mitte des Raums zu.

»Da ist er. Ich muss ihn kurz sprechen.«

»Sie müssen warten, bis Sie an der Reihe sind, Sir. Es gibt eine Menge Patienten, die vor Ihnen dran sind und …«

»*Daniel.*«

Als er seinen Namen hörte, drehte sich Daniel um. »Mitch?« Mit gerunzelter Stirn kam er näher. »Was machst du denn hier?«

»Ich muss mir dir reden.«

Die Falten auf Daniels Stirn wurden tiefer. »Ich bin gerade mit einem Patienten fertig.« Er nickte in Richtung des sich nähernden Jaulens einer Krankenwagensirene. »Ein typischer Samstagabend. Hier bei uns ist wieder mal die Hölle los. Was bedeutet, dass wir nicht viel Zeit haben.«

Er ging mit Coltrane durch eine Tür in ein Treppenhaus. Das Krachen, mit dem die Tür hinter ihnen zu schlug, hallte durch die kahlen Steinflure.

»Ich bin für die nächsten Tage, vielleicht Wochen nicht zu Hause«, sagte Coltrane. »Ich wollte dir nur Bescheid sagen, damit du dir keine Sorgen machst.«

»Eine Fotoreportage?« Daniels Stimme klang hoffnungsvoll.

»Nein, der Kerl, der in meine Wohnung eingebrochen ist, als wir heute Nachmittag unterwegs waren.«

»Ich habe befürchtet, dass du das sagst.«

»Ich habe gerade mit einem Freund gesprochen, der bei der Anti-Stalker-Einheit des LAPD ist. Er sagt, wenn der Kerl eine Wanze in meinem Wohnzimmer installieren konnte, was soll ihn dann daran hindern, dort auch eine Bombe zu installieren? Ich soll auf keinen Fall nach Hause gehen – nicht, bis dieser Irre gefasst ist.«

»Aber wer kann schon sagen, wie lange das dauer … Wo gehst du hin?«

»Ich weiß es nicht. Wenn ich dich erreichen muss, hinterlasse ich hier im Krankenhaus eine Nachricht für dich. Der Grund, warum ich diesmal keine Nachricht hinterlassen habe, ist der, dass mein Freund dir ebenfalls einen Rat geben möchte. Er hat darauf bestanden, dass ich es dir persönlich sage.«

Daniel blinzelte beunruhigt.

»Ich glaube, du solltest ebenfalls nicht mehr in deine Wohnung zurückgehen«, sagte Coltrane. »Dieser Kerl kann genauso leicht in deine Wohnung einsteigen wie in meine. Er könnte auf die Idee kommen, dir einen Besuch abzustatten, um herauszufinden, wo ich bin.«

»Aber du hast mir nicht gesagt, wohin du gehst.«

»Das weiß er aber nicht. Sag im Krankenhaus, dass du dir ein paar Tage frei nehmen musst. Fahr 'ne Weile kreuz und quer durch die Straßen und schau, ob dir irgendwelche Scheinwerfer folgen. Wenn du dir sicher bist, dass dich niemand verfolgt, verlass die Stadt. Vielleicht hat mein Freund den Kerl in ein paar Tagen dingfest gemacht, und du kannst zurückkommen. Aber hör mir zu, Daniel. Egal, wie groß die Versuchung ist, bleib nicht bei einem Freund.«

Daniel wurde bleich, als er die Tragweite von Coltranes Warnung begriff.

»Ich habe nichts Falsches getan«, sagte Coltrane. »Aber ich kann dir gar nicht sagen, wie Leid es mir tut, dich in Gefahr zu bringen.«

Die Tür zur Station flog auf. »Doktor, wir brauchen ...«

»Ja.« Daniel eilte in den Trubel der Notaufnahme zurück. »Und Jennifer?« Er drehte sich um. »Was ist mit ...«

»Ich bin unterwegs zu ihr, um sie zu warnen.«

13

Als die Scheinwerfer eines Wagens vom Beverly Glen Boulevard in den Knob Hill Drive einbogen, beobachtete Coltrane sie durch die Scheiben seines im Dunkeln zwischen anderen Autos geparkten Blazer. In dieser ruhigen, abgelegenen Wohngegend von Sherman Oaks herrschte um zweiundzwanzig Uhr kaum noch Verkehr, nicht einmal an einem Samstag. Dies war erst der dritte Wagen in den letzten fünfzehn Minuten. Als das Auto in einer Kurve langsamer wurde und an ihm vorbei rollte, erkannte Coltrane Jennifers BMW und richtete seine Aufmerksamkeit wieder auf die Einmündung der Straße. Aus einer Minute wurden zwei, dann drei. Nach fünf Minuten entschied er, dass längst andere Scheinwerfer hätten auftauchen müssen, falls Ilkovic Jennifer verfolgt hätte.

Er griff nach seinem Autotelefon, wählte die Nummer von Jennifers Autotelefon, ließ es dreimal klingeln und legte dann auf: Das Zeichen für Jennifer, dass alles in Ordnung war und sie ihre Fahrt ins Tal hinab fortsetzen konnte, um dort, wie besprochen, am Sherman Oaks Recreation Center auf ihn zu warten. Er sprach deshalb nicht über das Autotelefon, weil Greg ihn ausdrücklich gewarnt hatte, wie einfach es sei, mit einem Audioscanner Gespräche über diese Art von Telefonen mitzuhören.

Der von einem Lichtbogen erhellte Parkplatz des Recreation Center war nahezu leer, als Coltrane neben Jennifers BMW parkte. Ihr blondes Haar leuchtete für einen kurzen Augenblick hell im Schein der Innenbeleuchtung auf, als sie zu ihm in den Blazer stieg.

Sie umarmte ihn fest. »Du hast mich zu Tode erschreckt. Was ist denn los? Warum die Telefonzelle? Und warum wolltest du mich hier draußen treffen?«

Coltrane hatte sie zu Hause in Marina del Rey angerufen und ihr gesagt, sie solle zu einer bestimmten Telefonzelle in der Nähe der Docks fahren, die er zuvor kontrolliert und deren Nummer er sich notiert hatte. Er hatte ihr genügend Zeit gelassen, um dorthin zu gelangen, sie dann von einer anderen Telefonzelle in der Gegend angerufen und ihr die Route durchgegeben, die sie fahren sollte.

»Glaubst du, mein Telefon wird abgehört?«

»Ich nehme an, dass Ilkovic meines abhört«, erwiderte Coltrane. »Verdammt, wenn er eine Wanze in meiner Wohnung installiert hat, warum nicht auch in meinem Telefon? Warum nicht auch in Daniels und deinem?« Coltrane berichtete von dem Gespräch mit Greg. »Wir sind so oft nicht zu Hause, dass es sicherlich nicht schwer ist, sich Zutritt zu verschaffen und unsere Telefone mit Wanzen zu bestücken. Falls Ilkovic es ernst meint, wäre das aus seiner Sicht nur konsequent. Wenn er weiß, was ich tue und vorhabe, kann er mich unter Druck setzen.«

Coltrane fiel es schwer auszusprechen, was er ihr als Nächstes sagen musste. Er holte tief Luft, ehe er brummte: »Greg sagt, Ilkovic könnte auf die Idee kommen, dich zu benutzen, um mich zu kriegen.«

Jennifer sah ihn unverwandt an.

»Er glaubt, du bist in Gefahr. Er sagt, du solltest dich eine Zeit lang nicht in deiner Wohnung aufhalten.«

»*Was?*«

»Er sagt, wir sollten uns voneinander fern halten. Wenn Ilkovic nicht herausfinden kann, wohin ich verschwunden bin …«

»Wohin du *verschwunden* bist?«

»Ich werde für eine Weile verschwinden, Jennifer. Wenn Ilkovic nicht herausfindet, wohin, wird er sich vermutlich an dich halten in der Hoffnung, dass du ihn zu mir führst. Oder er lässt sich noch was Schlimmeres einfallen – zum Beispiel, dich zu zwingen, ihm alles zu sagen, was du weißt, auch wenn du überhaupt nichts weißt. Du hast keine Wahl. Du musst auch untertauchen.«

Jennifer presste die Hände auf ihren Bauch. »Ich dachte, ich hätte Angst, als ich hierher gefahren bin, aber das war nichts im Vergleich zu dem, was ich jetzt fühle. O Gott, es muss doch eine … Wo willst du dich denn verstecken?«

Coltrane schwieg.

»Ich komme mit dir.«

»Aber ich habe dir doch eben erklärt …«

»Es macht mehr Sinn, wenn wir zusammen verschwinden. Dann brauchen wir auch nicht zu fürchten, dass er mir folgt. Er kann mich nicht benutzen, um dich zu finden. Wir sind *beide* in Sicherheit, während dein Freund versucht, ihn zu schnappen.«

»Ich weiß nicht, ob das …«

»Mitch! Es geht nicht darum, dass ich dich unter Druck setzen oder dir sonst wie deine Freiheit beschneiden will. Es geht ums Überleben.«

14

Jennifer verschwand mit eiligen Schritten im Terminal des Flughafens. Während sie bei der America West Tickets für den Flug um 23:45 Uhr nach Las Vegas kaufte, stellte Coltrane seinen Wagen im Parkhochhaus ab. Außer Atem trafen sie sich am Flugsteig vor dem Ausgang, durch den bereits die Nachzügler der Passagiere des Nachtflugs an Bord geschleust wurden. Coltrane ließ sich an das Ende der Schlange zurückfallen, um sicher zu sein, dass niemand hinter ihnen die Maschine betrat. Erst nachdem die Türen geschlossen waren und die Maschine zur Startbahn rollte, atmete er auf.

»Ich brauche jetzt einen Drink«, seufzte Jennifer.

»Ich auch. Aber ich fürchte, wir müssen uns mit Kaffee begnügen. Wir müssen noch eine ganze Weile wach bleiben.«

Die Maschine landete um 0:44 Uhr in Las Vegas. Sie rannten zum American-West-Schalter und kauften Tickets für den nächsten Flug zurück nach Los Angeles. Als sie den Ausgang für die Maschine um 1:45 Uhr nach Los Angeles erreichten, gingen die Passagiere bereits an Bord.

»Ich hoffe, das genügt, unsere Spur zu verwischen«, sagte Jennifer.

»Ich wüsste nicht, warum es nicht funktionieren sollte«, erwiderte Coltrane. »Selbst wenn es Ilkovic gelungen ist, uns zum Flughafen zu folgen, wissen wir, dass er nicht im Flugzeug nach Vegas saß. Er hat keine Möglichkeit herauszufinden, dass wir mit der nächsten Maschine nach Los Angeles zurückgeflogen sind. Er muss annehmen, dass wir in Vegas sind. Und dort muss er uns auch suchen.«

»Aber was ist, wenn wir in Los Angeles sind?« Jennifers sonst so klare Augen waren vor Müdigkeit gerötet. »Wo verstecken wir uns? In einem Hotel?«

»Das wäre das Sinnvollste.«

Doch Coltrane hatte noch eine andere Idee, die er ihr allerdings nicht verriet. Ihre Maschine landete um 2:41 Uhr auf dem Los Angeles Airport. Ein Bus brachte sie zum Avis-Schalter, wo ein übermüdeter Angestellter Coltrane Dokumente zur Unterzeichnung über den Schalter schob.

»Keinen großen Wagen. Nichts Protziges«, sagte Coltrane.

»Ist ein Saturn in Ordnung?«

»Perfekt.« Bei so vielen Saturns auf den Straßen würde einer mehr nicht auffallen.

Die Uhr auf dem Armaturenbrett zeigte 3:31 Uhr, als sie aus dem Parkhaus fuhren. Das Licht der Straßenlaternen schmerzte in Coltranes Augen. Auf dem La Cienega Boulevard fuhr er ins Zentrum der um diese Zeit ruhigen Stadt.

Jennifer gähnte. »In welches Hotel gehen wir?«

»Greg meint, wir sollten auf keinen Fall in eines von den großen oder schicken Hotels gehen, wo wir auffallen, wenn wir ohne Gepäck auftauchen. Ich kenne ein paar ruhige Häuser in West Hollywood.«

Jennifer gähnte erneut. »Solange es ein anständiges Bett gibt.«

»Es wird eine Weile dauern, bis wir da sind. Warum machst du nicht die Augen zu und schläfst ein bisschen?«

In dem spärlichen Verkehr kam Coltrane zügig voran und erreichte das Ziel um 3:54 Uhr. Er stieg aus, schloss die Eingangstür auf und drückte auf dem in die Wand der Halle eingelassenen Tastenfeld mit Display eine Zahlenkombination, die die Sicherheitsanlage ausschaltete. Durch eine Tür links vom Eingang trat er in eine Garage, die Platz für einen Wagen bot, und drückte auf den Knopf, der den Toröffner aktivierte. Als der Motor unter der Decke mit einem Surren ansprang und das Tor rumpelnd noch oben glitt, ging er zum Wagen zurück und blieb stehen, als er sah, dass Jennifer aufgewacht war.

Müde rieb sie sich die Augen. »Sind wir da? Ist das das Hotel?«

»Ja, aber es ist nicht unbedingt ein Hotel.«

Jennifer kniff die Augen zusammen und spähte angestrengt durch die Windschutzscheibe. Sie blinzelte überrascht, als sie begriff, was ihre Augen sahen. Im Licht der Scheinwerfer ragte ein Haus aus der Dunkelheit, das Ähnlichkeit mit einer Burg hatte. Die korallenroten Mauern sahen selbst im grellen Scheinwerferlicht wunderhübsch aus, und entlang der Mauerkanten und unterhalb seiner Zinnen und Brüstungen verliefen grün oxydierte Kupferblenden, die in den Formen präkolumbischer Pfeilspitzen schimmerten.

»*Hier?*«

»Ja«, sagte Coltrane. »In Packards Haus.«

FÜNF

1

»Aber das ist doch Wahnsinn!« Jennifers Stimme hallte durch das leere Haus. »Wir haben nicht das Recht, hier zu sein. Die Nachbarn werden denken, wir sind Einbrecher. Sie werden die Polizei rufen.«

»Es ist spät. Ich bezweifle, dass uns irgendjemand bemerkt hat, aber wenn es dich beruhigt, dann machen wir das Licht nicht an«, sagte Coltrane. »Morgen früh schaue ich bei den Nachbarn vorbei und erkläre ihnen, dass ich das Haus kaufe und die Nachlasstreuhänder mir erlaubt haben, ein paar Tage früher einzuziehen.«

Er blieb auf dem Treppenabsatz in der Halle stehen und spähte in die Dunkelheit des unteren Stockwerks hinab. Dort unten war die Tresorgruft, und er dachte nicht daran, in diese Richtung zu gehen. Ein Nachtlicht wies ihnen den Weg nach oben in das Wohnzimmer. Trotz der Dunkelheit sahen die weißen Wände und der Holzfußboden rein und sauber aus; die Fenster aus Prismenglas in der Rückwand verstärkten den schwachen Schein der Straßenlaternen und das Glimmen der Sterne.

»Angenommen, die Nachbarn glauben dir nicht«, wandte Jennifer ein. »Angenommen die Verwalter haben ihnen eine Telefonnummer gegeben, wo sie anrufen können, falls etwas nicht in Ordnung ist.«

»Die Nachlassverwaltung hat damit kein Problem.«

»Wie kannst du dir dessen sicher sein?«

»Bevor ich dich gestern Abend angerufen habe, habe ich mit Packards Assistenten gesprochen. Während die Makler den Papierkram vorbereiten, können wir hier bleiben. Auf diese Weise habe ich auch den Code für die Sicherheitsanlage erfahren. Und wir brauchen uns wegen Ilkovic keine Sorgen zu machen. Er weiß nicht, dass dieses Haus existiert.«

»Aber er ist dir zu allen Häusern, die du fotografiert hast, gefolgt.«

»Nicht zu diesem«, sagte Coltrane. »Als ich die Fotos gesehen habe, die er von mir gemacht hat, hatte ich den Eindruck, dass etwas fehlt. Später bin ich draufgekommen, was es war. Es war kein Bild von mir vor diesem Haus dabei. Anscheinend ist er mir an dem Tag nicht gefolgt.«

»Sicher kannst du da aber nicht sein. Seine Kamera hat vielleicht nicht funktioniert.«

»Das ändert auch nichts daran. Selbst wenn er mir gefolgt ist, ist das Haus nur eines von vielen Häusern aus Packards Serie. Er kann nicht wissen, dass ich vorhabe, es zu kaufen. Zugegeben, ich bin gestern mit dir und Daniel noch mal hier gewesen, aber wir wissen, dass Ilkovic uns nicht gefolgt ist, weil er zur selben Zeit in meinem Schlafzimmer war und seine Überraschung für mich ausgepackt hat. Er kann nicht wissen, dass ich an dem Haus interessiert bin. Wie sollte er also auf die Idee kommen, dass ich mich heute Nacht hier verstecke?«

Wolken mussten sich vor die Sterne geschoben haben, denn im Zimmer wurde es dunkler.

»Du bist dir so sicher«, sagte Jennifer.

»Sonst wäre ich nicht hierher gekommen.«

»Das Haus scheint dich magisch anzuziehen.«

»He, hier ist es besser als in einem Hotel.«

»Glaubst du? Hat Packard denn noch immer so großen Einfluss auf dich?«

2

Obwohl das Sonnenlicht durch die Fenster strömte, schliefen sie fast bis elf.

Schließlich erhob sich Jennifer steif und rieb sich den Rücken. »Autsch.«

Coltrane wusste, was sie meinte. Vom Schlafen auf dem Fußboden fühlte sich sein Nacken an, als wäre er in einer Karateschule als Übungsobjekt missbraucht worden.

»Du weißt wirklich, wie man einem Mädchen eine schöne Zeit bereitet«, maulte Jennifer, während sie in dem Beutel mit Toilettensachen herumkramte, die Coltrane auf dem Weg vom Flughafen in einem Drogeriemarkt gekauft hatte. Sie zog eine Zahnpastatube, eine Zahnbürste und eine Flasche Shampoo hervor. »Das ist die Rettung.«

»Vergiss die Dougnuts nicht, die ich gekauft habe.«

»Wenn ich nicht so hungrig wäre, würde ich sie vergessen. Wirklich, es wäre wie im Paradies hier, wenn wir wenigstens saubere Unterwäsche hätten.«

Ihr Sarkasmus brachte ihn zum Lachen.

»Und ein paar Handtücher würden auch nicht schaden«, fügte sie spitz hinzu.

»Wir können zum Hollywood Boulevard runterfahren und einkaufen, was wir brauchen. Aber zuerst muss ich mit den Nachbarn reden.«

»In dem Fall wirst du vorher das hier brauchen.« Jennifer reichte ihm Rasiercreme und einen Nassrasierer.

Am frühen Nachmittag kehrten sie mit frischer Kleidung zum Wechseln, einer Kaffeemaschine, ein paar Tellern und Pfannen und ausreichend Lebensmitteln, um damit einige Tage über die Runden zu kommen, zurück. Sie durchforschten die Straße mit Argusaugen, sahen jedoch niemanden, der ihren Verdacht erregte. Erleichtert registrierten sie, dass die Alarmanlage noch angeschaltet war. Doch sie entspannten sich erst, als sie das Haus durchsucht hatten, abgesehen von dem Tresorraum, den Coltrane abgeschlossen hatte, nachdem er ihn am Tag zuvor Jennifer und Daniel gezeigt hatte, und der auch abgeschlossen bleiben würde, wie Coltrane sich grimmig schwor.

Erst dann brachten sie die Einkäufe ins Haus. Coltrane hatte sich nie viel aus Weihnachtsdekorationen gemacht, doch angesichts seiner vollmundigen Ankündigung, aus dem Haus sein Heim zu machen, hatte er einen sechzig Zentimeter großen Plastikchristbaum inklusive Weihnachtsschmuck erstanden. Er stellte ihn in die Mitte des Wohnzimmers und breitete zwei Schlafsäcke davor aus.

»Das ist richtig gemütlich hier«, brummte er.

Sie duschten und zogen die Jeans und Pullover an, die sie gekauft hatten. Dann machten sie sich Kaffee und aßen Bagels mit geräuchertem Lachs, Tomatenscheiben, Käse und Kapern drauf.

»Allmählich fühle ich mich wieder wie ein menschliches Wesen.« Jennifer streckte sich behaglich.

»Beweg dich nicht.«

»Was ist denn?«

»Diese Pose ist zu gut, um ...« Coltrane hatte seine Nikon und die Fotografien mitgenommen, als er den Blazer am Flughafen abgestellt hatte. Er schoss ein Foto von ihr. »Wunderschön.«

»Es fällt mir wirklich schwer, dir das zu sagen ...«

»Dann sag es lieber nicht.«

»Doch. Du gibst ja eh keine Ruhe, bis du es gehört hast. Dieses Haus fängt allmählich an, mir zu gefallen. Der Raum, den man hat, und ...«

»... das Licht.«

Jennifer nickte. »Ich stelle es mir mit Art-déco-Möbeln eingerichtet vor.«

»Das war der Stil der Zeit, in der das Haus gebaut wurde.«

»Mich würde interessieren, wie es ausgesehen hat, als ... War das dein Ernst, dass du den Tresor rausreißen und das Haus wieder so umbauen willst, wie es ursprünglich war?«

»Das steht ganz oben auf meiner Liste.«

»Dann ist vielleicht ...« Sie unterbrach sich.

»Was wolltest du sagen?«

»Bin gleich wieder da.« Jennifer stand auf.

»Wo gehst du hin?«

»In die Garage. Als wir die Lebensmittel reingetragen haben, ist mir was aufgefallen.«

Coltrane zog interessiert die Brauen hoch, als sie mit einer langen Pappkartonhülse in den Händen zurückkam.

»Das lag auf einem Regal«, sagte Jennifer. »Wer immer dieses Haus ausgeräumt hat, war dabei sehr sorgfältig – kein Dreck, kein altes Gerümpel, nichts. Außer dem hier.«

»Du meinst, das ist möglicherweise kein Gerümpel?«

»Als meine Eltern vor fünf Jahren in der Carroll Avenue eine altes viktorianisches Haus gekauft haben« – Jennifer bezog sich auf eine Straße in der Nähe des Echo Park, der bekannt war für seine hübschen viktorianischen Häuser –, »haben sie in der Garage auch so ein Papprohr gefunden.«

Coltrane verstand nicht, worauf sie hinaus wollte.

»Darin waren die Originalbaupläne des Hauses«, erklärte Jennifer.

»Willst du damit sagen, dass …«

»Es wäre ein logischer Platz, wenn man sie für den neuen Besitzer da lassen will.« Sie nahm die Verschlusskappe ab, kippte den Pappzylinder schräg nach unten und zog vorsichtig den Inhalt heraus.

Coltrane starrte verblüfft auf einen Packen fest zusammengerollter Bögen eines steifen Blaupausenpapiers. Sie waren ausgeblichen und rochen modrig und alt. Während er ihr half, die Pläne auf dem Tresen in der Küche auszubreiten, wunderte er sich, wie gut die Details der Skizzen und Randbemaßungen noch zu erkennen waren.

»Das ist irre!« Er ließ den Finger über den obersten Bogen abwärts gleiten und hielt bei einem umrahmten, mattierten Feld am rechten unteren Rand inne, in dem der Name des Architekten stand und das Jahr, in dem das Haus gebaut worden war. ›Lloyd Wright – 1931.‹

3

»Soweit ich es nachvollziehen kann« – Jennifer studierte den Eingang zum Tresor und richtet ihren Blick dann wieder auf den Plan –, »war das ein Schlafzimmer ...«

»Hat Packards Assistent auch gesagt.«

»... das genauso groß war wie die Garage darüber.«

»Nein, das kann nicht stimmen«, widersprach Coltrane.

»Wieso nicht?«

»In der Garage ist nur Platz für ein Auto, was typisch ist für die Dreißigerjahre. Aber der Tresor kommt mir viel größer vor, fast so groß wie eine Doppelgarage.«

»Dann war der Umbau also eher ein Ausbau.«

»Ich kann mich aber auch täuschen. Mir war nicht ganz geheuer da drin.«

»Mir ging es genauso, obwohl ich nicht klaustrophobisch veranlagt bin. Der Tresor kann nicht so viel größer sein als die Garage, wenn wir beide uns eingesperrt gefühlt haben.« Jennifer überprüfte ein Detail auf dem Plan. »Die Garage hat etwa elf Quadratmeter. Da wir keinen Plan von den Umbauten haben, gibt es nur eine Möglichkeit festzustellen, wie viel Raum hinzugefügt wurde: den Raum ausmessen. Hast du den Schlüssel bei dir?« Jennifer öffnete die Tür und stieß sie auf.

Die kühle Luft, die herausströmte, und die Dunkelheit ließen Coltrane frösteln. »Äh ... wenn es dir nichts ausmacht, warte ich lieber draußen.«

»Seit wann hast du Platzangst?«

»Nur wenn ich in diesem Tresor bin.«

Jennifer griff nach links und knipste an der Innenseite der Wand den Lichtschalter an. Das harte, grelle Deckenlicht, das vom Betonboden zu reflektieren schien, blendete Coltrane und zwang ihn, die Augen zusammenzukneifen.

»Eins, zwei ...« Jennifer trat in den Tresor und schritt ihn der Länge nach ab.

»Eindeutig größer«, sagte sie, als sie wieder herauskam. »Die Garage ist knapp fünf Meter breit, der Tresor acht.«

»Eher zehn«, sagte Coltrane.

»Was meinst du damit?«

Er deutete auf den Korridor, der entlang des Tresors verlief. »Ich bin ihn außen abgegangen und auf zehn Schritte gekommen.«

»Zehn? Bist du sicher? Wir müssen mit verschieden großen Schritten gemessen haben.«

»Offenbar. Aber da meine Schritte größer sind als deine, hätte ich auf weniger kommen müssen. Du hättest eigentlich mehr Schritte brauchen müssen.«

»Wir machen irgendwas falsch. Versuchen wir's noch mal. Diesmal gehst du rein.«

»Machst du Scherze?«

»Ich habe dich noch nie so ängstlich erlebt.«

Sie hat Recht, dachte Coltrane. Was ist bloß los mit mir? Ich muss das in den Griff kriegen. Er ignorierte den Druck in der Brust und straffte die Schultern. Das Licht wurde noch greller, die Temperatur noch kälter, die Luft noch stickiger, als er sich überwand, in den Tresor zu treten. »Eins, zwei ...«

Er zwang sich, nicht zu schnell zu gehen. Es ist nur ein fensterloser Raum, beruhigte er sich. Er atmete freier, als er zu Jennifer und in das warme Sonnenlicht zurückkehrte. »Ich bin mehr oder weniger auf dasselbe gekommen wie du: acht Meter.«

»Dann machen wir nach wie vor etwas falsch.« Jennifer runzelte die Stirn. »Ich habe den Korridor abgeschritten und bin auch auf zehn Meter gekommen. Wie ist es möglich, dass ein Raum ...« Sie wirbelte erschrocken herum. »*Jemand ist im Haus.*«

4

Als die Haustür zuschnappte, rannte Coltrane zur Treppe. Der Absatz über ihm knarrte. Eine Gestalt erschien mit erhobenen Händen.

»Ich wollte Sie nicht erschrecken«, sagte der Mann.

Coltrane blieb taumelnd stehen. Das Hämmern seines Herzens beruhigte sich, als er das rote Jackett ausmachte, das Duncan Reynolds trug.

»Es ist nur, weil wir keine Gäste erwartet haben«, murmelte Coltrane.

Duncan ließ einen Schlüssel in seine Tasche gleiten. »Ich war in der Gegend und dachte, ich sehe mal vorbei und schaue, wie Sie sich eingewöhnt haben. Ich hätte angerufen, aber …«

»Es gibt kein Telefon.«

»Genau. Falls ich störe …«

»Nein, überhaupt nicht«, sagte Coltrane. »Darf ich Ihnen meine Freundin Jennifer Lane vorstellen? Jennifer, das ist Randolph Packards Assistent, Duncan Reynolds.«

Die beiden schüttelten einander die Hand.

Noch immer damit beschäftigt, sich von ihrem Schreck zu erholen, sagte Jennifer: »Es muss faszinierend gewesen sein, für ein Genie zu arbeiten.«

»›Faszinierend‹ ist *ein* Wort, es zu beschreiben. ›Haarsträubend‹ ein anderes. Ich habe mich schließlich entschlossen, es ›Abenteuer‹ zu nennen.«

»Kann ich Ihnen einen Kaffee machen?« Coltrane ging mit ihm hinauf ins Wohnzimmer.

Duncan betrachtete die Schlafsäcke vor dem kleinen Plastikweihnachtsbaum. »Das hier sieht auch aus wie ein Abenteuer. Wegen des Kaffees – nein, danke. Aber zu etwas Stärkerem würde ich nicht Nein sagen.«

»Ich fürchte, wir haben beim Einkaufen nicht daran gedacht …«

Duncans Gesicht wurde lang.

»Aber wir haben ein paar Flaschen Wein mitgebracht«, sagte Jennifer.

Duncans Miene hellte sich auf. »Vergeben Sie mir den dünnen Scherz, aber in einem Sturm ist mir jeder Hafen recht.«

»Weiß oder rot?«

»Den, von dem Sie mehr haben.«

Jennifer ging nach links in die Küche.

»Wir haben in der Garage ein Papprohr mit Bauplänen gefunden«, sagte Coltrane.

»Ja, ich weiß. Ich habe es dort hingelegt«, sagte Duncan. »Ich habe sie entdeckt, als ich Randolphs Sachen im Haus in Newport Beach durchgesehen habe. Ich dachte, ich bringe sie her, bevor ich sie verlege und nicht mehr finde.«

»Ihnen sind dabei nicht zufällig auch die Pläne für den Umbau untergekommen, oder?«

Duncan schüttelte den Kopf. »Aber ich habe noch immer eine Menge Sachen durchzusehen und zu ordnen. Warum?«

»Aus reiner Neugier. Es gibt da eine Unstimmigkeit, die wir uns nicht erklären können.«

»Kommt rüber in die Küche«, rief Jennifer.

»Wunderbar«, strahlte Duncan. »Wir können darüber reden, während sie den Wein einschenken.«

Sie gingen durch das Esszimmer, dessen mit Chromperlen behängte Wände das Licht spiegelten, und traten in die sonnendurchflutete Küche. In ihrer Mitte ragte wie eine Insel der als Tisch fungierende Schlachtblock eines Metzgers heraus, an dem Jennifer den Wein entkorkte. »Allerdings werden wir uns mit Pappbechern begnügen müssen.«

»Alles andere wäre Luxus, wenn man im Schlafsack campiert.«

»Ich hoffe, Sie mögen Cabernet Sauvignon.«

»Ich habe das, was man einen wahllosen Gaumen nennen könnte. Mir schmeckt jeder Wein.« Duncan nippte an seinem Pappbecher und nickte. »Sie haben vorhin etwas von einer Unstimmigkeit gesagt?«

»Wir haben versucht abzumessen, um wie viel der Raum beim Umbau zum Tresor vergrößert wurde«, sagte Coltrane. »Wir haben mehrere Male gemessen, und jedes Mal kamen wir zu dem Ergebnis, dass die Maße außen und innen nicht übereinstimmen. Haben Sie eine Ahnung, wann der Tresor eingebaut wurde?«

Duncan nahm wieder einen Schluck. »Ich weiß nur, dass

er schon da war, als ich 1973 anfing, für Randolph zu arbeiten.«

»Hat er damals hier gewohnt?«

»Nein. Falls er je in diesem Haus gewohnt hat, dann hat er nie ein Wort darüber verloren. Aber er hat trotzdem sehr daran gehangen. Mit Ausnahme des Tresors hat er große Mühe darauf verwendet, das Haus – und dies schließt auch die Gestaltung des Gartens mit ein – genau so zu erhalten, wie es gewesen ist, als er es 1933 fotografierte. Zu schade, dass die Möbel schon ausgeräumt waren, als ich es Ihnen neulich von innen gezeigt habe.«

»Warum eigentlich?«, fragte Jennifer.

»Es waren dieselben Möbel, die schon in dem Haus waren, als er es fotografiert hat.«

»Das kann nicht Ihr Ernst sein.« Coltrane beugte sich vor. »Sie meinen Nachbildungen oder Imitationen, hab' ich Recht? Die Originalmöbel wären inzwischen längst auseinander gefallen.«

»Nicht diese Möbel.« Duncan wischte sich einen roten Tropfen vom Rand seines Schnurrbarts. »Die Möbel wurden von Warren McArthur entworfen, einem berühmten Innenarchitekten der Moderne in den Dreißigerjahren. Für seine Arbeiten charakteristisch sind glänzendes Metall und Glas. Die tragenden Teile wie Beine und Streben sind aus Stahlrohr. Alles blitzte und glänzte. Natürlich mussten die Polsterungen irgendwann erneuert werden, aber Randolph achtete peinlich genau darauf, dass der rote Stoff, der dafür verwendet wurde, dieselbe Struktur und denselben Farbton wie das Original hatte. In manchen Zimmern hatte er auch Chromtische von Mies van der Rohe. Diese Tische und Sofas haben einen beträchtlichen Sammlerwert. Sie werden demnächst bei Christie's zur Versteigerung kommen.«

»Ich möchte, dass Sie sie zurückbringen«, sagte Coltrane.

Beinahe hätte Duncan seinen Wein verschüttet. »Sie zurückbringen?«

»Ich möchte sie kaufen.«

»Aber es geht um eine ernorme Summe.«
»Ich möchte, dass das Haus genauso wird, wie es war.«
Jennifer blinzelte verblüfft.
»Es wäre mir sehr wichtig, und ich wäre Ihnen sehr verbunden, wenn Sie für mich mehr über die Geschichte des Hauses herausfinden könnten«, fügte Coltrane hinzu. »Sie haben erzählt, das Packard das Haus als Büro, als Dunkelkammer und als Archiv benutzt hat. Aber wer hat hier gelebt, bevor er es gekauft hat? Seine Biografen sagen, es wurde für einen Filmproduzenten gebaut, der Winston Case hieß. Hat Packard das Haus von ihm gekauft, oder gab es inzwischen einen anderen Eigentümer? Und was war, *nachdem* er es gekauft hatte? Hat damals jemand anderes hier gewohnt?«
»Das ist alles so lange her. Wieso sollte das wichtig sein?«
Darauf hatte Coltrane keine Antwort.

5

Wieder tauchten die letzten Sonnenstrahlen sechs Basketballspieler auf einem Feld am Muscle Beach in Venice in rotgoldenes Licht. Es war dasselbe Spielfeld, an dem Coltrane am Tag zuvor Greg getroffen hatte. Vor fast genau vierundzwanzig Stunden, dachte er. Er saß mit Jennifer auf derselben Stufe derselben Betontribüne an der Seitenlinie, und während er die Spieler beobachtete, beschlich ihn das seltsame Gefühl, dies alles schon einmal erlebt zu haben.
»Greg müsste jeden Augenblick auftauchen«, sagte er.
Eine kühle Brise vom Ozean ließ Jennifer frösteln. »Es wundert mich, dass er dich nicht auf dem Revier treffen wollte.«
»Er wohnt nicht weit von hier. Wahrscheinlich fand er es bequemer so.«
Die Sonne tauchte in den Ozean hinab. Ihr roter Schein

war jetzt so schwach, dass die Männer ihr Spiel abbrachen. Coltrane konnte ihre Unterhaltung hören: Frotzeleien und Anzüglichkeiten, die Aussichten auf ein Bier, die Abmachung, sich nächste Woche wieder zu treffen. Das Gefühl des Déjà-vu ließ ihn unbehaglich das Gewicht verlagern.

Die Spieler gingen den Gehweg hinab. Die Sonne versank hinter dem Horizont. Es wurde kühler, und immer weniger Skateboarder waren zu sehen. Straßenlaternen mühten sich, die Dunkelheit zu vertreiben.

»Er ist schon fünfzehn Minuten zu spät dran«, brummte Coltrane.

»Vielleicht wurde er aufgehalten – ein Anruf oder was in der Art.«

»Greg hat eine Macke, was Pünktlichkeit betrifft. Er ist noch nie zu spät gekommen, wenn ich mit ihm verabredet war.«

Weitere fünfzehn Minuten verstrichen.

»Es muss ein verdammt langes Telefongespräch sein«, sagte Jennifer. »Was sollen wir jetzt machen?«

»Ich denke, wir haben keine andere Wahl, als hier zu bleiben und zu warten, bis …«

»Ist er das?«

Coltrane sah in die Richtung, in die Jennifer deutete. Ein massiger Mann in Turnschuhen, Jeans und Lederjacke trat hinter einer im Schatten liegenden Wand an der Stirnseite des Feldes hervor und kam auf sie zu.

»Nein.« Beunruhigt stand Coltrane auf.

»Sieht er wie Ilkovic aus?«

»Das kann ich in der Dunkelheit und auf die Entfernung nicht sagen. Er hat keinen Schnurrbart. Aber Ilkovic könnte seinen abrasiert haben.«

Sie stiegen die paar Stufen der Tribüne hinab.

»Er kommt tatsächlich her«, sagte Jennifer.

»Warum gehen wir dann nicht woanders hin?«

Sie eilten an den Palmen vorbei und dann den Strand hinab.

Der Mann folgte ihnen.

»Verdammt«, knurrte Coltrane.

Sie fingen an zu rennen.

»Warten Sie!«, rief der Mann.

Sie liefen schneller.

»Mr. Coltrane, warten Sie! Lieutenant Bass schickt mich.«

Sie blieben stehen und drehten sich um.

Der Mann kam mit großen Schritten auf sie zu, und während Coltrane versuchte, in der zunehmenden Dunkelheit sein Gesicht zu erkennen, fragte er sich besorgt, ob sie einen Fehler machten. Sein Misstrauen schwand, als das Licht einer Straßenlaterne auf die Polizeimarke fiel, die der Mann aus seiner Tasche zog.

»Ich arbeite mit Lieutenant Bass in der Threat Management Unit«, schnaufte der Mann. Er war groß und athletisch gebaut; seine Brust, Schultern und Oberarme waren muskelbepackt wie die eines Gewichthebers. Das braune Haar war fast militärisch kurz geschnitten. Seine ebenfalls braunen Augen verrieten eine unnachgiebige, durch nichts zu erschütternde Standhaftigkeit. »Sergeant Nolan.«

Coltrane schüttelte ihm die Hand und war nicht überrascht, dass in dem Griff viel Kraft lag. Dann stellte er Jennifer vor.

»Greg konnte wohl nicht kommen?«, fragte Coltrane.

»Das ist kompliziert. Er meinte, es wäre nicht sicher.«

Jennifer erstarrte.

»Ich habe Sie eine Weile beobachtet, um zu sehen, ob Sie verfolgt worden sind«, sagte Nolan.

»Und?« Besorgt sah Coltrane sich um. Es war in der Dunkelheit schwer zu sagen, doch der Strand schien leer und verlassen zu sein.

Zum ersten Mal zeigte Nolans scheinbar unerschütterliche Gelassenheit Sprünge. »Wir sollten nicht hier draußen rumstehen. Warum gehen wir nicht irgendwo hin, wo wir reden können?«

6

In dem Restaurant herrschte eine freundliche, gemütliche Weihnachtsatmosphäre. Ein großer, mit Lametta geschmückter Weihnachtsbaum stand in einer Ecke, entlang der Wände hingen Girlanden blinkender Lichter, und auf den Tischen lagen kleine Adventskränze mit Kerzen. Doch Coltrane bekam von all dem nicht viel mit, als er und Jennifer sich Nolan gegenüber an einen Tisch setzten. Er hatte erneut mit dem seltsamen Gefühl zu kämpfen, dies alles schon einmal erlebt zu haben, als säße er wie am Abend zuvor noch immer Greg gegenüber.

»Schön«, brummte Nolan. »Die gute Nachricht zuerst: Lieutenant Bass hat das FBI kontaktiert, das sich seinerseits mit dem UN-Tribunal zur Verfolgung von Kriegsverbrechen in Verbindung gesetzt hat. Auch Interpol wurde eingeschaltet. Sie versuchen herauszufinden, auf welchem Weg Ilkovic Europa verlassen hat. Das FBI recherchiert, wie er in die USA gekommen ist. Sie überprüfen die Passagierlisten sämtlicher Flüge von Europa hierher in der Woche zwischen Ihrem Rückflug aus Bosnien und der Ersten von Ilkovic' musikalischen Botschaften auf Ihrem Anrufbeantworter. Das UN-Tribunal hat verschiedene europäische Staaten gebeten, die Namen auf den Passagierlisten aller in Frage kommenden Flüge mit den Namenslisten der Inhaber von Pässen mit Sonderstatus zu vergleichen. Das FBI tut dasselbe mit den von den USA ausgegebenen Diplomatenpässen. Wenn wir herausfinden können, unter welchem Namen Ilkovic eingereist ist und wie er sich jetzt nennt, bringt uns das einen großen Schritt weiter, und wir könnten ihn bald schnappen.«

»Vorausgesetzt, er bleibt bei dem Namen, unter dem er eingereist ist«, sagte Coltrane.

»Ja.« Nolan blinzelte unbehaglich. »Inzwischen waren die Sprengstoffexperten des LAPD in Ihrem Haus. Hinter Ihrem Heizungskessel haben sie genügend Plastiksprengstoff gefunden, um den halben Block dem Erdboden gleich zu machen.«

»Das ist die gute Nachricht?«, murmelte Jennifer entsetzt.

»Nachdem die Bombe entschärft war, hat sich ein Team der elektronischen Überwachungseinheit Ihre Wohnung angesehen. Ilkovic hatte in jedem Raum Mikrofone installiert. Ich hoffe, Sie haben dort keine Geheimnisse besprochen.«

Coltrane fühlte sich, als wäre ihm eine Faust in die Kehle gerammt worden.

»Auch in der Wohnung Ihres Freundes nebenan haben sie Mikrofone gefunden«, fügte Nolan hinzu. »Und in Ihrer ebenfalls, Miss Lane.«

»O Gott!«, ächzte Jennifer.

»Ich kann nicht ganz nachvollziehen, was Sie unter einer guten Nachricht verstehen«, knurrte Coltrane. »Bis jetzt habe ich noch keine gehört.«

»Die Dinge könnten noch viel schlechter stehen, glauben Sie mir. Wir haben zumindest einige Ansatzpunkte. Zum Beispiel: Woher hat Ilkovic den Plastiksprengstoff? Die Mikrofone und was dazu nötig ist – woher stammt das alles? Jede maßgebliche Dienststelle ist darauf angesetzt und stellt sich genau diese Fragen. Alle lassen die Muskeln spielen, um Ihnen zu helfen.«

»Wenn alles so positiv ist, warum schauen Sie dann drein, als bräuchten Sie eine Wurzelbehandlung?«

Nolan sah auf seine Hände hinab, dann schaute er auf und fuhr, den Blick auf Coltrane gerichtet, widerstrebend fort: »Lieutenant Bass ist deshalb nicht wie vereinbart zu der Verabredung mit Ihnen gekommen, weil Ihnen offenbar jemand gefolgt ist, als Sie gestern hierher fuhren, um mit ihm zu sprechen.«

»Was?«

»Als Sie nach dem Gespräch auseinander gingen, hat sich die Person, die Ihnen gefolgt war – wir müssen annehmen, dass es sich um Ilkovic handelte –, an Lieutenant Bass' Fersen geheftet.«

»Wollen Sie damit sagen, dass Greg was zugestoßen ist?«, fragte Coltrane entsetzt.

»Nein. Lieutenant Bass …«

»Hören Sie auf, ihn so zu nennen. Er ist mein Freund. Nennen Sie ihn …«

»Greg ist nichts passiert. Und seiner Familie auch nicht.«

Coltrane atmete erleichtert auf.

»Aber letzte Nacht wurde bei ihm eingebrochen.«

»*Was?*«

»Das muss nicht heißen, dass es Ilkovic war.« Jennifer bemühte sich, optimistisch zu klingen. »Es könnte auch ein Crackfreak gewesen sein, der nach irgendetwas gesucht hat, das er zu Geld machen kann, um sich Drogen zu kaufen.«

»Leider wissen wir definitiv, dass es Ilkovic war«, sagte Nolan. »Die Nachricht, die er hinterlassen hat, schließt jeden Zweifel aus.«

»Was für eine Nachricht?« Coltrane spürte einen eigenartigen Druck hinter den Ohren.

Nolan zögerte. »Bevor ich Ihnen das erzähle, möchte ich, dass Sie wissen, wie Leid mir das alles tut. Lieutenant Bass ebenfalls. Er möchte, dass ich Ihnen ausrichte, er wäre lieber selber gekommen, um Ihnen alles zu sagen, aber das hätte unter Umständen Ihr Leben in Gefahr gebracht. Jetzt, nachdem Sie untergetaucht sind, war das Risiko einfach zu groß, dass Ilkovic sich möglicherweise an Gregs Fersen heftet, weil er hofft, dass Greg ihn zu Ihnen führt.«

»Sergeant Nolan, warum hören Sie nicht auf, wie die Katze um den heißen Brei zu schleichen, und sagen mir endlich, was Sie mir zu sagen haben.«

Selten hatten Coltrane jemanden gesehen, der sich so unbehaglich in seiner Haut gefühlt hatte. Der Sergeant starrte wieder auf seine Hände hinab, dann schien er sich einen Ruck zu geben, blickte mit einem Seufzen auf und zog einen Walkman aus der Jackentasche. »Ilkovic hat ein Tonband auf dem Tisch in Gregs Wohnzimmer zurückgelassen.«

Coltrane streckte die Hand aus.

»Ich bin nicht sicher, ob Sie sich das anhören wollen«, sagte Nolan.

»Ich verstehe nicht. Wieso sollte ich mir das nicht anhören wollen?«

»Irgendwann nach Mitternacht fuhr Ilkovic in die Klinik, in der Ihr Freund arbeitete.«

»O mein Gott!«, flüsterte Jennifer.

»Die Schwestern und Ärzte, die zusammen mit Ihrem Freund in der Notaufnahme Dienst hatten, sagen, dass er gegen ein Uhr in die Cafeteria ging, um etwas zu essen. Er kam nicht zurück.«

Coltrane fühlte eine so beklemmende Enge in seiner Brust, dass er fürchtete, einen Herzinfarkt zu bekommen.

»Der Einbruch in Gregs Haus geschah gegen vier Uhr morgens«, sagte Nolan. »Wir wissen das, weil er, als er das Haus verließ, eine Lampe durch ein Fenster warf, damit Greg aufwachte. Es war kurz nach vier, als Greg das Tonband fand.«

»Von eins bis vier«, murmelte Jennifer mit brüchiger Stimme.

Nolan schien darauf zu warten, dass sie ihre eigenen Schlüsse zogen.

Jennifer schüttelte den Kopf. »So lange hatte Ilkovic Zeit, um …«

»Ist Daniels Stimme auf dem Band?« Coltranes Magen krampfte sich zusammen.

»Es tut mir furchtbar Leid, Ihnen das sagen zu müssen. Die Bombenexperten haben ihn heute Morgen, als sie sein Haus durchsuchen wollten, tot in seinem Wohnzimmer gefunden.«

In Coltranes Kopf drehte sich alles. Ich werde gleich ohnmächtig, schoss es ihm durch den Kopf.

Jennifers Hand ergriff seine und drückte sie. Er umarmte sie, hielt sie fest und spürte, wie ihre Tränen sich mit seinen vermischten.

Nach einer Ewigkeit, so schien es ihm, hob er den Kopf und löste sich von ihr, ohne der Blicke der anderen Gäste im Restaurant gewahr zu sein, denn das einzige, das ihn interessierte, war der Walkman.

Er streckte erneut die Hand danach aus.

»Ich würde Ihnen das nicht empfehlen«, sagte Nolan. »Greg meinte, sie hätten das Recht, es zu hören, wenn Sie wollen. Aber ich weiß wirklich nicht …«

»Ich muss es wissen.«

Um den Walkman war ein Bügel mit Kopfhörern geschlungen. Mit zitternden Händen setzte Coltrane ihn auf. Er hatte das beunruhigende Gefühl, außerhalb seines Körpers zu sein, als hätte er alles durch ein umgekehrtes Fernglas gesehen. Mit einem Finger, der nicht zu ihm zu gehören schien, drückte er die Wiedergabetaste des Walkman.

Ein Schrei ließ ihn zusammenzucken. Es war der grauenvollste Schrei, den er je gehört hatte. Daniel.

Der Schrei riss ab.

»Sag deinem Freund ein paar Worte!«, befahl eine gutturale, amüsiert klingende Stimme mit slawischem Akzent.

Daniels nächster gellender Schmerzensschrei ließ die Kopfhörer vibrieren, kippte und erstarb in einem wimmernden Keuchen.

»Sprich mit ihm!«

»Mitch …« Daniel klang entsetzlich schwach. »Ich hab' ihm nichts gesagt.«

»Du hast ihn nicht verraten, weil du nichts weißt!«, sagte die gutturale Stimme. »Aber du hättest es getan!«

Daniel schrie erneut, ein lang gezogener, nicht enden wollender Schrei, in dem mehr Schmerz lag, als ein Mensch ertragen konnte.

Dann wieder diese furchtbare Stille. Coltrane zweifelte nicht daran, dass er soeben Daniel hatte sterben hören.

»Fotograf!«, bellte die gutturale Stimme. »Ich hab' hübsche Fotos von der Party geschossen. Ich schicke sie dir mit der Post. Warum fährst du nicht nach Hause und holst sie dir?«

Ein Klicken, dann das Rauschen eines leeren Bands.

Coltrane nahm die Kopfhörer ab. Über sein Gesicht rannen Tränen. Jennifer griff nach den Kopfhörern und setzte sie auf. Sie spulte das Band zurück, und nachdem sie die Wiedergabetaste gedrückt hatte, wurde ihr braun gebranntes Gesicht aschgrau.

Coltranes Stimmbänder wollten ihm nicht gehorchen. »Auf dem Band ist ein Echo«, krächzte er. »Es klingt, als« – er musste sich anstrengen, die Worte hervorzubringen – »als wären sie in einem Keller oder so was Ähnlichem.«

»Jedenfalls in einem Raum, den es im Haus Ihres Freundes nicht gibt; da ist nur eine Tiefgarage im Untergeschoss, wie Sie wissen«, sagte Nolan. »Aber in der Garage haben wir keine Spuren gefunden, die darauf hinweisen, dass Ihr Freund dort getötet wurde.«

»Sie meinen Blutspuren.«

Nolan spreizte entschuldigend die Hände. »Es hätte sehr viel Blut da sein müssen. Ilkovic hat ein Messer benutzt.«

Jennifer riss sich den Hörer vom Kopf und drückte auf die Stopptaste des Walkman. Ihre Augen waren geweitet, das Schwarz der Pupillen so groß, dass das Blau ihrer Iris fast verschwunden war. »Ich habe noch nie … Was für ein Monster ist das?«

»Ich weiß nicht, ob es eine Antwort auf diese Frage gibt«, sagte Nolan. »Ich habe noch nie mit so etwas zu tun gehabt. Sie müssen an einem sicheren Ort untergebracht werden, wo wir Sie beschützen können.«

»Untergebracht?«

»Ein Hotel, das wir für Sie aussuchen. Ein Platz, wo wir die Umgebung kontrollieren und Sie rund um die Uhr bewachen können.«

»Sie meinen, Sie wollen uns in eine Falle stecken und zu Zielscheiben machen«, knurrte Coltrane.

»Nein, das ganz bestimmt nicht. Die Sicherheitsvorkehrungen wären so umfassend, dass Ilkovic keine Chance hätte, an Sie ranzukommen.«

»Ja, genau.«

»Ich meine es ernst.«

»Ich ebenfalls«, erwiderte Coltrane. »Jennifer und ich lassen uns nicht in einem Hotel einsperren.«

»Dann werden wir Sie dort beschützen, wo Sie sich jetzt aufhalten. Wenn Sie glauben, dass das bequemer ist ...«

»Es ist vor allem sicherer«, sagte Coltrane. »Und es ist deshalb sicherer, weil niemand – einschließlich der Polizei – weiß, wo wir sind. Angenommen, ich würde Ihnen sagen, wo wir untergekrochen sind: Was, wenn Ilkovic Sie in seine Gewalt bekäme? Was, wenn er mit Ihnen das machen würde, was er mit Daniel gemacht hat? Nach dem zu urteilen, was ich auf dem Tonband gehört habe, glaube ich, dass Ilkovic Recht hatte: Der einzige Grund, warum Daniel nicht verraten hat, wo ich bin, ist der, dass er es nicht wusste.«

7

Nach Qual befällt uns ein förmliches Gefühl. Coltrane erinnerte sich, diese Zeilen in einem Englischseminar gelesen zu haben, als er an der Uni war. Ein Gedicht von Emily Dickinson. Es hatte ihn tief beeindruckt, weil es ein Gefühl beschrieb, mit dem er sich am meisten identifizierte: Trauer. *Dies ist die Stunde Blei* – genauso fühlte er sich jetzt. Nachdem er all seine Kraft und Überlebensinstinkte mobilisiert hatte, um in den sicheren Hort von Packards Haus zurückzugelangen, hatte er nur noch genügend Energie übrig, um sich zu vergewissern, dass die Türen verschlossen und er und Jennifer allein waren.

Im Dunkeln sank er auf einen der Schlafsäcke im Wohnzimmer. Nach einer Weile hörte er, wie Jennifer sich müde neben ihm niederlegte. Das Haus war so vollkommen ruhig, dass er sie weinen hörte. Ein Gefühl der Leere überkam ihn. Er starrte zu der schemenhaften Decke empor, emotional zutiefst erschöpft, doch er wusste, dass ihn noch eine weitere Tortur bevorstand, dass er, so sehr er sich auch danach sehnte, nicht schlafen können würde. Ein Frösteln überlief ihn. *So wie Erfrierende den Schnee er-*

fassen –/ Erst Frösteln – Lähmung dann – dann Gehenlassen –. Doch er schaffte es einfach nicht loszulassen. »Daniel«, flüsterte er. »Daniel.«

8

Er erwachte so erschöpft, als hätte der Schlaf ihn schließlich doch übermannt. Das fahle Licht der Morgendämmerung sickerte durch die Fenster. Als er sich auf die Seite drehte, bemerkte er benommen, dass Jennifer nicht da war. Er nahm an, sie wäre ins Bad gegangen, und machte die Augen wieder zu. Doch als er sie wieder öffnete und das Licht merklich heller geworden war und sie noch immer nicht da war, setzte er sich beunruhigt auf.

Verschiedene Erklärungen schwirrten ihm durch den Kopf. Vielleicht hatte sie sich in einem anderen Zimmer hingelegt. Aber warum hatte sie dann ihren Schlafsack nicht mitgenommen? Vielleicht duschte sie. Aber warum hörte er dann nicht das gedämpfte Rauschen von Wasser?

Als er aufstand, mit schmerzenden Gliedern und steifem Rücken, sprang ihn der Schmerz über Daniels Tod an wie ein schwarzes, weiches Tier mit scharfen Krallen. Die Hoffnung, dass dies alles nur ein Albtraum gewesen war und Daniel noch immer lebte, schwand zunehmend, je mehr sein gepeinigtes Gehirn die Kontrolle übernahm. Er sah auf die Uhr. Kurz nach sieben. Vielleicht macht sie sich in der Küche etwas zu essen, dachte er. Doch als er nachsah, war sie nicht dort. Vielleicht duschte sie nicht, sondern hatte sich ein Bad einlaufen lassen. Dann war es durchaus möglich, dass er nicht gehört hatte, wie das Wasser eingelaufen war, weil er geschlafen hatte.

Doch im Bad auf dieser Etage war sie auch nicht.

Allerdings gab es in den beiden Stockwerken darüber ebenfalls Badezimmer. Er fragte sich, ob sie in eines dieser Bäder gegangen war, um keinen Lärm zu machen und ihn womöglich zu wecken. Mit neuer Hoffnung lief er in den nächsten Stock empor, wo er sie ebenfalls nicht fand, und stieg dann in den obersten Stock hinauf, doch auch dort war sie nicht. Er sah auf die von Blumen übersäte Terrasse hinaus. Auch hier nichts.

»Jennifer?« Zwei Stufen auf einmal nehmend, rannte er in die Halle hinunter und spähte angsterfüllt über das Geländer in das Untergeschoss hinab. Bis jetzt war die Stille im Haus so vollkommen gewesen, dass es ihm widerstrebt hatte, ihren Namen zu rufen, da er noch immer hoffte, sie hätte sich irgendwo schlafen gelegt, und er sie nicht aufwecken wollte. »Jennifer?«, rief er noch einmal und erhielt wieder keine Antwort.

Er war bereits im Begriff, ins Untergeschoss hinabzusteigen, doch dann entschied er sich, vorher einen Blick in die Garage zu werfen und nachzusehen, ob der Mietwagen noch da war. Als er die Hand hob, um die Zahlenkombination auf dem Tastenfeld der Sicherheitsanlage zu drücken, die den Alarm deaktivieren würde, damit er die Garagentür öffnen konnte, erstarrte seine Hand mitten in der Bewegung. In dem Displayfenster neben dem Tastenblock stand BEREIT ZUM AKTIVIEREN. Die Alarmanlage war bereits ausgeschaltet!

Warum? Wohin war Jennifer gegangen? Er wirbelte herum, riss keuchend die Garagentür auf und sah, dass der Saturn noch dort stand, wo er ihn abgestellt hatte. Er rannte zu der Treppe zurück und starrte mit wildem Blick erneut in das Untergeschoss hinab, dann stürmte er mit großen Schritten nach unten, weil er fürchtete, dass Jennifer sich irgendwie im Tresor eingeschlossen hatte. Doch als er die weiße Tür erreichte, hinter der sich die Metalltür zum Tresor verbarg, und bereits im Begriff war, sie zu öffnen, erweckte eine andere Tür jenseits der freien Fläche vor der Treppe seine Aufmerksamkeit – eine der Glastüren, die zum Pool im Garten hinausgingen.

Die Tür stand offen. Er lief nach draußen; die kühle Morgenluft stach in seine Nase. Nebel schwebte über dem langen, schmalen, rosaroten Pool. Er rannte an seinem Rand entlang, halb blind vor Angst, er könnte Jennifer, mit dem Gesicht nach unten im Wasser treibend, finden. Er sah nicht das Glitzern des Taus auf den Blumen und Sträuchern, als er den suchenden Blick über den von Efeu bewachsenen Hang hinter dem Haus und die Mauer darüber schweifen ließ.

»Jennifer?«

»Ja? Was ist?« Sie erschien um die Ecke des Hauses links von ihm.

Seine Knie wurden weich vor Erleichterung.

»Ist was passiert?«

Coltrane schüttelte den Kopf. »Ich konnte dich nicht finden und habe mir Sorgen gemacht.«

»Tut mir Leid.« Jennifer sah so müde und erschöpft aus, wie er sie noch nie gesehen hatte. Ihr blondes Haar war glanzlos. »Ich konnte nicht schlafen. Ich dachte, wenn ich vielleicht raus gehe ...«

»Du siehst aus, als wäre dir kalt.« Coltrane legte einen Arm um sie.

Sie lehnte sich an ihn.

»Du darfst nicht zulassen, dass dir die Sache mit Ilkovic so unter die Haut geht. Er darf nicht gewinnen.«

Sie zuckte mit den Schultern. »Nicht dass es was ändern würde – aber ich habe unser kleines Rätsel gelöst.«

Coltrane verstand nicht, was sie meinte.

»Die unterschiedlichen Schrittzahlen.« Sie zuckte erneut mit den Achseln.

»Unterschiedliche Schrittzahlen?«

»Acht Meter und zehn Meter.«

Endlich begriff er. »Als wir die Innen- und Außenseiten des Tresors abgemessen haben?«

»Um die Ecke ist eine Tür. Sie führt in eine Art Heizungsraum.«

Um sie abzulenken, sagte Coltrane: »Zeig sie mir.«

9

Tatsächlich war in der Mitte der Stirnwand des Hauses eine von zwei sorgfältig gestutzten Büschen flankierte Tür. Links davon befand sich ein Fenster. Coltrane verstand. Als er innen die Seitenwand des Tresors abgeschritten hatte, war er davon ausgegangen, dass er die gesamte Wand des Korridors einnahm. Auf die Idee, eine Tür könnte von außen in einen Raum führen, der einen kleinen Teil des Traktes einnahm, war er nicht gekommen. Er machte die Tür auf und sah die schattenhaften Umrisse eines Warmwasserbereiters und einer kombinierten Heizungs- und Klimaanlage. »Du hast Recht. Das Rätsel ist gelöst.« Seine Stimme klang emotionslos. »Komm wieder mit rein. Es kalt hier draußen.«

10

Um zehn Uhr rief Coltrane von einer Telefonzelle vor einem Supermarkt in Studio City die Threat Management Unit an. Jennifer stand neben ihm in der Zelle, ihre Schläfe gegen seine geschmiegt, damit sie das Gespräch mithören konnte. Nachdem sie geduscht und sich dazu gezwungen hatte, etwas zu essen, hatten ihre blauen Augen ein wenig Glanz zurückgewonnen. Doch nicht viel, dachte Coltrane. Nicht genug.

»Lieutenant Bass oder Sergeant Nolan bitte«, sagte er in den Hörer.

Im Hintergrund hörte er Bürogeräusche – klingelnde Telefone, redende Menschen –, dann ein Klicken und Stille in der Leitung, als das Gespräch durchgestellt wurde. Wegen des tosenden Verkehrs draußen vor der Telefonzelle presste er den Hörer fester an sein Ohr.

»Lieutenant Bass«, sagte eine sonore, barsch klingende Stimme.

Als er die Stimme erkannte, erschien fast ein Lächeln auf Coltranes Gesicht, so groß war seine Erleichterung, jemanden zu erreichen, dem er vertraute. »Hallo Greg, hier ist Mitch.«

Gregs Stimme überschlug sich beinahe, die bürokratische Barschheit war völlig verschwunden. »Gott sei Dank! Ich habe gehofft, dass du das bist. Bist du okay?«

»Es geht – ein bisschen wacklig auf den Beinen vielleicht.«

»Verständlich. Hör mal, Mitch – ich kann dir gar nicht sagen, wie Leid mir das mit deinem Freund tut.«

Coltrane schwieg, um eine erneute Woge von Schmerz abebben zu lassen, die in ihm aufschwappte. »Ilkovic wird es noch viel mehr Leid tun«, knurrte er schließlich.

»Ja, genauso will ich dich reden hören.«

»Wie geht es deiner Familie? Sind alle okay?«

»Es ist ihnen nichts passiert, aber ob sie okay sind? Nein, verdammt. Sie haben entsetzliche Angst. Ich habe sie weggebracht, nach ...«

»Stopp!«, sagte Coltrane.

»Was?«

»Nicht am Telefon.«

»Was meinst du?«

»Ich traue der Sache nicht. Dieser Kerl ist zu gut mit Mikrofonen.«

»Du wirst doch nicht etwa annehmen, dass es Ilkovic fertig gebracht hat, sich in die Dienststelle der Threat Management Unit zu schleichen und ...«

»Am Sonntag sind nicht viele in eurem Büro. Er könnte sich als Hausmeister oder Handwerker ausgegeben haben. Bist du bereit, das Leben deiner Familie darauf zu wetten, dass er es nicht getan hat?«

Greg erwiderte nichts.

»Als er am Sonntag in euer Haus eingebrochen ist, hatte er genügend Zeit, eine Wanze ins Telefon einzubauen«, sagte Coltrane. »Hast du über dieses Telefon arrangiert, wohin du deine Frau und Kinder schickst?«

Einen Augenblick lang hörte Coltrane nur die Hintergrundgeräusche in der Dienststelle.

»O Gott!«, ächzte Greg. »Leg nicht auf.«

Klick. Auf Warten gestellt, lauschte Coltrane der Totenstille, die sich scheinbar endlos in die Länge zog.

Plötzlich war Greg wieder in der Leitung. »Ich habe ein Team zu mir raus geschickt, die das Haus nach Mikrofonen absuchen.«

»Deine Familie! Falls Ilkovic tatsächlich dein Telefon angezapft hat, solltest du sie warnen«, sagte Coltrane.

»Aber nicht über diesen Apparat. Dieser Sohn einer ... Wie kann ich dich zurückrufen? Du kannst mir die Nummer jetzt allerdings nicht durchgeben – falls er mithört.«

»Erinnerst du dich, wie wir uns kennen gelernt haben? Ich habe damals einer Frau geholfen, einen aufdringlichen Verehrer zu stellen.«

»Ja. Du hast dich in den Büschen vor ihrem Haus versteckt und ihn fotografiert, als er mitten in der Nacht Benzin über ihren Rasen goss.«

»Weißt du noch, wo sie wohnt?«

»Ich kann nachsehen.«

»Zwei Blocks östlich von ihrem Haus ist ein Pizza Hut«, sagte Coltrane. »Warte am öffentlichen Telefon im Restaurant.«

»Gib mir eine Stunde.«

Coltrane legte auf und verließ die Telefonzelle.

Jennifer betrachtete ihn mit gerunzelter Stirn.

»Ist irgendwas?«

»Woher weißt du so gut über versteckte Mikrofone Bescheid?«, fragte sie.

»Bei einigen meiner Reportagen haben sich die Wege der CIA und meine gekreuzt.« Nebeneinander gingen sie die von Smog und Auspuffgasen durchwaberte Straße hinab.

»Der CIA?« Jennifer machte große Augen.

»Ja. In Beirut zum Beispiel habe ich einen CIA-Agenten kennen gelernt. Er zeigte großes Interesse für meine Fotos. Und so habe ich mit ihm einen Handel abgeschlossen. Ich habe ihm versprochen, ihm ein paar Tricks beim Fotografieren zu zeigen, die er bei seiner Ausbildung nicht gelernt hatte. Und dafür musste er mir einiges erzählen, das nur er wusste.«

»Moment. Das ist nicht der Weg zum Auto zurück. Wohin gehen wir?«

»In das Sportgeschäft.«

»Aber was willst du in …«

»Eine Pumpgun Kaliber 12.«

11

Coltrane trug die in einem Lederetui verborgene Pumpgun unter dem Arm zu dem Saturn zurück, den sie um die Ecke des Supermarkts geparkt hatten. In fünf Tagen, wenn die vom Gesetz vorgeschriebene Wartezeit abgelaufen war, würde er noch einmal kommen und die halbautomatische 9-mm-Beretta abholen, die er ebenfalls erstanden hatte. Bis dahin musste die Pumpgun genügen. Er schloss sie zusammen mit einer Schachtel Schrotpatronen in den Kofferraum des Saturn, dann ging er weiter die Straße hinab.

»Und wohin jetzt?«, wollte Jennifer wissen.

»Die Straße runter zu dem Pizza Hut dort vorn.«

»Soll das heißen, das ist dasselbe wie …«

»Genau. Greg müsste in etwa fünfunddreißig Minuten dort auftauchen. Ich brauche die Nummer von dem Telefon.«

Das Telefon befand sich an der Wand links neben dem Eingang. Durch ein großes Fenster sah man auf den Parkplatz des Restaurants, eine belebte Kreuzung und einen Burger King schräg gegenüber hinaus.

»Perfekt.«

Als sie fünf Minuten später den Burger King betraten, dessen Luft vom Geruch nach gebratenem Fleisch geschwängert war, stellte Coltrane zufrieden fest, dass die Bedingungen hier sogar noch perfekter waren, als er es sich vorgestellt hatte. Vom Telefon aus, das neben einem Fenster rechts vom Eingang war, konnte er über die Kreuzung direkt auf den Telefonapparat im Pizza Hut sehen.

»Das ist beinahe so gut wie ein Gespräch unter vier Augen«, sagte Coltrane. »Jetzt kommt der schwierige Teil – das Warten.«

»Du hast immer so gelebt, wenn du wegen deiner Fotoreportagen unterwegs warst?«

»Nicht immer. Das hing davon ab, wo ich war.«

»Allmählich beginne ich zu glauben, dass ich dich gar nicht richtig kenne.«

»Wenn es so weit ist, behältst du die Straße im Auge. Falls Ilkovic Greg folgt, ist das die Chance, ihn aufzuspüren.«

»Und was dann?«

»Dann hängen *wir* uns vielleicht an *seine* Fersen.« Coltrane studierte die Speisekarte an der Wand hinter der Theke. »Wir müssen was bestellen, damit wir nicht aussehen, als wollten wir uns hier drin nur aufwärmen.«

Sie bestellten jeder einen Burger, Pommes frites und Kaffee. Coltrane balancierte das Tablett mit dem Essen zur Fensterfront des Restaurants, vermied jedoch einen Platz direkt am Fenster, sondern entschied sich für einen Tisch in der zweiten Reihe. Das Risiko, von der Straße aus gesehen zu werden, war hier weniger groß. Er bat Jennifer, mit dem Rücken zum Fenster zu sitzen. So sah es aus, als würde er mit ihr reden, obwohl er an ihr vorbei sah und den Eingang des Pizza-Hut-Restaurants im Auge behielt. Sie aßen langsam, was gar nicht so einfach war angesichts ihres großen Hungers, und versuchten sich mit belanglosem Geplauder abzulenken. Es funktionierte nicht.

Zwanzig Minuten wurden zu fünfzehn, dann zu zehn. Exakt fünf Minuten vor der verabredeten Zeit, zuckte Coltrane innerlich zusammen, als ein junger Bursche in weiten Klamotten und mit einem Ring in der Nase ein Tablett mit Plastiktellern, zerknüllten Servietten und leeren Pappbechern in den Abfallcontainer kippte und dann den Telefonhörer abnahm. Nein!

Dann waren auch die fünf Minuten vorbei.

Coltrane schob sich neben den jungen Burschen.

»He, hören Sie mal, ich habe ein wichtiges Gespräch«, sagte der Bursche.

»Fünf Dollar, wenn du es woanders führst.«

»Bis gleich«, sagte der Junge in den Hörer. Er hängte auf, nahm das Geld und ging mit einem Kopfschütteln über so viel Dummheit nach draußen.

Unverzüglich nahm Coltrane den Hörer ab, warf ein paar Münzen in den Schlitz und wählte die Nummer, die er auf einem Notizblock notiert hatte.

Am anderen Ende bekam das Telefon gar nicht die Chance, zweimal zu klingeln. »Mitch?«

Hinter den Blumen im Fenster verborgen, spähte Coltrane zu Greg am Münztelefon im Pizza Hut hinüber. »Wo du schon mal da bist, warum bestellst du nicht eine Medium mit Pepperoni und Champignons für mich?«

»Ja, das bist eindeutig du. Dieser Bastard hat mein Haus tatsächlich verwanzt. Und du hattest auch damit Recht: Mein Telefon im Büro und mein Schreibtisch wurden ebenfalls abgehört. Wenn ich diesen Schweinehund in die Finger kriege!«

»Du meinst, *falls* – oder?«

Greg erwiderte einen Augenblick lang nichts. Dann sagte er: »Interpol nimmt an, dass er Bosnien mit einem falschen Pass unter dem Namen Haris Hasanovic auf dem Luftweg verlassen hat. Er flog von Tuzla nach Hamburg und weiter nach London. Hier kommt der MI-6 ins Spiel. Sie glauben, er hat seinen Namen in Radko Hodzic geändert, aber es gibt keine Unterlagen darüber, dass jemand mit diesem Namen einen bosnischen Pass beantragt hat. Die Ermittlungen in den osteuropäischen Staaten führten zu nichts. Das Gleiche gilt für Deutschland. Das FBI hat festgestellt, dass ein Radko Hodzic zwei Tage nach dir in Los Angeles angekommen ist. Er muss einen Pass oder sonst irgendwelche Ausweise gehabt haben, um sich einen Wagen oder ein Hotelzimmer zu mieten. Das FBI überprüft das.«

»Oder er hat seinen Namen wieder in Haris Haranovic geändert.«

»Daran haben wir auch gedacht. Wir prüfen es nach.«

»Oder er hatte einen dritten Pass und nennt sich inzwischen ganz anders.«

»Mitch! Wir versuchen unser Bestes.«

»Aber woher hat er die Instrumente und alles, was man sonst für eine elektronische Überwachung braucht? Und was für eine Art von Sprengstoff hat er hinter meinem Heizungskessel versteckt? Woher könnte er sich das alles beschafft haben?«

»Ich hab' dir doch gesagt, wir arbeiten, so schnell wir können!«

Ein Scheppern ließ Coltrane herumwirbeln. Als er sah, dass es von einem Tablett herrührte, das eine nervös um sich blickende Frau mit zwei quengelnden Kindern hatte fallen lassen, atmete er beruhigt auf, doch sein Herz hämmerte nach wie vor zu schnell. »Sag mir, Greg, wie man sich einen netten Tag macht.«

»Wir versuchen natürlich weiter herauszufinden, woher er die Mikrofone und den Sprengstoff hat. Außerdem wollen wir wissen, wo er die Fotos, die er von dir gemacht hat, entwickeln ließ. So viele Vergrößerungen dieses Formats kommen sicher nicht so oft vor. Wir hoffen, dass sich jemand an die Bestellung erinnert.«

»Ich habe wieder dieses merkwürdig flaue Gefühl im Magen«, sagte Coltrane.

»Wir verfolgen auch noch einen anderen Ansatz. Ein Profiler vom FBI sagt, jemand, der so abartige Verbrechen begeht wie Ilkovic, den zieht es oft dahin zurück, wo er seine Opfer gequält hat. Es ist eine Art Zwang, den Kitzel, den ihm seine Tat verschafft hat, noch einmal zu erleben. Das würde erklären, warum er zu dem Massengrab in Bosnien zurückgekehrt ist, an dem du ihn fotografiert hast.«

Coltrane versuchte, über die in Auspuffdunst gehüllte, von Autoschlangen verstopfte Straße hinweg Greg genauer auszumachen. »Und was bedeutet das für uns? Dass er zu dem Ort zurückkehrt, wo er Daniel gefoltert hat? Wir wissen nicht, wo das war.«

»Aber wir wissen, wo Daniel beerdigt wird.«

Die Bemerkung wirkte auf Coltrane, als hätte er einen harten Faustschlag in den Magen bekommen. Er schmeckte Kaffee, Pommes frites und Teile des Hamburger auf der Zunge und kämpfte verzweifelt gegen den Drang, sich zu übergeben. Daniels Beerdigung. Er war so damit beschäftigt gewesen, was seinem Freund angetan worden war, dass er gar nicht daran gedacht hatte, wie es weitergehen würde.

»Daniels Exfrau war völlig fertig, als sie hörte, dass er ermordet worden ist«, erzählte Greg. »Dafür, dass sie geschieden waren, stand sie ihm offenbar sehr nahe.«

»Sie haben überlegt, ob sie wieder zusammenziehen.«

Eine Weile lang sagte Greg nichts. »Nun ja, sie kümmert sich um alles, was für die Beerdigung nötig ist. Die Besuchszeit im Leichenschauhaus ist morgen Abend. Ein geschlossener Sarg.«

Coltrane verspürte den Drang zu weinen.

»Am Mittwochnachmittag um eins ist die Trauerfeier und um halb drei die Beisetzung. Der Profiler vom FBI glaubt, Ilkovic wird dem Wunsch nicht widerstehen können, dabei zu sein und seinen Triumph noch einmal zu erleben. So viele trauernde Menschen. Zu sehen, welche Macht seine Taten haben, verschafft Ilkovic einen ganz besonderen Kitzel.«

»Es gibt noch einen Grund, warum Ilkovic zu Daniels Beerdigung kommen wird«, sagte Coltrane.

»Ich habe mich schon gefragt, wann du drauf kommst.«

»Ein Soziopath wie er muss automatisch annehmen, dass ich meine Gefühle nicht so weit unter Kontrolle haben kann, dass ich der Beerdigung fern bleibe. Er wird bestimmt auch deshalb unbedingt bei der Beerdigung oder zumindest irgendwo in der Nähe sein wollen, weil er damit rechnet, dass ich dort bin. Das ist seine beste Chance, sich an meine Fersen zu heften.« Coltrane holte tief Luft und fasste einen Entschluss, den er absolut nicht hatte fassen wollen. »Also geben wir ihm, was er möchte.«

»Sagst du damit, was ich denke, dass du sagst?«

»Niemand, der mir nahe steht, ist noch sicher. Wen wird

er sich als Nächsten heraussuchen? Meine Großeltern?« Schlagartig begriff Coltrane, dass er sie warnen musste. »Ich habe es satt, mein Leben von ihm kontrollieren zu lassen. Es ist Zeit, dass *ich ihn* unter Kontrolle bekomme. Wo ist die Beerdigung?«

»Es ist zu riskant für dich ...«

»Na schön, dann sag's mir nicht. Ich schaue in der Zeitung nach.«

»In der St. Johns Church in Burbank. Daniels Exfrau wohnt dort. Die Beerdigung findet im Friedhof Everlasting Gardens statt.«

»Herrgott, wie ich diese Namen hasse, die sie Friedhöfen geben ... In zwei Tagen also. Gibt dir und dem FBI das genügend Zeit, die betreffenden Örtlichkeiten genau unter die Lupe zu nehmen und in der fraglichen Zeit zu überwachen, ohne dass Ilkovic etwas mitbekommt?«

»Es ist ein sehr großes Areal. Vor allem die Strecke von der Kirche zum Friedhof.«

»Dann vergessen wir das mit der Kirche. Ich werde nur auf dem Friedhof auftauchen. Das macht es für Ilkovic auch glaubwürdiger. Wenn ich nicht in der Kirche bin, sieht es so aus, als würde ich versuchen, vorsichtig sein.«

»Und was dann? Wir können nicht jedes Gebäude in der Nähe des Friedhofs überwachen. Angenommen, er entschließt sich dazu, dir mit einem Präzisionsgewehr mit Zielfernrohr aus dreihundert Meter Entfernung den Kopf wegzublasen?«

»Nein, das sicher nicht«, sagte Coltrane. »Das ist so ziemlich das Einzige, was ich sicher weiß: Das wird er nicht tun. Er liebt es viel zu sehr, seine Arbeit aus der Nähe und persönlich zu erledigen.«

»Du hast meine Frage noch nicht beantwortet: was dann?«

»Dann hoffe ich, dass er mir folgt.«

12

Coltrane legte auf, ging zu Jennifer an den Tisch zurück und half ihr, die Kreuzung zu observieren.

»Mir ist niemand aufgefallen«, sagte sie.

»Ich sehe auch niemanden.«

Auf der anderen Seite, am Fenster des Pizza Hut, hielt Greg noch immer den Telefonhörer ans Ohr.

»Er macht noch einen Anruf«, sagte Jennifer.

»Er tut nur so. Ich habe ihm gesagt, dass ich ihn sehen kann. Er hat seine Überraschung gut verborgen und nicht in unsere Richtung gesehen. Dann hat er vorgeschlagen, noch eine Weile so zu tun, als würde er telefonieren, um uns mehr Zeit zu geben, Ilkovic zu entdecken, falls er hier ist.«

»Gute Idee.«

»Aber sie scheint nichts zu bringen. Falls Ilkovic irgendwo hier ist, versteckt er sich gut«, brummte Coltrane.

»Vermutlich hat er sich seinen Schnurrbart abrasiert, die Haare schneiden lassen und hellbraun gefärbt, sich einen Anzug gekauft – und sieht jetzt aus wie ein Geschäftsmann.«

»Oder er hat sich für das Gegenteil entschieden und sieht jetzt abgerissen und verkommen aus wie ein Penner«, sagte Coltrane. »In diesem Fall wäre er für eine Menge Leute tatsächlich unsichtbar.«

»Greg legt auf.«

Zehn Sekunden später kam Greg aus dem Pizza Hut und strebte auf den Parkplatz auf der anderen Seite des Restaurants zu.

»Ich sehe nach wie vor niemanden, der mir verdächtig vorkommt«, sagte Jennifer.

»Warten wir ab und schauen wir, ob Greg jemand folgt, wenn er wegfährt.«

»Bei dem Verkehr? Jedes Auto sieht aus, als würde es ihm folgen«, meinte Jennifer. »Und selbst wenn wir einen Wagen sehen, der ihm folgt, hätten wir nicht die Zeit, zu unserem Auto zu kommen und etwas dagegen zu tun.«

»Wir könnten versuchen, das Nummerschild zu entziffern.«

Coltrane sah, wie Greg seinen Schlüssel aus der Tasche zog und den Wagen aufsperrte.

Der in diesem Moment buchstäblich in Stücke gerissen wurde.

13

Der Feuerball raste über den Parkplatz, und beinahe gleichzeitig ließ die Detonationswelle rundum Fenster zerbersten. Ihre Wucht schleuderte Coltrane und Jennifer mitsamt ihren Stühlen nach hinten, fegte sie schlitternd über den Boden und spie einen Glasregen über sie. Einen benommenen, gespenstischen Augenblick lang, in dem seine Ohren schrillten, doch nicht laut genug, um das Schreien von Kinder zu übertönen, fühlte sich Coltrane in jene Tage zurückversetzt, als er in einem von Gewalt zerrissenen Dorf in Nordirland fotografierte und eine IRA-Bombe einen Schulbus zerfetzte. Während er noch damit beschäftigt war, einen klaren Gedanken zu fassen, spürte er, dass Jennifer sich neben ihm auf dem Boden wand, und tastete nach ihr.

»Bist du okay? Bist du verletzt?«

»Ich weiß nicht.« Glassplitter hatten in Jennifers Hände und Stirn blutige Schrammen geritzt.

»Greg!«, stöhnte Coltrane. Er rappelte sich auf die Beine, dann half er Jennifer hoch. »Greg!«, stöhnte er erneut, lauter diesmal, und drehte sich zu dem glaslosen Fenster um. Auf der Kreuzung herrschte Chaos. Autos waren ineinander gerast. Hupen gellten. Fahrer stierten benommen um sich. Fußgänger lagen reglos auf den Gehwegen. Jenseits davon, auf dem Parkplatz des Restaurants, hatte die Explosion, die Gregs Wagen zerfetzt hatte, auch andere Autos in Stücke gerissen und ihre Tanks in Brand gesetzt, die nun mit dumpfen Detonationen, und lodernde Feuersäulen in den Himmel speiend, explodierten. Schwarzer, öliger Rauch hing wie ein Fluch über dem Schauplatz der Katastrophe.

»Greg!«, ächzte Coltrane ein drittes Mal, und der Name kam wie ein Schluchzen über seine Lippen. Torkelnd bahnte er sich einen Weg um einen umgestürzten Tisch herum und versuchte dann, durch ein zerborstenes Fenster zu steigen. Ich muss zum Parkplatz. Muss Greg helfen.

Jemand packte ihn an der Schulter und zog ihn zurück.

»Was hast du vor?«, stieß Jennifer hervor. »Du darfst dich da draußen nicht zeigen!«

»Mein Freund braucht …«

Schwankend nahm Coltrane den irritierten Ausdruck auf Jennifers Gesicht wahr und begriff, dass er wirres Zeug redete. Greg helfen? Wie, in Gottes Namen, wollte er das anstellen?

Sein Freund war in Millionen Stücke zerfetzt. »O Gott!«

»Hilfe! So helft mir doch!«, schrie eine Frau.

Coltrane wirbelte zur linken hinteren Ecke des Burger King herum und sah die Panik in dem Gesicht einer grauhaarigen Frau, die neben einem kleinen Mädchen kniete, aus deren rechtem Arm ein handgroßer Glassplitter ragte. Blut spritzte hoch.

»Hilfe!«

Er konnte nicht sagen, wie oft und in wie vielen Sprachen er diesen Ruf schon gehört hatte. In Nordisrael, nach einem Raketenangriff schiitischer Moslemrebellen. In Tschetschenien, nach russischem Artilleriebeschuss in einem Dorf der muslimischen Freiheitskämpfer. Wie oft hatte er Fotos von den Opfern geschossen, während Ärzte und Krankenschwestern über blutbesudelte Straßen rannten?

»Helft mir!«

Und wie viele Male war er zu den Opfern gerannt, hoffend, dass einer der Ärzte sein verzweifeltes, sich überschlagendes Englisch verstehen und ihm sagen würde, was er tun sollte …

Wenn er Greg schon nicht helfen konnte, dann würde er, dann musste er *irgendjemandem* helfen.

Mit fliegenden Fingern löste er ein Tuch vom Hals der Frau und schlang es oberhalb des Glassplitters um den Arm der Verwundeten. Das Mädchen, das versucht hatte aufzustehen, sank auf den von Scherben übersäten Boden zurück.

»Zieh das Tuch ganz fest, Jennifer.«

Coltrane ließ sich neben dem Mädchen auf die Knie fallen, packte den Splitter und zog ihn heraus. Das Mädchen wurde mit einem Schlag kreidebleich. Noch immer sprudelte Blut in pulsierenden Fontänen aus der Wunde.

»Dreh das Tuch fester!«

Das Jaulen von Sirenen näherte sich.

»Sie braucht einen Druckverband.«

Das Mädchen hatte einen Pullover um die Hüfte gebunden. Coltrane zog ihn unter ihr hervor, wickelte den Ärmel fest um die Schnittwunde und benutzte seinen Gürtel, um den provisorischen Verband festzuzurren. Der hellblaue Pullover färbte sich rosa, aber nicht rot. Der Gürtel verschloss die Wunde wenigstens zum Teil.

»Damit hat sie ein wenig Zeit gewonnen. Sie müssen sie schnellstens in ein Krankenhaus bringen«, erklärte Coltrane der Frau.

Draußen erstarb nach und nach das Jaulen der Sirenen.

»Bringen Sie sie zu einem der Sanitätswagen. Schnell.« Noch während Coltrane dies sagte, wurde ihm klar, dass die Frau nicht in der Lage war, das Mädchen nach draußen zu tragen. Doch so entschlossen er auch war, alles zu tun, um das Mädchen zu retten, wagte er es nicht, sie selbst hinauszutragen. Ilkovic könnte ihn entdecken.

Das totenblasse Gesicht des Mädchens erschreckte ihn, und als er sah, dass sie am ganzen Leib zu zittern begann, begriff er, dass sie im Begriff war, in einen Schock zu fallen. »Nein, bewegen Sie sie nicht. Sie muss flach liegen. Legen Sie ihre Füße auf den umgekippten Stuhl da. Sie müssen höher sein als ihr Kopf. Jemand soll sie mit etwas zudecken.«

Ein Mann in einer Windjacke gaffte.

»Sie!«, sagte Coltrane. »Ziehen Sie Ihre Jacke aus, und decken Sie sie zu.«

Benommen tat der Mann, wie ihm geheißen.

Als draußen erneut Sirenen jaulten, drehte sich Coltrane zu einer Frau in einem Jogginganzug um. »Laufen Sie zu einem der Krankenwagen. Holen Sie Hilfe.«

Der Befehl löste die Erstarrung der Frau. Sie stolperte auf den von Glas übersäten Gehsteig hinaus.

In dem Augenblick, als er die Frau aufgeregt mit einem Sanitäter sprechen sah, erhob er sich und trat zur Seite. »Wir müssen hier raus«, sagte er zu Jennifer. »Durch die Hintertür.«

Jennifer starrte ihn mit großen Augen an, als hätte sie ihn noch nie zuvor gesehen.

14

»Woher weißt du so viel über erste Hilfe?«

Coltrane jagte den Wagen um eine Ecke, sah weiter vorn eine Tankstelle und steuerte auf die Telefonzelle neben den Toiletten an der Seitenwand des flachen Gebäudes zu.

Jennifer ließ nicht locker. »Das war nicht das erste Mal, dass du ...«

Ehe sie ihren Satz beenden konnte, stieg Coltrane auf die Bremse und brachte den Wagen schlitternd zum Stehen. Er rannte zu der Telefonzelle, steckte Münzen hinein und wählte die Nummer.

»Threat Management Unit«, sagte eine amtlich klingende Stimme.

»Geben Sie mir Sergeant Nolan. Das ist ein Notfall.«

»Ich fürchte, er ist nicht ... Warten Sie einen Augenblick. Er kommt gerade herein.«

Coltrane packte den Hörer fester.

»Hier Sergeant Nolan.«

»Greg ist tot.«

»Was?«

»Ich sage Ihnen doch …«

»Wer ist dran? Coltrane? Beruhigen Sie sich. Was wollen Sie …«

»Ich hatte mit ihm verabredet, dass ich ihn über das Telefon im Pizza Hut in Century City anrufe.«

»Das hat er mir erzählt.«

»Ilkovic muss ihm gefolgt sein. Während Greg im Restaurant war und mit mir gesprochen hat, hat dieser Bastard eine Bombe unter sein Auto gelegt. Sie hat den halben Block in die Luft gesprengt. *Er ist tot.*«

»Um Gottes willen!«

»Fahren Sie zu Gregs Haus«, sagte Coltrane, noch immer außer Atem.

Der plötzliche Wechsel des Themas irritierte Nolan. »Wozu? Wovon reden Sie?«

»Greg hat ein Suchteam hingeschickt, das sein Haus nach Mikrofonen abgesucht hat. Ich muss mit Ihnen reden, Nolan. Das Telefon in Gregs Haus ist sauber.«

Coltrane unterbrach die Verbindung, zog eine Kreditkarte aus der Tasche, schob sie in den Schlitz und wählte die Nummer für ein Ferngespräch nach New Haven, Connecticut – die Nummer seiner Großeltern.

Obwohl der Himmel mit Regen drohte und es nicht wärmer als fünfzehn Grad Celsius war, schwitzte er, während er dem Klingeln des Telefons lauschte.

Es klingelte noch einmal.

Nehmt doch ab!, dachte er.

Es klingelte ein drittes Mal.

Macht schon – bitte, dachte er beschwörend.

»Hallo«, sagte die Stimme eines älteren Mannes.

»Großvater, hier ist Mitch. Ich …«

»Sie haben die Nummer von Ida und Fred angerufen«, fuhr die ein wenig brüchige Stimme fort. »Wir sind im Augenblick nicht erreichbar. Bitte hinterlassen Sie eine kurze Nachricht; wir rufen Sie dann zurück.«

Piep.

»Großvater, hier ist Mitch«, sagte er hastig. »Wenn du

diese Nachricht hörst, schnappst du dir Großmutter und verlässt mit ihr sofort das Haus. Geht zur Polizei. Bittet sie, mit Sergeant Nolan von der Threat Management Unit des Police Department in Los Angeles Kontakt aufzunehmen. Er wird ihnen erklären, was passiert ist. Ich will euch keine Angst einjagen, Grandpa, aber ein sehr gefährlicher Kerl ist hinter mir her, und ihr braucht den Schutz der Polizei. Trau niemandem, den du nicht kennst, außer der Polizei. Besteh darauf, dass sie euch helfen.«

Piep.

Das Band hatte das Ende der Zeitspanne für eine Nachricht erreicht. Coltrane legte auf und stand eine Weile reglos in der Telefonzelle, während er überlegte, ob er noch einmal anrufen und eine weitere Nachricht auf Band sprechen sollte. Doch damit würde er seine Großeltern nur noch mehr in Angst und Schrecken versetzen, als er es bereits getan hatte.

Vielleicht ist das ganz gut, dachte er. Wer Angst vor Ilkovic hat, lebt länger.

»Mitch?«

Jennifers Stimme ließ ihn zusammenzucken. Er drehte sich um.

»Du starrst das Telefon jetzt seit zwei Minuten an. Wartest du auf einen Rückruf? Bist du okay?«

»Zuerst Daniel. Und jetzt Greg. Wie viele Menschen werden noch sterben, weil sie mir nahe stehen?«

15

Als sich das Garagentor rumpelnd hinter ihnen schloss, stieg Coltrane aus dem Saturn, schloss den Kofferraum auf und holte die Pumpgun und die Schachtel mit Schrotpatronen heraus.

Jennifer machte einen Schritt rückwärts, als sie die Waffe sah.

»Du wirst dich an den Anblick gewöhnen müssen«, sagte Coltrane. »Und du wirst lernen müssen, wie man damit umgeht.«

Dies schien Jennifers Unbehagen nicht zu verringern.

Der Nachmittag war bereits halb vorbei. Coltrane war kreuz und quer im Valley umhergefahren und hatte dabei eine Route gewählt, auf der Ilkovic – falls er sie verfolgte – dicht an ihnen dran hätte bleiben müssen und sich so ganz sicher verraten hätte, was nicht geschehen war. Es erschien ihm ziemlich unwahrscheinlich, dass Ilkovic in dem Chaos nach der Explosion, als Rettungssanitäter und Polizisten eintrafen, benommene Opfer umhertaumelten, Verletzte fortgebracht wurden und Schaulustige zusammenliefen, ihn und Jennifer aus der Hintertür des Burger King hatte verschwinden sehen. Noch viel unwahrscheinlicher war es, dass er es geschafft hatte, sie zu ihrem Wagen zu verfolgen. Doch inzwischen gab es nichts mehr, das Coltrane als selbstverständlich annehmen durfte.

Zweimal hatte er Gregs Privatanschluss angerufen und jemanden vom elektronischen Überwachungsteam drangehabt. Beim dritten Versuch hob Nolan ab. Geschüttelt von aufwallender Wut und bitterer Trauer, setzte er Nolan mit erbitterter Stimme den Plan auseinander, den er und Greg besprochen hatten.

»Nichts hat sich geändert. Ich habe noch immer vor, genau das zu tun.«

»Ich kann das nicht gutheißen. Das ist viel zu gefährlich. Wir haben Greg verloren. Wir wollen nicht noch mehr Tote.«

»Ob Sie es gutheißen oder nicht – ich werde am Mittwochnachmittag bei der Beerdigung sein. Also – kümmern Sie sich darum, dass ich nicht allein dastehe, oder nicht?«

»Okay ... Wir werden da sein.«

»Das ist alles, worum ich Sie bitte. Geben Sie mir die Unterstützung, die Greg mir gegeben hätte.«

»Ich möchte Ihnen auch noch etwas anderes geben: Polizeischutz bis Mittwoch.«

»Bloß nicht! Wenn ich unter Polizeischutz gestanden hätte und bei Greg gewesen wäre, dann wären wir beide in die Luft gejagt worden. Ich denke, ich fahre gut, wenn ich allein bleibe.«

»Rufen Sie mich morgen um zehn an. Und seien Sie vorsichtig.«

»Nach dem, was Greg zugestoßen ist« – Gregs Namen auszusprechen, versetzte Coltrane einen schmerzlichen Stich –, »sollten Sie ebenfalls vorsichtig sein.«

Genau das tat Coltrane jetzt: Er war vorsichtig – verdammt vorsichtig. Er riss die Schachtel mit Schrotpatronen auf und schob drei Patronen in die Rille an der Seite der halbautomatischen Schrotflinte. Die Waffe im Anschlag und Jennifer einen Schritt hinter sich, durchsuchte er jeden Winkel des Hauses, einschließlich des Tresorraums, obwohl die Detektoren der Alarmanlage keinen Eindringling meldeten. Schließlich kehrte er mit Jennifer ins Wohnzimmer zurück und entlud die Pumpgun, damit er ihr zeigen konnte, wie die Waffe funktionierte, und um jede Gefahr auszuschließen, dass sich aus Versehen ein Schuss löste.

Er hielt eine der daumengroßen, roten Plastikpatronen in die Höhe. »Diese Patronenhülse enthält Schießpulver und Hunderte von Schrotkörnern. Je nach dem, auf was du schießen willst ...«

»Ich will auf gar nichts schießen.«

»... haben die Schrotkörner eine unterschiedliche Größe. Die in dieser Patrone nennt man Rehposten. Sie sind ziemlich groß – etwa so groß wie bei einem Luftgewehr. Wenn die Patrone abgefeuert wird, fliegen die Schrotkugeln vorne aus dem Lauf raus und haben eine Streubreite von etwa einem Dreiviertelmeter.«

»Du kannst dir deinen Atem sparen, Mitch. Ich denke nicht daran ...«

»Auch wenn du nur in die ungefähre Richtung von Ilkovic zielst, hast du eine verdammt gute Chance, ihn mit ein paar von den Kugeln zu erwischen. Aus der Nähe durchsiebst du ihn förmlich. Wenn du die Pumpgun in der Hand hältst, dann ...«

Jennifer schüttelte wild den Kopf. »Ich möchte wirklich nicht ...«

»Siehst du den Griff unter dem Lauf? Leg deine linke Hand hier drauf. Dann legst du die rechte Hand hier um den schmalen Hals des Schafts, direkt hinter dem Abzugsbügel. Und jetzt hebst du den Kolben des Schafts gegen deine Schulter.«

»Mitch! Du hörst mir nicht zu.«

»Press den Kolben gegen den fleischigen Teil deiner Schulter und ziel über …«

»Hörst du jetzt auf damit!«

Coltrane blickte überrascht auf.

»Wie oft soll ich dir das noch sagen? Ich werde dieses Ding nicht anfassen!«

»Willst du damit sagen, wenn Ilkovic hier einbrechen würde, würdest du dich nicht verteidigen?«

»Ich will darüber nicht nachdenken.«

»Aber was, wenn …«

»Vor Waffen habe ich eine Heidenangst.«

»Mich versetzen sie auch nicht gerade in Begeisterung«, sagte Coltrane.

»Und warum weißt du dann so viel darüber?«

Coltrane bemühte sich ruhig zu bleiben. »Als die Sowjets Afghanistan besetzten, habe ich in Pakistan einen Waffenhändler kennen gelernt, der Waffen nach Afghanistan schmuggelte. Ich bin mit ihm über die Grenze gegangen, doch bevor er bereit war, mich mitzunehmen, musste ich lernen, wie man mit Einigen der Waffen umgeht, damit ich helfen könnte, seinen Konvoi zu verteidigen, falls er angegriffen würde.«

Jennifer hörte mit großen Augen zu.

»Drei Tage später wurde er bei einem sowjetischen Raketenangriff auf den Konvoi getötet. Wir begruben ihn unter Steinen und zogen weiter. Das Foto von dem Steinhaufen und den Söhnen des Alten, die darauf starren, wurde in der *New York Times* veröffentlicht. Es war der Anfang meiner Karriere als Fotoreporter.«

»Und musstest du die Waffen benutzen, die ihr geschmuggelt habt?«

Coltrane sah zur Seite.

»Musstest du?«

»Macht das jetzt noch einen Unterschied?«

»Allerdings.«

»Ja«, sagte Coltrane, »musste ich.«

Jennifer erschauderte. »Ich fühle mich, als wäre ich in einen Blizzard geraten. Ich will nichts mehr darüber hören.«

»Dann hättest du nicht fragen sollen.«

Jetzt war es Jennifer, die zur Seite sah.

»Vergiss nicht, du hattest die Wahl, allein unterzutauchen, aber du wolltest unbedingt mit mir zusammenbleiben.«

»Na bestens«, sagte Jennifer. »Jetzt haben wir noch was, wofür wir Ilkovic verfluchen können. Er hat uns dazu gebracht zu streiten. Über Waffen!«

16

Obwohl ihre Schlafsäcke nebeneinander lagen, hatte Coltrane das beunruhigende Gefühl, dass er und Jennifer getrennt schliefen. Nicht dass er besonders viel geschlafen hätte. Grübelnd lag er in der Dunkelheit wach und starrte zur Decke empor. Er dachte über die letzten Worte nach, die Jennifer gesagt hatte, bevor die Müdigkeit und die emotionale Erschöpfung sie zwangen, sich hinzulegen. »Mich mit dir in diesem Haus zu verstecken war für mich ein bisschen so, als wären wir an einem verzauberten, magischen Ort, an dem Ilkovic uns nichts anhaben kann. Aber jetzt, wo ich die Waffe neben dir auf dem Boden liegen sehe, ist mir klar, dass es keinen solchen magischen Ort gibt.«

Wenn er an all den Schmerz und die Verzweiflung dachte, die er in seinem Leben fotografiert hatte, musste Coltrane ihr insgeheim Recht geben. Ein weiterer Grund, Ilkovic zu verfluchen. Nachdem er so hart gearbeitet hatte nach seinem Entschluss, einen anderen Weg einzuschlagen als den, auf den ihn sein Beruf geführt hatte, steckte er erneut bis zum Hals im ausweglosen Teufelskreis des ewigen Kampfes ums Überleben. Die Schliche und Tricks, wie man durchkam und am Leben blieb, von denen er gehofft hatte, sie nie wieder zu brauchen, waren ihm mit einem Mal wieder auf deprimierende Weise vertraut. Ilkovic hatte ihn in diesen Sumpf zurückgezogen. Dafür und für Daniel und Greg und für die Spannungen zwischen Jennifer und ihm und für die Angst, die seine Großeltern ausstehen mussten, würde Ilkovic bezahlen.

Die Stille erdrückte ihn. Seine Wangen fühlten sich heiß an. Er hatte nie einen Zusammenhang zwischen seelischem Schmerz und Fieber vermutet, doch jetzt, wo er darüber nachdachte, erschien ihm der Schmerz wie eine der schlimmsten Krankheiten, an denen man leiden konnte. Ehe ihm bewusst wurde, was er tat, stand er auf, ging zu der in völligem Dunkel liegenden Treppe und stieg ins unterste Geschoss hinab.

Ohne einen Blick auf den Eingang des Tresors zu vergeuden, durchquerte er den Korridor zwischen Tresor und Dunkelkammer und strebte auf die Glastüren zu, die nach draußen zum Pool führten. Das Licht der Sterne und des Mondes glitzerte auf dem glatten Wasser. Dahinter sah er die Silhouetten der Büsche und Sträucher.

Seine Wangen fühlten sich jetzt noch heißer an. Er streckte die Hand aus, um eine der Türen zu öffnen, erstarrte jedoch mitten in der Bewegung, weil ihm einfiel, dass er zuerst die Alarmanlage ausschalten musste, bevor er nach draußen ging. Und außerdem – was, wenn es Ilkovic irgendwie gelungen war, ihn hier aufzuspüren? Es wäre idiotisch, das Haus zu verlassen und sich im Freien zu zeigen.

Und er durfte Jennifer nicht vergessen. Was, wenn sie aufwachte und er verschwunden war? Nur allzu lebhaft erinnerte er sich, was für ein entsetzliches Gefühl es gewesen war an diesem Morgen, als Jennifer vor ihm aufgewacht war und er wie ein Wahnsinniger das Haus durchsucht hatte, um schließlich festzustellen, dass sie im Garten hinter dem Haus war. *Ich habe unser kleines Rätsel gelöst. Die unterschiedlichen Schrittzahlen. Acht Meter und zehn Meter,* hatte sie gesagt.

Es hatte eine Weile gedauert, bis er verstanden hatte. *Als wir die Innen- und Außenseiten des Tresors abgemessen haben?*

Um die Ecke ist eine Tür. Sie führt in eine Art Heizungskeller.

Ja – Rätsel gelöst. Die fehlenden zwei Meter waren leicht zu erklären: Sie wurden von einem Raum eingenommen, in dem ein Warmwasserbereiter und die Heizungs- und Klimaanlage untergebracht waren. Es ist schon erstaunlich, dass wir das Offensichtliche nicht sehen, dachte Coltrane und warf einen Blick hinter sich auf den Korridor, der entlang des Tresors verlief. Nicht weniger erstaunlich war, wie sehr ein von Emotionen aufgewühltes Gehirn nach Ablenkung suchte.

Dieser Heizungskeller hatte irgendetwas Beunruhigendes an sich ... Ein Gedanke versuchte sich aus dem Labyrinth seines Gehirns an die Oberfläche zu kämpfen, doch dann sank er wieder in die Tiefen seines Unterbewusstseins hinab.

Er schüttelte heftig den Kopf, doch der wurde davon auch nicht klarer. Er warf einen Blick auf das Zifferblatt seiner Uhr und sah, dass es zehn nach zwei war. Du musst versuchen, ein wenig zu schlafen. Du hast nur noch einen Tag, um dir darüber klar zu werden, was du tun wirst, wenn Ilkovic dir am Mittwoch von der Beerdigung folgt.

Die Hand um den Schaft der Schrotflinte geballt, trat Coltrane von der Fensterfront und den Glastüren zurück. Als er bereits im Begriff war, sich umzudrehen und wieder nach oben zu Jennifer zu gehen, hielt er inne, da der Gedanke, der an die Oberfläche wollte, einen erneuten Versuch unternahm.

Irgendwas mit dem Heizungskeller.

Ja – er war in etwa so tief, um die zwei Meter Unterschied zwischen der Innen- und Außenwand des Tresors zu erklären. Aber was war mit ...

Wie breit war ...

Der Gedanke tauchte wie ein Korken an die Oberfläche seines Denkens: Der Heizungskeller nimmt nicht die ganze Breite der Wand ein!, schoss es ihm durch den Kopf. Als ich hineingesehen habe, waren es nur ungefähr zweieinhalb Meter von der linken zur rechten Wand.

Aber der Tresorraum ist fünf Meter breit. Wenn der Heizungskeller nur zweieinhalb Meter in der Breite misst, was befindet sich dann hinter dem restlichen, zweieinhalb Meter breiten Stück der Wand?

Coltranes Wangen waren plötzlich kalt, da alles Blut aus ihnen sackte. An der Außenwand gab keine zweite Tür. Das bedeutete, wenn es neben dem Heizungskeller einen weiteren Raum von zwei mal zweieinhalb Metern gab, dann war die einzige Möglichkeit, in diesen Raum zu gelangen …

O Gott.

Zum ersten Mal verspürte Coltrane den Wunsch, den Tresorraum zu betreten.

17

Coltrane zog den Schlüssel aus seiner Jeans und ging auf die Tresortür zu. Als er die äußere Tür öffnete und vor der schwarz glänzenden Metalltür stand, lehnte er die Schrotflinte an die Wand und schob den Schlüssel in das Schloss der Stahltür. Für etwas, das so schwer war, schwang die Tür leicht und lautlos auf, ohne dass ein besonderer Kraftaufwand nötig gewesen wäre, sie aufzustoßen.

Er streckte die Hand hinein, tastete über die Wand links von der Tür, fand den Lichtschalter und knipste ihn an. Das grelle Licht der aufflackernden Deckenbeleuchtung ließ ihn die Augen zusammenkneifen. Wieder empfand er die Kälte, die ihm aus dem Raum entgegenschlug, wie einen Schock. Die Reihen der grauen Bibliotheksregale waren trostlos wie eh und je. Die Betonwände und der Boden schienen zu schrumpfen. Mit einem tiefen Atemzug rang er das Gefühl, erdrückt zu werden, nieder, griff nach der Schrotflinte und trat in den Tresor.

Sein Blick war unverwandt auf die linke Seite der gegenüberliegenden Wand gerichtet. Doch er konnte nicht direkt dort hingelangen. Er musste geradeaus bis zur letzten Reihe der Regale gehen und dann nach links biegen, um zu dem Teil der Wand zu gelangen, auf den seine Aufmerksamkeit gerichtet war. Die Wand wurde ebenfalls von Regalen eingenommen. Er blickte nach rechts, wo hinter den Regalen und der Wand der Heizungskeller war. Aber was befand sich hinter den Regalen und der Wand auf der linken Seite?

Wieder stellte er die Pumpgun ab. Er beugte sich nahe an das Regal, das die linke Seite der Wand einnahm. Der Metallrahmen war mit Dübeln in der Betonwand verschraubt. Er zog an einer Strebe des Regals; sie rührte sich keinen Millimeter.

Er tastete mit den Händen über die Unterseiten der Regalböden, ließ sich dabei in die Hocke sinken und streckte er sich dann auf die Zehenspitzen, während er alle Böden abtastete, auch die Seitenstreben – wo immer das Regal die Wand berührte. Es kann nichts Schwieriges sein, sagte er sich. Packard saß in einem Rollstuhl. Der alte Mann hatte nicht die Kraft für irgendetwas Kompliziertes oder etwas, das eine Kraftanstrengung erforderte. Es musste etwas Einfaches sein …

In Rollstuhlhöhe ertastete Coltrane einen kleinen, hervorstehenden Metallstift an der Rückseite der rechten Seitenstrebe des Regals.

Etwas Einfaches, dachte er.

Er drückte den Metallstift nach unten, doch er bewegte sich nicht.

Etwas Leichtes und …

Er drückte den Metallstift nach oben. Er bewegte sich.

Schlau.

Er hörte ein klickendes, metallisches Geräusch, wie von einem Riegel, der zurückschnappte.

Na also.

Als er diesmal am Regal zog, bewegte es sich. Nicht sehr viel. Nicht genug, als dass es sich ganz von der Wand gelöst hätte. Aber genug, um erkennen zu können, dass es nicht mehr fest mit der Wand verschraubt war. Was muss ich noch machen …

Coltrane ging zur linken Seite des Regals, beugte sich auf Rollstuhlhöhe hinab, ließ die Hand über die Rückseite des Rahmens gleiten und ertastete den entsprechenden Metallstift. Als er ihn nach oben zog, schnappte ein weiterer Riegel zurück, und jetzt glitt das Regal so leicht nach vorn, als würde es schweben.

So schnell Coltrane auch atmete, er schien einfach nicht genügend Luft in seine Lungen zu bekommen. Er ging nach rechts, neben das Regal, und zog erneut daran. Es glitt so leicht und fast ohne Geräusch nach vorn, dass selbst ein Mann in einem Rollstuhl es bewegen konnte. Nun sah er von der Seite auf diesen Teil der Wand und begriff, dass das, was wie eine massive Betonwand ausgesehen hatte, nichts anderes war, als ein betongrauer Verputz auf einer Trennwand aus Eichenholz. Auf der linken Seite der falschen Wand waren oben, in der Mitte und unten große Klappscharniere montiert, an denen die Wand nach innen oder außen bewegt werden konnte.

Er trat vor.

18

Die strahlende Frau, die ihn anblickte, ließ sein Herz stillstehen. Trotz ihrer bezaubernden Züge hätte er vor Überraschung beinahe einen Satz rückwärts gemacht, wäre er dazu in der Lage gewesen, doch seine Beine gehorchten ihm nicht. Ihr hypnotischer Blick lähmte ihn. Einen bestürzten Augenblick lang glaubte er, sie hätte sich hinter der Wand versteckt. Doch das Gesicht war zu gefasst und zeigte keinerlei Reaktion.

Mit zum Zerreißen gespannten Nerven, doch so unwiderstehlich angezogen, dass er seine Angst, eingesperrt zu werden, überwandt, trat Coltrane in das Gelass. Was seinen Blick fesselte und ihn über die Schwelle lockte, war eine lebensgroße Fotografie eines Frauengesichts. Sie hing an der Rückwand der kleinen Kammer, genau dort, wo ihr Kopf gewesen wäre, wenn sie tatsächlich dagestanden hätte. Das indirekte Licht vom Tresorraum vertrieb zwar den Großteil der Schatten in dem Gelass, doch nicht alle, sodass dort, wo der Körper der Frau gewesen wäre, zwielichtiges Halbdunkel herrschte und die Illusion entstand, sie stünde wirklich da. Obwohl es eine Schwarzweißfotografie war, erweckte das Fehlen jedweder Farbe in ihrem Gesicht nicht den Anschein von Leblosigkeit, da das Haar der Frau tiefschwarz und ihr Teint dunkel war.

Entweder hatte sie eine Menge Zeit in der Sonne verbracht, dachte Coltrane, oder es waren ethnische Merkmale – wahrscheinlich spanische oder mexikanische. Zumindest erinnerte ihn das weiße Spitzentuch, das sie trug, an ähnliche Tücher, die er in Mexiko gesehen hatte. Ihre dunklen Augen waren fest auf den Punkt gerichtet, wo die Kamera gestanden hatte und von wo Coltrane sie jetzt anblickte, was bei ihm den Eindruck erweckte, sie schaute direkt in ihn hinein. Ihr glattes, volles Haar floss weich um ihre Schultern und besaß einen so kräftigen Glanz, dass Licht auf ihm schimmerte, obgleich es tiefschwarz war. Sie hatte volle Lippen, deren sanft geschwungene, erregende Linien und Rundungen von einem Lächeln geteilt wurden, dessen Blitzen von der Fotografie aufzuflattern schien. Sie war das, was man als klassische Schönheit bezeichnete: große Augen, hohe Wangenknochen, eine glatte, breite Stirn, gerade Kiefer, ein schmales Kinn. Sie funkelte und glühte.

Doch so bezaubert Coltrane von ihrem Aussehen auch war, nicht minder faszinierte ihn das künstlerische Medium, in dem sie dargestellt war. Er hatte selten ein Schwarzweißporträt gesehen, das eine so perfekte Beherrschung aller seiner wesentlichen Elemente und eine so perfekte Ausgewogenheit von Schatten und Licht zeigte. Diese Technik erforderte mehr als nur die exakte Positionierung der fotografierten Person, eine genaue Messung des Lichts und eine perfekte Ausleuchtung. Die eigentliche Arbeit erfolgte erst bei der Entwicklung der Abzüge, wenn durch partielles Abwedeln mit einer Schablone Teile des Abzugs aufgehellt und andere mit einem kleinen, warmen Schwamm oder durch Anhauchen nachbelichtet wurden und ein Bild eher geschaffen, denn einfach nur gemacht und dann vervielfältigt wurde. Coltrane kannte nur einen Fotografen, der diese Technik mit absoluter Meisterschaft beherrscht hatte. Selbst wenn er die Fotografie nicht hier an diesem Ort gefunden hätte, hätte er auf den ersten Blick sagen können, wer sie gemachte hatte: Randolph Packard.

19

Ein Geräusch ließ ihn herumfahren. Er griff nach der Pumpgun und war im Begriff, sie zu heben, als er Jennifer unter der Tür des Tresorraums auftauchen sah und mit einem erleichterten Seufzen die Waffe sinken ließ.

»Das ist einer der Gründe, warum ich Waffen nicht mag«, sagte sie.

»Du warst nicht in Gefahr. Ich hätte zuerst geschaut, bevor ich abgedrückt hätte.«

»Das beruhigt mich kolossal.« Jennifers Augen waren geschwollen vom Schlaf. »Als ich aufwachte und du nicht da warst, habe ich mir Sorgen gemacht. Allerdings ist das hier der letzte Ort, an dem ich dich vermutet hätte.«

»Glaub mir, ich bin selber überrascht. Aber noch viel mehr überrascht hat mich das hier.« Coltrane deutete hinter sich. »Unser kleines Rätsel war doch nicht so vollkommen gelöst, wie wir dachten.«

Während Jennifer näher kam, fuhr sie sich mit gespreizten Fingern durch ihr kurzes, verstrubbeltes Haar.

»Und wenn du mich fragst, ist es kein Rätsel, sondern eher ein kleines Geheimnis«, sagte Coltrane und erzählte, wie er das Gelass gefunden hatte.

Fasziniert beobachtete er, wie sie in die Kammer spähte.

»Großer Gott«, flüsterte sie. Von der Seite konnte Coltrane sehen, dass ihre Lider jetzt ganz aufflogen. »Sie ist die schönste ...«

»Ja.«

»Wer? Warum?«

»Und hundert andere Fragen mehr. Das einzige, was ich sicher weiß, ist, dass Packard dieses Foto gemacht hat. Der Stil ist unverwechselbar.«

Jennifer schien ihn nicht gehört zu haben. Sie hob eine Hand zu dem Bild empor, hielt sie einen Fingerbreit vom Gesicht der Frau entfernt und ließ sie dann wieder sinken. »Das ist fantastisch. Ich verstehe nicht, warum er das gemacht hat.«

»Nicht nur das *eine*«, sagte Coltrane. »Schau hier drüben.« An der rechten Wand ragte ein Metallregal bis zur Decke hinauf. »Schau dir all diese Schachteln an.«

Die Schachteln waren alle etwa fünf Zentimeter hoch. Coltrane nahm eine und trug sie hinaus ins Licht des Tresorraums. Eilig stellte er sie auf ein Fach des Regals und klappte den Deckel auf. Er sog hörbar die Luft ein, als das sinnliche Gesicht der Frau ihn in einer anderen Pose ansah.

»Wie viele!« Coltrane blätterte durch den Rest der Zwanzig-mal-dreißig-Zentimeter-Fotografien in der Schachtel. »Das müssen mindestens hundert sein. Und auf jeder ist sie.«

Jennifer brachte eine weitere Schachtel ins Licht. »In der hier sind Vierzig-mal-fünfzig-Abzüge.« Sie stellte die Schachtel auf das Regal neben ihm, hob den Deckel ab und legte überwältigt eine Hand auf die Brust. »Mitch, komm mal her. Das musst du dir ansehen.«

Coltrane eilte zu ihr. Das oberste Bild, das doppelt so groß war wie die, die er durchgeblättert hatte, war das erste Ganzkörperbild der Frau, das er sah. Sie befand sich an einem verlassenen Strand und stieg gerade aus dem Ozean, dessen Wasser ihr bis knapp unterhalb der Knie reichte. Ein Fuß war etwas vor den anderen gesetzt, so dass ihre Bewegung eine träge Eleganz vermittelte, obgleich sie in der Zeit erstarrt war. Ihr Badeanzug leuchtete strahlend weiß im Kontrast zu ihrer braun gebrannten Haut, ein einteiliges Badekostüm, welches selbst für den damaligen Geschmack äußerst sittsam war. Es reichte fast bis zur Mitte ihrer Schenkel, während das Dekolletee nicht mehr als den Ansatz eines Schlüsselbeins enthüllte. Über die Schultern zogen sich breite Träger. Aber trotz seiner Sittsamkeit besaß das Kostüm eine erregende Wirkung, da es nass und glatt an ihrem Körper klebte und die Rundungen ihrer Hüften, Taille und Brüste betonte. Es schien, als wären diese Kurven eine Fortführung der rollenden Wogen, denen sie entstieg.

Wasser glitzerte auf ihrem seidenen Gesicht, ihren Armen und Beinen. Sie trug keine Badekappe. Das rabenschwarze, tropfnasse Haar hatte das Wasser des Ozeans glatt nach hinten gelegt, was die klassische Schönheit ihrer hohen Wangenknochen noch mehr betonte als die Fülle ihres offenen Haars auf den anderen Fotografien. Was Coltranes Aufmerksamkeit jedoch noch mehr fesselte und ihn an diesem wie auch an den anderen Fotos geradezu hypnotisch anzog, waren die bis in seine Seele hinabblickenden Augen der Frau.

Jennifer blätterte die anderen Fotografien in der Schachtel durch und zeigte Coltrane einige weitere Bilder von der Frau am Strand. Die Szenerie änderte sich; die Frau stand jetzt am Rand einer Klippe, der Ozean tief unter ihr. Das Sonnenlicht schien ihr ins Gesicht, doch die anderen Einzelheiten der Fotografie deuteten darauf hin, dass ein Sturm heraufzog. Die Wellen im Hintergrund wurden vom Sturm gepeitscht. Der Wind zerrte an ihren Haaren und blies sie nach hinten. Er zog an dem weißen Baumwollkleid, das sie trug, und legte es gegen ihren Körper, bauschte den weichen, fließenden Stoff um ihre Beine, ihren Bauch und ihre Brüste. Wieder änderte sich die Szenerie: Die Frau stand jetzt in einem üppig blühenden Garten, offenbar unbeeindruckt von den Blumen um sie herum, und blickte gedankenverloren auf etwas rechts von ihr, während hinter ihr ein Springbrunnen schäumte.

Beeindruckt warf Coltrane einen Blick in die Kammer, wo sich auf dem Regal jede Menge solcher Schachteln türmten. »Es müssen« – seine Berechnungen erfüllten ihn mit einem Gefühl der Ehrfurcht, beinahe der Angst – »*tausende* von Fotografien sein.«

»Und bisher ist jede ein Meisterwerk«, sagte Jennifer. »Abzüge dieser Qualität macht man nicht einfach so vom Fließband. Dafür ist eine sehr lange und sehr präzise Arbeit nötig. Manchmal dauert es einen Tag pro Abzug.«

Coltrane wusste, dass sie nicht übertrieb. Packard war dafür berühmt gewesen, dass er Fotografen, die ihre Abzüge nicht selbst machten, verachtete. Es war bekannt, dass er oft einen ganzen Tag an einem einzigen Abzug gearbeitet hatte, und wenn das Ergebnis auch nur den geringsten Makel erkennen ließ, eine winzige Unvollkommenheit, die nur er bemerkt hätte, dann zerriss er den Abzug in tausend Fetzen und begann von neuem.

»Alle haben geglaubt, er würde weniger fotografieren als früher«, sagte Coltrane. »Aber wenn überhaupt, dann hat er noch mehr fotografiert.«

»Und alle Aufnahmen von derselben unglaublich schönen Frau.«

»Packard fehlte es ganz sicherlich nicht am nötigen Ego«, sagte Coltrane. »Er tat alles, um jedermann wissen zu lassen, wie großartig er war. Wenn er ein Bild hatte, das sogar seinen Maßstäben genügte, dann prahlte er damit. Diese Bilder hier gehören zu den besten, die er jemals gemacht hat. Doch, warum zum Teufel, hat er sie, statt sie der Welt zu zeigen, in einer geheimen Kammer versteckt, die er eigens zu diesem Zweck gebaut hat?«

»Hat Packard dieses Model jemals für andere Aufnahmen benutzt, die er veröffentlicht hat?«, fragte Jennifer.

»Nein, ich habe keine Ahnung, wer sie ist.«

»War«, berichtigte ihn Jennifer. »Sieh dir mal den Badeanzug genauer an. Dieser Stil ist aus der Mode seit … Ich würde sagen, seit den Vierzigerjahren. Wahrscheinlich schon seit den Dreißigern. Wie alt, schätzt du, ist sie auf dem Bild?«

»Fünfundzwanzig ungefähr.«

»Nehmen wir die Mitte zwischen beiden Jahrzehnten und sagen wir, das Bild wurde 1940 gemacht. Dann wäre sie jetzt weit über achtzig. Angenommen, sie lebt noch, was allerdings nicht sehr wahrscheinlich ist … Aber selbst wenn sie noch lebt, ist sie nicht mehr die Frau auf den Bildern. *Diese* Frau existiert nur auf den Abzügen.«

»Sie ist unsterblich«, murmelte Coltrane, dem die Ironie dieser Worte nicht entging. »Ich weiß nicht einmal, ob ich den nächsten Mittwoch überlebe, und hier stehe ich und denke über eine Frau auf Fotografien nach, die vor einem Menschenleben gemacht wurden.« Er versenkte seinen Blick in den der Frau. »Wer immer du bist, ich danke dir. Für ein paar Minuten konnte ich Ilkovic vergessen.«

SECHS

1

Ich muss mich an Ilkovic' Stelle versetzen, dachte Coltrane. Wenn ich das alles lebend überstehen will, muss ich versuchen, mir vorzustellen, was ich in seiner Situation tun würde.

Er lag im Dunkeln neben Jennifer und konnte seine Gedanken einfach nicht abstellen. Er versuchte, seine Fantasie auf das Gesicht der Frau zu konzentrieren, doch es zerschmolz zu einem fleischlosen Schädel, der bald Ilkovic' grobknochige Züge annahm. Angst überkam ihn. Er machte sich Sorgen um seine Großeltern und fragte sich, wie er den Mittwoch überleben sollte.

Vielleicht hat Nolan Recht. Vielleicht ist es idiotisch, mich als Köder anzubieten.

Sogleich wandte ein anderer Teil von ihm ein: Aber der Friedhof ist einer der wenigen Orte, an denen Ilkovic sich möglicherweise zeigen wird. Er wird sich das Vergnügen nicht entgehen lassen, sich die trauernden Freunde Daniels anzusehen. Und vor allem hofft er, einen ganz bestimmten trauernden Freund zu sehen: mich. Der Polizei und dem FBI wird sich die Chance bieten, ihn zu schnappen.

Aber was, wenn sie ihn nicht kriegen?

Ich muss wie Ilkovic denken. Wird er am Mittwoch einfach so auf der Bildfläche erscheinen und auf dem Friedhof herum spazieren?

Ganz sicher nicht. Er wird annehmen, dass die Polizei anwesend ist. Er wird sein Aussehen verändern oder sich irgendwo verstecken oder von weitem zusehen.

Und was ist für ihn der sicherste Weg, einen Platz zu finden, wo er sich verstecken kann?

Die Antwort traf ihn wie ein elektrischer Schlag. Mit einem Ruck setzte Coltrane sich auf. Er wird einen Tag *vor* der Beerdigung auf dem Friedhof sein, um die Lage zu sondieren und sich nach einem sicheren Versteck umzusehen.

Ein Tag vor der Beerdigung, das bedeutete …

Heute.

2

»Threat Management Unit«, sagte eine forsche Stimme.

»Geben Sie mir Sergeant Nolan. Es ist dringend.«

»Wer ist dran?«

Coltrane nannte rasch seinen Namen. Er und Jennifer waren in einer Telefonzelle am Hollywood Boulevard.

»Oh, hallo. Genau der Mann, mit dem ich reden will.«

»Wie bitte?«

»Hier spricht FBI Special Agent James McCoy.« Die Stimme wurde noch eine Spur forscher. »Ich möchte, dass Sie sofort hierher kommen.«

»Warum? Was ist …«

»Wir nehmen Sie in Schutzhaft.«

»Aber ich habe Sergeant Nolan schon gesagt, dass ich glaube, wir sind sicherer, wenn wir auf uns alleine gestellt sind.«

»Als er Ihnen Schutz anbot, war das ein Vorschlag seinerseits. In meinem Fall ist es ein Befehl.«

»Sie erinnern mich an meinen Vater. Ihm machte es auch Spaß, mir Befehle zu geben.«

Der Special Agent schien ihn nicht gehört zu haben. »Wir bewachen Sie rund um die Uhr.«

»Sicher, klar. Und wie lange soll das Ganze dauern?«

»Bis wir Ilkovic festgenommen haben.«

»Drei Monate? Sechs Monate? Ein Jahr?«

»Ich hoffe doch, dass wir ihn in ein paar Tagen geschnappt haben.«

»Sind das Fakten oder fromme Wünsche? Wie viele Ansatzpunkte haben Sie?«

Der Special Agent blieb eine Antwort schuldig.

»Sie haben einen einzigen Ansatzpunkt: Sie hoffen, dass er sich am Mittwoch auf dem Friedhof blicken lässt.«

Der Special Agent antwortete noch immer nicht.

»Und wenn ich nicht dort bin«, sagte Coltrane, »wird er nicht mal seine Nasenspitze sehen lassen. Er taucht unter und wartet ab, bis das FBI kein Geld mehr für den Fall hat und wir unvorsichtig werden und uns auf der Straße sehen lassen.«

»Ich fürchte, ich kann Ihre Einschätzung nicht teilen.«

»Da es nicht Ihr Leben ist, das auf dem Spiel steht, kümmert es mich herzlich wenig, was Sie für richtig halten oder nicht.«

»Wenn das so ist, lassen Sie mir keine andere Wahl. Es ist etwas geschehen, wovon ich Sie in Kenntnis setzen muss.«

»Was ist geschehen?«

»Ich würde es Ihnen lieber persönlich sagen als am Telefon.«

»Sagen Sie es mir jetzt.«

»Es wäre humaner, wenn wir das persönlich besprechen könnten.«

»*Humaner?*«

»Es geht um Ihre Großeltern.«

3

Das Büro der Threat Management Unit hatte sich nicht sehr verändert, seit Coltrane vor zwei Jahren zum letzten Mal hier gewesen war: ein zusätzlicher Schreibtisch, ein paar neue Computer. Doch es hätte vermutlich rot getünchte

Wände statt der weißen und einen Billardtisch haben können, und er hätte es nicht bemerkt, als er in den Raum stürmte. Zwei Detectives, deren Jacken über den Stuhllehnen hingen, sahen von ihren Monitoren auf, in die sie starrten. Ein dritter Mann, dessen blaues Anzugsjackett ordentlich zugeknöpft war, durchquerte das Büro.

»Mr. Coltrane?«

»Ich will mit Sergeant Nolan sprechen.«

Der Mann war schlank und steif wie ein Ladestock. Er hatte schmale Lippen und eng zusammenstehende Augen. Er streckte die Hand aus. »Ich bin Special Agent McCoy.« Er warf einen Blick auf Jennifer, die hinter Coltrane stand.

Coltrane ignorierte die Hand. »Ich sagte, ich möchte Sergeant Nolan sprechen.«

McCoy griff nach seiner Schulter. »Warum gehen wir nicht rüber ins FBI-Gebäude und …«

»Bleiben Sie mir vom Leib.«

»Ich verstehe, dass Sie unter großem Stress stehen, Mr. Coltrane, aber …«

»Nehmen Sie Ihre Hand weg, oder ich breche sie Ihnen.«

In dem Raum wurde es mucksmäuschenstill. Die beiden Detectives machten Anstalten aufzustehen. McCoys Mund klappte vor Verblüffung nach unten. Als Coltranes Gesicht rot anlief, trat Jennifer rasch zwischen sie.

Draußen auf dem Korridor klangen Schritte auf. Nolan erschien in der Tür des Büros; sein braunes Jackett war eine Spur zu groß, um seinen Gewichtheberschultern ausreichend Platz zu bieten. »Haben Sie sich schon bekannt gemacht?«

McCoys Schultern wurden noch steifer. »Ich würde es eher ›Bedrohung eines Bundesbeamten‹ nennen.«

»Sie haben angedeutet, dass meinen Großeltern etwas Schreckliches zugestoßen ist. Sie haben sich geweigert, es mir am Telefon zu sagen. Sie haben mich gezwungen, hierher zu kommen und mein Leben aufs Spiel zu setzen.«

»Ich glaube kaum, dass Sie Ihr Leben riskieren, wenn Sie auf ein Polizeirevier kommen«, sagte McCoy.

»Wenn das nur ein Trick war, um mich herzulocken,

wenn es nicht stimmt, dass meinen Großeltern was passiert ist …«

»Auszeit, Gentlemen.«

»Ist meinen Großeltern tatsächlich etwas zugestoßen?«

»Ja.« Nolan blickte zu Boden. »Ich habe immer nur schlechte Nachrichten für Sie. Es tut mir Leid.«

Coltrane hatte das Gefühl, als hätte ein kaltes Messer sein Herz durchbohrt.

»Haben Sie gestern Abend das Polizeipräsidium in New Haven angerufen?«, fragte McCoy.

Coltrane richtete die Antwort auf diese Frage an Nolan. »Ich habe mehrere Male versucht, meine Großeltern zu erreichen, aber ich erreichte immer nur ihren Anrufbeantworter. Ich habe mir Sorgen gemacht und die Polizei in New Haven gebeten, einen Streifenwagen zu ihrem Haus zu schicken, um nachzusehen, ob alles in Ordnung ist.«

»Ihr Anruf wurde dort um kurz nach acht Uhr abends Ortszeit entgegengenommen«, fuhr McCoy fort.

»Nicht Sie. *Er.*« Coltrane deutete auf Nolan. »Wenn ich etwas Schreckliches über meine Großeltern erfahren muss, dann möchte ich es von jemandem erfahren, den ich kenne.«

»Kurz nach Ihrem Anruf passierte auf dem Freeway in New Haven ein schlimmer Unfall«, sagte Nolan. »Die meisten Streifenwagen wurden dorthin beordert, um das Chaos zu entwirren. Bis ein Wagen frei war, der zu Ihren Großeltern fahren konnte, war es bereits nach elf Uhr.«

»Hören Sie auf, um den heißen Brei herumzureden, und sagen Sie mir endlich, was passiert ist.«

»Sie haben die Zeitungen von Freitag, Samstag, Sonntag und Montag auf der vorderen Veranda gefunden. Der Postkasten war ebenfalls nicht geleert worden.« Nolan verstummte und räusperte sich unbehaglich. »Sie haben die Tür aufgebrochen und das Haus durchsucht … Sie haben Ihre Großeltern im Keller gefunden.«

Coltrane fiel es schwer, die nächste Frage über die Lippen zu bekommen. »Tot?«

»Ja.«

»Wie?«

»Ilkovic hat sie aufgehängt.«

Coltrane wollte schreien.

»Der Grund, warum wir sicher sind, dass es Ilkovic war«, sagte Nolan, »ist Folgender: Gestern hat ein Bote von Federal Express versucht, ein Päckchen in Ihrer Wohnung hier in Los Angeles zuzustellen. Als Sie nicht öffneten und auch sonst niemand da war, dem er das Päckchen geben konnte, brachte es der Fahrer zu der zweiten Adresse, die der Absender angegeben hatte.«

»Was für eine zweite Adresse?«

»Diese. Das Revier. Es wurde gestern Nachmittag unten abgegeben, aber weil es an Sie adressiert war, ging es von Büro zu Büro, nach einem Okay von Seiten der Bombenexperten, bis jemand bei der Threat Management Unit Ihren Namen erkannte.«

»Was ist in dem Päckchen?« Coltranes Stimme klang heiser.

»Eine Videokassette.«

4

Der Raum wurde kleiner und niedriger. Coltrane sah von Nolan zu McCoy, dann zu Jennifer und wieder zurück zu Nolan. Ihm war schwindelig, als würde sich alles um ihn drehen.

»Ein Videoband?«

»So was Ähnliches wie das Tonband von …« Jennifers Stimme versagte.

»Ich will es sehen«, sagte Coltrane.

»Nein!«, rief Jennifer. »Es genügt, wenn sie dir sagen, was passiert ist.«

»Ich *muss* es sehen.«

»Wozu? Was würde das bringen? Du weißt, wie fertig es dich gemacht hat, Daniel auf dem Band zu hören. Das ist genau das, was Ilkovic will. Gib ihm diese Befriedigung nicht.«

»Sie hat Recht«, sagte McCoy.

»Warum setzen Sie sich nicht?«, sagte Nolan. »Kann ich Ihnen eine Tasse Kaffee bringen oder …«

»Lassen Sie uns das klarstellen«, sagte Coltrane. »Wollen Sie mir sagen, Sie weigern sich, mir das Video zu zeigen?«

»Nein, aber …«

»Wo ist es dann?«

Die Cops tauschten Blicke.

McCoy zuckte fatalistisch mit den Schultern. »Ein Mann sollte wissen, was er will.«

Nolan schüttelte resigniert den Kopf. Er zog eine Schreibtischschublade auf und nahm eine Videokassette heraus. »Den Korridor runter ist ein Raum mit einem Fernseher und einem Videogerät.«

Coltrane wartete, dass Nolan vorangehen würde.

»Aber ich möchte Sie darauf hinweisen …«, begann Nolan.

»… dass Sie es für keine gute Idee halten«, sagte Coltrane. »Schön. Können wir jetzt gehen?«

Jennifer wandte sich ab.

»Kommst du nicht mit?«

»Nein.«

»Ich verstehe«, sagte Coltrane. Als sie sich auf einen Stuhl sinken ließ, legte er ihr eine Hand auf die Schulter und drückte sie beruhigend. »Reg dich nicht auf. Ich bin bald zurück.«

Einen Augenblick lang zögerte er, von seinen Gefühlen hin und her gerissen, dann folgte er Nolan und McCoy aus dem Büro.

Im Korridor sagte Nolan: »Sie täuschen sich, wenn Sie glauben, dass Sie bald wieder zurück sind.«

»Wieso?«

»Ilkovic hat die Laufgeschwindigkeit auf sechs Stunden Aufnahmezeit programmiert.«

»Na und?«

»Alle sechs Stunden sind voll.«

5

Der Raum war eng und dunkel. Er hatte keine Fenster. Der Fernseher entpuppte sich als alter, zerschrammter Kasten mit einem Videogerät in einem Fach darunter. Als Nolan die Kassette in das Gerät steckte, zog Coltrane sich einen Metallstuhl vor den Bildschirm und setzte sich.

McCoy schloss die Tür hinter sich.

Obwohl die mit halber Laufgeschwindigkeit aufgenommenen Bilder grießig waren, schockierte Coltrane ihre grauenvolle Deutlichkeit: Im gelben Lichtschein einer Deckenleuchte im Keller seiner Großeltern, dort wo er in seiner Jugend so viele schöne Momente verbracht hatte, waren seine Großmutter und sein Großvater zu erkennen, die auf Zehenspitzen auf einer Bank standen. Ihre Hände waren hinter ihrem Rücken gefesselt, ihre Münder mit einem Klebeband bedeckt. Ihre Augen quollen aus den Höhlen – vor Angst und wegen des Stricks, der um ihren Hals gezurrt und an einem Balken an der Decke festgeknüpft war. Coltranes Großvater hatte nur seinen Schlafanzug an, seine Großmutter einen Morgenmantel. Beide trugen Hauspantoffeln und balancierten, die nackten Fersen ein paar Finger breit über den Pantoffeln, ihr Gewicht auf den Zehenspitzen.

»Meine Großmutter hat Asthma.« Coltrane bereitete es Mühe, die Worte hervorzubringen. »Das Klebeband auf ihrem Mund ist eine Qual für sie. Schauen Sie, wie sie um Atem ringt.«

Eine gutturale Stimme mit slawischem Akzent sagte hinter der Kamera: »Ist es so bequem? Sind die Stricke nicht zu eng? Ich hoffe, ich habe Ihre Blutzirkulation nicht unterbrochen.«

Coltranes Großvater versuchte, durch das Klebeband etwas zu sagen.

»Bitte!«, sagte die gutturale Stimme. »Meine Instruktionen waren klar. Vermeiden Sie alle unnötigen Bewegungen.«

Coltranes Großvater gab es auf, etwas sagen zu wollen. Er schloss die Augen und schien sich ganz darauf zu konzentrieren, genügend Luft zu bekommen.

»Gut«, sagte die Stimme. »Und jetzt muss ich ein wenig unhöflich sein und Sie eine Weile allein lassen. Ich habe noch nicht gefrühstückt. Ich bin sicher, es macht Ihnen nichts aus, wenn ich kurz nach oben gehe und mir einen Teller mit diesen leckeren Waffeln mache, die zu essen Sie nicht mehr die Zeit hatten. Am liebsten habe ich sie mit Blaubeeren. Ich würde Ihnen ja etwas davon bringen, aber Sie sind leider beschäftigt.«

Das Knarren von Holz war zu hören, das immer leiser wurde, als ginge jemand die Treppe hinauf.

Coltranes Großvater und Großmutter sahen einander verzweifelt an. Doch in ihren Blicken lag nicht nur Verzweiflung; Coltrane erkannte darin auch andere Emotionen: die Entschlossenheit zu überleben, Mitleid mit dem anderen für das, was er zu erleiden hatte, vor allem aber Liebe.

Das Bild verschwamm. Coltrane schmeckte Salz und begriff, dass er weinte. Er wischte sich mit dem Ärmel seines Hemds über die Augen und sank erschöpft zurück, so sehr hatte ihn diese kleine Bewegung angestrengt. Doch wie nichtig war das alles im Vergleich zu der Anstrengung, die seine Großeltern aufbringen mussten, um sich auf den Zehenspitzen zu halten. Sie standen nicht wirklich auf den Zehenspitzen wie Balletttänzer, sondern auf ihren Fußballen, die Fersen ein paar Zentimeter von der Bank entfernt, was sehr viel Kraft kostete – vor allem, wenn man länger so verharren musste und Arthritis hatte wie sie.

Erneut war das Knarren von Holz zu hören, doch diesmal wurde es lauter. Jemand kam die Treppe herab. Coltranes Großeltern erstarrten vor Anspannung.

»Na, ihr beiden«, sagte die gutturale Stimme. »Ich hoffe, ihr seid auf keine dummen Gedanken gekommen, während ich nicht da war.«

Coltrane hörte, wie ein Teller abgestellt wurde, das Kratzen von Messer und Gabel darauf und dann Kaugeräusche, unterbrochen von genüsslichem Grunzen.

»Ich kann mich nicht erinnern, jemals so köstliche Waffeln gegessen zu haben«, sagte die Stimme. »Sie sind ein Glückspilz, dass Sie eine Frau haben, die so gut kochen kann.«

Durch das Klebeband über seinem Mund versuchte Coltranes Großvater etwas zu sagen, das wie ›Bitte‹ klang.

»Und auf die Weise quält er sie sechs Stunden lang?« Die Emotionen, die in Coltranes Brust tobten, zerrissen ihm das Herz.

»Ja«, murmelte Nolan. »Ich habe Ihnen gesagt, dass es schwer zu ertragen ist. Ich glaube, wir sollten es ausmachen.«

»Geben Sie mir die Fernbedienung.«

Coltrane richtete sie auf das Videogerät und drückte den Schnellvorlauf, der das Band schneller vorwärts spulte, ihm aber erlaubte, das Bild nach wie vor zu sehen. Die Bildqualität wurde noch grießiger. Streifen liefen hindurch. Doch Coltrane konnte seine Großeltern noch immer deutlich sehen. Was ihn irritierte, war, dass normalerweise die Bewegungen der Menschen, wenn man ein Band vorwärts spulte, schneller und ruckartiger wurden, doch in diesem Fall konnte man so gut wie überhaupt keine Bewegung wahrnehmen. Seine Großeltern versuchten, so reglos wie irgend möglich auf den Zehenspitzen zu stehen.

Das Laufzeit-Display auf dem Gerät zeigte an, dass sechsundvierzig Minuten verstrichen waren. Coltrane löste die Taste für den Schnellvorlauf. Das Bild lief wieder mit normaler Geschwindigkeit, falls man dieses Wort für das, was Coltrane sah, überhaupt verwenden konnte. Zunächst schien sich nichts verändert zu haben, doch als er genauer hinsah und sich auf die Füße seiner Großeltern konzentrierte, bemerkte er, dass ihre Fersen tiefer gesunken waren. Die Anstrengung, in dieser Haltung zu stehen, und die Arthritis hatten seine Großeltern bereits sehr geschwächt. Und je tiefer ihre Fersen sanken, desto straffer spannte sich der Strick um ihren Hals. Nicht sehr straff. Noch nicht. Ilkovic hatte genügend Spielraum gelassen, um den Vorgang in die Länge zu ziehen.

Um Fassung ringend betätigte Coltrane erneut den Schnellvorlauf. Abgesehen davon, dass das Bild wieder grießiger wurde und Streifen durchliefen, schien sich auf dem Bildschirm nichts zu ändern. Als das Zählwerk-Display anzeigte, dass eine Stunde und achtundvierzig Minuten vergangen waren, löste er die Taste wieder.

Jetzt standen seine Großeltern flach auf ihren Füßen, und das Seil hatte sich so eng um ihre Hälse gezurrt, dass sie nur mühsam Luft bekamen. Verglichen mit der Bildwiedergabe im Schnellvorlauf schien jetzt alles in quälender Zeitlupe zu geschehen. Coltrane lief ein Schauer über den Rücken, wenn er sich vorstellte, wie langsam die Zeit, die Sekunden, Minuten und Stunden für seine Großeltern vergangen waren. Wie eine Ewigkeit. Der immer enger werdende Strick ließ ihre Augen hervorquellen. Ihre Gesichter, die grau vor Angst gewesen waren, waren jetzt rot vom Blutstau durch die sich immer enger zurrende Schlinge.

»Mr. Coltrane, ich glaube, Sie sollten jetzt wirklich ...«, begann McCoy.

»Halten Sie den Mund.« Coltrane drückte den Schnellvorlauf. Als das Display auf dem Gerät zwei Stunden und einundfünfzig Minuten anzeigte, schaltete er wieder auf Normalgeschwindigkeit. Er sah, wie sich ein dunkler Urinfleck auf der Pyjamahose seines Großvaters bildete.

McCoy ging aus dem Zimmer.

»Huch, ein kleines Missgeschick«, sagte die gutturale Stimme auf dem Video. »So was kommt vor.«

Ihre Knie zitterten.

Nach drei weiteren Sprüngen im Schnellvorlauf, sah Coltrane, wie nach vier Stunden und sieben Minuten die Brust seiner Großmutter aufhörte sich zu bewegen. Sein Großvater hielt sich vier Stunden und neunundvierzig Minuten auf den Beinen.

»Fotograf«, sagte die gutturale Stimme. »Das ist nichts im Vergleich zu dem, was ich mit dir machen werde.«

Coltranes Brüllen rief McCoy wieder auf den Plan. Er kam ins Zimmer gestürzt.

»Ich bringe ihn um!«, schrie Coltrane. »Ich lege meine Hände um seinen Hals und …«

Andere Polizisten stürmten durch die Tür. Inzwischen hatte Coltrane die Fernbedienung gegen den Bildschirm geschleudert und versuchte gerade, den Fernseher hoch zu wuchten, um ihn gegen die Wand zu werfen.

6

»Er ist heute bestimmt auf dem Friedhof!« Coltrane zitterte vor Zorn. Seine Stimme klang gepresst und heiser. »Er muss vorher die Gegend auschecken, bevor er es riskieren kann, morgen dort aufzutauchen.«

Nolan und McCoy tauschten Blicke.

»Dann haben wir eine zweite Chance, ihn zu schnappen«, sagte McCoy. »Wir haben gerade ohnehin ein Team auf dem Friedhof.«

»*Jetzt?*«, fragte Coltrane.

»Sie sehen sich nach geeigneten Plätzen um, wo unsere Männer morgen unauffällig Position beziehen können.«

»Nein! Rufen Sie sie zurück.«

»Wie bitte?«

»Verstehen Sie denn nicht? Wenn Ilkovic Ihre Leute heute dort sieht, durchschaut er doch sofort, dass Sie morgen da auf ihn warten. Er wird verschwinden und untertauchen. Und nur der Himmel weiß, wann er sich dazu entschließt, seinen nächsten Schlag zu führen.«

»Aber wir haben keine andere Wahl. Wir müssen in der Lage sein, Sie morgen zu beschützen«, sagte Nolan.

»Nicht morgen. Wir versuchen es *heute*.«

»Wovon, zum Henker, reden Sie?«

»Rufen Sie Ihre Männer zurück«, sagte Coltrane. »Wie viel Uhr ist es jetzt? O Gott – eins. Es ist vielleicht schon zu spät. Wann ist die Trauerfeier morgen?«

»Dreizehn Uhr«, erwiderte Nolan.

»Richtig, und die Beisetzung ist um halb drei.« Coltrane sprang auf. »Wenn ich mich beeile, kann ich bis dahin dort sein.«

»Ich verstehe noch immer nicht, worüber Sie reden«, sagte McCoy.

»Ilkovic wird sich den Friedhof heute zur selben Zeit anschauen, zu der morgen die Beerdigung stattfindet«, sagte Coltrane. »Es macht für ihn keinen Sinn zu sehen, was um zehn Uhr vormittags dort los ist, denn am Nachmittag sieht es sicher wieder ganz anders aus. Wenn ich es schaffe, bis um halb drei dort zu sein, besteht eine gute Chance, dass er mich sieht.«

»Das heißt, es bleibt alles beim Alten«, sagte McCoy. »Wenn er versucht, Ihnen zu folgen, schnappen wir ihn. Nichts hat sich geändert, außer dass wir den Zeitplan um vierundzwanzig Stunden vorverlegt haben.«

»Es bleibt *nicht* alles beim Alten«, widersprach Coltrane. »Wenn Sie Ilkovic wären, würden Sie versuchen, Ihrem Opfer zu folgen, wenn Sie überall Polizisten sähen?«

»Aber woher soll Ilkovic sie denn als Polizisten erkennen?« Nolan warf gereizt die Hände in die Luft. »Sie tragen keine Uniformen. Sie lungern nicht herum und starren Leute an. Das sind erfahrene Männer, die gelernt haben, nicht aufzufallen. Sie sehen aus wie Trauergäste irgendeiner Beerdigung. Oder wie Friedhofsgärtner. Ilkovic wird nicht einen von ihnen als Polizisten erkennen.«

»Was mir Sorgen macht, ist nicht ihr Aussehen«, sagte Coltrane.

»Wie meinen Sie das?«

»Ilkovic ist ein Elektronik-Freak. Er liebt es, mit Mikrofonen und ähnlichem zu spielen. Er braucht Ihre Männer gar nicht zu sehen. Er braucht ihnen nur zuzuhören.«

»Zuhören?«

»Ihre Männer müssen miteinander in Kontakt bleiben, nicht?«, frage Coltrane. »Sie haben knopfgroße Hörer im Ohr und winzige Mikrofone an den Revers ihrer Anzüge.«

»Selbstverständlich«, sagte McCoy.

»Wie schwer, glauben Sie, ist es für jemanden, der so

gerissen ist wie Ilkovic, eines dieser mobilen Funkgeräte in die Finger zu bekommen, es auf dieselbe Frequenz einzustellen und mitzuhören, was Sie vorhaben?«

»Er hat Recht«, meinte Nolan.

»Sagen Sie Ihren Leuten, sie sollen die verdammten Dinger ausschalten und aus dem Friedhof verschwinden«, sagte Coltrane. »Und zwar jetzt!«

»Wie sollen wir Sie dann schützen?«, fragte McCoy.

»Sie warten irgendwo anders. Dort, wo ich ihn hinlocke.«

7

»Sie müssen es mir versprechen«, drängte Nolan. »Wenn Sie auch nur den leisesten Verdacht haben, dass Ilkovic weiß, was Sie vorhaben, dann versuchen Sie, so schnell wie möglich zu verschwinden.«

Sie eilten mit großen Schritten durch die Parkgarage des Polizeireviers.

»Zwei Blocks entfernt in jeder Richtung werden zivile Wagen stehen«, erklärte Nolan. »Weiter weg können wir sie nicht positionieren, wenn wir eine Chance haben wollen, Ihnen falls nötig zu Hilfe zu kommen. Und gehen Sie um Himmels willen kein Risiko ein. Fahren Sie direkt dort hin, wo wir auf ihn warten.«

»Das Ganze gefällt mir immer noch nicht«, knurrte McCoy. »Das ist Gefährdung eines Zivilisten.«

»Ich mache es doch freiwillig«, sagte Coltrane.

»Aber es entspricht nicht dem üblichen Vorgehen des FBI. Ich habe nicht die Zeit, das mit meinen Vorgesetzten abzuklären. Ich möchte noch einmal klar zum Ausdruck bringen, dass das, was Sie vorhaben, nicht mit der Billigung des FBI geschieht.«

»Ich bin richtig froh, dass Sie mir das gesagt haben.« Coltrane blieb vor der Parkbucht stehen, in der er den Saturn abgestellt hatte. »Ich fing schon an zu glauben, ich hätte mich in Ihnen getäuscht, und Sie sind nicht das eigennützige Arschloch, für das ich Sie auf den ersten Blick gehalten habe.«

McCoys Augen wurden groß.

Coltrane wandte sich zu Jennifer um. »Du fährst mit Sergeant Nolan und der Antiterroreinheit zu Packards Haus. Zeig ihnen alles und erklär ihnen den Grundriss. Sie werden keine Zeit haben, selber alles zu inspizieren, bevor ich zurück bin.«

»Ich hoffe nur, dass Ilkovic nicht schon vorher auf dich losgeht«, sagte Jennifer. »Sei bitte vorsichtig.«

»Darauf kannst du dich verlassen.« Coltrane küsste sie. »Denk immer nur daran, dass bis heute Abend alles vorbei ist.«

Die Hände um ihre Oberarme geschlungen, warf Jennifer einen Blick auf die Reihen geparkter Streifen- und anderer Polizeiwagen in der Garage. »Ich weiß schon gar nicht mehr, wie es ist, sich sicher zu fühlen.«

Nolan reichte ihm ein Walkie-Talkie. »Nehmen Sie das. Nur für den Fall. Wenn Sie schnell Hilfe brauchen, ist es egal, wenn Ilkovic mithören kann.«

Coltrane setzte sich in den Saturn und rollte aus der Polizeigarage in Downtown Los Angeles. Ein Blick auf die Uhr am Armaturenbrett sagte ihm, dass es 1:31 Uhr war und dass ihm weniger als eine Stunde blieb, um ins Valley zu kommen. Er konnte nur hoffen, dass auf dem Golden State Freeway kein Stau war.

Die Anspannung versetzte seine Gedanken in hektische Aufruhr. Als er endlich auf die Auffahrt zum Freeway bog, stellte er erleichtert fest, dass relativ wenig Verkehr herrschte. Jetzt, wo er allein war, konnte er seine Ungeduld kaum mehr zügeln. Er verspürte keine Angst, nur gespannte Erwartung. Einen Moment lang verwirrte ihn das.

Fehlt es dir denn so sehr, dass dir Kugeln um die Ohren pfeifen wie in Bosnien oder Tschetschenien, dass du es gar nicht mehr abwarten kannst, wieder einmal dein Leben aufs Spiel zu setzen?

Das einzige, was ich nicht mehr abwarten kann, ist, dass dieser Albtraum aufhört. Und ich werde dafür sorgen, dass er aufhört.

Ich bringe ihn um.

Da hast du's, Mann, dachte Coltrane. Wieder dieses Wort.

Was er in seinem Schmerz hinausgebrüllt hatte, nachdem er das Video und alles, was Ilkovic seinen Großeltern angetan hatte, gesehen hatte, war genau das, was er zu tun gedachte. Nolan und McCoy hatten offenbar geglaubt, dass er nur seinem Schmerz und seiner Wut Luft machte. Sie hatten versucht, ihn zu besänftigen. Sie hatten ihn davor gewarnt, das Gesetz in seine Hände zu nehmen, und er hatte geantwortet, nein, natürlich nicht, er habe nur überreagiert.

Das war gelogen. Er konnte sich nicht erinnern, jemals zuvor so von einem Gefühl beherrscht worden zu sein. Es war nicht Angst. Er hatte überhaupt keine Angst. Der Zorn, der in ihm hochgekocht und gewachsen war, als er sich das Video angesehen hatte, löschte die Angst aus. Er befreite ihn. War es Ungeduld? Ja! Er war so ungeduldig, dass er zitterte. Er würde dafür sorgen, dass Ilkovic für das, was er Daniel, Greg und seinen Großeltern angetan hatte, bezahlte. Er würde Ilkovic dazu bringen, ihm zu folgen. Er würde Ilkovic im Glauben wiegen, er hätte Coltrane auf dem Friedhof überrascht. Er würde das breite Grinsen auf Ilkovic' Gesicht sehen und genießen wie später das verdutzte Stirnrunzeln, wenn Ilkovic begriff, dass Coltrane *ihm* eine Überraschung bereitet hatte.

8

Erst als Coltrane das Dröhnen landender und startender Flugzeuge hörte, wurde ihm klar, dass die Everlasting Gardens in der Nähe des Flughafens von Burbank lagen.

Als er den Wagen durch das Eingangstor des Friedhofs steuerte, fühlte er in seinen Eingeweiden, dass er jetzt Ilkovic' Terrain betrat. Die Haare in seinem Nacken richteten sich auf wie Antennen, und seine Überlebensinstinkte ergriffen Besitz von ihm. Wenn er mit Ilkovic abrechnen wollte, schärfte er sich ein, musste er ebenso vorsichtig sein wie er es in den Kriegsgebieten gewesen war, in denen er fotografiert hatte. Er durfte nichts als selbstverständlich betrachten.

Während er an Grabsteinen inmitten weiter Rasenflächen vorbeifuhr, sah er eine kleine Gruppe Trauernder, die um einen Sarg an einem offenen Grab standen, dann Gärtner, die eine Hecke stutzten und Gras mähten, und er fragte sich, ob Nolan seinen Teil der Abmachung eingehalten hatte. Er dachte über die Polizisten nach, die hier gewesen waren, um den Friedhof für die morgige Überwachungsaktion auszuchecken. Was, wenn einige von ihnen nicht verschwunden waren? Was, wenn Ilkovic sie gesehen und sich davongemacht hatte und Coltrane nur seine Zeit verschwendete? Oder was, wenn sie gegangen waren und Ilkovic einer dieser Trauergäste war?

Eines war sicher: Coltrane durfte nicht den Eindruck erwecken, als würde er jemanden suchen. Das Ergebnis wäre dasselbe, als hätte Ilkovic die Polizisten im Friedhof bemerkt. Er würde eine Falle wittern und verschwinden. Es musste wie das Natürlichste der Welt aussehen, dass Coltrane schon heute auf dem Friedhof war, und er wusste auch schon genau, welchen Grund er dafür vorschützen würde.

Er folgte einer breiten Straße, die in einem weiten Bogen um den von Bäumen und Baumgruppen bestandenen Friedhof führte, und landete schließlich wieder an dem Tor, durch das er gekommen war. Dabei versuchte er den Eindruck zu erwecken, er wäre damit beschäftigt, sich zu orientieren, was ja auch der Wahrheit entsprach. Er fuhr an einem würdevoll wirkenden, gediegenen Gebäude vorbei, das wie eine Kirche aussah, aber keine religiösen Symbole offenbarte und anscheinend für Totenfeiern jedweder Religion geeignet war. Oder vielleicht ist es ein Mausoleum, dachte Coltrane. Als er das Gefühl hatte, die Bewegung wirke ganz natürlich, beugte er sich vor und blickte um sich, als würde er seine unmittelbare Umgebung in Augenschein nehmen, während er seine Blicke zu den Bäumen und über Hausecken huschen ließ, ob jemand ihn beobachtete.

Niemand zeigte Interesse an ihm.

Mit angespannten Muskeln brachte Coltrane den Wagen vor einem Gebäude zum Stehen, das ihn an ein englisches Cottage erinnerte. Es gab einige Nebengebäude und Schuppen und hinter dem Haus eine dreitürige Garage, deren Tore aufstanden und den Blick auf eine große Mähmaschine mit Fahrersitz und andere Gartengerätschaften und Maschinen freigaben. Er schloss den Wagen ab und sah sich erneut unauffällig um – noch immer niemand, der ihm aufgefallen wäre. Weiter drüben war eine Sprenkelanlage in Betrieb, und der Duft nach frischem Grün wehte herüber. Als ein Düsenjet über den Friedhof hinwegdonnerte, zog er die Gittertür auf und klopfte an der Holztür.

Er klopfte erneut, dann erst studierte er das Schild, auf dem stand: ›BÜROZEITEN – 9 bis 17 Uhr‹. Er probierte die Klinke. Die Tür war nicht verschlossen. Er schob sie auf, streckte den Kopf in ein voll gestopftes, hell erleuchtetes Büro und rief: »Ist jemand hier?«

Anscheinend nicht.

»Hallo?«, rief er.

Was, in Gottes Namen, mache ich hier?, schoss es ihm durch den Kopf. Es könnte sein, dass Ilkovic da drin ist! Er tat einen raschen Schritt rückwärts in die frische, sonnendurchflutete Luft hinaus und stieß gegen jemanden.

Erschreckt wirbelte er herum.

Es war nicht Ilkovic. Der würdevolle, grauhaarige Mann war groß und hager. Er trug einen dunklen Anzug und berührte Coltranes Arm. »Entschuldigen Sie.«

»War nicht ihre Schuld.« Coltrane bemühte sich, nicht nervös zu wirken. »Ich habe nicht geschaut, wo ich hintrete.«

»Ich musste nur mal kurz das Büro verlassen. Kann ich Ihnen irgendwie behilflich sein?«

»Ja. Ich suche ein Grab.«

Der hagere Mann nickte gravitätisch. »Es ist immer klug, wenn man im Voraus plant. Kommen Sie doch bitte mit in mein Büro, und ich erkläre Ihnen unsere Dienstleistungen und die übrigen Gegebenheiten.«

»Wie meinen Sie das?« Coltrane begriff plötzlich, dass der Mann ihn falsch verstanden hatte und glaubte, er wolle für sich ein Grab mieten. »Nein, nein – was ich sagen wollte, war, ich suche das Grab eines Freundes, der morgen hier beerdigt wird.«

»Ah.« Dem Mann wurde sein Missverständnis klar.

»Ich kann nicht zur Beerdigung kommen«, sagte Coltrane, »aber ich dachte, wenn ich weiß, wo das Grab ist, kann ich später vorbeisehen und ihm die letzte Ehre erweisen, ohne dass ich jemanden seiner Familie bitten muss, mir zu zeigen, wo er liegt.«

»Natürlich«, sagte der Mann. »Darf ich Ihnen mein Beileid für den Verlust Ihres Freundes aussprechen?«

»Vielen Dank«, erwiderte Coltrane. »Glauben Sie mir, er ist viel zu früh von uns gerissen worden.«

»Wenn Sie mir den Namen sagen …« Der Mann strebte auf die Tür seines Büros zu.

»Daniel Gibson.«

»Oh.« Der Mann blieb stehen.

»Ist irgendetwas?«

»Nein, das nicht. Aber ich brauche den Namen Ihres Freundes nicht in meinen Unterlagen nachzuschauen. Heute Morgen hat mich auch schon jemand gefragt, wo sein Grab ist. Ich erinnere mich genau an die Lage des Grabs.«

»Jemand hat nach dem Grab gefragt?«

»Ja. Am Telefon. Genau wie Sie hat er gesagt, er sei ein Freund und könne nicht zur Beisetzung kommen, und er wollte wissen, wo das Grab ist, damit er ihm später die letzte Ehre erweisen kann.«

»Möglicherweise kenne ich ihn. Hatte er einen osteuropäischen Akzent? Slawisch vielleicht?«

Der Mann überlegte einen Augenblick. »Ich kann mich wirklich nicht erinnern. Ich war zu sehr damit beschäftigt, den Namen des Verstorbenen und die Grabnummer zu suchen.«

»Ich verstehe. Vielleicht treffe ich ihn hier ja später.«

»Vielleicht. Man kann nie wissen. Das Grab Ihres Freundes ist …« Der Mann stakste mit seinen langen Beinen auf den Weg hinaus und deutete zur Mitte des Friedhofs, wo jenseits von zwei Querstraßen und mehreren Reihen von Grabsteinen Aktivitäten auszumachen waren. »Unsere Leute bereiten das Grab bereits vor.«

Coltrane konnte in der Ferne die sich senkende Schaufel eines kleinen, gelben Baggers ausmachen und hörte das Rumpeln der Schaufel und das Dröhnen eines Motors.

»Vielleicht überlegen Sie es sich noch einmal, ob sie wirklich rüber gehen wollen. Wir raten den Hinterbliebenen davon ab, sich diesen Teil des Prozedere anzusehen. Es könnte den Eindruck von Gefühllosigkeit erwecken.«

»Aber es muss nun mal gemacht werden«, sagte Coltrane.

»Richtig.«

»Ich habe einen Sinn fürs Praktische. Vielen Dank für Ihre Hilfe.«

»Gern geschehen. Wenn ich noch etwas für Sie tun kann …«

»Ich werde bestimmt nicht vergessen, wie hilfsbereit Sie waren.«

Während der Mann in das Gebäude im englischen Landhausstil zurückging und die Tür hinter sich zuzog, sah Coltrane über die langen Reihen von Gedenktafeln hinweg zu dem rumpelnden Bagger in der Ferne hinüber. Er stieg in seinen Wagen und zwang sich, geradeaus zu schauen, als er den Weg hinab fuhr. Sein Magen rumorte. Seine Handflächen schwitzten und machten das Lenkrad glitschig. War es Ilkovic gewesen, der angerufen hatte, um die Lage von Daniels Grab herauszubekommen? Ilkovic würde diese Information brauchen. Er würde in Erfahrung bringen wollen, welchen Teil des Friedhofs er beobachten musste.

Morgen um diese Zeit würde der Leichenwagen mit Daniels Sarg zum Grab rollen. Die Hinterbliebenen würden auf diesem Weg hinabgehen und sich zwischen den Grabsteinen versammeln, ihre ernsten, traurigen Blicke auf den auf Streben über dem offenen Grab ruhenden Sarg gerichtet. Natürlich würden die Trauernden nicht wirklich ins offene Grab hinabsehen, dachte Coltrane, als er den Wagen nahe des rumpelnden, Staub aufwirbelnden Baggers zum Stehen brachte. Es würde irgendein Tuch darüber gespannt sein – wahrscheinlich ein grünes –, und den Erdhügel daneben, der jetzt höher wuchs, da der Bagger eine weitere Schaufel Erde darauf kippte, würde künstlicher Rasen bedecken.

Coltranes Augen schmerzten, als er aus dem Wagen stieg und abschloss. Komm schon, Ilkovic, sieh mich gut an. Ich weiß, dass du hier bist. Es ist halb drei. Zeit für die Kostümprobe. Du willst rausfinden, wo du morgen die beste Sicht hast. Ich wette, du fällst aus allen Wolken, wenn du mich hier siehst. Und jetzt schaust du dich hektisch um, ob jemand bei mir ist – wie zum Beispiel die Polizei. Du stehst auf dem Sprung, beim ersten Anzeichen von Schwierigkeiten Fersengeld zu geben, aber du zögerst – weil du niemanden siehst, der dir verdächtig vorkommt. Du kannst dein Glück gar nicht fassen, dass ich aufgetaucht bin, und du fragst dich, was ich hier mache. Das wirst du gleich begreifen, und dann wirst du dich überhaupt nicht mehr einkriegen, was für ein Glück du hast.

Der Arbeiter auf dem Bagger streifte Coltrane mit einem irritierten Blick, während er, eine Hand am Steuer, Hebel umlegte und nach vorn schob und die Schaufel erneut in die Grube hinab schrammte und noch mehr Erde heraus holte. Der Motor des Baggers dröhnte auf und stieß eine dunkle Qualmwolke aus dem Auspuff, die Coltranes Kehle reizte. Noch nie in seinem Leben hatte er sich so exponiert und in Gefahr gefühlt wie in diesem Augenblick. Er war sicher, dass Ilkovic irgendwo in der Nähe war und ihn beobachtete, doch zugleich war er überzeugt, dass ihm nichts geschehen würde, solange er an Daniels Grab stand. Ilkovic hatte nicht vor, ihn zu erschießen. Er wollte ihn foltern und langsam töten. Und dafür brauchte er Zeit und einen abgeschiedenen Ort.

Er wird sicherlich nicht versuchen, sich hier auf mich zu stürzen und mich mit Gewalt zu seinem Wagen zu schleppen, überlegte Coltrane. Nicht, wenn jeder im Umkreis von ein paar hundert Metern es sehen kann. Nicht, wenn ich die Chance habe, mich zu wehren. Er wird mich nur im Auge behalten und mir dann folgen. Er wird zuschlagen, wenn alle Vorteile auf seiner Seite sind. Aber er ist noch immer misstrauisch und überlegt, ob er verschwinden soll.

Coltrane faltete die Hände zu einem Gebet, so in seiner Trauer versunken, dass es eine Weile dauerte, ehe er begriff, dass dies genau die richtige Gebärde war, um Ilkovic zu suggerieren, warum er an das Grab gekommen war. Ilkovic würde daraus schließen, dass Coltrane Angst hatte, es wäre zu riskant für ihn, morgen zur Beerdigung zu kommen, und deshalb heute gekommen war, um sich von seinem Freund zu verabschieden.

Als er den zum Himmel gerichteten Blick senkte, scharrte die Schaufel des Baggers erneut durch die Grube und holte eine neue Ladung frischer Erde herauf. Seine Nerven spielten ihm einen Streich, und mit einem Mal fühlte sich Coltrane, als läge er wieder in dem grabähnlichen Versteck an dem Berghang oberhalb des Massengrabs in Bosnien und starrte durch sein Teleobjektiv auf einen gleichfalls gelben Bagger hinab. Nur dass jener Bagger nicht Erde, sondern Schädel und Zähne und zerquetschte Brustkörbe und zertrümmerte Knochen von Gliedmaßen hervor schaufelte. Das Ineinanderfließen von Vergangenheit und Gegenwart war so schockierend, dass Coltrane ein kalter Schauder über den Rücken lief und er einen Moment lang fürchtete, er würde verrückt. Er sah wie der Bagger seine Ladung auskippte, und das Gewirr von Knochen fiel auf …

Einen Haufen Erde. Es war nur ein Haufen Erde. Und das Grab war nun offenbar tief genug, denn der Fahrer ließ die Schaufel nicht wieder in die Grube tauchen, sondern stellte sie aufrecht, fuhr rückwärts vom Grab weg und tuckerte auf dem Kiesweg davon. Coltrane wusste, später würde jemand mit einer Winde kommen und die Betonverschalung ins Grab hinab senken, damit keine Erde auf den Sarg fiel. Mit brennenden Augen trat er von der Öffnung weg, pflückte zwischen den anderen Gräbern ein paar Halme Gras, ging wieder zurück und warf sie, ihnen mit den Augen folgend, in die Grube.

Ich vergesse dich nicht, Daniel.

Als er ging, blickte er nicht um sich, sondern strebte direkt auf den Wagen zu. Entweder war Ilkovic hier, oder er war es nicht. Entweder würde Ilkovic ihm folgen, oder er würde ihm nicht folgen. Während er den Wagen aufschloss, beschlich ihn das Gefühl, dass die Ereignisse ihn kontrollierten und nicht andersherum. Als er einstieg und den Motor startete, war er überrascht, dass die Uhr am Armaturenbrett 3:06 zeigte. Er war in seiner Trauer viel länger am Grab gewesen, als er gedacht hatte. Das darf mir nicht wieder passieren. Ich darf nicht noch einmal zulassen, dass ich einfach die Zeit vergesse. Ich muss meine ganze Aufmerksamkeit darauf konzentrieren, was ich tue. Doch andererseits hatte er in gewisser Weise genau das getan: Er hatte all sein Denken und Fühlen auf seine Trauer konzentriert.

Und nun war es Zeit, seine ungeteilte Aufmerksamkeit seinem Zorn zuzuwenden.

9

Der Plan, auf den er und Nolan sich geeinigt hatten, sah vor, dass er Ilkovic zu Packards Haus locken würde, wo Nolan und die Antiterroreinheit der Polizei warten würden. Jennifer würde aus dem Haus kommen, wenn Coltrane eintraf. Ilkovic würde beide sehen und annehmen, dass Coltrane allein hatte sein wollen und Jennifer deshalb nicht mit zum Friedhof gekommen war. Durch diese Erklärung beruhigt und im Triumphgefühl, Coltranes Versteck entdeckt zu haben, würde Ilkovic sich Zeit lassen und zunächst die Umgebung auskundschaften, um sich zu vergewissern, dass nicht irgendwo die Polizei lauerte. Sie würde im Haus auf ihn warten, doch das wusste Ilkovic nicht, und wenn er es bemerkte, würde es zu spät für ihn sein. Er würde nachts in Aktion treten, wenn die Lichter im Haus gelöscht waren und seine Opfer genügend Zeit gehabt hatten einzuschlafen. Sobald er sich im Haus befand, würde die Polizei die Falle zuschnappen lassen.

Es ist ein vollkommen plausibler und durchführbar Plan, dachte Coltrane, während er den Wagen durch die Straßen des Valley steuerte. Er war einfach. Und er besaß den Vorteil der Überraschung. Er hatte nur einen Fehler.

Ilkovic würde möglicherweise nur festgenommen und nicht getötet werden. Das UN-Tribunal würde ihn zu lebenslanger Haft verurteilen, statt ihn hinzurichten.

Und das ist nicht das, was ich will. Ich weiß eine andere Möglichkeit, dachte Coltrane.

Er bog auf den San Diego Freeway und fuhr nach Süden, dankbar für den zähfließenden Verkehr, der ihm einen Grund lieferte, langsam zu fahren, damit Ilkovic keine Schwierigkeiten hätte, an ihm dran zu bleiben. Er verließ den Freeway am Sunset Boulevard, auf dem beinahe ebenso dichter Verkehr herrschte, und fuhr in Richtung Pacific Coast Highway. Auf ihm wandte er sich nach Norden. Er war diese Strecke immer gern gefahren – die majestätisch aufragenden Klippen zur Rechten und der leuchtende Ozean zur Linken, die glitzernden Wellen, die weißen Segelboote. Aber nicht dieses Mal. Das einzige, das heute seine Aufmerksamkeit fesselte, war ein Plan, den er sich durch den Kopf gehen ließ und einzuprägen versuchte. Hinter Malibu, als er bereits fürchtete, er würde die Straße, nach der er suchte, nie finden, entdeckte er sie gleich neben einem verwitterten Schild am rechten Straßenrand, auf dem ›MAYNARD RANCH‹ stand. Die Straße hatte sich nicht verändert, seit er sie vor drei Monaten benutzt hatte. Sie war schmal und nicht asphaltiert und führte hinauf in die Santa-Monica-Berge.

Seit er den Friedhof hinter sich gelassen hatte, war ihm alles um ihn herum verschwommen erschienen wie in einem Nebel. Doch nun schärfte sich seine Wahrnehmung wieder. Er hatte das Gefühl, alles deutlich und klar wie durch ein Zoomobjektiv zu sehen. Jedes Detail seiner Umgebung schien vergrößert. Von ihrer Schönheit überwältigt, betrachtete er den Kreuzdorn und Salbei und die anderen Pflanzen, die an den Hängen der Berge wuchsen, in die er fuhr. Der Dezemberregen hatte die Sträucher und harten Gräser in zartes Grün getaucht, das spektakuläre Kontraste zu den sandfarbenen Tönen der Wüstenerde bildete. Unter anderen Umständen wäre er stehen geblieben, um ein paar Aufnahmen von den kontrastierenden Farben und Formen zu machen. Doch statt seiner Kamera hatte er, wie er sich mit einem bitteren Geschmack im Mund erinnerte, eine Pumpgun dabei.

Entlang des Highways hatte es Tankstellen, Restaurants und Motels gegeben, und bevor die Berge anstiegen, waren hin und wieder heruntergekommene oder verfallene Ranchgebäude zu sehen gewesen. Doch sobald sich die Straße in die Berge empor wand, hatte er das Gefühl, in eine andere Zeit einzudringen, in der er der stillen, einsamen Schönheit wieder begegnete, wie sie vor hundertfünfzig Jahren in ganz Südkalifornien zu finden gewesen war.

Kurz bevor er über einen Bergkamm fuhr, der den Blick zurück auf die zum flachen Küstenstreifen hin abfallenden Flanken der Hügel versperrte, sah Coltrane noch einmal in den Rückspiegel und glaubte, die Staubfahne eines ihm folgenden Wagens auszumachen. Er war sich allerdings nicht sicher. Der Staub konnte auch von einer Windbö aufgewirbelt worden sein. Oder es war ein verwehter Rest von der Staubfahne, die er selber aufgewirbelt hatte. Und selbst wenn der Staub von einem Auto herrührte, war es nicht sicher, dass es Ilkovic' Wagen war. Vielleicht jemand, der in einem der Farmhäuser wohnte und nach Hause kam.

Doch Coltrane glaubte das nicht. Bald, beruhigte er sich. Es ist bald vorbei. Er sah seine Großeltern, wie sie auf Zehenspitzen auf der Bank standen, die Arme hinter dem

Rücken gefesselt und einen Strick um den Hals. Er bekam das Bild nicht aus dem Kopf, wie sein Großvaters durch das Klebeband versuchte, um Gnade zu flehen und wie sich die Brust seiner asthmatischen Großmutter hob und senkte. Noch nie war er so begierig darauf gewesen, mit jemandem abzurechnen.

Die Straße wand sich in einer weiten, ansteigenden Kurve nach rechts und brachte ihn tiefer in das von Gestrüpp überwucherte Bergland. Doch Coltrane wusste, dass sich die Landschaft bald ändern würde und das zarte Dezembergrün einer beängstigenden, kahlen Schwärze Platz machen würde. Die Gegend der Berge, durch die er fuhr, war von dem Buschfeuer, das vor drei Monaten hier oben gewütet hatte, verschont geblieben. Ein Tal auf der anderen Seite dieser Berge hatte nicht so viel Glück gehabt. Es hatte früher dem Westernstar Ken Maynard gehört und war in den Dreißiger- und Vierzigerjahren Drehort für zahlreiche Cowboyfilme und mehrere Western-Fernsehserien gewesen. Ende der Fünfziger- und Anfang der Sechzigerjahre war das Tal zweimal von verheerenden Feuern heimgesucht worden, welche auch die Nachbildung einer Westernstadt zerstörten, die ungezählte Male als Tombstone, Dodge City oder Abeline fungiert hatte, und deren Hauptstraße alle Westernhelden – von Randolph Scott bis Cary Cooper – entlanggestakst waren.

Coltrane kannte das Tal, weil er für das *Premiere Magazine* nach dem letzten Buschfeuer eine Reihe von Aufnahmen von dem verwüsteten Drehort gemacht hatte, die das Magazin in einem Fotoessay alten Standfotos aus den bekanntesten Filmen, die dort gedreht worden waren, gegenüberstellen wollte. Wegen seines Faibles für einige der klassischen Hollywoodfilme, die in dem Tal und der Westernstadt entstanden waren, hatte Coltrane einen wichtigen und lukrativen Auftrag auf den Philippinen abgelehnt. Er war durch das von Asche bedeckte Tal gestreift, in ausgetrockneten, von glatt geschliffenen Felsbrocken verbarrikadierten Flussläufen herumgeklettert und hatte kahl gebrannte, vom Rauch geschwärzte Felstürme erklommen und dabei viele Orte entdeckt, die er aus so manchem seiner alten Lieblingsfilme kannte.

Das Tal wurde allen Anforderungen gerecht. Es war abgelegen. Es war verlassen. Und ebenso wichtig: Es war ihm vertraut. Wenn er einmal einen Ort fotografiert hatte, dann wurde er zu einem Teil von ihm.

Als die Straße einen weiteren Bergkamm erklomm, lag das Tal unter ihm. Verdorrte schwarze Skelette von Büschen und Gestrüpp ragten aus der dicken Schicht schwarzer Asche, die alles bedeckte, soweit das Auge reichte. Mit den rauchgeschwärzten, emporragenden Balken und Brettern der Westernstadt in der Ferne unterschied es sich durch nichts von den verwüsteten Landstrichen in den Kriegsgebieten, die er fotografiert hatte.

Abgesehen von den Toten, dachte er.

Aber wenn es nach ihm ginge, würde bis zum Abend auch dort unten ein Toter liegen.

10

Sorg nur dafür, dass nicht du dieser Tote bist, dachte Coltrane grimmig.

Am Fuß des Berghangs lag die Asche so hoch, dass die Straße kaum mehr auszumachen war. Er tat sein Bestes, nicht von ihr abzukommen, doch einige Male holperte der Wagen über Felsbrocken am Straßenrand. Die Asche war nicht pulverig. Der Regen hatte sie in eine breiige Masse verwandelt, die in der Sonne getrocknet war. Eine spröde Kruste wie hart gebackener schwarzer Schlamm hatte sich gebildet, die ein knirschendes Geräusch machte, als er darüber fuhr. Im Rückspiegel sah er die Spuren, die der Saturn in der grauen Aschenwüste zurückließ. Und er sah noch etwas: den Bergkamm hinter ihm, auf dem ein Wagen auftauchte und anhielt, als der Fahrer die Landschaft in Augenschein nahm, durch die Coltrane fuhr.

Die Kahlheit der Gegend war ein weiterer Grund, warum Coltrane das Tal ausgesucht hatte. Es gab nur ein Paar Reifenspuren, die zu den verkohlten Resten der Stadt führten, und das waren die von Coltranes Wagen. Falls noch andere Leute hier wären, zum Beispiel ein Einsatzkommando der Polizei, würde man das sofort bemerken, denn es gab keinen Ort, wo sie sich verstecken konnten. Ihre Anwesenheit hätte in der Asche Spuren hinterlassen und sie verraten. Ilkovic würde zunächst sehr auf der Hut sein. Doch wenn er schließlich erkannte, wie tot und kahl hier alles war, würde sein Misstrauen schwinden.

Der winzige Wagen in Coltranes Rückspiegel setzte sich wieder in Bewegung und rollte auf der Straße ins Tal herab.

Coltrane versuchte, sich an Ilkovic' Stelle zu versetzen. Was würde Ilkovic denken? Ganz sicher würde er sich fragen, was Coltrane hier suchte. Und ziemlich bald würde ihm der Verdacht kommen, dass Coltrane ihn hierher gelockt hatte. Aber warum? Um eine Konfrontation zu provozieren? Offensichtlich fand Ilkovic diese Vorstellung reizvoll, denn sonst würde er Coltranes Reifenspuren durch die Asche nicht ins Tal herab folgen.

Coltrane fuhr langsamer, um den Wagen, eine dunkle Limousine, näher rankommen zu lassen. Vor ihm verschwand die Straße in einer tiefen Mulde und überquerte dann einen seichten Flusslauf, der in zahllosen Western als Hinterhalt gedient hatte. Aus diesen Filmen und aus eigener Erfahrung, als er hier in der Gegend fotografiert hatte, wusste er, dass sein Wagen in der Mulde nicht mehr zu sehen sein würde. Er wollte, dass Ilkovic glaubte, er würde dort unten auf ihn lauern. Dabei hatte er etwas ganz anderes vor: Sobald er den Fuß der Böschung erreicht hatte, sprang er aus dem Wagen, riss die Hintertür auf und holte seine Schrotflinte unter dem Schlafsack hervor, unter dem er sie versteckt hatte, bevor er Packards Haus verlassen hatte. Er rannte auf den tief in die Uferböschung eingeschnittenen Graben eines Bachs zu, der ein Stück weiter im rechten Winkel in den Fluss mündete. Dieser Bach verlief parallel zu der Straße, auf der er gekommen war. Das Bett, das er sich gegraben hatte, war so tief, dass Coltrane von der Straße aus nicht zu sehen war, wenn er geduckt lief.

Keuchend und schwitzend rannte er mit großen Schritten das Ufer des Bachs entlang, setzte hier und dort mit einem Sprung über das schmale Rinnsal hinweg, um das Geräusch von aufspritzendem Wasser zu vermeiden, das Ilkovic hören könnte, wenn er mit offenem Fenster fuhr. Ilkovic würde sich fragen, warum Coltranes Wagen nicht wieder aufgetaucht war. Er würde langsamer fahren und dann stehen bleiben und warten, bis er wusste, wo das Auto geblieben war. Er würde sicherlich nicht weiterfahren, ehe er sich nicht vergewissert hatte, dass er nicht in eine Falle tappte. Inzwischen sprintete Coltrane näher – so nah, dass er jetzt das leise Brummen des Motors von Ilkovic' Wagen hören konnte.

Das zu Tal schäumende Wasser des nach Regenfällen anschwellenden Bachs hatte alle Asche aus dem Barranco gespült. Hier gab es keine Aschenkruste, die knackte und laut knirschte, wenn man darüber ging. Die einzigen Geräusche, die Coltrane verursachte, waren das Keuchen seines Atems und das leise Knirschen seiner Schuhe auf Kieseln und Fels, das noch leiser wurde, als er seine Schritte verlangsamte. Er hörte das Motorengeräusch von Ilkovic' Wagen jetzt etwa dreißig Meter links von sich.

Das Brummen des Motors erstarb. Eine Tür schnappte auf. Schritte knirschten auf der Asche. Offenbar hatte Ilkovic sich entschieden, die Mulde, in der Coltranes Wagen verschwunden war, in einem Bogen zu umgehen und sich von der Seite zu nähern – von der Seite, auf der der Barranco des Bachs war, in dem Coltrane die Pumpgun an die Schulter hob.

Die knirschenden Schritte kamen näher. Coltranes Finger krümmte sich um den Abzug der Schrotflinte. Als er mit angehaltenem Atem über den Lauf hinweg die Stelle ins Visier nahm, wo sich Ilkovic' Schritte näherten, hatte er erneut das merkwürdige Gefühl, durch den Sucher einer Kamera zu blicken, im Begriff, jeden Augenblick auf den

Auslöser zu drücken. Als das Gesicht über ihm auftauchte, so plötzlich und überraschend, dass er den Lauf des Schrotgewehrs im letzten Augenblick gerade noch zur Seite rucken konnte, blickte er in das verdutzte, hagere und schmallippige Gesicht von FBI Special Agent James McCoy.

11

»Um Himmels willen!« McCoy starrte mit aufgerissenen Augen in die Mündung der Schrotflinte und machte einen Satz rückwärts. Dabei rutschte er aus, warf die Arme in die Luft und verlor das Gleichgewicht. Mit einem Ächzen landete er auf dem Boden. »Nehmen Sie das Ding weg, verdammt!«

Während Coltrane die Uferböschung des Bachs erklomm, rappelte McCoy sich auf die Beine. Sein blauer Anzug war über und über mit schwarzer Asche bedeckt. Er klopfte seine Hosenbeine ab und begriff erst zu spät, dass er damit den rußigen Staub nur verteilte. Er starrte auf seine Hände hinab, die völlig schwarz waren. Sein Gesicht war ebenfalls verschmiert. Er machte erneut einen Schritt zurück, als er sah, dass Coltrane die Schrotflinte nach wie vor in Händen hielt. »Ich habe gesagt, Sie sollen die Waffe weglegen, verdammt noch mal!«

Noch immer einigermaßen entgeistert, tat Coltrane wie ihm geheißen.

»Sehen Sie sich meinen Anzug an!«, brummte McCoy. »Schauen Sie sich an, was Sie da gemacht ...«

»Was tun *Sie* hier?«

»Was tun *Sie* hier? Als wäre das nicht offensichtlich!« McCoy kam wütend näher. »Sie mögen vielleicht Nolan und Ihre Freundin hinters Licht geführt haben, aber nicht dieses eigennützige Arschloch, wie Sie mich genannt haben. Ich habe nicht eine Sekunde geglaubt, dass Sie Ilkovic zu dem Haus führen würden, in dem Sie sich versteckt haben.«

Coltrane zuckte mit keiner Wimper.

»Ganz sicher nicht zu dem Haus«, wiederholte McCoy mit Nachdruck. »Sondern irgendwo anders hin. Ich habe diesen Ausdruck in Ihren Augen gesehen. Ich wusste gleich, Sie haben was anderes vor. Falls es Ihnen nicht aufgefallen sein sollte, Sie sind ein bisschen vom Weg abgekommen – ungefähr eineinhalb Stunden von dort entfernt, wo Sie Sergeant Nolan in den Hollywood Hills treffen wollten.«

»Sie waren auf dem Friedhof?«

»Ja, verdammt! Sie waren so überzeugt, dass Ilkovic dort auftauchen würde, dass ich dachte, es wäre leichtfertig und möglicherweise kurzsichtig, wenn ich nicht ebenfalls dort wäre, für den Fall, dass er sich tatsächlich sehen lässt.«

»Und das Überwachungsteam der Polizei?«

»Wurde nie abgezogen. Haben Sie wirklich geglaubt, ich lasse Sie da ohne Rückendeckung auf dem Präsentierteller rumspazieren? Das wäre geradezu fahrlässig dumm gewesen.«

Coltrane war wütend. »Sie haben mir meine Chance vermasselt.«

»He – er war nicht dort, Coltrane. Er hat sich nicht blicken lassen. Wir hätten ihn gesehen.«

»Haben Sie Ihren Leuten wenigstens gesagt, sie sollen die Funkgeräte ausschalten?«

»Hören Sie mir jetzt mal zu, und spitzen Sie Ihre Ohren. Sie sind Zivilist. Sie schreiben dem FBI und der Polizei nicht vor, was sie zu tun haben.«

»Antworten Sie! Haben sie ihre Funkgeräte ausgeschaltet?«

»Ja! Wozu immer das auch gut gewesen ...«

»Dann haben wir noch eine Chance.«

»Um was zu tun? Diese ganze Operation ist ein Fiasko. Dank Ihnen! Wenn jemals eine Chance bestanden hat, Ilkovic heute in die Falle zu locken, dann haben Sie sie versaut, weil Sie nicht dort hingefahren sind, wo Nolan und seine Leute gewartet haben.«

»Nein, Sie haben alles verdorben, weil Sie mir hierher

gefolgt sind. Wenn er Sie sieht, wird er eine Falle wittern und verschwinden.«

»He, ich weiß, wie ich meinen Job zu machen habe. Ich habe aufgepasst, ob Ihnen sonst noch jemand gefolgt ist. Niemand. Fehlanzeige. Wir beide haben einen kleinen Ausflug aufs Land gemacht, sonst nichts. Ilkovic ist Ihnen nicht ...«

McCoys von schwarzen Flecken bedeckter blauer Anzug hatte plötzlich einen roten Fleck. Im nächsten Augenblick begriff Coltrane, dass das Rot Blut war, das aus McCoys Schulter quoll. Das Echo des Gewehrschusses rollte etwa im selben Moment über sie hinweg, in dem McCoys Gesicht grau wurde. Der Special Agent ächzte auf und sackte zusammen. Coltrane fing ihn auf, bevor sein Gesicht auf einen Felsen schlug. Er ließ ihn auf den Rücken sinken, als eine zweite Kugel dicht neben McCoy Asche und Sand aufwirbelte und mit einem bösartigen Winseln davon schwirrte, das vom peitschenden Knall des Schusses geschluckt wurde. Panik packte Coltrane, als er fühlte, wie sein rechter Fuß am Rand der Uferböschung abrutschte. Er fiel auf die Knie und rutschte, McCoy mit sich ziehend, in das Bachbett hinab. Ein Adrenalinschub ließ seine Hände und Füße taub werden und pumpte das Blut in seine Brust und seine Muskeln.

»Hat's Sie schlimm erwischt?«

»Ich weiß nicht.« McCoy lag zwischen Felsen neben dem spärlichen Rinnsal des Baches. Er zitterte, als würde er frieren. »Ich fühle nichts.«

»Das ist der Schock.«

»Sagen Sie bloß« – McCoy zitterte jetzt heftiger –, »da sind Sie ganz allein draufgekommen!«

Coltrane starrte auf das Blut, das pochend aus dem gezackten Austrittsloch der Kugel in McCoys Schulter quoll. »Ich muss die Blutung zum Stillstand bringen.«

»Noch so eine geniale Feststellung.«

Aber wie soll ich das anstellen?, dachte Coltrane. Er hatte die Grenzen seiner Erste-Hilfe-Kenntnisse erreicht, als er dem Mädchen nach der Explosion, die Greg getötet hatte, eine Aderpresse und einen Druckverband angelegte hatte, um die Blutung an ihrem Arm zu stoppen. Diese Wunde hier war viel schlimmer. Verzweifelt versuchte er, sich an jede Notfallversorgung verwundeter Soldaten zu erinnern, die er jemals auf den Kriegsschauplätzen dieser Welt als Augenzeuge miterlebt hatte.

Mit fliegenden Fingern durchwühlte er McCoys Taschen und förderte ein Taschentuch zu Tage. Außerdem fand er ein kleines Taschenmesser an einem Schlüsselring, mit dem er breite Streifen vom unteren Rand von McCoys Anzugsjackett absäbelte.

McCoy stöhnte auf, als Coltrane ihn zur Seite drehte und ein halbes Dutzend dieser zu einem Packen zusammengelegten Notbandagen auf die Einschusswunde auf seinem Rücken presste. Auf die Austrittswunde legte er ebenfalls einen solchen Packen aus Stoff, dann zog er rasch McCoys Gürtel aus dessen Hose, schlang ihn um die Schulter und zurrte ihn fest.

Der Druckschmerz ließ McCoy erneut aufstöhnen.

»Wir müssen hier weg!«

»Und wieder so ein genialer Spruch.«

»Mein Wagen steht ungefähr hundert Meter den Bachlauf runter. Glauben Sie, Sie können stehen?«

McCoy zuckte zusammen. »Es gibt nur eine Möglichkeit, das rauszufinden.«

»Ich muss zuerst noch was holen.«

Coltrane dreht sich zum Rand des Barranco um. Sein Magen krampfte sich vor Angst zusammen, und er war sicher, sich jeden Augenblick übergeben zu müssen. Doch statt darauf zu warten, kroch er, von einer wilden Entschlossenheit erfüllt, auf allen Vieren die Böschung hinauf, hechtete über den Rand, raffte mit einer Hand die Schrotflinte vom Boden hoch, wo er sie hingelegt hatte, und wälzte sich wieder die Böschung hinab. Als er bereits abwärts rollte, warf eine vom felsigen Untergrund abprallende Kugel eine Sandfontäne auf, die gegen seinen Hinterkopf und Nacken prasselte. Dann peitschte der Knall des Schusses durchs Tal.

Coltrane überschlug sich ein paar Mal und kam zu einem abrupten und schmerzvollen Halt, als er mit der rechten Seite neben McCoy gegen einen Felsbrocken prallte.

»Klingt wie ein Gewehr«, murmelte der Special Agent.

»Und es klingt näher als vorhin.«

Coltrane rappelte sich auf, schlang einen Arm um McCoys Taille und zog ihn mit der anderen Hand an seinem unverletzten linken Arm hoch. McCoy stemmte die Füße in den Boden und kam mit einem leisen Stöhnen auf die Beine. Er lehnte sich schwer gegen Coltrane.

»Stützen Sie sich auf mich«, sagte Coltrane. »Ich brauche eine freie Hand für die Schrotflinte.«

Schwankend humpelten sie nebeneinander das Bachbett abwärts. McCoys Knie knickten einige Male ein, doch er hielt sich, Verwünschungen und Flüche zwischen den Zähnen hervorstoßend, auf den Beinen und taumelte, an Coltranes Schulter geklammert, weiter.

Der Saturn kam in Sicht. Während sie darauf zustolperten, behielt Coltrane den Rand der Uferböschung des Flusses im Auge, die er mit dem Saturn herabgekommen war. Ilkovic ist vielleicht schon irgendwo dort oben, dachte er voller Panik. Er kann jeden Augenblick auftauchen und losballern. Beeil dich, Mann!

Coltrane lehnte die Schrotflinte gegen den Wagen, riss die hintere Tür auf und ließ McCoy auf den Sitz sinken.

»Kalt«, flüsterte McCoy.

»Legen Sie sich flach auf den Sitz. Ich decke Sie mit dem Schlafsack zu. Stemmen Sie die Füße gegen die Tür. Halten Sie sie höher als Ihren Kopf.«

»Meine Schuld.«

Coltrane packte die Flinte und richtete sie auf den Rand der Böschung.

»Meine Schuld«, sagte McCoy noch einmal. »Ich hätte …«

»Nein, es ist *meine* Schuld.« Coltrane riss die Fahrertür auf und ließ sich hinter das Steuer fallen, während er die Schrotflinte neben sich auf den Sitz schob. Zugleich warf er den Motor an. Dann schob er knirschend einen Gang ein und jagte den Saturn mit aufheulendem Motor aus dem Flussbett. Als der Wagen über die Kuppe sprang und nach einigen Metern hart aufsetzte, schrie McCoy vor Schmerz auf. Coltrane stemmte den Fuß aufs Gaspedal und raste auf der kaum zu erkennenden Straße auf die verkohlten Überreste der Westernstadt zu, hinter sich eine Aschenwolke herziehend, die den Wagen und sie, wie er hoffte, für Ilkovic unsichtbar machte.

»Ich hätte das nicht versuchen dürfen! Ich hätte nicht hierher fahren dürfen!« Der Zorn, der Coltrane in diese Situation gebracht hatte, war jetzt nur mehr eine ferne, verblasste Erinnerung. Seine unbeherrschten Rachegefühle waren verraucht. An ihre Stelle war eine entsetzliche Todesangst getreten, die jede Faser seines Körpers befallen hatte. Sie beherrschte ihn völlig. »Wer, dachte ich, bin ich? Es mit Ilkovic aufnehmen zu wollen! Was hab' ich bloß gedacht?«

Die Aschenwolke, die der Saturn aufwirbelte, bot ihnen doch nicht so viel Schutz, wie Coltrane gehofft hatte. Ein handgroßes Stück platze aus dem Rückfenster, und als das Sicherheitsglas in tausend kleine Glaskörner zersprang, durchschlug die Kugel die Lehne des Beifahrersitzes und bohrte sich in das Armaturenbrett. McCoy stöhnte auf.

Schwitzend trat Coltrane fester aufs Gaspedal. Der Wagen jagte über die Kuppe eines Abhangs, verlor für einen langen Augenblick die Bodenhaftung und landete krachend und schlingernd auf der Fahrbahn. McCoy ächzte auf und wurde vom Sitz auf den Boden geschleudert. Das Chassis des Saturn kreischte metallisch. Während Coltrane den schlingernden Wagen unter Kontrolle zu bringen versuchte, zerbarsten die Reste des Rückfenster unter einer weiteren Kugel, die noch dichter als die erste neben Coltrane ins Armaturenbrett schlug und den Radio zerschmetterte.

»McCoy?«, schrie Coltrane über die Schulter.

»Machen Sie sich keine Sorgen wegen mir! Fahren Sie!«

Der Saturn schlingerte erneut von der Straße, drohte zu kippen, fing sich wieder, schleuderte zurück auf die Fahrbahn und raste auf die jetzt näher aufragenden verkohlten Überreste des Westerndrehorts zu. Obwohl er seine ganze Aufmerksamkeit zum Fahren brauchte, riskierte Coltrane einen raschen Blick in den Rückspiegel. Er sah nur eine schwarze Staubwolke hinter ihnen, sonst nichts. Da hörte er einen metallischen Einschlag. Eine Kugel, die den Kofferraum durchschlagen hatte. Oder den Tank, dachte Coltrane.

»Je mehr Schüsse Ilkovic abfeuert«, sagte McCoy gepresst, »umso größer ist die Wahrscheinlichkeit ... dass es jemand hört« – er rang keuchend nach Atem – »und vielleicht die Polizei ruft.«

»Das glaube ich nicht«, sagte Coltrane, als der Saturn über einen aus der Fahrbahn ragenden Felsbuckel ratterte, kurz ausbrach und sich wieder fing. »Das hier war mal ein bekannter Drehort für Western.«

»Western?«

»Die wenigen Leute, die in der Gegend wohnen, sind daran gewöhnt, in dem Tal Schüsse zu hören. Wahrscheinlich denken sie, es wird wieder ein Film gedreht.«

»Wir sitzen in der Scheiße.«

Die Straße machte eine Biegung nach links. Als Coltrane den Wagen in die Kurve lenkte, schnürte ihm das Gefühl, jetzt, da die Staubwolke nicht mehr zwischen dem Saturn und Ilkovic hing, exponiert auf dem Präsentierteller zu sitzen, vor Entsetzen die Kehle zu. Abrupt wurde der Saturn erneut durchgerüttelt, als wäre er wieder über einen Felsen gefahren. Doch statt hochzuspringen, sackte er tiefer. Die Lenkung fühlte sich schwammig an. Irritiert riss Coltrane das Steuer zur einen, dann zur anderen Seite, um zu verhindern, dass der Wagen von der Fahrbahn schleuderte.

»Ich glaube, er hat den linken vorderen Reifen getroffen!«

Das Heck des Saturn schlingerte und brach nach links aus, als ein weiterer Schlag den Wagen erschütterte, diesmal am linken Hinterreifen.

»Verdammt ...«

Coltrane verlor die Kontrolle über den Wagen. Er stieg auf die Bremse, stemmte sich gegen das Steuer und fühlte, wie der Saturn noch weiter nach links kippte. Mit einem wilden Ruck riss er das Lenkrad nach links, wodurch die Vorderräder fast in einen Neunzig-Grad-Winkel zum Wagen gerieten, und hielt den Atem an, als das Heck des Saturn nach rechts schlitterte. Er fühlte, wie die Zeit stehen blieb, als der Wagen auf die Seite zu kippen drohte, und stieß erleichtert die Luft aus den Lungen, als der Saturn auf die Räder zurückkrachte.

12

Der Wagen kam längs zur Straße zum Stehen. Die Fahrertür war auf der Seite, von wo Ilkovic auf sie gefeuert hatte. Weg hier!, schoss es Coltrane durch den Kopf, und ein Chaos von Impulsen sengte durch seine Nervenbahnen. Er packte die Schrotflinte, rutschte über den Sitz, stieß die Beifahrertür auf und sprang auf die von Asche bedeckte Straße. Eine Kugel schlug ein Loch in das Fahrerfenster, und das Sicherheitsglas zerstob in hagelgroße Glaskörner, die in einem Schauer auf ihn herabregneten. Er kroch in den Schutz des Wagens. Schweiß lief über sein Gesicht, und sein Hemd klebte an seiner Brust. Sein Hände wollten nicht aufhören zu zittern.

McCoy stöhnte auf dem Boden vor dem Rücksitz, auf den er gestürzt war. Hustend von dem schwarzen Aschenstaub, der über ihn hinwegwaberte, riss Coltrane die Hecktür auf und spähte hinein. McCoys blauer Anzug war von Blut durchtränkt. Seine Lippen waren noch dünner als sonst, sein Gesicht noch schmaler und schmerzverzerrt. Sein Gesicht glänzte vor Schweiß. Seine Augen waren fest zugepresst. Zuerst dachte Coltrane, er wäre tot, doch dann wälzte sich McCoy schwer auf seine nicht verletzte Seite, öffnete langsam die Augen und drehte das Gesicht mühsam in Coltranes Richtung.

»Ich habe das Gefühl, Sie haben ein paar Felsbrocken auf der Straße ausgelassen«, krächzte er.

»Sie werden noch genügend davon zu spüren kriegen. Ich muss Sie da raus holen.«

Eine Kugel durchschlug das Seitenfenster und sandte einen Hagel von Glaskörnern über McCoy.

»Ja, holen Sie mich hier raus«, ächzte McCoy.

Coltrane ergriff McCoys unverletzten Arm und zog, während McCoy die Füße gegen den Seitenholm stemmte und half, so gut er konnte. Behutsam ließ Coltrane ihn auf die Fahrbahn sinken.

McCoy stöhnte auf.

»Tut mir Leid.«

»... Durst.«

»Das nächste Wasser ist hinten in dem Bach, wo Sie die Kugel abbekommen haben.«

»Ich würde es wahrscheinlich so und so wieder rauskotzen.«

Eine Kugel ließ die Reste des Fahrerfensters zerbersten und schlug in den Rahmen des Saturn.

»Er hat mit zwei Schüssen zwei Reifen zerschossen«, sagte Coltrane. »Ein verdammt guter Schütze ... Er hätte Sie am Bach töten können, wenn er gewollt hätte.«

»Der Gedanke ist mir auch schon gekommen.«

»Oder er hätte mich ins Visier nehmen können, statt die Reifen.«

»Er spielt mit uns«, sagte McCoy.

»Sparen Sie sich Ihre Kraft.«

Coltrane hatte die Beifahrertür nicht zugemacht, als er aus dem Wagen gesprungen war. Sein Blick schweifte zufällig über den Sitz, und sein Herz machte einen Freudensprung, als er das Walkie-Talkie dort liegen sah, das Nolan ihm im Polizeirevier gegeben hatte.

Er schnappte es sich. »Ich weiß nicht, was für eine Reichweite das Ding hat.« Seine Stimme zitterte. Er hatte beinahe Angst zu hoffen. »Aber wir können mit diesem Ding vielleicht die Staatspolizei erreichen.«

McCoy nickte. Vorsichtiger Optimismus flog über sein schmerzverzerrtes Gesicht.

Coltrane untersuchte das Walkie-Talkie. Es war

schwarz, etwa von der Größe eines Funktelefons. Er legte einen Schalter um, unter dem ON/OFF stand, hielt das Gerät ans Ohr und hörte ein beruhigendes Rauschen. »Es muss auf die Frequenz eingestellt sein, die Nolan und seine Männer benutzen. Sonst hätte er es mir nicht gegeben.«

McCoy hatte Mühe zu sprechen. »Aber das heißt nicht …«

Coltrane wusste, welchen beängstigenden Gedanken McCoy sich mühte in Worte zu fassen. »Richtig, das heißt nicht, dass es auf eine Frequenz eingestellt ist, die die Polizei hier oben benutzt.«

Sein Herz machte einen Satz, als eine Kugel die letzten Glasreste aus dem Rahmen des Rückfensters splittern ließ. Es dauerte einen Moment, ehe er begriff, was das bedeutete. Das Rückfenster? Der Wagen stand in Straßenrichtung, und Ilkovic hatte durch die Seitenfenster geschossen. Er musste seine Position geändert haben. Er war jetzt hinter ihnen.

Mit bebenden Fingern drückte er die Sprechtaste. »Kann mich irgendjemand hören? Bitte – wenn Sie mich hören, antworten Sie! Das ist ein Notfall. Ein FBI-Agent ist niedergeschossen worden! Wir brauchen Hilfe!«

Coltrane nahm den Finger von der Sprechtaste, wodurch das Walkie-Talkie automatisch auf Empfang schaltete. Er presste das Funkgerät fest ans Ohr. Seine Hoffnung sank, als er nur Rauschen und statisches Knistern hörte.

»Ziemlich lausig …«, brummte McCoy.

»Was?«

»Ihre Funktechnik … Man sagt: ›Kann mich jemand empfangen?‹«, ächzte McCoy. »Und am Schluss sagt man ›Over‹.« Sein Gesicht war erschreckend bleich.

»Und Sie sollten Ihre Kräfte schonen.« Coltrane drückte erneut die Sprechtaste. »*Kann mich jemand empfangen?* Dies ist ein Notfall! Ein FBI-Agent ist niedergeschossen worden. Wir brauchen Hilfe! *Over!*«

»Schon besser«, murmelte McCoy.

»Aber niemand antwortet.« Niedergeschlagen lauschte Coltrane dem gnadenlosen Rauschen und Knistern. »Vielleicht sind wir zu weit in den Bergen. Vielleicht verhindern die Felswände, dass das Signal …«

»Fotograf, ich kann dich kaum hören.« Eine gutturale Stimme tönte schwach, und von statischem Knacken und Knistern begleitet, aus dem Walkie-Talkie.

Coltrane fühlte, wie eine kalte Faust sich um sein Herz legte und es zusammenpresste.

»Mit eurem Funk stimmt irgendwas nicht«, sagte die tiefe, slawisch klingende Stimme. »Das Signal ist so schwach, dass keiner außerhalb dieses Tals es empfangen kann.«

»Wie, zum Teufel …« Coltrane sprach den Satz nicht zu Ende. Er wusste selbst die Antwort auf seine Frage. »Er muss einen Polizeifunk-Scanner in seinem Wagen haben!«

»Ich habe dich gewarnt, Fotograf.« Die heisere Stimme war jetzt nur mehr ein Flüstern. Coltrane musste das Walkie-Talkie fest ans Ohr pressen. »Was ich mit deinem Arztfreund und deinen Großeltern gemacht habe, war schnell und gnädig im Vergleich zu dem, was ich mit dir machen werde.«

»Hör zu, du Bastard!« Aber Coltrane hatte vergessen, den Sprechknopf zu drücken. Ilkovic konnte ihn nicht hören.

Außerdem hatte Ilkovic den Sprechknopf auf seinem Gerät noch nicht losgelassen. Sein heiseres, von Knistern überlagertes Flüstern tönte nach wie vor aus dem Walkie-Talkie. »Dieses Vergnügen habe ich mir schon seit langem versprochen. Und ich werde ein paar hübsche Fotos davon machen.«

Rasend vor Wut presste Coltrane den Finger auf die Sprechtaste. »Meine Freunde haben dir nichts getan! Und meine Großeltern auch nicht. Du hättest sie nicht umbringen müssen.«

Mit einem Mal schien sein Lautsprecher nicht mehr zu funktionieren. Das Walkie-Talkie blieb stumm, so sehr er sich auch anstrengte, Ilkovic' Antwort zu hören.

Nichts.

»Der Knopf«, ächzte McCoy. »Sie haben Ihren Finger noch auf …«

Coltrane ließ den Knopf los, als wäre er glühend heiß.

»Du hast nicht ›Over‹ gesagt, Fotograf«, höhnte Ilkovic.

Du mieser Schweinehund, dachte Coltrane.

»Nein, deine Freunde haben mir nichts getan«, sagte Ilkovic. »Und deine Großeltern auch nicht. Aber du! Oder etwa nicht? Du hast rumgeschnüffelt und die Nase in Dinge gesteckt, die dich nichts angehen. Und du hast Fotos gemacht, die du besser nicht gemacht hättest.«

»Seine Stimme klingt ...« McCoy rang nach Luft und mobilisierte all seine Kraft, um den Gedanken zu Ende zu führen.

»... lauter. O Gott – er kommt anscheinend näher!« Coltrane spähte mit gehetztem Blick durch die leeren Fenster des Wagens. »Wir können nicht hier bleiben. Wir haben hier nur Schutz nach einer Seite. Wir müssen ...«

Sein Blick flog zu den verkohlten Ruinen hinter ihm, die ein Stück weiter die Straße hinab lagen. Er hatte an ihnen vorbei und dann auf der anderen Seite des Tals wieder in die Berge hinauf fahren wollen. Wohin diese Straße führte, wusste er nicht, doch er hatte gehofft, auf eine Ortschaft oder einen belebten Highway zu stoßen. Die einzige Ortschaft, die er jetzt noch erreichen konnte, war ein Haufen eingestürzter und verkohlter Bretter und Balken.

Fünfzig Meter entfernt. Aber es hätten ebenso gut fünfzig Kilometer sein können.

»Glauben Sie, McCoy, Sie können wieder aufstehen?«

»Ich habe keine andere Wahl.«

Beunruhigt registrierte Coltrane die Blutlache unter McCoys Rücken, als er seine Hand unter die nicht verletzte linke Schulter des Special Agent schob und ihn anhob. Trotz seines durchtrainierten Körpers schien McCoy jetzt schwerer und schlaffer.

»So ist es gut«, schnaufte Coltrane und schob das Walkie-Talkie in eine Tasche von McCoys Jackett. »Halten Sie sich fest.« Coltrane griff sich die Schrotflinte. »Ich hoffe, Sie sind ein guter Fünfzig-Meter-Läufer.«

Es war eher ein Fünfzig-Meter-Kriechen. McCoy schwankte, und Coltrane verlor unter seinem Gewicht die

Balance. Sie fielen auf die Knie, was einem von ihnen möglicherweise das Leben rettete, denn in Schulterhöhe zischte eine Kugel über sie hinweg, die wie eine Hummel surrte. Doch Coltrane war sich ziemlich sicher, dass die Kugel – wen immer sie auch getroffen hätte – nicht tödlich gewesene wäre. Ilkovic hatte deutlich gemacht, dass er entschlossen war, dieses grausame Spiel in die Länge ziehen.

Das könnte ein Vorteil für uns sein, dachte Coltrane.

»Lassen Sie mich hier«, stöhnte McCoy.

»Nein.«

»Retten wenigstens Sie sich.«

»Nicht ohne Sie.«

Ihr erster Versuch hatte sie etwa zehn Meter vorangebracht. Sie taumelten weitere fünf Meter vorwärts, ehe McCoy erneut zusammenbrach. Coltrane ließ sich mit ihm fallen, um McCoys Sturz, so gut er es vermochte abzufangen. Wieder zischte eine Kugel über ihre Köpfe.

»Fotograf!« Die gutturale Stimme war ein fernes, von Knistern übertöntes, unheimliches Raunen aus dem Walkie-Talkie in McCoys Tasche. »Ich sehe dich.«

»Kommen Sie!«, zischte Coltrane und zerrte McCoy auf die Beine. »Er kann nicht zielen, wenn er ein Walkie-Talkie in der Hand hat.«

Schwankend liefen sie weitere zehn Meter, bevor eine Kugel am linken Ellbogen von Coltranes Drillichhemd zupfte. Er fühlte ein heißes Zerren und stieß McCoy zu Boden.

»Fotograf!«, sagte die heisere Stimme mit einem fröhlichen Trällern wie ein Kind, das mächtigen Spaß beim Versteckspielen hat. »Ich sehe dich. Ich habe links an dir vorbeigezielt, aber ihr seid in diese Richtung gestolpert. Ich hoffe, ich habe dich nicht getroffen. Habe ich doch? Ist es schlimm? Ich wollte dir den Spaß nicht verderben.«

Coltrane tastete nach seinem linken Arm. Er fühlte das Loch im Hemd und fürchtete, er würde Blut an seinen Fingern spüren. Er wurde ganz schwach vor Erleichterung, als er keines wahrnahm. Doch die Schwäche währte nur eine Sekunde – bis erneut Ilkovic' Stimme aus dem Walkie-Talkie in McCoys Tasche tönte.

»Antworte, Fotograf! Wie schwer bist du verletzt? Beschreibe den Schmerz!«

Coltrane zerrte McCoy hoch und taumelte mit ihm vorwärts. Sie hatten die Hälfte der Strecke zu dem wirren Haufen verkohlter Balken geschafft. Zwei Drittel. Noch mehr. Die eingestürzten Gebäude ragten vor ihnen auf, füllten Coltranes ganzes Blickfeld. Er hatte das irritierende Gefühl, sich und McCoy durch das Objektiv einer Kamera zu sehen. Die Illusion endete, als McCoy stolperte und Coltrane mit zu Boden riss. Noch im Fallen versuchte Coltrane, McCoy auf sich zu ziehen, um seinen Sturz in das Durcheinander kreuz und quer liegender, verkohlter Balken und Bretter zu dämpfen. Er landete mit dem Gesicht nach unten in einer dicken Schicht Aschenstaub und begann sofort zu husten. Jeder Atemzug verschlimmerte den Hustenanfall, der ihn schüttelte, als wollte er sich die Lunge aus dem Leib husten. Nach Atem ringend, wälzte er sich auf den Rücken. Er musste erneut husten. Seine Augen brannten, und Tränen verschleierten seinen Blick.

Neben sich konnte er McCoy ausmachen, der mit dem Gesicht in einem Haufen Asche lag. Von Panik ergriffen, packte er ihn und drehte ihn um, so dass sein vom Ruß schwarzes Gesicht zum Himmel empor blickte. Jedes Mal, wenn McCoy hustete, stöhnte er auf und krümmte sich vor Schmerz. Der Blutfleck auf seinem Jackett war schwarz und hart.

13

Sie lagen in einem mit Holzkohle übersäten Krater, der von den eingefallenen Wänden eines niedergebrannten Hauses gebildet wurde.

Die Schrotflinte! schoss es Coltrane durch den Kopf. Wo ist sie? Ich habe sie fallen gelassen.

Er tastete in den verkohlten Holztrümmern umher, in

denen er lag. Als er ein glattes, nicht verkohltes Stück Holz aus dem Aschehaufen herausragen sah, zog er es ganz hervor – und hielt die Pumpgun in der Hand. Eilig kroch er zum Rand des Kraters hinauf und spähte vorsichtig darüber, die Pumpgun schussbereit, falls er Ilkovic kommen sah.

McCoy hustete hinter ihm und versuchte, etwas zu sagen. »...auf.«

»Was?«

»Lauf ... Asche drin.«

Coltranes Magen krampfte sich zusammen, als er begriff, was McCoy ihm sagen wollte. Die Schrotflinte war mit dem Lauf zuerst in den Haufen aus Asche und verkohltem Holz gefallen. Asche oder kleine Stücke Holzkohle hatten vielleicht den Lauf verstopft. Wenn Coltrane abgedrückt hätte, wäre der Schuss möglicherweise nach hinten losgegangen. Die Vorstellung, dass ihm eine Ladung Rehposten ins Gesicht fliegen könnte, ließ ihn die Waffe umdrehen. Er sah sofort, dass der Lauf tatsächlich verstopft war.

Mit zitternden Händen klappte er das Taschenmesser auf, das er in McCoys Tasche gefunden hatte, und stocherte mit der Klinge in dem Lauf herum, um sogleich zu erstarren, als ihm klar wurde, was er da tat. Er schaute in den Lauf einer geladenen Waffe!

Rasch legte er den Sicherungsriegel um. Doch er fühlte sich noch immer unwohl in seiner Haut, wenn er in den Lauf der Schrotflinte schaute. Er hebelte den Ladeschlitten an der Unterseite des Laufs zurück und warf die Patronen aus, ohne sie abzufeuern.

Jetzt!, dachte er. Nach einem gehetzten Blick das Tal hinauf, um sich zu vergewissern, dass Ilkovic nirgendwo zu sehen war, hob er erneut das Taschenmesser, um den Dreck aus dem Lauf zu stochern.

Ein Kugelschreiber tauchte vor seinen Augen auf. Er zitterte, wie McCoys Hand auch, die den Kugelschreiber hielt.

Coltrane verstand. Der Plastikkugelschreiber würde tiefer reichen.

Während er ein daumengroßes Stück verkohltes Holz

aus dem Lauf pulte, wunderte er sich über McCoys Entschlossenheit. Mit zitternden Händen zog der schwer verletzte Mann seinen Revolver aus dem Schulterhalfter und richtete ihn auf den Kraterrand.

Coltranes Hände zitterten nicht weniger heftig. Immer wieder ließ er den Blick über die Aschenwüste jenseits der Straßenbiegung, wo sie den Saturn hatten stehen lassen, schweifen, während er mit fliegenden Fingern den Lauf säuberte, jede Patrone abwischte, bevor er sie ins Magazin schob, und dann den Sicherheitsriegel wieder löste. In einem Anflug von Triumph hob er die Waffe an die Schulter und zielte auf einen unsichtbaren Gegner.

»Sie müssen …«, flüsterte McCoy.

»Was?«

»Eine Patrone in die …«

Coltranes Triumphgefühl löste sich in nichts auf. Stattdessen fühlte er sich eher wie ein begossener Pudel, denn er hatte vergessen, dass man nach dem Laden den Schlitten zurückziehen musste, um eine Patrone in die Kammer zu schieben. Andernfalls war die Waffe nutzlos.

»Richtig.« Coltrane zog den Schlitten an der Unterseite der Pumpgun zurück und hörte das zufriedene Klicken, mit dem eine Patrone in die Kammer glitt. »Gut, dass Sie hier sind.«

»Ich würde für nichts auf der Welt darauf verzichten.«

Coltrane richtete den Lauf der Waffe auf die Aschenwüste, obwohl ihm klar war, dass eine Schrotflinte eine Waffe für kurze Distanzen war. Ilkovic würde mindestens auf fünfzig Meter herankommen müssen, wenn Coltrane mit der Pumpgun etwas ausrichten wollte. Jenseits dieser fünfzig Meter hatte Ilkovic mit seinem Gewehr alle Vorteile auf seiner Seite.

»Wo ist er?«, knurrte Coltrane.

»Vielleicht …« Mit einer ungeheueren Anstrengung beendete McCoy den Satz: »… kommt er von hinten.«

Ein Schatten fiel über sie, doch als Coltrane herumwirbelte, sah er nichts als leere Aschenwüste. Der Schatten war von Wolken verursacht worden – dunklen Wolken. Coltranes ganze Konzentration war während der letzten Minuten allein darauf gerichtet gewesen, die dürftige Deckung der Ruinen zu erreichen, und er hatte der dunklen Wolkenfront, die sich von Westen heranschob, keine Beachtung geschenkt. Der Boden, nicht der Himmel hatte ihm Sorgen bereitet. Doch jetzt war der Himmel in der Tat ein Grund zur Besorgnis. Es würde bald regnen.

Er hörte ein Scharren hinter sich und wirbelte erneut herum. Wieder sah er nichts. Das Geräusch war von zwei losen, verkohlten Brettern verursacht worden, die in dem aufkommenden Wind aneinander geschabt hatten.

Die Brise schwoll zu einem kräftigen Wind. Die Wolken wurden dunkler.

»In dem Sturm, der sich da zusammenbraut, können wir ihn nicht sehen.« Coltrane warf einen nervösen Blick über die Schulter. »Fühlen Sie sich imstande, diese Seite im Auge zu behalten, während ich die andere beobachte?«

»Nein.« McCoys kaum noch hörbares Flüstern sandte ein Prickeln über Coltranes Kopfhaut.

»Schwindlig ...« McCoys Kopf sank auf seine Brust. »Komisches Gefühl ...« Der Revolver entglitt ihm.

Bestürzt sah Coltrane, dass der Gürtel von McCoys Schulter gerutscht war. Der blutdurchtränkte Druckverband hatte sich gelöst. Er fischte das Messer aus der Tasche, klappte es auf und säbelte den linken Ärmel von McCoys Jackett ab. Er zerschnitt ihn in etwa zehn Zentimeter breite Streifen, die er zu zwei handtellergroßen Ballen zusammenrollte und gegen das Einschussloch und die Austrittswunde presste. Dann tastete er nach dem Gürtel, der an McCoys Arm herabgerutscht war, löste ihn mit einer Hand etwas und schob ihn über die Schulter. Er legte ihn über die Stoffballen auf den Wunden und zurrte ihn in der Hoffnung, die Blutung zu stoppen, behutsam fest.

McCoy reagierte nicht. Die einzige wahrnehmbare Bewegung war das Heben seines Brustkorbs, als er röchelnd nach Luft rang.

»Halten Sie durch, McCoy«, keuchte Coltrane. »Ich bringe Sie hier raus. Ich verspreche es.«

Sporadische Regentropfen schlugen Coltrane ins Gesicht.

Ihn hier rausbringen?, dachte Coltrane. *Wie?*

Der Regen wurde stärker. Coltrane ließ den Blick wieder über die sich verdunkelnde Aschenwüste schweifen. Die herabprasselnden Regentropfen warfen kleine Aschenfontänen auf, wenn sie auf den Boden schlugen. Abgesehen davon und von den brodelnden Wolken, konnte er keine Bewegung ausmachen.

»Fotograf«, rief Ilkovic.

Coltrane wirbelte herum, obschon er in einem Winkel seines Gehirns bereits wusste, dass er nur eine von statischem Knistern entstellte Stimme aus dem Walkie-Talkie hörte.

»Wie schade, dass du keine Regensachen dabei hast«, sagte Ilkovic. »Du hättest dir heute Morgen den Wetterbericht anhören sollen wie ich. Ich habe in einem Laden, in dem sie alte Armeebestände verkaufen, eine prima Tarnregenhaut erstanden. Ich kann dich beruhigen – das bisschen Regen ist wirklich nur eine belanglose, läppische Unannehmlichkeit im Vergleich zu dem, was ich mit dir machen werde. Aber jede Kleinigkeit zählt.«

Die tiefe, heisere Stimme war lauter, als sie bei Ilkovic' letztem Funkkontakt gewesen war. Er kam näher.

Aber aus welcher Richtung?

Das Nieseln schwoll binnen Sekunden zu einem wolkenbruchartigen Platzregen an. In kürzester Zeit war Coltrane bis auf die Haut durchnässt; seine Kleider klebten ihm an der Haut, und von seinen am Schädel festgekleisterten Haaren floss ihm das Wasser in den Nacken. Angespannt spähte er um sich, obwohl das sinnlos war, denn der graue, wabernde Regenschleier, der ihn umgab, schränkte seine Sicht so bedrohlich ein, das er nicht weiter als sechs oder sieben Meter sehen konnte.

Ilkovic konnte überall sein.

Da wurde ihm bewusst, dass es auch eine andere Seite der Medaille gab: Wenn ich Ilkovic nicht sehen kann …

Dann kann er mich auch nicht sehen.

McCoys Wagen! Während sich Ilkovic an die Ruinen heranschleicht, kann ich versuchen, den Wagen zu erreichen. Ich kann Hilfe holen.

Als die warme Glut der Hoffnung die Kälte des Regens vertrieb, spannte Coltrane die Muskeln seiner Beine, um aus dem Krater zu kriechen, doch dann hielt er abrupt inne. Nein, ich kann McCoy nicht allein lassen.

Aber ich kann ihn auch nicht mitnehmen. Ich wäre viel zu langsam mit ihm.

Coltrane nahm den Krater genauer in Augenschein. Ein Haufen übereinander gestürzter, verkohlter Balken links hinter ihm ließ seine Augen schmal werden. Sie sahen aus wie ein Teil des eingestürzten Dachs. Er schleppte McCoy zu dem Haufen, und als er näher kam, sah er unter den Balken eine Höhlung, eine Art Mulde. Mit der Angst im Nacken, dass Ilkovic ihn überraschen könnte, während er beschäftigt war, stemmte er einen der Balken so weit hoch, dass man hineinkriechen konnte. Obwohl Coltrane sich bemühte, so sanft wie möglich mit McCoy umzugehen, ging ihm dessen Stöhnen, als er den Bewusstlosen in die Mulde schob, gehörig unter die Haut. Er zog und drehte die Balken so, dass McCoy vom Regen geschützt und vor Blicken verborgen war.

Er hatte zwei Dinge getan, ehe er McCoy in die Mulde unter den Balken geschoben hatte: Er hatte McCoys Wagenschlüssel aus dessen Hosentasche gefingert und das Walkie-Talkie genommen und abgeschaltet. Nun drehte er sich um und schlich geduckt – auf dem glitschigen Schlamm, in den der Regen die Asche verwandelt hatte, immer wieder ausrutschend und schwarz von Kopf bis Fuß – zum Rand des Kraters zurück, wo er McCoys Revolver aufhob. Eingedenk des Fehlers, der ihm beim Laden der Pumpgun unterlaufen war, versicherte er sich, dass der Hammer des Revolvers nicht gespannt war, bevor er ihn unter seinen Gürtel schob. Versuch zu denken, wie McCoy denken würde, gemahnte er sich. Er hob das Taschenmesser auf, klappte die Klinge zu und schob es in die Tasche seiner Jeans. Die Schrotflinte in der einen, das Walkie-Talkie in der anderen Hand, konzentrierte er seine Aufmerksamkeit auf den unvermindert niederprasselnden Regen. Der schwarzgraue Ascheschleim, der ihn von Kopf bis Fuß bedeckte, war so schmierig, dass der Regen ihn nicht abzuwaschen vermochte. Er sah vermutlich aus, als wäre er direkt aus der Hölle entsprungen. Da er nirgendwo hinter dem grauen Regenschleier eine Bewegung ausmachen konnte, sagte er sich, dass es besser war, bei dem Versuch, etwas zu tun, zu sterben, als hier zu sitzen und abzuwarten, bis Ilkovic ihm das Lebenslicht auspustete.

Auf allen Vieren kroch er aus den Ruinen.

14

Dann rannte er los. Ob er vor Angst oder wegen des kalten Regens zitterte, der ihm entgegen peitschte, vermochte er nicht zu sagen. Seine nassen Klamotten klebten zäh an seiner Haut; er fühlte sich nackt und exponiert. Sein Brustkorb krampfte sich zusammen in Erwartung einer Kugel, die sich heiß in sein Fleisch bohren würde. Doch in einem auf Hochtouren arbeitenden Winkel seines Gehirns versuchte er, sich einzureden, dass Ilkovic' Kugel ihn wahrscheinlich nicht in einen lebenswichtigen Körperteil treffen würde. Sie würde einen Arm durchschlagen oder ein Bein, um ihn zu stoppen, aber ihn nicht töten, damit Ilkovic seinen Spaß mit ihm haben konnte. *Was für ein Trost!*, dachte Coltrane in einem Anflug von Sarkasmus. *Denk nicht daran. Lauf.*

Während er sich bemühte, im Schutz des Regens so schnell wie möglich vorwärts zu kommen, arbeitete sein Gehirn weiter auf Hochtouren. Er fragte sich, ob es die richtige Entscheidung gewesen war, von den Ruinen auf direktem Weg dorthin zu laufen, von wo er gekommen war. Vielleicht hätte er einen Bogen schlagen sollen. Aber würde Ilkovic nicht viel eher damit rechnen, dass er sich von der Straße fern hielt? Vielleicht war der direkte Weg so offensichtlich, dass er eben nicht offensichtlich war. Und außerdem – würde Ilkovic überhaupt damit rechnen, dass Coltrane McCoy im Stich lassen und versuchen würde, sich aus dem Staub zu machen? Die möglichen Mutmaßungen und Gegenmutmaßungen machten ihn ganz verrückt.

Ein dunkler Schatten ragte vor ihm auf. Coltrane ließ das Walkie-Talkie fallen und brachte die Schrotflinte in Anschlag oder versuchte es zumindest. Der Regen ließ alles schemenhaft erscheinen. Er blinzelte einige Male, um das Wasser von seinen Wimpern zu schütteln, und spähte mit zusammengekniffenen Augen über den Lauf. Wenn er Ilkovic mit dem ersten Schuss nicht traf, würde er seine Position verraten und sich selbst zum Ziel machen. Er hatte nur eine einzige Chance, um …

Der Schatten bewegte sich nicht. Er sah nicht aus wie ein Mensch. Dann begriff Coltrane: Es war sein Wagen!

Aber das bedeutete nicht, dass Ilkovic nicht hinter dem Wagen lauerte. Er hob das Walkie-Talkie auf und entfernte sich rückwärts, wobei er sich nach rechts hielt, weil er vorhatte, einen weiten Bogen um den zusammengeschossenen Saturn zu schlagen. Als er weit genug weg war und den dunklen Schatten nicht mehr sehen konnte, warf er sich herum und rannte geduckt querfeldein.

Es wurde zusehends dunkler. Um diese Jahreszeit ging die Sonne gegen fünf unter. Es würde bald Nacht sein.

Und wenn dieser Sturm nicht aufhört, werde ich nicht mal mehr die Hand vor Augen sehen, dachte er. Er rannte schneller, denn bald musste er den Barranco erreichen, der in den Fluss mündete. Ein Rauschen, das lauter war als der Regen, drang an sein Ohr – das Rauschen und Gurgeln von Wasser in einem engen Bachbett, wie er feststellte, als er näher kam. Es wurde lauter. Er blieb stehen, als sich vor ihm ein breiter Spalt auftat.

Coltrane blickte hinab und sah weiß schäumendes Wasser den Barranco herabschießen. Keine reißende Sturzflut, aber wenn es so weiter regnete, würde sich der Bach in eine solche verwandeln. Selbst jetzt sah das schäumende Wasser gefährlich aus. Das Problem war, dass er, um zu McCoys Wagen zu gelangen, den Barranco überqueren musste. Das Ufer war zu steil, der Barranco zu schmal, das Wasser zu tief, und es hatte zu viel Kraft.

Aus Angst, das Ufer könnte unter seinen Füßen nachgeben, machte er zwei Schritte rückwärts und folgte dann dem Lauf des Baches. Auch wenn er wegen Ilkovic weiterhin vorsichtig sein musste, konnte er sich nicht ständig umsehen. Er musste seine Aufmerksamkeit auf den Barranco konzentrieren, um ein flaches Stück zu finden, wo er den Bach überqueren konnte.

Während er an dem Bach entlangeilte und den Blick suchend über das Ufer schweifen ließ, musste er ständig an McCoy denken, der dort hinten in den Ruinen unter einem Haufen verkohlter Balken lag. Wird er so lange am Leben bleiben, bis ich Hilfe geholt habe? Vielleicht hätte ich ihn nicht allein lassen sollen. Was, wenn Ilkovic die Ruinen durchsucht und ihn findet? Was, wenn …

Coltrane stolperte über einen Stein und fiel auf die Schulter. Nein! Er schlitterte über eine dicke Schicht Schlamm, krachte gegen einen Felsen und blieb in einer Lache mit kaltem, schlickigem Wasser liegen. Er spuckte Wasser aus, das zwischen den Zähnen knirschte. Mühsam unterdrückte er den Drang zu husten und erstickte fast an dem Wasser, das ihm in die Kehle gelangt war. Er hatte keine Ahnung, wie viel Lärm er bei seinem Sturz gemacht hatte, aber er wusste ganz sicher, dass er nicht riskieren durfte, noch mehr Lärm zu machen – vor allem nicht so etwas weithin Hörbares wie ein tiefes, die Lungen befreiendes Husten. Panik erfasste ihn, als er feststellte, dass er die Pumpgun und das Walkie-Talkie fallen gelassen hatte. Er stemmte sich hoch und wühlte, hin und her kriechend, im Schlamm der Pfützen, durch die er geschlittert war. Was, wenn ich sie nicht …

Seine linke Hand zitterte, als er das Walkie-Talkie ertastete. Das rechte Knie schrammte gegen die Schrotflinte. War sie bei dem Sturz beschädigt worden? Hatte der Schlamm sie wieder verstopft? In der zunehmenden Dunkelheit und dem mit unverminderter Stärke herabprasselnden Regen wischte er die Pumpgun und das Walkie-Talkie sauber. Er pulte mit dem Finger Schlamm aus dem Lauf der Schrotflinte. Was den Abschussmechanismus anging, konnte er sich nur darauf verlassen, dass er noch funktionierte.

Los, weiter. Wenn der Fluss noch mehr anschwillt ...

Er stolperte weiter den Barranco entlang und gelangte an eine Biegung. Ein Stück vor ihm, in der Dunkelheit schwer auszumachen, schien das Ufer weniger steil zu sein. Zwei parallele, mit Wasser gefüllte Rinnen, die aussahen wie Wagenspuren, führten aus dem Bachbett. Coltrane wurden vor Erleichterung die Knie weich, als ihm klar wurde, dass er die Furt erreicht hatte, wo die Straße den Bachlauf durchquerte.

Er tastete sich mit vorsichtigen Schritten die flache Böschung hinab. Noch bevor er den tiefsten Punkt erreicht hatte, zerrte das Wasser bereits an seinen Knöcheln. Er watete entschlossen weiter und spürte, wie die Kraft des vorüberschäumenden Wassers zunahm. Plötzlich rutschte er auf dem glatten, felsigen Untergrund aus, fing sich aber wieder. Er stemmte die Beine fester gegen die reißende Strömung, spürte, dass der Boden unter seinen Füßen weicher wurde und anstieg, und erreichte die andere Seite.

Es waren nur noch hundert Meter bis zu McCoys Wagen. Sein Herz hämmerte schneller und ließ seine Adern schwellen. Er stellte sich die unendliche Erleichterung vor, wenn er sich hinter das Steuer von McCoys Wagen sinken ließ, den Motor anwarf und zurück zum Pacific Coast Highway brauste, um Hilfe zu holen. Bis Ilkovic begriffen hatte, was geschah, wäre es schon zu spät, etwas dagegen zu unternehmen. Wenn ich schnell einen Streifenwagen finde, überlegte Coltrane, kann die Polizei Ilkovic vielleicht sogar noch hier in dem Tal schnappen.

Beeil dich.

Doch noch bevor er die glitschige Uferböschung erklommen hatte, wurden seine Schritte weniger energisch; eine dunkle Vorahnung ließ ihn zögern. Aus der Ferne und im

Morast zwischen den Ruinen umherkriechend, war es ihm wie eine gute Idee erschienen, hierher zu kommen. Doch nun, wo er hier war, beschlichen ihn Zweifel. War McCoys Wagen für Ilkovic nicht ein nahe liegendes Ziel? Musste er nicht annehmen, dass Coltrane, wenn er die Chance dazu bekäme, versuchen würde, das Auto, seine einzige Fluchtmöglichkeit aus dem Tal, zu erreichen? Statt zu riskieren, beim Heranpirschen an die schwer überschaubaren Ruinen eine Kugel abzubekommen, bot es sich für Ilkovic doch an, bei McCoys Wagen zu warten, bis Coltrane versuchen würde, das Auto zu erreichen.

Coltrane fühlte sich paralysiert; er war unfähig zu entscheiden, was er tun sollte. Wenn er zu den Ruinen zurückginge, würde er gar nichts erreichen. Aber hier stehen bleiben konnte er auch nicht. Das merkwürdige Gefühl, dies alles schon einmal erlebt zu haben, beschlich ihn. Er fühlte sich ein paar Stunden in der Zeit zurückversetzt, als er in das Tal gefahren war, seinen Wagen im ausgetrockneten Bett des Flusses versteckt hatte und zu der Stelle geschlichen war, wo McCoy sein Auto zum Stehen gebracht hatte, nur dass er da noch geglaubt hatte, es wäre Ilkovic' Wagen. Er war dem Bett des Bachs gefolgt, der in den Fluss mündete. Dieser Bach verlief parallel zur Straße, auf der McCoys Wagen stand. Der Bach und die Straße waren etwa dreißig Meter voneinander entfernt. Coltrane wandte sich nach rechts, in die Richtung, aus der er gekommen war. Er würde dem Bachlauf ein Stück zurück folgen müssen, aber da die Straße so nah war, musste er versuchen, sich entlang der Uferböschung des angeschwollenen Bachs zu bewegen.

Er knöpfte sein durchnässtes Hemd auf, schob das Walkie-Talkie darunter und knöpfte es wieder zu. Mit einer freien Hand konnte er sich entlang des steilen Ufers besser bewegen.

Das reißende Wasser leckte über seine lehmverschmierten Schuhe. Seine Füße waren kalt, seine Fingerspitzen taub. Er kroch höher, um von dem gurgelnden Wasser wegzukommen, doch noch höher durfte er sich nicht mehr wagen, wenn er von McCoys Auto aus nicht gesehen werden wollte. Er zählte seine Schritte, um ungefähr abschätzen zu können, wann er hundert Meter zurückgelegt hatte. Nur um sicher zu gehen, kroch er ein wenig weiter, doch das wachsende Gefühl, dass die Zeit drängte, brachte ihn schließlich dazu, stehen zu bleiben und einen Blick über den Rand des Barranco zu riskieren.

Er konnte den Wagen nirgendwo sehen. Die Dämmerung war inzwischen endgültig hereingebrochen, und der Regen peitschte noch heftiger herab. Er wischte sich das Wasser aus dem Gesicht und kniff angestrengt die Augen zusammen, doch er konnte den Wagen nicht sehen.

Ist es doch weiter, als ich gedacht habe? Oder bin ich schon zu weit gegangen?

Er schob sich über den Rand der Böschung, machte sich so flach wie möglich und kroch wie eine Schlange auf dem Bauch durch den Schlamm, wobei er seine Hände und die Schrotflinte, die sie hielten, über dem Wasser der Pfützen hielt, durch die er robbte. Der Revolver unter seinem Gürtel und das Walkie-Talkie unter seinem Hemd drückten hart gegen seinen Bauch, doch er bemerkte den Schmerz kaum, so sehr waren seine Sinne auf das konzentriert, was vor ihm lag.

Als er auf diese Weise etwa zehn Meter zurückgelegt hatte, sah er durch die Regenschleier verschwommen eine klobige Form aufragen. McCoys Wagen. Links von ihm. Er war tatsächlich daran vorbeigekrochen, als er sich die Böschung des Bachs entlanggekämpft hatte. Er merkte sich die Richtung, in der der Wagen stand, zog den Kopf wieder ein und kroch darauf zu.

Als der Wagen deutlicher zu erkennen war, hielt Coltrane inne. Er war noch etwa fünfzehn Meter vom hinteren linken Kotflügel entfernt. Kein Anzeichen von Ilkovic zu sehen – weder hinter noch auf dieser Seite des Wagens. Doch das hieß nicht, dass er nicht auf der *anderen* Seite lauerte.

Coltrane änderte seine Richtung und kroch vorsichtig in einem Bogen um das Heck des Fahrzeugs herum. Die ganze Zeit versuchte er, unter dem Wagen hindurch zu sehen, denn wenn Ilkovic sich auf der anderen Seite versteckte, würde er vielleicht seine Beine sehen. Aber der herabprasselnde Regen und das Aufspritzen der Tropfen machten es unmöglich, so nahe am Boden etwas erkennen zu können. Jetzt hatte er eine Stelle erreicht, von wo aus er auf die andere Seite des Autos blicken konnte. Kein Ilkovic.

In Coltranes Herzen regte sich Hoffnung.

Doch was, wenn Ilkovic im Wagen wartete? Ich kann nicht ewig hier im Regen liegen bleiben. McCoy braucht Hilfe. Er richtete sich in die Hocke auf und versuchte, seinen ganzen Mut zu mobilisieren, um mit ein paar Sätzen zum Auto zu sprinten. Wenn er das Heckfenster erreicht hatte, würde er aus der Pumpgun eine Ladung Schrot in den Rücksitz jagen. Falls Ilkovic im Wagen war, würde er sich vermutlich dort verstecken. Falls nicht, würde ihn das Krachen des Schusses auf den Plan rufen, doch Coltrane hätte genug Zeit, in den Wagen zu springen, ihn anzulassen und davonzurasen.

Er holte tief Luft und fragte sich besorgt, ob die Räder in dem Schlamm nicht durchdrehen würden, wenn er zu viel Gas gab.

Doch er bekam nicht die Chance, es herauszufinden.

Mit einem dumpfen Schlag stand der Wagen plötzlich in Flammen.

15

Es war weniger eine Explosion, die den Wagen zerriss, sondern eher eine Stichflamme, die aus dem Tank emporschoss und das Auto binnen Bruchteilen von Sekunden in Flammen hüllte.

Mit einem seltsam hohl dröhnenden Geräusch rollte eine Wand aus heißer Luft über Coltrane hinweg und ließ ihn rückwärts taumeln. Der Feuerball, der den Wagen umloderte, blendete ihn.

Nein!, schrillte es durch seinen Kopf. Noch während er rückwärts taumelte, drehte er sein versengtes Gesicht von dem Feuer weg und registrierte dankbar die kühlen Regentropfen auf seiner Haut. Das Feuer verwandelte die Dämmerung in helllichten Tag und machte ihn sichtbar. Er musste in Deckung gehen, versuchen, den Schutz des Bachbetts zu erreichen. Rasch warf er sich über den Rand der Böschung und wäre fast in den Fluss geschlittert. Er kroch höher und spähte, flach auf dem Bauch liegend, über den lehmigen Rand.

Von irgendwo jenseits der Flammen und des grauen Regenschleiers hörte er Ilkovic' dröhnendes Gelächter. »Fotograf, hast du wirklich gedacht, ich lasse dich mit einem so leicht zu durchschauenden Manöver entwischen? Hältst du mich für so dumm?«

Wo ist er? dachte Coltrane verzweifelt.

Das Metall des Wagens zischte unter den niederprasselnden Regentropfen.

»Hast du gedacht, du kommst so leicht davon?«, schrie Ilkovic. »Du hast keine Ahnung, was ich noch alles in petto habe, um dein Ende hinauszuzögern! Wenn ich mit dir fertig bin, wirst du mich anflehen, dich zu töten!«

Coltrane konzentrierte sich darauf auszumachen, von wo die Stimme kam. Ilkovic schien sich von jenseits des Wagens nach rechts zu bewegen.

Das Zischen der Regentropfen auf dem heißen Metall wurde lauter, als der Regen die Flammen allmählich zum Erlöschen brachte.

»Ich habe versucht, dich über dein Walkie-Talkie zu erreichen! Hast du es abgeschaltet?«

Coltrane spürte den harten Druck des Walkie-Talkies gegen seinen Bauch.

»Schalt es wieder ein, Fotograf! Damit wir nicht so schreien müssen.«

Ich bin nicht derjenige, der hier schreit, dachte Coltrane. Was hat er vor? Versucht er, mich abzulenken?

Abgesehen vom Rauschen des Regens, dem Gurgeln des Flusses hinter ihm und dem leiser werden Zischen der

Tropfen auf dem erkaltenden Metall, hörte Coltrane nichts. Ilkovic' letzte Worte waren von rechts gekommen. Versucht er, mir vorzugaukeln, dass er sich in diese Richtung bewegt? Und läuft jetzt, nachdem er aufgehört hat rumzuschreien, in die entgegengesetzte Richtung und überrascht mich von links?

Die Flammen waren jetzt vollkommen erloschen. Der Rauch von dem ausgebrannten Wagen machte die Dämmerung noch dunkler. Der Gestank von Benzin, verbranntem Plastik und versengtem Metall stach in Coltranes Nase.

Aus welcher Richtung wird er kommen?, fragte Coltrane sich unablässig. *Von rechts oder von links?* Die Angst machte ihn so hilflos, dass er verstehen konnte, warum ein Tier, das im Scheinwerferlicht eines herannahenden Autos gefangen war, nicht vor den todbringenden Rädern flüchtete.

Aus welcher Richtung? Er richtete den Lauf der Schrotflinte nach links und dann schnell wieder nach rechts. Ich kann hier nicht liegen bleiben und warten, bis er seinen Zug macht!

Coltrane entschied sich für – wie er hoffte – die Richtung, die Ilkovic am wenigsten erwartete, und robbte aus dem Bachbett auf schnellstem Weg auf den ausgebrannten Wagen zu, in den Schutz des dichten Rauchs, der über ihm hing. Je näher er kam, umso stärker fühlte er die noch um das Wrack wabernde Hitze des erloschenen Feuers. Der Rauch stach ihm in die Nase und reizte seine Kehle. Er versuchte, sein Gesicht so tief wie möglich am Boden zu halten und flach zu atmen.

Der Druck des Walkie-Talkies gegen seinen Bauch war unangenehm. Er verharrte neben dem Wagen, knöpfte sein Hemd auf, zog das Funkgerät hervor und schaltete es ein. Ein schwaches Knistern verriet ihm, dass ihm die schonungslose Behandlung, die es erfahren hatte, nicht geschadet hatte. Er drückte den Sprechknopf. »Ilkovic, lass uns die Sache zu Ende bringen. Jetzt gleich!«

Er ließ den Sprechknopf los, legte das Walkie-Talkie neben das Auto und kroch rückwärts weg.

»Fotograf.« Ilkovic' gutturale Stimme tönte knisternd

und knackend aus dem Walkie-Talkie. »Du vergisst immer, ›Over‹ zu sagen.«

Coltrane drehte sich um und kroch weiter.

»Du willst, dass ich dich mit meinen Fäusten zu Brei schlage? Ist das die Bestrafung, von der du denkst, du hast sie verdient? Dein Mangel an Fantasie enttäuscht mich. Ich habe noch eine Menge andere, einfallsreichere Methoden im Kopf.«

Coltrane war jetzt so weit entfernt, dass er das Walkie-Talkie nicht mehr sehen konnte. In der zunehmenden Dunkelheit klang die von statischem Knacken zerrissene Stimme beinahe gespenstisch.

Sie verstummte.

Coltrane ließ sich in eine mit Wasser gefüllte Mulde gleiten. Hier hatte das Buschfeuer alle Vegetation vernichtet, und auf dem felsigen Untergrund sammelte sich das Regenwasser. Er ließ sich mit den Beinen zuerst in die graue Brühe rutschen, bis nur noch sein Kopf und die Arme herauslugten. Dann schob er den Lauf der Schrotflinte über den flachen Felsrand und zielte in die Richtung, wo er das Walkie-Talkie liegen gelassen hatte.

Atmosphärisches Knacken.

Ilkovic kann durch das Geräusch herausfinden, wo ich mich verstecke, dachte er. Deshalb wollte er, dass ich das Walkie-Talkie einschalte.

Er schob den Zeigefinger seiner Rechten in den Abzugsbügel der Pumpgun.

Atmosphärisches Knacken und Knistern.

Offenbar drückte Ilkovic die Sprechtaste an und aus und verursachte so die atmosphärischen Geräusche, ohne selber zu sprechen und seine Position zu verraten.

Coltrane legte den Finger vorsichtig auf den Abzug der Schrotflinte. Der dichte Regen und der heftiger werdende Wind hatten die Qualmwolke inzwischen vollkommen zerstreut, doch der ausgebrannte Wagen war in der Dunkelheit trotzdem nicht auszumachen. Während das Wasser in der Mulde, in der er lag, langsam aber stetig stieg, versuchte Coltrane, die Kälte zu ignorieren, die ihn durchdrang, und konzentrierte seine ganze Aufmerksamkeit auf die Richtung, in der das Walkie-Talkie lag. Jedes schemenhafte Detail, jede Kontur erschien ihm vergrößert. Jeden Augenblick musste Ilkovic' schattenhafte Gestalt in Sicht kommen und …

Atmosphärisches Knacken.

So ist es gut, Ilkovic. Horch genau auf das Knistern und Knacken. Komm näher. Überrasch mich hinter dem Auto, wo du glaubst, dass ich mich verkrochen habe.

Der Schock der Überraschung war vollkommen. Zwei kräftige Fäuste packten ihn von hinten und rissen ihn aus dem Wasser. Coltrane war so verblüfft, dass sein Finger gegen den Abzug der Schrotflinte ruckte, sich ein Schuss löste und die Ladung Rehposten harmlos in den regenverschleierten Nachthimmel flog. Die Hände, die seine Schultern gepackt hatten, ließen ihn für den Bruchteil eines Augenblicks los, den Ilkovic benötigte, um sie unter Coltranes Achseln hindurch zu schieben und vor seiner Brust zu verschlingen. Muskulöse Arme pressten Coltranes Brustkorb zusammen.

Seine Füße verloren den Kontakt zum Boden. Er rang keuchend nach Atem. Das dröhnende Krachen des Schusses hatte seine Trommelfelle beinahe platzen lassen. Das schrillende Klingeln in seinen Ohren steigerte seine Verwirrung, doch er war noch in der Lage, das angestrengte Grunzen Ilkovic' zu hören, mit dem er Coltranes Brust noch fester zusammendrückte.

»War es das, was du wolltest, Fotograf?«, zischte Ilkovic in Coltranes rechtes Ohr. Er konnte Ilkovic' heißen Atem auf seiner Haut spüren.

Angestrengt rang Coltrane nach Atem. Sein Blickfeld wurde grau; rote Punkte tanzten vor seinen Augen.

»Das ist nur der Anfang«, knurrte Ilkovic in Coltranes Nacken. »Ich lasse dich hundertmal über die Schwelle des Todes schauen, bevor mir dieses Spiel langweilig wird.«

Sein Grunzen wurde lauter und der Druck um Coltranes Brustkorb noch fester.

Ich verliere gleich das Bewusstsein, dachte Coltrane verzweifelt. Er hatte die Pumpgun noch in der Hand, doch die Waffe war nutzlos, wenn er die abgefeuerte Patrone nicht auswerfen und eine neue in die Kammer hebeln konnte. Er versuchte es. Aber er hatte nicht mehr die Kraft, den Hebel durchzuziehen. Selbst wenn es ihm gelänge, eine neue Patrone in die Kammer zu schieben, könnte er die Waffe nicht auf Ilkovic richten, der zu dicht hinter ihm war.

Coltrane ließ die Schrotflinte fallen und packte Ilkovic' Hände, zerrte mit aller Kraft an dessen dicken Fingern, die jedoch so fest verschränkt waren wie miteinander verschweißte Stahlbänder. Er konnte nicht einen Einzigen lockern. Die roten Punkte vor seinen Augen wurden zahlreicher, als Ilkovic' Arme fester zudrückten.

Nein! So hart er konnte, stieß Coltrane den Kopf nach hinten in der Hoffnung, sein Hinterkopf würde mit solcher Wucht in Ilkovic' Gesicht krachen, dass dieser einen Augenblick lang betäubt sein und seinen Griff lockern würde. Doch Coltrane war derjenige, der von dem Zusammenprall betäubt und beinahe ohnmächtig wurde. Statt auf Fleisch und Knochen zu treffen, knallte sein Hinterkopf gegen etwas Metallisches, das zwei runde Oberflächen zu haben schien, deren scharfe Kanten in seine Kopfhaut schnitten. Er stöhnte auf vor Schmerz. Eine Maske? Seine panischen Gedanken waren nicht imstande, das seltsame Objekt zu identifizieren. Während seine Kraft mehr und mehr nachließ, trat er mit den Absätzen nach Ilkovic' Schienbeinen, doch sie verhedderten sich nur in den Falten des glitschigen Regencapes, das Ilkovic trug.

McCoys Revolver! Mit zitternden Händen zog Coltrane die Waffe aus seinem Gürtel. Er konnte die dicke Lehmschicht fühlen, die den Revolver bedeckte, und schickte ein Stoßgebet gen Himmel, dass er nicht verstopft war und nach hinten los ging. Er hob den Revolver, richtete den Lauf über seine linke Schulter und fühlte, wie die Waffe seinen verkrampften Fingern entglitt, als Ilkovic seine linke Hand für einen kurzen Moment aus ihrem Griff löste und ihm den Revolver aus der Hand schlug, der irgendwo seitlich zu Boden schepperte. Während er dies tat, hielt Ilkovic' rechter Arm Coltranes Brustkorb mit unverminderter Kraft so fest umklammert, dass Coltrane nach wie vor vergeblich nach Luft rang.

Doch nicht ganz. Für einen Augenblick, während Ilkovic' Linke mit dem Revolver beschäftigt war, lockerte sich der Griff gerade genug, dass Coltrane einen tiefen Atemzug machen konnte. Es war eine der erfrischendsten und belebendsten Sinneswahrnehmungen, die er seit seinem ersten Atemzug als Säugling je empfunden hatte. Die roten Punkte vor seinen Augen verschwanden, und seine Gedanken klärten sich so weit, dass ihm wieder einfiel, dass er noch eine Waffe besaß. Als Ilkovic' linker Arm nach vorn zuckte und sich wieder mit dem rechten zu dem mörderischen Griff um Coltranes Brust verband, ließ Coltrane seine linke Hand sinken, fischte mit den Fingern McCoys Messer aus der Tasche seiner Jeans, klappte es mit den inzwischen fast gefühllosen Fingern seiner Rechten auf und rammte die Klinge mit letzter Kraft wieder und wieder in Ilkovic' Handrücken. Er spürte, wie die Klinge auf Knochen und Sehnen stieß. Etwas Heißes, Klebriges spritzte über Coltranes auf und nieder zuckende Faust.

Ilkovic schrie auf, ließ los und stolperte brüllend zurück. Coltrane stürzte zu Boden. Er landete auf den Knien und rang keuchend nach Atem. Doch seine zusammengequetschten Rippen wollten ihm nicht gehorchen. Er bekam nicht genügend Luft in seine Lungen, um wieder zu Kräften zu kommen.

Wimmernd umklammerte Ilkovic seine Hand und stieß zwischen den Zähnen fremdartig klingende Flüche hervor. Endlich konnte Coltrane ihn sehen. Die obere Hälfte von Ilkovic' Gesicht war nicht etwa von einer Maske bedeckt, sondern von einem monströsen Ding, das aussah wie die Augen eines riesigen Insekts. Eine Nachtsichtbrille. Mit ihrer Hilfe hatte er Coltrane in der zunehmenden Dunkelheit bestens ausmachen und verfolgen können. Mit der Kapuze seines Tarnregencapes über dem Kopf und den riesigen Doppelobjektiven der Nachtsichtbrille, die unter den tropfenden Falten der Kapuze hervorragten, sah Ilkovic aus wie ein Monster aus einer Insektenwelt. Knurrend entblößte er die Zähne und stürzte sich auf Coltrane.

Nur den Bruchteil einer Sekunde, bevor Ilkovic' schwerer Stiefel zwischen seinen Schenkeln landen konnte, warf sich Coltrane zur Seite. Während er durch den Schlamm rollte, bemühte er sich, die Klinge des Messer möglichst weit von seinem Körper weg zu halten, obwohl sie ihm mit einem Mal winzig vorkam, angesichts des auf ihn zustürmenden bulligen Muskelpakets. Bereits auf Coltranes Fotografien von Ilkovic war zu erkennen gewesen, wie ungeheuer massig und breit er war. Doch von Angesicht zu Angesicht war die rohe Kraft, die er ausstrahlte, beängstigend.

Als Ilkovic erneut nach ihm trat, warf sich Coltrane wieder zur Seite, entging Ilkovic' Stiefel um Haaresbreite und kam halb auf die Beine. Fast wäre er dabei über die Pumpgun gefallen. Er packte sie, wirbelte herum und sah, wie Ilkovic sich aufrichtete - McCoys Revolver in der Faust.

Coltrane zielte und drückte ab. Nichts geschah.

»Du hast vergessen zu laden, Fotograf.« Ilkovic hob den Lauf des Revolvers und richtete ihn auf Coltranes linke Schulter.

Hilflos sah Coltrane zu, wie er den Abzug durchdrückte.

Doch der Revolver war von Lehm verstopft.

Statt einen Schuss abzufeuern, zerriss er.

Wie gelähmt starrte Ilkovic durch die groteske Insektenbrille auf seine von der Explosion zerfetzte Hand hinab. Sein Mund war zu einem stummen Schrei aufgerissen, der ihm vor Verblüffung im Hals stecken blieb.

Coltranes Bewegungen waren so bedachtsam und überlegt, als stelle er die Schärfe, die Blende und die Belichtungszeit einer Kamera ein, ehe er ein Foto schoss. Er hebelte die Patrone mit einem Klirren in die Kammer, vergewisserte sich, dass der Lauf der Schrotflinte nicht verstopft war, zielte sorgfältig und blies Ilkovic den Kopf von den Schultern.

SIEBEN

1

Ein Chaos von Emotionen drohte Coltrane zu zerreißen: Erleichterung, Entsetzen, Triumph, Grauen, Ekel. Er sank auf die Knie, und während er auf den kopflosen Torso, der einmal Ilkovic gewesen war, starrte, überkam ihn das entsetzliche Gefühl, dass der Tote, der vor ihm lag, in Wirklichkeit sein Vater war. Doch dieses Mal hatte sich sein Vater nicht selber das Gehirn aus dem Schädel geblasen; Coltrane hatte es für ihn getan.

»Gott sei Dank«, murmelte er erstickt. Tränen vermischten sich auf seinen Wangen mit dem Regen. »Gott sei Dank.«

Doch sogleich kroch von neuem die Angst in sein Herz. Er musste für McCoy Hilfe holen. Aber da McCoys Wagen zerstört war, blieb ihm keine Möglichkeit mehr, zum Pacific Coast Highway zurückzufahren. Er würde zu Fuß gehen müssen. Fünfzehn Kilometer auf einer aufgeweichten, schlammigen Straße. Das würde Stunden dauern. McCoy würde bis dahin verbluten.

Trotz seiner Erschöpfung rappelte er sich auf. Doch kaum hatte er sich trabend in Richtung der vom Sturm verhüllten Berge in Bewegung gesetzt, da blieb er abrupt stehen, weil in seinem Kopf ein Gedanke aufblitzte. Es gab doch eine Möglichkeit, zum Highway zu fahren. Er hatte ganz vergessen, dass hier oben irgendwo noch ein Auto stehen musste – Ilkovic' Wagen. Wenn er ihn finden könnte …

Coltrane blickte zu dem kopflosen Leichnam zurück. Als

er sich ihm mit zögernden Schritten näherte, stieg ein beklemmendes Gefühl in seiner Kehle auf. Halb gelähmt vor Angst, die von der Explosion und den Messerstichen zerfetzten und blutüberströmten Hände Ilkovic' würden hochfahren und ihn an der Kehle packen, beugte er sich über den Toten und zog mit zitternden Händen Ilkovic' Regencape hoch. Er hatte geglaubt, das Schlimmste überstanden zu haben und dass es nichts Grauenvolleres mehr geben konnte als das, was er soeben durchgemacht hatte, doch nun wurde ihm klar, wie sehr er sich geirrt hatte. Während er Ilkovic' warmen Leichnam berührte, in seinen Hosentaschen wühlte und sein schwammiges Fleisch unter dem nassen Stoff spürte, wurde Coltrane ganz schwummrig zumute, und in seinem Kopf drehte sich alles, so dass er fürchtete, gleich ohnmächtig zu werden. Seine zitternden Finger ertasteten einen Schlüsselbund. Er klemmte ihn zwischen zwei Finger, zog vorsichtig die Hand aus der Tasche und schloss sie fest um die Schlüssel, damit sie ihm nicht wieder entglitten, während er auf die Knie sank und gegen das Gefühl ankämpfte, sich übergeben zu müssen.

Mit zitternden Fingern wischte er sich über den Mund und stemmte sich hoch. Und jetzt such den Wagen!, trieb er sich zur Eile. Aber wo hatte Ilkovic ihn abgestellt? Coltrane hatte McCoys Wagen ins Tal herabkommen sehen, doch Ilkovic' Auto hatte er weder gesehen noch gehört. Bedeutete das, dass Ilkovic es auf dem Kamm oberhalb des Tals gelassen hatte? Nach dem Einschlagwinkel seiner Kugeln zu urteilen, hatte er zunächst von dort oben geschossen. Hatte er seinen Wagen dort stehen lassen und war zu Fuß ins Tal herabgekommen?

Los, Mann, lauf schon! Du musst Hilfe für McCoy holen!

Coltrane rannte los, durch den niederprasselnden Regen und die Dunkelheit, und konzentrierte seine ganze Aufmerksamkeit darauf, nicht von der Straße abzukommen, während er mit pumpenden Lungen und schmerzenden Oberschenkeln auf der schlammigen, glitschigen Fahrbahn den Berghang hinauf keuchte. Die Anstrengung dieser

Schinderei erschöpfte ihn so, dass er taumelte, als er endlich die Passhöhe erreichte. Wo würde Ilkovic den Wagen abgestellt haben? Nicht direkt auf dem Kamm, wo Coltrane ihn von unten gesehen hätte. Ein Stückchen weiter unterhalb der Passhöhe auf der anderen Seite. Und nahe bei der Straße. Ilkovic hatte das Auto sicher nicht zu weit von seiner Fluchtroute entfernt abstellen wollen.

Coltrane rannte gegen den Kühler des Wagens, bevor er ihn sah. Der unerwartete Aufprall ließ ihn rückwärts taumeln, mit schmerzenden Schienbeinen, Knien und Hüftknochen. Doch er hatte keine Zeit, sich von diesen Blessuren aufhalten zu lassen. Seine Gedanken waren ganz auf McCoy konzentriert. Er packte den Griff der Fahrertür des schwarzen Lieferwagens und zog daran, doch die Tür rührte sich nicht. Fluchend fummelte er mit den Schlüsseln herum, riss dann die Tür auf und kletterte hinter das Steuer. Seine zitternde Rechte brauchte drei Versuche, um den Schlüssel in das Zündschloss zu stecken. Er startete den Motor, legte den Gang ein und schärfte sich ein, langsam zu fahren. Wenn er von der Straße abkam, würde er wahrscheinlich im Schlamm stecken bleiben. Er machte die Scheinwerfer an, ließ vorsichtig die Kupplung kommen und wendete den Wagen in einem engen, langsamen Bogen, wobei er einige Male erschrocken die Luft anhielt, als die Reifen auf dem schlammigen Untergrund ins Rutschen kamen. Doch sie hielten die Spur, und er atmete erleichtert auf, als er den Wagen gewendet hatte. Im zweiten und dann im dritten Gang rollte er die Straße abwärts in Richtung Pacific Coast Highway, während er an den Hebeln an der Lenksäule drehte und sie in alle Richtungen kippte, bis er endlich herausfand, wie man den Scheibenwischer anmachte.

Die ganze Zeit war er sich des entsetzlichen Gestanks bewusst, der in dem Wagen hing, doch da er alle Hände voll zu tun hatte und seine Aufmerksamkeit ganz auf den Wagen gerichtet war, nahm er die ganze barbarische Intensität des widerwärtigen Geruchs erst jetzt wirklich wahr. Er erinnerte ihn an verdorbenes Fleisch. So schlagartig, wie sein Herz zu einem Eisklumpen erstarrte, begriff er, dass Ilkovic Daniel hier im Laderaum des Lieferwagens abgeschlachtet hatte.

2

Das Quaken von Polizeifunkgeräten hallte durch die Nacht. Die Scheinwerferkegel mehrerer Ambulanzwagen durchbohrten das nächtliche Dunkel des Tals, und ihre sich kreuzenden Lichtbahnen erweckten den Eindruck, in einem Irrgarten zu sein. Der wolkenbruchartige Regen war zu einem Nieseln abgeebbt, das Rauschen der niederprasselnden Wassermassen verstummt, welches jedes Geräusch geschluckt hatte, so dass man jetzt sogar das schnurrende Brummen der leer laufenden Motoren der Polizeiwagen hören konnte. Obwohl Coltrane den jungen Cop von der Highway-Patrol der Staatspolizei, dessen Streifenwagen er beinahe von der Straße gedrängt hatte, darauf aufmerksam gemacht hatte, dass der Fluss zu hoch und zu reißend sei, als dass ein Ambulanzwagen ihn überqueren konnte, hatte der Polizist dennoch einen über Funk angefordert. Nun war sein weißer Heckaufbau zwischen den übrigen Rettungswagen im hellen Licht der Scheinwerfer etwa fünfzig Meter oberhalb von McCoys ausgebranntem Wagen auszumachen, wo alle Fahrzeuge stehen geblieben waren, um nicht die Spuren am Tatort zu vernichten.

Auf der anderen Seite des Flusses, den Coltrane ungeachtet des Risikos erneut durchwatet hatte, schwebte ein Sanitätshubschrauber, dessen Rotoren ein hohes, schmetternd widerhallendes Winseln verursachten, während die Finger seiner Suchscheinwerfer über die verkohlten Ruinen der Westernstadt tasteten. Das gleißende Licht dieser Scheinwerfer zwang Coltrane, mit einer Hand seine Augen abzuschirmen, während er zwischen verkohlten Balken in einer Pfütze saß und den reglosen McCoys, den er behutsam aus seinem provisorischen Versteck gezogen hatte, in den Armen hielt. McCoy war kalt, und Coltrane legte in einem verzweifelten Versuch, ihn zu wärmen, seine Arme um ihn. »Sie kommen wieder auf die Beine. Die bringen Sie hier raus.«

McCoy zeigte keine Reaktion. Seine einzige Bewegung war das Heben und Senken seiner Brust.

»Sterben Sie mir jetzt nicht, McCoy! Die Sanitäter sind gleich da. Sie werden sehen, Sie kommen wieder in Ordnung.«

Der junge Cop von der Staatspolizei, der zunächst versucht hatte, Coltrane davon abzuhalten, den reißenden Fluss zu durchqueren, und ihm dann schließlich gefolgt war, winkte zu dem Hubschrauber empor und bedeutete dem Piloten, außerhalb der Ruinen zu landen. Im Widerschein der Suchscheinwerfer des Helikopters war an der Seite seines weißen Rumpfs das rote Kreuz zu erkennen.

Coltrane schlang die Arme fester um McCoy, um seinem Körper wenigsten ein bisschen Wärme zu geben. Sanitäter sprangen aus dem Hubschrauber und liefen geduckt unter den Rotoren hindurch auf die Ruinen zu. Schlamm spritzte auf ihre weißen Uniformen. In weniger als zwei Minuten, in denen Coltrane erklärte, wann und wie McCoy angeschossen worden war, hatten sie eine intravenöse Infusionskanüle gelegt und ihn mit Sauerstoff versorgt. So erleichtert Coltrane auch war, dass McCoy auf schnellstem Weg in ein Krankenhaus gebracht wurde, empfand er, als die Sanitäter den Verletzten vorsichtig auf die Bahre hoben und mit ihm zum Hubschrauber rannten, dennoch ein seltsames Gefühl der Trennung.

Das hohe Surren der Motoren schwoll zu einem Dröhnen, als der Helikopter in die Luft stieg. Coltrane sah ihm nach, bis die Suchscheinwerfer erloschen und er das sich entfernende Schmettern der Rotoren kaum mehr hören konnte. Er wandte sich zu dem jungen Polizisten um, der ihm zum wiederholten Mal erklärte, dass es eine Menge Leute gab, die ihm eine Menge Fragen zu stellen hatten.

Inzwischen hatte die Polizei Sicherheitsleinen über den

angeschwollenen Fluss gespannt, mit deren Hilfe die Ermittler die reißenden Fluten überqueren konnten. Das Licht ihrer Taschenlampen schälte ihre tropfnassen Gesichter aus der Dunkelheit. Die Verärgerung angesichts der Nutzlosigkeit ihrer Regenkleidung, die in ihren Zügen lag, wandelte sich in Verwunderung und dann Erstaunen, als Coltrane erzählte, was geschehen war. Eine Stimme in einem Winkel seines Gehirns warnte ihn, damit zu warten, bis er den Rat eines Anwalts eingeholt habe, aber er sagte sich, dass er nichts zu verbergen hatte. Hätte er einen Anwalt verlangt, dann hätte das so ausgesehen, als wollte er tatsächlich etwas verbergen. Wenn Coltranes ursprünglicher Plan funktioniert und er Ilkovic in einen Hinterhalt gelockt hätte, wäre das etwas anderes gewesen, das wusste er. Doch McCoys Gegenwart hatte alles geändert. Coltrane konnte sich nicht vorstellen, dass irgendein Polizeibeamter oder Bezirksstaatsanwalt besonders darauf scharf sein würde, einen Mann festzunehmen und vor Gericht zu stellen, der für einen verwundeten FBI-Agenten sein Leben riskiert hatte.

Mit wachsendem Erstaunen begleiteten die Beamten Coltrane, als er sie herumführte und ihnen sein von Kugeln durchlöchertes Auto und die zerschossenen Reifen zeigte und die Stelle, wo er McCoy unter den verkohlten Balken versteckt hatte. Er ging mit ihnen über den Fluss zurück und zeigte ihnen, wo McCoy die Kugel abbekommen und wo Ilkovic später in McCoys Wagen die Brandbombe gezündet hatte. An jedem dieser Orte hielten die Ermittler einen gewissen Abstand zu den bereits vorhandenen Fußspuren im Ascheschlamm, um sie nicht zu zerstören. Als Blitzlichter aufflammten, konnte Coltrane nicht umhin zu denken, dass alles verdreht war: Er sollte derjenige sein, der die Fotos machte, und nicht der Grund, weshalb die Fotos gemacht wurden.

»Wer war er?« Ein Lieutenant der Staatspolizei deutete mit dem Kinn auf den Toten.

»Dragan Ilkovic.« Coltrane erklärte, was in Bosnien und mit Daniel, Greg und seinen Großeltern geschehen war.

»Dieser Kerl hat einen Detectiv des LAPD umgebracht?«

»Ich hoffe nur, seine Fingerabdrücke sind irgendwo registriert«, brummte einer aus dem Team des Gerichtsmediziners im Hintergrund. »Es dürfte sonst verdammt schwierig sein, ihn zu identifizieren.«

Dann waren die Fotografen fertig, und jemand legte ein paar Bretter über den aufgeweichten Boden, damit die Ermittler näher an Ilkovic' Leichnam heran konnten, ohne frische Spuren im Schlamm zu hinterlassen.

Coltrane hatte keine Ahnung, wann Nolan und Jennifer eingetroffen waren. Als er sich umdrehte, um nicht mit noch mehr Fragen bombardiert zu werden, sah er plötzlich, wie sie sich einen Weg in den Lichtkreis der Autoscheinwerfer und Taschenlampen bahnten. Er bereite sich darauf vor, alles noch einmal erklären zu müssen, doch das Erste, was Nolan tat, war, sich bei dem leitenden Officer vorzustellen, und das Erste, was Jennifer tat, war, von Coltrane zu Ilkovic' Leiche zu sehen und dann einen entsetzten Schritt rückwärts zu machen.

Dann packte Nolan Coltranes Arm und zog ihn beiseite. Seine mächtigen Schultern waren straff vor Zorn. »Sieht so aus, als hätten Sie sich ein wenig verirrt. Wussten Sie nicht mehr, wo das Haus ist? Das Haus, wo Sie uns treffen wollten? Was zum Teufel haben Sie hier draußen gemacht?«

»Ich musste den Plan ein wenig ändern«, erwiderte Coltrane.

»Sie haben Ilkovic hierher gelockt, um ihn zu töten.«

»Habe ich das?«

»Glauben Sie, die Geschworenen kaufen Ihnen ab, dass Sie das alles nicht geplant haben?«

Coltrane zuckte erschöpft mit den Achseln. »Sie haben Recht. Ich habe ihn hierher gelockt, um ihn zu töten.«

»Sie geben es also zu?«

»Dann tauchte McCoy auf, und wir haben darüber geredet, und er hat mich überzeugt, dass es ein Fehler ist. Aber ich bekam gar nicht die Chance, meinen Plan fallen zu lassen, weil Ilkovic zu schießen anfing und McCoy getroffen wurde. Danach war es Notwehr.«

Nolan starrte ihn einen langen Augenblick unverwandt an. »Das ist Ihre Version.«

»Das ist meine Version.«

»Dann können Sie nur hoffen, dass McCoy durchkommt und bestätigt, was Sie mir gerade erzählt haben.«

»Ich hoffe, er kommt durch – egal, was er bestätigt.«

»Das ist genau der richtige Unterton aufrechten Pflichtbewusstseins, den die Geschworenen hören wollen. Es könnte funktionieren. Ich glaube, Sie könnten damit tatsächlich davonkommen.«

»Ich will mit gar nichts davonkommen«, sagte Coltrane. »Dieser Schweinehund hat McCoy niedergeschossen. Wenn ich nicht gewesen wäre, wäre McCoy hier draußen gestorben.«

»Wenn Sie nicht gewesen wären, mein Freund, wäre McCoy überhaupt nicht hier gewesen.«

Coltrane hatte darauf keine Antwort.

Der Lieutenant der Staatspolizei unterbrach sie: »Wir werden Sie ins Präsidium mitnehmen und Ihre Aussage protokollieren müssen.«

Coltrane nickte. »Kann ich vorher noch eine Minute mit ihr sprechen?« Er deutete zu Jennifer hinüber, die entsetzt um sich blickte und völlig verstört wirkte.

Der Lieutenant schien gar nicht glücklich damit. »Ich möchte nicht, dass Sie mit irgendjemandem reden, der nicht mit den Ermittlungen befasst ist – nicht bis wir mit der Untersuchung fertig sind. Falls sie ebenfalls in die Sache verwickelt ist, sind Sie nicht der Einzige, der mit ihr reden möchte.«

Dann schoben sie Coltrane in einen Streifenwagen, und ein Polizist führte Jennifer zu einem anderen Wagen. Langsam und mit Nolans Wagen im Schlepptau erklommen die beiden Autos der Staatspolizei mit rutschenden Reifen die steile, glitschige Straße zum Kamm hinauf. Im Licht ihrer Scheinwerfer glitzerte ein feiner Nieselregen.

3

Um zwei Uhr nachts und nach fünf Stunden pausenloser Vernehmung teilte die Staatspolizei Coltrane schließlich mit, er könne nach Hause gehen. »Aber Sie sind verpflichtet, uns mitzuteilen, wo Sie sich aufhalten und wenn Sie den Wohnsitz wechseln. Und Sie dürfen die Region von Los Angeles nicht verlassen.«

Sie hatten Coltrane einen Overall gegeben, damit er seine verdreckte und blutverschmierte nasse Kleidung ablegen konnte.

»Den bringe ich Ihnen wieder zurück«, sagte er.

»Dazu werden Sie ausreichend Gelegenheit haben, denn Sie werden uns in nächster Zeit häufig sehen.«

Draußen im Korridor vor dem Vernehmungsraum wartete Jennifer auf einer Holzbank. Ihr kurzes blondes Haar war noch immer nass vom Regen und klebte an ihrem schmalen Kopf. Ihr niedergeschlagener Blick war auf den grau gekachelten Boden gerichtet. Sie sah auf und nickte kaum merklich, als er aus der Tür kam.

»Kannst du gehen?«

»Ja. Sie haben gesagt, ich kann nach Hause.« Bedrückt stand Jennifer auf. »Sergeant Nolan ist hier noch irgendwo. Er hat gesagt, er nimmt uns mit nach Los Angeles zurück. Mitch …«

»Was ist?«

»Warum, in Gottes Namen, hast du …«

Nolan kam den Korridor herab.

Die meiste Zeit der Rückfahrt verging in Schweigen.

»Sie haben Glück. Ich habe gehört, dass man Ihnen die Geschichte wahrscheinlich abnimmt, die Sie uns verkaufen wollen«, sagte Nolan schließlich.

»Ich will niemandem irgendetwas verkaufen.«

»Solange McCoy ihre Geschichte bestätigt … Auch da scheinen Sie Glück zu haben, denn im Krankenhaus sagen sie, dass er durchkommen wird.«

Gott sei Dank, dachte Coltrane.

»Natürlich werden Sie auch die Geschworenen bei der Vorverhandlung überzeugen müssen«, brummte Nolan. »Aber vorläufig dürften Sie von der Staatspolizei in Ruhe gelassen werden. Von mir allerdings nicht. Wir sind noch nicht fertig miteinander. Wenn ich nicht so verdammt müde wäre, würde ich Sie sofort ins Büro der Threat Management Unit bringen. Aber morgen werden Sie verdammt noch mal antanzen und mir erklären, warum Sie glauben, Sie sind so verdammt viel besser als ich, dass Sie mich wie einen Idioten behandeln können.«

»Tut mir Leid. Das wollte ich nicht.«

»Sparen Sie sich das für morgen.«

»Es gibt noch etwas, das ich vorher tun muss. Dann gehöre ich ganz Ihnen.«

»Etwas, das Sie noch tun müssen? Vergessen Sie's. Glauben Sie mir, es gibt nichts, das wichtiger wäre als ...«

»Doch. Daniels Beerdigung.«

Erneut senkte sich Schweigen über den Wagen.

»Okay. Gehen Sie zu der Beerdigung«, sagte Nolan. »Ich sehe Sie dort. Gregs Beerdigung ist einen Tag später. Da sehe ich Sie ebenfalls. Auch wenn von Greg nichts mehr übrig ist, das man beerdigen könnte.«

»Die Beerdigung meiner Großeltern ist wahrscheinlich einen Tag darauf.«

»Vielleicht sollten wir Ihnen eine Medaille dafür geben, dass Sie den Schweinehund erschossen haben.«

Sie fuhren wieder einige Kilometer in Schweigen.

»Wo soll ich Sie absetzen? Bei Ihrer Wohnung oder bei Packards Haus?«, fragte Nolan.

»Am Flughafen.«

Nolans Schultern spannten sich sichtlich. »Sie dürfen Los Angeles nicht verlassen.«

»An der America-West-Parkgarage. Ich habe meinen Wagen dort am Samstagabend abgestellt.«

Mitten in der Nacht war die Zufahrt zum Airport fast leer. Nolan hielt direkt vor der Parkgarage.

Coltrane stieß seine Tür auf. »Ich sehe Sie um vier in Ihrem Büro.«

»Ja, ich weiß.«

Coltrane wartete, dass Jennifer mit ihm ausstieg.

Sie tat es nicht.

»Ist irgendwas?«, fragte Coltrane.

»Da wir gerade in der Gegend sind, könnten Sie mich bei meinem Apartment in Marina del Rey absetzen, Sergeant?«

Nolan runzelte die Stirn und sah von ihr zu Coltrane.

4

Um fast vier Uhr morgens war die Straße in Westwood, in der Coltrane wohnte, still und verlassen; das Haus lag im Dunkeln. Pfützen bedeckten die Fahrbahn, die im Scheinwerferlicht wie schwarze Löcher aussahen. Bereits die Vorstellung, in der Garage eingeschlossen zu sein, jagte ihm eine Gänsehaut über den Rücken, deshalb parkte er den Wagen am Bordstein und stieg die nassen Stufen zu seinem Betoninnenhof hinauf. Die Luft hatte so abgekühlt, dass er fröstelte. Immer wieder versicherte er sich selbst, dass Ilkovic wirklich und wahrhaftig tot war, dass die Polizei sein Haus nach Bomben und Sprengstoff durchsucht hatte und dass er vor nichts Angst zu haben brauchte. Trotzdem fühlte er sich unbehaglich, als er den Schlüssel ins Schloss der Haustür schob.

Er griff hinein und knipste den Schalter an, bevor er eintrat. Licht durchflutete das Wohnzimmer. Die Möbel waren verschoben, und auch sonst hatten die Beamten ein heilloses Durcheinander hinterlassen. Doch was ihm von dem ganzen Chaos am meisten zu schaffen machte, waren die leere Flasche Chardonnay auf dem Kaffeetisch und die drei Weingläser, zwei davon halb voll, auf dem Tischchen neben dem Telefon. Sie stammten vom Samstagnachmittag, als er mit Jennifer und Daniel gefeiert und ihnen seine Fotografien gezeigt hatte – bis Ilkovic' Anruf kam und sie alle schockiert die Gläser abgestellt hatten. Es erschien ihm unvorstellbar, dass Daniel inzwischen umgebracht worden war.

Coltrane verschloss die Tür und trat zögernd auf eines der Weingläser zu – das leere, denn er erinnerte sich, dass Daniel sein Glas als Erster geleert hatte. Das einst spiegelblanke Glas hatte sich mit einem hauchdünnen Film eingetrockneter Flüssigkeit beschlagen. Ehrfürchtig nahm er es in die Hand, wobei er darauf achtete, Daniels schwach sichtbare Fingerabdrücke nicht zu berühren. Minuten lang betrachtete er sie. Schließlich stellte er das Glas ab, ging zum Geschirrschrank in der Küche, nahm eine Flasche Wild Turkey heraus und trank drei tiefe Schlucke direkt aus der Flasche. Nach Luft ringend, setzte er sie ab. Das Feuer in seiner Kehle und seinem Magen loderte noch nicht heiß genug, um ihn von seinen Gefühlen abzulenken.

Er stieg die Treppe zu seinem Schlafzimmer empor, in dem dank der Bombenexperten ebenfalls ein heilloses Durcheinander herrschte. Er zog sich aus, ging ins Badezimmer und nahm die längste Dusche seines Lebens, an die er sich erinnern konnte. Immer wieder seifte er sich von Kopf bis Fuß ein, spülte sich ab, seifte sich ein und schruppte sich sauber, um den Geruch des Todes, der an ihm haftete, abzuwaschen. Trotz der Schrammen und Blutergüsse an Beinen, Armen und Brust rubbelte er sich kräftig trocken, bis seine Haut rot und empfindlich war. Er war hierher gekommen, um frische Kleider zum Wechseln und einige andere Dinge zu holen, die er in Packards Haus brauchte. Doch mit einem Mal fühlte er sich zu erschöpft, um noch hin zu fahren. Er zog das Bett ab, weil er wusste, dass Ilkovic in diesem Raum gewesen war und alles angefasst hatte. Aus einem Wandschrank im Gang nahm er ein Bettlaken und eine Decke und breitete sie über das Bett. Er stellte den Wecker auf 9:00 Uhr morgens, machte das Licht aus, kroch unter die Decke und versuchte zu schlafen.

5

Das Schrillen des Telefons riss ihn aus einem unruhigen Halbschlaf, in dem Arme von hinten seine Brust zusammenpressten und der Regen die Farbe von Blut hatte. Benommen richtete er den verschwommenen Blick auf den Wecker neben dem Bett. Kurz nach sechs. Er kam zu dem Schluss, dass es entweder Jennifer oder Nolan oder die Staatspolizei sein musste.

»Hallo?«

»Mr. Coltrane?«

Coltrane kannte die Stimme nicht. »Wer will das wissen?«

»Ich bin Reporter von der *L.A. Times*. Ich würde gerne …«

Kaum hatte Coltrane aufgelegt, klingelte das Telefon erneut.

Der nächste Reporter war von Associated Press.

Coltrane steckte das Telefon im Schlafzimmer aus, doch beinahe im selben Augenblick klingelte das Telefon unten, und bis Coltrane die Treppe hinabgestiegen war, hörte er auf dem Anrufbeantworter bereits die Stimme eines Mannes, der sich als Reporter von *Newsweek* vorstellte und ihn bat, nähere Details über …

Coltrane zog den Stecker heraus.

Er wusste, was auf ihn zukam. Seine Erschöpfung und verkrampften Muskeln ignorierend, rannte er nach oben, schlüpfte in eine graue Hose und einen marineblauen Blazer, packte zwei Koffer mit Kleidungsstücken, schlang sich eine Kameratasche über die Schulter und verließ das Haus. Er sprang in den Wagen und fuhr eben los, als ein TV-Nachrichten-Caravan heranbrauste. Im Rückspiegel sah er, dass er vor seinem Haus hielt.

Vor der Kirche in Burbank standen drei TV-Nachrichtenwagen, als er kurz vor eins dort eintraf. Auf gebührenden Abstand voneinander bedacht, sprachen drei identisch aussehende, attraktive, ernst dreinblickende Frauen in

Maßanzügen, den Rücken der Kirche zugekehrt, in ihre Mikrofone, während Kameramänner die durch das Portal strömenden Trauergäste filmten. Coltrane fragte sich, ob er in Ausübung seines Jobs als Fotograf jemals die Menschen in ihrer Trauer gestört hatte. Wahrscheinlich ... Jetzt wusste er, wie man sich fühlte, wenn man auf der anderen Seite war. Nachdem er seinen Wagen hinter der Kirche geparkt hatte, überlegte er, ob er es riskieren konnte hineinzugehen, und kam zu dem Schluss, dass die TV-Teams nicht wissen konnten, wie er aussah. Soweit er wusste, war nie ein Foto von ihm veröffentlicht worden.

Also versuchte er sein Glück. Jennifer war bereits in der Kirche, als er eintrat. Sie trug ein schwarzes Kleid und einen Schleier, der nicht zu verbergen vermochte, wie erschöpft sie war. Er setzte sich neben sie, was sie anscheinend überraschte, und nickte ihr zu. Sie nickte betrübt zurück und schien etwas sagen zu wollen, doch dann wandte sie sich wieder den Sargträgern zu, die mit Daniels Sarg auf den Schultern den Mittelgang zum Altar herabschritten. Daniels Exfrau, die von einem älteren Mann, der möglicherweise ihr Vater war, gestützt wurde, schluchzte auf und folgte dem Sarg mit unsicheren Schritten. Die Träger setzten den Sarg auf einer Bahre ab, und Daniels Exfrau nahm ihren Platz in der vordersten Bank ein. Ein Priester trat, gefolgt von Ministranten, aus der Sakristei und begann mit der Totenmesse. Obwohl er es nicht wollte, spukte die klassische Trauermusik durch Coltranes Kopf, die Ilkovic mehrere Male auf seinen Anrufbeantworter gespielt hatte: Verdis Requiem.

Der Tag des Zorns, der Tag des Grimms
wird die Welt in Asche legen ...
Und ein schreckliches Zittern wird anheben,
wenn der Richter erscheint
und alle Dinge zerstreut werden.

Verdammt sollst du sein, Ilkovic. Jetzt bist *du* es, der vor seinen Richter tritt.

Der Priester ging in seiner Totenrede unter anderem auch auf Miltons *Verlorenes Paradies* ein und dass es immer wieder eines schwierigen und mühevollen Akts des Glaubens bedürfe, die Wege Gottes vor den Menschen zu rechtfertigen. »Wenn etwas so Unfassbares geschieht, begreifen wir unsere eigene Machtlosigkeit und Verlorenheit. Was ist das für ein Gott, der so schreckliche und grausame Dinge zulässt? In welchem Universum leben wir, in dem Verhältnisse herrschen, die etwas so Entsetzliches ermöglichen? Wir werden bis an die äußersten Grenzen unserer Leidensfähigkeit geprüft. Geprüft!«, wiederholte der Priester. »Wenn wir standhalten wollen, dürfen wir uns nicht von Gott abwenden. Und wir dürfen uns auch nicht von der Welt abwenden. Wovor wir uns abwenden und was wir hassen müssen, ist das Böse, das zu bezwingen wir in diese Welt geboren wurden.«

Mich von der Welt abwenden? dachte Coltrane. Das glaube ich nicht. Ich habe die Rechnung beglichen, Daniel.

Nach der Totenmesse, verließ Coltrane gemeinsam mit Jennifer die Kirche. »Kannst du bitte einen Augenblick auf mich warten?« Er ging zu Daniels Exfrau hinüber, umarmte sie und sagte, wie Leid es ihm tue. Vermutlich hatte sie Tabletten genommen, denn sie schien ihn nicht zu hören. Nolan, der offenbar irgendwo in den hinteren Reihen gesessen hatte, stand neben der Kirchentreppe und beobachtete ihn. Nachdem er einen Blick mit ihm gewechselt hatte, ging Coltrane durch die Menge der Trauergäste, von denen er die meisten von seinen Besuchen Daniels im Krankenhaus kannte, zu Jennifer zurück.

»Bist du okay?«, fragte er sie.

»Nein.«

»Es tut mir Leid«, sagte Coltrane.

»Was denn? Du hast Daniel doch nicht umgebracht.«

»Das, was du wegen mir durchmachen musstest.«

»Was mir vor allem Leid tut«, sagte Jennifer, »ist, dass du mir nicht gesagt hast, was du vorhast. Du hast mich ausgeschlossen.«

»Ich wollte dich nicht in Gefahr bringen.«

»Trotzdem, du hast mich ausgeschlossen. Du hast mir nicht genügend vertraut, um mir zu sagen, was du vorhast. Du hast mich wie eine Fremde behandelt. Aber du bist der Fremde. Ich hätte nie gedacht, dass du fähig bist …«

Schuldbewusst sah Coltrane zur Seite.

»Ich bin für mich selber eine Fremde«, sagte Jennifer.

»Wie meinst du das?«

»Ich meine die Diskussion, die wir wegen Waffen hatten. Jetzt, wo Ilkovic tot ist, komme ich mir wie ein Feigling vor.«

»Das verstehe ich nicht.«

»Ich wünschte, ich hätte die Gelegenheit gehabt, diesem Bastard den Schädel wegzublasen.«

Coltrane war schockiert.

»Ich war noch nie so durcheinander«, murmelte Jennifer.

Er legte seine Hand auf ihren Arm. »Wollen wir nach der Beerdigung irgendwo was zusammen essen und darüber reden?«

»Nein.«

»Du möchtest eine Weile allein sein?«

»Ja. In den letzten Tagen waren wir viel zusammen. Manchmal können einem auch die schönen Dinge zu viel werden. Mal was anderes, wie? Sonst warst immer du derjenige, der allein sein wollte.«

Coltrane breitete schicksalsergeben die Hände aus. Im selben Augenblick nahm er aus den Augenwinkeln einen Tumult am Rand der Menschenmenge wahr. Offenbar hatte jemand den Fernsehleuten gesagt, wer er war, denn sie schwärmten auf ihn zu.

Verfolgt von Kameramännern, erreichte er knapp vor ihnen den Parkplatz.

6

Etwa fünfzehn Minuten vom Friedhof entfernt bog Coltrane in eine weitere schmale Seitenstraße. Er behielt den Rückspiegel im Auge und stellte befriedigt fest, dass er die Caravans der Sender abgehängt hatte.

Er fuhr dorthin, wo er den ganzen Morgen gewartet hatte, bis es Zeit für Daniels Beerdigung gewesen war, wo er sich sicher fühlte, dass ihn keine Nachrichtenreporter finden würden, denn nicht einmal Ilkovic hatte ihn dort aufgespürt. In dem Gewirr von Straßen in den Hollywood Hills blickte er, als er über einen von Bäumen gesäumten Hügelkamm fuhr, auf seinen Zufluchtsort hinab. Nach allem, was er durchgemacht hatte, bestärkte ihn das burgähnliche Aussehen des Hauses in dem Gefühl, dort sicher zu sein. Die grüne Patina auf dem Kupfer des Garagentors verstärkte den Eindruck einer Festung nur noch mehr, ebenso wie die zwei oberen Geschosse mit ihren kupferbewehrten Zinnen und Brüstungen.

Weil die Fernsteuerung für das Garagentor in dem zerschossenen Mietwagen war, den er in der vergangenen Nacht zurückgelassen hatte, parkte er am Bordstein. Es war ein komisches Gefühl, sein Auto offen auf der Straße stehen zu lassen, ohne Angst haben zu müssen, dass jemand versuchen würde, ihn umzubringen. Erschöpft sicherte er hinter sich die Haustür, warf einen Blick die Treppe hinauf zum sonnendurchfluteten Wohnzimmer und ging dann in die entgegengesetzte Richtung zum Tresorraum hinab.

Dort hatte er am Morgen auch die langen Stunden bis zu Daniels Begräbnis verbracht. Nach allem, was hinter ihm lag, wirkte der Tresorraum nicht mehr so beängstigend und bedrohlich auf ihn. Er fragte sich sogar, warum das je so gewesen war. Er brauchte etwas, womit er sich beschäftigen konnte, das ihn ablenken würde, und er wusste auch schon, was. Finster entschlossen, seinen Albträumen keine Chance zu geben – zumindest nicht in den nächsten Stunden, schloss er den Tresor auf, ging an den grauen Metallregalen vorbei und strebte auf die hintere linke Ecke des Raums zu. Das helle Deckenlicht erschien ihm nicht mehr so grell. Die dreizehn Grad kühle Luft ließ ihn nicht mehr frösteln. Die Betonwände schienen ihn nicht mehr erdrücken zu wollen. Er tastete über die Rückseite des Regals, löste die Riegel auf beiden Seiten und zog die Wand heraus.

Wieder blickte ihn das unglaublich schöne Gesicht an. Das Licht des Tresorraums ergoss sich in die versteckte Kammer und tauchte das Bild in einen seidenen Glanz, der die Frau lebendig erscheinen ließ. Er trat näher und bewunderte die perfekte Geometrie ihres Gesichts, das elegante Kinn, die sanft geschwungenen Lippen, die hohen Wangenknochen und die mandelförmig geschnittenen Augen. Ihr üppiges schwarzes Haar, das die Züge ihres Gesichts noch verführerischer machte. Der leuchtend weiße Schal verlieh ihren dunklen Augen etwas Magisches.

Mit trockenem Mund zog Coltrane eine der Schachteln aus dem hohen Regal an der Wand und brachte sie hinaus in den Tresorraum. Nachdem er den Deckel abgenommen hatte, nahm er behutsam eine Fotografie nach der anderen heraus und stellte sie nebeneinander auf die Fächer des großen Regals, betrachtete sie und holte neue aus der Schachtel. Lange Zeit stand er vor einer Nahaufnahme, auf der ihre Augen so direkt und geradewegs in die seinen blickten, dass er den Eindruck hatte, sie wäre wirklich hier. Er vermochte nicht zu sagen, was ihm mehr Ehrfurcht einflößte – Packards Genialität oder das Modell. Er hatte noch nie eine so hinreißende und bezaubernde Frau gesehen.

»Mitch?«

Die Stimme kam von oben.

Coltrane zucke zusammen.

»Mitch – hier ist Duncan Reynolds.«

Coltrane lief zur offen Tür des Tresorraums.

»Mitch?«

Er hörte, wie Duncan die Treppe herabkam, schlüpfte schnell aus der Tür und schloss sie hinter sich, bevor Duncan einen Blick hineinwerfen konnte. Dies war der Augenblick, in dem Coltrane begriff, dass er nicht die Absicht hatte, Duncan von den Fotografien in dem verborgenen Gelass zu erzählen.

7

»Ich habe Ihren Wagen draußen gesehen.« Duncan ließ seine Schlüssel in die Tasche gleiten. »Ich habe nicht damit gerechnet, Sie anzutreffen. Ich habe Ihnen das hier mitgebracht, aber ich habe nicht erwartet, dass ich es Ihnen persönlich geben kann.«

Coltrane unterdrückte seine Neugier, als Duncan ihm die Schachtel reichte, während er sich zugleich bemühte, nicht befangen oder nervös zu wirken wegen seines überstürzten Erscheinens aus dem Tresor. Er wollte nicht, dass Duncan glaubte, er hätte etwas zu verbergen. »Ein Telefon mit integriertem Anrufbeantworter?«

»Die Nummer ist noch angemeldet; Sie brauchen es nur einzustecken. Damit ist es für mich leichter, Sie wegen der Details beim Kauf des Hauses zu erreichen.«

»Ich war ziemlich beschäftigt in letzter Zeit«, sagte Coltrane.

»Das habe ich gehört, als ich heute Morgen den Fernseher angemacht habe. Sie hatten neulich am Sonntag, als ich mit Ihnen gesprochen habe, Ihre Nerven wirklich erstaunlich gut unter Kontrolle. Sind Sie verletzt?«

»Ein paar Schrammen und Kratzer.«

»In den Nachrichten sah es aus wie ein einziger Albtraum, in dem Sie der Held waren.«

»Eher ein verdammter Narr. Um ein Haar hätte ich mit dem Leben dafür bezahlt. Ich will nicht mehr daran denken.«

»Ja, man sieht Ihnen die Anspannung noch an. Es tut mir Leid, dass ich Sie so überfalle. Ich habe die Kaufvorverträge für das Haus und die Möbel bei mir. Wir können ein andermal darüber reden.« Duncan klappte seinen Aktenkoffer auf und reichte Coltrane einige Dokumente. »Sie haben mich gebeten, mehr über die Geschichte des Hauses in Erfahrung zu bringen.«

»Ja?« Coltrane beugte sich vor.

»Ich habe ein paar Recherchen angestellt und herausgefunden, dass außer dem Filmproduzenten, dem das Haus ursprünglich gehörte ...«

»Winston Case.« Coltrane erinnerte sich, den Namen in einer Biografie über Packard gelesen zu haben, die auch Informationen über die Geschichte der Häuser beinhaltete, die er fotografiert hatte.

»Stimmt. Ihm gehörte es von 1931 bis 1933, dem Jahr, in dem Randolph es fotografiert hat. Danach, von '33 bis '35, gehörte es einer Frau, die Rebecca Chance hieß.«

»Wer ist sie?«

»Ich weiß nichts Näheres. Sie ist nur ein Name auf einem Dokument. Sie war die einzige andere Eigentümerin. Im Herbst '35 ging das Haus in den Besitz von Randolph über, der es über eine Firma kaufte, die einer Firma gehörte, die einer anderen Firma gehörte, die Randolph von seinen Eltern geerbt hatte. Diese Heimlichtuerei war typisch für ihn. Nach derselben Methode ging er vor, als er sich zum Beispiel in Mexiko ein Haus kaufte: Er tat alles, um auch dort seine Zurückgezogenheit und sein ungestörtes Privatleben zu bewahren. Was dieses Haus hier angeht, hat er meines Wissens nie wirklich hier gewohnt.«

»Und sonst – ich meine abgesehen von den beiden Vorbesitzern – hat hier nie jemand gewohnt?«

»Das ist richtig, was auch seinen hervorragenden Zustand erklärt. Weil nie jemand hier gewohnt hat, der es abgenutzt hätte, waren kaum Reparaturen nötig. Abgesehen von dem eingebauten Tresorraum und der Dunkelkammer, ist das Haus genau so erhalten, wie es in den Dreißigerjahren gebaut wurde.«

»Genau. Aus diesem Grund kaufe ich es.«

8

Beim Fotografieren entstehen, wenn Lichtstrahlen von einem unscharf eingestellten Objekt reflektieren und auf das Negativ treffen, um das fotografierte Objekt unscharfe, einander überlappende Lichtkreise, die manche als ›Irritationskreise‹, andere als ›Kreise der Verwirrung‹ bezeichnen. Genauso fühlte sich Coltrane im Augenblick: gefangen in Kreisen der Verwirrung. Was tust du?, fragte er sich immer wieder. Während er sich durch den enervierend dichten Verkehr in Richtung des Polizeipräsidiums im Zentrum von Los Angeles quälte, ließ ihn sein überreiztes Gehirn, so erschöpft es auch sein mochte, nicht für eine Sekunde in Ruhe. Glaubst du, wenn du dich in eine Zeit versetzt, die weit genug zurückliegt, schaffst du es, dich so zu fühlen, als wäre niemand gestorben, den du geliebt hast?

Er dachte an den wichtigsten Gegenstand in seinem Leben: das Foto von seiner Mutter, wie sie ihn auf der Schaukel im Wohnwagenpark anschob. Es war unmöglich, die Stunden zu zählen, die er als Kind und auch als Erwachsener damit verbracht hatte, das Foto anzuschauen, sich in das Bild hinein zu versetzten und sich vorzustellen, er wäre wieder dort und sitze in der Schaukel. Jedes Mal hatten seine Anstrengungen in Frustration geendet, denn die Frau und der Junge auf dem Bild blieben in der Zeit festgefroren, während er immer älter wurde. Er war kein Teil des Bildes. Er war nur ein Betrachter. Er und der Junge waren nicht mehr dieselben. Und trotzdem blieb die Frau immer seine Mutter.

Glaubst du, wenn du in Packards Haus wohnst und dich in die Dreißigerjahre versetzt, kannst du dich selber austricksen und dich fühlen, als wärst du weit weg von der Gegenwart und weniger geschockt und traumatisiert durch das, was Ilkovic deinen Großeltern und Daniel und Greg angetan hat? Dadurch verschwinden deine Probleme nicht. Sie bleiben die gleichen – in der Vergangenheit und in der Gegenwart. Aber die Vergangenheit wird andere Probleme heraufbeschwören, die in sich in die Gegenwart drängen.

9

»Haben Sie eine Idee, wie ich Informationen über eine Frau bekommen kann, die in den Dreißigerjahren in Los Angeles gelebt hat?«, fragte Coltrane.

Nolan war auf einen so abrupten Themawechsel nicht vorbereitet.

»Ihr hat einmal das Haus gehört, das ich kaufen möchte«, erklärte Coltrane. »Ich versuche, etwas über seine Geschichte in Erfahrung zu bringen.«

»Haben Sie mir denn nicht zugehört?«, fragte Nolan. »Sie werden von Glück reden können, wenn Sie für diese Geschichte nicht ins Gefängnis wandern. Wenn ich Sie wäre, würde ich mir den Kopf vor allem darüber zerbrechen, was ich der Jury erzähle.«

»Wenn ich ständig an Ilkovic denke, werde ich noch verrückt.«

»Tja, leider werden Sie noch des öfteren an ihn denken müssen. Die Staatspolizei möchte sich noch mal mit Ihnen unterhalten. Sie sollen bei denen antanzen. Um halb sieben.« Nolan warf einen Blick auf seine Uhr. »Ihnen bleiben noch eineinhalb Stunden.«

»Die machen Überstunden.«

»Sie sind populär.«

Coltrane rieb sich das Kinn und erhob sich.

»In der Bibliothek gibt es Adressbücher der Stadt«, brummte Nolan.

»Was?«

»Adressbücher aus den Dreißigerjahren. Wie lange war das Haus in ihrem Besitz?«

»Von '33 bis '35.«

»Verfolgen Sie die Frau anhand der Adressbücher. Wohin ist sie gezogen, nachdem sie das Haus verlassen hat, das Sie kaufen? Schauen Sie nach, ob sie im Adressbuch von '36 steht. Dasselbe machen Sie mit den Telefonbüchern. Irgendwann wird sie aus den Verzeichnissen verschwinden – entweder weil sie in eine andere Stadt gezogen oder weil sie gestorben ist. Wenn sie gestorben ist, müsste es eine Todesanzeige in der *L.A. Times* gegeben haben. Natürlich wird es eine Weile dauern, alle Ausgaben der Zeitung des Jahres durchzusehen, in dem sie nicht mehr im Adressenverzeichnis geführt wird, aber wenn es für Sie so wichtig ist ...«

»Das Haus hat eine sehr interessante Vergangenheit. Ich würde gern mehr darüber wissen«, erklärte Coltrane.

»Bei dem Haufen Probleme, die Sie haben ...«

»Es ist immer noch besser, als über die letzten Tage nachzudenken.«

»Da haben Sie auch wieder Recht. Was Sie brauchen, ist ein Privatdetektiv.«

Nolan kramte eine Visitenkarte aus einer Schublade. »Versuchen Sie's mit dem hier. Er braucht alles, was Sie von der Frau haben – inklusive Foto.«

»Ich habe keines«, log Coltrane.

10

Als er gegen Mitternacht zu Packards Haus zurückkehrte, war er so hundemüde und gerädert, dass er kaum mehr die Augen offen halten konnte. Ein Blick in den Rückspiegel offenbarte ihm, dass sein zweitlängstes Gespräch mit der Staatspolizei tiefe Falten der Erschöpfung in sein Gesicht gegraben hatte. Schließlich hatte er sich auf die Hinterbeine gestellt und ihnen klar gemacht, dass sie warten mussten, falls sie noch mehr Fragen hatten, denn er werde morgen nach Connecticut zur Beerdigung seiner Großeltern fliegen.

Er fuhr den Wagen in die Garage, verschloss die Haustür hinter sich und stieg mit müden, schlurfenden Schritten die Stufen ins Wohnzimmer hinauf. Es bereitete ihm unendliche Mühe, den blauen Blazer und die graue Hose auszuziehen, die er seit Daniels Beerdigung am Morgen – seit einer Ewigkeit, wie es ihm schien – getragen hatte. Todmüde kroch er in seinen Schlafsack.

Doch sein überreiztes Gehirn ließ ihn keinen Schlaf finden. Schemenhafte Albträume ließen seine Glieder zucken. Die verstümmelten Hände von Ilkovic' enthauptetem Leichnam schienen nach seiner Kehle zu greifen, um ihn zu erdrosseln. Mit einem Ruck fuhr er aus dem Schlaf auf. Er versuchte, das Leuchtzifferblatt seiner Uhr zu entziffern und seufzte gequält, als er sah, dass es erst fünf vor halb vier war. Bleib einfach liegen und mach die Augen zu, beruhigte er sich. Du wirst schon wieder einschlafen.

Doch sein überreiztes Nervensystem gehorchte ihm nicht. Bevor er nach New Haven flog, musste er einen Flug reservieren und mit seinem Anwalt über die Dokumente sprechen, die Duncan ihm gegeben hatte. Er musste mit jemandem von der Bank sprechen, damit sie Treuhandschecks schickten. Er musste …

Er stand auf und ging im Dunkeln ins Esszimmer und dann in die Küche. Nachdem er eine der Lampen unter den Wandschränken angeknipst hatte, fand er die Dokumente neben dem Ofen, wo er sie hingelegt hatte. Er las sie und dachte, dass sie geradlinig und vertrauenswürdig wirkten. Hätte er nicht den vielleicht kindischen Wunsch empfunden, sich hundertprozentig sicher sein zu können, dass er damit das uneingeschränkte und von niemandem bestrittene Eigentumsrecht an dem Anwesen erwarb, hätte er sie auf der Stelle und ohne die Meinung seines Anwalts abzuwarten unterschrieben. Es ging ihm nicht darum, den Preis zu drücken. Er wollte dieses Haus besitzen – koste es, was es wolle.

Neben dem Kühlschrank blinkte ein rotes Licht auf: das Telefon mit integriertem Anrufbeantworter, das Duncan ihm gebracht hatte. Coltrane hoffte, dass es Jennifer war.

Es tat ihm Leid, wie ihr Gespräch nach der Beerdigung geendet hatte. Er wollte die Differenzen zwischen ihnen ausräumen. Aber dann wurde ihm klar, dass Jennifer die Telefonnummer von dem Apparat schwerlich wissen konnte. Sie stand nicht im Telefonbuch. Er selber hatte sie auch nicht gekannt, bis Duncan sie ihm gestern Nachmittag gegeben hatte.

Coltrane drückte den Wiedergabeknopf. Einen Augenblick lang hatte er die irrationale Angst, dass Verdis Requiem zu spielen anfangen würde, dass Ilkovic' gutturale Stimme Drohungen gegen ihn ausstoßen würde, dass es die letzte Nacht gar nicht gegeben hatte, dass dieser zermürbende Albtraum noch nicht zu Ende war. Doch was er stattdessen hörte, war ebenso beunruhigend.

Nichts. Keine Nachricht. Nur Stille. Dann ein Klicken.

Falsch gewählt, beruhigte er sich.

Bestimmt.

Er goss sich ein Glas Wasser ein, doch statt es zu trinken, ertappte er sich dabei, dass er die Küche verließ. Er entschloss sich nicht etwa, die Küche zu verlassen, sondern er stellte fest, dass er es tat. In dem Augenblick, in dem er dies tat, wusste er allerdings genau, wohin er ging.

Im Handumdrehen hatte er den Tresorraum aufgeschlossen, die Riegel gelöst und das Regal herausgezogen und trat in die verborgene Kammer. Nach Duncans Besuch hatte er die Fotografien wieder zurückgebracht und die Wand verschlossen, falls Duncan, der sich vielleicht fragte, was Coltrane im Tresorraum gesucht hatte, wieder zurückkäme, um seine Neugier zu befriedigen. Wieder brachte Coltrane die Schachtel in den Tresorraum, nahm eine Fotografie nach der anderen heraus, stellte sie nebeneinander auf den Fächern des Regals und bewunderte die schöne Frau.

Als er sie schließlich wegräumte und den Tresorraum verließ, stellte er überrascht fest, dass die Sonne schon vor ein paar Stunden aufgegangen war.

11

In New Haven lag der Schnee knietief. Ein beißend kalter Wind blies, und zur Beerdigung von Coltranes Großeltern kam fast niemand, weil viele ihrer Freunde vor ihnen gestorben waren. Nachdem er den letzten Gebeten des Geistlichen gelauscht hatte, legte er seine in Handschuhen steckenden Hände auf die beiden Särge und sagte leise: »Goodbye.«

Wieder im Haus seiner Großeltern, begann er mit der langwierigen und herzzerbrechenden Aufgabe, die Dinge, die sich im Laufe eines Lebens ansammeln, zu sortieren und wegzuschaffen. Er blätterte gerade eine Schuhschachtel voller Rezepte durch, als das Telefon klingelte.

»Wie fühlst du dich?«, fragte Jennifer.

»Hab' mich schon besser gefühlt.« Schnee wirbelte flüsternd gegen die Scheibe des Wohnzimmerfensters, und Coltrane drehte den Kopf in diese Richtung.

»Ich dachte, ich rufe dich an und versuche, dich ein bisschen aufzuheitern.«

»Ich bin froh, dass du anrufst.« Coltrane glaubte zu hören, wie Jennifer aufatmete – möglicherweise vor Erleichterung.

»Eine Menge Erinnerungen, die auf dich einstürmen, kann ich mir vorstellen«, sagte sie.

Coltrane ließ sich in den Schaukelstuhl seines Großvaters sinken. »Ich habe hier gelebt, bis ich achtzehn war und nach Los Angeles ans College gegangen bin. Letzte Nacht hab' ich oben in meinem alten Zimmer geschlafen. Die Möbel sind noch immer dieselben. Sie stehen sogar noch am selben Platz, wo sie immer standen. Der einzige Platz, wo ich noch nicht … Seit ich hier bin, möchte ich zu meinem Versteck im Keller runtergehen, wo ich mich als Kind immer verkrochen habe – wo ich immer an meine Mutter gedacht habe. Aber ich bringe es einfach nicht über mich zu sehen, wo« – er brachte die Worte nur schwer über die Lippen – »Ilkovic sie umgebracht hat.«

»Willst du das Haus verkaufen?«

»Nein. Ich habe bei der Beerdigung ein paar Freunde meiner Großeltern getroffen. Unter anderem ein altes Ehepaar, deren Miete erhöht wurde. Sie können sich ihre Wohnung nicht mehr leisten. Ich lasse die beiden umsonst hier wohnen. Sie sagten, sie möchten keine Almosen, aber ich habe ihnen klar gemacht, dass sie mir damit einen Gefallen tun, weil ich jemanden brauche, der sich um das Haus kümmert.«

»Das ist nett von dir.«

»Na ja«, brummte Coltrane und warf einen Blick auf den großen Weihnachtsbaum in einer Ecke des Wohnzimmers. »Es ist ja schließlich die passende Jahreszeit.«

»Kommst du für die Feiertage zurück?«

»Ich glaube nicht, dass ich es bis dahin schaffe.«

»Oh.« Jennifers Stimme sank. »Ich habe gehofft ... Ich habe noch immer Probleme mit ... Ich möchte nicht, dass irgendwas zwischen uns ist. Es tut mir Leid, was ich nach Daniels Beerdigung gesagt habe.«

»Es ist nichts falsch daran, wenn du etwas Zeit für dich brauchst.«

»Aber ich hätte einen besseren Zeitpunkt wählen können, dir das zu sagen. Ich bin noch immer ziemlich durcheinander, aber ...«

»Da bist du nicht die Einzige.«

»Vielleicht bin ich jetzt so weit, mit dir darüber zu reden.«

»Das tun wir, wenn ich zurück bin«, sagte Coltrane.

»Ja, gut. Nicht am Telefon.«

»Nicht am Telefon. Ich wünsche dir schöne Feiertage.«

»Ich dir auch. So weit das in deiner Situation überhaupt möglich ist. Ich habe das mit der Sonderausgabe des Magazins nicht vergessen, Mitch. Die Fotos sind noch in Packards Haus. Wenn du zurück bist ...«

»Ich werde mich drum kümmern, dass du sie bekommst.«

Der Schnee raschelte lauter gegen die Scheibe des Vorderfensters, als Coltrane auflegte. Er ging ans Fenster und sah zu, wie die Dunkelheit hereinbrach. Autos kämpften sich durch die wachsenden Schneewehen.

Seine Fotos – er hatte sie völlig vergessen. Es war ein Maßstab dafür, wie sehr sich die Dinge geändert hatten. Vor einer Woche noch war er in Hochstimmung gewesen, wegen der neuen Richtung, die sein Leben nahm. Er hatte sich wie neugeboren gefühlt. Und jetzt konnte er sich kaum mehr an den Grund erinnern, warum er sich so gefühlt hatte. Aus Gewohnheit hatte er eine Kamera mitgebracht, aber sie lag in einem der Koffer, zusammen mit Hemden, die er nicht ausgepackt hatte.

Als er in die Diele hinaus ging und auf der Eichentreppe nach oben stapfte, stieg ihm Modergeruch in die Nase. Das Geländer fühlte sich wacklig an. Vielleicht sind es auch nur meine Knie, dachte er. In seinem Zimmer öffnete er den Koffer, nahm die Kamera heraus, legte sie beiseite und griff nach dem großen Umschlag, den er mit Pappkartons versteift hatte, damit er nicht knickte.

In dem Umschlag befanden sich etwa ein Dutzend Fotografien aus der Kammer in Packards Tresorraum. Er breitete sie auf dem Bett aus und starrte auf sie hinab, wobei er seinen Blick von links nach rechts wandern ließ. Benommen sah er zurück zum ersten und begann wieder von vorn.

Und dann wieder.

Die Frau erwiderte seinen Blick.

12

»Sie war Schauspielerin.«

Vier Tage nach Weihnachten saß Coltrane in dem ordentlichen Büro des Privatdetektivs in Los Angeles, den er angeheuert hatte, bevor er nach New Haven geflogen war.

Der Mann hieß Roberto Rodriguez. Er war klein und schlank, und mit der Brille, den silbernen Koteletten und dem konservativen Haarschnitt sah er eher wie ein Anwalt aus als wie ein Privatdetektiv.

»Das ist ein Foto aus den Polizeiakten. Sie können es behalten.«

»Aus welchen Polizeiakten?« Coltrane bemühte sich, das Zittern seiner Hand zu verbergen, als der die Akte aufschlug. Eine verblasste, fleckige Xerographie eines Fotos blickte ihn an und ließ ihn zusammenzucken. So unscharf sie auch war, das Bild ließ keinen Zweifel. Das volle, üppige Haar. Die sinnlichen, ausdrucksvollen Lippen, die mandelförmigen Augen. Es war dieselbe Frau wie auf Packards Fotografien.

Er blätterte die Seite um und sah mit gerunzelter Stirn auf den Maschinen geschriebenen Text hinab, der schwer zu entziffern war, denn er war mit den Jahren verblasst und – wie einige unvollständige Buchstaben vermuten ließen – mit einem abgenutzten Farbband geschrieben worden. »Vermissten-Dezernat?«

»Die Anzeige wurde 1934 von ihrem Agenten gemacht«, erklärte Rodriguez. »Sie hatte einen Fünf-Jahres-Vertrag mit Universal. Nichts großes. Sie war sicherlich kein Star, obwohl sie, nach dem Foto zu urteilen, von dem ich die Kopie gemacht habe, durchaus einer hätte sein können. Als sie bei den Dreharbeiten zu einem Film nicht erschien, beschwerte sich das Studio bei ihrem Agenten, und der erinnerte sich nun wieder, dass er seit mehr als drei Monaten nichts mehr von ihr gehört hatte. Was zeigt, wie wenig sie miteinander zu tun hatten.«

»Und?«

»Kein ›Und‹. Sie wurde nie gefunden.«

Coltrane spürte, wie sich ein flaues Gefühl in seinem Magen ausbreitete. »Aber wie kann Randolph Packard das Haus von ihr gekauft haben, wenn sie nie wieder aufgetaucht ist?«

»Keine Ahnung. Vielleicht wurde sie nach einem Jahr für tot erklärt, und ihre Eltern erhielten die Erlaubnis, es zu verkaufen. Irgendwo in der Akte gibt es eine Abschrift von einem Telefongespräch mit ihnen. Der Detective, der die Ermittlungen leitete, wollte wissen, ob sie ihre Eltern jemals in Texas besucht hat, wo sie lebten. Sie sagten, sie hätten seit vier Jahren nichts von ihr gehört. Was zeigt, wie wenig sie mit ihrer Familie zu tun hatte.«

Coltrane blätterte kopfschüttelnd weiter. Er war sprachlos.

»Der Detective vermerkt, dass die Familie kein Telefon besaß. Das Gespräch fand im örtlichen Polizeirevier statt«, fuhr Rodriguez fort. »Nach den vielen ›Der wo‹ und ›Die wo‹ und doppelten Verneinungen zu urteilen, war der Vater der geheimnisvollen Schönheit ein kleiner Farmer, der selten eine Schule von innen gesehen und den das Glück verlassen hatte. Aber sein Nachname war nicht Chance. Er hieß Chavez. Und seine Tochter hieß nicht Rebecca, sondern Juanita.«

»Sie hat ihren Namen geändert, um ihre mexikanische Abstammung zu verbergen?«

»Ich liebe alte Filme«, sagte Rodriguez. »Und ich lese viel über die alten Zeiten in Hollywood. In den Zwanziger- und Dreißigerjahren gab es eine ganze Reihe *männlicher* Stars mit Namen, die ihre ausländische Herkunft nicht verbargen. Rudolph Valentino und Roman Novarro fallen mir da ein. Die Studios setzten auf ihr Aussehen: Der Latin-lover-Typ kam beim Publikum an. Aber ich kann mich bestenfalls an eine Hand voll weiblicher Stars – ich rede von wirklichen Stars – aus dieser Zeit erinnern, die nicht versuchten, wie ein Weißbrot auszusehen, und sich entsprechende Namen zulegten. Doch das heißt nicht, dass sie auch tatsächlich waren, was sie zu sein schienen. Einige stammten aus Einwandererfamilien, aber sie verbargen es. Mussten es verbergen. Rita Hayworth ist ein gutes Beispiel. Sie wurde erst in den Vierzigerjahren bekannt, aber sie begann ihre Karriere schon in den Dreißigern. Sie war Hispanoamerikanerin. Ihr wirklicher Name war Margarita Cansino. Sie hatte dunkles Haar und einen spitzen Haaransatz an der Stirn, was sie sehr mexikanisch aussehen ließ und in einer Zeit, in der die Abneigung gegen Mexikaner in den Staaten zunahm, alles andere als förderlich für ihre Karriere war. Also färbte sie ihr Haar kastanienbraun und zupfte den Haaransatz aus, damit er gerade aussah. Sie nahm Sprechunterricht, um ihren Akzent loszukriegen, änderte ihren Namen und schaffte es, sich anzupassen. Wenn Sie mich fragen, hat Rebecca Chance dasselbe getan.«

13

»Hier.« Die Bibliothekarin, eine zierliche junge Frau mit Zöpfen, eskortierte Coltrane in einen spartanisch eingerichteten Raum, in dem eine Reihe Mikrofilm-Projektoren standen. »Wenn Sie fertig sind, bringen Sie den Film wieder an meinen Schreibtisch.«

»Vielen Dank«, sagte Coltrane.

Es war Jahre her, dass er mit einem Gerät wie diesem gearbeitet hatte, doch es dauerte nicht lange, bis er wieder einigermaßen vertraut mit ihm war. Nachdem er die Filmrolle auf eine Spindel an der rechten Seite des Gehäuses gesteckt hatte, führte er den Film durch den Projektor und klemmte das Ende auf eine Rolle an der linken Seite fest. Wenn er an einem Knopf drehte, führte er den Film an einem Lichtfenster vorbei, das die winzigen Druckbuchstaben vergrößerte und auf die Leinwand projizierte. Auf der Filmrolle waren alle Ausgaben der *Los Angeles Times* des letzten Vierteljahres von 1934, jenem Zeitraum, in dem Rebecca Chance, geborene Juanita Chavez, laut Polizeibericht verschwunden war. Wobei Coltranes besonderer Augenmerk auf die zweite Woche im Oktober gerichtet war, denn die Vermisstenanzeige war am 10. Oktober aufgegeben worden, zwei Tage nachdem sie nicht am Drehort erschienen war. Was bedeutete, dass Coltrane nur neun Ausgaben der Zeitung, etwa ein Zehntel der Filmrolle, durch kurbeln musste, bis er zu den Tagen gelangte, die ihn interessierten. Doch um sich ein allgemeines Bild von der Zeit zu verschaffen und um zu vermeiden, dass er möglicherweise eine schon zuvor veröffentlichte Notiz über sie oder die Erwähnung ihres Namens übersah, spulte er den Film nicht vor, sondern ließ sich Zeit und bemühte sich, die Sache gewissenhaft zu erledigen.

Die Schlagzeile vom 1. Oktober galt Franklin Roosevelt und den Bemühungen des Präsidenten, der Depression zu begegnen. Ein Artikel berichtete über die sich rapide verschlechternden wirtschaftlichen Bedingungen in Los Angeles. Die internationalen Nachrichten wurden vor allem von der wachsenden Angst vor einem Krieg in Europa bestimmt. Die ganze folgende Seite nahm der Bericht über ein Feuer in Los Angeles ein, bei dem fünf Kinder und zwei Erwachsene ums Leben gekommen waren. Wenn man nach dem Aufwachen noch keine Depressionen hat, dachte Coltrane, kriegt man sie garantiert, wenn man das hier alles liest.

Während der Ventilator des Projektors surrte und verhinderte, dass die Hitze der Lampe den Mikrofilm verschmorte, kurbelte Coltrane weiter. Er konzentrierte seine besondere Aufmerksamkeit auf die Rubrik Unterhaltung und gesellschaftliche Nachrichten, doch in keiner Ausgabe wurde der Name Rebecca Chance erwähnt. Selbst als er zum 10. Oktober gelangte, dem Tag, an dem ihr Agent die Vermisstenanzeige aufgegeben hatte, konnte er ihren Namen nicht entdecken. Hatte das Studio versucht, ihr Verschwinden zu vertuschen, um einen Skandal zu vermeiden? Und wenn, was war das für ein Skandal?

Zwei Tage später, am 12. Oktober, fand er auf Seite achtzehn schließlich, wonach er suchte: Unter der Überschrift ›Schauspielerin vermisst‹ folgte ein einspaltiger, kaum eine Handspanne langer Artikel, der im Grunde nur zusammenfasste, was im Polizeibericht stand. Sie war nicht zu den Dreharbeiten bei Universal erschienen. Das Studio hatte sich bei ihrem Agenten beschwert. Der Agent hatte versucht, sie telefonisch zu erreichen, und war dann zu ihrem Haus gefahren, wo niemand geöffnet hatte. Ein Nachbar berichtete, er habe seit mindestens einer Woche kein Zeichen von Leben und auch kein Licht gesehen. Als die Polizei das Haus durchsuchte, fand sie weder durchwühlte Schubladen noch einen Hinweis darauf, dass etwas fehlte. Ein Regieassistent im Studio sagte, sie sei immer pünktlich gewesen und habe ihren Text stets beherrscht, und es sei ganz und gar nicht ihre Art, unentschuldigt nicht zu erscheinen. In ihrem Kleiderschrank fanden sich keine Lücken, die darauf schließen ließen, dass sie gepackt und eine unerwartete Reise unternommen hätte. Ein Verbrechen war nicht auszuschließen.

Unter dem Artikel war ein Foto von ihr, und Coltrane hatte den Eindruck, dass der Bericht möglicherweise gar nicht veröffentlicht worden wäre, wäre Rebecca Chance keine solche Schönheit gewesen. Obgleich das Foto – offenbar ein Standfoto aus dem Studio – ihr nicht in dem Maß gerecht wurde, wie es, wie er wusste, möglich war, hatte er Mühe, seine Augen von dem Bild zu wenden. Der Tonfall des Artikels war alles andere als respektvoll. Der Autor behandelte sie nicht wie einen Star. Dass dieser Kurzbericht irgendwo in der Mitte der Zeitung vergraben war, verstärkte den Eindruck, dass die Angelegenheit eher als Kriminalfall denn als Information aus der Welt des Showbusiness betrachtet wurde. ›Viel versprechend‹ und ›aufstrebend‹ waren die Adjektive, mit denen sie beschrieben wurde. Als er den Artikel zu Ende gelesen hatte, notierte sich Coltrane zwei Titel von Filmen, in denen sie damals gerade zu sehen gewesen war: *Jamaica Wind* und *The Trailblazer*.

Er blätterte die Ausgabe vom 12. Oktober durch, dann die des nächsten und übernächsten Tages. Auf Seite zwanzig vom 14. Oktober sprang ihm ein weiteres Foto von Rebecca, ebenfalls ein Standfoto, ins Auge. Auch dieses Foto konnte keinem Vergleich mit Packards fantastischen Aufnahmen von ihr standhalten. Trotzdem erwiderte ihr Blick den seinen. Als er schließlich den Blick losriss und den Artikel las, erfuhr er, dass der einzige Hinweis, der die Ermittlungen voranbrachte, die Aussage einer befreundeten Schauspielerin bei Universal war, der gegenüber Rebecca sich wegen lästiger Telefonanrufe und zudringlicher Fanbriefe beklagt hatte. Wie es schien, stammten die Anrufe und Briefe von derselben Person und sie hatten alle denselben Inhalt: Schwüre ewiger Liebe. »Aber dieses ›ewig‹ klang irgendwie unheimlich«, vertraute die befreundete Schauspielerin dem Reporter an. Offenbar hatte Rebecca die Briefe weggeworfen, denn als die Polizei ihr Haus durchsuchte, konnte sie keinen finden. Die Polizei sprach auch mit anderen Schauspielerinnen, die möglicherweise ähnliche Liebesbeteuerungen erhalten hatten. Weitere Spuren oder Hinweise gab es nicht.

Coltrane lehnte sich auf dem unbequemen Holzstuhl zurück und rieb sich die Stirn. In der Kopie des Polizeiberichts, die Rodriguez ihm gegeben hatte, wurde der zudringliche Verehrer mit keinem Wort erwähnt. Bedeutete dies, dass die Polizeiakte unvollständig war, oder hatte die Polizei der Aussage der befreundeten Schauspielerin keine Bedeutung beigemessen? Vielleicht war sie keine so enge Freundin gewesen; vielleicht war es ihr nur darum gegangen, ihren Namen in die Zeitung zu bekommen. Und falls die Polizei ihren Behauptungen keinen Glauben schenkte, hätten sie sie dann trotzdem in ihrem Bericht erwähnt oder einfach unter den Tisch fallen lassen? Doch dies war nicht die einzige Unstimmigkeit, die Coltrane aufgefallen war. Im ersten Artikel war erwähnt worden, dass Rebecca zweiundzwanzig Jahre alt sei, doch in der Vermisstenanzeige wurde ihr Alter mit fünfundzwanzig angegeben – eine Zahl, die von ihren Eltern genannt worden war. Außerdem war in dem Artikel nicht Rebecca Chances wirklicher Namen erwähnt worden. Zudem stammte sie angeblich aus Ohio und nicht aus Texas. Dies alles deutete darauf hin, dass der Reporter seine Informationen nicht aus dem Polizeibericht hatte, sondern von einem Mittelsmann, wie zum Beispiel einem Presseagenten des Studios, der vor allem darum bemüht gewesen war, die Investition des Studios zu retten und ihr Weißen-Image zu wahren, das sie aufgebaut hatten.

Die Bemühungen waren offenbar von Erfolg gekrönt gewesen. Coltrane überflog die fett gedruckten Überschriften sämtlicher Artikel in allen Ausgaben der *Los Angeles Times* bis zum Jahresende und hatte, als er den 29. Dezember erreichte – also jenen Tag vor exakt siebzig Jahren –, das seltsame Gefühl, dass die Zeit sich überlappte. Es gab keine weiteren Artikel über das Verschwinden von Rebecca Chance. Er rieb sich die Augen, die sich anfühlten, als wäre Sand hineingeraten. Dann streckte er die Arme und warf einen Blick auf seine Uhr. Er blinzelte schockiert. Es war kurz vor sechs. Er hatte sieben Stunden hier gesessen.

14

»*Jamaica Wind*?«

»Ja.«

»Und *The Trailblazer?*«

Coltrane nickte.

»Nie davon gehört.« Der junge Mann hatte grellrotes Haar und war etwa zwanzig. In den Regalen hinter ihm reihten sich von einer Wand zur anderen Videokassetten.

»Das überrascht mich nicht. Drüben im ›Tower Video‹ haben sie auch noch nie davon gehört. Aber sie sagten mir, wenn irgendwer weiß, wie ich davon eine Kopie kriegen kann, dann sind Sie das.«

Der junge Mann, der einen Ring im linken Nasenflügel trug, straffte sich geschmeichelt. Er bückte sich, zog unter dem Ladentisch den *Film- und Videoführer* von Leonard Maltin hervor und begann, darin herumzublättern.

»Drüben im ›Tower Video‹ hatten sie den Führer von Maltin auch«, sagte Coltrane.

»Und die Filme sind darin nicht erwähnt?«

Coltrane schüttelte den Kopf.

»Tja – wenn sie nicht bei Maltin aufgelistet sind, dann ist das ein ziemlich sicheres Zeichen, dass sie nie im Fernsehen gezeigt wurden.«

»Es sei denn, nachdem diese Ausgabe des Führers herausgegeben wurde«, sagte Coltrane. »Und Maltin räumt selber ein, dass in seinem Führer nicht jeder unbedeutende Film genannt ist, der vielleicht vor vierzig Jahren mal im Mitternachtsprogramm gezeigt wurde.«

Der junge Bursche, der ein T-Shirt von *Edward mit den Scherenhänden* trug, zog ein weiteres Nachschlagewerk unter dem Ladentisch hervor. Es trug den Titel *Internationale Filmographie* und war ein dicker, großformatiger und abgegriffener Wälzer. Der junge Mann blätterte durch die Seiten. »*Jamaica Wind*. Ja – den Film gibt es.«

»Daran habe ich nie gezweifelt.«

»Universal, 1934.«

»Richtig.«

»Mit Guy Kibbee, William Gargan, Beulah Bondi, Walter Catlett und Rebecca Chance.«

Coltrane fühlte, wie sein Puls schneller ging.

»Klingt wie ein Remake von *Regen*«, brummte der junge Mann.

»Wie?«

»Es ist fast dieselbe Besetzung wie in *Regen*, allerdings ohne Joan Crawford.«

»Sie wissen über Filme wirklich gut Bescheid.«

Der junge Mann, der eine Mickymaus-Armbanduhr trug, straffte erneut die Schultern und grinste geschmeichelt. »Ich tu, was ich kann. Aber ehrlich gesagt habe ich noch nie was von der Schauspielerin gehört, die hier als Letzte genannt wird: Rebecca Chance.«

»Sie hatte eine kurze Karriere.«

»In welchen Filmen hat sie sonst noch gespielt?«

»In dem anderen Film, den ich suche.«

»*The Trailblazer?* Dann wollen wir mal sehen ...« Der junge Mann schlug den Wälzer im hinteren Teil auf und blätterte ein paar Seiten weiter. »Ja – hier haben wir, was wir suchen. Dasselbe Studio. Dasselbe Jahr. Bruce Cabot, Hugh Buckler, Heather Angel, Tully Marshall und ...« Der junge Mann vollführte mit den Händen einen Trommelwirbel. »Rebecca Chance. Jetzt nimmt die Sache allmählich Gestalt an. Der Regisseur des Films war George B. Seitz.«

»Wer?«

»Ein paar Jahre später drehte Seitz den ziemlich erfolgreichen Streifen *Der Letzte der Mohikaner*. Tatsache ist, dass einige Schauspieler, die in *The Trailblazer* zu sehen waren, auch in *Der Letzte der Mohikaner* mitspielten.«

»Sie erstaunen mich immer mehr.«

Der junge Mann deutete auf eine Reihe von Filmplakaten über den Regalen mit Videos an der gegenüberliegenden Wand des lang gestreckten Raums. Eines davon, vom Alter braunorange verfärbt und ausgeblichen, verkündete in kühnen Lettern: ›DER LETZTE DER MOHIKANER – MIT RANDOLPH SCOTT‹. Der unglaublich junge Scott war im Profil zu sehen. In der Hand hielt er ein altertümliches Steinschlossgewehr. Er trug eine Fransenjacke aus Wildleder und auf dem Kopf eine Mütze aus Waschbärenfell. Im Hintergrund kämpften zwei Indianer miteinander. Am unteren Rand des Plakats stand mit ebenso großen Lettern: ›REGIE: GEORGE B. SEITZ‹.

»Ein Freund von mir ist ein Fan von George B. Seitz. Von ihm habe ich das Plakat. Ich persönlich verstehe nicht ganz, was so besonders an den Filmen von Seitz sein soll. Er ist ganz sicher kein Orson Welles. Aber mein Freund ist ein Experte. Er ist der Mann, den Sie fragen sollten.«

15

Der schmächtige, distinguiert aussehende, weißhaarige ältere Herr trug einen gepflegten Vandyke-Spitzbart und stützte sich auf einen Gehstock. Er wartete, in eine dicke wollene Strickjacke gehüllt, vor dem eisernen Tor seines Hauses in Sherman Oaks, als Coltrane am Rinnstein davor parkte. Das massiv und gediegen aussehende Haus im Tudorstil lag hoch in den Bergen. Tief unter ihnen im Tal glitzerten die Lichter der Stadt.

»Mir war nicht bewusst, dass es so spät werden würde«,

sagte Coltrane, nachdem er die Hand des Alten geschüttelt und sich vorgestellt hatte. Ein kühle Brise zerrte an seinen Haaren. »Wenn ich gewusst hätte, wie spät es wird, hätte ich nicht erlaubt, dass Ihr junger Freund Sie anruft.«

Der ältere Herr machte eine Geste, die zum Ausdruck bringen sollte, dass er sich deshalb keine Gedanken machen solle. Sein Stimme war dünn und piepsend. »Sidney weiß, dass ich nie vor zwei oder drei Uhr nachts ins Bett gehe. Jeder, der mit mir über das Werk von George B. Seitz reden möchte, ist jederzeit willkommen.«

»Eigentlich bin ich gar nicht wegen Seitz gekommen.«

Der ältere Herr blinzelte irritiert.

»Woran ich interessiert bin, ist die Schauspielerin, die unter seiner Regie in *The Trailblazer* gespielt hat.«

»Welche Schauspielerin?«

»Rebecca Chance.«

Der ältere Herr nickte.

»Sie wissen etwas über sie?«, fragte Coltrane.

»Ob ich etwas über sie weiß? Nein, das nicht.«

Die Enttäuschung war wie eine kalte Dusche für Coltrane. »Ich fürchte, ich habe Sie umsonst behelligt. Es tut mir Leid. Ich werde Ihre Zeit nicht länger in Anspruch nehmen.«

»Aber ich habe sie auf der Leinwand gesehen.«

Coltrane, der bereits im Begriff gewesen war, sich zu seinem Wagen umzudrehen, erstarrte.

»Sie wollten mit mir über *The Trailblazer* sprechen. Glauben Sie nicht, dass es Ihnen mehr bringen würde, wenn Sie sich den Film ansähen?«

»Ihn mir *ansehen*?«

»Ich habe nicht alle Filme, die Seitz gemacht hat. Viele Stummfilme waren auf Filmmaterial, das sich zersetzt hat, bevor es kopiert werden konnte. Aber von den wichtigsten, wie zum Beispiel *The Perils of Pauline*, für den er das Drehbuch geschrieben hat, bevor er Regisseur wurde, besitze ich Kopien. Die Tonfilme, in denen er Regie führte, sind eine andere Geschichte. Von *Black Magic* im Jahr '29 bis zu *Andy Hardy's Blonde Trouble* aus dem Jahr '44, dem Jahr, in dem

Seitz starb, konnte ich mir von allen Filmen, die er gemacht hat, Kopien besorgen.«

Der distinguierte Herr, der sich als Vincent Toler vorstellte, bat Coltrane in sein Haus. Hinter der verschiebbaren Eichenvertäfelung in seinem Wohnzimmer befand sich eine Leinwand, und in der ihr gegenüberliegenden Wand, verborgen unter einem ebenfalls verschiebbaren Bild von Andrew Wyeth, war eine Öffnung, hinter der der Vorführraum war.

Toler war Witwer, wie Coltrane erfuhr, ein pensionierter Neurochirurg, der alleine lebte. Er hatte seinen Beruf gehasst, erzählte er. »Ich wollte nie Mediziner werden, aber mein Vater war Arzt und hat mich praktisch dazu gezwungen. Eigentlich wollte ich immer nur beim Film arbeiten. In welcher Eigenschaft, das war mir egal. Ich wusste nur, dass dies das Metier war, das ich liebte, aber mein Vater wollte nichts davon hören, und mir fehlte der Mut, mich gegen ihn durchzusetzen.« Irgendwann nach seiner Pensionierung hatte Toler auf dem American Movie Classics Channel zufällig einen Andy-Hardy-Film gesehen, der ihn nicht nur wieder daran erinnert hatte, mit welch riesigem Vergnügen er diesen Film als Junge gesehen hatte, sondern der dieses Vergnügen von neuem anfachte. Als der Film einige Zeit später auf AMC erneut gezeigt wurde, sah er im Vorspann, dass der Regisseur George B. Seitz hieß.

Der Name sagte ihm nichts, doch als er zu einem Videoverleih ging – derselbe, bei dem Coltrane am Ende gewesen war –, erfuhr er zu seinem größten Entzücken, dass Seitz auch bei einer Menge anderer Filme Regie geführt hatte: bei nahezu allen Andy-Hardy-Filmen und zahlreichen anderen, die Toler, wie er sich erinnerte, in seiner Jugend mit Begeisterung gesehen hatte. »Ich fing an, Videos zu sammeln, aber einige Filme von Seitz waren nicht auf Video zu bekommen, und so habe ich damit begonnen …« Toler nickte in Richtung der Filmrolle, die er am Projektor befestigte. »Es ist ein interessantes Hobby. Man könnte sagen, ich sammle meine Jugend.«

Während er den Film einlegte, erklärte Toler, dass Seitz 1914 die Fortsetzungsfilme erfunden hatte. Erst 1925 führte er in seinem ersten Spielfilm Regie, dem zahlreiche Western, Krimis, Melodramen und Gesellschaftskomödien folgten. »Er war ein echter Profi. Seine Filme waren alle Terminarbeiten und mit niedrigstem Budget produziert. Aber viel wichtiger als all das war, dass er die Menschen unterhalten konnte.«

Coltrane machte es sich in einem Plüschsessel bequem und stellte überrascht fest, dass die gespannte Erwartung, mit der er darauf wartete, Rebecca Chance sprechen und sich bewegen zu sehen, seine Hände vor Nervosität feucht werden ließ. Nachdem Toler das Licht ausgemacht und den Projektor angeschaltet hatte, erklang eine blecherne, episch klingende, an breite Flüsse, endlose Prärien und schroffe Berge erinnernde Musik, die vom Surren des Projektors übertönt wurde. Im selben Augenblick fiel ein Lichtstrahl auf die Leinwand, auf der das gestochen scharfe, schwarzweiße Bild einer Hand erschien, die ein Buch aufschlug und den Titel enthüllte, *The Trailblazer*, und darunter ›Regie von George B. Seitz‹. Coltranes Hand schloss sich fester um die gepolsterten Armstützen, als die Liste der Darsteller erschien. Es gab keine Extraseite für den Hauptdarsteller; sein Name war lediglich der Erste auf der Übersicht. Rebecca Chances Name war der Sechste von oben. Als Coltrane ihn las, beugte er sich vor.

Drehbuchautor. Kameramann. Während die Hand Seite um Seite umblätterte, kulminierte die Musik zu einem dramatischen Höhepunkt hin, den sie mit dem letzten Namenszug des Vorspanns erreichte, der Coltrane überrascht aufblicken ließ.

»Produziert von Winston Case?«, fragte er verblüfft.

»Sie kennen den Namen?«, erkundigte sich Toler aus dem Dunkeln hinter Coltrane.

Großer Gott!, dachte Coltrane. Rebecca Chance hatte nicht nur das Haus von Case gekauft, sie hatte auch mit ihm gearbeitet. Sie hatten sich gekannt. »Wissen Sie etwas über ihn?«

»Nicht allzu viel. Das ist der einzige Film, den er für Seitz produziert hat.«

»Und Rebecca Chance? Hat sie in irgendeinem anderen Film von Seitz mitgespielt?«

»Nein.«

Während sie sich unterhielten, war auf der Leinwand ein Wagenzug zu sehen, der über eine endlose Prärie zog. Ein schlanker, groß gewachsener, ganz in Wildleder gekleideter Mann – Bruce Cabot – führte den Zug der Siedler an. Ebenso beeindruckend wie die Landschaft war die vielschichtige Tonspur – das Knarren und Ächzen der Wagenräder, das Stampfen der Hufe, das Klirren der Geschirre. Der dramatische Effekt des Tons war erstaunlich, wenn man bedachte, wie begrenzt die Möglichkeiten für Tonaufnahmen damals waren. Doch Coltrane machte sich darüber nicht viele Gedanken. Was ihn weit mehr interessierte, während er mit angehaltenem Atem den Blick über die Gestalten der Siedler schweifen ließ, war …

»Ich habe ein wenig recherchiert, was die Arbeit von Case angeht«, sagte Tolers körperlose Stimme aus der Dunkelheit. »Er fing 1928, als sich der Tonfilm allmählich durchsetzte, mit der Produktion von Filmen an. Abgesehen von *The Trailblazer* und einem anderen Film hat er allerdings nichts produziert, wovon ich gehört hätte.«

»Dieser andere Film war nicht zufällig *Jamaica Wind*, oder?«

»Woher wussten Sie das?«

»Das ist der andere Film, nach dem ich suche. Darin spielt Rebecca Chance auch mit.«

Coltrane ließ den Wagenzug keine Sekunde aus den Augen. Die Kolonne fuhr in eine breite Schlucht mit steil aufragenden Wänden hinein, in der Cabot mit besorgtem Blick zu einer Rauchsäule spähte, die aus einer Senke aufstieg. Er befahl dem Wagenzug zu warten, während er mit einem der Siedler vorausritt, um das Terrain zu erkunden.

»Aber Sie haben sie noch nie auf der Leinwand gesehen?«, fragte Toler.

»Ich habe nur Standfotos von ihr gesehen.«

»Weshalb interessieren Sie sich für sie?«

Um nicht antworten zu müssen, fragte Coltrane: »Wann tritt sie in Aktion?«

»Bald.«

In der Senke galoppierte Cabot auf die brennenden Überreste eines Wagens zu. Er fand einen toten Hund, der von einem Pfeil durchbohrt war, schwang sich neben einem Mann und einer Frau mittleren Alters, die reglos im Sand lagen, aus dem Sattel und vergewisserte sich, ob sie noch lebten. Sein düsterer, sorgenumflorter Blick auf ihre Köpfe hinab, die diskreter Weise nicht im Bild zu sehen waren, machte unmissverständlich klar, dass sie skalpiert worden waren. Der Siedler, der mit ihm gekommen war, hörte ein Geräusch, zog seinen Colt, kroch zu dem Bachlauf, der sich durch den Canyon schlängelte, und rief nach Cabot, der mit großen Sätzen zu ihm lief.

Hinter den Gräsern am Ufer war eine Bewegung auszumachen, und eine völlig verängstigte Gestalt erhob sich aus ihrem Versteck. Die Gestalt war eine Frau, und Coltrane kniff angestrengt die Augen zusammen, als er versuchte, Rebecca Chances Züge zu erkennen. Doch trotz ihres zerzausten Haars und ihres schmutzbedeckten Gesichts war ihm sofort klar, dass dies nicht Rebecca war.

»Ich vergesse immer, dass sie nur eine Nebenrolle spielt.«

»Aber es ist eine wichtige Rolle«, sagte Toler.

Nachdem sie die Frau zum Wagenzug gebracht und man sich um sie gekümmert hatte, stellte sie sich als Mary Beecham vor, soweit Coltrane den Namen verstand. Schluchzend erzählte sie Cabot, dass noch eine andere Frau auf dem Wagen gewesen sei – ihre Schwester Amy. Die Indianer, die ihren Wagen angegriffen hatten, hatten sie verschleppt.

Da der Angriff erst ein paar Stunden zurücklag, bestand noch die Chance, Amy zu befreien, wenn sofort eine Schar Männer zu ihrer Rettung aufbräche, doch dies würde den Wagenzug ohne ausreichenden Schutz vor einem Überfall zurücklassen. Die Siedler mussten eine moralische Entscheidung treffen – entweder sie vergaßen Amy, kümmerten sich um ihre eigene Sicherheit und fuhren weiter, oder sie setzten für die eventuelle Rettung einer einzigen Person das Wohl des gesamten Wagenzugs aufs Spiel. Cabots rehäugige Blicke auf Mary ließen keinen Zweifel daran, dass er sich Hals über Kopf in sie verliebt hatte. Er erklärte den Siedlern, dass sie tun und lassen könnten, was sie wollten, doch *er* werde sofort aufbrechen, um Marys Schwester zu retten. Coltrane konnte sich des Verdachts nicht erwehren, dass es Cabot weniger darum ging, Amy zu befreien, als darum, bei Mary Eindruck zu schinden. In einer dramatisch ins Bild gesetzten Szene galoppierte Cabot in Begleitung von sechs Männern auf den Spuren der Indianer davon, während der Wagenzug sich in die andere Richtung in Bewegung setzt.

Coltrane fühlte, wie ihn ein leichter Schwindel erfasste, als die Szenerie wechselte und er Rebecca sah, die, an ein Lasso gebunden, neben den Pferden der feixenden und johlenden Indianer hertaumelte. Auch ihr Haar war zerzaust und ihr Gesicht von Schmutz bedeckt, doch nichts vermochte ihre atemberaubende Schönheit zu verbergen. Ihre Bluse war zerrissen und entblößte ihre rechte Schulter beinahe bis zum Ansatz ihrer Brust - er hatte nicht gedacht, dass die Zensur damals so viel Haut erlaubte. Auch ihr Rock war bis zum Knie hinauf zerrissen und enthüllte ihre Strümpfe, deren aufreizender Anblick auf ihn sinnlicher wirkte, als nacktes Fleisch es vermocht hätte. Die animalisch anmutende Fülle ihres üppigen, zerzausten Haars, der Stolz in ihren dunklen Augen, der Zug trotziger Widerspenstigkeit um ihre vollen Lippen war der erotischste Anblick, den er je gesehen hatte.

»Mein Gott!«, flüsterte er.

»Ja«, sagte Toler. »Sie hätte das Zeug zu einem Star gehabt. Aber ich habe sie nie wieder in einem anderen Film gesehen.«

»Das war ihr Letzter. Sie ist verschwunden.«

Coltrane sah zu, wie einer der Indianer an dem Seil zog und sie zum Stolpern brachte, ein Bewegungsablauf, den sie mit der Grazie einer Tänzerin meisterte und der dennoch aussah, als würde sie tatsächlich stolpern. Alle ihre Bewegungen besaßen diese Grazie. Ihre Glieder, ihr ganzer Körper bewegte sich mit einer fließenden und zugleich kraftvollen Sinnlichkeit, die jede Geste, und war sie noch so trivial, zu einem Ereignis machte, von dem man die Augen nicht abwenden konnte. Als sie sprach, war Coltrane nicht darauf vorbereitet, wie wundervoll kehlig und volltönend ihre Stimme war. Wie ausgeprägt der spanische Akzent auch gewesen sein mochte, mit dem sie nach Hollywood gekommen war, sie hatte hart gearbeitet, um ihn loszuwerden. Sie hatte sich selbst neu geschaffen, und doch blieb ein Hauch ihrer Herkunft, die sie zu verbergen suchte.

Coltrane war so fasziniert von ihr, dass er Schwierigkeiten hatte, sich zu konzentrieren, wenn andere Schauspieler auftraten. Bruce Cabot verfolgte die Indianer und überstand bei seinem entschlossenen Versuch, die Schwester der Frau zu retten, die er liebte, Buschfeuer, Gewitterstürme, angeschwollene Flüsse, in Panik heranstürmende Büffelherden, Lawinen und Hinterhalte. Es wurde offenkundig, wie sehr sich der Aufbau des Films am Vorbild der Fortsetzungsserien anlehnte, in denen Seitz in seinen jungen Jahren Regie geführt hatte. In der Zwischenzeit überstand der Wagenzug ähnliche Gefahren. Ein junger Mann hatte Bruce Cabots Rolle als Führer des Wagenzugs übernommen und erwies sich als so großer Held, dass Mary, die um die Rückkehr Cabots und ihrer Schwester betete, sich in Cabots Stellvertreter verliebte. Seitz sprang zwischen den beiden Strängen der Geschichte hin und her. Um die Spannung, ob die von Rebecca gespielte junge Frau noch lebte, zu steigern, folgte eine lange Sequenz ohne sie, nachdem ein Indianer sie an ihren langen schwarzen Haaren gepackt und sein Messer gezogen hatte, um sie ihr abzuschneiden.

Während er zusah, wie Cabot eine steile Felswand erklomm und durch einen Wald rannte, wartete Coltrane mit wachsender Ungeduld darauf, dass Rebecca wieder erschien. Als es endlich so weit war, stieß der Indianer sie über eine Klippe in einen schäumenden Fluss. Der Kampf zwischen Cabot und dem Indianer war spannend gemacht, doch alles, was Coltrane interessierte, war der nächste Blick auf Rebecca, der ihn scharf den Atem einziehen ließ: Sie watete aus dem Fluss, und ihre durchnässten Kleider klebten an ihrer Haut, und das tropfnasse, schwarze Haar war aus der Stirn nach hinten gestrafft. Jede Rundung ihres Körpers war deutlich zu erkennen. Es war, als wäre sie eins mit den Wasser, als materialisiere sich, während sie aus den Fluten stieg, in ihrem Körper Wasser zu Fleisch, ohne die fließende Anmut zu verlieren. Sie war Aphrodite, die schaumgeborene.

Sie hielt den Kopf ein wenig in den Nacken gelegt, so dass jedes herrliche Detail ihres Gesichts klar ausgeprägt war, und wenn am Anfang des Films fraglich gewesen war, ob Bruce Cabot sich auf der Stelle in Mary Beecham verlieben würde, so bestand nun absolut kein Zweifel daran, dass er – nachdem er den Indianer besiegt hatte, Rebecca zu Hilfe geeilt war und sie aus den sinnlich schäumenden Fluten steigen sah – in Liebe zu ihr entbrannte.

Am Ende brachte er Rebecca zum Wagenzug zurück, wo er verkündete, dass er sie heiraten werde. Rebeccas Schwester hatte auch eine Überraschung parat: Sie wollte ebenfalls heiraten, und zwar den jungen Mann, der Bruce Cabots Stelle eingenommen hatte. Umarmungen und Küsse. Ein launiger Spruch und allgemeines herzliches Gelächter rundum; keinerlei Andeutung auf die sexuellen Verwicklungen, die in der Geschichte impliziert waren. Als die Kamera auf die schneebedeckten Berg schwenkte, schwoll die Musik zu einem schmetternden Crescendo. *The End* erschien. Die Leinwand wurde schwarz.

In der Dunkelheit hörte Coltrane das Surren des Projektors und das Knarren eines Stuhls, als Toler sich erhob, vermutlich um in den Vorführraum zu gehen und das Gerät auszuschalten.

»Sie sagten vorhin, Rebecca Chance sei verschwunden, nachdem sie diesen Film gemacht hatte«, sagte Vincent Tolers körperlose Stimme.

Coltrane war so hingerissen, so verzaubert von dem, was er gesehen hatte, dass er sich zwingen musste, zu antworten. »Das ist richtig, ja.«

»Als ich sagte, ich wüsste nicht viel über Winston Case, habe ich etwas Wesentliches ausgelassen«, sagte Vincent.

»Und zwar?«

»Dies war auch *sein* letzter Film. Er verschwand ebenfalls nach der Produktion des Films.«

16

Es war zwei Uhr morgens, als Coltrane zu Packards Haus zurückkehrte. Die Kreise der Verwirrung waren nicht nur wieder da, sie waren massiver geworden. Sein Kopf war angefüllt mit einem Chaos von einander überlappenden Unschärfen. Sicherlich hatte die Polizei gewusst, dass Rebecca Chance nicht die einzige Person war, die in *The Trailblazer* mitgewirkt hatte und danach verschwunden war. Doch warum war das Verschwinden von Winston Case in den Zeitungen nicht ebenfalls erwähnt worden? Dass beide verschwunden waren, hätte eine gute Story abgegeben. Hatte das Studio die Sache vertuscht? Oder war das ›Verschwinden‹ von Winston Case lediglich sein Rückzug aus dem Filmgeschäft gewesen, was – soweit es Hollywood anging – dasselbe gewesen wäre, als wäre er tatsächlich für immer vom Angesicht der Erde verschwunden?

In der Küche blinkte das rote Licht des Anrufbeantworters.

Beunruhigt drückte er den Widergabeknopf.

»Mitch, bist du … Ich fange an, mir Sorgen zu machen.« Jennifer klang, als wäre sie schnell gelaufen oder als hätte sie Mühe, ihre Gefühle im Zaum zu halten. »Haben wir zwei ein Problem? Duncan Reynolds hat mich im Büro angerufen und sich erkundigt, wann er mit der Ausgabe rechnen kann, in der deine Arbeiten zu Packards Fotoserie erscheinen. Er hat auch erwähnt, dass du ihn vorgestern aus New Haven angerufen hast und gestern Abend wieder in Los Angeles sein wolltest. Das war mir neu. Ohne ihn würde ich nicht mal wissen, dass du ein Telefon und einen Anrufbeantworter hast und wie deine Nummer lautet. Wenn du mich nicht sehen willst, ist das in Ordnung. Ich habe nicht die Absicht, dich unter Druck zu setzen. Aber was immer vor sich geht, wir müssen weiter zusammenarbeiten. Ich brauche diese Fotografien. Du musst sie ja nicht persönlich vorbeizubringen. Schick sie mit FedEx. Aber tu endlich was, in Gottes Namen!«

17

»Ich möchte mich entschuldigen«, sagte Coltrane am nächsten Morgen.

Jennifer dirigierte ihn mit einer Handbewegung zu dem Sessel vor ihrem Schreibtisch und machte dann die Tür ihres Büros zu.

»Es war ein wenig hektisch in letzter Zeit«, fuhr er fort. »Ich musste mich mit Nolan treffen. Und dann habe ich McCoy im Krankenhaus besucht.«

Jennifers ernste blauen Augen fixierten ihn prüfend. »Wie geht es ihm?«

»Er hat Schmerzen, ist sonst aber schon wieder genauso brummig wie eh und je. Wenn sich sein Zustand weiter verbessert, werden ihn die Ärzte in ein paar Tagen entlassen.«

»Schön«, sagte sie tonlos.

»Und es sieht so aus, als würde mir der Distriktstaatsanwalt keine Schwierigkeiten machen.«

»Wunderbar«, sagte Jennifer in unverändertem Tonfall. »Und irgendwann während des Rests des Tages hättest du vielleicht eine Gelegenheit finden können, mich wissen zu lassen, wie großartig sich die Dinge entwickeln, oder?«

»Na ja …«

»Vielleicht sehe ich das alles ja falsch. Vielleicht war es dumm von mir zu glauben, nicht nur du, sondern wir beide wären vor Ilkovic davongelaufen, und dass ich ein Recht habe zu erfahren, was du mir eben erzählt hast. Zufällig wusste ich schon, wie es McCoy geht, weil ich ihn nämlich ebenfalls besucht habe. Und ich weiß auch das mit dem Staatsanwalt, weil ich Nolan angerufen habe.«

Mit einer Geste, die seine Niederlage eingestand, hob Coltrane die Hände. »Ich hätte das alles besser machen sollen, ich weiß. Aber in New Haven habe ich mich so in den Erinnerungen an meine Großeltern verloren, dass ich mich zu deprimiert fühlte, mit jemandem zu reden. Und als ich zurückkam … habe ich versucht, mir über einige andere Dinge klar zu werden und … Hier sind die Aufnahmen.« Er legte die Mappe auf den Schreibtisch.

»Danke.«

»Es kommt mir vor, als hätte sie ein anderer gemacht.«

»Trotzdem hast du sie gemacht. Es sind deine Bilder, und sie sind wundervoll. Eine Menge schrecklicher Dinge sind passiert, Mitch, aber das heißt nicht, dass du jetzt allen schönen Dingen den Rücken zukehren musst.«

Coltrane seufzte. »Ich weiß, es war falsch, mich nicht bei dir zu melden, Jennifer. Ich möchte keine Spannungen zwischen uns. Was hältst du davon, wenn wir heute Abend zusammen essen gehen? Wir reden über das, worüber wir schon lange reden wollten. Und vielleicht habe ich auch eine Überraschung für dich.«

18

Als Coltrane eine schattige, von Bäumen gesäumte und kurvenreiche Straße in Sherman Oaks hinauffuhr, warf Jennifer ihm einen verwunderten Blick zu. »Wohin fahren wir?«

»Ins Kino.«

»Hier oben?«

»Es ist ein abgelegenes Kino.«

»Okay, du hast ja angekündigt, dass es vielleicht eine Überraschung wird. Am besten lehne ich mich zurück und genieße die Fahrt.«

»Das ist genau die richtige Einstellung.«

Sie hatten in einem Restaurant gegessen, das sich Natural Food Café nannte; fettarme Speisen, keine Pestizide, keine Konservierungsstoffe – eine willkommene Abwechslung nach dem Fastfood-Fraß, den Coltrane seinem Körper in letzter Zeit zugemutet hatte. Der gegrillte Lachs mit wildem Reis und gedünstetem Gemüse hatte köstlich geschmeckt und besänftigend auf seine überreizten Magennerven gewirkt.

Auch die Unterhaltung mit Jennifer war in besänftigenden Bahnen verlaufen. Sie hatten eine Menge Dinge geklärt: seine Verwirrung wegen sich selbst, ihre Verwirrung wegen ihm.

»Als ich dich in dieser Nacht gesehen habe – von oben bis unten mit Schlamm und Asche bedeckt und mit Blut, und als ich sah, was du mit Ilkovic gemacht hattest, konnte ich nicht ... fühlte ich mich, als würde ich dich nicht mehr kennen.«

»Ich habe mich selbst nicht mehr gekannt.«

»Und ich konnte nicht darüber hinwegkommen, dass du mich hinters Licht geführt und mir nicht gesagt hast, was du vorhattest.«

»Ich bin mir noch immer nicht sicher, ob ich wirklich wusste, was ich vorhatte, bevor ich es tat. Es sind in der Nacht eine Menge Dinge passiert, die mich verwirren.« Er berührte ihre Hand. »Der beste Vorschlag, den ich dazu habe, ist, wir teilen unsere Verwirrung und versuchen, gemeinsam nach vorn zu schauen.«

Jennifer betrachtete ihn eine Weile prüfend. »Okay.«

Er hielt vor dem Haus im Tudorstil in der Straße über dem Tal der glitzernden Lichter. Als Jennifer aus dem Wagen stieg und in der kühlen Abendbrise fröstelnd ihren

Schal enger um den Hals zog, schüttelte sie den Kopf. »Was tun wir hier oben?«

Vincent Toler, der einen blauen Kaschmirpullover trug, trat aus der Haustür und kam mit klapperndem Stock den betonierten Gehweg herab.

Jennifer schien in zunehmendem Maß irritiert.

»Guten Abend, Mitch.« Die Stimme des älteren Herrn klang vergnügt.

»Guten Abend, Vincent.«

»Und das ist Jennifer?« Vincent streckte ihr seine verwelkte Hand entgegen. »Willkommen.«

Jennifer ergriff sie, ohne zu wissen, was hier vor sich ging. »Vielen Dank. Vincent ...«

»... Toler. Wie ich gehört habe, sind Sie ein Kinofan.«

Jennifer drehte sich zu Coltrane um. Ihre Augen blitzten vor Vergnügen. »Heißt das, dass wir uns wirklich einen Film ansehen? Kommen Sie mit uns, Vincent?«

»Nein – Sie kommen mit mir.«

Jennifer blinzelte verdutzt, als Vincent sie hereinbat und zum Haus führte.

»Ich sammle alte Filme«, erklärte Vincent. »Gestern Abend hat Mitchell sich zusammen mit mir *The Trailblazer* angesehen.«

»Allmählich verstehe ich. Beim Essen habe ich schon gehört, dass ... Warum hast du es mir nicht gleich gesagt?«

»Ich wollte nicht langweilig und vorhersagbar sein.«

»Das bist du ganz sicher nicht.«

Sie traten in Vincents Wohnzimmer, das, wie er erklärte, in den Fünfzigerjahren vom damaligen Besitzer, einem ehemals bekannten Regisseur, in einen Vorführraum umgebaut worden war.

»Wie hieß er denn?«, fragte Jennifer. Als Vincent es ihr sagte, schüttelte sie den Kopf. »Ich glaube, ich habe noch nie etwas von ihm gehört.«

»Seine Spezialität waren Komödien. Aber sein Sinn für Humor ist aus der Mode gekommen. *Sic transit gloria.*« In Vincents Stimme schwang Melancholie. »Wenigstens war es George B. Seitz vergönnt zu sterben, bevor er aus der Mode kam.«

»Mitch hat mir erzählt, wie sehr ihm *The Trailblazer* gefallen hat. Er war so begeistert, dass ich mir wünschte, ich hätte ihn ebenfalls gesehen. Jetzt, wo ich weiß, welchen Film wir uns anschauen, kann ich es kaum mehr erwarten.«

»Oh«, sagte Vincent. Sein Vandyke-Spitzbart machte noch offenkundiger, dass ihm vor Überraschung das Kinn herabklappte. »Hoffentlich enttäusche ich Sie nicht.«

»Mich enttäuschen?«

»Sie werden nicht *The Trailblazer* sehen.«

Coltrane runzelte die Stirn. »Nicht? Aber ich dachte …«

»Ich kenne viele Leute, die alte Filme sammeln. Ich habe heute Morgen ein paar Anrufe gemacht, und es ist mir gelungen, den anderen Film aufzutreiben, für den Sie sich interessieren.«

»Sie machen Scherze!« Coltrane setzte sich mit einem Ruck auf. »Wollen Sie damit sagen, Sie haben tatsächlich eine Kopie von …«

»… *Jamaica Wind*. Ja.«

19

Der Projektor surrte. Auf der Leinwand flimmerten die schwarzweißen gezeichneten Konturen von Palmen auf. Hawaii-Musik erklang. Unter dem Titel erschien der Name des Regisseurs.

»Von dem Mann habe ich ebenfalls noch nie was gehört«, sagte Jennifer.

»Aus gutem Grund, wie ich mir habe sagen lassen.« Vincent kam im Dunkeln aus der Vorführkabine. »Der befreundete Sammler, der mir die Filmrollen geliehen hat, meinte, dieser Regisseur hatte nicht ein Viertel des Talents, das Seitz besaß.«

»Offenbar nicht«, sagte Jennifer. »Hawaii-Musik in Jamaika? Gott steh uns bei.«

Coltranes Hände packten die Armlehnen des Sessels fester, als Rebecca Chances Name erschien.

Kameramann.

Drehbuchautoren.

Produziert von ...

»Winston Case?« Jennifer klang überrascht. »War er nicht der erste Besitzer von ...«

»... Packards Haus.« Coltrane wandte den Blick nicht von der Leinwand. »Rebecca hat es von ihm gekauft. Und Packard hat es von ihr gekauft.«

»Und Tausende Fotos von ihr gemacht«, fügte Jennifer hinzu. »Was, um alles in der Welt, ist zwischen denen gelaufen?«

»Ich hoffe, dieser Film wird uns helfen, das rauszufinden.«

Als Coltrane die Abzüge seiner Aufnahmen für die Neugestaltung der Fotoserie von Packard über Häuser in Los Angeles entwickelt hatte, hatte er jeden Einzelnen sorgfältig mit einem Vergrößerungsglas betrachtet und nach den winzigsten Unvollkommenheiten abgesucht, die bei dem Entwicklungsprozess in der Dunkelkammer entstanden sein konnten: eine Blase in der Emulsion, ein Wasserfleck. Seine Konzentration war enorm gewesen. Doch die Konzentration, mit der er jetzt auf die Bilder starrte, die über die Leinwand flimmerten, war vollkommen. Vincent hatte Recht: Die Regie von *Jamaica Wind* war miserabel im Vergleich mit der Arbeit von Seitz in *The Trailblazer*. Doch das war Coltrane egal. Die Unzulänglichkeiten des Films störten ihn nicht. Rebecca Chance spielte mit. Und nur darauf kam es an.

Der Film handelte von englischen Piraten und ihrem Kampf gegen einen korrupten britischen Generalgouverneur, den sie stürzen wollen. Der schlanke, schneidige und verwegene Held mit dem feschen Menjoubärtchen war abwechselnd damit beschäftigt, seinen Säbel gegen finstere Schurken zu schwingen oder die Heldin zu küssen, die Tochter des Adjutanten des Generalgouverneurs.

»Das ist ja furchtbar«, stöhnte Jennifer. »Das ist ganz sicher nicht Jamaika. Es sieht eher nach Santa Monica aus. Ich glaube, man kann im Hintergrund sogar die Bucht von Malibu sehen.«

Die Kamera surrte, die Bilder flimmerten über die Leinwand.

»Augenblick mal«, sagte Jennifer. »Das ist jetzt ein anderer Strand. Diese tropische Vegetation hier rechts – das sind nicht nur eine Hand voll Farne und Palmwedel, die sie in den Sand gesteckt haben. Sie ist echt. Wo, glaubst du, könnte das sein? Ich wette, es ist irgendwo in Mexiko.«

»Da ist sie.« Coltrane setzte sich auf.

Rebecca Chance trat aus einem dichten, von Kletterpflanzen überwucherten Gestrüpp hervor und beherrschte die Leinwand sogleich vollkommen. Sie machte aus einem Stück übelsten Hollywoodschunds ein Kunstwerk und ließ die plumpen Unbeholfenheiten des Regisseurs als unerheblich erscheinen.

Coltrane hatte das Gefühl, als würde sich eine Hand gegen seine Brust pressen, doch dieses Gefühl war nicht bedrohlich – es war erregend. Rebecca Chance trug einen geblümten Sarong, der ungefähr dieselbe Tiefe an Dekolleté zeigte wie die Heldin des Films, doch im Vergleich zu Rebecca sah die Heldin wie ein magerer Knabe aus. Rebeccas üppiges schwarzes Haar fiel auf ihre nackten Schultern herab. Ihr linkes Bein war bis zu dem eleganten Knie entblößt. Die Füße waren herrlich nackt. Es stellte sich heraus, dass sie ebenfalls in den Helden verliebt war und für ihn spionierte. Eine Verfolgungsjagd durch einen tropischen Dschungel fand ihren Höhepunkt, als sich Rebecca auf einer Klippe über dem Meer in die Enge getrieben sah und durch einen spektakulären Kopfsprung in die Fluten entkam. Als sie später den Fluten entstieg, hielt Coltrane den Atem an, denn die Szene war fast identisch mit der in *The Trailblazer*. Beide Szenen hatten außerdem große Ähnlichkeit mit einigen Fotografien, die Packard von ihr gemacht hatte, als sie in einem weißen Badeanzug aus dem Meer stieg: dieselbe erotische Assoziation mit Wasser und Wellen.

Am Ende wurde sie getötet, als sie dem Helden und seinen Männern einen unter dem Wasser liegenden Zugang zum Fort zeigte. Der Held und seine Männer bekundeten die gebührende Trauer und Erbitterung und setzten ihren Angriff mit verstärkter Entschlossenheit fort, besiegten den Generalgouverneur und befreiten die Gefangenen, unter denen sich auch die Heldin befand. Umarmungen und Küsse. Ein paar Worte der Trauer wegen Rebeccas Tod. Plattheiten über die Freiheit. Crescendo der Musik. Abblende.

»Was für ein Schund«, ächzte Jennifer.

»Was für eine wunderschöne Frau«, flüsterte Coltrane.

»Was sagst du, Mitch? Ich habe dich nicht verstanden.«

»Ich sagte, was für eine unglaubliche Leinwandpräsenz.«

»Keine Frage. Sie hätte ein Star werden können.«

Während Coltrane noch auf die jetzt leere Leinwand starrte, machte Vincent das Licht an und entschuldigte sich dann. »Ich denke, ich werde uns einen Kaffee machen.«

Als er außer Hörweite war, sagte Jennifer: »Aber wir haben nichts erfahren, das uns helfen könnte zu verstehen, warum Packard sie so oft fotografiert und die Aufnahmen dann versteckt hat.«

»Nein, das haben wir nicht, aber dafür etwas anderes. Kennst du die Klippe, von der sie gesprungen ist?«

»Sollte ich?«

»Es ist dieselbe Klippe, auf der sie stand, als Packard sie fotografiert hat«, sagte Coltrane.

»Eine Klippe sieht mehr oder weniger genauso aus wie ...«

»Nein. Diese Klippe hat ein Stück weiter an ihrem Rand eine auffallende Felsformation, die aussieht wie eine Katze, die ihren Rücken krümmt.«

»Mir ist auf keinem der Fotos, die er von ihr auf der Klippe gemacht hat, eine Felsformation aufgefallen.«

»Ich nehme an, ich hatte mehr Zeit als du, sie mir genau anzusehen.«

Jennifer zog die Stirn kraus. »Und du hast in der Filmszene eine ähnliche Formation gesehen? So genau hast du hingeschaut?«

»Um sicher zu sein, werde ich Vincent bitten, zu der Szene zurückzuspulen.«

»Ja, wenn du meinst«, erwiderte Jennifer ohne Begeisterung, »bitte Vincent zurückzuspulen.«

20

»Mir hat es gefallen«, sagte Coltrane. Er hatte Jennifer zum Essen von den Redaktionsräumen des *Southern California Magazine* in Melrose abgeholt. Nun brachte er seinen Wagen neben Jennifers BMW auf dem nahezu leeren Parkplatz hinter dem Gebäude zum Stehen. »Ich bin froh, dass wir endlich Gelegenheit hatten, miteinander zu reden.«

»Es gibt noch einiges, über das wir reden müssen«, sagte sie.

»Ich weiß, was du meinst. Aber über das, was wir wegen Ilkovic durchgemacht haben, werden wir, denke ich, nie hinwegkommen.«

»Die Person, an die ich eigentlich gedacht habe, ist Rebecca Chance. Wir sollten vielleicht ein bisschen ausführlicher über dein Interesse an ihr reden.«

»Wie wär's mit morgen Abend?«, fragte Coltrane. »Silvester?«

»Ich habe mich schon gefragt, ob du überhaupt auf den Gedanken kommst, etwas mit mir zu unternehmen.«

»Ein passender Abend. Das Ende der Vergangenheit. Der Beginn der Zukunft.«

»Aber was ist mit der Gegenwart?«

Coltrane beugte sich zu ihr und küsste sie sanft auf den Mund, spürte die Berührung seiner Haut mit der ihren. Als er sich von ihr löste, sah er in ihre Augen, versuchte, ihre Reaktion abzuschätzen, und fragte sich, ob er das Richtige getan hatte.

»Auch das haben wir schon lange nicht mehr gemacht«, sagte Jennifer.

Als er sie erneut küsste, öffnete sie ihre Lippen, und ihre Zunge fand seine. Ihr Körper presste sich an ihn, und er fühlte, wie eine Woge der Erregung in ihm aufbrandete.

»Irgendwas Bestimmtes, was du morgen machen möchtest?«, fragte er.

»Das, was wir jetzt machen, nur ein bisschen ausführlicher.«

»Das lässt sich arrangieren.«

»Vielleicht kann ich dich sogar ein bisschen von Rebecca Chance ablenken.«

»Bist du eifersüchtig?«

»Du hast heute Abend die ganze Zeit von ihr geredet«, sagte Jennifer.

»Machen dich die Fotografien von ihr nicht neugierig?«

»Der einzige Mensch, auf den ich neugierig bin, bist du.«

Sie küssten sich wieder, hungriger diesmal.

Schließlich wandte Jennifer sich atemlos ab. »Wann morgen?«

»Was hältst du von jetzt gleich?«

»Ich kann nicht.« Jennifer holte tief Luft. »Silvester oder nicht – ich bin morgen früh um acht mit meinem wichtigsten Inserenten zum Frühstück verabredet. Ich muss frisch und hübsch aussehen.«

»Dann um sechs morgen Abend?«, brummte Coltrane. »Komm zu mir rüber. Ich mache meine berühmte Pasta marinara.«

»Wo ist das, ›bei dir‹?«

»Ich verstehe nicht ...«

»Dein Haus in Westwood oder ...«

»Oh.« Coltrane verstand, was sie meinte. »Packards Haus. Morgen werden die Möbel geliefert. Ich dachte, du würdest sie vielleicht gern sehen.«

»Ja und nein. Ich verbinde das Haus von Packard mit unangenehmen Erinnerungen.«

»Ein Grund mehr, warum wir den Silvesterabend nutzen sollten, die Vergangenheit hinter uns zu lassen.«

21

Coltrane wartete, bis Jennifer in ihren Wagen gestiegen war und wegfuhr. Die roten Rücklichter ihres BMW verschwanden um die Ecke. Er überlegte einen Augenblick, dann griff er nach seinem Autotelefon und wählte eine Nummer.

»Hallo, Vincent. Es tut mir Leid, dass ich Sie noch so spät anrufe, aber mir ist eingefallen, dass Sie gesagt haben, Sie würden nie vor zwei oder drei Uhr morgens schlafen. Ich habe überlegt, ob ich Sie um einen Gefallen bitten könnte. Selbstverständlich würde ich mit Freuden alle Kosten übernehmen, die anfallen. Es ist mir egal, wie viel es kostet. Könnten Sie, bevor Sie *Jamaica Wind* zurückgeben, Ihren Sammlerfreund fragen, ob er etwas dagegen hat, wenn wir den Film in ein Kopierstudio bringen und ihn auf Video überspielen lassen? Das wäre eine Möglichkeit, sicher zu gehen, dass der Film nicht verloren geht. Und würden Sie so freundlich sein, mir außerdem eine Kopie von Ihrer Kopie von *The Trailblazer* anfertigen zu lassen? Ich hätte wahnsinnig gern Kopien von den beiden Filmen.«

ACHT

1

Stieglitz.

Als Coltrane in Packards Haus zurückkehrte, ging er auf direktem Weg in den Tresorraum hinab und ignorierte zum ersten Mal das lebensgroße Gesicht von Rebecca Chance, das ihn aus dem Halbdunkel ihres Refugiums ansah. Er war zu sehr auf das konzentriert, was er vorhatte. Er trat an die Regale rechts von dem Bild, nahm Stapel um Stapel der Schachteln herunter und trug sie nach draußen zu den Regalen im Tresorraum.

Stieglitz, dachte er erneut.

Auf dem Nachhauseweg war ihm ständig durch den Kopf gegeistert, wie seltsam es doch war, dass ein Fotograf vom Format Packards einen so großen Teil seines Schaffens einer einzigen Person gewidmet hatte. Ihm fiel in der Tat nur ein anderer Fotograf ein, der dies ebenfalls getan hatte: Der einflussreichste Protagonist dieses Metiers, Alfred Stieglitz, der 1918 und 1919 mit wahrer Besessenheit seine Geliebte und spätere Ehefrau, die Malerin Georgia O'Keeffe, fotografiert hatte. Diese Serie umfasste zusammen mit anderen Aufnahmen, die er später von ihr machte, mehr als dreihundert Bilder, obwohl es Gerüchte gab, Georgia O'Keeffe habe nach Stieglitz' Tod die Veröffentlichung zahlreicher weiterer Aufnahmen verhindert oder sie sogar vernichtet.

Randolph Packard war für seine Arroganz berüchtigt gewesen, doch was die Einschätzung von Genialität betraf, hatte er sich in Demut und Bescheidenheit geübt und wie jeder andere bedeutende Fotograf zu Stieglitz' Lebzeiten eine Pilgerreise nach New York unternommen, um von dem Meister zu lernen. Zum ersten Mal begegnete Packard Stieglitz 1931 in dessen berühmter Galerie ›An American Place‹ – zwei Jahre bevor er Rebecca Chances Haus fotografiert und zwölf Jahre nachdem Stieglitz die leidenschaftlichen Aufnahmen von Georgia O'Keeffe gemacht hatte. Hatte Stieglitz Packard die Porträts von Georgia O'Keeffe gezeigt? War Packard die Idee für ein fotografisches Denkmal von Rebecca Chance durch den Einfluss von Stieglitz gekommen? Wenn, dann müssten einige der Fotografien …

Sein Blick verharrte auf den Fotos, die er bereits gesehen hatte, nur so lange, bis er sich vergewissert hatte, dass die wie ein Katzenbuckel anmutende Felsformation auf den Fotografien von Rebecca an der Klippe über dem Meer tatsächlich dieselbe war wie die auf der Klippe, von der sie in *Jamaica Wind* gesprungen war. Dann schob er die Bilder in die Schachteln zurück und legte sie beiseite. Jede Nacht, wenn er hilflos seinem Drang, hier herab zu kommen, nachgegeben hatte, war er begierig darauf gewesen, die komplette Sammlung durchzusehen, doch er hatte nie mehr als drei Schachteln geschafft. Über eine solche Fülle von Schönheit eilig und ohne Muße hinwegzublättern, wäre in seinen Augen eine unverzeihliche Völlerei gewesen.

Doch nun trieb ihn die Eile an, als er eine Schachtel nach der anderen öffnete und ihren Inhalt so schnell es ihm möglich war durchblätterte, doch ohne zu riskieren, die Bilder zu beschädigen. Die späte Stunde und das harte Licht der Deckenlampen entfachten ein dumpfes Pochen in seinem Schädel. Seine Hände zitterten vor gespannter Erwartung, ob er sich nun irrte oder nicht. Fünf Schachteln. Acht. Zwölf. Ihr Inhalt bedeckte ein Regalfach um das andere: Fotografien von Rebecca im Sattel eines Pferdes, auf einem Segelboot, auf einem Sprungbrett, einem Pfad im Wald, einer Terrasse, einer Steintreppe, einem sonnigen Balkon. Fünfzehn. Achtzehn. Aufnahmen von Rebecca Chance im Abendkleid, in weiten Hosen und Bluse, im Badeanzug, in

Reithosen, in Gärtnerschürze, in einem geblümten Rock, einer weißen Bluse und einem noch weißeren Schal.

Die Menge von Aufnahmen, die Packard von Rebecca Chance gemacht hatte, war ungeheuer. All diese Bilder – kein Wunder, dass Packard nicht viele neue Fotografien veröffentlicht hatte. Er hatte nicht die Zeit dazu gehabt. So viele Fotografien zu entwickeln – Packard hatte alle seine Fotos ja immer selbst entwickelt –, hatte ein Leben lang gedauert.

Obwohl Coltrane felsenfest davon überzeugt war, dass die Logik seiner Gedanken stimmte, zitterten seine Hände vor banger Erwartung, als er mit fliegenden Fingern, und mit einer Enttäuschung rechnend, den Deckel der letzten Schachtel abnahm. Darum war er nicht darauf vorbereitet: Das erste Nacktfoto von Rebecca machte ihn willenlos. Seine Beine wurden schwer. Sein Körper erstarrte zu Stein. Ihm stockte der Atem.

Das erregendste Foto, das er je in seinem Leben gesehen hatte, zeigte Rebecca Chance nackt und doch bedeckt, behängt mit den Chromperlenschnüren, die an den Wänden droben im Esszimmer hingen. Sie lehnte mit der ihr angeborenen natürlichen Anmut an der schwarz erscheinenden Wand hinter den Perlenschnüren. Sie stand etwas nach links gedreht, ihr Kopf und ihr Körper fast im Profil, doch beide Augen waren zu sehen, die ohne Scham in die Kamera blickten. Das Licht kam von links und zauberte einen seidigen Glanz in ihr volles schwarzes Haar, goss einen kupfernen Schimmer über ihre braune Haut, als glühte sie, und entfachte in ihren dunklen Augen ein Feuer, als würde etwas in ihnen brennen. Die Chromperlenschnüre reflektierten das Licht und glommen in einem Glanz, der zugleich an Eis und Feuer denken ließ. Das Bild war eine so vollkommene Illusion, dass Coltrane die kalt-heißen Perlen auf seiner eigenen Haut zu spüren glaubte. Es war, als liebkosten sie ihn, während sie ihm zugleich versprachen, zur Seite zu gleiten und mehr von Rebecca Chances wundervollem Körper zu enthüllen. Die schimmernden Perlen bildeten einen erregenden Kontrast zu den großen, dunklen Brustwarzen, die zwischen ihnen hervorlugten, und zu dem noch dunkleren, seidigen Schamhaar, über das sie herabbaumelten.

Coltranes Penis wurde hart. Diese unwillkürliche Reaktion durchbrach seine Lähmung und ließ die Kraft wieder in seine Beine zurückkehren. Seine Hände, die in der Bewegung, den Deckel beiseite zu legen, erstarrt waren, nahmen ihre Tätigkeit wieder auf und legten ihn zitternd auf das Regalfach. Er konnte wieder Atem holen, Luft strömte in seine Lungen und linderte das Schwindelgefühl, das über ihn gekommen war, als er das Foto angestarrt hatte. Doch das Schwindelgefühl verschwand nicht ganz, denn er hatte das Gefühl, in der Fotografie zu versinken.

Seine Erektion wurde härter. Während er sich seines Körpers ebenso bewusst war wie des ihren, dachte er: Ich hatte Recht! Stieglitz hatte den Weg gewiesen. Von den Hunderten von Aufnahmen, die er von Georgia O'Keeffe gemacht hatte, gehörte eine erstaunliche Zahl zu den hervorragendsten und schönsten Aktfotografien, die je ein Mann von einer Frau gemacht hat. Manchmal schien es, als hätte Stieglitz jeden Zentimeter von Georgia O'Keeffes Körper auf Bilder gebannt – ihre ausdrucksvollen Hände und – ja – ihre Brüste und ihre Augen, aber auch ihre Ellbogen und Knie, die Rundung ihrer Hüften und die Sohlen ihrer Füße, die Kurven ihres Schulterblatts und andere Teile ihres Körpers, die, soweit Coltrane wusste, noch nie zuvor Gegenstand von Porträtnahaufnahmen gewesen waren, bis Stieglitz' erstaunlich intime Fotografien sie in aller Bewusstsein rückten. Ein Kritiker hatte, vermutlich erschreckt von der Kraft der Fotos der O'Keeffe, sie einmal als urtümlich bezeichnet, womit er zum Ausdruck bringen wollte, dass Stieglitz in der O'Keeffe die Erdmutter gesehen habe.

In Packards Akten von Rebecca Chance ist sie nicht die Mutter, sondern die Geliebte von uns allen, dachte Coltrane. Aufgewühlt wandte er sich den anderen Aufnahmen in der Schachtel zu und fand weitere Aktfotos, jedes davon natürlicher und bestrickender als das davor. Keines war so kunstvoll inszeniert wie das erste, das er betrachtet hatte, aber jedes Einzelne war ein Kunstwerk, weil Rebecca Chance ein Kunstwerk war. Ihr unbekleideter Körper – seine sanften Rundungen, Vertiefungen und Erhebungen – war geheimnisvoll verlockend und beängstigend zugleich, so kraftvoll und mächtig in seiner freizügigen Zurschaustellung sinnlicher Weiblichkeit, dass Coltrane auf ihn nicht nur mit Begierde, sondern auch mit ehrfürchtiger Scheu reagierte. Rebecca Chance posierte nicht vor der Kamera, sie präsentierte sich ihr, bot sich dar und erlaubte, dass sie abgelichtet wurde. Ohne Scham blickte sie in die Kamera und war sich ihrer Weiblichkeit mit einer solchen Selbstverständlichkeit bewusst, dass Coltrane Verlegenheit empfand, weil er sexuell auf sie reagiert hatte.

Er betrachtete Foto um Foto und gelangte schließlich zu einer bemerkenswerten Serie, bei der Packard das verwirklicht hatte, was Stieglitz nur angedeutet hatte: Er hatte buchstäblich jeden Zentimeter von Rebecca Chances Körper abgelichtet – ihre Ohren, den Scheitel ihres Kopfs, ihren Nacken, ihre Achseln, die Innenseite ihrer Schenkel, ihre Kniekehlen. Es gab keine Stelle ihres Körpers, die zu gewöhnlich oder intim gewesen wäre, um Packard davon abzuhalten, eine Nahaufnahme davon zu machen. Was diese Serie so bewegend und anrührend machte, war die Hingabe, mit der er die verschiedenen Teile des Objekts seiner Besessenheit dokumentiert hatte – als könnte er ihre Schönheit durch die akribische Sorgfalt, mit der er ihren Körper unterteilte, vervielfältigen.

Emotional erschöpft, legte Coltrane die letzte Aktfotografie auf das Regalfach. Er lehnte sich gegen das Regal, schloss die Augen, holte tief Luft und versuchte, die Kraft aufzubringen, die Fotos in die Schachteln zurückzulegen. Seine Hände fühlten sich taub an, sein Herz hämmerte. Obwohl er die Augen geschlossen hatte, sah er Rebecca Chance noch immer vor sich – nackt und ihn anblickend.

Er machte die Augen auf, warf noch einmal einen langen Blick auf das letzte Aktfoto vor sich, und begann dann, sämtliche Fotografien wegzuräumen.

Droben im Wohnzimmer streckte er sich auf dem Schlafsack neben dem in zunehmendem Maß lächerlich aussehenden Plastikweihnachtsbaum aus und fiel beinahe augenblicklich in einen tiefen, schwarzen Schlaf. In den Nächten zuvor hatte Ilkovic ihn in seinen Träumen heimgesucht und sie in Albträume verwandelt, doch in dieser Nacht streckten sich Rebecca Chances Arme nach ihm aus, und ihr nackter Körper presste sich an ihn.

2

»Vorsicht!«, ermahnte der dickbäuchige Vorarbeiter die beiden jungen Männer, die mit ihm arbeiteten. Alle drei trugen blaue Hemden, auf denen dasselbe Logo prangte wie auf der Seite des Möbelwagens: PACIFIC MOVERS. Sie öffneten die Hecktüre des Lasters, und der rechte und der linke Türflügel knallten scheppernd gegen die Seiten des Wagens. Nachdem sie die Flügel gesichert hatten, zogen sie aus einem Fach unter der Ladefläche eine Rampe heraus, die ein misstönendes, metallisches Kreischen von sich gab, das an Coltranes Nerven zerrte. Während die Möbelpacker die Rampe einhakten, schlenderte Coltrane zum offenen Heck des Möbelwagens und sah, verdeckt unter großzügig ausgelegten Schichten schützender Decken, die Konturen von Möbeln.

»Vorsicht«, wiederholte der dickbäuchige Vorarbeiter, und jetzt erst begriff Coltrane, dass er ihn meinte und nicht seine jungen Kollegen. »Bleiben Sie lieber aus dem Weg. Manchmal kippen Sachen runter, oder einer der beiden hier fällt über die Rampe.«

»Das hoffe ich doch nicht.«

»Das Letzte, was wir wollen, ist ein verletzter Kunde.«

»Das macht mir weniger Sorgen. Was mir Sorgen macht, sind die Möbel. Passen Sie bitte auf, dass nichts beschädigt wird.«

»Kein Problem. Ich mache so was seit zwanzig Jahren.«

Aber die jungen Männer ganz offensichtlich nicht – sie sahen nicht älter als zwanzig aus. Beunruhigt wich Coltrane zurück und beobachtete, wie die drei die Rampe erklommen und begannen, die Decken von den ersten Möbeln zu nehmen.

In seiner Brust breitete sich ein warmes Gefühl aus, als er das Schimmern von Metall sah. Plötzlich erblickte er einen Stuhl. Doch er hatte noch nie ein solches Möbelstück gesehen – so einfach und doch ästhetisch so ansprechend. Die Beine und Armlehnen des Stuhls bestanden aus Stahlrohren, die, auf Hochglanz poliert, in einem grauen Farbton schimmerten. Der Sitz und die Lehne waren in klaren, geraden Linien gehalten und aus schwarzem, über irgendein verstärktes Polstermaterial gespanntem Veloursleder. Es lud dazu ein, es anzufassen, was Coltrane beinahe getan hätte, als einer der jungen Männer den Stuhl an ihm vorbei trug. Der zweite folgte mit einem weiterem Stuhl.

»Wo wollen Sie sie hin haben?«, fragte der Vorarbeiter und sah von seinem Klemmhefter auf.

»Ins Esszimmer.«

Coltrane ging ins Haus voran. Der Weihnachtsbaum und der Schlafsack waren aus dem Wohnzimmer verschwunden. »Das Esszimmer ist da links.«

»Hübsches Haus.«

»Danke.«

»So was habe ich noch nie gesehen.« Der Vorarbeiter drehte sich zu den jungen Männern um. »Okay – stellt die Stühle an die Wand vom Esszimmer, damit sie nicht im Weg sind. Augenblick mal. Die Wände sind ...«

»... behängt mit Chromperlenschnüren«, sagte Coltrane.

»*So was* hab' ich ganz sicher noch nie gesehen.«

Und so ging es weiter – die beiden jungen Männer luden die Möbel aus dem Wagen und brachten sie ins Haus, während der Vorarbeiter nichts anderes tat, als Zeile um Zeile auf seinem Klemmhefter abzuhaken und dann seinen Kollegen ins Haus zu folgen, um sich zu vergewissern, dass sie nichts beschädigten.

Noch vier Esszimmerstühle. Dann der Esszimmertisch: lang gestreckt und rechteckig, eine Glasplatte mit abgerundeten Ecken, ein Stahlrohrrahmen, auf dem die Glasplatte ruhte, und Stahlrohrbeine.

Mit einem weichen Tuch wischte der Vorarbeiter Staubflusen von der Glasplatte. »Nicht ein Kratzer.« Er warf Coltrane einen um Bestätigung heischenden Blick zu.

Die Rahmen der Wohnzimmermöbel bestanden aus glänzend schwarz gestrichen Aluminiumrohren, die waagrecht in einem Abstand von zwanzig Zentimetern angeordnet waren und niedrige Sitzflächen mit hoher Rückenlehnen bildeten. Dies bewirkte einen andeutungsweise industriellen Effekt, eine Glorifizierung der Mechanisierung der Welt, die in den späten Zwanziger- und frühen Dreißigerjahren en vogue gewesen war. Aber das Design war so harmonisch, dass es befreiend wirkte. Dicke, breite Kissen waren in die Sitze und Lehnen eingepasst. Sie waren mit rotem Satin bezogen. Drei Sessel und ein L-förmiges Sofa füllten bereits das Wohnzimmer, hinzu kamen ein Couchtisch und Beistelltische aus Stahl und Glas und eine Chromvitrine. Das viele Glas und polierte Metall ließen das Wohnzimmer erstrahlen.

Während Coltrane in einer Ecke des Zimmers stand und die beiden jungen Männer dirigierte, wo sie die Möbel abstellen sollten, fühlte er, wie er immer weiter in die Vergangenheit zurückdriftete. Seltsamerweise schien die Vergangenheit zugleich auch die Gegenwart zu sein. Die Möbel waren vor so langer Zeit entworfen und gebaut worden, dass sie neu und ungebraucht wirkten.

»Ich habe mein ganzes Leben Möbel geschleppt, Mister«, sagte der Vorarbeiter. »Ich muss zugeben, die Sachen hier sind völlig anders als alles, was ich bisher gesehen habe.«

»Aber sie gefallen Ihnen?«

»Was heißt gefallen? Sie sollten den Schrott sehen, den ich manchmal liefern muss … Aber das hier ist solide. Schauen Sie sich bloß an, wie die Jungs schwitzen. Das Metallzeug ist verdammt schwer. Da ist nichts Windiges dabei. Keine Gefahr, dass *die* Möbel auseinander fallen. Erinnern mich an einen ewig alten Film, den ich gesehen hab'. Die hatten Möbel wie die hier. Ich bin nicht der Typ, der auf Klamotten abfährt, aber hier drin habe ich das Gefühl, wir müssten alle Smoking tragen und Martinis trinken. He!« Er wandte sich zu seinen jungen Kollegen um. »Wir sind Möbelpacker, Jungs. Also packt an!«

Coltrane drehte den Kopf, um den beiden nachzusehen, die die Treppe hinabstiegen, um mehr Möbel zu holen, und war nicht darauf vorbereitet, Duncan Reynolds am Treppenabsatz stehen zu sehen.

Duncan schien noch mehr überrascht zu sein als Coltrane. Er sah beinahe bestürzt aus. Sein sonst stets gerötetes Gesicht war bleich, was die zahlreichen schreienden Farben seines Jacketts besonders kräftig zur Geltung brachte. Sein Mund stand offen.

»Duncan? Was ist los? Sind Sie okay?«

»Ich bin gekommen, weil ich Ihre Reaktion sehen wollte, wenn die Möbel ...« Mit aufgerissenen Augen sah sich Duncan im Wohnzimmer um. »Um zu sehen, ob Sie zufrieden sind mit ...« Entgeistert deutete er auf das Sofa, dann auf die Sessel und Tische. »Wie konnten Sie ...«

»Was ist denn nicht in Ordnung?«

»Nichts. Das ist es ja. Alles ist in Ordnung. Alles steht so, wie ich es in Erinnerung habe. *Exakt* so, wie ich es in Erinnerung habe. Das kann doch ... Woher haben Sie gewusst ...«

»Wovon reden Sie?«

»Die Möbel stehen genau dort, wo Randolph sie stehen hatte. Als er mir vor fünfundzwanzig Jahren, ein paar Monate nachdem ich angefangen hatte, für ihn zu arbeiten, zum ersten Mal das Haus gezeigt hat, standen die Möbel genauso wie jetzt. Randolph hat erzählt, dass sie exakt so standen, als er das Haus gekauft hat, und dass er sie nie verrückt hat und das auch nie tun wollte. Sie standen so, bis zu dem Tag, an dem sie zur Auktion fortgeschafft wurden. Und jetzt haben Sie sie genau wieder so gruppiert, wie sie waren, als ich sie zum ersten Mal gesehen habe. Ich wäre auch nicht mehr überrascht, wenn Randolph jetzt aus seiner Dunkelkammer die Treppe heraufkäme. Wie konnten Sie wissen, wo die …«

»Ein paar Fotografien haben mir dabei geholfen.«

Duncans Verwunderung wuchs.

»Ich habe Recherchen angestellt«, erklärte Coltrane.

Gespannt auf eine nähere Erklärung, trat Duncan näher.

»Ich habe mir zusammengereimt, dass ein Haus, das von Lloyd Wright entworfen wurde, vermutlich ziemlich viel Aufmerksamkeit geweckt haben dürfte, als es gebaut wurde. Gestern war ich in der Bibliothek, um zu sehen, ob ich was darüber finde. Die Bibliothekarin an der Auskunft zeigte mir ein thematisches Stichwortverzeichnis, ein Namens- und Sachregister sämtlicher, in allen größeren Magazinen und Fachzeitschriften veröffentlichter Artikel, das jährlich erscheint. Ich fing also bei 1931 an – dem Jahr, in dem das Haus gebaut wurde. Ich sah unter Lloyd Wright nach und fand auf Anhieb einen Artikel über ihn in einer Architekturzeitschrift, die nicht mehr erscheint, in den Dreißigerjahren aber eine ziemlich große Auflage hatte – *Architectural Views*. Hervorragende Bibliothek, die wir hier in Los Angeles haben; die Zeitschriftenabteilung hat sämtliche Ausgaben des Magazins auf Mikrofilm. Also habe ich den Artikel gelesen. Wie sich herausstellte, hat das Haus in der Tat eine Menge Aufmerksamkeit erregt, als es gebaut wurde. Der Artikel enthält unter anderem eine interessante Analyse von Lloyd Wrights Entwürfen für das Haus – seine innere und äußere Gestaltung. Inklusive einer Menge Fotografien: Innen- und Außenaufnahmen. Von jedem Zimmer. Einschließlich der Möbel.« Coltrane nickte zur Sitzgruppe hinüber. »Ich habe die Möbel genau so aufgestellt, wie ich es auf den Fotos gesehen habe.«

»Glauben Sie, dass Randolph diese Fotos gemacht hat?«

»Das habe ich mich zunächst auch gefragt«, erwiderte Coltrane. »Aber ich brauchte keines der Fotos länger als eine Sekunde anzusehen, um sicher zu sein, dass sie nicht von ihm stammen können. Dazu waren sie nicht perfekt genug arrangiert und zu schlecht ausgeleuchtet. Ich habe versucht, auf dem Mikrofilm die winzige Schrift unter den Fotos zu entziffern, aber ich konnte den Namen des Fotografen nicht enträtseln.«

Duncan beruhigte sich etwas. »Einen Moment lang dachte ich, sie hätten Fotografien von Randolph Packard entdeckt, von deren Existenz niemand wusste.«

»Das wäre ein Ding gewesen, wenn ich welche entdeckt hätte.«

»Vorsicht, wir kommen.« Der übergewichtige Vorarbeiter zeigte seinen beiden jungen Kollegen den Weg, die noch mehr schwarze Metallrohre die Treppe heraufwuchteten. »Ich weiß nicht, was das da ist, aber ich nehme mal an, dass es ein Bettgestell ist.«

»Normale Größe oder Kingsize?«

»Wenn wir alle diese Teile hier zusammengebaut haben, wette ich, wird's ein Kingsize.«

»Dann ins große Schlafzimmer. Oberster Stock.«

»Ihr habt gehört, was der Mann gesagt hat«, schnaufte der Vorarbeiter, zu seinen Gehilfen gewandt.

Das Team der Möbelpacker nahm die nächste Treppenflucht in Angriff und verschwand.

Benommen sah Duncan ihnen nach.

»Duncan?«

»Ah ... was?« Duncan drehte sich um und blinzelte irritiert.

»Neulich haben Sie erwähnt, dass Randolph ein Haus in Mexiko besaß.«

Der Ausdruck in Duncans Gesicht änderte sich nicht, doch etwas in seinen Augen sehr wohl – sie blitzten wachsam.

»Sie sagten, Randolph hätte Häuser immer nur über Mittelsmänner und im Namen von irgendwelchen Gesellschaften, die er besaß, gekauft, damit niemand herausfinden konnte, wer der wirkliche Käufer war. Randolph hat das Haus hier auf diese Weise gekauft – und eines in Mexiko.«

»Jetzt, wo Sie es sagen, glaube ich mich zu erinnern, so etwas erwähnt zu haben.«

»Ich habe mich gefragt, wo das Haus in Mexiko ist.«

Duncans Miene blieb wachsam. »Wieso wollen Sie das wissen?«

»Aus purer Neugier. Randolph hatte eine so besondere und einmalige Art, die Dinge zu sehen, dass ich dachte, vielleicht ist das Haus ebenso spektakulär wie dieses hier, und es würde sich lohnen, nach Mexiko runter zu fahren und es mir anzusehen.«

Duncans Antwort kam zu schnell. »Ich weiß es nicht.«

Von oben hörte Coltrane das leise Klirren von Metallrohren, die verschraubt werden.

»Vorsichtig«, hörte er den Vorarbeiter sagen.

»Sie wissen nicht, ob es sich für mich lohnen würde, mir das Haus anzusehen?«, fragte Coltrane.

»Ich weiß nicht, wo es liegt. Ich war nie dort.« Duncan sah wieder die Treppe nach oben, von wo das metallische Klirren kam. »Randolph hat es mir nie gesagt. Irgendwo in Baja California; durchaus möglich, dass er das mal erwähnt hat.«

»Schade.«

»Tut mir Leid, dass ich Ihnen nicht helfen kann.«

»Es ist vermutlich auch völlig egal. Ich kann mir nicht vorstellen, dass es so einzigartig und schön ist wie das hier und bestimmt auch nicht so gut erhalten. War es nach wie vor in Randolphs Besitz, als er starb?«

Duncan sah zur Seite. »Vor Jahren hat er mal erwähnt, dass er irgendein Haus in Mexiko verkaufen will.«

»Wie auch immer«, seufzte Coltrane. »Es war nur so ein Gedanke.«

»Vorsicht«, rief der Vorarbeiter erneut.

3

»Ich würde gern mit Mr. Blaine sprechen, bitte«, sagte Coltrane in die Telefonmuschel.

»Darf ich ihm sagen, wer ihn sprechen will?«, erwiderte die Empfangssekretärin.

Coltrane nannte seinen Namen. »Ich hatte bereits mehrere Gespräche mit ihm über ein Haus eines verstorbenen Klienten von ihm. Randolph Packard.«

Die Stimme der Empfangsdame wurde um einige Nuancen interessierter. »Randolph Packard?«

»Ich kaufe ein Haus, das in seinem Besitz war, und ich benötige noch einige Informationen dazu. Ich weiß, es ist Silvesternachmittag.« Coltrane bemühte sich um einen zerknirschten Unterton. Er lachte glucksend. »Oder wie immer man diesen Nachmittag nennt.«

Die Empfangsdame schien amüsiert. »Ja, das weiß ich auch nie.«

»Wie auch immer ... Vermutlich hat Mr. Blaine eine Tonne Arbeit auf dem Schreibtisch, die er noch fertig kriegen muss, aber ich habe gehofft, er könnte für mich ein paar Minuten Zeit finden.«

Tot oder lebendig, Packards Name öffnete Türen. Zwanzig Sekunden später war ein öliger Bariton in der Leitung. »Mr. Coltrane, ich hoffe, Ihre Vorbereitungen gehen zufrieden stellend voran.«

»Vollkommen. Ich fühle mich so wohl in diesem Haus, dass ich mich gefragt habe, ob auch ein weiteres Haus, das Mr. Packard gehörte, zum Verkauf steht.«

»Wenn Sie das Haus in Newport Beach meinen, das hinterließ er seinem Assistenten. Sie müssten mit ihm darüber sprechen.«

»Nein, ich dachte an ein Haus in Mexiko.«

»In Mexiko?«

»Ich glaube, es ist irgendwo in Baja California.«

Der Bariton klang irritiert. »Nein, davon ist mir nichts bekannt.«

Coltrane versuchte, seine Enttäuschung hinabzuschlucken. Sein Verdacht hatte sich als grundlos herausgestellt. »Wahrscheinlich hat er es schon vor Jahren verkauft.«

»Der einzige Besitz, den Randolph Packard jemals in Mexiko hatte, liegt nicht in Baja California.«

»Wie bitte?«

»Er liegt nicht auf der Halbinsel, sondern an der Westküste Mexikos, wesentlich weiter südlich als Baja California. Südlich von Acapulco, um genau zu sein. In der Nähe eines Orts, an dessen spanischen Namen ich mich nicht mehr erinnern kann – ich weiß nur, was er auf Englisch bedeutet. Katzenbuckel.«

»Wie?«

»Das ist der Name des Orts.«

»Espalda del Gato?«, fragte Coltrane.

»Ich bin beeindruckt. Ihr Spanisch ist sehr gut.«

»Ich habe viel Zeit in Ländern verbracht, in denen Spanisch gesprochen wird«, sagte Coltrane. »Wenn die Möglichkeit besteht, dass ich mir das Haus ansehen kann ... das heißt, falls es noch zur Hinterlassenschaft von Mr. Packard gehört und verkäuflich ist, wäre ich vielleicht daran interessiert, es ebenfalls zu kaufen.«

»Damit kann ich Ihnen leider nicht weiterhelfen. Das liegt nicht mehr in meiner Hand. Den Erben der Hazienda hat er explizit in seinem Testament festgelegt. Die Eigentumsüberschreibung war vor einer Woche.«

Coltrane konnte seine Enttäuschung nicht verbergen. »An wen? Können Sie mir das sagen?«

»Entgegen meinem Rat hat Mr. Packard der Treuhandgesellschaft nicht die Abwicklung seines gesamten Nachlasses übertragen. Die Hazienda in Mexiko war eine der Hinterlassenschaften, die er partout nicht den Treuhändern übergeben wollte. Hätte er es getan, dann wäre es möglich gewesen, die Erbschaft intern zu regeln, ohne ein kalifornisches Gericht bemühen zu müssen. Doch da die Hazienda in einem Testament vermacht wurde, muss die Gültigkeit dieses Testaments erst von einem Gericht bestätigt werden. Es wären eine Menge Dokumente und amtliche Urkunden nötig, um das Haus zu kaufen. Ich könnte so herzlos sein und Ihnen einen längeren und entnervenden Besuch im Gerichtsgebäude zumuten, aber ich sehe nicht ein, warum das nötig sein sollte. Mr. Packard hat das Haus in Mexiko einer Frau namens Natasha Adler vermacht.«

»Natasha Adler?«

»Ich habe nicht die geringste Ahnung, wer diese Frau ist. Ich kann Ihnen absolut nichts über sie sagen.«

»Haben Sie eine Adresse oder Telefonnummer?«

»*Diese* Information war im Testament nicht enthalten. Ich musste einen Privatdetektiv einschalten, um sie zu finden. Ich fürchte aber, ich würde ihre Privatsphäre verletzen, wenn ich Ihnen sagen würde, wo sie wohnt.«

Verdammt, dachte Coltrane.

»Wenn ich sonst nichts mehr für Sie tun kann, Mr. Coltrane, dann ...«, sagte Blaine.

»Noch eines vielleicht.«

In dem Bariton schwang ein Hauch von Ungeduld. »Ja?«

»Würden Sie mir den Namen des Privatdetektivs nennen, den Sie beauftragt haben?«

4

»Cheers.«

»Cheers.«

Coltrane und Jennifer ließen ihre Gläser mit Absolut und Tonic aneinander klirren.

Jennifer nippte an ihrem Glas und zog die Nase kraus. »Es ist wie beim Champagner – die Perlen prickeln in der Nase.«

»Vielleicht brauchst du mehr Wodka und weniger Tonic«, grinste Coltrane.

»Dann würde es wahrscheinlich am ganzen Leib prickeln.« Jennifer trug ein schwarzes Kleid von Armani, dessen Saum bis knapp über ihre Knie reichte und dessen Oberteil ihre Brüste gerade noch bedeckte. Die Perlenohrringe und die entsprechende Halskette, die sie trug, konnten mit ihrem Lächeln nicht konkurrieren.

Sie nippte erneut und ließ den Blick durch das Wohnzimmer schweifen. »Ich habe erwartet, dass die Möbel eindrucksvoll sein würden, aber nicht *so* eindrucksvoll. Sie sind … ich weiß gar nicht, welches Wort ich benutzen soll … fantastisch. Ich fühle mich, als säße ich in dem Flügel des Museum of Modern Art, in dem Möbel ausgestellt werden, die als Kunst gelten.«

»Heißt das, du hast das Gefühl, das Haus hat sich so weit verändert, dass du ihm eine zweite Chance geben könntest? Es erinnert dich nicht mehr so an Ilkovic?«

»Ich fühle mich jetzt auf jeden Fall anders.«

»Gut.«

»Als wäre ich in den Dreißigerjahren.«

»Das ist genau die Illusion, die ich erzeugen will. Ich möchte, dass das Haus ein Zufluchtsort vor der Gegenwart ist.«

»Ich habe allerdings den Eindruck, dass die Gegenwart nach wie vor hier ist.« Bevor Coltrane fragen konnte, was sie damit meinte, fügte sie hinzu: »Kann man sich da draufsetzen?«

»Natürlich.« Coltrane lachte.

Vorsichtig ließ sich Jennifer auf das rote Satinpolster eines aus schwarzen Rohren bestehenden Sessels sinken. »Soweit, so gut. Er ist nicht unter mir zusammengebrochen.«

»Der Chef der Möbelpacker, die sie geliefert und aufgestellt haben, hat mir versichert, diese Möbel sind für die Ewigkeit gebaut.«

»Scheint was dran zu sein. Selbst nach so vielen Jahren glänzen sie, als wären sie neu.« Jennifer nahm einen langen, vorsichtigen Schluck von ihrem Wodka. »Und du bist dir sicher, dass Duncan dich wegen diesem Haus in Mexiko angelogen hat?«

»Es war nicht so sehr das, was er gesagt hat. Er sagte, er erinnert sich vage, dass das Haus vor einiger Zeit verkauft wurde und dass es möglicherweise in Baja California steht. Keine große Sache. Aber er hatte dabei so ein nervöses Flackern in den Augen.«

»Vielleicht brauchte er nur einen Drink. Nicht hinter allem steckt ein Geheimnis.«

»Ich habe den Privatdetektiv angerufen, der für Packards Anwalt arbeitet. Ich hatte Glück und konnte ihn überzeugen. Für fünfhundert Dollar hat er in seinen Akten nachgesehen und mir zugeflüstert, dass Natasha Adler, die Frau, die die Hazienda in Mexiko geerbt hat, oben in Malibu wohnt. Ihre Telefonnummer steht zwar in keinem Telefonbuch, aber er hat sie mir trotzdem gegeben.«

Jennifer hob ihr Glas an die Lippen. Der Wodka half auch nicht, ihre zunehmend bekümmerte Miene aufzuhellen. »Ich verstehe nicht, was du damit zu erreichen hoffst.«

»Ich würde gern wissen, warum Packard ihr das Haus vermacht hat.«

»Vielleicht war sie eine Freundin oder eine nähere Bekannte.«

»Möglich. Aber wenn sie das Anwesen kennt, dann kann sie mir vielleicht etwas darüber erzählen.«

»Was zum Beispiel?«

»Ob dort Szenen von *Jamaica Wind* gedreht wurden und ob sie jemals etwas von Rebecca Chance gehört hat.«

Jennifer schüttelte den Kopf.

»Bist du nicht neugierig?«, fragte Coltrane.

»Beruflich schon, sicher. Diese Fotografien sind eine bedeutende Entdeckung. Es ist wichtig herauszufinden, wann sie gemacht wurden, wer das Modell war und in welcher Beziehung Packard zu ihr stand. Diese Informationen machen die Aufnahmen zwar auch nicht brillanter, als sie ohnehin sind, aber als Herausgeberin einer Zeitschrift kann ich dir versichern, dass eine ergreifende Geschichte als Hintergrund ihren monetären Wert erheblich steigert. Daraus ergibt sich die Frage, wann du Packards Nachlassverwaltern von ihnen erzählen willst. Ohne konkret zu werden, habe ich mich bei einem Anwalt erkundigt. Soweit ich es verstanden habe, hast du als Finder einen Besitzanspruch auf die Fotografien, aber die Rechte für die Reproduktion und den Verkauf liegen bei Packards Treuhändern. Du wirst mit ihnen zu einer Einigung kommen müssen.«

»Wenn ich so weit bin.« Coltrane biss sich auf die Unterlippe. »Du hast gesagt ›beruflich‹.«

»Wie bitte?«

»Du hast gesagt, die Fotos interessieren dich *beruflich.* Und so wie du das Wort betont hast, klang es, als wolltest du mir zu verstehen geben, dass du persönlich kein Interesse an ihnen hast.«

»Zumindest nicht so wie du. Wenn du über Rebecca Chance sprichst, klingt es, als wäre sie ein lebendiger Mensch aus Fleisch und Blut. Du hast mich gestern Abend gefragt, ob ich eifersüchtig auf sie bin. Vielleicht bin ich das sogar. Es ist beinahe, als …«

»Was?«

»Als würdest du dich in sie verlieben.«

Coltrane sagte nichts darauf.

Jennifer leerte ihr Glas mit einem Schluck.

»Darf ich dir nachschenken?«

»Worauf du dich verlassen kannst. Schließlich ist Silvester.«

»Und wenn wir nicht verhungern wollen, sollte ich langsam mit der Sauce für die Pasta marinara anfangen.« Gemeinsam gingen sie vom Esszimmer in die Küche.

Eine kleinere Version des Esszimmertischs mit Stahlrohrrahmen und abgerundeter Glasplatte stand an der Wand gegenüber der Kochzeile.

»Ich denke, ich sollte nicht zu hart mit Duncan ins Gericht gehen, weil er mich möglicherweise angelogen hat. Ich war auch nicht ganz ehrlich zu ihm.«

»So?«

Coltrane füllte Jennifers Glas und gab ein Stück Limone und Eiswürfel hinzu. »Ich habe ihm erzählt, ich wüsste, wie die Möbel standen, weil ich es auf Fotos in einer alten Architekturzeitschrift gesehen hätte. Das war gelogen.«

»Wenn du es nicht aus der alten Zeitschrift wusstest, dann …«

»Von den Aufnahmen, die wir im Tresorraum gefunden haben. Ich habe mir inzwischen alle angesehen. Wie sich herausgestellt hat, wurden einige der Fotografien von Rebecca Chance hier in diesem Haus gemacht. Sie sind, wie nicht anders zu erwarten bei Arbeiten von Packard, gestochen scharf. Es war keine große Sache, die Möbel anhand der Bilder wieder so aufzustellen, wie sie früher standen.«

Jennifer musterte ihn.

»Außerdem habe ich einige interessante Fotos ganz anderer Art gefunden«, sagte Coltrane.

Jennifer musterte ihn genauer.

»Nacktfotos.«

In dem Augenblick, in dem Coltrane dies sagte, wünschte er, er hätte es nicht gesagt.

»Nacktfotos ...«, wiederholte Jennifer tonlos.

»Du weißt schon, die Art von Aufnahmen, wie sie Stieglitz von Georgia O'Keeffe gemacht hat.«

»Ja, ich weiß, welche Art von Fotos du meinst. Zeig sie mir.«

5

»Keine kalten Schauer mehr?«, fragte Jennifer, als sie den Tresorraum durchquerten.

Coltrane zog verwirrt die Stirn in Falten.

»Du hast in dem Raum hier immer eine Gänsehaut gekriegt«, sagte Jennifer. »Du hast hier drin Platzangst bekommen.«

»Ah, das ... Na ja, ich war wahrscheinlich so oft hier unten, dass ich mich daran gewöhnt habe.«

»Ja, das hast du ganz offensichtlich. Es ist hier so kalt, dass *ich* jetzt eine Gänsehaut kriege.« Jennifer rieb sich die nackten Arme.

»Hier.« Coltrane zog seine Jacke aus und legte sie ihr um die Schultern.

»Danke.«

»Besser?« Er ließ seine Hände auf ihren Schultern liegen.

»Viel besser.«

Jennifer drehte sich zu ihm um und legte ihre gespreizten Hände auf seine Brust. Seine Brustwarzen wurden hart. Ein zärtlicher Kuss zog sich in die Länge und wurde ungestümer.

Sie hielten einander fest umschlungen.

»Also – wo sind jetzt die Nacktfotos?«, fragte Jennifer.

»Du hast es dir nicht anders überlegt?«

»Vielleicht habe ich eine selbstquälerische Ader.«

Coltrane löste die Arme von ihr und ließ die Riegel aufschnappen, die die Wand verankerten.

Als er das Wandsegment herauszog, starrte Jennifer auf das lebensgroße Porträt von Rebecca Chance. Das harte Licht aus dem Tresorraum sickerte in die Kammer und vertrieb die Dunkelheit aus den Ecken. In den Augen auf der Fotografie spiegelte sich der Lichtschein.

»Sie ist noch viel schöner als in dem Film«, murmelte Jennifer.

Coltrane hatte die Schachtel mit den Aktfotos ganz oben auf den Stapel der anderen gelegt. Er fischte sie herab, ging zu den Regalen im Tresorraum hinaus und nahm den Deckel ab.

Jennifer trat neben ihn und starrte auf das Foto von Rebecca Chance hinab, das oben im Esszimmer gemacht worden war. Die Aufnahme, auf der nur ein paar fadenscheinige Chromperlenschnüre ihren nackten Körper verhüllten.

Langsam deckte sie das nächste Bild auf, dann das Nächste. Es war so still in dem Raum, dass Coltrane nur das leise Schaben der Fotos und Jennifers Atem hörte. Sie blätterte ein Foto nach dem anderen um.

Endlich war sie fertig.

»Und? Was sagst du?«

»Ihre Brustwarzen«, sagte Jennifer.

Coltrane hatte keine Ahnung, welche Reaktion er von ihr erwartet hatte, aber mit dieser hatte er ganz sicher nicht gerechnet.

»Die Brustwarzen und der Hof drum herum«, sagte Jennifer.

»Ich verstehe nicht.«

»Meine sehen anders aus als ihre.«

Coltrane registrierte entsetzt, dass er rot wurde. »Ich wollte dir damit nicht zu verstehen geben …«

»… dass ihre schöner sind als meine? Das sind sie. Rebecca Chance war wirklich eine erstaunlich attraktive Frau. Sie war von der Natur gesegnet. Aber darauf will ich nicht hinaus. Meine Brustwarzen sind klein, nicht größer als die Kuppe von meinem Zeigefinger. Und die Höfe um *meine* Brustwarzen sind nicht so dunkel abgegrenzt wie die von Rebecca Chance.«

»Und?«

»Ich könnte allerdings dafür sorgen, dass meine auch so aussehen.«

»Du sprichst von plastischer Chirurgie?«

»Nein. Wenn ich schwanger würde.«

Coltranes Herz machte einen Satz. »Du denkst, sie war *schwanger*?«

»Ich vermute, zum ersten Mal. Ich kann nirgends Schwangerschaftsstreifen sehen, die darauf hinweisen, dass sie schon mal ein Kind ausgetragen hat. Ich würde sagen, sie war ungefähr im dritten Monat, weil ihr Bauch noch flach ist. Aber es war nicht mehr zu verbergen, dass ihre Brüste schon voller und ihre Brustwarzen größer wurden. Und dieses Glühen in ihrem Gesicht und der Schimmer ihrer Haut weisen darauf hin, dass bereits mächtige Hormone die Herrschaft über den Körper übernommen haben.«

»Schwanger«, murmelte Coltrane verwundert und betrachtete die Fotografien mit neuen Augen.

»Die augenfällige Frage lautet also: Wer war der Vater? War es Packard? Und angenommen, das Kind wurde geboren – was ist aus ihm geworden?«

6

Coltrane wölbte den Rücken und bog den Kopf in den Nacken, als eine Woge der Lust durch seinen Körper brandete. Er bewegte sich langsamer und versuchte, die empfindliche Balance zwischen unmittelbarem Bedürfnis und delikater Zurückhaltung nicht zerbrechen zu lassen. Jennifer küsste ihn und stemmte sich ihm fordernd entgegen. »Hör nicht auf!«, stöhnte sie flüsternd. Er bewegte sich wieder schneller in ihr und fühlte, wie ihr drängender Rhythmus Einklang mit seinem fand. Als er den Höhepunkt erreichte, hatte er den Eindruck, die Gegenwart dehnte sich bis in die Ewigkeit. Doch nur zu bald zerfiel die Zeit wieder in einzelne, voneinander getrennte Augenblicke, und er glitt aus Jennifer und ließ sich neben sie sinken. Regungslos lagen sie nebeneinander. Das Licht der Straßenlaternen fiel durch die offenen Jalousien im Schlafzimmer. Ein sanfter Wind bewegte die Äste der Bäume und ließ dunkle Schatten über die Wände des dunklen Zimmers geistern.

Sie wälzte sich auf die Seite und sah ihn an. »Es ist lange her.«

»Zu lange.«

»Wir werden uns ranhalten müssen, um das Versäumte nachzuholen.«

»Der Geist ist willig, aber das Fleisch könnte möglicherweise schwach sein.«

»Ich werde sehen, was ich tun kann, damit du wieder zu Kräften kommst.«

»Was zu essen würde vielleicht auch helfen. Wenn ich nicht bald mit der Sauce für die Pasta marinara anfange …«

»Nein.« Jennifer legte ihre Hand auf seine Wange. »Bleib noch ein bisschen liegen.«

»Es ist wunderschön, auf diese Weise ein Jahr zu beenden, das in anderer Hinsicht ein ziemlich beschissenes Jahr war«, sagte Coltrane.

»In einer Hinsicht war es doch gar kein so schlechtes Jahr. Du hast einige sehr schöne Aufnahmen gemacht. Und du hast etwas gefunden, wie du deiner Arbeit eine neue Richtung geben kannst.«

Coltrane zuckte mit den Achseln.

»Deine Arbeit scheint dir noch immer nicht besonders wichtig zu sein.«

»Nicht im Vergleich zu allem anderen, was passiert ist.«

Sie schwiegen eine Weile.

Dann sagte Jennifer: »Als wir uns vorhin geliebt haben, hast du da daran gedacht, dass Rebecca Chance und Randolph Packard möglicherweise im selben Bett miteinander geschlafen haben?«

»Nein.«

»Ich schon. Und ich habe mir vorgestellt, dass sie und ich die Plätze getauscht hätten. Haben dich die Nacktfotos von ihr erregt?«

»Ein bisschen.«

»Hattest du ihretwegen mehr Lust, mit mir zu schlafen?«

»Ich nehme an.«

Jennifer nahm ihre Hand von seiner Wange, ließ sie über seine Brust und seinen Bauch abwärts gleiten und streichelte ihn.

»So wie dich das erregt?«

»Ja.«

»Gut.«

Als Jennifer ihn küsste, schmeckte er das Salz einer Träne auf ihrer Wange.

»Weil ich nicht mit ihr konkurrieren kann, Mitch. Ich bin keine Göttin. Ich bin nur eine Frau.«

7

Obwohl es ein strahlender Morgen und der Himmel klar und blau war, trieb eine kühle Brise – zumindest nach den Maßstäben Südkaliforniens – Coltrane von der Dachterrasse wieder ins Schlafzimmer zurück. »Brr«, machte er, zog seinen Morgenmantel fester um sich und blieb vor Jennifer stehen, die noch im Bett lag. »Ich habe gehofft, wir könnten draußen Kaffee trinken, aber ich fürchte, das würde ein Eiskaffee werden.«

»Es ist sowieso viel schöner hier drin«, sagte Jennifer. Sie hob die Bettdecke, ließ ihn einen Blick auf ihre Brüste, ihren flachen Bauch und den hellen Busch ihres Schamhaars erhaschen und lockte ihn mit einem Krümmen des Zeigefingers, zu ihr unter die Decke zu kriechen.

»Das ist das beste Angebot, das ich heute bisher hatte.«

»Und der Tag ist noch jung«, sagte Jennifer.

»Wenn du so weitermachst, werde ich auf dem Zahnfleisch zum Frühstück schleichen.«

»Solange *er* nicht auf dem Zahnfleisch geht.«

Sie deutete auf seine Erektion, die er enthüllte, als er aus dem Morgenmantel schlüpfte.

»Seit wann hast du Spaß daran, Obszönitäten von dir zu geben?« Er kroch unter die Decke und spürte ihren warmen Körper.

»Das nennst du obszön?«

»Zumindest würde ich es schlüpfrig nennen.«

»Und wie würdest du *das* nennen?«

»Ich bin ein bisschen durcheinander im Augenblick. Vielleicht kommt mir das Wort wieder in den Sinn, wenn du es noch mal machst.«

»Etwas wird dir ganz bestimmt kommen – wenn vielleicht aber nicht in den Sinn …«

»Und der Tag ist noch jung«, hatte Jennifer gesagt, doch mit ihrem darin implizierten Versprechen, der Tag werde noch mehr Gelegenheiten bieten, sich zu lieben, lag sie falsch. Denn nachdem sie einander erschöpft in die Arme gesunken waren, sich eine Weile aneinander geschmiegt, dann geduscht und sich schließlich angezogen hatten, eröffnete Jennifer Coltrane, dass sie um eins im Haus ihrer Eltern erwartet wurde. »Das weißt du doch vom letzten Jahr«, sagte sie. »Das ist Tradition bei uns. Ich besuche sie immer am 1. Januar und helfe Vater bei seinem Fernseh-

Marathon, sich sämtliche Footballspiele am Neujahrstag anzuschauen. Hast du Lust mitzukommen? Er und Mutter würden sich freuen, dich zu sehen, und es gibt eine Menge feine Sachen zum Essen. Letztes Jahr hat es dir doch Spaß gemacht.«

»Ja. Es war lustig. Aber dieses Jahr wirst du mich entschuldigen müssen.«

»Oh?« Jennifers Stimme war vor Enttäuschung ganz leise.

»Ja. Ich habe Gregs Witwe versprochen, dass ich vorbeischaue und eine Weile bei ihr und den Kindern bleibe.«

»Oh.« Diesmal klang ihre Stimme fester und ihr Tonfall verriet, dass sie dafür Verständnis hatte. »Ich wusste gar nicht, dass du mit ihr gesprochen hast.«

»Ich habe ganz vergessen, es dir zu sagen.«

»Wir kennen uns zwar nicht, aber sag ihr bitte, dass mir das mit ihrem Mann sehr Leid tut.«

»Das werde ich.«

»Jetzt könnte ich den Kaffee vertragen, von dem du vorhin gesprochen hast.«

Die Küche war ein einziges Chaos; überall Töpfe und Pfannen von der Pasta marinara mit Hackfleischbällchen, die Coltrane am späten Abend auf den Tisch gezaubert hatte. Sie hatten die Teller einfach ins Spülbecken gestellt und dann zusammen eine Flasche Champagner geleert, während sie im Fernsehen die Übertragung der Silvesterfeier auf dem Times Square angesehen hatten. Coltrane konnte sich nur mehr dunkel daran erinnern, wie sie nach oben in sein Schlafzimmer getaumelt waren.

»Ach du meine Güte«, ächzte Jennifer, als sie das Chaos in der Küche erblickte. »Ich werde den Kaffee dringend brauchen, wenn ich mich aufraffen will, dir dabei zu helfen.«

»Vergiss es«, sagte Coltrane. »Komm, wir gehen frühstücken.«

Als sie gegen halb eins zurückkehrten, standen sie noch eine Weile vor dem Haus.

»Falls dein Besuch bei Gregs Witwe früher endet, komm doch rüber zu meinen Eltern«, sagte Jennifer.

»Das werde ich, ja. Wünsch ihnen aber trotzdem ein glückliches Neues Jahr von mir.«

Jennifer schien wegen irgendetwas hin und her gerissen. »Würdest du mir einen Gefallen tun?«, fragte sie schließlich.

»Was denn?«

»Holst du deine Kamera und machst ein Foto von mir?«

»Ein Foto von dir?«

»Es ist ein neues Jahr«, sagte Jennifer. »Ein neuer Anfang. Es würde mich glücklich machen, wenn du wieder fotografieren würdest.«

»Wenn es dich glücklich macht, macht es auch mich glücklich.«

Eine Minute später war er mit seiner Nikon zurück und stellte Jennifer vor die wie rankender Efeu aussehende, grünlich blaue Kupferverblendung an der Ecke des Hauses.

»Vor diesem Hintergrund wirkst du noch blonder«, sagte Coltrane. »Du siehst richtig strahlend aus.«

Als Jennifers Augen nach seinem Kompliment aufleuchteten, wie er es erhofft hatte, drückte Coltrane auf den Auslöser.

NEUN

1

Wie sich herausstellte, hatte Gregs Witwe das Haus voller Gäste: ihre Eltern, ihre Schwestern, Kolleginnen von der Versicherungsgesellschaft, bei der sie arbeitete, Freunde von der Polizei – von den Nachbarn, die vorbeikamen, gar nicht zu sprechen. Sie kamen, um hallo zu sagen und ihr das Beste und viel Kraft für das neue Jahr zu wünschen, und gingen wieder. Obwohl Gregs Witwe aussah, als hätte sie in letzter Zeit nicht viel Schlaf gefunden und ohnehin keinen Appetit hatte, machte sie sich die Mühe, einen Truthahn für das Festessen vorzubereiten und ins Rohr zu schieben. Doch es war klar, dass er nicht für alle reichen würde, und Coltrane blieb nur eine Stunde und verabschiedete sich lange vor dem Essen.

Niedergeschlagen entschloss er sich, nicht in Packards Haus zurückzukehren, sondern stattdessen Jennifers Angebot anzunehmen und sie und ihre Eltern in deren neu erstandenem viktorianischem Haus in der Nähe des Echo Park zu besuchen. Der schnellste Weg von Venice dorthin war, auf dem Santa Monica Freeway nach Osten zu fahren, bis er in den Golden State Freeway mündete, auf dem Coltrane dann schließlich das östliche Ende des Sunset Boulevard erreichte, von wo es nicht mehr weit zum Echo Park war. Als er auf den Santa Monica Freeway bog, war er zunächst irritiert, als er feststellte, dass er in die entgegengesetzte Richtung abgebogen war und nach Westen, in Richtung Pacific Coast Highway fuhr. Doch schließlich gestand er sich ein, dass sein Ziel von Anfang an Malibu gewesen war.

2

Als Coltrane vor siebzehn Jahren nach Los Angeles gekommen und von dem unwiderstehlichen Drang erfüllt gewesen war, so viel wie möglich von der Region kennen zu lernen, hatte er fasziniert festgestellt, dass Malibu – der Name besaß für ihn einen geradezu mythischen Klang – eigentlich aus mehreren verschiedenen Orten bestand: Da war die Region, wo die Crème de la Crème aus dem Showbusiness in bewachten, hinter hohen Mauern versteckten Häusern lebte; die Beachfront, wo sich enge, zweistöckige Häuser über Kilometer und Kilometer aneinander reihten, davor eine schmale Straße und dahinter der Ozean; eine lange Zeile von Tankstellen, Motels und Fastfood-Restaurants entlang des Pacific Coast Highway, und weiter im Norden, wo der Highway von der Küste wegstrebte, ein ländlich anmutendes Viertel teurer Häuser auf ausgedehnten, bewaldeten Grundstücken, die über ein Gewirr sich windender Straßen zu erreichen waren und die meistens keinen Blick auf das Meer boten. Coltrane konnte die salzige Brise riechen. Er hatte das Gefühl, nahe am Meer zu sein. Abgesehen davon hätte er sich auch in einer exklusiven Ecke des San Fernando Valley befinden können.

Auf einer dieser sich zwischen den Anwesen hindurchwindenden Straßen fuhr Coltrane im Augenblick. Hin und wieder blieb er stehen, um die Karte zu Rate zu ziehen, die er in einer Tankstelle auf dem Pacific Coast Highway gekauft hatte, ehe er vom Highway abgebogen war. Er versuchte, sich – soweit dies möglich war – in westlicher Richtung zu bewegen, was sich allerdings als gar nicht so einfach erwies. Mehrere Male musste er umkehren, weil er den Fehler gemacht hatte, in eine Straße ohne Namen einzubiegen, oder die Straße, auf der er fuhr, in einer Sackgasse endete, obwohl es auf dem Stadtplan aussah, als gäbe es eine Verbindung zu einer anderen Straße. Frustriert brachte er den Wagen schließlich vor einem haushohen Gestrüpp zum Stehen, das eine Weiterfahrt unmöglich machte. Ein

Pfad führte durch das dichte Buschwerk. Soweit er es sagen konnte, lag die Straße, die er suchte, jenseits davon.

Er warf einen Blick auf die Uhr und stellte fest, dass es schon fast drei war und er sich auf dem besten Weg befand, den Nachmittag zu vertrödeln. Er schätzte, dass es sicherlich weitere zwanzig Minuten dauern würde, bis er den Weg zurückgefahren war und die richtige Abzweigung zu der Straße fand, die er suchte. Vorausgesetzt, die Straße hatte ein Namensschild und er würde nicht wieder Schwierigkeiten haben, sie zu finden. Warum einen riesigen Umweg machen, wenn sein Ziel praktisch vor ihm lag? Jennifers Bitte, sie zu fotografieren, hatte die von ihr beabsichtigte Wirkung erzielt: Einer alten Gewohnheit folgend, hatte er seine Kamera mitgenommen. Nun hängte er sie sich um den Hals, stieg aus dem Wagen und schloss ihn ab. Es war kälter geworden, und er knöpfte das Sportsakko zu, ehe er sich durch das dornige Gestrüpp zwängte.

Coltrane hörte das Tosen der Brandung, ehe er tief unter sich den Ozean sah. Er befand sich auf einem steilen Abhang, der zu der Straße abfiel, die er suchte – eine Reihe imposanter Häuser, die sich an die felsige Küste schmiegten. Weit und breit war niemand zu sehen. Im Gegensatz zu den berühmten Stränden Malibus weiter im Süden bestand die Küste hier fast gänzlich aus grauem Fels. Angetan von den weißen Schaumkronen der Wellen, die gegen die grauen Felsen krachten, und den roten Ziegeldächern einiger Häuser, hob Coltrane die Kamera, wählte eine kurze Belichtungszeit, um die Wellen erstarren zu lassen, und machte ein paar Aufnahmen.

Dann folgte er vorsichtig dem sich über die steile Klippe abwärts windenden Zickzackpfad, der zum Teil von den heftigen Regenfällen neulich fortgewaschen worden war. Er packte eine freigelegte Baumwurzel, an der er sich abwärts hangelte, hielt sich an Grasbüscheln fest, grub seine Absätze tief in die weiche Erde und erreichte schließlich den Fuß der Klippe, an dem Betonbarrieren errichtet worden waren, um die Häuser vor Erdrutschen und Muren zu schützen.

Obwohl die Brandung jetzt lauter gegen die Felsen toste, war er sich des Geräuschs seines Atems entsetzlich bewusst. Das kommt nur von der Anstrengung, den steilen Abhang runterzusteigen, beruhigte er sich. Bestimmt. Als er sich einem der Häuser näherte, einem weiß getünchten Bau im Stil einer spanischen Missionsstation, sah er, dass die Nummer auf dem Briefkasten 38 war. Er suchte Nummer 24 und folgte der Straße weiter, viel zu sehr in Gedanken versunken, um dem *Krii-krii-krii* der über der Küste segelnden Möwen Beachtung zu schenken.

Nachdem er gestern von dem Privatdetektiv, den Packards Anwalt bei Bedarf anheuerte, Natasha Adlers Adresse und Telefonnummer bekommen hatte, hatte er angerufen und eine herbe Enttäuschung erlebt, als ihn eine Computerstimme davon in Kenntnis setzte, dass die Nummer nicht mehr in Betrieb sei. Hatte ihm der Privatdetektiv falsche Informationen gegeben, oder war Natasha Adler umgezogen? Vielleicht lebte sie jetzt in dem Haus in Mexiko, überlegte Coltrane.

Er passierte ein weiteres Haus im spanischen Missionsstil, dann eines im Kolonialstil. Doch sein Blick war auf eine Villa weiter vorn gerichtet, die nach seiner Zählung der Briefkästen das Haus sein musste, welches er suchte. Es war ein wuchtiger, unregelmäßiger Gebäudekomplex in modernistischem Stil, eine Ansammlung von zweistöckigen, weiß leuchtenden Quadern und Klötzen, deren vom Licht der tief stehenden Sonne beschienene geometrische Formen in den tiefblauen Himmel emporragten.

Fasziniert von der unregelmäßigen Geometrie des Bildes, hob er erneut die Kamera. Der Kontrast von Licht und Schatten war sicherlich schwer einzufangen, wie er wusste, deshalb wählte er Blende und Belichtungszeit so, dass sie die Elemente des Bildes von durchschnittlicher Lichtintensität begünstigten, und drückte auf den Auslöser. Vorsichtshalber machte er zwei weitere Aufnahmen: die erste mit einer Belichtungszeit, die den dunkleren Elementen des Bildes entsprach, die zweite mit einer auf die helleren Flächen eingestellten Belichtung. Mit dieser Technik, die man als ›Bracketing‹ bezeichnete, würde er eine Auswahl unterschiedlicher Bildkontraste erhalten.

Nachdem er den Auslöser ein letztes Mal betätigt hatte, ließ er die Kamera sinken. Er fühlte sich, als wäre er eine Zeit lang weg gewesen. Es war ein Gefühl, das er seit dem Tag nicht mehr empfunden hatte, an dem er die letzten Aufnahmen von Packards Haus für die Aktualisierung von dessen Fotozyklus gemacht hatte. Allmählich begann er zu begreifen, wie betäubt er von den traumatischen Erlebnissen gewesen war, die dazwischen gekommen waren. Ein neues Jahr, ein neuer Anfang, dachte er, sich Jennifers Ermutigung erinnernd, bevor sie sich am Vormittag getrennt hatten.

Was tue ich dann eigentlich hier?

3

Wie die meisten Strandhäuser Malibus stand das Haus nahe an der Straße. Rechts vom Eingang war ein hoher Metallzaun, der einen kleinen Garten umgab. Links vom Eingang parkte ein roter Porsche in der kurzen Einfahrt; die Tore der Doppelgarage dahinter waren geschlossen. Von dem Porsche abgesehen war nirgendwo ein Wagen zu sehen. Wenigstens ist jemand zu Hause, dachte Coltrane. Er vergewisserte sich, dass die Nummer auf dem Briefkasten die war, die er suchte: 24.

Und was jetzt? fragte er sich. Willst du mitten am Nachmittag am Neujahrstag an eine fremde Tür klopfen? Das wird sicherlich Eindruck machen.

Er spähte durch den Metallzaun zu den vorderen Fenstern hinüber und versuchte, im Haus eine Bewegung auszumachen, irgendeinen Hinweis darauf, dass ein Familientreffen im Gange war. Doch die Fenster waren wie leere Augen. In den Zimmern dahinter war niemand. Vielleicht würde ich nicht einmal stören, dachte er. Vielleicht wäre es gar nicht so unpassend zu klopfen, wie ich zuerst dachte. Und wenn ich morgen oder übermorgen wiederkomme und anklopfe, störe ich noch immer.

Ohne den Ziersträuchern im Garten Beachtung zu schenken, strebte er auf die Haustür zu. Statt zu klopfen, drückte er auf die Klingel und hörte ein hallendes Schrillen irgendwo im Haus. Nachdem er eine Weile gewartet hatte, drückte er erneut auf den Knopf. Das Hallen des Klingelns erweckte den Eindruck, als wäre das Haus leer und verlassen. Er klingelte ein drittes Mal und ließ den Finger länger auf dem Knopf. Irgendjemand muss zu Hause sein, dachte er. Warum würde sonst der Porsche in der Einfahrt stehen? Wer immer hier wohnt, würde nicht verreisen und einen so teuren Wagen im Freien lassen. Er klopfte an der Tür, doch auch das brachte keine Reaktion.

Vielleicht ist da drin gerade ein Paar damit beschäftigt, Liebe zu machen, dachte er. Wenn ich weiter klingle und sie die Tür schließlich doch aufmachen, sind sie sicher sauer, dass ich sie gestört habe. Ich bin hier, weil ich Antworten auf ein paar Fragen bekommen möchte und nicht, um die Leute vor den Kopf zu stoßen, von denen ich mir diese Antworten erhoffe.

Verunsichert zögerte er, und sein Finger schwebte unentschlossen einen Zentimeter über dem Klingelknopf. Ja – morgen ist besser. Außer, dass morgen vielleicht wieder niemand die Tür aufmacht. Wenn nur jemand ans Telefon ginge.

Coltrane zog sich bis zur Straße zurück, ließ den Blick über die vorderen Fenster schweifen, um zu sehen, ob jemand zu ihm herausspähte, und gab schließlich auf. Ich hätte zu Jennifer fahren sollen, dachte er. Doch als er sich schon damit abgefunden hatte, den Weg, den er gekommen war, wieder zurückzutrotten, begriff er plötzlich, dass es eine vollkommen einleuchtende Erklärung dafür gab, warum das Auto vor dem Haus stand und auf sein Klingeln hin niemand an die Tür gekommen war.

Wer immer hier wohnt, dachte er, ist unten am Strand und macht einen Spaziergang.

Er lief zur linken Seite des Anwesens, weil er hoffte, zwischen dem Haus und dem Nachbargrundstück einen Durchgang zum Meer zu finden. Eine Mauer versperrte seinen Weg. Rechts vom Haus befand sich eine ähnliche Mauer, die ihm den Zugang zum Strand verwehrte. Seine Begeisterung verwandelte sich in Frustration, als er feststellte, dass sämtliche Häuser solche Mauern hatten, um Fremde daran zu hindern, zum Strand zu gelangen.

Während er auf der Straße an den übrigen Grundstücken entlangging, entdeckte er einen Zaun, der bis hinab zum Meer verlief. Das *Krii-krii-krii* der Möwen wurde lauter. Auch das Tosen der Brandung nahm zu, und als er um das Ende des Zauns herum schlüpfte, wurden seine Schuhe nass. Am Neujahrstag an einer Tür zu klingeln und die Leute zu stören, ist eine Sache. Aber wenn ich jemandem bei einem Spaziergang begegne, ist das etwas ganz anderes, dachte er. Es wäre das Natürlichste der Welt, hallo zu sagen. Und es wäre sicher auch nicht übermäßig aufdringlich, wenn ich erkläre, wer ich bin, und ein paar Fragen stelle.

Als er sich der Rückseite des Hauses näherte, sah er einen zum Meer hinabführenden weißen Brettersteg mit einer kleinen Plattform, die über den unebenen grauen Felsplatten errichtet war. Die von der Brandung glatt geschliffenen grauen Felsplatten erstreckten sich zu beiden Seiten der Plattform und schimmerten nass in der Brandungsgischt, die über sie hinweg waberte.

Doch niemand ging zwischen den Felsen spazieren. Der Strand war leer.

Coltrane schüttelte missmutig den Kopf. Er wollte sich schon eingestehen, dass er seine Zeit tatsächlich vergeudet hatte, und war im Begriff, sich umzudrehen und zum Zaun zurückzustapfen, als er zwischen den Felsen eine Bewegung wahrnahm und erstarrte. Er kniff die Augen gegen die tief stehende Sonne zusammen (wie konnte die Sonne nur so gleißend hell und die Luft so kalt sein?) und glaubte, einer Halluzination zum Opfer zu fallen, denn die Bewegung war nicht zwischen den Felsen gewesen – es waren die Felsen selbst, die sich bewegten. Einer von ihnen erhob sich zwischen den anderen.

Seine Haut prickelte. Er bekam eine Gänsehaut, doch nicht, weil es so kalt war. Der graue Felsbuckel richtete sich höher auf, löste sich von den Felsplatten. *Was sehe ich?*, fragte sich Coltrane und machte einen Schritt nach vorn. Im selben Augenblick geschah etwas nicht minder Verblüffendes. Denn als sich der Felsbuckel noch weiter aus den Platten erhob, sah Coltrane, dass der sich bewegende Fels einen ovalen weißen Fleck inmitten des Grau hatte – ein Gesicht. Graue Arme wurden sichtbar, und einer von ihnen hob sich zu der Rundung, die zu einem Kopf und einem Hals geworden war. Eine graue Hand griff nach dem Grau auf dem Kopf und zog es, zu Coltranes grenzenlosem Erstaunen, ab wie eine Haut, wodurch üppiges schwarzes Haar zum Vorschein kam, das nass am Kopf einer atemberaubend schönen Frau klebte …

Was er da sah, begriff Coltrane, war eine Frau im Taucheranzug, die zwischen den Felsen aus dem Meer stieg. Der graue Taucheranzug hatte dieselbe Farbe wie die Felsplatten am Strand. Als sie aus den Wogen aufgetaucht war, hatte sie ausgesehen, als würde sie aus ihnen geboren werden.

Sofort hob er die Kamera, öffnete die Blende weit, damit die Wellen hinter ihr unscharf wurden, und drückte auf den Auslöser. Die Haltung der Frau war ihm so vertraut, dass er erneut glaubte, einer Halluzination zu erliegen. Er machte noch eine Aufnahme und dann noch eine, und mit jeder kam er einen Schritt näher. Als die Frau ihn bemerkte, erstarrte sie, ein Bein vor dem anderen, das Knie leicht gebeugt, im Begriff, ihr Gewicht auf den nach vorn schreitenden Fuß zu verlagern. Sie trug weder eine Tauchermaske noch hatte sie eine Sauerstoffflasche. Sie hatte nicht getaucht. Sie war nur geschwommen und hatte den Anzug als Schutz gegen das kalte Wasser benutzt. Ihre Hände steckten in grauen Gummihandschuhen. Mit einer behandschuhten Hand hatte sie sich die Kapuze des Taucheranzugs vom Kopf gezogen, mit der anderen strich sie sich jetzt das nasse Haar aus dem Gesicht, und auch diese Geste hatte Coltrane schon gesehen. Er drückte erneut auf den Auslöser und erwischte sie mitten in der Bewegung. Hätte sie nicht den Taucheranzug getragen, dann wäre Coltrane von dem überwältigendsten Déjà-vu-Erlebnis erschüttert gewesen, das er jemals gehabt hatte. Sogar mit dem Taucheranzug war die Ähnlichkeit so verblüffend, dass er nicht sicher war, ob seine Hände nicht zu sehr zitterten, während er ein Bild nach dem anderen machte. Der Anzug umspannte den Körper der Frau wie eine Haut. Das nasse, glatte Material betonte die geschmeidigen Bewegungen ihrer Beine, die fließende Bewegung ihres Körpers, die sinnlichen Rundungen ihrer Hüften, ihrer Taille, ihrer Brüste, ihrer …

Er ließ die Kamera sinken, und sein benommener Verstand, begehrte zu wissen, wie es möglich sein konnte, dass er Rebecca Chance anstarrte.

4

Als die Frau einen weiteren Schritt vorwärts machte, huschte ein Schatten der Angst über ihr Gesicht. Sie hielt inne, stolperte rückwärts, verlor das Gleichgewicht und rutschte bis zu den Knien ins Wasser.

»Nein!«, rief Coltrane. »Sie brauchen keine Angst zu haben! Ich will Ihnen nichts tun!«

Er hob die Hände, was sie veranlasste, ihre behandschuhten Hände ebenfalls zu heben, als wollte sie sich vor ihm schützen.

»Bitte!«, sagte er. »Ich wollte Sie nicht erschrecken! Ich möchte Ihnen nur ein paar Fragen stellen. Ich will Ihnen nichts tun.«

Das Tosen, mit dem die Wellen gegen die Felsen schäumten, war nicht laut genug, um die plötzlich an sein Ohr dringenden Geräusche hinter ihm zu übertönen: das

Krachen auffliegender Türen, Rufe, das Scharren von Schritten über Felsen. Coltrane wirbelte herum, um zu sehen, was hinter ihm vor sich ging, und wollte seinen Augen nicht zu trauen: Ein halbes Dutzend Männer stürzte auf ihn zu – zwei aus dem Haus, zwei aus Verstecken unter dem Brettersteg und je einer aus den Büschen links und rechts vom Haus.

»Bleiben Sie stehen!«, schrie einer von ihnen, das Gesicht vor Wut verzerrt. »Rühren Sie sich nicht!«

Coltrane warf sich herum und spurtete los.

»Du Drecksack! Bleib stehen, oder ich …«

Coltrane hörte den Rest nicht; das Tosen der Wellen und sein keuchender Atem übertönten die Drohung. Er rutschte auf den nassen Felsen aus, fing sich jedoch wieder und rannte, so schnell ihn seine Füße trugen, weiter, das Bellen der Flüche und Verwünschungen hinter ihm in den Ohren. Unversehens stürmte vor ihm ein Mann hinter der Ecke eines Hauses hervor und schnitt ihm mit ausgebreiteten Armen und Coltrane zurufend, er solle stehen bleiben, den Weg ab. Als es bereits so aussah, als würden sie zusammenstoßen, schlug Coltrane einen Haken vom Meer weg und rannte hinter dem Mann vorbei und um ihn herum. Doch zwei der Männer, die ihn verfolgten, hatten dies vorausgesehen und liefen parallel zu ihm, bereit, sich auf ihn zu stürzen.

Erneut änderte er die Richtung und rannte zum Ufer zurück. Der Mann, der hinter dem Haus aufgetaucht war, hatte angenommen, Coltrane würde weiter landeinwärts laufen, und war herumgewirbelt, um ihm zu folgen, wodurch er seine strategische Position aufgab und Coltrane den Weg entlang der Küste freigab.

»Verdammt!«, schrie jemand.

Coltrane sprintete um eine zerklüftete Formation glatt geschliffener Felsplatten herum und fühlte, wie sich sein Magen zusammenkrampfte, als er sah, dass sich die Küste vor ihm landeinwärts krümmte. Wenn er sich nicht ins Meer stürzen wollte, blieb ihm nichts anderes übrig, als landeinwärts zu laufen. Seine Verfolger kamen näher, während er keuchend dem Bogen der Küstenlinie folgte.

Als einer der Männer von der Seite auf ihn zustürzte, erinnerte sich Coltrane, wie er in Bosnien seine Kameras benutzt hatte, um sich zu verteidigen. Er zerrte den Riemen über seinen Kopf, packte ihn fester und schwang die Kamera in weitem Bogen nach dem Kopf des Mannes.

»He!« Der Mann machte einen Satz nach hinten.

Coltrane kam durch die Wucht der zurückschwingenden Kamera, und weil er zurückgeblickt hatte, ins Straucheln, rutschte aus und verlor den Boden unter den Füßen. Dann sah er einen Augenblick lang nur noch Himmel. Der Schock des kalten Wassers nahm ihm das bisschen Atem, das er noch hatte.

Nicht, dass das etwas ausgemacht hätte. Er bekam ohnehin keine Luft. Er war in tiefem Wasser zwischen den Felsen gelandet und ruderte wild, um an die Oberfläche zu kommen. Der Strudel einer Welle erfasste ihn und wirbelte ihn herum. Seine Ohren dröhnten, und von Panik gepackt schlug er heftig um sich. Als er an die Oberfläche tauchte, blendete ihn der gleißende Schein der Sonne. Eine weitere Welle rollte über ihn hinweg, und er rang prustend nach Luft. Er schluckte Wasser, hustete und schmeckte Salz, doch dann kämpfte er gegen das Gewicht seiner mit Wasser gefüllten Schuhe und vollgesogenen Kleidung und paddelte auf einen flachen Felsen zu.

»Lasst ihn absaufen«, sagte einer der Männer.

Er drehte den Kopf gegen die schwappenden Wellenkämme und schielte aus vom Salzwasser verschleierten Augen nach oben, wo er die Männer am Ufer stehen sah. Ihre Gesichter waren so zerklüftet und wettergegerbt wie die Felsen. Sie trugen Turnschuhe, Jeans und Windjacken und sahen aus, als wäre das Einzige, das sie sich zu Weihnachten gewünscht hatten, eine Verlängerung ihrer Mitgliedschaft bei ihrem Bodybuilding-Klub.

»Ja, tun wir der Menschheit einen Gefallen und lassen ihn absaufen«, sagte ein anderer.

»Genau«, gluckste ein dritter. »Er ist gerannt und ausgerutscht. Bevor wir ihn rausholen konnten, war er schon ertrunken.«

»Aber denkt an den verdammten Papierkram, der dann auf uns zukommt.«

Coltranes rechte Hand klammerte sich an die Felsplatte. Eine Welle erfasste ihn, presste ihn gegen den Felsen und zog ihn im nächsten Augenblick wieder fort. Seine vor Kälte steife Hand verlor ihren Halt.

»Den Papierkram nehme ich auf mich«, sagte der erste Mann. »Könnt ihr euch einen schöneren Zeitvertrieb an Neujahr vorstellen, als zuzusehen, wie diese Ratte absäuft?«

»Ich jedenfalls nicht«, knurrte der vierte Mann.

Obwohl sein ganzer Körper vor Kälte schmerzte, bekam Coltrane den Felsen erneut zu fassen und versuchte, sich daran hochzuziehen. Eine Welle warf ihn gegen die Felsplatte, und er stöhnte auf. Doch trotz der Unterströmung gelang es ihm unter Aufbietung seiner ganzen Kraft, sich an dem Felsen festzuklammern und sich höher zu ziehen.

»Augenblick mal.« Der erste Mann machte einen Schritt nach vorn und trat Coltrane mit seinem Turnschuh auf die Hand.

Coltrane stöhnte auf.

»Du hast nicht gefragt, ob du raus darfst«, sagte der Mann.

»Was meinst du, Carl?« Der zweite Mann drehte sich zu jemandem um, der sich näherte. »Lassen wir diesen Bastard absaufen oder ziehen wir seinen erbärmlichen Arsch aus dem Wasser?«

Coltrane ruderte verzweifelt, als sich eine weitere Welle über ihm brach. Seine Hände waren so taub, dass er sie nicht mehr spürte. Hustend spuckte er Wasser und rang nach Luft. Obwohl er wegen des Salzwassers in seinen Augen kaum etwas sah, spähte er, hilflos paddelnd, nach oben und erhaschte einen Blick auf den Mann, der zu den anderen trat. Er trug ebenfalls Joggingschuhe, Jeans und eine Windjacke wie die anderen. Er hatte braunes Haar, das fast militärisch kurz geschnitten war, und in seinen ebenfalls braunen Augen lag eine durch nichts zu erschütternde Unnachgiebigkeit, als er ohne erkenntliche Regung auf Coltrane hinabstarrte.

»Zieht ihn raus.«

»Und wo bleibt der Spaß? Lassen wir ihn wenigstens noch eine Weile du unten rumpaddeln.«

»Nein. Zieht ihn raus. Das ist nicht der Kerl, den wir wollen.«

»Woher weißt du das?«

»Ich kenne ihn.«

»*Was?*«

»Er ist Fotograf und heißt Mitch Coltrane. Er wohnt in Los Angeles. Glaubt mir, er war mit was anderem beschäftigt, als das Ganze hier anfing. Wir haben den Falschen erwischt.«

Der Mann, der seinen Schuh auf Coltranes Hand gestellt hatte, machte einen hastigen Schritt rückwärts.

Coltrane versuchte, sich aus dem Wasser zu stemmen. Der Mann, der dazu gekommen war, packte ihn an den Schultern und zog ihn aus den schäumenden Wellen.

»Sind Sie in Ordnung?«, fragte der Mann, der ihn gerettet hatte.

»Mir ist nur kalt«, brummte Coltrane bibbernd. Seine Zähne schlugen aufeinander. »Ich wusste nicht, dass Sie mit Vornamen Carl heißen.«

»Weil ich wollte, dass Sie glauben, mein Vorname ist Sergeant.«

»Was tun Sie hier?«

»Genau das wollte ich *Sie* fragen«, entgegnete Nolan. »Und ich kann es kaum erwarten, Ihre Antwort zu hören.«

5

»Ich hoffe, Sie verstehen, weshalb wir einen falschen Eindruck bekommen haben.« Der erste Mann hob entschuldigend die Arme.

Coltrane, der in eine Decke gewickelt auf einem weißen Stuhl in einem ganz in Weiß gehaltenen Wohnzimmer saß, blieb ihm die Antwort schuldig. Er zitterte noch immer am ganzen Leib. Die Wand zum Meer war ganz aus Glas und bot einen überwältigenden Panoramablick auf den Ozean. Die Spätnachmittagssonne schien ihm ins Gesicht, doch sie wärmte ihn nicht.

»Sie haben in ihr Fenster gespäht«, sagte der zweite Mann.

»Mein Gott. Ich habe lediglich von der Straße das Haus näher in Augenschein genommen, um zu sehen, ob jemand daheim ist.«

»Und Sie haben Fotos vom Haus gemacht«, sagte der dritte Mann.

»Ich bin Fotograf. Es ist mein Beruf, Fotos zu machen.«

»Auch von einer Frau, die Sie, wie Sie zugeben, noch nie gesehen haben und auf deren Grundstück Sie unbefugt eingedrungen sind?«, erkundigte sich der vierte Mann.

»Genau! Warum haben Sie sich an das Haus herangeschlichen?«

»Herangeschlichen?«, fragte Coltrane entrüstet.

»Wollen Sie uns etwa erzählen, Sie sind den ganzen Weg von Los Angeles zu Fuß gegangen? Wo ist Ihr Wagen?«

Hilflose Wut trieb Coltranes Temperatur nach oben, während er ihnen erklärte, wo sein Wagen stand.

»Okay, okay. Das erklärt, warum Sie zu Fuß waren. Aber Sie sind nicht nur spazieren gegangen. Warum haben Sie sich ausgerechnet für dieses Haus interessiert? Was machen Sie hier?«

»Ich hätte mit dem Kopf auf einen Felsen schlagen und ertrinken können. Sie haben mir gedroht, mich ersaufen zu lassen. Ich beantworte keine Fragen mehr, bis ich nicht weiß, wer Sie sind und was hier gespielt wird.«

Unbehagliches Schweigen senkte ich über die Gruppe.

Zum ersten Mal, seit sie im Haus waren, sagte Nolan etwas. Er hatte sich im Hintergrund gehalten und immer wieder grimmig den Kopf geschüttelt. »Ich nehme an, Sie haben inzwischen eine ungefähre Vorstellung, wer diese Männer sind.«

»Dasselbe wie Sie – Polizisten.«

»Nicht ganz dasselbe.« Mit Rücksicht auf den weißen Teppichboden hatten Nolan und alle anderen ihre Schuhe ausgezogen. Nolans Socken flüsterten auf dem tiefen Teppichboden, als er näher kam. »Malibu hat kein eigenes Police Department. Walt und Lyle hier sind vom Büro des Sheriffs in Malibu, Pete und Sam von der Staatpolizei. Und die übrigen Männer sind vom LAPD.«

»Und was haben *Sie* mit dem Ganzen zu tun?«, fragte Coltrane. »Seit wann arbeiten Polizisten aus Los Angeles in Malibu?«

»Das tun sie nicht«, erwiderte Nolan. »Es sei denn, sie sind inoffiziell hier, um jemandem einen Gefallen zu tun.«

»Nämlich mir«, sagte der erste Mann, den Nolan als Walt vorgestellt hatte. »Ich bin derjenige, dem sie den Gefallen tun.«

»Es geht um Stalking.« Nolan hob müde die Hände und ließ sie wieder fallen; zu oft hatte er sich schon mit Verbrechen dieser Art herumgeschlagen. »Die Frau, die hier wohnt, wird seit drei Wochen von jemandem belästigt, der alles zu wissen scheint, was sie tut. Bis vor ein paar Tagen hat er ständig hier angerufen. Obwohl sie ihre Telefonnummer fünfmal geändert hat und keine Nummer davon im Telefonbuch zu finden war, hat er ihre neue Nummer jedes Mal wieder herausgefunden und sie mit Anrufen bombardiert. Schließlich hat sie das Telefon abgemeldet.«

»Das erklärt die Computerstimme, die sich gemeldet hat, als ich gestern hier anrief.«

»Sie haben also doch versucht anzurufen«, sagte der zweite Mann, der Lyle hieß. »Ich wollte Sie schon fragen, warum Sie nicht angerufen haben, statt unangemeldet an Neujahr aufzukreuzen.«

»Sie glauben noch immer, dass ich lüge?«

»Ich versuche nur, nichts zu übersehen, weshalb ich mir später Vorwürfe machen könnte.«

»Mittlerweile«, fuhr Nolan fort, »hat er ihr Fotos geschickt.«

Coltrane richtete sich auf.

Die Männer fixierten ihn; noch nie war er so scharf gemustert worden.

»Fotos?« Coltrane verstand. »Und als ich mit einer Kamera auftauchte und Fotos machte, dachten Sie natürlich …«

»Die Fotos, die sie bekommt – es sind mittlerweile Hunderte –, zeigen sie praktisch an jedem Ort, an dem sie sich aufgehalten hat«, sagte Nolan. »Egal, was sie tut, irgendjemand schafft es, sie dabei zu fotografieren.«

Coltrane spürte, wie die Kälte in seine Knochen zurückkroch, doch diesmal hatte es nichts mit dem eiskalten Meer zu tun. Ihm war eingefallen, wie verletzlich und schutzlos er sich gefühlt hatte, als er erfahren musste, dass Ilkovic ihn verfolgt und fotografiert hatte, ohne dass ihm etwas aufgefallen war.

»Und dann die Blumensträuße, die ihr ein halbes Dutzend Mal am Tag geliefert werden. Nicht immer nach Hause«, knurrte Nolan. »Sie hat sie in Restaurants bekommen, bei ihrem Zahnarzt und einmal sogar beim Gynäkologen. Auf einem Kärtchen, das in dem Strauß steckte, stand: ›Ich denke an dich.‹ Liebesbriefe hinter dem Scheibenwischer ihres Wagens. Heiratsanträge per Eilboten und Sonderzustellung.«

»Und natürlich hat sie es mit der Angst zu tun gekriegt und das Büro des Sheriffs angerufen«, sagte Walt. Er hatte einen Bürstenschnitt, ein kantiges Gesicht, einen sandfarbenen Schnurrbart und eine dünne Narbe über der rechten Braue. »Ich bin hier raus gefahren und habe ihre Aussage aufgenommen. Die Polizeistation in Malibu ist nicht sehr groß. Wir haben weder genügend Leute noch ausreichende Mittel, aber mir war sofort klar, dass wir genau das brauchen würden. Ein Blinder mit Krückstock konnte sehen, dass die Frau Polizeischutz benötigt, und das nicht nur in Malibu. Wir sind gezwungen, auf Zuständigkeiten Rücksicht zu nehmen, aber der Kerl, hinter dem wir her sind, kann sich so frei bewegen wie ein Vogel. Das Opfer hat geschäftlich in Los Angeles zu tun. Sie fährt häufig dort hin. Also entschloss ich mich, bei der Threat Management Unit des LAPD anzurufen und zu fragen, ob sie einen Rat für mich haben.«

»Und an dieser Stelle kam ich ins Spiel«, sagte Nolan. »Walt und ich gingen zusammen auf die Polizeiakademie. Eine Weile war er beim Raubdezernat des LAPD, doch dann ist er hier rauf gezogen.«

»Wegen der Ruhe und des Friedens«, sagte Walt in einem Ton, als wären Ruhe und Frieden nicht das, was er gefunden hatte.

»Er wollte mich sprechen«, fuhr Nolan fort, »und wir sind sehr schnell auf das offenkundige Problem bei dem Fall gestoßen - das darin besteht, dass dieser glühende Verehrer genau genommen gegen kein Gesetz verstoßen hat.«

Coltrane legte irritierte den Kopf zur Seite.

»Das Problem dabei ist, dass außer einer eindeutigen Belästigung auch eine konkrete Bedrohung vorliegen muss«, erklärte Nolan. »Ihnen und mir sagt möglicherweise schon der gesunde Menschenverstand, dass jemand, der eine Frau Tag und Nacht mit seinen Liebesschwüren und Gunstbezeugungen verfolgt, damit auch versucht, sie einzuschüchtern. Aber das Büro des Bezirksstaatsanwalts sieht das alles möglicherweise ein wenig anders. Dort hat man vielleicht Bedenken, eine Jury könnte zu dem Schluss kommen, dass der Kerl eher ein Ärgernis als eine wirkliche Bedrohung ist. Ich hatte mal einen Fall, wo ein Stalker einer Frau dauernd Pralinen geschickt hat – Dutzende, Hunderte von Schachteln. Ständig hat er sie angerufen. Ihr Hunderte von Briefen geschrieben. Sie fühlte sich bedroht und wollte, dass ihm das Handwerk gelegt wird. Eine Unterlassungsverfügung half nichts. Also habe ich ihn eingesperrt, und der Fall kam vor Gericht. Aber die Jury konnte sich nicht dazu durchringen, ihn eines Verbrechens für schuldig zu befinden. Der Prozess fand kurz nach dem Valentinstag statt. Eine Frau aus der Jury sagte später, sie habe das mit den Pralinen richtig ›romantisch‹ gefunden. Tatsächlich! Wie auch immer, ein paar Wochen nachdem sich die Jury zu keiner Einigung durchringen konnte, tauchte der Kerl eines nachts in der Wohnung der Frau auf und schoss ihr eine Kugel in den Kopf. Er sagte, er habe es satt gehabt, darauf zu warten, dass sie ihn heirate. Wenn er sie nicht kriege, solle sie auch kein anderer bekommen. Ist *das* nicht wahre Liebe?«

»Aber in diesem Fall hatten wir Glück«, sagte Lyle.

»Wenn du eine Drohung als Glück bezeichnen willst«, fügte Walt hinzu. »Der glühende Verehrer hat dem Objekt seiner Begierde einen Trauerkranz mit einer Schleife geschickt, auf der stand: ›Bis der Tod uns scheidet.‹ Das ist zwar nicht die deutlichste Drohung, die mir je zu Ohren gekommen ist, aber das zehn Pfund schwere blutige Herz, das mit dem Kranz geliefert wurde, ganz sicher. Es war das Herz eines Bullen, wie sich herausstellte. Ein Pfeil steckte darin, und an dem Pfeil war ein Zettel befestigt, auf dem stand: ›Mir blutet das Herz. Bring mich nicht dazu, dass ich deines bluten lasse.‹ Ist das nicht allerliebst?«

»Und es reicht aus, eine Jury dazu zu bringen, ihn aus dem Verkehr zu ziehen«, sagte Coltrane.

»Vielleicht nicht für lange. Aber die Frau würde wenigstens für eine Weile ruhiger schlafen. Und vielleicht würde dieser Mistkerl die Zeit nutzen und sich überlegen, wie er in Zukunft seine Zuneigung zeigt.«

»Sie haben keine Ahnung, wer er ist?«

»Nein, und die Frau, die die Anzeige erstattet hat, ebenfalls nicht. Das Nächstliegende wäre sicherlich anzunehmen, dass es jemand ist, den sie kennt. Das kommt zwar vor, aber das ist nicht immer der Fall. Es könnte auch jemand sein, den sie vor fünf Jahren kennen gelernt hat und an den sie sich nicht mal erinnert. Vielleicht ist es der Schalterbeamte ihrer Bank. Manchmal genügt für einen gestörten Typen wie den hier schon ein einziger Blick, um sich auf jemanden zu fixieren. Wir wissen allerdings, dass er die Blumen brieflich bei verschiedenen Blumenläden bestellt. In den Briefen schickt er das Geld und die Adresse, zu der die Blumen geliefert werden sollen. Der Trauerkranz und das Bullenherz wurden von einem Paketdienst geliefert. Die Absenderadresse auf den Paketen war falsch. Und als das Telefon noch funktionierte, hat der Kerl mehrere Male auf den Anrufbeantworter der Frau gesprochen, aber sie hat seine Stimme nicht erkannt.«

»Die beste Taktik, die uns einfiel«, brummte Walt, »war, ihm eine Falle zu stellen.«

Lyle erklärte genauer, was Walt meinte. »Bevor die Klägerin ihr Telefon abstellen ließ, haben wir ihr gesagt, sie soll dem Kerl, wenn er wieder anruft, sagen, dass es an der Zeit sei, sich entweder zu zeigen oder ein für alle Mal zu schweigen, und dass sie heute Nachmittag hier auf ihn wartet. Sie tat ihr Bestes, ihm klar zu machen, wie wütend sie auf ihn ist und dass sie ihn von Angesicht zu Angesicht sehen will, um sicher zu sein, dass er endlich begreift, dass sie nichts mit ihm zu tun haben will.«

»Es war ein Ultimatum, das er, wie wir hofften, nicht abschlagen konnte«, sagte Nolan. »Vor allem weil der Kerl, seit gestern das Telefon abgestellt wurde, keine andere Möglichkeit mehr hatte, mit ihr in Kontakt zu treten, um andere Bedingungen für das Treffen ins Spiel zu bringen.«

»Dann haben wir die Kavallerie gerufen«, sagte Walt. »Lyle und ich sind im Dienst. Die anderen Jungs sind Freunde, die uns helfen.«

»An Neujahr. Ich bin beeindruckt«, sagte Coltrane. »Nicht viele Freunde würden auf den Neujahrstag verzichten, um ...«

»Die Frau ist großzügig«, sagte einer der anderen Männer.

Die anderen sahen ihn an, als hätte er zu viel verraten.

»Da ist nichts dagegen einzuwenden«, sagte Walt. »Wenn wir außer Dienst sind, bezahlt sie uns dafür, dass wir sie beschützen. Und irgendeiner von uns fährt immer mit ihr nach Los Angeles.«

»Apropos ...« Einer der Streifencops von der Staatspolizei sah sich nervös um. »Wo ist Tash eigentlich?«

Die ganze Gruppe erstarrte.

»Jesus!« Walt sprang auf. »Was ist mit ihr? Als ich sie das letzte Mal gesehen habe, kam sie aus dem Wasser, und wir verfolgten ...«

6

»Ich musste mir was Trockenes anziehen«, sagte eine Stimme, die von rechts oben kam.

Coltrane wandte sich der Treppe zu und sah einen nackten Fuß auf der obersten Stufe erscheinen. Die Stimme war kehlig und ließ Coltrane an Schauspielerinnen mit ähnlichen Stimmen in Filmen aus den Dreißiger- und Vierzigerjahren denken. In seiner Erinnerung trugen sie immer glitzernde Abendroben, standen neben einem Piano in einem Nachtklub und tauschten mit einem gut aussehenden Leinwandhelden in weißem Dinnerjackett schlagfertige Bonmots aus.

Doch die Frau, die die mit weißem Teppich belegte Treppe herabkam, trug keine Abendrobe. Sie hatte einen himbeerfarbenen Trainingsanzug an, der ihr gebräuntes Gesicht, ihre dunklen Augen und ihr noch eine Spur dunkleres Haar vortrefflich zur Geltung brachte. Obwohl ihr der Trainingsanzug zu groß war – das schiere Gegenteil von dem engen Taucheranzug, den sie noch vor einer Weile getragen hatte –, war ihr gegenwärtiges Outfit dennoch kaum weniger enthüllend. Der lockere Sitz betonte die straffe Festigkeit ihrer Hüften mehr, als er sie verbarg. Das ähnlich weite Oberteil wippte auf und ab, was darauf hindeutete, dass sie keinen BH trug.

Die Blicke aller waren auf sie gerichtet, als sie den Fuß der Treppe erreichte. Coltrane hatte das Gefühl, den Männern gefiel es zuzusehen, wie ihre nackten Füße den Plüschteppich berührten. Doch seine Aufmerksamkeit war auf ihr Gesicht gerichtet: auf die breite Stirn, die hohen Wangenknochen, die Mandelaugen, die schmale Nase, die sanft geschwungenen Lippen, die schmalen Kiefer und das gerade Kinn, die die Elemente klassischer Schönheit waren, mit der auch Rebecca Chance gesegnet gewesen war.

Aber ein Katalog ihrer Gesichtszüge vermochte nicht das Feuer des Lebens zu beschreiben, das in den Zügen dieser Frau brannte. Selbst in einem Trainingsanzug war diese Frau mit derselben geschmeidigen Anmut die Treppe herabgekommen, wie Rebecca Chance sie gezeigt hatte, als sie, in einen Sarong gehüllt, in *Jamaica Wind* eine Treppe herabgeschritten war. Ihr Haar, noch nass vom Schwimmen im Ozean, hatte sie nach hinten gekämmt, so wie Rebecca Chance es getragen hatte, als sie in *The Trailblazer* aus dem Fluss gewatet war. So hatte Randolph Packard Rebecca fotografiert, und so hatte Coltrane diese Frau vorhin am Strand gesehen.

Seine Gedanken purzelten durcheinander.

»Hallo.« Sie kam auf Coltrane zu, ihre braunen Augen direkt und vertrauensvoll in die seinen blickend, und streckte ihm die Hand entgegen. »Ich bin Tash Adler. Es tut mir Leid, dass es zu diesem Missverständnis gekommen ist.«

Coltrane fühlte einen elektrischen Funken, als ihre Hände sich berührten. Nur statische Elektrizität vom Teppich, sagte er sich. Und trotzdem …

»Ich hoffe, Sie sind nicht verletzt.«

»Nein. Ich bin okay.« Coltrane kam sich mit einem Mal idiotisch dabei vor, in eine Decke gewickelt vor ihr zu stehen. »Ein bisschen kalt, das ist alles.« Er zog die Decke von seinen Schultern. »Nichts Ernstes.« Er unterdrückte ein Niesen und war sich seiner nassen, am Leib klebenden Kleidung bewusst. »Tash?«

»Die Kurzform von Natasha. Sie sollten sich was Trockenes anziehen, bevor Sie sich eine Lungenentzündung holen.« Die Besorgnis in ihrer Stimme gab ihm das Gefühl, für sie in diesem Augenblick der wichtigste Mensch auf der Welt zu sein. »Aber wo kriege ich trockene Kleider für Sie her? Ich glaube nicht, dass Ihnen einer meiner Bademäntel passt.«

Tatsächlich war sie nur etwa sieben, acht Zentimeter kleiner als Coltrane, der einsdreiundachtzig maß, und er hätte vermutlich schon in einen ihrer Bademäntel gepasst.

»Ich weiß, was wir machen«, sagte Tash. »Warum gehen Sie nicht ins Bad, hier den Korridor hinab, ziehen Ihre nassen Sachen aus und geben sie mir? Ich stecke sie in den Trockner.«

»Ich …«

»Dauert nur fünfzehn Minuten«, sagte Tash. »Wir lassen die Tür auf, damit Sie an der Unterhaltung teilnehmen können und sich nicht fühlen, als wären sie im Gefängnis. Ich mache eine Kanne starken, heißen Kaffee für alle und bringe Ihnen eine Tasse ins Bad.«

Coltranes Gesicht fühlte sich warm an, aber nur zum Teil deshalb, weil die Taubheit seiner Wangen von dem eiskalten Wasser allmählich nachließ. »Na schön.«

»Hier entlang.«

Tash ergriff seinen Arm – die Berührung fühlte sich vertraut an – und führte ihn an der weißen Treppe vorbei einen weißen Korridor hinab zu der offen stehenden Tür eines weißen Badezimmers. Ein Stück weiter den Korridor hinab war eine weiße Küche.

»Ich warte«, sagte Tash.

Verlegen trat Coltrane in das Badezimmer und schloss hinter sich die Tür. Ihn durchzuckte der automatische Impuls abzuschließen, doch er ließ die Hände sinken, als er sich vorstellte, wie lächerlich das Schnappen des Schlosses klingen würde: Als hätte er Angst, sie könnte hereinplatzen, während er sich auszog. Er schälte sich aus seiner Sportjacke, dem Hemd, der Hose und den Socken, zog seinen Gürtel von der Hose und fischte die Brieftasche, seine Schlüssel und seinen Kamm aus den Taschen, zögerte kurz und entschied sich dann, dass er ihr nicht zumuten wollte, mit seiner Unterwäsche herumhantieren zu müssen. Auch so fühlte er sich nicht wohl bei dem Gedanken, dass sie seine nassen Kleider anfassen musste. Er löste das Problem, indem er sie in ein Handtuch wickelte. Obwohl er die Unterwäsche anließ, konnte er sich nicht erinnern, sich jemals so nackt gefühlt zu haben wie in dem Augenblick, als er die Tür, sich dahinter verbergend, einen Spalt öffnete und auf den Korridor hinausspähte.

»Es tut mir Leid, dass ich Ihnen solche Umstände mache«, sagte er.

»Unsinn.« Tashs Augen funkelten vor Vergnügen. »Ich hoffe bloß, Sie verklagen mich nicht, wenn ich ein bisschen nett zu Ihnen bin.«

Coltrane musste lachen.

»Ich bin gleich zurück.« Sie trug seine Kleidung den Korridor hinab.

Coltrane nahm noch ein Handtuch von dem Ständer, trocknete sich ab und rubbelte dann damit seine nasse Unterwäsche trocken. Als er fertig war, kämmte er sich, breitete seine Sportjacke über den Toilettensitz und rieb sich die Arme, um ein bisschen Wärme in sie zu bekommen. Überrascht hielt er inne, als er Tashs Stimme hinter sich hörte.

»Vielleicht passt Ihnen der hier sogar.«

Als er sich umdrehte, sah er eine Hand in dem Türspalt auftauchen. Sie bot ihm einen weißen Plüschbademantel an.

»Vielen Dank, aber ich komm schon zurecht«, sagte Coltrane.

Statt zu antworten, beugte sich Tash mit abgewandtem Gesicht ins Bad und legte den Mantel über den Rand der Wanne. Im nächsten Augenblick war ihr Arm verschwunden, und ihre Schritte verklangen im Korridor.

Coltrane beäugte den Bademantel eine Weile, ehe er ihn nahm und anzog. Tash hatte Recht. Obwohl der Mantel ein bisschen eng war, passte er. Der Duft, den er verströmte, stammte vermutlich von Parfüm und nicht von Weichspülern.

7

Obwohl die Tür einen Spalt offen stand, konnte Coltrane nicht verstehen, worüber Tash und die Männer im Wohnzimmer redeten. Ihre Stimmen vermischten sich. Ein Echo verzerrte sie. Frustriert wartete er und straffte die Schultern, als sich auf dem Korridor Schritte näherten. Wie sieht das wohl aus, wenn einer der Typen hier reinkommt und mich in diesem Mantel sieht?, dachte er indigniert.

»Wollen Sie lieber ein Bier als einen Kaffee?«, fragte Nolans Stimme.

»Ja, mit einem Strohhalm.«

Nolan lachte glucksend. Als er zurückkam und ein Budweiser ins Bad reichte, war Coltrane aus dem Mantel geschlüpft und hatte ihn an einen Haken gehängt. Nolan hatte tatsächlich einen Strohhalm in die geöffnete Bierdose gesteckt. Belustigt schüttelte Coltrane den Kopf, nahm den Strohhalm heraus, setzte die Dose an die Lippen und trank sie halb leer.

Die nicht zu unterscheidenden Stimmen aus dem Wohnzimmer steigerten sein Ohnmachtgefühl. Die Zeiger auf seiner Uhr schienen sich nicht zu bewegen. Um sich abzulenken, sah er sich nach einer Zeitschrift um, fand jedoch keine und inspizierte deshalb die Hautlotion- und Seifenspender auf dem Frisiertisch neben dem Waschbecken. Von Neugier getrieben, streckte er die Hand aus, um das Arzneischränkchen zu öffnen.

»Fertig.« Tash erschreckte ihn.

Verlegen drehte er sich um und sah ihre Hand, die ihm durch den Spalt in der Tür seine Kleider reichte.

»Vielen Dank.«

Als Coltrane die getrockneten Kleidungsstücke nahm, berührten sich zufällig ihre Hände. Erneut spürte er ein elektrisches Knistern.

»Entschuldigung«, sagte sie von der anderen Seite der Tür. »Anscheinend ist die Luft hier drinnen sehr trocken oder so. Ich wollte Sie nicht erschrecken.«

»Ich habe es kaum gespürt.«

»Ich schon. Mir passiert das in letzter Zeit ständig. Ich habe sogar meine Strümpfe ausgezogen, damit ich keine statische Elektrizität erzeuge. Kein Unterschied. Es ist mir peinlich und verunsichert mich.«

»Braucht es nicht.«

»Das liegt in meiner Natur.«

»Dass Sie Funken sprühen?«

»Dass ich mich verunsichern lasse. Wir sehen uns gleich.«

»Ja.« Coltrane starrte seine Hand an, in der er das Kribbeln noch immer spürte.

So schnell er konnte, schlüpfte er in seine Hose, die Socken und das Hemd. Sie waren angenehm warm, und er empfand ein Gefühl der Dankbarkeit, weil er nicht mehr nackt war. Er bemühte sich, natürlich zu wirken, als er in das Wohnzimmer trat und die Männer von dem Sofa und diversen Sitzgelegenheiten zu ihm hochsahen.

Walt und Lyle, die beiden Cops, die offiziell Dienst hatten, tranken Kaffee. Die anderen nippten an Bierdosen. Tash lehnte an der Wand und hielt ein Glas Weißwein in der Hand. Der rötliche Schein der tief stehenden Sonne erfüllte den Raum und tauchte alles in einen warmen, pastellenen Glanz. Coltrane wünschte, er hätte seine Kamera noch.

Ein schwarzer Gegenstand auf dem Couchtisch zog seinen Blick auf sich.

»Ist das meine Nikon? Ich dachte, ich hätte sie im Wasser verloren.«

»Nein. Sie ist auf die Felsen gefallen«, erwiderte Walt. »In dem Durcheinander bin ich erst vorhin dazu gekommen, sie zu holen.«

»Ich schulde Ihnen was. Diese Kamera und ich haben zusammen eine Menge durchgemacht.« Coltrane betrachtete sie genauer und stellte bestürzt fest, dass das Objektiv gesprungen und das Gehäuse noch mehr verschrammt war als bisher, doch wie es schien, war es nicht zerbrochen. Vielleicht hatte der Film mit den Aufnahmen von Tash kein Licht abbekommen. Trotzdem war die Kamera wegen des kaputten Objektivs im Augenblick nutzlos.

»Wir haben Ihnen unsere erzählt; jetzt erzählen Sie uns ihre«, sagte Nolan.

»Wie bitte?«

»Ihre Geschichte. Sie sind doch nicht zufällig hier aufgetaucht. Was hat Sie hierher geführt?«

Ihr traut mir also noch immer nicht, dachte Coltrane grimmig. »Ich muss zugeben, ich habe mir nicht gerade den idealen Zeitpunkt ausgesucht. Ich hoffe, Sie empfinden es nicht als aufdringlich.« Er sah Tash an. »Ich würde gerne wissen ... Sie haben vor kurzem von einem Mann namens Randolph Packard ein Haus geerbt.«

Tash richtete sich auf. »Das stimmt, ja.«

Mit Ausnahm von Nolan sagte der Name offensichtlich keinem der Männer etwas. Coltrane erklärte ihnen, wer Packard war.

»Ich habe ihn Ende November kennen gelernt«, fuhr Coltrane, zu Trash gewandt, fort. »Tatsächlich habe ich mit ihm an einem Projekt gearbeitet, aber er starb leider, bevor ich viel von ihm lernen konnte. Nicht, dass das etwas an meiner Arbeit geändert hätte, denn seit ich Fotograf bin, hatte er einen enormen Einfluss auf mich. Ganz besonders in letzter Zeit – ich schätze, man könnte sagen, er hat mein Leben verändert. Wie auch immer, ich habe mich entschlossen, ein Haus zu kaufen, das ihm gehörte. Als ich von einem anderen Haus erfuhr, das ihm gehörte – ein Haus in Mexiko –, spielte ich mit dem Gedanken, es ebenfalls zu kaufen, aber dann habe ich erfahren, dass er es an Sie vererbt hat, und ich ...« Coltranes Satz hing unvollendet in der Luft.

»Sie sind hierher gekommen, um mich zu fragen, ob ich das Haus verkaufen will?« Tash klang beinahe erleichtert. Sie stieß sich von der Wand ab.

»So ungefähr, ja«, erwiderte Coltrane.

»Das steckt also dahinter?« Walt klang verärgert. »Sie sind hergekommen, weil Sie ein Haus kaufen wollen?«

»Eigentlich schon, ja«, log Coltrane.

»Das darf doch nicht wahr sein!«, knurrte einer der beiden Cops von der Staatspolizei. »Ich habe die ganze Zeit hier gewartet, um *das* zu hören? Ich war mir sicher, wir würden eine verrücktere Erklärung für diesen Zufall zu hören kriegen.«

»Tut mir Leid.«

Einige der Männer erhoben sich und schüttelten Hände. »Ich muss los«, sagte einer der Streifencops.

»Ich auch«, meinte Lyle. »Meine Frau hat einen Schmorbraten auf dem Ofen. Es ist nicht nötig, dass wir alle hier rumhängen. Der Kerl, den wir schnappen wollten, hat das Haus sicherlich beobachtet und ist verschwunden, als wir unsere Karten seinetwegen zu früh auf den Tisch gelegt haben.« Er nickte in Coltranes Richtung.

»Ja«, knurrte Walt grimmig. »Der Mistkerl ist längst über alle Berge. Wir haben mitten in der Nacht mit unserer Überwachung angefangen, vermutlich lange bevor er hier war, um das Haus zu beobachten.« Die Müdigkeit hatte Spuren in seinem Gesicht hinterlassen. »Aber jetzt, wo er weiß, dass wir auf ihn gewartet haben, wird es für uns verdammt schwer, ihm noch einmal eine Falle zu stellen. Das Gute dabei ist, dass es heute Nacht wahrscheinlich ruhig sein wird. Ihr könnt alle nach Hause gehen und für den Rest des Tages die Beine hochlegen. Ich halte hier die Stellung.«

»Nein, das ist schon in Ordnung«, sagte Tash. »Fahren Sie ruhig auch heim, Walt.«

»Aber ...«

»Wie Sie schon gesagt haben, wird es heute Nacht wahrscheinlich ruhig bleiben. Ich glaube auch, dass der Kerl inzwischen längst von hier verschwunden ist. Das Büro des Sheriffs hat noch mehr Leute zu beschützen als nur mich.«

»Aber nicht alle diese Leute *brauchen* Schutz«, wandte Walt ein. »Ich habe kein gutes Gefühl dabei, Sie allein zu lassen.«

»Ich weiß Ihre Besorgnis zu schätzen«, erwiderte Tash, »aber ich werde nicht allein sein.«

Walt blinzelte verständnislos.

»Mr. Coltrane bleibt noch eine Weile hier. Wir haben noch etwas zum Thema Immobilien zu besprechen.«

Offenbar blickte Coltrane reichlich verdutzt drein.

»Wenn es Ihnen recht ist«, schränkte Tash, zu ihm gewandt, ein. »Vielleicht werden Sie ja noch irgendwo erwartet. Ich dachte nur, weil Sie den weiten Weg hier raus gekommen sind, um mit mir zu reden.«

»Nein«, sagte Coltrane. »Ich werde nirgendwo erwartet.«

8

Es war kurz nach fünf, und der warme, rötliche Schein, der die Luft erfüllte, wurde stumpf und grau. Der Wind frischte auf, und es war kühl, als die Männer aus der Haustür traten und ihre Turnschuhe anzogen. Tash machte die Tore der Doppelgarage auf, und Coltrane sah, dass zwei große Geländewägen mit Vierradantrieb in der Garage standen, ein Explorer und ein Mountaineer. Während einige der Männer in die beiden Wägen stiegen, setzte sich Tash in den Porsche und fuhr rückwärts aus der Einfahrt, um den Mountaineer durchzulassen. Sobald die Garage frei war, brachte sie den Porsche hinein.

Coltrane fiel auf, dass die Männer während der kurzen Zeit, in der sie mit dem Porsche beschäftigt war, ihre Unterhaltung unterbrachen und sie beobachteten.

»Und denken Sie daran, wenn sie auch nur die Spur eines Verdachts haben, dass der Kerl wieder auftaucht, überlegen Sie nicht zweimal – rufen Sie uns an«, schärfte Lyle ihr noch einmal ein.

»Keine Sorge. Ich bin im Grunde ein Feigling. Wenn ich allein bin, gehe ich ohne das Telefon nirgendwohin.«

Coltrane zog die Stirn in Falten. »Ein Telefon? Ich dachte, es ist abgestellt.«

»Das ist es auch«, sagte Walt. »Wir reden von einem Handy, das ich Tash mitgebracht und auf meinen Namen angemeldet habe. Wer immer dieser Bastard ist, er schafft es jedes Mal, die neue Nummer rauszukriegen, die sie auf ihren Namen bekommt. Aber die Nummer von dem Handy hat er bisher nicht rausbekommen.«

»Gute Idee«, sagte Coltrane.

»Wollen wir hoffen, dass es auch eine gute Idee bleibt. Wenn Sie irgendwas brauchen, Tash, lassen Sie es mich wissen.« Mit einer Geste, die ihre Dankbarkeit ausdrücken sollte, legte sie ihre Hand auf seinen Arm.

»Wenn ihr Jungs noch einen Moment Zeit habt …«, sagte Coltrane.

Sie sahen ihn fragend an.

»Könntet ihr dann noch ein paar Minuten warten, während ich meinen Wagen hole? Ich möchte nicht in der Gegend herumstolpern und ihn suchen müssen, wenn es dunkel ist. Dann ist Tash nicht allein, während ich weg bin.«

»Okay«, brummte Lyle. »Ich kann noch ein paar Minuten bleiben.«

»Und ich beschleunige die Sache und fahre Sie zu Ihrem Wagen.« Nolan winkte Coltrane, ihm zur Garage zu folgen, und deutete auf den Explorer neben Tashs Porsche.

Auf dem Beifahrersitz saß bereits einer der Cops aus LA; ein weiterer und einer der Streifencops von der Staatspolizei saßen hinten. Während sich Nolan ans Steuer setzte, kletterte Coltrane nach hinten. Als sie aus der Garage fuhren, auf die Straße bogen und davonfuhren, sah Coltrane Walt und Lyle vor dem Haus stehen und mit Tash sprechen.

»Unsere Autos haben wir hinter einer Tankstelle am Highway abgestellt«, erklärte der Cop auf dem Vordersitz. »Um zu vermeiden, dass es so aussah, als würde in Tashs Haus eine Parteiversammlung stattfinden.«

»Sie haben die Falle gut geplant.«

»Nur zu schade, dass der falsche Kerl aufgetaucht ist.«

Betreten wechselte Coltrane das Thema. »Mein Wagen steht in einer der Straßen oben auf der Klippe.«

»Sie haben sich wirklich gründlich verfahren«, brummte Nolan.

Als Coltrane zurückkam, war es dunkel. Warme Lichter brannten im Haus. Die Cops, die bereits im Mounteineer gesessen hatten, waren wieder ausgestiegen und unterhielten sich mit Walt, Lyle und Tash in der Halle.

Tash begrüßte Coltrane mit einem Lächeln.

»Nur eine Vorsichtsmaßnahme«, sagte Lyle, »aber Sie sollten Ihren Wagen in die Garage fahren, wo er sicher ist.«

»Ja, okay.«

Dann verabschiedeten sich Walt, Lyle und die anderen und fuhren davon. Nachdem sich die roten Rücklichter entfernt hatten, lag die Straße völlig im Dunkeln, nur ein Stück weiter vorn waren die winzigen Lichter eines Hauses zu sehen.

Endlich war Coltrane mit Tash allein.

9

Sie brach das Schweigen. »Möchten Sie noch ein Bier?«

»Klingt verlockend.« Coltrane hatte jede Menge Fragen, doch er wollte sie nicht überrumpeln. Immer schön langsam, dachte er. Nur nichts übereilen.

Sie sperrte die Haustür zu, öffnete die innere Garagentür und betätigte den Knopf, der die Außentore verriegelte. Dann schloss sie auch die innere Garagentür ab.

»Würden Sie mit mir zusammen die Wachtposten abschreiten, bevor ich das Bier hole? Sie wissen schon – die Sicherheitsanlage überprüfen.«

»Officer Coltrane meldet sich zum Dienst.« Er hoffte, dass es wie ein Scherz klang, was es anscheinend auch tat, denn um ihren Mund huschte ein Lächeln, als sie nebeneinander den Korridor hinabgingen.

»Carl und die anderen haben alles dichtgemacht, aber ich fühle mich sicherer, wenn ich alle Türen noch mal überprüfe«, sagte sie. Sie gingen an der Treppe vorbei ins Wohnzimmer und hinüber zu den Glasschiebetüren, die zur Veranda hinausgingen. Tash versuchte, die Türen zu öffnen. »Die sind ganz sicher zu.«

In Gedanken versunken sah sie über die weiße Veranda auf die dunklen Felsen und die heranrollenden weißen Schaumkronen im schwarzen Ozean hinab. »Ich bin gern hier draußen gesessen, auch wenn es kalt war wie heute, und habe den Wellen zugesehen und zugehört, wie sie sich an den Felsen brechen. Manchmal habe ich am Horizont die Lichter von einem Frachter gesehen, der unterwegs war zu fernen, geheimnisvollen Orten. ›So regen wir die Ruder, stemmen uns gegen den Strom …‹«

»›… und treiben doch stetig zurück, dem Vergangenen zu.‹«

Überrascht drehte sie sich zu ihm um. »Sie kennen *Gatsby*?«

Mit einem Achselzucken sagte Coltrane: »Als ich an der Uni war, hat mir einer meiner Lehrer für Fotografie ans Herz gelegt, ein paar Literaturseminare zu belegen. Aus irgendeinem Grund ist mir *Der große Gatsby* im Gedächtnis haften geblieben, vor allem dieses letzte Bild. Auf einer von Randolph Packards Fotografien taucht dieses Motiv übrigens ebenfalls auf. Die Lichter eines Frachters am Horizont.«

»Unterwegs zu fernen, geheimnisvollen Orten«, echote Tash. Zuvor hatte sie melancholisch geklungen, doch jetzt machte sie sich über sich selbst lustig. »Wahrscheinlich nur bis Long Beach. Wie auch immer – für eine Weile ist es für mich mit diesen Abenden wohl vorbei.«

Sie drückte auf einen Knopf an der Wand rechts vom Fenster. Ein leises Rumpeln ließ Coltrane irritiert um sich blicken, doch dann sah er vor den Scheiben Metallrollläden herabgleiten, die die gesamte, zum Meer hinausblickende Glasfront des Wohnzimmers verdunkelten.

»Dabei fühle ich mich jedes Mal wie in einer Burg«, sagte Tash. »Außer, dass ich die Rollläden herablasse, statt die Zugbrücke hochzuziehen.«

Coltrane folgte ihr in die Küche, wo sie die Deckenlampe anknipste, deren Licht sich auf den weißen Flächen spiegelte und einen warmen, angenehmen Glanz verbreitete. Nachdem sie sich vergewissert hatte, dass die Seitentür verschlossen war, lehnte sie sich mit dem Rücken gegen die Anrichte, starrte auf den Fußboden, schüttelte den Kopf und richtete sich wieder auf. »Beinahe hätte ich Ihr Bier vergessen.«

Im Kühlschrank standen zwei Reihen Bierdosen. Wahrscheinlich für die Männer, die sie beschützen, dachte Coltrane.

»Ich brauche kein Glas. Ich trinke aus der Dose«, sagte er.

»Sind Sie sicher?« Sie goss sich ein Glas Chablis ein und ließ es gegen die Bierdose klirren, die sie ihm gereicht hatte. »Cheers.«

»Cheers.«

»Nicht gerade ein Neujahrstag, wie man ihn sich vorstellt, oder?«

»Ich habe eine Freundin, die sagte, dass es eine Frage der Einstellung sei«, sagte Coltrane, »und dass wir diesen Tag als Chance für einen neuen Anfang betrachten sollten.«

»Ja.« Bekümmert nippte Tash an ihrem Wein. »Die Frage ist, ein neuer Anfang von *was*? Der Anfang von den richtig schlimmen Zeiten vielleicht?«

»Ich glaube nicht, dass das die Einstellung ist, an die meine Freundin dabei gedacht hat.«

Leicht benommen von dem Schwindel erregenden Gefühl der Unwirklichkeit, lehnte sich Coltrane gegen die Anrichte gegenüber und betrachtete sie. Tash Adler *sprach* sogar wie Rebecca Chance; mit der gleichen kehligen, volltönenden Stimme und demselben Tonfall wie Rebecca in *The Trailblazer* und *Jamaica Wind*. Sie sah aus wie Mitte zwanzig – genauso alt war Rebecca Chance gewesen, als sie verschwand.

»Ist was mit mir?«, fragte Tash. »Sie sehen mich an, als … als hätte ich einen Krümel an der Wange kleben.«

Er lachte auf. »Nein, nein. Entschuldigen Sie. Ich wollte Sie nicht anstarren. Das ist eine Berufsgewohnheit. Ich muss mir immer vorstellen, wie ich jemanden fotografieren würde.«

»Möchten Sie das? Mich fotografieren?«

»Etwas an der Art, wie Sie an diesem Schränkchen lehnen, erweckt meine fotografische Neugier.«

»Oh?« Sie blinzelte verwirrt.

Coltrane bemerkte gerade noch rechtzeitig, dass ein Kompliment über ihr Aussehen wirken könnte, als wollte er sie anmachen. Das Letzte, das er wollte, war, sie zu verschrecken. »Das Himbeerrot Ihres Trainingsanzugs ist die einzige kräftige Farbe im Raum. Sonst ist alles weiß. Nicht ganz, natürlich. Die Messer da in dem Ständer haben schwarze Griffe. Und die Griffe am Toaster und die Knöpfe am Herd sind ebenfalls schwarz.«

»Ich habe die schwarzen Farbtupfer absichtlich hinzugefügt«, sagte Tash. »Ohne Kontrast wirkt Weiß nicht.«

»Genau das hat mich fasziniert. Durch Ihren Trainingsanzug wirkt der Raum wie ein farbiges Schwarzweißfoto.«

Tash betrachtete ihn nachdenklich. »Sie sind ein guter Beobachter.«

Coltrane winkte bescheiden ab. »Das kommt vom vielen Fotografieren.«

»Nein, ich glaube nicht, dass Sie durch das Fotografieren ein aufmerksamer Beobachter geworden sind. Eher anders herum, würde ich sagen. Außerdem denke ich, dass Sie oft mehr sehen, als Sie sehen möchten. Nicht alles ist schön.«

Coltrane sah wieder die Bilder vor sich, die er mit dem Teleobjektiv von Ilkovic und dessen Männern geschossen hatte, als sie die vom Bagger aus einem Massengrab in Bosnien gescharrten Knochen der toten Moslems in den Steinmörser kippten. »Ja – nicht alles ist schön.«

»Ich muss Sie etwas fragen.«

Coltrane war ganz Ohr.

»Der Grund, warum ich Sie gebeten habe, zu bleiben.«

Coltrane wartete.

»Ich wollte vor den anderen nicht darüber reden«, sagte Tash. »Sie wissen anscheinend sehr viel über Randolph Packard.«

»Seit ich ein Teenager war, habe ich alles in mich aufgesogen, was ich über ihn erfahren konnte.«

»Dann können Sie mir vielleicht eine Frage beantworten. Haben Sie irgendeine Vorstellung, warum er mich in seinem Testament bedacht hat?«

Coltrane brauchte eine Weile, um sich von seinem Schock zu erholen. »Sie wissen es nicht?«

»Ich fiel aus allen Wolken, als mich sein Anwalt anrief. Natürlich weiß ich, wer Randolph Packard war, aber ich habe nicht die geringste Ahnung, warum er mir dieses

Haus in Mexiko vererbt hat. Es kommt mir vor, als hätte er meinen Namen aus einem Hut gezogen oder so was in der Art. Es kam völlig unerwartet. Ich habe seinen Anwalt gefragt – wie war nochmal sein Name? Blaine?«

»Ja.«

»Ich fragte Blaine, ob er weiß, warum Packard ausgerechnet mich in seinem Testament bedacht hat, aber Blaine sagte, er habe nicht die geringste Ahnung.«

»Nach dem, was Blaine mir erzählt hat, scheint das die Wahrheit zu sein.«

»Ich wusste nicht, wen ich außer Blaine noch fragen könnte«, sagte Tash, »und dann kam diese unangenehme Geschichte mit diesem Irren dazwischen.« Sie machte eine Handbewegung in Richtung der Wand und allem, was möglicherweise dahinter lauern mochte. »Ich hatte andere Dinge im Kopf. Und als Sie vorhin völlig unerwartet Packard und das Haus in Mexiko erwähnten, hätte es mich beinahe umgehauen.«

»Ich muss Ihnen wegen einer Sache die Wahrheit sagen.«

Tashs Augen wurden schmal, als hätte sie Angst vor dem, was nun kommen würde.

»Ich war nicht ganz ehrlich zu Ihnen«, sagte Coltrane.

Ihre Beunruhigung wuchs.

»Ich bin nicht nur hergekommen, um herauszufinden, ob Sie daran interessiert sind, das Haus in Mexiko zu verkaufen. Ich habe das Haus nie gesehen. Wer weiß, wie ich darüber denke, wenn ich es tatsächlich zu sehen bekomme? Eigentlich bin ich gekommen, weil ich Sie dasselbe fragen wollte, das Sie mich gefragt haben.«

»Warum Randolph Packard mir das Haus in Mexiko vererbt hat?«

»Ja.«

Mit einem erschöpften Seufzen schüttelte Tash den Kopf. »Bitte nicht. Ich habe im Augenblick mehr Rätsel zu lösen, als mir lieb ist.«

»Vielleicht kann die Antwort auf meine Frage helfen, Antworten auf einige Ihrer Fragen zu finden. Haben Sie jemals von einer viel versprechenden Filmschauspielerin in den Dreißigerjahren gehört, die Rebecca Chance hieß?«

Tash überlegte eine Weile und schüttelte dann den Kopf. »Nein.«

»Das überrascht mich nicht. Sie verschwand, ehe sie die Möglichkeit bekam, ein Star zu werden.«

»Aber was hat sie mit mir zu tun?«

»Sie war ebenfalls das Opfer eines Stalkers. Dasselbe Muster – Briefe, Geschenke, Anrufe. Dann verschwand sie eines Tages.«

»Wenn Sie mir noch mehr Angst einjagen wollen, als ich ohnehin schon habe, dann …«

»Nein«, unterbrach sie Coltrane. »Ich versuche nur herauszufinden, warum Randolph Packard Sie in seinem Testament bedacht hat. Packard war hoffnungslos in diese Frau verliebt.«

»In Rebecca Chance?«

»Ja.« Coltrane verstummte eine Weile, von neuem überwältigt von den bezaubernden Zügen der Frau ihm gegenüber und der geradezu unheimlich anmutenden Situation, in der er sich befand. »Und Rebecca Chance sah Ihnen so verblüffend ähnlich … *Sie* sehen ihr so verblüffend ähnlich, dass man sie für ein und dieselbe Frau halten könnte.«

»Wovon, in Gottes Namen, reden Sie?«

Coltrane zögerte.

Dann erzählte er ihr alles.

»*Fotografien?*«

»Und Filme, in denen Rebecca Chance gespielt hat. Aber Sie haben Recht, wenn Sie sich auf die Fotografien konzentrieren. Sie sind das eigentlich Wichtige. Weil Packard sie gemacht hat. Weil er sie versteckt hat.«

»Und diese Rebecca Chance sieht genauso aus wie ich?«

»So sehr, dass ich dachte, ich halluziniere, als ich Sie vorhin gesehen habe.«

»Das ist … Ich kann nicht …« Sie starrte ihn an. »Zeigen Sie sie mir.«

Coltrane blinzelte verblüfft.

»Aber ich habe sie nicht bei mir. Ich kann morgen wiederkommen und sie Ihnen bringen.«

»Nein, jetzt. Ich will sie jetzt sehen. *Bringen Sie mich zu den Fotos!*«

Tashs Emotionen waren so intensiv, dass Coltrane sich ihnen nicht entziehen konnte; einen Moment lang war er unfähig, sich zu bewegen oder etwas zu sagen. Schließlich hörte er sich stammeln: »Na schön … okay … wenn Sie unbedingt …«

»Ich brauche nur eine Sekunde, um mich umzuziehen.«

»Wir fahren nach Los Angeles.«

»Sie brauchen mich nicht zurückzufahren. Ich folge Ihnen mit meinem Wagen.«

»Es würde mir nichts ausmachen, Sie zurückbringen. Es ist nur …« Ihn überkamen Zweifel. Sie hatten nichts damit zu tun, Tash die Fotos zu zeigen. Wenn jemand das Recht hatte, diese Aufnahmen zu sehen, dann sie. Seine Befürchtungen hatten eine andere Ursache; etwas, das mit Rebecca Chances Stalker und Tash Adlers Stalker zu tun hatte und …

… meinem. Ein Schauder lief ihm über den Rücken, als er begriff, dass er, wollte er Tash wirklich helfen, jetzt genauso vorsichtig sein musste, wie er es gewesen war, als Ilkovic ihn gejagt hatte. Er musste sich an ihre Stelle versetzen, sich vorstellen, dass er derjenige war, der sich in Gefahr befand.

»Es ist besser, wenn ich Sie fahre«, sagte Coltrane.

Tash, die sich bereits zum Gehen gewandt hatte, blieb stehen. Sie schien irritiert zu sein.

»Falls jemand Ihr Haus beobachtet, folgt er Ihnen, wenn Sie hinter mir herfahren, und er dürfte dabei keine größeren Probleme haben. Ein Porsche ist ziemlich auffallend.«

»Das hat Walt auch gesagt«, seufzte Tash niedergeschlagen. »Trennen Sie sich von dem Porsche, sagte er, oder mieten Sie sich wenigstens irgendeinen unauffälligen Wagen, bis der Bastard im Gefängnis ist. Ich gehe sowieso kaum mehr aus dem Haus und lebe hier inzwischen praktisch wie in einem Gefängnis.« Sie hob trotzig den Blick. »Ich lasse mir von diesem Kerl nicht noch mehr von meinem Leben wegnehmen.«

»Aber Sie brauchen nicht mit dem Porsche zu fahren.«

»Was soll ich sonst tun? Hinter Ihnen herrennen und Ihre Reifen anbellen?«

Das klang so komisch, dass sie einander einen Augenblick lang verdutzt anstarrten und dann in Lachen ausbrachen.

»O Gott, das tut so gut«, keuchte Tash. »Ich kann mich gar nicht mehr erinnern, wann ich das letzte Mal richtig gelacht habe.« Es ließ sie erstrahlen.

»Im Ernst«, sagte Coltrane. »Ich finde, ich sollte Sie fahren.«

»Aber wenn er irgendwo da draußen ist, sieht er uns beide in Ihrem Wagen wegfahren. Er kann uns immer noch verfolgen.«

»Nicht, wenn Sie in der geschlossenen Garage in meinen Wagen steigen. Sie legen sich vor dem Rücksitz auf den Boden, bis wir ein Stück weit gefahren sind. Da er nicht weiß, dass Sie bei mir sind, wird er bleiben, wo er ist, und das Haus weiter beobachten. Haben Sie Timer für die Lichter?«

10

Als das Garagentor herabglitt, nahm Coltrane den Finger vom Knopf der Fernsteuerung, die er aus dem Porsche geholt hatte, und stieß rückwärts auf die dunkle Straße hinaus. Er schaltete die Scheinwerfer erst ein, als das Tor weit genug geschlossen war, dass kein Lichtstrahl in die Garage dringen und verraten konnte, dass Tash nicht darin stand und das Tor per Knopfdruck von innen schloss.

So weit, so gut, dachte Coltrane. Doch er wusste, er würde noch ein paar andere Tricks auspacken müssen, damit die List funktionierte. Ehe er losfuhr, knipste er die Innenbeleuchtung an und faltete einen Stadtplan auf, den er eine

Weile studierte, als suchte er den Weg zurück zum Highway. Jeder, der das Haus beobachtete, würde sehen, dass er allein war. Dann machte er die Innenbeleuchtung aus und drückte zweimal kurz auf die Hupe, wie um sich zu verabschieden. Während er langsam die Straße hinabfuhr und seine Scheinwerfer eine Schneise in die Dunkelheit schnitten, behielt er den Rückspiegel im Auge und sah, wie hinter einem Fenster das Licht ausging.

»Der Timer hat perfekt funktioniert«, sagte er.

»Es sieht tatsächlich so aus, als wäre ich zu Hause und würde das Licht ausmachen?«, fragte Tash vom Boden des Wagens.

»Ja. Und das war das zweite«, bemerkte Coltrane, ohne den Blick vom Rückspiegel zu nehmen.

»Wirklich raffiniert,« befand Tash. Ihre Stimme klang undeutlich.

»Ich will ja nicht unbescheiden erscheinen, aber ich muss Ihnen Recht geben. Trotzdem sollten Sie noch eine Weile unten bleiben. Ich möchte zuerst sehen, ob irgendwo Scheinwerfer angehen, die uns folgen.«

»Haben Sie …«

Coltrane wartete, doch Tash beendete ihre Frage nicht. »Was?«

»Vielleicht wollen Sie nicht darüber reden.«

»Wie soll ich das wissen, wenn Sie mir nicht sagen, was Sie meinen?«

»Haben Sie solche Sachen gemacht, als Sie vor Dragan Ilkovic davonlaufen mussten?«

Die Bemerkung traf Coltrane unvorbereitet und dämpfte seine Befriedigung, Tash unbemerkt aus dem Haus gebracht zu haben. »Woher wissen Sie das von mir und Ilkovic?«

»Carl Nolan hat es mir erzählt, als Sie im Bad waren und gewartet haben, dass ihre Kleider trocken werden.«

Es war merkwürdig, mit jemandem zu reden, den man nicht sah. Coltrane vermied es, den Kopf nach hinten zu biegen, um nicht den Anschein zunichte zu machen, er wäre allein.

»Ich wusste zwar, was auf dieser Film-Ranch vorgefallen ist«, erzählte Tash. »Die Zeitungen waren vor kurzem voll davon, und in den Fernsehnachrichten kam es auch ständig. Aber als ich vorhin Ihren Name hörte, sagte er mir nichts. Ich habe ihn mit den Ereignissen auf der Ranch nicht in Verbindung gebracht.«

»Das ist tröstlich zu wissen. Es kann einen fertig machen, dass jeder, dem man vorgestellt wird oder den man sonst irgendwie kennen lernt, denkt: ›Ist das nicht der, der Ilkovic erschossen hat?‹ Mir ist es lieber, wenn man mich wegen meiner Fotos kennt und nicht, weil ich irgendwen getötet habe – auch wenn er es verdient hat.«

»Es tut mir Leid, dass ich Sie danach gefragt habe.«

»Nein, das ist schon okay. Ich kann nicht so tun, als wäre das alles nicht passiert. Ich habe mich daran gewöhnt, im Rückspiegel die Scheinwerfer hinter mir im Auge zu behalten. Ich bin immer mindestens einmal um den Block gefahren und durch enge Gassen und Einbahnstraßen, um sicher zu sein, dass mich kein Wagen verfolgt. Aber das mit den Timern und die Sache mit der Garage habe ich noch nie zuvor gemacht.«

»Es ist beruhigend zu wissen, dass Sie Fantasie haben.«

»Ja, aber das, wofür ich meine Fantasie gebrauche – so ich sie denn habe –, ist nicht gerade etwas, worüber ich froh bin. Bleiben Sie unten.« Coltrane bog auf den Pacific Coast Highway und hielt nach Scheinwerfern Ausschau, die hinter ihm auf den Highway bogen. »So weit, so gut.«

»Wollen wir es hoffen«, sagte Tashs undeutlich.

»Als Sie erfuhren, dass ich derjenige bin, der Ilkovic getötet hat, hat das Ihre Meinung über mich verändert?«

»Nein.«

»Warum nicht?«

»Weil er es verdient hat. Wie Sie schon sagten.«

»Das hat er.« Coltrane seufzte düster. »Das hat er.«

»Verhalten sich Menschen, die Sie kennen, Ihnen gegenüber jetzt anders?«

»Ja. Vor allem eine.«

»Starke Emotionen können Menschen erschrecken.«

Tashs aus dem Dunkeln kommende Stimme klang jetzt noch leiser, beinahe kindlich. »Haben Sie Albträume?«

»Ja. Ich dachte, sie würden aufhören, aber das haben sie nicht. Ich träume, dass Ilkovic nicht tot ist, dass er immer noch hinter mir her ist. Ich sehe, wie sich seine Hände …«

»Ich habe auch Albträume«, sagte Tash. »Jemand streckt seine Hände nach mir aus, aber ich kann sein Gesicht nicht sehen. Weil ich nicht weiß, wie er aussieht, ist es nur normal, dass er keine Gesicht hat, nehme ich an, aber es ist viel schlimmer als das. Es ist fast so, als hätte er keinen …«

»… Kopf.«

»Dann verstehen Sie also.«

»Ich habe denselben Albtraum«, sagte Coltrane.

»Es klingt vielleicht komisch, aber ich bin richtig froh.«

»Warum?«

»Sie sind der erste Mensch, mit dem ich darüber reden kann, was ich fühle, und von dem ich weiß, dass er mich versteht. Wenn ich Walt, Lyle, Carl und den anderen zu erklären versuche, wie allein ich mich fühle und wie sehr ich Angst habe, sagen sie zwar immer, sie wüssten, was ich meine. Aber sie wissen es eben nicht. Wie könnten sie auch? Sie sind starke Männer mit Polizeimarken und Revolvern. Ihr Leben verläuft in sicheren Bahnen. Sie werden von keinem Stalker verfolgt.«

»Wir gehören zu einem sehr kleinen Klub.«

»Nicht Sie. Nicht mehr. Aber es ist beruhigend zu wissen, dass Sie es überlebt haben. Bei Ihnen fühle ich mich sicher.«

»Ich hoffe, ich enttäusche Sie nicht.« Coltrane warf erneut einen prüfenden Blick in den Rückspiegel. »Ich habe keinen Wagen gesehen, der hinter uns auf den Highway gebogen ist. Ich denke, Sie können sich jetzt aufsetzen.«

»Weil ich mich hier so sicher fühle …«

Coltrane wartete, dass sie den Satz zu Ende führen würde.

»… glaube ich, dass ich hier unten bleibe, bis wir bei Ihnen zu Hause sind.«

»Es wird eine lange Fahrt«, sagte Coltrane.

»Das wird es bestimmt nicht, wenn wir uns weiter so unterhalten wie bisher. Erzählen Sie mir was über Ihre Fotos.«

11

»Alles in Ordnung«, sagte Coltrane, als die Garagentür hinter ihnen herab rumpelte.

»Autsch«, ächzte Tash. »Ich glaube, ich brauche ein paar Aerobic-Stunden, um meinen Rücken wieder einigermaßen gerade zu biegen.« Sie richtete sich auf, massierte ihren Rücken und stieg aus dem Wagen. Doch selbst einem halb blinden Tattergreis wäre nicht entgangen, dass ihr Rücken keinen sehr großen Schaden genommen hatte. Sie streckte ihre Arme über den Kopf und streckte ihren prachtvollen Körper. Sie hatte sich umgezogen und trug jetzt eine bequeme blaue Hose, einen grauen Rollkragenpullover und eine Jacke, deren Farbe dem Himbeerrot ihres Trainingsanzugs ähnelte, den sie zu Hause angehabt hatte. Anscheinend war das ihre Lieblingsfarbe; sie verlieh ihren dunklen Augen und Haaren noch mehr Tiefe. Als sie sich streckte, wandte sie sich sittsam ab – um nicht vor ihm ihre Brüste zu recken, wie Coltrane vermutete. Doch auch so war dieses Strecken ihrer Glieder und die leichte, anmutige Dehnung – zuerst zur einen, dann zur anderen Seite – wunderhübsch anzuschauen. Sie bewegte sich mit der Grazie einer Tänzerin, die sie bereits zu erkennen gegeben hatte, als er sie zum ersten Mal – in dem Taucheranzug – erblickt hatte, obgleich Coltrane nach wie vor das unheimliche Gefühl hatte, dass er sie schon vor langem zum ersten Mal gesehen hatte.

Während er sie, von ehrfurchtsvollem Staunen erfasst, betrachtete, ging plötzlich das Licht aus.

»Was ist passiert?«, fragte Tash erschrocken.

»Das mit dem Garagenöffner gekoppelte Licht müsste

eigentlich eine Minute brennen, nachdem sich das Tor geschlossen hat, aber es schaltet sich immer viel zu früh aus. Ich gehe rüber zur Tür und mache den Schalter an.«

Mit schlurfenden Schritten schob er sich durch die Dunkelheit in die Richtung, in der nach seiner Schätzung die Tür zum Haus war. Blind tastete er mit einer Hand ins Dunkel, fühlte die Tür und schob die Hand nach rechts, wo der Schalter war. Ein elektrischer Schlag ließ ihn zusammenzucken, und er sah einen Funken springen, als sich eine Hand an seiner vorbeischob, die ebenfalls nach dem Lichtschalter tastete.

»O mein Gott!«, schrie Tash auf. »Es tut mir Leid.«

»Wow! Sie haben so viel statische Elektrizität, dass Sie tatsächlich Funken sprühen.«

»Ich dachte, Sie können den Schalter nicht finden. Ich habe gerade in die Richtung der Tür geschaut, als das Licht ausging, und dachte, ich würde ihn schneller finden. Es tut mir wirklich Leid.«

Als Coltrane das Licht anknipste, sah er, dass er dicht vor ihr stand. Erneut erfüllte ihn ihre Schönheit mit ehrfurchtsvollem Staunen. Der schwache Duft ihres Parfüms stieg ihm in die Nase. Er versuchte sein Bestes, nicht völlig hingerissen zu wirken, entriegelte die Tür zur Halle, machte sie weit auf und bat sie mit einer Geste über die Schwelle. »Kann ich Ihnen was anbieten?« Er hoffte, dass sie das leichte Zittern seiner Stimme nicht bemerkte. »Noch ein Glas Wein? Kaffee? Etwas zu essen? Es ist eigentlich schon Zeit für das Abendessen. Ich könnte uns eine Kleinigkeit machen.«

»Die Fotos.« Tash hatte keinen Blick für das Haus und seine einmaligen Möbel; ihr Blick war auf ihn gerichtet.

»Selbstverständlich. Sie sind schließlich der Grund, warum Sie hier sind.« Er ging ihr voran nach unten, schloss den Tresorraum auf und stieß die Metalltür auf. Ein kalter Lufthauch wehte heraus.

Tash schlang ihre Hände um die Schultern.

»Genauso habe ich mich zuerst auch gefühlt«, sagte Coltrane. »Aber Sie gewöhnen sich dran.«

»Glauben Sie?« Tash ließ ihren Blick über die leeren Regale schweifen und kniff in dem grellen Licht der Deckenbeleuchtung die Augen zusammen.

Als Coltrane neben ihr den Tresorraum durchquerte, war er sich mehr denn je in seinem Leben des erregenden Gefühls bewusst, mit einer Frau allein zu sein.

Unterwegs hatte er ihr erklärt, wie er durch Zufall die geheime Kammer gefunden hatte. Dennoch war sie nicht vorbereitet auf das, was sie erwartete, als er die Riegel löste und das Regal herauszog. Und natürlich war sie auch nicht gewappnet gegen den Schock, der sie erwartete, als sie die Kammer betrat und ihrem Ebenbild von Angesicht zu Angesicht gegenüberstand. Vielleicht lag es an den grellen Deckenlichtern, weshalb Tash mit einem Mal weiß wie eine frisch getünchte Wand aussah. Doch sehr viel wahrscheinlicher war, dachte Coltrane, dass schlagartig alles Blut aus ihrem Gesicht gewichen war.

Sie schwankte. Coltrane fürchtete, sie könnte ohnmächtig werden, und streckte die Arme aus, um sie aufzufangen, doch dann unterdrückte er den Impuls, als sie sich wieder fing. Er konnte sich den Aufruhr der Emotionen, der in ihr tobte, nur vorstellen. Er für seinen Teil empfand, als er von Tash zu dem lebensgroßen Bild von Rebecca Chance und wieder zurücksah, eine sein geistiges Gleichgewicht bedrohende Verwirrung. Die Fotografie war Tash. Tash war die Fotografie. Doch das konnte nicht sein. Das Gesicht auf dem Foto war weit mehr als ein halbes Jahrhundert alt.

»Ich …« Tash schluckte, als hätte sie einen Kloß im Hals. Ihre Stimme war noch kehliger, als sie hervorstieß: »Wie, um alles in der Welt, ist das möglich?«

»Ich hatte gehofft, dass Sie mir das sagen könnten.«

Mit offensichtlicher Mühe wandte sie sich von der Fotografie ab. »Und Sie sagen, es gibt noch *andere* Fotos?«

»Tausende. Ich war so von ihnen fasziniert, dass ich mir nie die Zeit genommen habe, sie zu zählen.«

»Zeigen Sie sie mir!«

Die Bedrücktheit in ihren Augen machte ihm Angst. »Sind Sie sicher, dass Sie sich das antun wollen? Das alles ist viel aufwühlender für Sie, als ich gedacht habe. Vielleicht sollten Sie …«

»*Ich will sie sehen.*«

»Ja, okay.« Coltrane fühlte sich hilflos. »Was immer Sie möchten.«

Er nahm die oberste Schachtel vom Regal, doch dann erinnerte er sich plötzlich, welche Bilder darin waren, und legte die Schachtel beiseite. Er zog die nächste Schachtel herunter und trug sie zu den Regalen im Tresorraum. Tash folgte ihm und trat so nah neben ihn, dass er ihre Schulter an seinem Arm fühlte, als er den Deckel der Schachtel abnahm.

Rebecca Chance stieg aus den Wogen des Ozeans – genauso wie Tash ein paar Stunden zuvor aus den Wogen gestiegen war.

Coltrane spürte Tashs warmen, gepressten Atem auf seinen Händen. Sie war von einem so unwiderstehlichen Drang erfüllt, die Fotos zu sehen, dass sie ihn vermutlich beiseite geschoben hätte, wäre er nicht freiwillig einen Schritt zur Seite getreten. Als das Scharren seiner Schuhsohlen verklungen war, war im Tresorraum nur noch das flüsternde Rascheln der Fotografien zu hören, die Tash, eine nach der anderen, hastig untereinander schob.

Sie war so von den Fotografien in Anspruch genommen, dass sie ihn völlig vergaß. Dies gab ihm die Gelegenheit, seinem Bedürfnis nachzukommen, sie zu bewundern.

»Was ist in der ersten Schachtel?«

»Wie bitte?«

Tash hatte das letzte Foto in der Schachtel so schnell erreicht und war so unerwartet zu ihm herumgewirbelt, dass sie ihn dabei ertappte, wie er sie anstarrte.

»Sie haben eine Schachtel zur Seite gelegt, als Sie die hier aus dem Regal genommen haben.«

»Habe ich? Ich kann mich nicht mehr erinnern. Ich – äh …«

»Warum wollten Sie nicht, dass ich sehe, was in der Schachtel ist?«

»Aus keinem besonderen Grund. Die Fotografien in dieser hier sind viel interessanter – das ist alles. Ich …«

Tash eilte in die Kammer zurück. Ehe er sie daran hindern konnte, war sie verschwunden und tauchte mit einer Schachtel unterm Arm wieder auf; Coltrane hegte keine Zweifel daran, welche es war. Am Abend zuvor hatte er, nachdem er Jennifer die Nacktfotos von Rebecca Chance gezeigt hatte, die Schachtel oben auf den Stoß gelegt, statt sie wieder ganz unten hineinzuschieben, wo er sie gefunden hatte.

Tashs Augen wurden schmal, als hätte sie den Verdacht, dass er sie belogen hatte. Dann nahm sie den Deckel von der Schachtel – und erstarrte beim Anblick von Rebecca Chances nacktem, nur mit ein paar Schnüren glänzender Chromperlen bedecktem Körper. Sie schien unfähig, sich zu rühren. Langsam und mit einer beinahe körperlich erkennbaren Willensanstrengung blätterte sie zum nächsten Foto und dann zum nächsten. Da auf den Fotografien keine Kleider zu sehen waren, deren Stil darauf schließen ließ, dass die Aufnahmen in den Dreißigerjahren gemacht wurden, konnten die Fotos ebenso gut heute gemacht worden und die nackte Schönheit auf ihnen Tash sein – falls Tash nackt tatsächlich so aussah.

Sie schien noch immer paralysiert. Als ihre Erstarrung schließlich von ihr abfiel, drehte sie sich zu Coltrane um. »Sie wollten mich nur nicht in Verlegenheit bringen?«

»Etwas in der Art. Ich wusste nicht, ob Sie sich womöglich unwohl fühlen würden, im selben Raum mit mir zu sein, während Sie Fotos einer nackten Frau ansehen – vor allem, wenn die Frau genauso aussieht wie Sie.«

Tash musterte ihn mit einem prüfenden Blick.

»Ich habe befürchtet, Sie könnten es so auffassen, als würden wir ..«

»... mich anschauen?«, fragte sie.

»Es ist eine sehr intime Situation.«

»Vielen Dank, dass Sie meine Gefühle respektieren.«

Coltrane nickte schuldbewusst.

Sie berührte seine Hand. »Zeigen Sie mir die anderen Schachteln.«

12

»Sie kommen immer wieder auf diese Felsformation zurück. Wieso glauben Sie, dass sie wichtig ist?«, fragte Tash.

»Weil sie mich an eine Katze erinnert, die den Buckel krumm macht«, sagte Coltrane.

»Na und?«

»Das Haus, das Packard Ihnen vermacht hat, ist in einem Ort südlich von Acapulco mit dem Namen …«

»… Espalda del Gato. Ich weiß. Der Name des Orts steht in den Dokumenten, die Packards Anwalt mir geschickt hat.«

»Wie ist Ihr Spanisch?«

»Ich verstehe, was Sie meinen. ›Katzenbuckel‹. Aber das beweist nicht, dass die Felsformation, die wir hier sehen, etwas mit dem Dorf bei Acapulco zu tun hat. Wahrscheinlich ist es ein Zufall, und diese Klippe hier ist Hunderte von Kilometern von dem Haus entfernt, das ich geerbt habe. So weit wir es aus den Bildern schließen können, ist dieses Kap irgendwo hier in Südkalifornien.«

»Aber das ist es nicht«, sagte Coltrane. »Neulich habe ich einen Film mit Rebecca Chance gesehen. Er heißt *Jamaica Wind*, und einige Szenen sind eindeutig am Strand von Santa Monica gedreht; die Klippen im Hintergrund beweisen das. Doch ganz plötzlich wechselt die Szenerie zu einer von subtropischer Vegetation bewachsenen Klippe über dem Meer.«

»Die Beschreibung trifft allerdings auf Acapulco zu«, sagte Tash.

»In dem Film gibt es mehrere Kliffszenen, in denen immer dieselbe Felsformation zu sehen ist: ein gekrümmter Katzenbuckel.«

»Sie übertreiben nicht?«

»Ich schwöre, es ist dieselbe Klippe. Ein Bekannter von mir lässt gerade eine Videokopie von *Jamaica Wind* anfertigen. Wenn Sie sich das Video anschauen, werden Sie verstehen, warum ich so sicher bin. Auf anderen Fotos in dieser Schachtel ist Rebecca Chance in subtropischen Gärten zu sehen, die sehr große Ähnlichkeit mit den Gärten in dem Film haben.«

»Damit ich Sie richtig verstehe ... Sie sagen, dass diese Fotos an denselben Plätzen gemacht sind, an denen der Film gedreht wurde – und wahrscheinlich zur selben Zeit.«

»Mehr als das. Ich bin davon überzeugt, dass der Film in Espalda del Gato gedreht wurde, und zwar auf dem Anwesen, das Packard Ihnen vermacht hat.«

»Aber warum sollte ... Anfang der Dreißigerjahren war es doch nicht üblich, Filme an fernen Drehorten oder gar im Ausland zu drehen, oder?«

»Nein, ganz und gar nicht«, erwiderte Coltrane. »Die Produktionsfirmen blieben lieber in der Nähe von Los Angeles. Eine ganzes Filmteam mitsamt Ausrüstung nach Acapulco zu schaffen, wäre unerschwinglich teuer gewesen.«

»Aber warum ...«

»Packard war ein immens reicher Mann. Mit sechzehn hat er das Vermögen seiner Eltern geerbt, die bei einem Segelunglück ums Leben sind. Diese Aufnahmen hier machen deutlich, wie fixiert er auf Rebecca Chance war. Es ist nicht zu übersehen, mit welcher Hingebung er sie verehrt hat. Nehmen wir mal an, er hatte genug von der minderwertigen Machart und den begrenzten Ambitionen eines Films, in dem sie eine der Hauptrollen spielte.«

»*Jamaica Wind*?«

»Ja. Und nehmen wir weiter an, er hat sich entschlossen, als heimlicher Finanzier des Films einzuspringen. Was, wenn er hoffte, ein teuer und aufwändig inszenierter Film würde sie bekannt machen und ihr größere Chancen eröffnen, ein Star zu werden? Nehmen wir also einfach mal an, er hat den Transport des Filmteams und den Aufenthalt in seinem Haus in Mexiko finanziert.«

»Und während er und Rebecca Chance dort waren, machte Packard diese Fotos von ihr? Ich weiß nicht ... Das sind für meinen Geschmack ein bisschen zu viele Annahmen.«

»Aber es ist die einzige Erklärung, die für mich einen Sinn ergibt«, brummte Coltrane.

»Es ist eine verlockenden Theorie, das muss ich zugeben. Außerdem besitzt sie den Reiz, romantisch zu sein.« Tash rieb sich erschöpft mit dem Finger über den Nasenrücken. »Aber sie gibt mir keine Antworten auf meine Fragen. Warum sind Rebecca Chance und ich ...«

»Es gibt jemanden, den ich noch nicht erwähnt habe. Er ist in diese Sache verwickelt, aber wie genau, habe ich noch nicht herausgefunden. Er war der Produzent von Rebecca Chances letzten zwei Filmen. Kurz nachdem sie verschwand, ist auch er verschwunden. Haben Sie je etwas von einem Mann namens Winston Case gehört?«

Tashs Mund klappte vor Verblüffung auf.

»Sie kennen ihn?«, fragte Coltrane.

Das schwarze Zentrum ihrer braunen Augen weitete sich. »Winston Case?«

»Ja.«

»Er war mein Großvater.«

13

Coltrane war so verdutzt, dass er sicher war, er hätte sich verhört. »Ihr *Großvater?*«

»Das ist der Name, den meine Mutter mir genannt hat. Ich habe ihn nie kennen gelernt, darum blieb mir nichts anderes übrig, als ihr zu glauben.«

»Dass er Ihr Großvater war?«

»Als ich ein kleines Kind war, ist mir aufgefallen, dass viele meiner Freunde und Freundinnen Großeltern hatten, aber ich wusste nicht, was das bedeutete. Ich fragte meine Mutter, ob ich auch Großeltern hätte, und sie sagte, ja, jeder habe Großeltern, nur seien meine nicht mehr bei uns. Natürlich wollte ich wissen, was sie damit meinte, und schließlich fand sie eine Umschreibung, mir schonend, und ohne mich zu sehr zu beunruhigen, zu erklären, dass sie tot waren.«

»Winston Case.«

Tash nickte. »Ich prägte mir den Namen ein, damit ich ihn meinen Freunden sagen konnte. Um zu beweisen, dass ich auch einmal Großeltern gehabt hatte.«

»Vielleicht haben sie den Namen falsch verstanden.«

»Nein, bestimmt nicht. Als ich älter war, fragte ich meine Mutter, wie er gewesen war. Und der Name, den sie dabei nannte, war immer derselbe – Winston Case.«

»Und wie hieß Ihre Großmutter?«

»Esmeralda Gutiérrez.«

»Hat Ihre Mutter je davon gesprochen, dass Winston Case Filmproduzent war?«

»Wenn es stimmt, was sie sagte, war er Zimmermann. Sie hat mir erzählt, dass die Familie viel herumgezogen ist, weil er von Job zu Job wandern musste. Das Wort ›Familie‹ ist vielleicht ein wenig übertrieben, sie waren nur zu dritt.«

»Und wo war das?«, fragte Coltrane.

»In Mexiko.«

»Ein Amerikaner, der sich in Mexiko als umherziehender Zimmermann durchschlägt?«

»Warum nicht?«

»Erstens hätte er als amerikanischer Bürger seine Frau und sein Kind ohne Schwierigkeiten seitens der Einwanderungsbehörden in die Vereinigten Staaten bringen können. Wenn man den unterschiedlichen Lebensstandard bedenkt, hätte er ihnen hier ein weit besseres Leben bieten können.«

»Während der Depression?«

»Das ist allerdings ein Argument.« Coltrane nickte. »Aber wenn Winston Case das Geld hatte, Filme zu produzieren, dann hätte er doch sicherlich ausreichende Mittel haben müssen, um die Depression zu überstehen. Er hätte nicht nach Mexiko gehen müssen, um sich dort als Wanderarbeiter durchzuschlagen.«

»Dann sprechen wir vielleicht nicht über denselben Winston Case.«

»Das wäre ein so unglaublicher Zufall, dass ich mich

weigere, es zu akzeptieren. Es muss eine Verbindung geben zwischen … Lebt Ihre Mutter in Los Angeles? Ich habe ein paar Fragen an sie, wegen …«

»Meine Mutter ist tot.«

»Oh …«

»Sie ist vor drei Jahren an Lungenkrebs gestorben.«

Coltrane schwieg eine Weile. »Das tut mir Leid.« Er fühlte sich, als wäre eine Tür in seinem Gehirn zugeschlagen worden. Er bemühte sich, eine andere zu öffnen. »Okay.« Abrupt griff er nach der Schachtel mit den Aktfotos.

»Was tun Sie?«, fragte Tash.

Hastig öffnete er die Schachtel und blätterte durch die Nacktfotos, bis er zum ersten Ganzkörperfoto gelangte. Rebecca Chances Brüste sprangen ihm geradezu ins Auge.

»Mir ist das alles unangenehm«, sagte Tash.

»Sieht sie in Ihren Augen schwanger aus? Ich habe eine Freundin, die überzeugt ist, dass …« Er warf Tash einen Blick zu und sah, wie verlegen und verwirrt sie war. »Ich weiß, das Ganze ist Ihnen unangenehm und peinlich. Wir kennen uns kaum und … Ich schwöre, ich tue das nicht ohne Grund. Bitte vertrauen Sie mir. Meiner Freundin ist aufgefallen, dass die Brüste von Rebecca Chance nicht auf allen Fotos gleich sind. Auf manchen sind sie voller. Und die Brustwarzen werden größer. Deshalb ist meine Freundin überzeugt, dass Rebecca Chance schwanger war, als einige dieser Bilder geschossen wurden. Sie glaubt, die Schwangerschaft war bereits so weit fortgeschritten, dass die Auswirkungen der vermehrten Hormonproduktion schon zu sehen waren, aber da sie eine perfekte Figur hatte und sicherlich auf ihre Gewicht achtete, sind – von ihren Brüsten abgesehen – noch keine anderen äußeren Anzeichen einer Schwangerschaft zu erkennen. Vielleicht stimmt es ja. Meine Freundin ist zwar keine Ärztin, aber sie ist eine Frau. Was weiß ich schon von solchen Dingen? Aber mal angenommen, es ist wahr. Was, wenn … Könnte der Grund für Ihre Ähnlichkeit mit Rebecca Chance der sein, dass …«

»… ich ihre *Enkelin* bin?«, flüsterte Tash. Ihre Stimme war heiser vor Anspannung.

»Schauen Sie sich die Fotos noch einmal genauer an. Haben Sie eine andere Erklärung dafür?«

»Ich weiß nicht, was ich …« Tash schlang die Hände um ihre Schultern. »Bringen Sie mich hier raus.«

Ehe Coltrane wusste, was er tat, legte er einen Arm um sie. »Ja, Sie haben Recht. Ich habe Ihnen ein bisschen zu viel zugemutet. Lassen Sie uns nach oben gehen, wo es warm ist.«

14

Coltranes Bedürfnis, ihrer Bitte nachzukommen, war, angefacht von seinem schlechten Gewissen, so groß, dass er sich, was völlig ungewöhnlich war für ihn, nicht einmal die Zeit nahm, die Fotografien wegzuräumen und die Wand der Kammer zu schließen. Den Arm noch um Rebecca gelegt, führte er sie aus dem Tresorraum. Er spürte, wie sie zitterte. Als sie durch die Tür gingen, erschreckte sie ein durchdringendes, misstönendes Klingeln.

Es kam aus Tashs Handtasche.

Coltrane hatte sie vom Regal gerafft, als sie sich zum Gehen gewandt hatten. Tash war so mit sich beschäftigt, dass sie das schrille Klingeln ihres Handys zunächst gar nicht zu registrieren schien.

»Sagen Sie bitte nicht, er hat auch diese Nummer rausgekriegt!«, stöhnte Tash.

Das Telefon klingelte erneut.

»Soll ich für Sie drangehen?«, fragte Coltrane.

Das Telefon klingelte ein drittes Mal.

»Nein«, erwiderte Tash. »Wenn er eine Männerstimme an meinem Telefon hört, macht er vielleicht etwas noch viel Schlimmeres.«

Das Telefon schrillte erneut.

»Gehen Sie einfach nicht dran«, schlug Coltrane vor.

»Aber wenn es …« Besorgt griff Tash nach ihrer Handtasche, kramte darin herum und zog das Handy hervor. Mit fliegenden Fingern klappte sie es auf und drückte den Sprechknopf.

»Hallo?«, Ihre Stimme klang zögernd, doch während sie in den Hörer lauschte, entspannte sie sich sichtlich. »Walt? Gott sei Dank. Ich dachte schon, es ist … Nein, ich bin okay … Wir sind weggefahren. Mitch musste mir etwas zeigen, das mit dem Haus zu tun hat, das ich geerbt habe. Wir sind nach Los Angeles gefahren. Sie versuchen seit einer Stunde, mich zu erreichen? Aber ich habe das Handy ständig bei mir gehabt. Es hat nicht ein einziges Mal geklingelt. Ich weiß nicht, warum es …« Ihr Blick blieb am Eingang zum Tresorraum hängen. »Augenblick mal. Ich war in einem Lagerraum, der dicke Betonwände hat. Möglich, dass Sie deshalb nicht durchgekommen sind … Beruhigen Sie sich, Walt. Was ist passiert? Sie klingen, als … O Gott.« Sie lauschte angestrengt. »Er hat *was?* Sind Sie verletzt? Wurde sonst jemand …« Sie starrte die Wand ihr gegenüber an, doch ihre Augen erschienen Coltrane so dunkel vor Entsetzen, dass er das Gefühl hatte, sie nähme nichts wahr, außer eine Reihe albtraumhafter Bilder vor ihrem geistigen Auge. »Ich weiß nicht, was ich machen soll. Es ist nett von Ihnen, mir das anzubieten, aber ich kann heute Nacht nicht dahin zurück. Ich bin nicht mit meinem Wagen hier. Mitch müsste mich zu Ihnen raus fahren, aber das will ich ihm nicht zumuten. Ich würde lieber in ein Hotel hier in der Stadt gehen … Ja, ich bin mir sicher … Natürlich fühle ich mich sicher bei ihm.«

»Lassen Sie mich mit ihm reden«, sagte Coltrane.

»Ich weiß nicht, was für eine Adresse es ist. Ich habe nicht geschaut, als …«

»Ich muss ihn was fragen.« Coltrane streckte die Hand aus.

»Einen Augenblick, Walt.« Tash gab ihm das Handy.

Coltrane fühlte die Wärme ihrer Hand auf dem Apparat, roch den Duft ihrer Haut. »Mitch Coltrane.«

Die heisere Stimme Walts bellte aus dem Hörer: »Der

Hundesohn hat Benzin durch den Eisenzaun vor Tashs Haus gegossen und den Garten angezündet.«

Coltranes Muskeln spannten sich.

»Die Benzindämpfe waren überall. Wenn ich nicht vorbeigeschaut hätte, um zu sehen, ob alles in Ordnung ist, wäre das Haus abgebrannt«, sagte Walt. »Ich habe die Feuerwehr angerufen und mit einem Gartenschlauch das Haus abgespritzt, bis Hilfe kam. Eine Zeit lang war es verdammt knapp.«

»Benzin?«

»Kommt Ihnen das bekannt vor?«, erkundigte sich Walt.

»Ich habe mal geholfen, einen Stalker in den Knast zu bringen, indem ich ihn fotografiert habe, als er Benzin über den Rasen einer Frau goss.«

»Schade, dass Sie nicht hier geblieben sind, statt nach Los Angeles zu fahren. Vielleicht hätten Sie einen Schnappschuss von ihm machen können«, sagte Walt sarkastisch.

Coltrane ignorierte es.

»Wie ist Ihre Adresse?«, fragte Walt. «Ich komme vorbei und hole Tash ab und sorge dafür, dass sie die Nacht an einem sicheren Ort verbringt.«

»Sprechen Sie über ein Handy?«

»Ja. Warum fragen Sie?«

»Vor ein paar Jahren hat mir in Beirut ein Mann, der sich mit solchen Sachen auskennt, gesagt, man soll über ein Handy nie etwas Wichtiges besprechen. Es ist viel zu einfach, Gespräche mitzuhören, die über Handys geführt werden. Ich bringe Tash morgen Vormittag zurück. Aber mir fällt da was ein … Haben Sie Tashs Haus eigentlich nach versteckten Mikrofonen durchsucht?«

»Was?«

»Wanzen in Wohnungen zu verstecken war eine von Ilkovic' Spezialitäten. Auf die Weise wusste er immer, was ich vorhatte, weil er alle meine Gespräche mithörte«, erklärte Coltrane. »Möglicherweise weiß der Kerl deshalb immer, wo Tash hingeht, weil er Wanzen in ihrem Haus versteckt hat. Das würde auch erklären, warum er ihre neuen Telefonnummern wusste, denn als der Techniker, der den Apparat angeschlossen hat, sie ihr sagte, war sie nicht die Einzige, die zuhörte.«

Betroffenes Schweigen am anderen Ende der Leitung. »O Gott!«, ächzte Walt schließlich.

»Sie haben das Haus *nicht* nach Wanzen durchsucht?«, fragte Coltrane.

»Aber ich werde es ganz sicher tun, und zwar schleunigst.«

»Und danach bringe ich Tash heim.« Er reichte ihr das Telefon.

Doch Tash hob es nicht an ihr Ohr. Sie starrte Coltrane aus großen Augen an. »*Mikrofone?* Sie glauben im Ernst, dass …«

»Tash? Sind Sie dran?«, fragte Walts Stimme leise aus dem Handy.

Langsam hob sie es ans Ohr. »Walt, mir ist jetzt nicht nach Reden zumute. Aber vielen Dank für alles. Ich bin Ihnen wirklich dankbar … Nein, bleiben Sie dort. Ich komme schon zurecht. Wir reden morgen.« Sie drückte einen Knopf auf dem Handy und schob es in ihre Handtasche zurück.

Eine Weile sagte keiner von ihnen etwas.

»Mikrofone in meinem Haus?«

»Es wäre möglich. Auf jeden Fall muss es überprüft werden.«

»Aber das Haus hat eine Alarmanlage. Wie kann er hineinkommen sein und Mikrofone versteckt haben?«

»Haben Sie Handwerker im Haus gehabt, bevor das alles anfing?«

»Die Teppiche wurden neu verlegt. Sie glauben doch nicht etwa …«

Coltrane spreizte viel sagend die Hände.

»O Gott, ich fühle mich so hilflos, so … so missbraucht.«

»Ich kenne das. Ich weiß, was Sie meinen.«

»Glauben Sie, er hat das Feuer gelegt, um sich an mir zu rächen, weil wir heute versucht haben, ihn in eine Falle zu locken? Oder er hat er mitbekommen, dass ich mit Ihnen weggefahren bin, und war eifersüchtig?«

»Ich war sicher, dass er nicht gesehen haben kann, dass Sie im Wagen waren«, sagte Coltrane. »Aber ...«

»Aber was?«

»Es ist ein bisschen spät, hoffentlich nicht zu spät, sich Gedanken über versteckte Mikrofone zu machen. Falls in Ihrem Haus Wanzen sind, hat er gehört, wie wir besprochen haben, dass Sie sich im Wagen verstecken. Es tut mir Leid. Könnte sein, dass ich einen Fehler gemacht habe.«

»Das ist doch am allerwenigsten Ihre Schuld. Sie haben Ihr Bestes getan.« Tash unterdrückte ein Frösteln. »Man kann es auch positiv sehen: Wenn er das Feuer gelegt hat, kann er uns nicht nachgefahren sein. Wir wissen also, dass ich im Augenblick sicher vor ihm bin.« Sie sah ihn an. »Können Sie mir ein Hotel hier in der Gegend empfehlen?«

»Eigentlich nur eines.«

Sie wartete, dass er den Namen nennen würde.

»Hier bei mir«, sagte Coltrane. »Ich habe ein Gästezimmer. Und ich habe jede Menge Gästezahnbürsten. Und wenn ich in einen Ihrer Bademäntel passe, passen Sie garantiert in einen von meinen.«

»Ich weiß nicht ...«

»Warum nicht? Weil Sie mich kaum kennen?«

Tash zuckte mit den Schultern.

»In den letzten paar Stunden haben wir uns eigentlich ganz gut kennen gelernt, finde ich.« Coltrane warf einen Blick zur Tür des Tresorraums hinüber.

»Sie meinen, nach all diesen Fotos, die wir angeschaut haben? Ich schätze, Sie haben Recht.«

Sie stiegen nebeneinander die Treppe hinauf.

»Hören Sie, ich habe gestern Abend eine ziemlich scharfe Pasta marinara gemacht«, sagte Coltrane. »Es ist noch eine Menge übrig. Ich könnte frische Spaghetti kochen und ...«

Ein erneutes schrilles Klingeln ließ sie zusammenzucken. Sie erstarrten auf dem Treppenabsatz vor dem Wohnzimmer.

Doch diesmal kam das Klingeln nicht aus Tashs Handtasche. Es kam von unten, von der Türklingel.

Coltrane zog die Stirn in Falten. »Wer kann das sein?«

»Erwarten Sie jemanden?«

»Nein. Manchmal schaut Randolph Packards Assistent vorbei, aber er hat einen Schlüssel und klingelt gewöhnlich nicht. Vielleicht hat er sich entschieden, in Zukunft taktvoller zu sein und zu klingeln.«

Als die Türglocke ein zweites Mal schrillte, wuchs Tashs Beunruhigung.

»Kein Grund zur Sorge«, sagte Coltrane. »Niemand weiß, dass Sie hier sind.«

Doch er selbst war alles andere als unbesorgt. Er ging zur Tür, spähte durch den Spion und fühlte, wie sich etwas in ihm zusammenkrampfte, als er sah, wer es war.

O nein!, dachte er.

Er spielte mit dem Gedanken, nicht aufzumachen, aber er war sich nicht sicher, ob seine und Tashs Stimmen nicht bis draußen vor der Tür zu hören gewesen waren. Er wappnete sich innerlich, griff nach dem Türknauf, drehte ihn, zog die Tür auf und versuchte, nicht schuldbewusst auszusehen, als er Jennifer anlächelte.

15

»He, was für eine Überraschung!«, sagte er.

»Wieso Überraschung?«, Jennifer blinzelte verwirrt. Sie trug noch immer ihr schwarzes Armani-Kleid. Dieselben Perlenohrringe und dieselbe Perlenkette, die das Kleid so trefflich zur Geltung brachten, schimmerten im Licht der Außenbeleuchtung. »Hast du deinen Anrufbeantworter nicht abgehört?«

»Ich bin eben erst nach Hause gekommen. Ich bin noch gar nicht dazu gekommen, mir den Anrufbeantworter anzuhören.« Coltrane blieb in der halb offenen Tür stehen. »Was hast du da?«

Sie trug einen Karton auf den Armen, in dem einige mit

Deckeln verschlossene Tupperware-Schüsseln standen. »Das Neujahrsdinner. Bei meinen Eltern ist so viel Essen übrig geblieben, und ich war mir nicht sicher, ob du bei deinem Besuch bei Gregs Witwe heute Nachmittag genügend zu essen bekommen hast. Also habe ich dir was zu futtern mitgebracht.«

»Nett, dass du an mich gedacht hast.«

»Aber es wird mir langsam zu schwer. Geh mal zur Seite, damit ich es reinbringen kann.«

»Oh ... ja, natürlich. Ich bin so überrascht, dass ... Moment, lass mich dir helfen.«

Coltrane streckte die Arme aus, um ihr den Karton abzunehmen. Dadurch schwang die Tür weiter auf, und die etwas irritierte Verwunderung, die sich noch eben auf Jennifers Gesicht gespiegelt hatte, machte Betroffenheit Platz, als sie an ihm vorbei sah.

»Oh ... entschuldige. Ich wusste nicht, dass du Besuch hast.«

Tash war auf dem Treppenabsatz im ersten Stock stehen geblieben.

»Eine Menge Dinge sind heute passiert, und ...« Coltrane wusste nicht, wie er den Satz zu Ende bringen sollte. »Jennifer, ich möchte dir Tash Adler vorstellen.«

»Hallo.« Jennifer hatte Mühe, das Wort herauszubringen.

»Tash, das ist meine Freundin, Jennifer Lane.«

»Erfreut, Sie kennen zu lernen.« Lächelnd kam Tash die Treppe herab.

Inzwischen hatte Coltrane seine Befangenheit so weit unter Kontrolle, dass er es schaffte, Jennifer den Karton endlich aus den Händen zu nehmen. Ihre Hände waren jetzt frei, doch sie wartete eine Weile, bevor sie die Hand ergriff, die Tash ihr anbot.

»Sie kommen mir wahnsinnig bekannt vor, als würde ich Sie schon lange kennen«, sagte Jennifer und sah dann Coltrane mit einem irritieren Stirnrunzeln an. »Ich verstehe nicht ...«

»Bekannt?« Tash blinzelte verwirrt.

»Jennifer hat die Fotos gesehen«, erklärte Coltrane.

»Sie haben sie gesehen?«, fragte Tash.

»Ja.«

»Alle?«

»Ja.«

Trotz ihrer sonnengebräunten Haut war nicht zu übersehen, dass Tash vor Verlegenheit rot wurde. Es wirkte beinahe so, als hätte sie das Gefühl, dass die Nacktfotos von ihr wären und nicht von Rebecca Chance.

»Tash Adler?« Jennifer kramte in ihrem Gedächtnis. »Sind Sie die Frau, die Randolph Packards Haus in Mexiko geerbt hat?«

»Ja. Woher wissen Sie das?«

»Jennifer hat mir bei meinen Nachforschungen geholfen«, sagte Coltrane. Er fühlte sich alles andere als behaglich, mit dem Karton voller Tupperware-Schüsseln in Händen zwischen den beiden Frauen zu stehen. »Nach dem Besuch bei Gregs Witwe ist meine Neugier mit mir durchgegangen«, erklärte er, zu Jennifer gewandt. »Ich bin nach Malibu gefahren, um zu sehen, ob ich vielleicht rausfinde, wo Tash Adler wohnt.«

»Klingt, als hattest du einen ereignisreichen Tag.«

»Ich brachte Tash mit hierher, um ihr die Fotografien zu zeigen und zu versuchen herauszufinden, warum sie Rebecca Chance so ähnlich sieht.«

Jennifer konnte die Augen nicht von Tash nehmen. »Und habt ihr irgendwelche Antworten gefunden?«

»Es könnte sein, dass sie meine Großmutter war«, sagte Tash.

»Alle Achtung, Mitch. Ich bin beeindruckt von den Fortschritten, die du machst.« Jennifer stand noch immer unter der Tür; sie wirkte peinlich berührt.

»Aber wieso stehen wir hier rum?« Coltrane trat zur Seite. »Komm rein, und wir …«

»Nein, das ist schon okay«, sagte Jennifer ein wenig zu schnell. »Ich wollte nur vorbeischauen und dir das Essen bringen. Ich wollte nicht bleiben. Ich habe morgen im Büro eine Menge Sachen zu erledigen und muss morgen früh raus.«

»Kannst du nicht wenigsten ein bisschen bleiben?«, fragte Coltrane. »Ich wollte eine Flasche Wein aufmachen und …«

»Ja«, sagte Tash. »Bleiben Sie doch, wir könnten uns unterhalten. Es ist furchtbar nett von Ihnen, dass Sie das Essen gebracht haben. Mitch ist sicher heilfroh, wenn er nicht die Reste von gestern essen muss. Er wollte irgendeine Marinara-Soße aufwärmen, die er gestern gemacht hat.«

»Ich wäre mir da nicht so sicher.« Jennifers Stimme klang ein wenig gepresst. »Seine Marinara-Soße ist hervorragend.« Sie entfernte sich rückwärts. »Ich muss jetzt wirklich los. Es war nett, Sie kennen gelernt zu haben, Tash. Wir unterhalten uns später, Mitch.«

»Aber …«

»Ein frohes Neues Jahr.«

»Frohes Neues Jahr …« Den schweren Karton mit Tupperware-Schüsseln in den Händen, sah Coltrane zu, wie Jennifer zur Straße hinaus ging, in ihren BMW stieg und davonfuhr. Sie blickte nicht zurück.

16

Erst als die Rücklichter ihres Wagens über der Kuppe des Hügels verschwunden waren, drückte Coltrane die Haustür ins Schloss. »Würden Sie bitte für mich zusperren?«

»Sicher«, sagte Tash. »Ich habe das beunruhigende Gefühl, bei irgendwas in die Quere gekommen zu sein. Sind Sie beide …«

»Es ist kompliziert. Wir versuchen gerade rauszufinden, ob wir einige Dinge klären und wieder miteinander zurechtkommen können.« Er stieg die Treppe zum Wohnzimmer hinauf.

»Dieses Missverständnis eben war sicher nicht sehr hilfreich.« Tash folgte ihm. »Ist sie die Freundin, von der Sie gesprochen haben? Die gesagt hat, dass heute ein guter Tag für einen neuen Anfang ist?«

»Ich fürchte, ja.« Coltrane fühlte sich scheußlich wegen dem, was passiert war. »Ich habe den Verdacht, das war nicht der neue Anfang, den sie gemeint hat. Ich rufe sie gleich morgen früh an.«

Als sie in das Esszimmer traten, blieb Tash zögernd stehen. »Diese Perlschnüre an den Wänden …«

»Ja, sie sind ziemlich ausgefallen, nicht?«

»Aber …« Tash schüttelte verblüfft den Kopf. »Das sind dieselben wie auf einem der Fotos unten, einem der Nacktfotos.«

»Das Haus hat einmal Rebecca Chance gehört.«

»*Was?*«

»Nachdem sie verschwunden war, hat Randolph Packard das Haus gekauft und es genauso gelassen, wie es war, als sie hier gewohnt hat.«

»Was um Himmels willen geht hier vor sich?«

»Ich hatte gehofft, dass Sie mir das sagen könnten.«

»Vergessen Sie den Wein«, sagte Tash unvermittelt. »Haben Sie auch Scotch?«

Besorgt wegen ihrer Reaktion goss Coltrane ihr einen Scotch ein. »Möchten Sie Eis oder …«

»Nein.« Tash grapschte nach dem Glas und nahm zwei hastige Schlucke. Sie machte die Augen zu und öffnete sie wieder. »Jetzt können Sie Eis und etwas Wasser reintun.«

»Sind Sie okay?«

»Nein.«

Coltrane wartete.

»Ich habe Angst.«

Coltrane nickte.

»Aber ich weiß nicht, was mir mehr Angst macht – der Mann, der mich verfolgt, oder die Fotos, die Sie mir gezeigt haben. Sogar dieses Haus jagt mir Angst ein.«

»Aber warum um alles …«

»Ich habe hier das Gefühl, in die Vergangenheit zurückgezogen zu werden. Rebecca Chance ist hier. Ich kann sie fühlen. Und Randolph Packard kann ich ebenfalls fühlen.«

»Aber er hat sie geliebt. Es gibt nichts, wovor Sie Angst zu haben brauchen.«

»Halten Sie mich.«

»Was?«

»Ich habe mich noch nie so allein und so voller Angst gefühlt. Bitte halten Sie mich fest.«

Einen Augenblick lang war Coltrane unfähig, sich zu bewegen. Als ihm seine Muskeln schließlich wieder gehorchten, trat er – inständig hoffend, dass sie sein Zittern nicht bemerkte – auf sie zu, blieb Angesicht zu Angesicht vor ihr stehen und legte seine Arme um sie. Er tat dies sanft, fast behutsam, ohne sich an sie zu pressen, und hielt sie nur einfach fest. Er machte die Augen zu und fühlte, wie ihr Kopf gegen seine linke Schulter sank. Er roch Sonne und Salz in ihrem Haar. Er versuchte, seinen Atem zu kontrollieren, als sie ihre Arme hob und um ihn legte. Dann konnte er sein Zittern nicht länger unterdrücken, doch es machte nichts, denn Tash zitterte jetzt ebenfalls und hielt ihn fester. Aneinandergepresst standen sie da. Er spürte das Heben und Senken ihrer Brust. Er bekam eine Erektion und fürchtete, sie würde es bemerken. Dann hoben sich Tashs Schultern, und über ihre Lippen kam ein Laut, der ein Schluchzen gewesen sein konnte. Als seine Erektion abschwoll, schob sie ihn sanft von sich, wischte sich eine Träne von der rechten Wange und blickte mit dem traurigsten Lächeln, das er je gesehen hatte, zu ihm auf.

»Danke«, flüsterte sie.

»Ich habe mich auch schon verdammt oft allein und voller Angst gefühlt«, sagte Coltrane. »Wann immer Sie eine Schulter brauchen ...«

»Es ist seltsam. Ich habe Sie erst heute Nachmittag kennen gelernt und habe schon das Gefühl, dass Sie ein Freund sind.«

»Mir geht es genauso.«

Tash beugte sich vor, um ihn auf die Wange zu küssen, doch ihr Magen knurrte, und sie sah beschämt nach unten. Unvermittelt brach sie in Gelächter aus.

Coltrane musste ebenfalls lachen.

»Das war schon das zweite Mal«, seufzte Tash.

»Das zweite Mal von was?«

»Dass ich heute lachen muss. Dank Ihnen.«

Ihr Magen knurrte erneut, und sie lachten wieder.

»Wir sollten dafür sorgen, dass Sie was in den Magen bekommen«, sagte Coltrane.

Tashs Lächeln war jetzt nicht mehr traurig.

Während sie das Essen auf dem Herd und in der Mikrowelle warm machten, rang Coltrane sich zu einem Entschluss bezüglich einer Idee durch, die ihm schon die ganze Zeit im Kopf herumspukte. »Haben Sie Walts Telefonnummer?«

Tash sah von der Soße auf, die sie rührte. »Sogar zwei. Eine im Büro des Sheriffs und eine zu Hause. Ich habe sie im Kopf für den Fall, dass ich ihn schnell brauche.«

»Um die Zeit ist er wahrscheinlich nicht mehr im Dienst. Geben Sie mir seine Privatnummer.«

»Warum?«

»Ich glaube, ich weiß eine Möglichkeit, wie wir den Mann, der Ihnen nachstellt, in eine Falle locken können.«

Tash blinzelte verdutzt und nannte ihm die Nummer. Coltrane hob den Hörer ab. Jetzt erst bemerkte er das blinkende rote Licht des Anrufbeantworters; wahrscheinlich die Nachricht von Jennifer, von der sie gesprochen hatte. Noch immer deprimiert wegen des Missverständnisses, drückte er die Zahlentasten.

Nach dem dritten Klingeln meldete sich eine Männerstimme, die er wieder erkannte. Sie klang ein wenig heiser, möglicherweise aufgrund von Alkoholgenuss. »Was gibt's?«

»Hier ist noch mal Mitch Coltrane.«

»Na toll«, brummte Walt lahm, doch dann kam ihm sogleich ein möglicher Anlass für Coltranes Anruf zum Bewusstsein. »Was ist? Ist Tash was passiert?«

»Sie ist okay. Das ist nicht der Grund, warum ich anrufe. Sprechen Sie von einem Handy?«

»Nein.«

»Gut. Das verringert die Gefahr, dass jemand mithört. Als wir vorhin miteinander gesprochen haben, sagten Sie, dass Sie morgen zu Tashs Haus fahren werden, um nach versteckten Mikrofonen zu suchen.«

Tash, die am Herd die Soße rührte, sah mit wachsender Verwirrung zu ihm herüber.

»Sie hätten das mit den Wanzen vorhin nicht in Anwesenheit von anderen sagen sollen«, knurrte Walt. »Sie haben mich aussehen lassen, als würde ich meinen Job nicht richtig machen.«

»Das war nicht meine Absicht.«

»Und wie sieht es jetzt aus?«

»Ich verstehe nicht …«

»Hört Tash jetzt auch mit?«

»Nein, sie ist im Badezimmer«, log Coltrane.

»Also, was ist mit den Mikrofonen?«

»Mir ist eine Idee gekommen, die ich allerdings noch nicht ganz durchdacht habe. Eigentlich wäre es besser, wenn Sie *nicht* nach Mikrofonen suchen würden. Aber falls jemand mit einem Scanner das Handy abgehört hat, das Sie vorhin benutzt haben, müssen Sie tun, was Sie angekündigt haben. Sonst würde das sein Misstrauen wecken.«

»Wovon reden Sie eigentlich?«

»Falls Sie tatsächlich versteckte Mikrofone finden, reißen Sie nicht alle raus«, erklärte Coltrane. »Lassen Sie ein paar übrig, als hätten Sie sie nicht gefunden.«

»Wollen Sie mir schon wieder sagen, wie ich meinen Job zu machen habe?«

»Hören Sie mir erst mal zu. Der Plan, den ich im Kopf habe, funktioniert nur, wenn der Kerl, der hinter Tash her ist, mithört, wie sie mit jemandem darüber spricht, wann und warum sie in den nächsten Tagen das Haus verlassen wird.«

»Wieder eine Falle.«

»Nicht ganz. Wie gesagt, ich habe es noch nicht richtig durchdacht«, entgegnete Coltrane. »Wenn wir uns morgen sehen, sprechen wir darüber.«

»Wenn wir uns morgen sehen?«, echote Walt. »Na bestens – dann habe ich ja einen triftigen Grund, mich auf morgen zu freuen.«

Coltrane legte auf.

»Warum haben Sie gelogen und gesagt, ich bin im Badezimmer?«, fragte Tash.

»Walts männliches Ego fühlt sich verletzt, wenn ich Vorschläge mache und Sie das mitbekommen.«

»Er meint es ja gut«, sagte Tash.

»Oh … ich bezweifle nicht, dass er nur Ihr Bestes will.«

Tash betrachtete ihn mit einem forschenden Blick. »Sie haben mich neugierig gemacht – auf Ihren Plan.«

»Vor ein paar Jahren habe ich mal als Fotograf für die Threat Management Unit des LAPD gearbeitet. Ich habe mich im Garten einer Frau versteckt, die von einem Stalker belästigt wurde. Mitten in der Nacht habe ich ein Foto von dem Kerl geschossen, als er Benzin über den Rasen gegossen hat.«

Das Wort Benzin ließ Tash zusammenzucken. »Ja, Sie haben das erwähnt, als Sie vorhin mit Walt gesprochen haben.«

»Die Frau konnte den Mann auf dem Foto identifizieren«, sagte Coltrane. »Es war jemand, mit dem sie vor Jahren zweimal ausgegangen war. Aufgrund meines Fotos konnte er überführt werden und kam in den Knast.«

»Und?«

»Nehmen wir mal an, es *sind* Mikrofone in Ihrem Haus versteckt. Wenn der Kerl mitgehört hat, wie Sie über Ihre Pläne gesprochen haben – am Telefon oder mit irgendjemandem im Haus –, erklärt das, warum er Sie überall hin verfolgen und Fotos von Ihnen machen konnte. Deshalb sprechen Sie morgen wieder mit jemandem am Telefon oder mit Walt über die Dinge, die sie in den nächsten Tagen vorhaben«, sagte Coltrane. »Und dann tun Sie das, was Sie vorhaben, und wir hoffen, dass er den Köder schluckt. Denn dieses Mal wird ein zweiter Fotograf überall dort sein, wo Sie hingehen.« Coltrane deutete auf sich. »Ich werde mich weit genug im Hintergrund halten, um von allen, die in Ihrer Nähe sind, Aufnahmen machen zu können – insbesondere von den Leuten mit Kameras. Und wenn auf den Bildern von verschiedenen Orten dasselbe Gesicht auftaucht …«

»… und ich das Gesicht erkenne …«

Coltrane nickte. »… wird die Polizei den Mistkerl festnehmen, und Sie können endlich wieder in Ruhe schlafen.«

»Wenn es nur so wäre.« Tashs Schultern entspannten sich. »Ich wünsche mir so sehr, dass das eintrifft.« Sie berührte seinen Arm. »Ich danke Ihnen. Sie geben mir wieder Grund zu hoffen.«

Ein blubberndes Geräusch ließ beide zum Herd herumfahren.

»Du lieber Gott, die Soße!«

Die Anspannung fiel allmählich von ihnen ab, als die Dinge des alltäglichen Lebens ihre Aufmerksamkeit beanspruchten. Coltrane empfand stille Freude bei so profanen und arglosen Tätigkeiten, wie Schüsseln vom Herd zum Tisch zu tragen und sie auf feuerfeste Untersetzer zu stellen. Tash arrangierte Teller und Besteck auf dem Tisch.

»Ich bin gleich wieder zurück.« Sie verließ die Küche.

Als Coltrane die Badezimmertür ins Schloss schnappen hörte, schweifte sein Blick zu dem blinkenden roten Licht des Anrufbeantworters hinüber. Er stellte die Flasche Fumé blanc, die er zu entkorken im Begriff gewesen war, auf den Tisch und drückte den Widergabeknopf.

»Ich bin's«, sagte Jennifers Stimme. »Ich bin noch bei meinen Eltern. Ich helfe Mutter beim Aufräumen und fahre dann los. Für den Fall, dass du vor mir zurück bist, mache dir bloß nichts zu essen. Mutter hat dir einen ganzen Karton voll Reste eingepackt. Ich hoffe, dass du zu Hause bist, und komme vorbei.«

Im Badezimmer rauschte Wasser, und als die Tür aufging, drückte Coltrane auf den Stoppknopf.

»Ich dachte, ich hätte jemanden reden hören«, sagte Tash.

»Ich habe mir nur den Anrufbeantworter abgehört.«

»Etwas, worum Sie sich kümmern müssen?«

»Nein, nicht heute Abend.«

»Können wir essen?«

Tash ließ es sich schmecken und griff tüchtig zu, doch Coltrane, der ständig an Jennifer denken musste, war so niedergeschlagen, dass er nicht viel hinunterbekam.

17

Daniel, Greg und seine Großeltern standen vor ihm und sahen ihn an, während sich hinter ihm langsam Ilkovic' kopfloser Leichnam erhob. Coltrane öffnete den Mund, um zu schreien, und war mit einem Ruck wach. Schweißüberströmt starrte er zu den Schatten der sich im Wind wiegenden Bäume empor, die über die Decke geisterten. Dann zuckte er erneut vor Schreck zusammen, als ihm bewusst wurde, dass einer der Schatten von etwas stammte, das sich in seinem Schlafzimmer bewegte. Doch ehe er sich aus dem Bett wälzen und irgendwas tun konnte, um sich zu verteidigen, klärte sich sein schlaftrunkenes Gehirn so weit, um zu begreifen, dass der Schatten auf dem Treppenabsatz Tash gehörte.

Sie trug den weißen Morgenmantel, den er ihr gegeben hatte, und ein Teil des Weiß war von ihrem dunklen, über ihre Schultern herabfallenden Haar verdeckt; ihr Gesicht war im Dunkeln. »Habe ich Sie erschreckt?«

»Nein. Sie nicht.« Coltrane wischte sich mit der Hand über seine schweißnasse Stirn. »Ich hatte einen Albtraum.«

»Ich weiß. Sie haben im Schlaf gestöhnt. Ich habe es bis runter ins andere Schlafzimmer gehört. Ich wollte nur schauen, ob Sie okay sind.«

»Danke.« Das wilde Hämmern seines Herzens beruhigte sich allmählich. »Ich bin schon okay. Tut mir Leid, dass ich Sie geweckt habe.«

»Das haben Sie nicht.« Tash verstummte eine Weile. »Ich war schon wach.« Eine erneute Pause. »Ich hatte auch einen Albtraum.«

»Sehr schlimm?«

»Ziemlich. Irgendwo zwischen Angst und Entsetzen.«

»Ja … das klingt definitiv nach Albtraum. O Gott, ich hoffe nur, das wird nicht zur Normalität im neuen Jahr.«

»Warum sollte das neue Jahr anders sein als das Alte?«

Coltrane stemmte sich auf den Ellenbogen hoch. »Ich verspreche Ihnen, dass mein Plan funktionieren wird. Die

Polizei wird diesen Kerl schnappen. Das neue Jahr *wird* anders werden.«

»Ist das nicht ein tröstlicher Gedanke?«

»Warum machen Sie uns nicht einen Kaffee?«

»Lieber nicht«, sagte Tash. »Ich möchte versuchen, wieder einzuschlafen.«

»Hoffentlich können Sie es.«

»Meistens nicht.«

»Vielleicht ist es diesmal anders.«

»Ich habe Angst, allein zu schlafen.«

Der weiße Morgenmantel bewegte sich in der Dunkelheit auf das Bett zu.

Coltrane fühlte, wie die Bettdecke zurückgezogen wurde, spürte, wie sich die Matratze senkte, nahm Tashs Wärme wahr. Dann zog sie die Bettdecke über sie beide, und sie lagen nebeneinander.

»So müde«, flüsterte sie.

»Machen Sie die Augen zu. Versuchen Sie zu schlafen.«

Er berührte ihre Schulter, um sie zu beruhigen, und zuckte erschreckt zurück. Statische Elektrizität entlud sich von ihrer Haut – ihrer nackten Haut. Er begriff, dass sie den Morgenmantel ausgezogen hatte. Ehe er sich von seinem Schreck erholen konnte, küsste er sie sanft. Nicht einmal als Ilkovic ihn auf der Maynard Ranch in die Enge getrieben hatte, hatte er so entsetzliche Angst gehabt. Bereits ganz benommen vom Hämmern seines Herzens, wuchs seine Benommenheit noch, als sich ihre Lippen öffneten und ihre Zunge die seine fand. Während seine Gedanken in wildem Chaos durcheinander wirbelten, legte er eine Hand auf ihre Brust und fühlte, wie die Brustwarze hart wurde und sich gegen seine Handfläche presste. Tash stöhnte und schlang die Arme um ihn. Das Schwindelgefühl in seinem Kopf wurde stärker. Noch nie hatte er so zarte Haut gefühlt, so seidenes Schamhaar. Als er ihre Nässe fühlte, schlugen seine Empfindungen über ihm zusammen wie die Brandung des Ozeans, und er stöhnte auf, als sie ihre Fingernägel in seine Brust grub. Er ließ seine Zunge über ihre Brustwarzen taumeln. Mit fast beängstigender

Begierde griff sie nach seinen Penis und führte ihn in sich ein, bäumte sich ihm entgegen und schlang ihre Beine um seine Hüften. Sofort ebbte ihre Gier ab. Sie schaukelte sanft. Er ächzte. Noch nie hatte er etwas so Weichen und Nasses und Enges und Süßes gefühlt. Dann konnte er sich nicht länger zurückhalten. Seine kurzen Stöße wurden länger, und ihr Stöhnen vermischte sich mit seinem. In rasender Ekstase pressten sich ihre Hüften aneinander. Sie schrie, als sie kam, und sein eigener Orgasmus war so mächtig, dass er ihn bis zu seinem Schädeldach hinauf spürte, das zu explodieren schien.

18

Schweigend lagen sie nebeneinander.

»Diese statische Elektrizität, die du abgibst ... Ich habe im Dunkeln Funken gesehen«, sagte Coltrane.

»Und ich habe Funken *gespürt*.«

»Ich habe noch nie etwas erlebt, das ...«

»Ja.«

Er ließ seine Hand über ihren glatten Schenkel gleiten, über ihren flachen Bauch, über jede ihrer Brüste. Dabei empfand er ein Gefühl der Ehrfurcht angesichts von so großer Schönheit. Nun war es an ihm zu flüstern: »Ja.«

»Du hast meine Albträume verscheucht.«

»Ich werde sie immer verscheuchen, wenn du möchtest«, sagte Coltrane. Plötzlich schoss ihm der Gedanke durch den Kopf, dass Randolph Packard und Rebecca Chance sich wahrscheinlich auch in diesem Zimmer und in diesem Bett geliebt hatten. Vor so langer Zeit. Und nun hatte er in diesem Bett mit Rebecca Chances Ebenbild geschlafen, die vermutlich ihre Enkelin war.

»Nicht allein«, murmelte Tash.

»Ja«, flüsterte Coltrane. »Du wirst nie mehr allein sein.«

Sie seufzte und schmiegte sich an ihn. Er spürte ihr Gewicht und fühlte, wie sich ihr Körper entspannte. Bald glitt sie in den Schlaf hinüber, und ihr Atem wurde tief und gleichmäßig.

Coltrane fand noch lange keinen Schlaf. Er war unfähig, sich daran zu gewöhnen, dass sie neben ihm lag. Er konnte nicht glauben, was geschehen war – es stürzte seine Gedanken in ein Chaos und brachte sein Herz zum Schwellen.

ZEHN

1

Er erwachte mit der wachsenden Angst, dass alles nur ein Traum gewesen war und Tash nicht neben ihm lag.

Doch sie lag neben ihm; ihre Augen öffneten sich flatternd und richteten sich, von einem warmen Schimmern erfüllt, auf ihn.

»Hallo«, begrüßte sie ihn mit einem Lächeln.

»Hallo.«

Sie berührte sanft seine Wange. »Gut geschlafen?«

»Nachdem du mich so wundervoll beruhigt hast.«

Sie lachte leise.

»Und du?«, fragte Coltrane. »Wie hast du geschlafen?«

»Zum ersten Mal seit langem wache ich nicht erschöpfter auf, als ich schlafen gegangen bin. Weiß der Himmel, warum. Nach dem, das wir gestern angestellt haben, sollte ich eigentlich völlig kaputt sein.«

»Vielleicht bräuchten wir einen Masseur, der uns kräftig durchknetet.«

Tash streckte sich, wobei sich ihre Brüste wölbten und ihr nackter Körper neben seinen glitt. »Oh, ich glaube, wir können jedes Wehwehchen, das uns plagt, selbst kurieren.«

Ja, dachte Coltrane, alles wird gut. Er hatte befürchtet, dass sie mit Gewissensbissen aufwachen und sagen würde, dass alles ein Fehler gewesen sei und sie am besten so tun sollten, als wäre es nie geschehen. Dass sie einfach nur Freunde sein sollten, obwohl das leider so gut wie unmöglich sei, nach dem, was sie getan hätten, und vielleicht wäre es besser, wenn sie sich nie wieder sehen würden …

Doch Tash fühlte sich offensichtlich so pudelwohl und ungezwungen dabei, zusammen mit ihm im Bett zu liegen, dass er eine tiefe, stille Freude empfand.

»Was ist mit dir?«, fragte sie. »Hast du irgendwelche Schmerzen, um die ich mich kümmern soll?«

»Einen.«

»Zeig ihn mir.«

»Hier«, sagte Coltrane.

»Oh, ja. Ich kann sehen, warum das wehtut.«

»Was, glaubst du, könnten wir dagegen tun?«

»Es gibt ein Gegenmittel, das die Eingeborenen auf Bora Bora anwenden.«

»Warst du schon mal dort?«

»Nein, aber ich habe einen Fernkurs über ihre Bräuche belegt. Natürlich lässt sich eigenhändige Erfahrung durch nichts ersetzen, aber ich habe gelernt, wenn dieser Schmerz auftaucht, gibt es einen Punkt, den man massieren muss.«

»Sind verdammt klug, diese Eingeborenen.«

»Nicht da. Was hast du bloß im Kopf?«

»Ich ...«

»Dahinter. Soll ich dir erklären, was sie entdeckt haben?«

»Unbedingt. Solange du nicht damit aufhörst ...«

»Hinter den Hoden.«

»Aha, ich bin ganz Ohr.«

»In dem Damm zwischen deinen Schenkeln ist ein Strang, der von ...«

»Ja, ich kann ihn fühlen.«

»... deiner Prostata zu deinen Hoden führt. Und wenn ich mit dem Zeigefinger an diesem Strang entlangfahre ... Ganz sanft, mit der Fingerspitze ... Bist du sicher, dass ich dich nicht langweile?«

»Ganz bestimmt nicht.«

»Denn wenn ich dich langweile ...«

»Nein, bitte mach weiter ...«

»Wenn ich also meinen Zeigefinger über diesen Strang gleiten lasse, fühlst du, wie er dicker wird.«

»Ja …«

»Und deine Hoden werden kleiner.«

»Ja …«

»Und je länger ich diesen Strang streichle, umso härter wird dein Penis, umso mehr schwillt der Strang, und deine Hoden werden … Was ist los? Hat es dir die Sprache verschlagen?«, erkundigte sich Tash.

»Das nicht, aber der Schmerz wird schlimmer.«

»Dann scheint die Behandlung nicht zu funktionieren. Ich höre besser auf.«

»Nein! Die Behandlung wird schon noch wirken. Da bin ich mir sicher.«

»Ich glaube auch allmählich, dass sie anschlägt. Aber da fällt mir ein, dass ich das Wichtigste vergessen habe: Ich muss mich so über dich kauern und mich dann langsam so auf dich runtersinken lassen und dann …«

»Ja!«

2

Nachdem Tash aufgestanden und ins Bad gegangen war, lag Coltrane lange erschöpft und wundervoll entspannt auf dem Laken und rührte sich nicht. Ein durchdringendes Klingeln ließ ihn zusammenzucken, und er drehte den Kopf und blinzelte zu Tashs Handtasche hinüber. Sie hatte sie vorhin vom unteren Schlafzimmer heraufgeholt und auf den Stuhl vor der Badezimmertür gelegt. Das Handy in ihrer Tasche schrillte erneut misstönend.

»Hallo?«, meldete er sich.

»Wer ist dran?«, fragte eine heisere Stimme. *»Coltrane?* Was zum …«

»Guten Morgen, Walt.«

»Was ist mit Tashs Telefon los? Gestern Abend habe ich eine Stunde lang versucht, sie zu erreichen. Und jetzt habe ich es wieder eine Stunde lang klingeln lassen. Niemand geht ran. Sie soll das Handy doch immer bei sich haben, egal wo sie ist.«

»Das hat sie auch. Ich verstehe nicht, warum ...« Dann begriff Coltrane. »Bis vor einer Weile war das Handy in einem anderen Zimmer des Hauses. Ich schätze, wir haben es nicht gehört.«

»Welches Haus? Ist sie bei Ihnen? Ich dachte, Sie bringen sie in ein Hotel.«

»Sie hat es sich anders überlegt.«

»Geben Sie sie mir.«

»Das kann ich nicht.«

»Warum nicht?«

»Sie ist unter der Dusche.«

Walt sagte eine Weile nichts. Als er wieder sprach, war seine Stimme noch eine Spur heiserer. »Sie hatten Recht mit den Mikrofonen in ihrem Haus. Ich bin gerade erst ins Revier zurückgekommen, weil ich gewartet habe, bis unsere Techniker mit der Durchsuchung fertig waren. Sie haben praktisch in jedem Raum Wanzen gefunden. Dieser Scheißkerl hat jedes Wort mitgehört, das sie gesagt hat.«

»Und alles, was Sie und Ihre Kollegen dort besprochen haben - wegen der Falle, die Sie ihm stellen wollten.«

»Wir stehen da wie Idioten«, knurrte Walt.

»Haben Sie gemacht, was ich vorgeschlagen habe? Haben Sie ein paar Mikrofone gelassen, wo sie waren?«

»Ich weiß nicht, was Sie sich ...«

»Haben Sie?«

»Eins. Im Wohnzimmer.«

»Das dürfte genügen.«

»Aber was soll das Ganze?«

»Ich erkläre es Ihnen, wenn wir da sind. In zwei Stunden? Im Büro des Sheriffs?«

Die Badezimmertür schwang auf und Tash kam heraus. Sie hatte ein Badetuch um sich gewickelt und ihr nasses Haar straff nach hinten gekämmt, was ihre Züge wie gemeißelt erscheinen ließ. Sie wölbte die Augenbrauen und fragte: »Ist das Walt?«

Coltrane nickte.

Tash nahm das Handy. »Guten Morgen, Walt«, sagte sie. Ihre Stimme klang wundervoll. Sie ging um Coltrane herum und schmiegte sich an seinen nackten Rücken. »Nein, es war eine ruhige Nacht. Ich bin früh schlafen gegangen und habe geschlafen wie eine Tote.«

3

Am Tag nach Neujahr drängten sich im Beverly Center die Kunden in dichten Scharen. Das mehrstöckige, höhlenartige Gebäude hallte wider vom Echo unzähliger Stimmen und Schritte. Coltrane war überrascht. Er hatte erwartet, das Einkaufszentrum halb leer vorzufinden, weil alle von den Weihnachtseinkäufen noch völlig erschöpft waren, aber vielleicht brachten die Leute ja auch nur Geschenke zurück, die ihnen nicht gefallen hatten, oder suchten nach Schnäppchen im Winterschlussverkauf. Was immer der Grund für den Massenandrang war, er machte es einfacher, aber auch schwieriger für Coltrane, sein Vorhaben in die Tat umzusetzen. Einfacher, weil es ihm leichter fiel, sich zu verbergen, während er Tash auf dem Weg durch das Einkaufszentrum fotografierte, und schwieriger, weil die Menschenmenge auch jedem anderen Schutz bot, der möglicherweise ein übermäßiges Interesse an Tash an den Tag legte und Fotos von ihr machte.

Coltrane befand sich im zweiten Stock des riesigen Einkaufszentrums und blickte über ein Geländer auf die Rolltreppen hinab, die einen endlosen Strom von Kauflustigen vom Erdgeschoss in den ersten Stock und von dort in den zweiten empor trugen. Er war bei weitem nicht der Einzige, der am Geländer stand; andernfalls hätte er es gar nicht gewagt, sich so offen zu zeigen. Ihm gegenüber scharte sich eine ganze Traube von Kaffeetrinkern um die Theke einer Starbucks-Niederlassung. Rechts von ihm beugten sich einige Teenager über das Geländer und riefen irgendetwas zu Freunden nach unten. Zu seiner Linken stand ein Mann mittleren Altes mit dem Rücken gegen das Geländer gelehnt und trank einen Orange Julius, während er auf seine Frau wartete, die, kurz nachdem Coltrane seine Position eingenommen hatte, in einer Modeboutique verschwunden war. Säulen, riesige Topfpflanzen und Hinweisschilder verstärkten das optische Chaos noch, das sich dem Auge bot. Jeder, der hier eine Falle vermutet hätte, würde sehr lange brauchen, um Coltrane zu entdecken. Bis dahin würde Coltrane – beziehungsweise seine Kamera – *ihn* entdeckt haben.

Er warf einen Blick auf seine Uhr. Kurz vor zwei. Jeden Augenblick jetzt, dachte er und nahm die Kamera aus dem Einkaufsbeutel. Am Zoomobjektiv stellte er die Blende, dann die Belichtungszeit ein. Als hätte sie ihr Stichwort gehört, betrat Tash die Rolltreppe, die vom Erdgeschoss in den ersten Stock empor führte. Coltrane hatte nicht erwartet, dass es Schwierigkeiten haben würde, sie in der Menge zu erkennen – ihre magnetische Ausstrahlung ließ sie aus jeder Menge hervorstechen. Trotzdem war er verblüfft, wie schnell er sie entdeckt hatte. Ganz im Gegensatz zu ihr waren die beiden Männer, die sie begleiteten, relativ unauffällig – einer auf der Stufe vor ihr, der andere hinter ihr: Walts Partner Lyle und einer der Jungs von der Staatspolizei, den Coltrane am Nachmittag zuvor ebenfalls kennen gelernt hatte. Sie hatten beide ihren freien Tag und die Gelegenheit wahrgenommen, als Bodyguards ein bisschen Geld dazu zu verdienen. Sie hatten bequeme Schuhe und Hosen an und möglicherweise ein wenig zu weite, aber sonst unauffällige Windjacken, die ihre Revolver verbargen.

Coltrane wandte seine Aufmerksamkeit wieder Tash zu. Während sie die Strategie für den heutigen Tag besprochen hatten, hatte die Gruppe darüber diskutiert, ob Tash etwas Auffallendes tragen sollte, damit es für ihn leichter war, sie im Auge zu behalten. Doch sie waren von der Idee abgekommen, weil sie möglicherweise den Stalker misstrauisch gemacht hätte. Eine Frau, die Angst hat, verfolgt zu werden, würde sicherlich nichts tragen, das die Blicke auf sie zog, es sei denn, sie fungierte als Köder für eine Falle. Deshalb waren sie übereingekommen, dass sie zwar etwas Hübsches, aber nichts Grelles anziehen sollte: eine beigefarbene Hose, einen dunkelblauen Blazer, eine naturfarbene Seidenbluse und dazu unaufdringliche silberne Ohrringe.

Doch als Coltrane jetzt vom Geländer im zweiten Stock zu ihr hinabsah, wurde ihm klar, dass es für sie völlig unmöglich war, keine Aufmerksamkeit zu erregen. Selbst aus dieser Entfernung war ihre Schönheit unübersehbar. Mit der Hand auf dem Geländer der Rolltreppe und den Körper ein wenig zur Seite gedreht, sah sie aus wie ein Mannequin. Als sich die Gesichter auf der abwärts fahrenden Rolltreppe nach ihr umdrehten, begann Coltrane, Bilder zu schießen.

Es war nicht sehr wahrscheinlich, dass jemand auf der abwärts fahrenden Rolltreppe der Mann war, den sie jagten. Doch Coltrane wollte keine Risiko eingehen – man konnte nie wissen, was er zufällig im Hintergrund mit aufs Bild bannte. Drei Aufnahmen später hob er die Kamera ein Stück und machte Bilder von der Menge rechts und links von der Mündung der Rolltreppe im ersten Stock. Da Tash und Coltrane jeden ihrer Schritte besprochen hatten, wusste er, dass sie im ersten Stock nach rechts gehen würde. Deshalb bewegte er sich simultan mit ihr in die entgegengesetzte Richtung nach links entlang des Geländers, von wo er einige Aufnahmen von ihr machte, wie sie sich einen Stock tiefer und ihm gegenüber durch die Menge schlängelte. Er sah, wie sie ein Stück weiter vorn in einer Modeboutique verschwand. Selbst mit einem Zoomobjektiv war es aus dieser Entfernung schwer zu entscheiden, ob sie jemand mit mehr als den üblichen bewundernden Blicken ansah. Niemand schien sie zu fotografieren, aber weil Coltrane die meiste Zeit durch den Sucher der Kamera sah, konnte er sich dessen nicht sicher sein. Die vergrößerten Abzüge würden vielleicht mehr verraten.

Er wechselte seinen Standort und ging diesmal nach rechts, bis er sich über dem Laden befand, in den sie gegangen war. Von hier konnte er über den weiten, offenen Innenraum, der sich über alle drei Stockwerke erstreckte, zur anderen Seite hinüberblicken. Er konnte die Läden sehen, die dem gegenüberlagen, in dem Tash verschwunden war, und würde es mitbekommen, wenn jemand ein auffälliges Interesse an diesem Laden zeigte. Um nicht aufzufallen, hielt er sich ein paar Schritte von dem Geländer entfernt und machte ein paar Aufnahmen aus verschiedenen Winkeln, um eine möglichst große Fläche der unteren Geschosse abzulichten.

Erneut sah er auf die Uhr. Eine halbe Stunde war vergangen. Dem Plan zufolge, den er und Tash ausgeknobelt hatten, war es allmählich an der Zeit für sie, das Einkaufscenter zu verlassen. Er schlenderte zu der Seite gegenüber der Tür, durch die sie und ihre Leibwächter jeden Augenblick kommen würden. Dabei machte er ein paar Bilder von der Menge rechts und links davon und von jedem, der sich dort aufhielt. Da er wusste, dass Tash und ihre beiden Leibwächter zur Rolltreppe zurückgehen und nach unten fahren würden, suchte er sich eine Position, von wo er Aufnahmen von allen machen konnte, die möglicherweise vom Erdgeschoss die Rolltreppe beobachteten, auf der Tash und ihre beiden Bodyguards bereits nach unten fuhren.

Im Erdgeschoss verschwanden sie aus seinem Blickfeld, als sie durch einen von Läden gesäumten Korridor zum Aufzug gingen, der sie hinab zum Parkgeschoss bringen würde. Drei Stufen auf einmal nehmend, stürmte Coltrane auf der Rolltreppe in den ersten Stock hinunter, und es gelang ihm, einen Schnappschuss von Tash und den Menschen im Korridor unter ihm zu schießen. Dann trat sie in den Aufzug, und die Türen glitten zu.

Er machte eine letzte Aufnahme vom Korridor, und als der Rückspulmotor surrte, ließ er die Kamera sinken. Seine Rückenmuskeln lockerten sich allmählich. Die körperliche Anspannung, die nun langsam von ihm abfiel, war die Folge einer psychischen Hochstimmung, in die ihn das konzentrierte Agieren mit der Kamera nach so langer Zeit der Abstinenz versetzt hatte. Wenn er ehrlich war, musste er zugeben, dass ihm die Vorstellung, jemandem eine Falle zu stellen und heimlich auf Zelluloid zu bannen, der keine Ahnung hatte, dass er fotografiert wurde, einen gewissen Kitzel bereitete. Er fragte sich, ob dies dieselbe Art von Kitzel war, die der Stalker empfand: die Macht, die daraus entwächst zu beobachten, ohne selbst gesehen zu werden, jemandes Seele zu stehlen, ohne dass das Opfer bemerkte, dass der Diebstahl stattfand. Ein kalter Schauer lief ihm über den Rücken, als er sich plötzlich daran erinnerte, wie verletzlich und nackt er sich gefühlt hatte, als er die Fotos sah, die Dragan Ilkovic von ihm geschossen hatte.

4

Als der Rückspulmotor zu surren aufhörte, nahm er rasch den Film heraus und legte einen neuen ein. Während er dies tat, stellte er Berechnungen bezüglich der Zeit an. Er musste sich beeilen, zu seinem Wagen zu kommen, um rechtzeitig bei Tashs nächstem Ziel zu sein: einer Modeboutique in der Fußgängerzone auf der Third Street in Santa Monica. Danach würde sie zu einem ähnlichen Laden in Westwood fahren und schließlich zu einer weiteren Boutique auf der Plaza von South Coast in Orange County. Sie gehörten alle ihr, wie er erfahren hatte. Außerdem besaß sie drei weitere Boutiquen in San Diego und vier in San Francisco.

»Ich besitze auch noch andere Kapitalanlagen«, hatte sie gesagt, als sie am Morgen zum Polizeirevier in Malibu gefahren waren. »Ich versuche, mich aus dem alltäglichen Kram herauszuhalten, aber hin und wieder schaue ich vorbei, damit die Manager wissen, Big Sister behält sie im Auge. Bei den Modeboutiquen sind meine Kapitaleinlagen größer, deshalb schaue ich öfter vorbei. Heute Nachmittag und am Abend wäre eine gute Zeit, wieder mal die Runde zu machen.«

»Rufst du deine Geschäftsführer an, bevor du vorbeischaust?«

»Ja, immer. Okay, das gäbe ihnen die Gelegenheit, Dinge zu vertuschen, die vielleicht nicht in Ordnung sind, aber es verhindert gewisse Animositäten, die entstehen könnten, wenn ich unerwartet auftauche, um sie womöglich bei irgendwas zu erwischen. Ich möchte nicht, dass sie Angst vor mir haben. Ich will, dass sie engagiert für mich arbeiten.«

»Wenn du heute Morgen nach Hause kommst, könntest du doch deine Verabredungen mit den Geschäftsführern deiner Läden telefonisch von dort treffen. Aber lass genügend Zeit zwischen den Terminen, damit ich jedes Mal vor dir dort sein kann.«

»Aber dann kann der Kerl doch alles, was ich sage, über das versteckte Mikrofon hören, das Walt im Haus gelassen hat. Er weiß dann, wann ich wo bin.«

»Genau«, entgegnete Coltrane. »Und wir wissen, wo er ist.«

Nachdem die erste Phase ihres Plans beendet war, strebte Coltrane auf die Rolltreppe zum Erdgeschoss des Beverly Centers zu. Es war fünf nach halb drei. Bei dem Verkehr um diese Tageszeit brauchte Tash nur etwa eine halbe Stunde zu ihrem Laden in Santa Monica. Doch da ihr Plan vorsah, dass er vor ihr dort war, hatte sie ihren Termin eine halbe Stunde später angesetzt und ihr Kommen erst um halb vier angekündigt. Tashs Stalker, der die Anrufe bei den verschiedenen Boutiquen vermutlich mitgehört hatte, würde sie erst dann dort erwarten. Bis dahin würde Coltrane genügend Zeit bleiben, rechtzeitig vor Ort zu sein und Aufnahmen von den Kunden und den Leuten vor dem Laden zu machen. Natürlich war es auch möglich, dass Tashs Verfolger sich entschloss, keinen der Läden mit seinem Erscheinen zu beehren.

5

Eine Hand stieß ihn von hinten mit einer solchen Kraft auf die Rolltreppe, dass Coltrane nach vorn taumelte und fast das Gleichgewicht verloren hätte. Erschrocken klammerte er sich am Handlauf der Treppe fest, um nicht zu Boden zu gehen, und wirbelte zu dem Kerl herum, der ihn gestoßen hatte. »He, passen Sie auf, wohin Sie …«

Der Schreck, der ihm in die Glieder gefahren war, machte Verblüffung Platz, als er sah, das er Carl Nolan gegenüber stand.

Der Sergeant und er waren etwa gleich groß, doch Nolan stand eine Stufe höher als Coltrane und schien ihn um einen ganzen Kopf zu überragen; seine Gewichtheberschultern wirkten noch breiter als sonst.

Nolan schubste ihn erneut, härter diesmal und mit der Faust, die schmerzhaft gegen Coltrane Schulter rammte.

Coltrane taumelte rückwärts und packte den Handlauf fester. »Was wollen Sie damit …«

»Lassen Sie die Finger von ihr!«

Die Leute auf der Rolltreppe bekamen das Handgemenge natürlich mit. So entgeistert Coltrane auch war, er konnte ihre Entrüstung beinahe körperlich fühlen.

»Haben Sie den Verstand verloren, Nolan?«

Nolan stieß ihm ein drittes Mal die Faust in den Leib. »Bleiben Sie von ihr fern.«

»Wenn Sie nicht damit aufhören …«

»Sie hören mir nicht zu.« Nolan packte Coltranes rechten Arm mit einer solchen Kraft, dass Coltrane sich krümmte. »*Sie* sind derjenige, der aufhören wird.«

Plötzlich verlor Coltrane das Gleichgewicht und strauchelte beinahe, als die Rolltreppe das Erdgeschoss erreichte. Ebenso plötzlich begriff er, dass er unten angekommen war. Die Leute, die vor ihm festen Boden erreichten, zerstreuten sich.

Nolan packte seinen Arm fester. »Sie werden jetzt keine Faxen machen. Wir gehen ganz ruhig dort rüber zu dem

Aufzug. Wir suchen uns einen hübschen Platz in der Tiefgarage, wo wir in Ruhe plaudern können.« Nolans Hand hielt Coltranes Arm so fest gepackt, dass sich das Blut in seinem Arm staute.

»Was immer Sie wollen.«

»Genau. Das ist ein guter Anfang. Was immer ich will.«

Die Leute um sie herum bemerkten nicht, was vor sich ging. Ohne von Coltranes Arm abzulassen, schob Nolan ihn durch die Menge. Sie erreichten den Aufzug, und Nolan drückte auf einen Knopf. Nachdem die Türen zur Seite geglitten waren, stieß er Coltrane in die Kabine und folgte ihm. Dabei prallten sie kurz zusammen, und Coltrane spürte den Griff von Nolans Revolver im Schulterhalfter unter der Windjacke. Die Türen glitten zu, und der Aufzug schwebte abwärts.

»Beruhigen Sie sich, Mann«, sagte Coltrane. »Ich verstehe nicht, was das alles soll, aber …«

Nolans Pupillen waren geweitet vor Wut. »Ich habe Ihnen schon gesagt, was das soll: Lassen Sie die Finger von ihr.«

Ein älteres Ehepaar, das mit ihnen im Aufzug war, musterte sie mit nervösen Blicken.

Die Türen glitten zurück, und Nolan zerrte Coltrane in die Tiefgarage hinaus und weiter eine Reihe von Wagen entlang. Nolan sah sich um, ob jemand in der Nähe war, und stieß Coltrane dann zwischen zwei Lieferwagen hindurch, bis er mit dem Rücken gegen eine kalte Betonwand stieß. »Sie werden nie wieder in Tashs Nähe gehen.«

»Überlegen Sie sich, was Sie tun, Carl. Sie riskieren Ihren Job. Sie können nicht einfach so auf mich losgehen. Das wird Sie Ihre Marke kosten.«

»Und wer soll es ihnen sagen? Sie? Dass ich *das* getan habe?« Nolan rammte Coltrane die Faust in den Magen.

Ächzend stieß Coltrane die Luft aus den Lungen, und er kippte vornüber und sank, die Hände auf seinen Magen gepresst, auf die Knie.

»Oder dass ich *das* getan habe?« Nolans Handballen

krachte gegen Coltranes Schläfe. Der Schlag streckte Coltrane zu Boden. »Antworte! *Wer soll es ihnen sagen?*«

Zusammengekrümmt auf dem Betonboden liegend, wusste Coltrane nicht, was ihm mehr wehtat – sein Magen oder sein Kopf.

»Wenn Sie die Schutzhaft angenommen hätten, die wir Ihnen angeboten haben, wäre Greg noch am Leben. Und wenn Sie getan hätten, was ausgemacht war, läge McCoy nicht im Krankenhaus. Sie haben mich wie einen Idioten behandelt und mich in Ihrem Haus warten lassen, während Sie loszogen, um sich als Held aufzuspielen. Sie mussten mir zeigen, dass Sie schlauer sind als ich und dass Sie besser als sonst jemand wussten, wie man mit Ilkovic fertig wird.«

Als Coltrane versuchte, sich aufzurichten, traf ihn ein Hieb von Nolans Handballen gegen die Stirn, der ihn erneut zu Boden gehen ließ. Der Schlag gehörte zum Repertoire polizeilicher Verhörmethoden, denn er schonte Nolans Hand und besaß trotzdem eine Menge Dampf, ohne auf Coltranes Gesicht Spuren zu hinterlassen. »Ich habe versucht, kein Spielverderber zu sein und meine Gefühle zu unterdrücken, ich habe versucht, mir einzureden, dass ich zu unnachgiebig bin und dass Sie Ilkovic das gegeben haben, was er verdiente, dass Sie Rache für Greg genommen haben. Herrgott, ich hatte mich fast überzeugt. Aber dann tauchten Sie gestern bei Tash auf und ließen mich und die anderen Jungs wie Idioten aussehen. Und ehe ich mich versehe, bittet sie Sie zu bleiben, und schon schleppen Sie sie zu sich nach Hause, und sie verbringt die Nacht mit Ihnen. Wenn das keine fixe Arbeit ist, dann weiß ich nicht, was sonst.«

»Hören Sie, Carl …«

»Halten Sie die Schnauze. Das Ergebnis dieser zwanglosen Unterhaltung wird sein, dass Sie erstens niemandem auch nur ein Wort von unserem Gespräch erzählen und zweitens Tash nie wieder sehen.«

Nolans drohend über ihn gebeugte Gestalt nur verschwommen wahrnehmend, sah er ungläubig zu ihm empor. »Sie und Tash?«

»Ich habe Ihnen gesagt, Sie sollen das Maul halten!«

»Was ist hier los?«, verlangte eine Männerstimme zu wissen.

Coltrane schielte an Nolan vorbei, als der zur Front der beiden Lieferwagen herumwirbelte.

Ein uniformierter Wachmann vom Sicherheitsdienst musterte sie nervös. Er war etwa Anfang dreißig, ganz blass im Gesicht vor Aufregung, dünn wie ein Handtuch im Vergleich mit Nolan und viel kleiner. Er zog ein Walkie-Talkie aus dem Futteral an seinem Gürtel. »Ich hatte eine Beschwerde wegen einer Ruhestörung.« Seine Stimme war unsicher. »Hören Sie auf damit.«

»LAPD.« Nolan hatte sein ledernes Polizeietui bereits aus der Windjacke gefischt, klappte es auf und zeigte seine Marke. »Ich habe eben einen Verdächtigen festgenommen. Er hat versucht abzuhauen.«

Der Mann vom Sicherheitsdienst betrachtete die Marke aus zusammengekniffenen Augen. »LAPD?« Er wirkte erleichtert. »Ich war mir nicht sicher, was ... Brauchen Sie Hilfe?«

»Ich habe alles im Griff«, erwiderte Nolan. »Sie können wieder zu dem zurück, was Sie gerade gemacht haben. Ich komme schon klar.«

»Okay.« Der Wachmann entfernte sich rückwärts. »Ich will Ihnen nicht in die Quere kommen.«

Nolan wartete, bis die Schritte des Wachmanns zu einem fernen Echo verklungen waren, dann war das metallische Scheppern einer zufallenden Tür zu hören.

Er stieß mit dem ausgestreckten Zeigefinger in Coltranes Richtung. »Klug von Ihnen, den Kerl nicht um Hilfe zu bitten.«

Mit wackligen Knien und auf einen sicheren Abstand bedacht, stemmte sich Coltrane auf die Beine. Sein Kopf pochte. »Warum sollte ich? Das geht außer Ihnen und mir niemanden was an.«

»Genau da irren Sie sich. Es geht Sie, mich und Tash was an. Bleiben Sie von ihr fern, oder ich breche Ihnen alle Knochen. Ist das deutlich genug?«

»Vollkommen.«

»Dann haben wir uns ja verstanden.« Nolan drehte sich um und ging davon.

Mit zitternden Knien an der Betonwand lehnend, hielt sich Coltrane den Magen. Sein Atem ging schwer. Er kämpfte gegen das Gefühl, sich übergeben zu müssen. Er lauschte Nolans schweren Schritten, hörte, wie sie stehen blieben, hörte eine Autotür, einen Motor und quietschende Reifen.

Mühsam stemmte er sich von der Wand weg. Sein Atem ging noch immer schwer, aber nicht mehr, weil ihm die Luft aus den Lungen geprügelt worden war, sondern vor Zorn.

6

»Gibt es etwas, das du vergessen hast, mir über Carl Nolan zu erzählen?«, fragte Coltrane.

Es war zehn vor vier. Er stand an einem Münztelefon in der Fußgängerzone auf der Third Street in Santa Monica. Trotz seiner Blessuren hatte er es geschafft, vor Tash in der Fußgängerzone zu sein. Ohne aufzufallen, hatte er die Menge auf der Straße aus möglichst vielen Blickwinkeln fotografiert. Aus diskreter Entfernung hatte er beobachtet, wie Tash und ihre Begleiter sich der Modeboutique näherten und darin verschwanden. Er hatte die Straße überquert und Aufnahmen von den Leuten auf der gegenüberliegenden Seite gemacht. Nachdem er fotografiert hatte, was zu fotografieren war, kam er endlich dazu, das zu tun, was er hatte tun wollen, seit Nolan seine letzte Warnung ausgesprochen und davongestapft war: Tash in der Boutique anzurufen und herauszufinden, was zum Henker vor sich ging.

»Mitch? Wovon redest du?« Tashs Stimme klang irritiert.

»Nolan scheint zu glauben, dass ihr ein Paar seid. Um mir das klar zu machen, hat er mich in der Tiefgarage des Beverly Center zusammengeschlagen.«

»Er hat *was*? O mein Gott!«

Coltrane ließ seinen wachsamen Blick über die Passanten in der Fußgängerzone jenseits der Boutique schweifen. »So weit ich weiß, schleicht er hier irgendwo herum, und er wird Hackfleisch aus mir machen, wenn er mich sieht, nur um sicher zu gehen, dass ich die Lektion verstanden habe. Würdest du mir also liebenswürdigerweise sagen, was los ist, falls das nicht zu viel verlangt ist?«

»Das ist ja schrecklich. Ich hätte nie gedacht, dass er … Bist du schlimm verletzt?«

»Nicht so wild … Schlimmer ist, dass ich nicht weiß, was ich denken soll. Hast du eine Beziehung mit ihm?«

»Nein … Es ist kompliziert. Ich kann darüber nicht am Telefon sprechen.«

»Irgendwann musst du mit mir über ihn reden.«

»Das werde ich. Bald. Ich verspreche es.«

»Könnte es sein, dass er der Stalker ist?«

»Carl? Nein. Er kann es gar nicht sein. Ich habe ihn eine Woche, nachdem ich die ersten Briefe und Anrufe bekommen habe, kennen gelernt. Bis dahin kannte er mich nicht. Er kann es nicht sein.«

»Vielleicht ist er ja auch nur ein Trittbrettfahrer, der die Gelegenheit nutzt, sich unentbehrlich zu machen. Vielleicht ist *er* derjenige, der die Wanzen in deinem Haus installiert und das Feuer gelegt hat. Nein.« Coltrane korrigierte sich sogleich. »Wenn Nolan das alles getan hätte, wäre er nicht so dumm gewesen, auf mich loszugehen und sich verdächtig zu machen. Aber wenn er nicht der Stalker ist und die Mikrofone nicht installiert hat, woher wusste er dann, dass ich im Beverly Center bin?«

»Von Walt.«

»Von Walt?«

»Nachdem du mich beim Büro des Sheriffs abgesetzt hattest, rief Carl an und fragte, was es Neues gibt. Walt erklärte ihm den Plan, den wir uns zurechtgelegt hatten. Es ist nichts Geheimnisvolles dran, dass Carl wusste, wo du bist. Das wusste er auch ohne das Mikrofon in meinem Wohnzimmer.«

»Ich war mir sicher, dass …« Obwohl das Pochen in seinem Kopf jetzt schlimmer war, konnte Coltrane nicht widerstehen, noch einmal auf dieselbe bohrende Frage zurückzukommen. »Wieso glaubt er, er hätte eine Beziehung mit dir, in die ich mich dränge?«

»Bitte, Mitch.« Tash klang befangen. »Hier sind Leute. Wir müssen uns treffen, dann erkläre ich es dir. Es ist nicht so, wie du denkst.«

»Ich weiß nicht genau, was ich denke.«

»Es ist alles ganz harmlos. Du wirst dich mit meinem Wort begnügen müssen, bis wir uns sehen.«

»Wann? Du wirst mit der Boutique auf der South Coast Plaza kaum vor acht fertig sein. Das heißt, dass du nicht vor elf zu Hause sein wirst. Ich muss die Fotos entwickeln, damit du sie dir ansehen kannst, ob du darauf jemanden erkennst. Das dauert bis … Warum sparen wir nicht Zeit, und du kommst zu mir nach Hause?«

»Gern.«

»Deine Bodyguards können dich bei mir absetzen und …«

»Augenblick. Weiß Carl, wo du wohnst?«

»Ja.«

»Es wäre möglich, dass er dein Haus beobachtet, für den Fall, dass ich dort auftauche«, sagte Tash. »Ich will nicht, dass es meinetwegen noch mehr Probleme gibt.«

»Ich komm damit schon …«

»Nein. Das ist *mein* Problem«, beharrte Tash. »Ich kümmere mich drum. Ich rufe ihn heute Abend an, sobald ich nach Hause komme. Ich kläre das. Glaub mir, er wird dich nicht mehr belästigen.«

»Ruf mich an, wenn du mit ihm geredet hast. Ich will wissen, woran ich bin.«

»Ich verspreche es. Du wirst alles verstehen.« Tash zögerte. »Ich kann es kaum erwarten, dich zu sehen.«

Frustriert lauschte Coltrane dem Klicken in der Leitung,

als sie auflegte. Langsam hängte er den Hörer in die Halterung zurück. Er holte tief Luft und versuchte, einen klaren Gedanken zu fassen. Tash und ihre Begleiter würden bald aus der Boutique kommen. Er musste bereit sein, die Passanten um sie herum zu fotografieren, wenn sie erschien und zum Parkplatz ging. Er durfte sich nicht ablenken lassen.

7

In Gedanken versunken, arbeitete er in Packards Dunkelkammer und füllte die Zeit, bis Tash ihn anrufen würde. Auf dem Nachhauseweg von der South Coast Plaza hatte er Fotopapier und die nötigen Gerätschaften und Chemikalien besorgt und zu Hause gleich die Filme entwickelt, die er vor und im weiteren Umkreis der Modeboutiquen verschossen hatte. Der nächste Schritt – das Anfertigen von Vergrößerungen – würde nicht nur weit langwieriger, sondern auch ziemlich ermüdend sein. Dies waren alles nur Schnappschüsse, keine künstlerisch anspruchsvollen Aufnahmen. Davon Abzüge zu machen war keine Herausforderung an seine Kreativität, und es stimulierte auch nicht die Fantasie, wie mit dieser oder jener Technik eine größere ästhetische Wirkung erzielt werden könnte. Sieh zu, dass du damit fertig wirst, sagte er sich. Mehr ist nicht nötig.

In diesem Fall hätte ein Großlabor, das Fotos innerhalb einer Stunde entwickelt, den Job vermutlich ebenso gut erledigt. Doch wie Randolph Packard hatte Coltrane in seiner ganzen Karriere als Fotograf seine Bilder noch nie in einem fremden Labor entwickeln lassen. Außerdem bestand immer die Gefahr, dass der Film, den er aus der Hand gab, verloren ging oder irgendwie beschädigt wurde, und er war viel zu ungeduldig, das Ergebnis seiner heutigen Bemühungen zu sehen, um dieses Risiko einzugehen. Ganz zu schweigen von der Möglichkeit, dass Tash gezwungen sein könnte, dieses gefährliche Katz- und Mausspiel ein zweites Mal über sich ergehen zu lassen.

Die Erinnerung an Packard ließ ihn an die unzähligen Male denken, die er in dieser Dunkelkammer gestanden und dasselbe getan hatte, das Coltrane jetzt tat: die Abzüge von der Wanne mit dem Entwicklerbad in die Wanne mit dem Stoppbad zu legen, das den Entwicklungsprozess unterbrach. Vorsichtig schwenkte er die Wanne, um ganz sicher zu sein, dass die Lösung die Vergrößerungen gleichmäßig bedeckte. Dann legte er die Abzüge in eine mit einer chemischen Lösung gefüllte Wanne, die das Bild auf das Papier fixierte und dauerhaft machte. Immer wieder bewegte er die Abzüge in den Wannen mit den verschiedenen Bädern, bis er sie schließlich zum Schluss in eine tiefere Wanne mit langsam fließendem Wasser gleiten ließ, in der die Chemikalien abgewaschen wurden.

Er stellte sich vor, wie Packard am selben Platz gestanden und liebevoll die Aufnahmen entwickelt hatte, die er von Rebecca Chance gemacht hatte. Er konnte Packard beinahe in sich fühlen, als er dem unwiderstehlichen Drang nachgab, Abzüge von einem ganz anderen Negativ von dem Film zu machen, der in der Kamera gewesen war, die er am Tag zuvor mit zu Tashs Haus genommen hatte. Hatte Packard dasselbe gefühlt wie er jetzt, als er von dem Negativ eine Vergrößerung machte, das Zwanzig-mal-dreißig-Fotopapier ins Entwicklerbad legte und den Atem anhielt, während er das Papier sanft hin und herbewegte? Hatte Packard langsam die Luft aus seinen Lungen weichen lassen, als die Züge von Rebecca Chance vor seinen Augen erschienen, so wie Tashs Züge jetzt vor seinen Augen lebendig wurden?

Die bezaubernde Pose der beiden Frauen, während sie aus dem Ozean stiegen, war identisch. Na gut – Tash trug einen dunklen eng anliegenden Taucheranzug, Rebecca Chance dagegen einen weißen, weit freizügigeren und an ihrer Haut klebenden Badeanzug. Trotzdem waren sie ein und dieselbe, so wie er und Packard ein und derselbe waren. Beide liebten sie dieselbe Frau. Schliefen mit derselben Frau – im selben Bett.

Das Telefon klingelte mit einem misstönenden Schrillen. Obwohl er auf den Anruf gewartet hatte, war Coltrane von Tashs Bild so in den Bann geschlagen, dass er gar nicht mehr daran gedacht hatte, wann sie endlich anrufen würde. Sein Kopf fuhr zum Telefon herum, das er aus der Küche mitgebracht und in eine Anschlussbuchse in der Dunkelkammer gesteckt hatte. So sehr er auch darauf brannte, den Hörer abzunehmen, er brachte es nicht über sich zu riskieren, dass Tashs Bild durch zu langes Liegen in der chemischen Lösung zerstört wurde. Rasch nahm er es aus dem Fixierbad, schüttelte die Flüssigkeit ab und legte den Abzug in die Wässerungswanne.

Währenddessen klingelte das Telefon noch zwei weitere Male. Er stürzte zum Apparat und riss den Hörer von der Gabel.

»Ich habe gewartet, dass du anrufst. Wie ist es gelaufen?«, fragte er.

Die Person am anderen Ende der Leitung antwortete nicht sofort. Die Stimme war leise. »Irgendwie habe ich den Verdacht, dass ich nicht diejenige bin, auf deren Anruf du gewartet hast.«

»Jennifer?«

»Ich hab' mir gleich gesagt, ich soll das nicht tun.«

Coltrane fühlte ein Gewicht wie ein schwerer Stein in seinem Magen. »Wie geht es dir?«

Sie schluckte, als versuchte sie, ihre Gefühle zu unterdrücken. »Wie soll es mir schon gehen ...«

»Ich wollte dich heute anrufen.«

»Hast du aber nicht«, sagte Jennifer.

»Ich kam nicht dazu. Mir ist was dazwischen gekommen.«

»Das kann ich mir lebhaft vorstellen.«

»Ich wollte das Missverständnis von gestern Abend klären.«

»Oh?« Jennifers Stimme klang gezwungen. »Von welchem Missverständnis sprichst du?«

»Warum ich bei Tash war, statt bei dir und deinen Eltern.«

»Ich glaube nicht, dass das ein Missverständnis war. Ich glaube, ich habe sehr wohl verstanden.«

»Wir müssen miteinander reden.«

»Wenn ich das schon höre!«

»Jennifer ...«

»Bring's hinter dich. Rede.«

»Ich ...«

»Vielleicht ist es ein schlechter Zeitpunkt. Vielleicht störe ich bei irgendwas.«

»Nein. Ich bin allein.«

»Warum lässt du mich dann nicht rein? Ich rufe vom Autotelefon an. Ich stehe vor deinem Haus.«

8

Jennifer sah in der Dunkelheit klein aus. An Stelle des Armani-Kleids von gestern Abend trug sie ausgewaschene Jeans, ein orangefarbenes Sweatshirt mit dem Schriftzug des *Southern California Magazine* und eine Baseballmütze – dieselben Sachen, die sie an dem Tag getragen hatte, an dem sie Rudolph Valentinos Falkenhorst gesucht hatten. Die Erinnerung tat weh.

»Hallo.«

»Hallo ...«

»Bist du sicher, es ist okay, wenn ich reinkomme?« Jennifers Augen waren gerötet, als hätte sie geweint.

»Na klar.«

Zaghaft trat sie über die Schwelle. Die Art, wie sie sich umsah, erweckte den Eindruck, als wäre ihr hier alles fremd, als wäre sie noch nie in diesem Haus gewesen.

»Kann ich dir was anbieten?«

»Ja, ein bisschen Arsen wäre nicht schlecht.«

Coltrane wusste nicht, was er darauf sagen sollte, und

nutzte das Schließen und Absperren der Tür, um seine Verlegenheit zu verbergen.

»Ein Scotch tut's auch.«

Unwillkürlich musste Coltrane daran denken, dass Tash am Abend zuvor ebenfalls Scotch getrunken hatte. Es kam ihm wie eine Ewigkeit vor, bis sie die Küche erreicht hatten, aber wenigstens waren sie in Bewegung und standen nicht hölzern herum. Es half ihm, seine Befangenheit zu überspielen, ebenso wie das Zubereiten ihres Drinks.

»Trinkst du keinen mit mir?«, fragte Jennifer.

»Nein. Ich habe noch eine Menge Arbeit in der Dunkelkammer und möchte nicht müde werden.«

»Das Ganze ist schon schlimm genug, so wie es ist. Ich weiß nicht, ob ich das durchstehe, wenn du mich allein trinken lässt.«

Coltrane empfand Mitleid mit ihr. »Okay, warum nicht? Trinken wir zusammen.« Er holte ein zweites Glas, goss sich ebenfalls Scotch ein, gab Eis und etwas Wasser hinzu, dankbar für jede zusätzliche Bewegung.

Er hob sein Glas und ließ es gegen ihres klirren. »Auf dein Wohl.«

»Soweit würde ich nicht gehen. Schon eher ›Scher dich zum Teufel‹ vielleicht. Aber ganz sicher nicht ›auf dein Wohl‹.« Jennifer nahm einen tiefen Schluck, verzog das Gesicht, als wäre ihr der Drink viel zu stark, und sah ihn dann an. Sie stand genau dort, wo Tash am Abend zuvor gestanden hatte. »Also rede.«

»Ich weiß nicht, wie ich anfangen soll.«

»Solange du die Wahrheit sagst, ist es mir egal, wie du sie erzählst. Ich mache es dir leicht. So wie du sie gestern Abend angesehen hast … Hast du dich in sie verliebt?«

Coltrane betrachtete seine Hände.

Jennifer nickte entmutigt. »Zuerst hast du dich in die Fotografien von Rebecca Chance verliebt. Und dann hast du dich in das Ebenbild von Rebecca Chance verliebt.«

»Es ist viel komplizierter.«

»Natürlich. Du bist auch ein komplizierter Mann. Ist sie

wirklich die Enkelin von Rebecca Chance? Sieht sie ihr deshalb so unheimlich ähnlich?«

»Das ist mein Verdacht, ja«, sagte Coltrane. »Das versuche ich rauszufinden.«

Jennifer nahm wieder einen tiefen Schluck von ihrem Scotch und schauderte. »Wie ich dir schon an Silvester gesagt habe, kann ich mit einer Frau, die so schön ist, nicht konkurrieren. Und mit einem Gespenst schon gar nicht. Aber du hättest mich heute wirklich anrufen können. Du hättest mich aus meinem Elend erlösen können, wenn du gewollt hättest.«

»Ich wollte dich wirklich nicht ... Ich hatte einen Grund, warum ich nicht angerufen habe.«

»Ah, ja ... Schwindel mir vor, dass du nicht die Absicht hattest, mich fallen zu lassen, ohne dir die Mühe zu machen, es mir zu sagen.«

»Ich ... Kann ich dir ein paar Fotos zeigen?«

»Ich glaube nicht, dass ich es ertragen kann, noch mehr Fotos von ihr zu sehen.«

»Es ist nicht, was du denkst«, sagte Coltrane. »Es sind andere Fotos. Vertrau mir. Du wirst verstehen, was ich meine, wenn du die Bilder siehst.«

»Dir vertrauen ...«, murmelte Jennifer mit hohl klingender Stimme.

9

Coltrane trat vor Jennifer in die Dunkelkammer. Bevor sie den Abzug von Tash im Taucheranzug sehen konnte, drehte er die Vergrößerung in der Wässerungswanne mit einer Entwicklungszange um. Er hoffte, sie hatte nicht bemerkt, was er gemacht hatte, sondern sah in die Richtung, in die er deutete: auf die Abzüge, die er mit Klammern zum Trocken an einer Nylonschnur aufgehängt hatte.

Er knipste die Deckenlampe an.

»Massenszenen?« Jennifer klang verblüfft.

»Die hier sind im Beverly Center aufgenommen.«

»Aber ...« Jennifer drehte sich mit wachsender Verwunderung zu ihm um. »Warum hast du sie gemacht? So viele. Die Kompositionen sind nicht besonders gelungen. Chaotisch.«

»Es ging nicht um ästhetische Gesichtspunkte. Ich habe nur fotografiert, was ich gesehen habe.«

»Ist das irgendeine neue Richtung, in die du gehst? Ich hoffe nicht. Diese Fotos hier sind mit den Aufnahmen nicht zu vergleichen, die du gemacht hast, nachdem du Packard kennen gelernt hast und die ganzen Schwierigkeiten angefangen haben.«

»Es geht ja auch um was ganz anderes.«

»Was anderes?« Jennifer richtete ihren Blick wieder auf die Vergrößerungen, bewegte sich mit langsamen Schritten entlang der Nylonschnur, wobei sie manche genauer in Augenschein nahm. »Ah.« Sie hatte Tash in dem Chaos erkannt. »Sogar aus einer Menschenmenge sticht sie hervor.« Jennifer klang um nichts weniger verständnislos als zuvor. »Aber sie scheint sich nicht bewusst zu sein, dass sie fotografiert wird. Es sieht fast so aus, als ...« Mit hochgezogenen Brauen sah sie ihn erneut an. »Du bist ihr gefolgt?«

»Eigentlich war ich zuerst dort.«

»Ich verstehe nicht, was du meinst.«

»Es wird eine Weile dauern, bis ich dir das erklärt habe.«

Als er erzählt hatte, was geschehen war, schüttelte Jennifer bestürzt den Kopf. »Hat dir Ilkovic nicht genügt? Musst du dich noch mal in eine solche Situation hineinziehen lassen?«

»Es ist nicht dasselbe. Diesmal bin nicht ich derjenige, der von einem Stalker verfolgt wird.«

»Es sei denn, du rechnest Nolan dazu. So wie du ihn beschreibst, hat er sich schon so lange mit Stalkern befasst, dass er selber einer geworden ist.«

»Nolan wird sich beruhigen, wenn Tash ihm klar macht, dass zwischen ihnen nichts ist.«

»Aber wieso ist er dann überhaupt auf den Gedanken gekommen, dass etwas zwischen ihnen ist?«

»Das weiß ich noch nicht«, erwiderte Coltrane. »Tash hat gesagt, sie wird es mir erklären.«

Jennifer warf einen letzten Blick auf die Abzüge und sah dann ihn an. »Ich gebe auf. Ich werde deine kostbare Zeit nicht länger in Anspruch nehmen.«

»Wir haben so viel zusammen erlebt. Ich möchte, dass alles in Ordnung ist zwischen uns.«

»Darauf kannst du lange warten, Mitch. Nur weil ich das hier beenden möchte, bedeutet das nicht, dass zwischen uns alles in Ordnung ist. Und wage jetzt nicht zu sagen: ›Ich hoffe, wir können trotzdem Freunde bleiben.‹«

Coltrane nickte zerknirscht.

»Ihr gehören doch auch noch andere Läden in San Francisco und San Diego, oder?«, fragte Jennifer. »Und dabei sind die anderen Vermögenswerte, über die sie sich nicht näher ausgelassen hat, noch gar nicht mitgerechnet. Sie ist nicht nur reich, sie ist auch noch umwerfend schön. Du hast wirklich Glück.«

Verlegen zuckte Coltrane mit den Schultern.

»Wie ist sie zu dem Geld gekommen?«

»Ich habe keine Ahnung. Ihre Mutter ist vor ein paar Jahren gestorben. Vielleicht hat sie geerbt.«

»Und wie ist ihre Mutter zu so viel Geld gekommen?«

»Ich weiß es nicht«, sagte Coltrane. »Ich denke, das geht mich nichts an.«

»Tja … Ihr beide werdet eine Menge zu besprechen haben. Ich werde nicht sagen: Ich hoffe, es läuft alles gut für dich – weil ich das nicht fühle.« Jennifer verstummte und sammelte ihre ganze Kraft, um fortzufahren. »Aber eines will ich dir sagen: Ich hoffe, man tut dir nicht weh.« Sie blinzelte verstört.

»Jennifer, ich …«

»Ich gehe jetzt besser.« Eine Träne kullerte über ihre Wange.

Sie gingen nach oben zur Haustür.

»Auf Wiedersehen.«

»Es tut mir Leid«, sagte Coltrane.

»Nicht so, wie es mir Leid tut.« Jennifer wischte eine weitere Träne fort und trat nach draußen. Sie brauchte zwei Versuche, die Worte hervorzubringen: »Sobald die Sonderausgabe des Magazins fertig ist, bekommst du das erste Exemplar. Es sind wirklich wunderbare Fotografien, Mitch.« Ihre Stimme brach. »Egal, was passiert ist, ich bin stolz, dass ich zu deinem Leben gehört habe, als du sie gemacht hast.«

Coltranes Kehle war wie zugeschnürt.

Er blieb in der offenen Tür stehen und sah ihr nach, wie sie zur Straße ging und in ihren Wagen stieg. Wie am Abend zuvor blickte sie nicht zurück, als sie wegfuhr. Erst als das Licht ihrer Scheinwerfer sich den Hügel vor seinem Haus empor tastete, erwachte er aus seiner Reglosigkeit und machte Anstalten, wieder ins Haus zurückzugehen.

Doch mitten in der Bewegung erstarrte er, als ihre Scheinwerfer kurz vor dem Kamm des Hügels über einen parkenden Wagen hinweg huschten.

10

Es war in der Dunkelheit und auf diese Entfernung schwer zu sagen, aber der Wagen konnte ein Explorer sein, derselbe Wagentyp, den Nolan fuhr. Jemand saß hinter dem Steuer und sah in Coltranes Richtung. Die Scheinwerfer von Jennifers Wagen tauchten hinter dem Hügel hinab. Der Wagen am Straßenrand war kaum mehr auszumachen.

Nolan? Coltranes Bauchmuskel taten noch immer weh, wo Nolan ihm die Faust in den Leib gerammt hatte. Er war so wütend, dass er versucht war, die Straße hinaufzustürmen und herauszufinden, ob Nolan tatsächlich sein Haus beobachtete. Doch sein aufflackernder Zorn vermochte die Niedergeschlagenheit, die er wegen Jennifer empfand, nicht lange zu überdecken. Er war viel zu müde und zu bedrückt, um sich auf eine Konfrontation einzulassen. Wenn es nur eine andere Möglichkeit gegeben hätte! Er hatte ihr nicht wehtun wollen. Ich wette, Jennifer wäre fuchsteufelswild geworden, wenn sie das von mir zu hören bekommen hätte, dachte er. Er ging ins Haus zurück und verschloss die Tür. Falls das da draußen tatsächlich Nolan war, dann würde er eine lange, fruchtlose Nacht vor sich haben.

Mit trockenem Mund sah Coltrane auf seine Uhr; es war fast Mitternacht. Tash müsste längst zu Hause sein. Sie hätte sich eigentlich schon melden müssen.

Es sei denn, sie wollte zuerst mit Nolan sprechen, und Nolan war nicht zu Hause.

Falls das dort draußen in dem Wagen tatsächlich Nolan war.

Du hast noch eine Menge Arbeit vor dir, mahnte er sich. Das wird dir helfen, dich abzulenken.

Er ging wieder in die Dunkelkammer zurück, machte das Deckenlicht aus, knipste die bernsteingelbe Lampe an und begann, weitere Abzüge von den bereits entwickelten Negativen zu machen. Dann fiel ihm der Abzug ein, den er mit der Oberfläche nach unten in die Wässerungswanne gelegt hatte. Er nahm ihn aus dem Wasser und war von neuem in Bann geschlagen von der Schönheit Tashs, wie sie in ihrem Taucheranzug aus dem Ozean stieg. Sie schien ihm direkt in die Augen zu blicken.

Was geschieht mit mir? dachte er. Wie kann jemand, den ich erst seit gestern kenne, solche Gefühle in mir auslösen?

Er hatte nie an Liebe auf den ersten Blick geglaubt. Aber es war ja auch nicht der erste Blick gewesen, rief er sich in Erinnerung. Er hatte Tashs Gesicht schon oft gesehen, lange bevor er sie kennen gelernt hatte.

Er erinnerte sich, vor einiger Zeit über die Theorie der Seelenverwandtschaft gelesen zu haben, die besagte, dass Seelen, die in einem früheren Leben eng miteinander verbunden waren, nur dann Erfüllung erlangen können, wenn sie einander auch in einem späteren Leben wieder finden. Vielleicht erklärte das die unwiderstehliche Anziehung, die ihn gefangen genommen hatte. Es war, als hätte er Rebecca Chance wiedererkannt, als er zum ersten Mal ihr Bild gesehen hatte. Als hätte er Tash bereits in einer anderen Zeit geliebt und erhielte jetzt die Chance, sie von neuem zu lieben.

Was immer du fühlst, du brauchst dafür keine Erklärung, dachte er. Das zerstört nur alles.

Bislang hatte er lediglich Abzüge von den Filmen gemacht, die er vor den Boutiquen im Beverly Center, in Santa Monica und in Westwood verschossen hatte. Nun wartete noch die Vergrößerung der Aufnahmen von den Passanten auf der South Coast Plaza. Beunruhigt, weil Tash sich noch nicht gemeldet hatte, und allmählich von der Sorge erfüllt, dass ihr etwas zugestoßen sein könnte, zwang er sich, sich an den Vergrößerer zu setzen und legte eines der entwickelten Negative in den Halter. Nachdem er die Scharfeinstellung vorgenommen hatte, legte er Fotopapier in den Vergrößerungsrahmen, stellte die Belichtungszeit ein und knipste die Lampe des Vergrößerers an, die von oben einen zeitlich limitierten Lichtstrahl durch das Negativ sandte, wobei das Bild des Negativs durch eine vergrößerndes Objektiv auf das Papier projiziert wurde.

Wären die Vergrößerungen für eine Ausstellung oder eine Presseveröffentlichung bestimmt gewesen, hätte er mehrere Probedurchgänge gemacht, um die ideale Belichtungszeit zu bestimmen, mit der das lichtempfindliche Papier dem vergrößerten Bild des Negativs ausgesetzt wurde, um eine perfektere Feinauflösung und einen besseren Kontrast von Hell und Dunkel zu bekommen. Doch bei diesen Abzügen ging es nur darum zu erkennen, was auf ihnen abgelichtet war, und nicht um ihre ästhetische Wirkung. Er musste sie so schnell wie möglich fertig kriegen und achtete deshalb nicht auf Perfektion, sondern lediglich darauf, dass die Gesichter in der Menge scharf genug waren, dass Tash sie erkennen und vielleicht eines identifizieren konnte.

Bei der Vergrößerung der Negative der vorherigen Filme hatte er die Erfahrung gemacht, dass zwanzig Sekunden als Belichtungszeit genügten, um das Bild auf das Fotopapier zu projizieren. In dem Augenblick, in dem der Belichtungstimer klickte, erlosch automatisch das Licht des Vergrößerers. Er nahm das Papier aus dem Rahmen und legte es zur Seite, wo nur das bernsteinfarbene Licht der Dunkelkammerleuchte darauf fiel. Als er ein halbes Dutzend Fotopapiere belichtet hatte, brachte er sie zur Entwicklungsschale, ließ sie in die Lösung gleiten und bewegte vorsichtig die Schale, damit die Abzüge gleichmäßig entwickelt würden.

Und wieder geschah das Wunder – wie von Zauberhand erschienen Konturen auf dem Papier. Ein Anflug von Hoffnung regte sich in Coltrane, als er sich über die Abzüge beugte und sie studierte. In den fünfzehn Jahren als Berufsfotograf hatte er sich ein hervorragendes visuelles Gedächtnis angeeignet, sodass es ihm leicht fiel, sich an Details der anderen Abzüge zu erinnern. Doch seine Hoffnung sank und machte Enttäuschung Platz, denn er hatte noch immer kein Gesicht entdeckt, das auf Fotos von verschiedenen Schauplätzen auftauchte. Sein Stolz zwang ihn, sich an die Hoffnung zu klammern, er würde Tash gegenüber nicht zugeben müssen, dass sein Plan ein Fehlschlag gewesen war.

Um die Sache noch schlimmer zu machen, war mit den sechs Abzügen, die in der Entwicklungsschale lagen, irgendetwas nicht in Ordnung: Die Gesichter in der rechten unteren Ecke jeder Vergrößerung waren überbelichtet und viel zu dunkel, um sie erkennen zu können. Davon abgesehen, waren die Gesichter auf dem größten Teil des Abzugs vollkommen akzeptabel. Ein so gravierender Unterschied ließ sich damit erklären, dass die zwanzig Sekunden Belichtungszeit für die Abzüge im Prinzip okay waren, dass für die unteren rechten Ecken allerdings fünfzehn Sekunden Belichtungszeit genügt hätten.

Die Vergrößerungen waren nicht zu gebrauchen. Coltrane knurrte eine Verwünschung, warf sie in den Abfallkübel und kehrte zum Vergrößerer zurück. Er traf die nötigen Vorbereitungen, um von den sechs Negativen neue Abzüge zu machen. Für jeden Abzug stellte er den Belichtungstimer erneut auf zwanzig Sekunden ein, doch jedes Mal, wenn die Uhr fünfzehn Sekunden erreichte, bewegte er die Hand langsam zwischen dem Papier und dem Negativ hin und her, um zu verhindern, dass das Licht der Lampe des Vergrößerers während der letzten fünf Sekunden auf die rechte untere Ecke des Abzugs fiel. Die Bewegung seiner Hand erinnerte ihn an die Geste eines Zauberers, was gar kein so abwegiger Vergleich war, denn was er hier vollführte, waren Dunkelkammer-Zaubertricks. Durch eine Verringerung der Belichtungszeit der rechten unteren Ecken, konnte er diese aufhellen und Einzelheiten sichtbar machen.

Als die sechs Bögen schließlich belichtet waren, legte er sie in die Entwicklungsschale. Diesmal klappte ihm, als die Bilder allmählich Konturen annahmen, vor Verblüffung die Kinnlade herab. Die zuvor zu dunklen rechten unteren Ecken der Abzüge zeigten nun deutlichere Konturen. Wie im Beverly Center auch, hatte er diese Aufnahmen von einem höheren Stockwerk aus gemacht und die Menge von schräg oben fotografiert. Auf dem ersten Abzug der Serie konnte er jetzt einen Mann ausmachen, der eine 35-mm-Kamera vor das Gesicht gehoben hatte, die in die Richtung zielte, wo Tash und ihre Leibwächter auf den Eingang der Boutique zustrebten. Die Kamera war wie eine Maske, die das Gesicht des Mannes verbarg. Sein grau meliertes Haar ließ vermuten, dass er mittleren Alters war. Dies und die etwas füllige Statur des Mannes waren die einzigen Hinweise auf seine Identität.

Als Coltrane seine Aufmerksamkeit dem nächsten Abzug zuwandte, hatte er das Gefühl, als schnürte sich ihm langsam die Kehle zu. Der Mann hatte sich etwas nach rechts gedreht; die Kamera war noch in Augenhöhe, sein Finger drückte auf den Auslöser. Er fotografierte Tash. Das Gesicht war zwar nach wie vor größtenteils hinter der Kamera verborgen, doch der veränderte Blickwinkel ließ einen dicken, fleischigen Hals und den Ansatz einer feisten Wange erkennen. Coltranes Blick huschte zum dritten Abzug der Serie, auf dem sich der Mann noch weiter nach rechts gedreht hatte, das Objektiv aber nach wie vor auf Tash gerichtet hielt. Dieser Schnappschuss zeigte einen Teil seiner Wange und seines Kinns.

Irritiert schüttelte Coltrane den Kopf; er musste sich täuschen, seine Fantasie ging mit ihm durch, seine Einbildung spielte ihm einen Streich. Hastig flog sein Blick über die letzten drei Abzüge der Serie, und er sah, wie der Mann – festgehalten von der kurzen Belichtungszeit und erstarrt im Sekundenbruchteil der rasch hintereinander geschossenen Momentaufnahmen – seine Kamera bis zum Kinn, dann bis zum Hals und schließlich bis vor seine Brust sinken ließ, ohne den starr auf Tash gerichteten Blick von ihr zu nehmen. Sein Profil war nun deutlich zu sehen, und Coltrane fühlte, wie sich sein Magen zusammenkrampfte, als er sich eingestehen musste, dass er sich nicht getäuscht und seine Fantasie ihm keinen Streich gespielt hatte.

Der Mann war Duncan Reynolds.

11

Als das Telefon klingelte, hatte Coltrane Mühe, sich zu bewegen. Seine Muskeln weigerten sich einfach, ihm zu gehorchen. Erst nachdem es noch zweimal geklingelt hatte, gelang es ihm, den Blick von den Abzügen loszureißen und abzunehmen. Für den Fall, dass Jennifer doch noch einmal anrief, hielt er seine Stimme neutral oder versuchte dies zumindest. Der Schock, Duncan Reynolds auf den Abzügen erkannt zu haben, ließ seine Stimme heiser klingen. »Hallo.«

»Klingt nicht sehr begeistert.« Tash klang schnippisch. »Ich habe gehofft, du würdest dich mehr freuen, mich zu hören.« Ihr Stimme war wundervoll kehlig und dunkel.

»›Freuen‹ ist eine krasse Untertreibung.«

»Habe ich dich geweckt?«

»Nein. Ich habe gearbeitet.« Coltrane warf einen Blick zu den Abzügen hinüber. Er hatte noch immer Mühe, das, was er soeben entdeckt hatte, zu verarbeiten.

»Es tut mir Leid, dass es so lange gedauert hat. Ich wollte dich erst anrufen, nachdem ich mit Carl gesprochen habe, aber ich rufe seit einer Stunde bei ihm an, und es meldet sich immer nur der Anrufbeantworter.«

»Ich kann dir sagen, warum: Weil er wahrscheinlich ein Stück die Straße rauf in einem Auto sitzt und mein Haus beobachtet.«

»Das ist ein Scherz, oder?«

»Jemand sitzt auf jeden Fall dort in einem Auto. Es sieht aus wie die Marke, die Nolan fährt.«

»O Gott«, seufzte Tash. »Sieht so aus, als war es genau das Richtige, dass ich nicht mit zu dir, sondern nach Hause gefahren bin.«

»Vielleicht auch nicht. Noch einmal wird er mich nicht überrumpeln. Vielleicht sollte ich rausgehen und ...«

»Nein. Das würde nur noch mehr Probleme verursachen«, sagte Tash. »Ich glaube, ich kann ihn dazu bringen, dass er sich wieder beruhigt. Ich brauche nur eine Gelegenheit, in Ruhe mit ihm zu reden und ihm zu verdeutlichen, dass er sich falsche Vorstellungen macht.«

»Kannst du mir das auch verdeutlichen?«, sagte Coltrane. »Von welchen falschen Vorstellungen redest du?«

»Ich habe dir versprochen, dass ich es dir erkläre. Und das werde ich auch.«

»Wie wäre es mit jetzt?«

»Nein. Nicht am Telefon. Ich möchte dabei deine Augen sehen. Ich muss sicher sein, dass du es verstehst.«

»Ist es so schlimm?«

»Es ist überhaupt nicht schlimm. Aber es wird eine Weile dauern, und ich habe nicht vergessen, was du über den Gebrauch von Handys gesagt hast. Lyle und der Typ von der Staatspolizei sind noch bei mir. Ich habe sie gebeten, mich zu der Telefonzelle an der Tankstelle auf dem Pacific Coast Highway zu fahren. Und das ist wirklich nicht der Ort, an dem ich darüber reden möchte.«

»Morgen?«

»Ja. Das ist übrigens ein weiterer Grund, warum ich anrufe. Hast du in den nächsten Tagen irgendwas Wichtiges vor, das du auf keinen Fall versäumen darfst?«

»Ja – dich zu sehen.«

Tash schwieg einen Moment lang. »Davon habe ich jetzt eine Gänsehaut gekriegt.«

»Von der schönen Sorte, hoffe ich.«

»An den richtigen Stellen. Können wir uns morgen früh am Flughafen treffen?«

»Am Flughafen?«, fragte er überrascht.

»Am Delta-Schalter? Um Viertel nach neun? Das müsste reichen, die Tickets zu kaufen und den Flug um zehn Uhr zehn zu kriegen.«

»Wohin?«

»Nach Acapulco. Zu dem Haus, das ich geerbt habe. Ich halte es nicht mehr aus, ständig gehetzt über die Schulter schauen zu müssen. Ich möchte irgendwo sein, wo niemand weiß, wer ich bin. Wo uns niemand belästigt – weder Carl noch dieser Irre, der mich verfolgt. Niemand. Nur wir beide. Wir können miteinander reden und schwimmen und faul am Strand liegen.«

»Klingt gut.«

»Und andere Sachen tun.«

»Klingt noch besser.«

»Kommst du mit?«

»Du brauchst mir nicht mal den Arm zu verdrehen.«

Tash lachte.

»Ich mag es, wenn du lachst«, sagte Coltrane.

»Ich lache nur, wenn du mich zum Lachen bringst. Vielleicht lache ich in Mexiko mehr.«

»Delta. Viertel nach neun. Ich bringe die Fotos mit, die ich entwickelt habe. Ich glaube, ich habe was gefunden.«

»Was denn?«, fragte Tash rasch.

»Ich bin mir noch nicht sicher, was es bedeutet. Ein Gesicht. Ich bin gespannt, ob du es kennst.«

»Du glaubst, du hast ihn gefunden?«

»Möglicherweise.«

»Das ist die beste Nachricht seit …«
»Ich könnte mich auch irren.«
»Nein. Ich habe ein gutes Gefühl.«

12

Coltrane knipste sämtliche Lichter im Haus aus. Dann schob er sich, um von draußen nicht gesehen zu werden, von der Seite an das Fenster in seinem Wohnzimmer und spähte durch die Jalousien in die Dunkelheit hinaus. Auf dem Kamm des Hügels verströmte eine Straßenlaterne ihr Licht und tauchte den oberen Teil der Straße in diffuses Zwielicht. Der Wagen war verschwunden.

Coltrane wusste nicht, ob er erleichtert oder beunruhigt sein sollte.

ELF

1

Fast im selben Augenblick, in dem die 757 der Delta Airlines mit dröhnenden Turbinen abhob, sagte Tash: »Lass mich die Fotos ansehen.«

Doch als sich Coltrane nach vorn beugte, um den Koffer aus dem Gepäckfach unter seinem Sitz hervorzuziehen, hielt ihn der Sitzgurt zurück. Er machte Anstalten, ihn zu öffnen, überlegte es sich dann jedoch anders, denn die 757 befand sich nach wie vor im steilen Steigflug. Von seinem Fensterplatz auf der rechten Seite aus konnte er auf die Jachten und Segelboote im Hafen von Marina del Rey hinabsehen. Vor seinem geistigen Auge erschien das schmerzende Bild von Jennifers Wohnung. Samstagmorgen – sie saß vielleicht auf ihrem Balkon und trank Kaffee und sah zu dem vorüberfliegenden silbernen Vogel hinauf.

»Ich warte lieber, bis wir die Flughöhe erreicht haben«, sagte er.

»Ich habe kaum geschlafen vor Sorge, dass ich das Gesicht, das dir verdächtig vorkommt, nicht identifizieren kann.«

»Das Gesicht zu identifizieren ist nicht das Problem. Ich weiß bereits, wer es ist. Die Frage ist nur, ob er dir bekannt vorkommt.«

»Du *weißt*, wer es ist?«

»Ich war wie vor den Kopf geschlagen. Auf den Aufnahmen ist ein Mann zu sehen, der dich fotografiert. Randolph Packards Assistent, Duncan Reynolds. Sagt dir der Name etwas?«

»Nein.« Verwirrt durchforschte Tash ihr Gedächtnis. »Ich verstehe das nicht. Was hat Packards Assistent mit mir zu tun? Wieso sucht er sich ausgerechnet mich aus, obwohl ich ihn gar nicht kenne?«

»Vielleicht bekommst du bald eine Antwort darauf.«

Coltrane sah wieder aus dem Fenster und konnte das weiße Leuchten von Segeln auf dem von Wellengirlanden gesäumten Ozean ausmachen. Dann überflog der Jet die Küstenlinie landeinwärts und nahm über dem von Smogschleiern verhüllten Becken von L.A. Kurs nach Süden. Rechts drüben sah er in der Ferne die winzigen Konturen von Santa Catalina Island und musste daran denken, dass Packards Eltern dort irgendwo bei einem Segelunglück ums Leben gekommen waren. Packard, damals sechzehn, hatte als Einziger überlebt. Wie die Biografen berichteten, war die Familie auf der Rückreise von Mexiko gewesen. Waren sie in Acapulco? Dort, wo Tash und er soeben hinflogen?

»Wir steigen jetzt nicht mehr so stark«, sagte Tash.

In seinen Gedanken unterbrochen, wandte sich Coltrane vom Fenster ab und sah sie an. Erneut war er von ihrer Schönheit hingerissen. Sie trug bequeme Kleidung: Turnschuhe, eine kakifarbene weite Hose, einen gelben Baumwollpullover und ein ebenfalls kakifarbenes Leinenjackett mit hochgekrempelten Ärmeln. Eine Türkishalskette. Kaum Make-up, nur ein wenig Eyeliner mit einem Hauch von Türkis oder Grün und einen Touch pfirsichfarbenen Lippenstift. Trotz ihrer legeren Kleidung sah sie umwerfend aus.

»Ja.« Er öffnete den Gurt, beugte sich vor und hob den schwarzen Aktenkoffer auf seine Knie. Als er ihn aufschnappen ließ und ihr ein paar der Fotos reichte, lag auf ihrem Gesicht ein so konzentrierter Ausdruck, wie er ihn in seinem ganzen Leben noch nie bei irgendjemandem gesehen hatte.

»Auf welchem ist er?«, fragte Tash.

»Ich möchte dich nicht beeinflussen. Ich fange mit der ersten Aufnahme an, die ich gemacht habe. Wir gehen die

Fotos von allen Schauplätzen in der Reihenfolge durch, in der du sie aufgesucht hast. Das heißt, wir fangen mit dem Beverly Center an.«

Während Tash die Fotos eines nach dem anderen prüfend betrachtete, schürzte sie vor lauter Konzentration die Lippen zu einem süßen Schmollmund. »Ich sehe niemanden, den ich kenne.«

»Okay. Dann der nächste Film.«

Erneut konzentrierte sich Tash auf die Fotos. »Auch auf denen ist niemand, den ich erkenne.«

»Kein Gesicht, das vorhin schon mal aufgetaucht ist?«

»Nein, keines.«

Sie blätterte durch den dritten Stapel – mit demselben Ergebnis. »Es sind so viele Gesichter, dass ich fürchte, ich übersehe was.«

»Versuch es weiter. Das hier ist der letzte Film. Wir sind fast fertig.«

Coltrane hatte die Fotos, die ihn stutzig gemacht hatten, in die Mitte des Stapels geschoben, damit sie ihr nicht auf den ersten Blick ins Auge sprangen.

»Nichts. Und auf dem hier auch nichts. Auf dem auch nicht. Und …« Die Worte blieben ihr im Hals stecken. Tash hob das nächste Foto näher an die Augen und zog dann noch einmal die letzten drei Abzüge unter dem Stapel hervor. Angespannt blätterte sie ein paar der nächsten durch. »Der hier ist es. Der mit der Kamera.«

»Ich hätte das mit der Kamera nicht sagen sollen. Du wusstest, wonach du suchen musst.«

»Nein. Ich habe die Kamera glatt übersehen. Deine Augen sind für so etwas besser geschult. Aber diesen Mann hier« – sie tippte mit der Fingerspitze auf ein Gesicht –, »diesen Mann kenne ich. Er war in Begleitung des Anwalts, der mich aufgesucht und mit eröffnet hat, dass mich Randolph Packard in seinem Testament bedacht hat.«

Coltrane starrte aus zusammengekniffenen Augen auf das Foto.

»Aber der Name, mit dem er sich vorgestellt hat, war nicht Duncan Reynolds. Er nannte sich William Butler. Er sagte, er sei ein Mitarbeiter des Anwalts. Was geht hier vor sich? Warum hat er mich angelogen?«

»Vielleicht wollte er nicht, dass du erfährst, in welcher Beziehung er zu Packard stand. Hättest du gewusst, wer er ist, dann hättest du ihn mit einem Sack voll Fragen überschüttet, warum Packard dir das Haus vermacht hat.«

»Fragen, auf die er nicht antworten wollte.«

»Es ist zwar nur eine Vermutung, aber sie klingt plausibel.«

»Aber *warum* wollte er meine Fragen nicht beantworten?« Tashs Stimme war vor Besorgnis so laut, dass ein elegant gekleidetes Paar in der Mittelreihe neben ihnen mit hochgezogenen Brauen zu ihr herüber sah. Sie beugte sich näher zu Coltrane und dämpfte ihre Stimme. »Warum macht er das mit mir?«

»Ich habe dir erzählt, dass ich mal als Fotograf für die Threat Management Unit gearbeitet habe, oder?«, fragte Coltrane.

»Ja.«

»Dabei habe ich eine Menge gelernt. Die Leute glauben, dass Stalker entweder verschmähte Ehemänner oder Freunde sind oder Fans von Berühmtheiten oder Politikern, deren Verehrung an Obsession grenzt. Aber es gibt auch eine anderen Kategorie. Ich habe herausgefunden, dass manche Stalker nur eine oberflächliche und rein zufällige Beziehung zu den Opfern haben. Ein Junge, der in einem Supermarkt an der Kasse die Waren in die Tüten packt, kann von einer hübschen Kundin besessen sein, die einmal in der Woche dort einkauft. Er schiebt sich nahe an sie heran, während sie die Rechnung bezahlt, und kann in ihrer Brieftasche ihren Namen und ihre Adresse entziffern. Er fährt ein paar Mal an ihrem Haus vorbei. Wenn ihn das nicht mehr befriedigt, beginnt er, nachts ihr Haus zu beobachten. Dann genügt ihm das auch nicht mehr und er folgt ihr. Er ruft an, weil er ihre Stimme hören will. Er schickt ihr Blumen und Briefe. Er macht Fotos von ihr, ohne dass sie es bemerkt. Er sehnt sich verzweifelt nach einer Beziehung mit ihr, aber er weiß, dass das nicht möglich ist, und seine Frustration wächst, und er wird allmählich wütend. Schließlich verfällt er auf den Gedanken, dass sie dafür bestraft werden muss, dass sie zu gut für ihn ist, und er besorgt sich einen Kanister mit Benzin oder ein Messer oder einen Revolver und …«

Tash schauderte. »Willst du damit sagen, Duncan Reynolds passt in dieses Profil?«

»Ohne das Foto wäre ich nie auf den Gedanken gekommen. Um die Wahrheit zu sagen, ich mag ihn sogar irgendwie. Er ist für mich überhaupt nicht der Typ, der so was tut. Aber wer kann schon sagen, wie der typische Stalker aussieht? Wenn Nachbarn erfahren, dass der Mann, der zwanzig Jahre in ihrer Straße gewohnt hat, zur Arbeit gefahren ist und dort fünf Kollegen erschossen hat, sagen sie: ›Aber er war so ein ruhiger Mensch. Ich hätte niemals gedacht, dass er zu so etwas fähig ist.‹ Wer kann schon sagen, wozu ein Mensch fähig ist?«

Tash erschauerte erneut. »Was du eben über das Messer gesagt hast, war mir ein bisschen zu lebendig.«

»Entschuldige. Ich wollte dir keine Angst einjagen.« Coltrane berührte besänftigend ihre Hand. Statische Elektrizität entlud sich mit einem Knistern von ihrem Handrücken und versetzte ihm einen Schlag.

Sie starrten beide darauf hinab.

»Vielleicht ist es nur meine Angst, die sich entlädt.« Tash griff nach dem Telefon, das an der Rückseite der Sitzlehne vor ihr angebracht war.

»Was machst du?«, fragte Coltrane.

»Ich rufe Walt an. Jetzt, wo wir wissen, wer mich bedroht, kann die Polizei ihn festnehmen. Sie können den Bastard unter Druck setzen, bis er gesteht, dass er mich seit Wochen verfolgt hat.«

»Nein. Warte«, sagte Coltrane.

»Was ist denn?«

»Walt kann ohne Beweise gar nichts tun. Er wird die Fotos sehen wollen.«

»Dann zeigen wir sie ihm.« Ein Gedanke bremste ihren Enthusiasmus. »Oh.«

»Verstehst du, was ich meine? Du wirst ihm erklären müssen, warum du ihm die Fotos nicht zeigen kannst. Und wenn du ihm sagst, dass du vorher mal schnell ein paar Tage nach Acapulco fliegst, wird er sich natürlich fragen, was das soll. Wenn deine Beweise so überzeugend sind, warum wartest du dann mit deinem Urlaub nicht ein paar Tage, um sie ihm zu zeigen?«

»Es würde aussehen, als wäre nicht viel dran.«

»Es sei denn, du erzählst ihm die ganze Geschichte«, sagte Coltrane. »Dass du die Fotos erst an Bord des Flugzeugs gesehen hast. Aber wenn er weiß, wohin du fliegst, wird er wissen wollen, warum.«

»Und alle wissen über unser beschauliches Tête-à-tête in Acapulco Bescheid.« Tash seufzte deprimiert. »Wenn Carl das mitkriegt, bringt er es fertig und fliegt uns nach.«

»Richtig.«

Mit zitternden Händen hängte Tash das Telefon wieder in die Rückenlehne. »Außerdem weiß Duncan Reynolds nicht, wo ich bin. Nur wir beide wissen es.«

»Bist du sicher, dass dich niemand zum Flughafen verfolgt hat?«

»Ich habe ein Taxi genommen. Dem Fahrer habe ich gesagt, er soll mich bei der United rauslassen, dann bin ich zu Fuß in die andere Halle zu Delta rüber gelaufen. Was hätte jemand, der mich verfolgt hat, tun sollen? Seinen Wagen in dem Verkehr vor dem Terminal stehen lassen? Er wäre abgeschleppt worden, wenn er versucht hätte, mich in dem Gewühl zu finden.«

»Ist alles in Ordnung bei Ihnen?«

Coltrane und Tash blickten überrascht zu der Stewardess auf.

»Wir haben soeben festgestellt, dass wir vergessen haben, vor dem Abflug was Wichtiges zu erledigen«, erklärte Coltrane. »Aber das ist wahrscheinlich immer so, wenn man in den Urlaub fährt.«

»Der Film, den wir nachher zeigen, ist eine Komödie. Vielleicht hilft er Ihnen, in Urlaubsstimmung zu kommen.«

»Das hoffe ich.«

2

Wären sie nicht so mit ihren Gedanken an das, was hinter ihnen lag, beschäftigt gewesen, hätte der Rest des Dreieinhalb-Stunden-Flugs ein reines Vergnügen sein können. Der Service war erstklassig, vor allem das mexikanische Lunch – Seebarsch in scharfer Tomatensauce mit Oliven und Paprikagemüse – schmeckte hervorragend. Die Szenerie war grandios. Wenn Coltrane aus seinem Fenster blickte, sah er rechts den blauen Golf von Kalifornien und die zerklüfteten Klippen von Baja California. Dann endete die Halbinsel mit einer Phalanx spektakulärer Felsformationen, und der Pazifische Ozean spannte sich blau und silbern schimmernd unter ihnen, während sich der Jet auf seinem Südostkurs entlang der mexikanischen Küste allmählich Acapulco näherte.

Nachdem Cortés' Soldaten diese Region 1521 entdeckt hatten, erkannten sie auf der Stelle, dass sich die wie ein Halbmond geformte Bucht hervorragend für einen Hafen eignen würde, las Coltrane im Bordmagazin von Delta Airlines. Mehrere Jahrhunderte lang war der Ort eine wichtige Handelsniederlassung gewesen, doch erst in den Zwanzigerjahren hatte sich das verschlafene Fischerdörfchen mit seinen herrlichen Stränden und den eindrucksvollen Gebirgsketten im Hintergrund zu einem beliebten Ferienort für Erholungssuchende entwickelt. Den reichen Urlaubern aus Mexico City folgten bald die Reichen und Berühmten aus anderen Ländern. B. Traven, Malcolm Lowry und Sherwood Anderson waren hier gewesen, genauso Tennessee Williams, dessen *Die Nacht des Leguan* hier spielte. Doch wegen der aus dem Boom in den Fünfziger- und Sechzigerjahren resultierende Überbauung und Überbevölkerung war Acapulco auf der Beliebtheitsskala der Touristen zurückgefallen. Erst Ende der Achtzigerjahre unternahmen die Verantwortlichen große Anstrengungen, den alten Glanz des Ferienorts wieder aufzupolieren, um das Flair der ruhmreichen Vergangenheit von neuem aufleben zu lassen.

Um eine gute Sicht zu haben, verließen Coltrane und Tash ihre Plätze, als der Kapitän den Landeanflug ankündigte, und wechselten zu den Fenstern auf der linken Seite.

»Ich wusste nicht, dass Acapulco so groß ist.« Staunend sah Coltrane auf die Stadt hinab.

»In dem Artikel im Bordmagazin steht, dass dort unten mehr als eine Million Menschen leben«, sagte Tash.

»Und ich wette, die wenigsten von ihnen können es sich leisten, eine Nacht in einem von diesen Hotels zu verbringen.«

Hunderte Hotels, die riesig waren und in der Sonne glänzten, säumten den Halbkreis des Hafens oder klebten an den von tropischem Grün überwucherten Hängen dahinter. Coltrane machte im Geist eine Aufnahme von der impressionistisch anmutenden Entfaltung von Licht und Farbe unter ihm: das Grün der zahllosen Palmen, aus dem kupferbraune Felsklippen emporragten, das Korallenrot der Dächer, die goldene Sichel des Strands, das Azurblau der Bucht. Vergnügungsdampfer warteten vor der Einfahrt zum Hafen, während Ausflugsboote an den Docks an- und ablegten und Motorboote, Jachten und Segelboote in der Bucht kreuzten.

»1934 hat es hier allerdings ganz anders ausgesehen«, brummte Coltrane. »Das erste Telefon wurde erst zwei Jahre später angeschlossen. Land konnte man damals für drei Cents den Morgen kaufen. Nur dreitausend Menschen lebten da unten. So schwierig es war, hierher zu kommen, es muss ein Paradies gewesen sein.«

»Ja. Und Packards Paradies, Espalda del Gato, war noch kleiner und entlegener«, sagte Tash. »Ich frage mich, wie Rebecca Chance reagiert hat, als Packard sie hinbrachte.«

3

Sie hatten nur Handgepäck und konnten deshalb, nachdem sie ihre Touristenkarten erhalten und die Zoll- und Passkontrollen hinter sich gebracht hatten, dem heillosen Gewimmel im Terminal früher entkommen, als sie gehofft hatten. Mit einem Taxi fuhren sie vom Flughafen die Küste entlang nach Norden, an der sich Golfplätze, Strände und Luxushotels reihten, von denen eines aussah wie eine aztekische Pyramide. Nach zwanzig Minuten erklomm der Highway den Kamm eines Hügels, und ihnen bot sich ein spektakulärer Blick auf den Hafen von Acapulco.

Auf der Costera Miguel Alemán, einer herausgeputzten Prachtstraße, die der Krümmung der Bucht folgte, kamen sie an Hochhäusern aus Stahl und Glas vorüber und erreichten schließlich den älteren Teil der Stadt, in dem die Häuser niedriger und im traditionellen mexikanischen Stil gebaut waren. Vor einem Hotel, das sich El Geranio Blanco nannte, ›Weiße Geranie‹ – der Taxifahrer hatte es ihnen empfohlen, als er herausfand, dass sie noch kein Hotel für die Nacht hatten –, stiegen sie aus. In dem Hotel arbeitete ein Verwandter des Taxifahrers, wie er grinsend erklärte, und obwohl im Januar in Acapulco nur schwer ein Zimmer zu kriegen sei, könne er es sicher arrangieren, dass sie ein Zimmer für einen anständigen Preis bekämen. Und für ein anständiges Trinkgeld, dachte Coltrane, nachdem der Fahrer von dem Gespräch mit seinem Verwandten im Hotel zurückkam und mit einem Lächeln verkündete, dass alles arrangiert sei. Sein Lächeln wurde breiter, als Coltrane ihm fünfzig Dollar zusteckte. Als das Taxi davonfuhr, sahen er und Tash mit skeptischen Blicken zu den Blumenkästen mit weißen Geranien auf den schmiedeeisernen Balkonen des Hotels empor.

»Wollen wir hoffen, dass unser Taxifahrer nicht gelogen und im Hotel wirklich mit einem Verwandten gesprochen hat«, brummte Coltrane.

Sie sahen einander fragend an und fanden die Vorstellung, dass sie womöglich betrogen worden waren, plötzlich unfassbar lustig. Doch wie sich herausstellte, hatten sie tatsächlich ein Zimmer bekommen, das allerdings so klein war, dass das Bett es praktisch ausfüllte – es hatte nur ein Fenster und lag im fünften und obersten Stock. Das Hotel hatte zwar keinen Lift, dafür war der Preis für ihr Zimmer auch nicht höher als der für die beste Suite des Hauses.

»Was hältst du davon? Sollen wir in ein anderes Hotel gehen?«, fragte Coltrane.

»Wenn es stimmt, was der Fahrer gesagt hat, ist die Stadt voll. Ich bin dafür, dass wir bleiben«, sagte Tash. »Sieh es positiv: Wenigstens haben wir ein Bad.«

»Aber wir müssen über das Bett kriechen, um reinzukommen.«

»Das sind Kleinigkeiten.«

»Wir müssen noch was tun.«

»Mit dem Bett, meinst du?«

»Nein – ich meine Carl Nolan.«

4

»Ich habe einen Fehler gemacht«, sagte Tash.

Coltrane zuckte innerlich zusammen. »Wie das?«

Sie saßen an einem kleinen runden Holztisch in einem Straßencafé auf der belebten Plaza der Altstadt von Acapulco. Beide hatten eine Margarita vor sich stehen, doch noch nicht davon getrunken.

»Als Erstes musst du verstehen«, sagte Tash, »dass Carl und ich in den letzten Wochen, seit meine Probleme anfingen, viel zusammen waren.«

Coltrane hatte das Gefühl, als würde sein Herz nach unten sacken.

»Es ist nichts passiert«, sagte Tash rasch.

»Hör zu, Tash, ich … Ich fühle mich scheußlich, dich so

auszufragen. Es ist dein Leben. Und es ginge mich auch nichts an, wenn er mir nicht gedroht hätte.«

»Nein«, sagte Tash. »Es ginge dich etwas an, auch wenn er dir nicht gedroht hätte. Wenn wir eine gemeinsame Zukunft haben wollen, hast du jedes Recht, über meine Vergangenheit Bescheid zu wissen.«

Die Schatten der Palmen füllten die Plaza. Kinder spielten in einem Musikpavillon. Eine maurisch anmutende Kirche mit gelben Türmen und einer zwiebelförmigen blauen Kuppel beherrschte die gegenüberliegende Seite.

Coltrane sah nichts von alledem. »Ist es das, was du willst – eine gemeinsame Zukunft?«

Tash schenkte ihm ein warmes Lächeln. »Ich fühle mich mit dir wohler als mit jedem anderen Mann, den ich je gekannt habe. Als würde ich dich schon lange kennen. Aber dem ist natürlich nicht so, und darum freue ich mich auf das Vergnügen rauszufinden, was es mit dir auf sich hat.«

Die Gefühle in Coltranes Brust machten es ihm unmöglich, ein Wort hervorzubringen.

»Carl und ich waren viel zusammen«, fuhr Tash fort. »Aber Lyle und ich auch. Und mit Walt habe ich auch viel Zeit verbracht, und mit den anderen ebenfalls. Sie sind schließlich meine Leibwächter. Einer von ihnen war in der Regel immer bei mir – ob unterwegs im Auto oder zu Hause. Wir essen zusammen. Wir reden.«

Coltrane wartete unbehaglich.

»Als das Paket mit dem Bullenherzen abgegeben wurde, war alles voller Blut … Ich bin ausgeflippt. Ein Einsatzkommando kam und hat das Herz weggebracht. Dann kam Carl, um zu sehen, ob er irgendwas tun konnte. Walt und Lyle waren schon da, aber sie konnten nicht bleiben, weil sie wegen eines Einbruchs ermitteln mussten. Carl sagte, sie bräuchten sich keine Sorgen zu machen, er bleibe eine Weile bei mir. Sie fuhren weg.«

Coltrane beugte sich vor.

»Ich war so mit den Nerven fertig, dass ich zu schluchzen anfing«, erzählte Tash. »Ich habe mich an ihm fest gehalten. Ich hielt es nicht mehr aus, ständig diese Angst zu fühlen. Als er anfing, mich zu küssen, habe ich mich nicht gewehrt. Es war einfach nur ein menschlicher Kontakt. Es war … Aber dann wurden seine Küsse fordernder, und er hat mich angefasst und …«

»Stopp. Du brauchst mir das nicht zu erzählen«, sagte Coltrane.

»Nein. Aber wenn Carl dir gegenüber möglicherweise behauptet, ich hätte ihn verführt, will ich, dass du weißt, wie es wirklich war. Ich will das jetzt klären – ein für alle Mal, damit ich es nie wieder erzählen muss.«

Auf der anderen Seite der Plaza fing eine Mariachi-Kapelle zu spielen an.

Coltrane hörte es nicht.

»Ich habe Carl weggeschoben«, sagte Tash. »Ich habe gesagt, dass er das falsch verstanden hat und ich keinen Sex mit ihm will. Dass ich von ihm nur ein wenig Trost will. Ich habe gesagt, dass mein Leben auch so schon außer Kontrolle geraten ist und wir nicht alles noch komplizierter machen sollten. Er sagte, er habe sich in mich verliebt, und wollte wissen, was nicht in Ordnung sei mit ihm, weil ich ihn nicht will, und ich erwiderte, dass ich in dem augenblicklichen Chaos in meinem Leben *niemanden* will und er es nicht persönlich nehmen soll.«

Tash lehnte sich zurück und sah zum Hafen hinüber, wo Ausflugsboote und Fischkutter an den Kais anlegten. Doch der gedankenverlorene Ausdruck in ihren Augen ließ keinen Zweifel daran, dass das, was sie sah, vor Wochen geschehen war.

»Die Wahrheit ist, ich wusste damals schon, dass ich mit ihm nie eine Beziehung haben könnte, wie er sie sich vorstellte. Aber mir ist in dem Augenblick nichts Besseres eingefallen. Ich bin alles andere als stolz darauf, das kannst du mir glauben. Aber ich bekam einfach den Gedanken nicht aus dem Kopf, dass irgendein Verrückter um mein Haus herumschleicht und möglicherweise irgendwann auf den Gedanken verfällt, mich umbringen zu wollen. Ich brauchte jede Hilfe, die ich kriegen konnte. Deshalb war ich nicht bestimmt genug, als ich nein sagte. Und als Carl fragte: ›Vielleicht jetzt nicht, aber eventuell später, wenn wir den Dreckskerl geschnappt haben und Sie keine Angst mehr haben müssen?‹, hatte ich nicht den Mut, ehrlich zu sein. Statt klar und deutlich nein zu sagen, redete ich mich raus und vertröstete ihn, dass ich über solche Dinge nicht nachdenken kann, wenn ich bei jedem Schatten, den ich sehe, zusammenzucke. Inzwischen ist mir klar, dass ich bei ihm damit falsche Hoffnungen geweckt habe. Als du an Neujahr bei mir zu Hause aufgetaucht bist und ich dich gebeten habe zu bleiben, stand ihm ins Gesicht geschrieben, wie sauer er war. Ich konnte seine Eifersucht fühlen.«

»Und so fasste er den Entschluss, mich im Beverly Center zu stellen und mir unmissverständlich klarzumachen, dass ich nicht willkommen bin und er ältere Rechte auf dich hat«, sagte Coltrane.

»Ich fürchte nur, er glaubt tatsächlich, er hätte ein Recht auf mich.«

Coltranes Kiefermuskeln traten hervor. »Wenn wir zurück in L.A. sind, sorgen wir zuerst dafür, dass Duncan Reynolds von der Polizei festgenommen wird, und dann rede ich mit Carl und mache ihm klar, wie die Dinge liegen.«

»Nein, lass die Polizei das regeln. Ich möchte nicht, dass er dir etwas antut.«

»Das nächste Mal wird er mich nicht überrumpeln.«

»Bitte, Mitch!«, beschwichtigte ihn Tash. »Es war alles meine Schuld. Es gibt schon genug Schwierigkeiten. Wir sollten nicht noch mehr heraufbeschwören.«

Coltrane konnte ihrem flehenden Ton nicht widerstehen. »Na schön«, knurrte er und atmete durch, um sich zu beruhigen. »Ich werde es der Polizei überlassen.«

»Danke.«

Als er ihre Hand berührte, registrierte er erleichtert, dass er diesmal keinen elektrostatischen Schlag bekam. »Das Wichtigste ist, dass es bald vorbei ist.«

»Endlich wieder frei«, seufzte Tash sehnsüchtig. »Lass uns darauf anzustoßen.«

Sie erhoben die Margaritas und ließen die Gläser aneinander klirren.

»Wenn wir nicht hierher geflogen wären, wäre wahrscheinlich schon alles vorbei«, sagte Coltrane. »Möchtest du, dass wir morgen nach Hause zurückkehren, alles regeln, wieder herkommen und richtig Ferien machen?«

»Ein Tag mehr oder weniger macht keinen Unterschied. Ich möchte endlich wissen, warum Randolph Packard mir das Haus vererbt hat. Wenn wir es finden, kann ich dort vielleicht die Antworten bekommen, die ich suche.«

»Ja. Ich hatte von dem Augenblick an, als ich Packards Fotografien von Rebecca Chance sah, das Gefühl, dass zwischen der Vergangenheit und der Gegenwart eine Verbindung besteht.« Coltrane setzte sein Glas ab und griff nach der Kamera. »Beweg dich nicht.«

Er drückte auf den Auslöser.

5

Wo nur wir beide sind. Wo wir miteinander reden und schwimmen und faul am Strand liegen können, hatte Tash gesagt und damit ein paar der Gründe aufgezählt, warum sie nach Acapulco wollte. Es war inzwischen zu spät, schwimmen zu gehen, aber genau die richtige Zeit für einen Spaziergang. Hand in Hand schlenderten sie eine von Geschäften gesäumte Straße zu der Klippe über dem Hafen hinauf und sahen zu, wie sich die rotgoldene Glut der untergehenden Sonne wie flüssiges Feuer über den silbern schimmernden Ozean ergoss. Als Tash den Kopf an Coltranes Schultern lehnte, legte er den Arm um sie. So standen sie reglos und sahen zu, wie die Sonne hinter dem Horizont versank, bis nur mehr ein schmales, hellrotes Stück zu sehen war.

»Achte darauf, ob du ein grünes Licht aufleuchten siehst.«

Sie sah ihn verwirrt an.

»Nein, schau nicht mich an«, sagte Coltrane. »Behalt den Horizont im Auge. Jeden Augenblick müsste ein grünes Aufleuchten zu sehen sein.«

»Was meinst du?«

»Packard hat ein Buch über Fotografie geschrieben, *Beobachtungen*. Darin behauptet er, dass in dem Augenblick, in dem die Sonne hinter dem Horizont verschwindet, ein grünes Aufleuchten zu sehen ist. Er behauptet, dass er dieses Leuchten oft beobachtet hat – es hat etwas mit der Veränderung des Lichtspektrums zu tun –, und erzählt, dass er Zeit seines Lebens immer wieder versucht hat, dieses grüne Aufleuchten zu fotografieren, es aber nie schaffte. Denn bis er es sah und auf den Auslöser drückte, war es schon wieder verschwunden. Er versuchte, ihm zuvorzukommen und drückte auf den Auslöser, wenn er glaubte, das Aufleuchten würde im nächsten Augenblick zu sehen sein. Aber auch das funktionierte nie. Ich habe, ich weiß nicht, wie viele Abende damit verbracht, mir den Sonnenuntergang anzuschauen, und versucht, das grüne Aufleuchten zu sehen, aber ich habe es nie zu Gesicht bekommen.«

»Stimmt es, was Packard behauptet? Glaubst du, dieses Aufleuchten existiert wirklich?«

»Andere Fotografen behaupten auch, es gesehen zu haben. Ansel Adams hat seine Gäste immer auf die Veranda hinaus geschleppt, um es ihnen zu zeigen.«

»Aber du hast es nie gesehen?«

»Nein.«

»Warum glaubst du dann, du könntest es heute sehen?«

»Weil du bei mir bist.«

Tash schwieg einen Moment lang. »Das ist das Schönste, das jemals ein Mensch zu mir gesagt hat.«

»Würdest du bitte aufhören, mich anzuschauen?«

Tash kicherte.

»Halt die Augen auf den Horizont gerichtet.«

»Jawohl, Sir.« Sie kicherte erneut. Dann richtete sie den Blick wieder auf den Horizont und sah, wie der letzte orangefarbene Funke der Sonne hinter dem Horizont versank. Sie sog scharf die Luft ein, denn als die Dunkelheit in den Himmel sickerte, schoss jäh ein grünes Licht empor wie das monochrome Aufleuchten eines fernen Polarlichts. Ebenso plötzlich war es wieder verschwunden.

»Ich traue mich fast nicht, dich zu fragen.«

»Ich habe es auch gesehen.« Coltrane fühlte ein Pochen hinter seinen Ohren.

»Wahnsinn!«

»Ja.«

»Ich fühle mich, als wären wir die einzigen Menschen auf der Welt, die es gesehen haben«, flüsterte Tash.

»Ich auch.«

»Eine Vorstellung nur für uns allein.«

Coltrane zog sie an sich, und seine Lippen fanden die ihren. Als die Klippe zu wanken schien, hatte er das flüchtige Gefühl, dass nicht ihre Körper danach strebten zu verschmelzen, sondern ihre Seelen. Vielleicht nennt man es deshalb Seelenverwandtschaft, dachte er verschwommen. Dann, als ihre Umarmung leidenschaftlicher wurde und ihr Kuss begehrlicher, war er nicht mehr fähig, einen weiteren Gedanken zu fassen.

6

Ihr Hotel war nur zehn Minuten zu Fuß entfernt, doch Coltrane konnte sich später nicht mehr an die Restaurants und Geschäfte erinnern, an denen sie vorbeieilten. Es kam ihm so vor, als wären sie schon im nächsten Moment dort angelangt, und dennoch konnte er sich an keine Situation erinnern, wo eine vergleichbar kurze Zeitspanne scheinbar so unendlich lange gedauert hatte.

Sie schafften es gerade noch, die Tür zu ihrem Zimmer aufzuschließen, bevor sie übereinander herfielen. Gierig glitten ihre Hände unter ihre Kleider, blind nach der Wärme des anderen tastend, unfähig, voneinander zu lassen. Ihre Lust war so groß, dass es eine unerträgliche Verzögerung gewesen wäre, sich die Zeit zum Ausziehen zu nehmen. Doch es war gar nicht nötig, sich der Kleider zu entledigen, denn plötzlich waren sie nackt, und ihre Kleider lagen im Zimmer verstreut. Als sie sich aneinander pressten, Brust an Brust, Bauch an Bauch, Lende an Lende, wurde ihre Haut zu einem sensiblen, machtvollen Geschlechtsorgan, das sie zu noch größerer Eile trieb. Coltrane stieß mit dem Rücken gegen den Lichtschalter an der Wand, wodurch die Deckenlampe anging. Es war ihnen egal, das Licht störte nicht. Sie waren viel zu sehr miteinander beschäftigt, um es auszumachen. Als sie aufs Bett sanken, hatte Coltrane das Gefühl, zu fallen und immer tiefer zu fallen. Er presste Tash an sich, wälzte sich, ihre Glieder ineinander verschlungen, mit ihr hin und her und glitt, die Haut glitschig vor Schweiß, auf sie und in sie.

Ihr Stöhnen vermischte sich zu einem leidenschaftlichen Gesang, wurde eins, und er hatte das Gefühl, über seinem Körper zu schweben, wenn er in sie drang, und in sich zu stürzen, wenn er sich zurückzog. Sein Kopf war leer – nur weiß und dann schwarz, weiß und schwarz. Und dann sah er nur noch weiß und lag desorientiert neben ihr.

Allmählich schlug sein Herz langsamer und drohte nicht mehr, beim nächsten Schlag aus seiner Brust zu springen. Als er schließlich die Kraft aufbrachte, drehte er den Kopf und sah zu Tash hinüber, deren Augen geschlossen waren. Ihr Körper glänzte vor Schweiß.

»Beweg dich nicht.«

»Das hatte ich auch nicht vor«, murmelte sie.

»Ich möchte dich fotografieren.«

Es dauerte lange, ehe sie antwortete. »Okay.«

Als er über ihr stand und auf sie hinabsah, um zu entscheiden, welchen Winkel er wählen sollte, war er von der unbefangenen Vollkommenheit ihrer selbstvergessenen Nacktheit so überwältigt, dass er beinahe vergaß, nach der Kamera zu greifen. Sie lag auf dem Rücken, die Arme erschöpft von sich gespreizt, ihre Brüste breit und in sich ruhend, ihr Bauch von der Schwerkraft nach innen gewölbt, ihr Schamhaar ein perfektes Dreieck, ihr rechtes Bein ausgestreckt, das linke träge seitlich abgewinkelt.

Noch nie war er mit einer Frau zusammen gewesen, die ihn allein durch den bloßen Umstand, dass sie eine Frau war, so hingerissen und verzaubert hatte. Es war, als fühlte er sich durch ein chemisches Signal, dem er aufgrund seiner biologischen Programmierung nicht widerstehen konnte, zu ihr hingezogen. Doch das erklärte es noch nicht, auch wenn der Moschusduft ihrer Körpersäfte, den sie verströmte, den ganzen Raum erfüllte und ihn benommen und trunken machte. Seine Liebe für sie war mehr als das. Er hatte sie bereits geliebt, lange bevor er ihr begegnet war. Er hatte sie schon davor gekannt und seitdem immer nach ihr gesucht.

Coltrane hob die Kamera, stellte mechanisch Blende und Belichtungszeit ein und blickte dann durch den Sucher, was den Eindruck, den sie vermittelte, noch verstärkte. Das kleine, ferne und doch so nahe Bild erschien ihm intensiviert und idealisiert. Als er auf den Auslöser drückte, wusste er, dass dies eines der besten Fotos werden würde, das er je gemacht hatte. Er schoss ein Dutzend Aufnahmen von ihr aus verschiedenen Blickwinkeln. Einige waren Ganzkörperaufnahmen, andere fingen nur einen Teil von ihr ein – ihr Gesicht und ihren Hals, ihre Brüste oder ihren Nabel, eine nur ihr perfektes, schwarz glänzendes Dreieck.

Er ließ sich auf die Knie sinken und legte seine rechte Hand auf ihren Busch, schwelgte in seiner seidenen Zartheit.

Tash legte ihre Hand auf seine. »Das fühlt sich gut an.«

Coltrane hörte das wilde Pochen seines Herzens.

»Glaubst du, die Fotos werden gut?«, fragte Tash.

»Ja«, erwiderte er mit einem heiseren Murmeln.

»Es wundert mich, dass ich sie dich habe machen lassen.«

»Ich danke dir dafür.«

»Ich vertraue dir. Ich weiß, du würdest nie etwas mit

den Bildern machen, das mich erniedrigen würde oder billig aussehen ließe.«

»Nein – niemals«, entgegnete er sanft.

7

In dem gleißenden, die Augen blendenden Sonnenlicht hob der Soldat – einer von dreien an einer Straßensperre zwischen zwei Jeeps – die rechte Hand, und bedeutete Coltrane anzuhalten. Coltrane fuhr einen fünf Jahre alten blauen Ford Kombi mit verbeultem Kotflügel und gut hunderttausend Kilometern auf dem Tacho – der einzige Mietwagen, den er hatte auftreiben können. Am Schalter der Autovermietung hatte man ihm erklärt, dass sie morgen einen besseren Wagen zur Verfügung hätten, doch Coltrane wollte nicht so lange warten. Und so waren sie, nachdem sie sich mit einer guten Karte und einem ganzen Hut voll mexikanischer Autoversicherungen versorgt hatten, von Acapulco auf der Autobahn nach Süden gefahren. Vierzig Minuten südlich des Flughafens und lange nachdem die vom Dschungel gesäumte Straße auf zwei Spuren zusammengeschmolzen war, versperrten die Soldaten ihnen den Weg.

Coltrane nickte, wie er hoffte, respektvoll und fragte auf Spanisch, ob etwas nicht in Ordnung sei.

Statt zu antworten, ließ der Soldat seinen mürrischen Blick über den Rücksitz und den Laderaum dahinter schweifen, die beide leer waren, abgesehen von einer Kühlbox im Gepäckraum. Der Soldat nahm seine rechte Hand von der Maschinenpistole und bedeutete ihnen mit einer Geste, dass er die Kühlbox geöffnet haben wollte. Tash beugte sich über den Rücksitz und tat wie verlangt, wobei sich die beiden Soldaten auf ihrer Seite der Straße ganz auf ihre Hüften konzentrierten, während sie den Deckel der Kühlbox hochhob und ihnen die Cola- und Limonadedosen zeigte, die drin waren. Mit einem nachlässigen Winken der Hand gab der erste Soldat zu verstehen, dass Coltrane weiterfahren konnte.

»Was sollte *das* denn?«, fragte Tash.

»Der Typ bei der Autovermietung hat gesagt, das die Armee seit einigen Tagen überall Autos nach Waffen und Drogen durchsucht.«

»Die sahen ziemlich angefressen aus. Gott helfe dem armen Kerl, den sie sich rauspicken und festnehmen.«

»Und in dieser Hitze wird ihre Laune ganz bestimmt nicht besser.«

Es waren fast 33 Grad im Schatten. Die Klimaanlage im Wagen funktionierte nicht, und sie mussten mit offenen Fenstern fahren. Seit sich die Straße vom Ozean fort gewunden hatte und keine Meeresbrise mehr wehte, schien die Luftfeuchtigkeit beträchtlich zugenommen zu haben. Aber wenigstens war die Luft nicht von Auspuffgasen verpestet.

»Wenn die Karte stimmt«, sagte Tash, »dann ist Espalda del Gato die dritte Ortschaft von hier – noch ungefähr vierzig Kilometer.«

»Und wenn diese Straße noch schlechter wird,« sagte Coltrane, als der Ford durch eine Reihe tiefer Schlaglöcher holperte, »brauchen wir den ganzen Vormittag, bis wir dort sind.«

Tash reichte ihm eine eisgekühlte, mit Wasserperlen beschlagene Dose Cola.

Sie brauchten noch eine Stunde. Die beiden Ortschaften davor waren verwahrlost und zum Teil verfallen und ließen Coltrane und Tash das Schlimmste befürchten, als sie um eine von üppigem Grün gesäumte Kurve bogen und anhielten, um auf das Ziel ihrer Reise hinabzuschauen. Zu ihrer Überraschung erblickten sie eine Ansammlung hübsch anzusehender, mit Stroh gedeckter Häuser und Geschäfte in der Mitte einer kleinen, malerischen Bucht, die im Norden und Süden von Klippen überragt wurde und einen herrlichen, einladend aussehenden Strand besaß.

»Es ist wie eine Miniaturausgabe von Acapulco«, sagte

Tash. »So, stelle ich mir vor, hat Acapulco früher einmal ausgesehen.«

Ein paar kleine Boote lagen auf dem Strand, und draußen vor der Bucht schaukelten ein paar weitere auf den Wellen.

»Sieht aus wie ein Fischerdorf.«

»Aber nicht mehr lange.« Coltrane deutete auf eine Jacht im Hafen hinab. »Es ist schon entdeckt worden.«

Als er ausstieg, um ein paar Aufnahmen zu machen, erweckte etwas auf der Klippe gegenüber seine Aufmerksamkeit, und er schwenkte das Zoomobjektiv in diese Richtung. »Sieh dir das an.«

Er reichte die Kamera Tash, die sie auf die Gruppe von weißen Gebäuden auf der Klippe jenseits der Bucht richtete und hindurchspähte. »Sieht aus wie ein größeres Anwesen.«

»Richte die Kamera weiter nach rechts«, sagte Coltrane.

Sie schwenkte den Fotoapparat ein Stück weiter, ließ ihn dann abrupt sinken und sah ihn an. »Die Felsformation?«

»Eine Katze, die den Buckel krümmt. Wie auf dem Foto von Packard. Wir haben es gefunden.«

In freudiger Erregung stiegen sie wieder in den Wagen, doch ihre Ungeduld, endlich das Dorf zu erreichen, wurde auf der schmalen, sich in Serpentinen abwärts windenden Straße auf eine harte Probe gestellt. Zu ihrer Linken rankten sich rote, weiße und rosafarbene Blumen zwischen den Bäume und dem Buschwerk; rechts von ihnen fiel die Klippe steil ins Meer ab. Schließlich wurde die Straße flacher und schlängelte sich durch dichten Regenwald. Sie fuhren an einem Dorfbewohner vorbei, der einen mit Feuerholz beladenen Esel an einem Strick führte. Einige Frauen, die Körbe mit Bananen trugen, strebten dem Dorf zu. Immer mehr Menschen bevölkerten den Straßenrand. Sie bogen um eine Kurve, und das Dorf lag vor ihnen. Die pittoresken Häuser waren größtenteils aus senkrechten, mit Matten verwobenen Pfählen errichtet und mit mehreren Schichten fest verschnürter Palmzweige bedeckt. Neugierig drehten die Dorfbewohner die Köpfe nach dem unbekannten Wagen und den beiden Fremden darin.

Die Plaza tauchte vor ihnen auf: ein paar Reihen von Buden und Verkaufsständen für den Markttag, Einheimische, die in Gruppen zusammen standen oder Einkäufe erledigten, umherrennende Kinder. Eine mehrere hundert Jahre alte Kirche ragte auf der gegenüberliegenden Seite empor. In der Mitte des Platzes befand sich ein in Stein gefasster Brunnen mit einem Trog zum Tränken der Tiere. Coltrane parkte vor einer Taverne mit dem Namen La Primorosa – ›Schöne Frau‹ – und betrachtete das bunte Treiben. So weit im Süden waren die meisten Dorfbewohner reine Indios mit kupferfarbenem, schmal geschnittenem Gesicht, schräg nach hinten fliehender Stirn, kräftiger Nase, spitzem Kinn und markantem Profil. Die Männer trugen weite weiße Baumwollhosen und -hemden und breite, offenbar aus getrockneten Palmblättern geflochtene Sombreros. Die Frauen waren in knöchellange, dunkle Röcke und buntbestickte Blusen gekleidet. Alle gingen entweder barfuß oder trugen Sandalen. Er hoffte, sie würden die Kamera nicht als zu aufdringlich empfinden, und schoss, das Objektiv unter seiner Hand verbergend, durch das herabgekurbelte Fenster ein paar Bilder.

»Angenommen, das dort oben ist tatsächlich dein Haus«, sagte er, »dann wohnst du in einem wunderschönen Ort.«

Ein halbwüchsiges Mädchen, das in ein Bananenblatt gewickelte gelbe Gardenien verkaufte, ging vorbei. Coltrane rief es heran, kaufte eine der Blumen und reichte sie Tash. »Ein Willkommensgeschenk.«

»Ein bisschen verfrüht vielleicht, aber es ist sehr lieb von dir. Danke.« Tash roch an der Blume, die süß und schwer duftete.

Irritiert registrierte Coltrane, dass das Mädchen wie angewurzelt stehen geblieben war. Was ist denn?, dachte er. Will sie mehr Geld? Habe ich zu wenig bezahlt? Doch das Mädchen sah nicht ihn an – nur Tash. »Du hast einen Fan.«

Tash lächelte dem Mädchen zu, das erschreckt ob der

auf sie gerichteten Aufmerksamkeit den vor Staunen offen stehenden Mund zuklappte, einen Schritt zurück machte und in der Menge verschwand.

»Du musst hier mit deinem Lächeln vielleicht ein bisschen zurückhaltender sein – vor allem den jungen Männern gegenüber.« Coltrane grinste.

»Wahrscheinlich ist sie nicht an Fremde gewöhnt.«

Sie stiegen aus.

Coltrane betrachtete das Coca-Cola-Schild neben der Tür der Taverne, vor der sie parkten. »Schätze, die Kneipe hier ist der richtige Ort, um zu fragen, ob jemand über das Haus dort oben Bescheid weiß.«

Doch bevor er durch die Tür trat, ließ er eine ältere Frau mit hüftlangen Zöpfen vorbei, die sie mit großen Augen und offenem Mund anstarrte, als sie sich näherte. Ihre Entgeisterung schien noch zu wachsen, als sie vorüber ging und sich dann, nach wie vor unverhohlen starrend, nach ihnen umdrehte.

Doch nicht nach Coltrane.

»Zuerst die Blumenverkäuferin, jetzt die Frau. Was geht hier vor sich?«, murmelte Tash.

Ein krummbeiniger, grauhaariger Mann, der ein Huhn an den Füßen trug, blinzelte verdutzt, als er Tash erblickte.

»Was, um alles in der Welt, hat das zu bedeuten?«, fragte sie irritiert.

»Ich verstehe es auch nicht«, brummte Coltrane. »Schließlich bin ich derjenige, der fremd aussieht. Wenn du einen langen Rock tragen würdest und dir Zöpfe geflochten hättest, würdest du wie eine Frau von hier aussehen. Eigentlich sollten sie mich angaffen.«

Eine andere Frau, die vorüberging, starrte ebenfalls.

»Komm. Sehen wir zu, dass wir von der Straße weg kommen«, sagte Tash.

Sie gingen über hart gestampfte Erde unter einem Baldachin aus Palmzweigen hindurch und betraten die Taverne. Coltranes Augen brauchten eine Weile, bis sie sich an das gedämpfte Licht gewöhnt hatten. Die Kneipe war sauber. Auf dem Holzfußboden standen mehrere große

Tische mit einfachen Stühlen. In einer Ecke kauerte ein Kind und streichelte einen Hund. Ein Gruppe Amerikaner, wahrscheinlich von der Jacht, die im Hafen lag, hoben an ihrem Tisch nicht sonderlich interessiert die Köpfe und nickten, ehe sie sich wieder ihren Corona-Flaschen zuwandten. Die wenigen Einheimischen, die in der Taverne saßen, setzten ihre Bierflaschen ab und starrten entgeistert.

Sie starren nicht nur, weil wir Fremde sind, dachte Coltrane. Er versuchte, die Blicke zu ignorieren, und trat zusammen mit Tash an die blank gewetzte Mahagoni-Theke. Doch noch während er in seinem Gedächtnis nach den richtigen Worten kramte, um den Mann hinter der Theke zu fragen, ob er etwas über das Haus auf der Klippe wisse, erweckte eine Reihe von Fotografien auf einem windschiefen Wandbord hinter dem Mann seine Aufmerksamkeit.

Im selben Augenblick sah der hagere Barkeeper von den Gläsern auf, die er gerade wusch, und sein Blick fiel auf Tash. Sein Kinn klappte nach unten.

»Mein Gott!«, rief Coltrane. Er deutete auf die Fotografien. Sie waren alt und vergilbt – ein Dutzend Abzüge im Format zwanzig mal dreißig. Auf allen war – in verschiedenen Posen – eine schöne Frau abgelichtet; daher vermutlich der Name der Taverne – La Primorosa. Es war auf allen Fotos dieselbe Frau. Coltrane passierte dasselbe wie der Blumenverkäuferin, als Tash sie angelächelt hatte: Ihm klappte vor Verblüffung der Mund auf. »Das ist Rebecca Chance!«

»Sie glauben, ich bin das«, murmelte Tash.

»*Un fantasma*«, ächzte der Mann hinter der Bar.

»Nein«, sagte Coltrane rasch in Spanisch. »Kein Geist. Meine Freundin ist die Enkelin der Frau auf den Fotos.«

»*La nieta?*«

»*Sí*«, nickte Coltrane. »*De Rebecca Chance.*«

«*Señorita?*», sagte eine dünne Stimme hinter ihnen.

Sie drehten sich um, und ihr Blick fiel auf einen weißhaarigen Mann mit gebeugten Schultern und weißem Bart, der in der Tür stand. Anders als die Indios im Dorf hatte er ein flaches, breiteres Gesicht, das seine spanische Abkunft verriet.

»*Quién es usted*?« Wer sind Sie? Die Frage schien dem alten Mann Angst zu bereiten.

»*Mi nombre es Natasha Adler.*«

»*La nieta*«, sagte der Barkeeper. Die Enkelin.

Der Alte trat zaghaft näher. Hinter ihm hatte sich eine Menschentraube vor der Tür versammelt.

»*Es verdad?*« Der Alte blieb vor Tash stehen und musterte sie. Ist das wahr?

»*Sí.*«

»*Después de tanto tiempo.*« Nach so langer Zeit. Auf Spanisch fügte der alte Mann hinzu: »Sie müssen mit Esmeralda sprechen.«

Coltrane hatte den Namen schon einmal gehört. Esmeralda war der Vorname jener Frau, von der Tashs Mutter gesagt hatte, sie sei ihre Großmutter. Doch das konnte nicht sein. Rebecca Chance war Tashs Großmutter.

»Esmeralda Gutiérrez?«

»*Si. Mi esposa*«, erwiderte der Alte. Meine Frau.

8

Ein prachtvoller Blumengarten erstreckte sich zwischen der Hütte und dem Dschungel. Auf Stühlen sitzend, die aus biegsamen Ästen geflochten waren, und glasierte Becher mit Papayasaft vor sich auf dem Tisch, betrachteten Coltrane und Tash erwartungsvoll und noch immer erstaunt das von tausend Falten durchzogene, zimtfarbene Gesicht der weißhaarige Frau, die ihrerseits Tash anstarrte und immer wieder den Kopf schüttelte, während sie ihren Rosenkranz durch die Finger gleiten ließ.

»Du bist ihr wie aus dem Gesicht geschnitten«, sagte die alte Frau auf Spanisch und deutete auf die vergilbten Fotos von Rebecca Chance, die ihr Mann aus dem Haus geholt hatte.

»Meine Mutter hat behauptet, Sie seien meine Großmutter«, erwiderte Tash.

»Nein.« Esmeralda schüttelte den Kopf. »Obwohl ich mich um deine Mutter gekümmert habe.«

Wie alt wird sie sein? dachte Coltrane. Weit über achtzig?

»Besonders danach.«

»Danach?«

»Nach dem Tod Ihrer Großmutter.« Esmeraldas Stimme klang wie ein Flüstern. Coltrane musste sich vorbeugen, um sie zu verstehen.

»Warum hat mich meine Mutter dann angelogen?«

»Warum lügen die Menschen? Um nicht die Wahrheit sagen zu müssen.«

»Kennen *Sie* die Wahrheit?«

Die alte Frau nickte. »Leider.«

»Trinkt«, sagte Esmeraldas Mann. »Die Unterhaltung wird euch durstig machen.«

Esmeralda ließ ihren Rosenkranz in den Schoß fallen und nahm beide Hände, die leicht zitterten, um ihren Becher mit Saft an die welken Lippen zu führen. Dann stellte sie ihn auf den Tisch zurück. »Warum seid ihr hierher gekommen?«

»Wegen einem Mann namens Randolph Packard.«

Die alte Frau verzog das Gesicht.

»Sie kennen ihn?«

»Nur zu gut. Wenn er Sie hergeschickt hat …«

»Nein. Er ist vor kurzem gestorben.«

Esmeraldas Augen wurden schmal. »Randolph Packard ist tot?«

»Ja. Er ist vor ein paar Monaten gestorben.«

»Dann ist die Welt ein besserer Ort geworden, aber mir tun die armen Seelen in der Hölle Leid.«

»Ich habe von ihm ein Haus geerbt. Wir glauben, es ist das Anwesen auf der Klippe südlich vom Dorf.«

»Brennt es nieder.«

»Was?«

»Zerstört es. Es wird euch nur Unglück bringen.«

»Wovon reden Sie?«

Die alte Frau schüttelte bekümmert den Kopf.

»Erzähl es ihnen«, sagte der alte Mann. »Es ist schon lange her. Wenn Randolph Packard wirklich tot ist, brauchst du dich nicht mehr zu fürchten.« Er blickte Coltrane und Tash Hilfe suchend an.

»Ich habe gesehen, wie seine Asche ins Meer gestreut wurde«, sagte Coltrane.

Die Hände der alten Frau zitterten jetzt stärker, als sie den erdfarbenen Becher an ihre Lippen hob, einen Schluck trank und ihn wieder auf den Tisch stellte.

9

Als sie siebzehn war, erzählte Esmeralda, war das Dorf so abgelegen, dass man einen drei Tage langen Fußmarsch auf einem von Schlangen wimmelnden Dschungelpfad zurücklegen musste, um nach Acapulco zu gelangen. Von Ausländern hatte man noch nie etwas gehört. Der erste Fremde und gleichzeitig der erste Gringo, den sie je zu Gesicht bekam, segelte mit einem Boot in den Hafen.

»Er war furchtbar groß. Und weil er so schlank war, wirkte er noch größer. Doch was mir an ihm am meisten auffiel, war sein auf seltsame Weise hübsches Gesicht, der dichte Schopf seines schwarzen Haars und seine Augen, die nie aufhörten zu suchen.«

»Randolph Packard«, sagte Coltrane.

Esmeralda nickte. »Er erzählte, dass er vorhat, in der Nähe des Dorfes zu leben, dass er ein guter Nachbar sein würde und dass er als Geschenk für uns alle Stoffe, Werkzeuge und Arzneien mitgebracht hatte. Er würde uns mehr als großzügig bezahlen, wenn wir für ihn arbeiten würden, sagte er. Und damit fing die Verführung an. Jedes Jahr nach der Regenzeit kam er zurück. Und während er weg war, haben wir sein Haus da oben gebaut, uns um seinen Garten gekümmert und alles sauber gehalten. Wir haben frische Blumen in die Vasen gestellt, seine Betten frisch bezogen und waren immer bereit loszurennen, wenn die Segel von seinem Boot auftauchten. Mit der Zeit wurden wir von ihm abhängig. Wenn er lange ausblieb, hatten wir Angst, dass er nie wieder kommen würde. Wir wussten, ohne sein Geld und die Waren und Arzneien, die er uns brachte, würden wir Not leiden.«

In einem Jahr kam Packard nicht allein. Er brachte viele andere Boote mit und eine Armee von Gringos, die elektrische Generatoren, Kameras, Lampen, Tonausrüstung, Requisiten, Zelte und Berge von anderen Dingen, die man zum Filmen braucht, aus den Booten luden. Die Leute hatten so etwas noch nie gesehen, und mit den fremden Menschen und Dingen kam das Chaos in das Dorf. Die vielen Menschen brachten noch mehr Geld, und sie brachten Luxusartikel und Reichtümer, wie man sie noch nie gesehen hatte. Die Verlockungen wurden immer größer. Esmeralda hasste dies alles. Mit einer Ausnahme – eine Schauspielerin von so großer Schönheit, wie sie sie noch niemals gesehen hatte, bei der sie als Dienstmädchen arbeitete.

Esmeraldas Blick verweilte lange auf dem Gesicht auf den vergilbten Fotos vor ihr und richtete sich dann beinahe ehrfürchtig auf Tash, als säße Rebecca Chance vor ihr.

Schon bald wurde klar, erzählte sie, dass Packard die Filmcrew deshalb in das Dorf gebracht hatte, um sich bei Rebecca Chance einzuschmeicheln, und damit sie in seiner Schuld stand, weil er weder Kosten noch Mühen scheute, ihre Karriere zu fördern. Ebenso bald wurde allerdings auch klar, dass Packard einen Rivalen um Rebeccas Gunst hatte: den Produzenten des Films, Winston Case.

Der Name ließ Coltrane und Tash mit geschärfter Aufmerksamkeit die Köpfe heben.

Esmeralda wusste von Rebeccas Lage, weil die Schauspielerin, die spanisch sprach, sich ihr anvertraut hatte. Winston Case hatte auch die drei vorherigen Filme von

Rebecca produziert. Zwischen ihnen hatte sich eine enge berufliche und persönliche Beziehung entwickelt. Er wusste, mit welchem Ehrgeiz sie dafür kämpfte, es in der Filmbranche bis ganz nach oben zu schaffen, und hatte ihr sogar ein Haus in Los Angeles zur Verfügung gestellt, das ihm gehörte. Sie stand in seiner Schuld. Doch zugleich fühlte sie sich zu Randolph Packard hingezogen, den sie kennen gelernt hatte, als er eines Tages ihr Haus fotografierte. Sie hatten sich unterhalten, und dem Gespräch war ein Abendessen gefolgt und dann weitere Abendessen und schließlich gemeinsame Ausflüge an Wochenenden. Sein Enthusiasmus und sein Witz waren für sie unwiderstehlich.

Hilflos sah Esmeralda zu, wie die beiden Männer um Rebeccas Gunst buhlten, und sie musste erleben, wie sehr Rebecca zwischen ihnen hin und her gerissen war. Esmeralda war nicht die Einzige, denn sehr bald begriffen auch die anderen Schauspieler und die Filmcrew, dass ihre Arbeit nur die Begleitmusik für das größere Drama war, das sich hinter den Kulissen anbahnte. Mehrmals gerieten sich Winston Case und Randolph Packard vor dem versammelten Team in die Haare. Packard wollte Rebecca fotografieren, wenn sie abends mit den Dreharbeiten fertig war. Winston Case wollte die Abende mit ihr verbringen. Die Besessenheit der beiden, sie für sich allein haben zu wollen, ging Rebecca schließlich so auf die Nerven, dass sie von ihnen verlangte, sie in Ruhe lassen. Das war der Stand der Dinge, als der Film abgedreht war und Schauspieler und Crew nach Los Angeles zurückfuhren – einschließlich Rebecca, die in Begleitung von Winston Case reiste, und Packard, der ihr folgte.

»Ich habe nie gedacht, dass ich Rebecca wieder sehen würde«, sagte Esmeralda, »aber nicht einmal ein Jahr später kam das Boot zurück – mit Rebecca und Packard und sonst niemandem. Ich war froh, als Rebecca mich fragte, ob ich wieder als Mädchen für sie arbeiten würde, aber meine Freude verflog schnell, und ich machte mir ernstliche Sorgen, als Rebecca mir erzählte, dass sie nicht freiwillig gekommen war. Packard hatte sie zu einem Wochenendausflug auf seinem Segelboot eingeladen und war dann immer weiter nach Süden gesegelt. Er hatte sich geweigert, sie von Bord gehen zu lassen. Eine Flucht durch den von Schlangen wimmelnden Dschungel kam nicht in Frage, aber Rebecca war entschlossen zu fliehen und betete zur Jungfrau Maria, dass irgendwann ein anderes Boot im Hafen anlegen würde.«

Während sie darauf wartete, verhielt sie sich, als wäre sie Randolphs Werben um ihre Gunst nicht gänzlich abgeneigt. Damit er keinen Verdacht schöpfte, ließ sie sich von ihm fotografieren. Und um ihm noch mehr Sand in die Augen zu streuen, ging sie sogar so weit, sich auf sein Drängen hin von ihm nackt fotografieren zu lassen. Doch nach einigen Wochen, in denen sich keine Gelegenheit zur Flucht bot, bedrückte Rebecca ein neues Problem, denn die Veränderungen in ihrem Körper ließen keinen Zweifel daran, dass sie schwanger war.

Esmeraldas erster Gedanke war, dass Randolph sich mit Gewalt genommen hatte, was Rebecca ihm versagte, doch Rebecca gestand ihr, dass sie sich in einem Augenblick der Schwäche Winston Case hingegeben hatte. Packards Verdacht, dass es zwischen ihr und Case zu intimen Beziehungen gekommen war, war der Grund gewesen, weshalb er sie entführt hatte. Jetzt, da die Folgen dieser Intimität immer deutlicher sichtbar wurden, fürchtete Rebecca um die Sicherheit ihres Kindes. Eine Sorge, die sich als berechtigt erwies, denn als sich Segel der Bucht näherten, sperrte Packard sie in seinem Haus ein.

Das Boot, das in den Hafen segelte, gehörte Winston Case, der sich inzwischen zusammengereimt hatte, wohin sie verschwunden war. Doch als er zu dem Haus hinaufrannte, musste er feststellen, dass Packard ein Dutzend Männer aus dem Dorf angeheuert hatte, die es bewachten und ihn nicht einließen. Ihm blieb nichts anderes übrig, als ins Dorf zurückzukehren, von wo er das Haus Tage und Wochen lang mit sehnsüchtigen Blicken beobachtete. Sein einziger Trost waren die Botschaften, die Esmeralda ihm brachte, wenn Rebecca sie zum Einkaufen ins Dorf schickte.

Die Regenzeit kam und mit ihr der Tag von Rebeccas Niederkunft. Winston wartete, bis Rebecca wieder zu Kräften gekommen und das Baby, ein Mädchen, stark genug für die Reise war. Dann nutzte er mit Esmeraldas Hilfe, die den Kontakt zwischen ihm und Rebecca aufrecht erhielt, einen heftigen Sturm, um sich eines Abends an den Wachen vorbei zu schleichen. Er versteckte sich, bis der Sturm nachgelassen hatte und die Dunkelheit sich über das Haus gelegte hatte. Mit einem Knüppel schlug er den Wächter nieder, der vor dem Fenster von Rebeccas Zimmer schlief.

Rebecca wartete bereits am Fenster. Sie reichte ihm das Baby hinab, kletterte nach draußen und rannte hinter ihm zu einem Pfad, der in steilen Kehren von der Klippe zum Hafen hinabführte. Winston hatte hinter einem Felsen eine Laterne versteckt, doch noch bevor er sie anzünden konnte, fing das Baby zu schreien an, und Packard, der noch nicht eingeschlafen war, kam, nach Hilfe rufend, aus dem Haus gestürmt.

Er holte sie bei der Felsformation ein. Winston hielt noch das Kind im Arm, doch Packard bemerkte es entweder nicht, oder es war ihm egal, denn er stieß ihn immer wieder mit der Faust gegen die Brust. Rebecca schrie wütend auf ihn ein, damit aufzuhören. Sie warf sich zwischen die beiden Männer und griff nach ihrem Kind, doch Packard dachte nicht daran, von Winston abzulassen. Im nächsten Augenblick schwollen Rebeccas Protestrufe zu einem lang gezogenen, gellenden Entsetzensschrei, als sie über die Klippe taumelte und in die Dunkelheit hinabstürzte. Ihr Schrei verstummte erst, als sie auf den von der Brandung umtosten Felsen tief unter ihnen aufschlug.

Packard war wie gelähmt vor Entsetzen. Mit aufgerissenen Augen starrte er lange Sekunden in die Dunkelheit hinab, dann hob er den Kopf gen Himmel, und ein klagendes Heulen entrang sich seiner Brust. Bis die Wachen am Ort des Unglücks ankamen, war Winston mit dem Kind im Arm bereits den Pfad hinabgeklettert.

10

Esmeraldas Blick schien aus weiter Ferne zurückzukehren. Sie sah erneut auf die vergilbten Fotografien auf dem Tisch in ihrem Blumengarten hinab, dann schüttelte sie den Kopf und schaute Tash an.

»Ich wartete unten am Strand auf ihn und fragte, wo Rebecca war. Er gab mir keine Antwort und zog mich nur zu dem Ruderboot, mit dem wir zu seinem Segelboot hinausfahren wollten. Ich hielt das Kind, und er ruderte mit einer solchen Kraft, wie ich sie ihm nie zugetraut hätte. Als wir das Segelboot erreichten, hörten wir Packard und seine Wachen am Strand. Sie sprangen in Fischerboote und nahmen die Verfolgung auf. Doch Winston hisste die Segel und verschwand in der Dunkelheit, bevor sie näher kamen.«

Esmeraldas ohnehin dünne Stimme klang erschöpft.

Ihr Mann half ihr, einen Schluck von dem Papayasaft zu trinken, und sagte dann zu Coltrane und Tash gewandt: »Sie müssen jetzt gehen, damit sie sich ausruhen kann.«

»Selbstverständlich«, sagte Coltrane. »Nur noch eine Frage, Señora: Nachdem Sie Packard entkommen waren, hätten Sie doch nach Los Angeles fliehen können. Aber Tashs Mutter hat ihr erzählt, dass Sie und Winston und das Kind hier in Mexiko von Dorf zu Dorf gezogen sind und er als Zimmermann gearbeitet hat. Doch er war reich. Warum hat er nicht auf sein Geld zurückgegriffen?«

»Winston glaubte, wenn er nach Los Angeles zurückginge, wäre er vor einem so einflussreichen Mann wie Randolph Packard niemals sicher. Unsere einzige Chance unterzutauchen, war, etwas zu tun, das Packard sich nicht einmal im Traum vorstellen konnte – nämlich arm zu sein. Erst nach ein paar Jahren glaubte Winston, dass Randolphs Hass und Wut inzwischen so weit verraucht waren, dass er und das Kind ohne Gefahr in die Vereinigten Staaten zurückkehren konnten.«

»Sie sind nicht mit ihm gegangen?«

»Ich bitte Sie«, mahnte Esmeraldas Mann. »Keine Fragen mehr jetzt.«

»Ich hätte alles dafür gegeben, mich weiter um Rebeccas Kind kümmern zu können«, sagte Esmeralda, »aber Winston bestand darauf, dass ich mein eigenes Leben lebte. Er hat mich überredet, in mein Dorf zurückzugehen, und versprochen, mir, sobald er zu Hause war, den Lohn für meine jahrelangen Dienste zu schicken. Er hielt sein Wort. Eines Tages kam ein Bote, der mir Fotografien von dem Mädchen und mehr Geld brachte, als jemals irgendwer im Dorf gesehen hatte.«

»Und jetzt sollten Sie ...« Esmeraldas Mann erhob sich umständlich.

»Vielen Dank, Señora.« Tash ergriff ihre Hände.

»Nein, ich danke *dir*. Dich zu sehen ist, als würde ich Rebecca wieder sehen.« Eine Träne kullerte über die faltige Wange der alten Frau.

»Dürfen wir wiederkommen, wenn Sie sich ausgeruht haben?«

»Gern.«

Coltrane und Tash folgten dem alten Mann ins Haus. In der Tür drehte er sich noch einmal um und sah, wie die alte Frau eines der Fotos vom Tisch nahm.

»Woher haben Sie die Fotos, Señora?«

»Rebecca hat sie mir geschenkt. Solange die Fotos existieren, lebt auch sie. Je mehr Leute sie sehen, umso lebendiger bleibt sie. Ich habe sie überall im Dorf verteilt. Einmal im Jahr, am Tag ihres Todes, wird in der Kirche eine Messe für sie gelesen. Die Menschen beten mit ihren Fotografien.« Traurig schüttelte Esmeralda den Kopf. »Aber bei unserem Klima verblassen die Bilder so schnell.«

»Und was wurde aus Randolph Packard?«

»Er ist nie mehr hierher zurückgekehrt, was ich von Anfang an gewusst habe.«

11

Die Straße zu dem Haus hinauf war so stark überwuchert, dass Coltrane Zweifel hatte, ob der Mietwagen es bis nach oben schaffen würde. Zweige schlugen gegen die Windschutzscheibe und versperrten die Sicht. Äste kratzten über die Türen. Als die Räder des Fords über den vermoderten Stamm eines umgestürzten Baums holperten, strömte Sonnenlicht in den Wagen, und Schmetterlinge flatterten auf. Dann lag das Anwesen vor ihnen.

Was vom Dorf aus weiß ausgesehen hatte, entpuppte sich jetzt als das Grau von Beton, von dem der Verputz abgeblättert war. Ein paar verbliebene Flecken ließen erahnen, dass die Farbe des Hauses ursprünglich korallenrot gewesen war. Einige Gebäude des Anwesens waren ebenerdig, andere besaßen ein zweites Stockwerk. Allen war eine elegante Schlichtheit gemeinsam, die Coltrane an die Pueblo-Architektur erinnerte. Ein Gewirr von herabgefallenen Balken und verrotteten Palmwedeln, das durch eine leere Türöffnung zu sehen war, zeugte davon, dass die Dächer des Hauses schon vor langer Zeit eingestürzt waren.

»Kannst du dir vorstellen, wie wunderschön es hier mal gewesen sein muss?«, fragte Tash, als sie vor einer niedrigen, von Kletterpflanzen überwucherten Mauer anhielten, die das Anwesen umgab.

»Ja … Bis alle Träume geplatzt sind.« Coltrane stieg aus dem Wagen. Er bewunderte die verwilderten Gärten, die alles überwuchert hatten. Überall Hibiskus, Bougainvillea und Orchideen. Er hob die Kamera und machte eine Aufnahme.

»Ich weiß nicht, was ich hier zu finden erwartet habe«, sagte Tash. »Die Wahrheit liegt unten im Dorf. Bei Esmeralda.«

»Ich bin mir da nicht so sicher. Es gibt ein paar Ungereimtheiten, die mich stören.«

Tash drehte sich mit fragend gehobenen Brauen zu ihm um. »Was denn?«

»Wenn Randolph Packard am Tod von Rebecca Chance schuld war, warum hat er dann Winston Case verfolgt? Rache kann ja wohl nicht das Motiv gewesen sein. Rebeccas Tod war Packards Schuld, nicht die von Case.«

»Vielleicht war er gar nicht hinter Winston her. Vielleicht wollte er das Kind.«

»Warum? Wenn es das Kind von Winston war, wie Esmeralda behauptet, weshalb hätte er die Kleine dann zurückholen sollen?«, gab Coltrane zu bedenken.

»Vielleicht wollte er das Kind töten und sich auf diese Weise an Winston zu rächen.«

»Aus welchem Grund? Weil er Rebecca Chance geschwängert hatte? Packard hatte jede Menge Gelegenheiten, dem Kind was anzutun, gleich nachdem es geboren war.«

»Und dabei riskiert, Rebeccas Liebe für immer zu verlieren?«

»Das stimmt allerdings.« Coltrane dachte darüber nach. »Aber das erklärt noch immer nicht, warum Packard das Kind mit allen Mitteln haben wollte, *nachdem* Rebecca tot war. Es sei denn ... Glaubst du, er hat gedacht, er wäre der Vater? Vielleicht wollte er nur seine Tochter wieder haben.«

Tash legte eine Hand an ihre Kehle. »Willst du damit sagen, dass Randolph Packard mein Großvater war?«

»Es würde erklären, warum er dich in seinem Testament bedacht hat. Er hat die meiste Zeit seines Lebens mit der Suche nach seiner Tochter verbracht. Als er sie schließlich fand, war sie bereits tot, und als er von *dir* erfuhr, befand *er* sich an der Schwelle des Todes. Hätte er dir eröffnet, in welcher Beziehung er zu dir stand, hätte er auch zugeben müssen, dass er Schuld am Tod deiner Mutter war. Er liebte die Frau, die er getötet hatte, noch immer abgöttisch, und es war für ihn selbstverständlich, dir das Haus zu vererben, in dem sie deine Mutter zur Welt gebracht hatte.«

»Eine Ruine.«

»Wie passend, wenn man bedenkt, wie viele Leben im Namen der Liebe zerstört wurden.« Unwillkürlich musste Coltrane an die Ruinen denken, die sein eigener Vater hinterlassen hatte. Von düsteren Gedanken erfüllt, ließ er den Blick über die leeren Ruinen des Hauses schweifen. »Wenn wir schon mal hier sind …«, brummte er und ging entlang der Mauer, an einer riesigen *Aloa vera* vorbei in Richtung der Rückseite des Hauses.

»Wohin gehst du?«

»Ich möchte mir ansehen, wo deine Großmutter gestorben ist.«

Mächtige Kakteen standen wie Wachposten rechts und links des kaum mehr erkennbaren Pfads, auf dem sich Coltrane der Klippe näherte. Er ignorierte die Eidechsen, die vor seinen Füßen davonhuschten, und konzentrierte sich ganz auf die einem Katzenbuckel ähnelnde Felsformation vor ihm. »Das ist definitiv der Fels auf den Fotografien, die Packard von Rebecca Chance gemacht hat.«

Ein paar Schritte vor der senkrecht ins Meer abfallenden Klippe blieb er stehen. Das Tosen der Brandung gegen die Felsen war bis hier herauf zu hören und ließ ihn unbehaglich einen Schritt zurück treten.

»Die Laterne stand hinter diesem Felsen«, sagte Tash. »Und der Pfad ins Dorf hinunter ist … hier drüben, wo die Klippe landeinwärts biegt und die Bucht bildet. Hier haben Randolph Packard und Winston Case miteinander gekämpft.«

»Und hier hat Packard aus Versehen die große Liebe seines Lebens über die Klippe gestoßen. Er hat den Rest seines Lebens damit verbracht, um die Frau, die er angebetet und getötet hat, zu trauern. Niemand durfte wissen, was wirklich passiert war, und so hat er hinter der Mauer des Tresors in seinem Keller ein Denkmal, eine Gedenkstätte für sie errichtet, in der er sich, von Gram zerfressen, die Fotografien angesehen hat, die er von ihr gemacht hatte.«

Obwohl es heiß war, schlang Tash fröstelnd die Hände um ihre Schultern.

»Bleib einen Augenblick so stehen. Beweg dich nicht«, sagte Coltrane.

Rückwärts gehend, machte er ein paar Schritte von ihr weg, entlang der katzenbuckligen Felsformation und der

Klippe, die jetzt links von ihm war. Vor ihm stand Tash im Profil. Als eine Brise ihr Haar bewegte, hob er die Kamera und blickte durch den Sucher. Die Wirklichkeit und seine Erinnerung verschmolzen. »Packard ist einmal genau an demselben Platz gestanden und hat deine Großmutter fotografiert, die mit genau der Pose exakt an dem Punkt stand, wo du jetzt stehst.«

Tash fröstelte erneut.

Coltrane drückte auf den Auslöser. »Wenn du einen weißen Schal umhättest, wären die Aufnahmen praktisch identisch.«

»Ich kriege eine Gänsehaut, wenn ich daran denke.«

»Der Abgrund macht es sicher auch nicht besser«, knurrte Coltrane.

»Goodbye.« Tash blickte über die Klippe nach unten, als spräche sie zu der Seele ihrer Großmutter.

»Ich habe dich gewarnt!«, bellte plötzlich eine Stimme hinter Coltrane.

Er wirbelte herum und sah nur noch die übergroße Materialisation einer Faust vor den Augen, bevor sie ihn von den Beinen fegte.

12

Neben dem gekrümmten Katzenbuckel aus Fels auf dem Rücken liegend, versuchte Coltrane benommen, den Kopf zu heben. Aus seinem Mund sickerte Blut. Halb betäubt blinzelte er zu dem drohend über ihm aufragenden Carl Nolan empor.

»Ich habe dir eine faire Chance gegeben.« Nolans Gesicht war bleich und von Hass verzerrt. »Ich habe es dir auf die freundliche Art gesagt.« Die Fäuste des Sergeants zerrten Coltrane auf die Beine, wobei sich seine Gewichtebermuskeln spannten, als würden sie im nächsten Augenblick sein kurzärmliges Hemd mit buntem Blumenmuster aus den Nähten platzen lassen, und schüttelten ihn so heftig, dass Coltranes Zähne aufeinander schlugen. »Aber ein Schlauberger wie du kann ja nicht hören, was man ihm sagt. Du weißt immer alles besser. Vielleicht verstehst du *das* besser.«

Der zweite Schlag traf Coltrane noch härter. Mit einem schrillenden Klingeln in den Ohren und alles nur noch verschwommen wahrnehmend, krachte er auf den Rücken, doch sein Kopf schien tiefer zu fallen. Schlagartig klärten sich seine benommenen Sinne so weit, um zu begreifen, dass sein Kopf tatsächlich tiefer hing. Ebenso wie seine Schultern, die über die Klippe ragten.

»Oder *das*.« Nolans Tritt beförderte ihn noch ein Stück weiter über die Klippe. »Ich habe dich davor gewarnt, sie noch einmal anzufassen, aber du konntest die Finger nicht von ihr lassen. Du hörst nicht zu, wenn man dir einen Rat gibt.«

Der nächste Tritt, den Nolan ihm versetzte, war mit solcher Wucht geführt, dass er Coltrane über den Rand der Klippe beförderte. Ein Ächzen entkam ihm, sein Magen kippte, und verzweifelt um sich rudernd, klammerte er sich an die Felswand, krallte mit den Fingern nach einem Vorsprung – nach irgendetwas. Mit einem Ruck, der seine Arme aus den Schultergelenken zu reißen drohte, wurde sein Sturz gebremst. Er baumelte im Nichts, die Finger an einen fünf Zentimeter breiten Felssims etwa drei Meter unterhalb des Grats gekrallt. Dreißig Meter tiefer wartete die hungrige, schäumende Brandung auf ihn.

»Hängst du noch immer hier rum?« Nolans Kopf tauchte über der Klippe auf. »Was soll ich noch tun? Dir einen Stein auf den Kopf schmeißen?«

Hilflos nach oben spähend und mit einem stechenden Schmerz in der Brust, wo Nolan ihn getreten hatte, öffnete Coltrane den Mund, um zu sagen … er wusste nicht, was. Was immer es war, es kam als ein heiseres, nicht menschlich klingendes Krächzen über seine Lippen.

Über ihm drehte Nolan suchend den Kopf, vermutlich um nach dem Stein Ausschau zu halten, den er ihm auf den

Kopf werfen wollte, und verzog erschreckt das Gesicht. »He, wo, zum Teufel, willst du hin?« Er wirbelte herum und verschwand aus Coltranes Blickfeld.

Tash, dachte Coltrane. Sie rennt weg, um Hilfe zu holen. Er versucht, sie aufzuhalten.

Trotz der Schmerzen in seiner Brust und seinen Armen scharrte er mit seinen Füßen suchend über die Felswand. Entnervt von dem Tosen der Brandung unter ihm, begann er zu zittern, doch dann glomm Hoffnung in ihm auf, als sein rechter Schuh in einer Spalte Halt fand.

Tu es!, schrie er stumm. Er hob den linken Fuß und tastete suchend. Er brauchte drei Anläufe, bis er einen Felsvorsprung fand, auf den er seinen Fuß schob. Ihm wurde schwarz vor Augen. Nein! Er klammerte sich mit letzter Kraft an den Felsen und atmete tief. Sein Herz hämmerte schneller. Das Schwarz vor seinen Augen verschwand, sein Kopf wurde allmählich wieder klar. Weiter!

Doch sein Körper wollte ihm nicht gehorchen.

Dann, als er Tash schreien hörte, übernahmen seine Reflexe die Herrschaft über seine Nerven. Er griff mit der rechten Hand nach oben, zwängte seine Finger in einen Spalt im Fels, hob den rechten Fuß, stemmte ihn gegen ein Felsvorsprung und zog sich höher. Die Kamera um seinen Hals verhakte sich an etwas. Er ließ sich vorsichtig ein wenig tiefer sinken und wagte nicht zu atmen aus Angst, das Gleichgewicht zu verlieren und auf den Felsen unter ihm zerschmettert zu werden.

Wieder schrie Tash. Coltrane bekam seine Kamera frei und streckte sich wieder höher, tastete suchend, doch er konnte keinen Halt für seine Hand finden. Mit schwindenden Kräften krallte er durch die Luft, hörte Tash ein drittes Mal schreien und begriff, dass der Grund, warum er keinen Halt fand, der war, dass es keinen gab: Seine Finger hatten den Rand der Klippe erreicht. Alles, was er tun musste, war, den Rand zu packen, sich hochzuziehen und …

13

Der gekrümmte Katzenbuckel aus Fels kam in Sicht. Coltrane schob sich über den Rand und wälzte sich auf den Rücken. Doch er durfte sich keine Atempause erlauben und wälzte sich noch einmal herum, auf seine Hände und Knie. Der nächste Schrei von Tash brachte ihn taumelnd auf die Beine und trieb ihn in die Richtung, aus der der Ruf gekommen war.

Von irgendwo zwischen den Ruinen. Adrenalin pumpte neue Kraft in seine Muskeln, und er hielt sich nicht damit auf, nach einem Tor in der hüfthohen Mauer zu suchen. Er rannte geradewegs darauf zu, Eidechsen unter seinen Füßen aufschreckend, die rechts und links davon huschten, und sprang über die Mauer. Er landete in einem Gestrüpp aus Farnen und Blumen und hörte Tash erneut gellend schreien. Es kam aus dem Labyrinth eingestürzter Gebäude. Er sprang auf und rannte, mit einer Hand die Kamera haltend, damit sie nicht gegen seine Brust schlug, an den Ruinen ehemaliger Gästebungalows oder Dienstbotenquartiere vorbei. Kletterranken zerrten an seinen Füßen und hätten ihn beinahe zu Fall gebracht, als er um eine Ecke stürmte und vor sich Nolan erblickte, der Tash gegen eine Wand presste und zu küssen versuchte.

Dieses Mal war Nolan derjenige, der überrascht wurde. Ehe er ein Geräusch hinter sich wahrnehmen konnte, krachte Coltrane mit angezogenen Knien in seinen Rücken und rammte ihn an Tash vorbei gegen die Wand. Mit einem Ächzen ging Nolan in die Knie und warf sich dann herum, doch nur, um nach vorn zu klappen, als Coltrane ihm seine Faust in den Magen drosch.

Doch noch bevor Coltrane einen zweiten Schlag landen konnte, rammte Nolan seinen Kopf nach vorn. Er stieß gegen Coltranes Brust, und sie taumelten ineinander verkrallt durch den von Blumen überwucherten Innenhof, dann krachte Coltrane mit dem Rücken an die gegenüberliegende Wand.

Pfeifend wich ihm die Luft aus den Lungen, und einen Augenblick lang rang er vergeblich nach Atem. Er tat sein Bestes, Nolan mit den Fäusten zu bearbeiten, aber seine Arme waren vom Erklimmen der Klippe so geschwächt, dass seine Schläge keinerlei Wirkung an dem stahlharten Körper des Sergeants hinterließen. Nolans Hände fanden seine Kehle, packten den Riemen der Kamera und zogen zu. Röchelnd rang Coltrane nach Luft; sein Gesicht schwoll an, während Nolan den Riemen fester zog, der tief in Coltranes Hals schnitt.

Seine Kraft schwand. Ihm wurde schwarz vor Augen, und verzweifelt zerrte er an Nolans Händen. Sein Ellbogen presste gegen die Kamera und betätigte unabsichtlich den Auslöser; das Klicken der Kamera drang wie aus weiter Ferne an sein Ohr – vielleicht das letzte Geräusch, das er hören würde. Nein! Er durfte Tash nicht allein lassen! Mit letzter Kraft rammte er Nolan das Knie zwischen die Beine. Wieder. Und wieder. Nolan stöhnte und taumelte rückwärts.

Keuchend sog Coltrane die Luft in seine Lungen, der süßeste Atemzug, den er je getan hatte. Nolan wankte noch immer rückwärts, vornüber gekrümmt und die Hände zwischen die Beine gepresst. Seine Füße verfingen sich in den über den Boden kriechenden Ranken von Kletterpflanzen, und er fiel rückwärts in den von Schlinggewächsen überwucherten Trümmerhaufen des herabgebrochenen Dachs und einer eingestürzten Mauer. Coltrane wollte seinen Augen nicht trauen. Sie mussten ihm einen Streich spielen, denn die vermoderten Palmwedel erwachten, als Nolan zwischen ihnen landete, zum Leben. Zweige und Ranken und Dachlatten zuckten und wanden sich und stießen nach Nolan, schlängelten und ringelten sich über ihn und … O Gott!, schoss es Coltrane durch den Kopf. Das sind keine Dachlatten und Zweige und Ranken von Kletterpflanzen! Das sind Schlangen!

Nolan stieß ein entsetztes Kreischen aus, doch dann kam kein Laut mehr aus seinem zum Schrei aufgerissenen Mund, sein Körper krampfte sich zusammen, ein konvulsivisches Zucken überlief ihn, das zu einem Zittern verebbte, ehe er starb. Schlangen, die in dem Trümmerhaufen ihr Nest gehabt hatten, schlängelten sich aus der Tür.

»Tash!«

Tash, die paralysiert alles mit angesehen hatte, erwachte aus ihrer Lähmung und rannte zu Coltrane. Überall hinter ihnen waren zischende, sich windende Schlangen, als Tash und Coltrane aus dem Chaos der Ruinen liefen, mit vor Entsetzen geweiteten Augen den Boden vor ihnen absuchend, um nicht in ein weiteres Schlangennest zu stolpern oder einem in der Sonne liegenden Exemplar über den Weg zu laufen. Jeder Busch war eine Gefahr, jedes Blumenbeet eine Bedrohung. Sie erklommen die Mauer und zögerten, gelähmt von der nackten Angst vor dem, was unter den Sträuchern zu ihren Füßen lauern mochte. Als eine Eidechse einen Schritt neben ihnen mit einem flinken Rascheln davonhuschte, stieß Tash einen spitzen Schrei aus, sprang von der Mauer herab und rannte zwischen Farnbüschen hindurch zum Wagen.

Coltrane war nur ein paar atemlose Schritte hinter ihr. Sie sprangen in den Wagen, schlugen die Türen zu und sanken keuchend in die Sitze.

»Großer Gott!«, stieß Coltrane mühsam hervor. Seine Brust pumpte, als wollte sie zerspringen. Schweiß mischte sich mit dem Blut auf seinen geschwollenen Lippen; er sah Tash an, deren Kopf erschöpft auf die Rückenlehne gesunken war. Ihre Augen waren vor Panik geweitet und starrten an die Decke.

»Bist du …« Coltrane sog tief die Luft in seine nach Sauerstoff dürstenden Lungen.

»Ich glaube, ich …« Ihre Brust hob und senkte sich beängstigend heftig. »Ich glaube, ich bin okay. Er hat mich in der Ruine in die Ecke getrieben. Wenn du nicht wieder raufgeklettert wärst …«

»Woher, zum Henker, wusste er, wo wir sind?«

»Er konnte es nicht wissen. Wir waren so vorsichtig.«

»Ich verstehe es auch nicht. Was haben wir falsch gemacht?«

»Irgendwie ist er uns gefolgt.«

»Ich kann noch immer nicht begreifen, dass ich noch lebe.«

Zittern schlang Tash die Arme um ihn.

»Ich war mir sicher, dass ich abstürzen würde«, ächzte Coltrane.

»Du lebst. Wir leben.« Tash zog ihn fester an sich. »O Gott, ich hatte entsetzliche Angst. Auch jetzt noch.« Plötzlich waren ihre Lippen auf seinen, und der Schmerz der hungrigen, drängenden Berührung auf seine zerschlagenen Mund war nichts im Vergleich zu der lebensbejahenden Kraft ihrer Umarmung. Ich lebe, dachte Coltrane.

14

Doch er fühlte sich noch immer hohl und benommen.

»Rede mit mir«, sagte Tash.

Er schüttelte nur immer wieder den Kopf und starrte aus dem Fenster.

»Was denkst du?«

Es war, als würde sich der Wagen mit dem Geruch von Angst und Tod füllen.

»Sprich es aus«, sagte Tash.

»Wir können ihn nicht einfach so liegen lassen.«

»Wir können ihn auch nicht mitnehmen.«

Coltrane warf einen düsteren Blick zu den Ruinen hinüber.

»All die Schlangen. Du willst doch nicht sagen, dass wir zurückgehen und ihn rausholen sollen?«

»Nein. Natürlich nicht«, knurrte Coltrane. »Aber wir können nicht einfach wegfahren. Jemand muss verständigt werden.«

»Die Polizei? Auf keinen Fall.«

»Wir haben keine andere Wahl.«

»Doch – das haben wir!«, rief Tash. »Wir können auf

dem schnellsten Weg in die Staaten zurückfliegen. Die mexikanische Polizei jagt mir eine Todesangst ein. Hier gelten andere Gesetze als bei uns. Sie beruhen auf dem napoleonischen Kodex. Es ist nicht so wie bei uns, dass du als unschuldig giltst, solange man dir keine Schuld nachweisen kann. Hier ist es anders herum: Du bist schuldig, wenn du deine Unschuld nicht beweisen kannst. Und ich weiß nicht, ob sie uns abnehmen, dass es Notwehr war. Vielleicht sind sie der Ansicht, dass es sich um Totschlag handelt. Was, wenn irgendein Schlauberger mit cooler Sonnenbrille auf die Idee kommt, dass du Carl in das Schlangennest gestoßen hast? Und hier unten halten sie nicht viel von dem Recht auf ein schnelles Verfahren.«

»Aber die Leute im Dorf wissen, dass wir hier raufgefahren sind«, sagte Coltrane. »Und ich wette mein letztes Hemd, dass sie mitgekriegt haben, dass noch ein Fremder aufgetaucht und hochgefahren ist. Was glaubst du, was sie denken, wenn wir beide zurückkommen und Nolan nicht? Einige werden neugierig werden und heraufkommen und sich umsehen. Sobald sie Nolans Leiche entdecken, fahndet die Polizei nach zwei Ausländern in einem Auto, dessen Beschreibung genau auf das passt, in dem wir sitzen. Sie werden schon am Flughafen auf uns warten. Und weil wir versucht haben zu fliehen, sieht es aus, als wären wir tatsächlich schuldig. Verstehst du denn nicht, dass wir zur Polizei gehen müssen, bevor sie zu uns kommt?«

15

Ein roter Pontiac mit dem Aufkleber einer Autovermietung an der Windschutzscheibe stand zwischen Farnbüschen am Ende der überwucherten Straße. Nolan muss ihn dort stehen gelassen haben und zu Fuß zum Haus hinaufgegangen sein, dachte Coltrane. Deshalb habe ich ihn nicht gehört. Das Tosen der Brandung hat seine Schritte übertönt, bis er direkt hinter mir war.

Als er im Begriff war, auf die von Dschungel gesäumte Asphaltstraße zu biegen, die zum Dorf hinabführte, musste er bremsen, um einen gelben Omnibus mit qualmendem Auspuff vorbei rumpeln zu lassen. Aus den Augenwinkeln sah er, wie Tash sich vorbeugte. Der Schweiß rann ihm über den Rücken und ließ sein Hemd am Sitz festkleben.

»Überhol ihn und bring ihn zum Halten«, sagte Tash.

»Wozu?«

»Wenn der Fahrer sagt, er fährt bis Acapulco, fahre ich mit.«

»Mit dem Bus?« Coltrane warf ihr einen verdutzten Blick zu.

»Für eine Frau, die so aussieht wie ich, ist ein mexikanisches Gefängnis vermutlich kein angenehmer Ort.«

»Wer sagt denn, dass du ein mexikanisches Gefängnis von innen sehen wirst?«

»Darauf lasse ich es nicht ankommen.« Tash hielt die Arme um ihre Schultern geschlungen. »Ich habe gesehen, wie mich die Soldaten an der Straßensperre angeglotzt haben.«

»Tash, du wirst sehen, es wird gar nichts passieren.«

»Worauf du dich verlassen kannst, weil die mexikanische und die amerikanische Polizei die Angelegenheit gemeinsam aufklären werden, sobald ich zu Hause bin.«

»Aber die Polizei wird rauskriegen, dass wir zusammen da oben waren.«

»Nicht, wenn du aussagst, dass du allein rauf bist, weil mir nicht gut war und ich mit dem Bus nach Acapulco gefahren bin.«

»Tash …«

»*Bitte.* Ich bitte dich darum. Überhol den Bus und bring ihn zum Halten.«

16

»Das ist die Ranke, über die er gestolpert ist«, sagte Coltrane. Sein Mund pochte schmerzend, wo ihn Nolans Faust getroffen hatte. »Seien Sie vorsichtig. Als ich das letzte Mal hier drin war, hat es vor Schlangen gewimmelt.«

»Ja, ich sehe eine dort drüben in der Ecke.«

»Was?«

»Eine besonders giftige Art.«

Coltrane lief es kalt über den Rücken. Er hatte all seine Willenskraft aufbieten müssen, den Polizisten durch die Farnbüsche und wuchernden Blumen hierher zu führen. Doch jetzt, in dem düsteren Geviert zerfallener Mauern, bedurfte es einer fast übermenschlichen Willenskraft, nicht herumzuwirbeln und in Panik zum Wagen zurückzurennen.

»Wir müssen warten, bis ein Expertenteam aus Acapulco eintrifft und ihn untersucht, bevor wir ihn da rausholen können.« Der Polizist – der einzige im Ort – war mittleren Alters, kräftig gebaut und hatte einen dichten schwarzen Schnurrbart und ernste Augen. »Sie sagen, Sie haben miteinander gekämpft?«

»Ja.«

Coltrane hatte überlegt, ob er sich eine Geschichte ausdenken sollte, die darauf hinauslief, dass er den bereits toten Nolan zufällig entdeckt hatte, aber ihm war nichts eingefallen, was seine aufgeplatzte Lippe dann erklärt hätte – ganz zu schweigen von den Prellungen, die der Leichenbeschauer an Nolans Unterleib feststellen würde.

»Wegen einer Frau«, sagte der Polizist.

»Ja.«

»Und diese Frau …«

»Ist nicht hier. Wie ich schon gesagt habe, hat sie sich nicht wohl gefühlt. Sie ist mit dem Bus nach Acapulco zurückgefahren, bevor ich hier heraufgegangen bin.«

»Und währenddessen ist dieser Mann …«

»… ebenfalls heraufgekommen.«

»Er hat sie von Los Angeles bis hierher verfolgt.«

»Ja. Er war wütend wegen der Frau. Er und ich hatten in Los Angeles schon ein ähnliche Auseinandersetzung wegen ihr.«

»Aber dieses Mal ist er, als Sie versucht haben, sich zu verteidigen, gestolpert und ...« Der Polizist deutete auf etwas, das sich unter den Palmwedeln bewegte.

»Ich wollte es nicht.«

»Natürlich nicht.«

»Es gibt noch etwas, das ich Ihnen sagen muss.«

»Ja?«

»Der Tote ist ein amerikanischer Polizist.«

17

Es dauerte eine Woche, bis die Dinge geklärt waren. Coltrane verbrachte die meiste Zeit davon in einer überfüllten, entsetzlich stinkenden Zelle. Nicht im Dorf, denn das war zu klein, um ein eigenes Gefängnis zu haben, sondern in Acapulco, wo ihm alle seine Habseligkeiten aus dem Hotel gebracht wurden und er erfuhr, dass Tash noch am selben Tag, an dem Nolan gestorben war, nach Los Angeles geflogen war. Dort hatte sie einen Anwalt beauftragt, nach Acapulco zu fliegen und einen mexikanischen Anwalt zu engagieren, der dafür sorgen sollte, dass Coltrane auf dem schnellsten Wege wieder auf freien Fuß gesetzt würde. Das Los Angeles Police Department war betroffen, dass schon wieder einer seiner Beamten ums Leben gekommen war, doch ebenso betroffen war es wegen Nolans Verhalten. In Anbetracht der öffentlichen Reaktion und der Moral der Truppe kam die Untersuchung zu dem Schluss, dass Nolan in Urlaub gewesen und durch einen Unfall – mehrere Schlangenbisse – zu Tode gekommen sei.

Nach seiner privaten Meinung gefragt, äußerte der Polizist, mit dem Coltrane in der Ruine gewesen war, erhebliche Zweifel wegen Tashs angeblicher Erkrankung und ihrer überstürzten Abreise aus Mexiko am selben Tag, an dem Nolan gestorben war. »Sie war wirklich sehr krank«, versicherte Coltrane allen Anwesenden. Der mexikanische Anwalt war sein nicht unerhebliches Honorar wert, und Coltrane wurde schließlich in ein Flugzeug nach Los Angeles gesetzt. Ihn hatten bezüglich seiner baldigen Entlassung quälende Zweifel geplagt, und er hatte unter den Entbehrungen in der mexikanischen Gefängniszelle gelitten. Aber die ganze Zeit hatte er seine emotionale Stärke bewahrt.

Weil Tash nicht ins Gefängnis gekommen war.

ZWÖLF

1

»Kein Anschluss unter dieser Nummer«, sagte eine Computerstimme.

Coltrane legte das Telefon in seiner Küche auf und runzelte irritiert die Stirn. Seine Reisetasche stand ungeöffnet vor seinen Füßen. Er musste sich vor lauter Eile verwählt haben. Er nahm den Hörer wieder ab und versuchte es erneut.

»Kein Anschluss unter dieser Nummer.«

Diesmal hatte er sich nicht verwählt, dessen war er sich sicher. Was zum … Gleich nachdem er aus dem Gefängnis in Acapulco entlassen worden war, hatte er die Nummer von Tashs Handy angerufen, aber sie war nicht dran gegangen. Am Flughafen von Los Angeles hatte er es gleich nach der Landung noch einmal versucht, und wieder hatte sie sich nicht gemeldet. Und jetzt, nach den vierzig Minuten, die die Taxifahrt durch die vom Abendverkehr verstopften Straßen nach Hause gedauert hatte, war ihr Telefon außer Betrieb. Was um alles in der Welt ging hier vor?

Sogleich fiel ihm eine weitere Möglichkeit ein, wie er versuchen konnte, Tash zu erreichen: Walt.

»Kein Anschluss unter dieser Nummer.«

Das ist ja verrückt, dachte er.

Er versuchte es mit der Nummer des Sheriffsbüros in Malibu.

»Ich muss dringend mit Walt Halliday sprechen. Hat er heute Nacht Dienst?«

»Nein, Sir. Und morgen auch nicht. Er ist nicht mehr bei uns.«

»Er ist nicht ...«

»Er hat vor ein paar Tagen den Dienst quittiert.«

Sprachlos vor Verblüffung legte Coltrane den Hörer auf.

2

Abgesehen von zwei Lampen über der Haustür und der Garage, lag Tashs Haus im Dunkeln. Die Silhouette der modernistischen Ansammlung von Quadern ragte in den vom Mondlicht hellen Himmel. Hinter keinem Fenster brannte Licht. Das wäre mitten in der Nacht nichts Ungewöhnliches gewesen, doch es war erst zehn nach neun, und selbst wenn Tash ausgegangen wäre, hätte sie sicherlich – wie die meisten Leute in einem solchen Fall – ein paar Lichter angelassen. Nicht das geringste Anzeichen deutete darauf hin, dass jemand zu Hause war. Doch es gab ein Zeichen ganz anderer Art. Coltrane ließ die Scheinwerfer seines Wagens an und stieg aus, um das Schild genauer zu studieren: ›ZU VERKAUFEN – OCEAN REALTY‹.

Das kann nicht wahr sein, dachte er. Mit raschen Schritten ging er zur Haustür, klingelte und lauschte dem hohl klingenden Echo von drinnen. Er hämmerte mit den Fäusten gegen dic Tür. »Tash!«, rief er. Die Vorderfront des Hauses war geschwärzt von dem Feuer, das am Abend des Neujahrstages gelegt worden war. Er spähte durch den Eisenzaun, der den vom Feuer verdorrten Blumengarten umschloss, und versuchte, durch das Fenster etwas zu erkennen. Als sich seine Augen an das Dunkel im Haus gewöhnt hatten, konnte er sehen, dass der Raum völlig leer und die Möbel fortgeschafft waren.

»Tash!« Von Panik erfasst, rannte er zum Ende der Straße, am Zaun entlang zum Meer und über den Strand zur Rückseite des Hauses. Das Verandalicht war nicht an. Das einzige Licht kam vom Mond und den Sternen. Auf den Stufen zur Veranda rutschte Coltrane aus und fiel hin, doch er ignorierte den Schmerz, hastete die restlichen Stufen hinauf und rannte mit dumpf polternden Schritten zu einem Fenster. Die Metallrollläden waren nicht herabgelassen. Als er die Stirn ans Fenster legte und in das Dunkel dahinter starrte, sah er, dass auch in diesem Raum keine Möbel mehr standen. »*Tash!*« Trotz der kühlen Brise, die vom Meer her wehte, brach ihm am ganzen Körper der Schweiß aus und ließ seine Kleider unangenehm an der Haut kleben.

3

»Es tut mir Leid, aber ich kann Ihnen diese Information nicht geben«, sagte die streng dreinblickende Dame. Sie war Anfang vierzig, hatte grau meliertes Haar, lange, rote Fingernägel und trug einen schwarzen Hosenanzug mit blauem Seidenschal.

»Aber ich bin ein Freund von ihr. Ich wusste nicht, dass sie umgezogen ist. Ich muss sie unbedingt erreichen.« Es war neun Uhr am Morgen. Coltrane stand in einer der mit Glaswänden voneinander getrennten Kabinen im Büro von Ocean Realty. Draußen dröhnten auf dem Pacific Coast Highway Lastwagen vorbei. »Sie hat Ihnen doch sicher die Telefonnummer und die neue Adresse dagelassen.«

»Zusammen mit der strikten Anweisung, sie niemand anderem zu geben.« Die Frau hinter dem Schreibtisch presste ihren Rücken fest gegen die Lehne ihres Stuhls, als wollte sie so viel Distanz wie möglich zwischen sich und Coltrane wahren. »Sie hat erklärt, dass einer der Gründe, warum sie umzieht, der ist, dass sie von einem Stalker bedroht wird.«

»Ich weiß. Ich habe geholfen, diesen Mann zu entlarven.«

»Dann werden Sie sicherlich mein Dilemma verstehen.«

»Das tue ich eben nicht.«

»Es könnte ja sein, dass *Sie* der Mann sind, der sie belästigt. Sie hat mich eindringlich gebeten keinem Menschen ihre neue Telefonnummer und ihre neue Adresse zu geben.«

»Herrgott!«

Die Frau zuckte zusammen.

»Na schön«, knurrte Coltrane. »Ich verstehe ja, dass Sie Ihren Kunden gegenüber zu Diskretion verpflichtet sind. Aber es würde Ihre Diskretionspflicht doch sicherlich nicht verletzen, Tash anzurufen, ihr meinen Namen zu nennen und ihr zu sagen, dass ich mit ihr sprechen möchte. Ich bin wirklich ein guter Freund von ihr.«

»Zufällig weiß ich, dass sie heute nicht zu Hause ist. Ich rufe sie morgen an und sage ihr, dass sie sich mit Ihnen in Verbindung setzen soll.«

Morgen? Coltrane stöhnte innerlich auf.

4

Coltrane erwischte die Ausfahrt vom Pacific Coast Highway gerade noch rechtzeitig, als er Lyle aus dem Coffee-Shop kommen und auf seinen Streifenwagen zustreben sah. Das Quietschen der Reifen, mit dem sein Wagen zum Stehen kam, erweckte Lyles Aufmerksamkeit, und er drehte sich um. Coltrane sprang aus dem Wagen und ging zu dem massig gebauten Polizisten, den er noch nie in Uniform gesehen hatte und der mit seiner kompletten Ausrüstung am Gürtel noch korpulenter aussah.

Lyles Haar war militärisch kurz geschoren. Er betrachtete Coltrane mit ebenso argwöhnischem Blick wie die Frau im Immobilienbüro.

»Ihr Dienstleiter im Revier hat mir gesagt, dass Sie um

diese Zeit gewöhnlich hier einen Kaffee trinken«, sagte Coltrane. »Ich bin froh, dass ich Sie noch erwischt habe.«

Lyle schien weniger froh. Er nickte nur und wartete.

»Hören Sie, Officer ... Ich bin ziemlich irritiert von ein paar Dingen«, sagte Coltrane. »Ich hoffe, Sie können mir helfen.«

Lyle zuckte mit den Achseln, doch die Geste wirkte alles andere als entspannt.

Coltrane musste schreien, um den Lärm des vorüberbrausenden Verkehrs zu übertönen. »Ich habe versucht, Tash Adler zu erreichen.«

»Sie ist umgezogen.«

»Ich weiß. Haben Sie eine Ahnung, wohin?«

»Nein.«

»Warum hat Walt Halliday den Dienst quittiert?«

»Hat er mir nicht gesagt. Wir waren nicht so gut befreundet. Ich nehme an, es war der Stress, den der Job mit sich bringt.«

»Vielleicht weiß *er*, wo Tash hingezogen ist. Ich habe versucht, ihn telefonisch zu erreichen, aber die Rufnummer gibt's nicht mehr. Haben Sie eine Ahnung, wo er wohnt, damit ich mit ihm reden kann?«

»Wohnte.«

»Wie bitte?«

»Walt ist am selben Tag, an dem er den Dienst quittiert hat, weggezogen.«

»*Was?*«

»Er sagte, er bräuchte dringend mal einen Tapetenwechsel.«

Der Asphalt auf dem Parkplatz schien sich zu wellen und drohte Coltrane zu verschlingen. »Ich begreife das alles nicht. Was geht hier vor?«

»Das sieht doch ein Blinder«, schnaubte Lyle.

»Was denn?«

»Es kann ja wohl kein Zufall sein, dass sich beide so plötzlich und zur selben Zeit entscheiden, von hier wegzuziehen. Ich hatte schon immer den Verdacht, dass zwischen den beiden was läuft.«

»*Was?*«

»Und selbst wenn nicht – ich kann gut verstehen, warum sie aus dem Haus weggezogen ist. Einen Stalker im Nacken zu haben ist sicher alles andere als angenehm.«

»Aber das ist doch vorbei. Jetzt, wo die Polizei weiß, dass es Duncan Reynolds war.«

»Wer?«

»Duncan Reynolds. Hat Tash Ihnen das nicht gesagt?«

»Wer, zum Teufel, ist Duncan Reynolds?«

»Sie hat Ihnen die Fotos nicht gezeigt?«

»Was für Fotos?«

Konsterniert versuchte Coltrane, seine Gedanken zu ordnen. Er erklärte Lyle, was es mit den Fotos auf sich hatte.

»Und Sie haben auf den Fotos was entdeckt?«, fragte Lyle.

»Einen Mann, der sie fotografiert. Duncan Reynolds. Ich kenne ihn. Und Tash hat ihn ebenfalls mal kennen gelernt, aber er hat sich ihr unter einem anderen Namen vorgestellt.«

»Und wo sind diese Fotos?«

»Tash hat sie.« Der Aktenkoffer mit den Fotos war nicht mehr in Coltranes Reisetasche gewesen, als die Polizei von Acapulco ihm seine Habseligkeiten ins Gefängnis gebracht hatte. Er hatte angenommen, dass Tash im Hotel gewesen war, um ihre Sachen zu holen, bevor sie zum Flughafen fuhr, und den Aktenkoffer nach Los Angeles mitgenommen hatte. Um die Fotos der Polizei zu zeigen und dafür zu sorgen, dass Duncan Reynolds sie nicht mehr bedrohte. »Oder vielleicht …«

»Was?«

»Vielleicht hat sie sie gar nicht. Vielleicht sind sie verloren gegangen, als die mexikanische Polizei mir meine Sachen aus dem Hotel gebracht hat. Das würde erklären, warum sie der Polizei die Fotos nicht gezeigt hat. Sie hat vergessen, sie mitzubringen, und deshalb wollte sie warten, bis ich mit den Beweisen zurück bin. Aber in der Zwischenzeit hat Duncan Reynolds sie wieder belästigt, und sie ist ausgezogen.«

»Ohne auch nur eine Andeutung uns gegenüber zu machen, dass sie weiß, wer sie verfolgt? Ist das plausibel?«

»Nein. Nicht, wenn Sie es so sehen.«

»Und *Sie* haben diese Fotos auch nicht?«

Der Asphalt unter Coltranes Füßen wogte wie ein Meer in Aufruhr. Doch sogleich fühlte er wieder festeren Boden. »Ich habe die Negative zu Hause. Ich kann neue Abzüge machen.«

»Dann tun Sie das, und bringen Sie sie mir. Aber um die Wahrheit zu sagen, ich denke, das ist Humbug, was Sie mir da erzählen.«

Coltrane blinzelte, als hätte er eine Ohrfeige bekommen.

»Ich habe gehört, was Ihrer Behauptung nach mit Carl Nolan in Mexiko passiert sein soll. Er war ein verdammt guter Polizist. Und wenn Sie glauben, ich würde Ihnen abkaufen, dass er eifersüchtig auf Sie war und nach Mexiko geflogen ist, um mit Ihnen abzurechnen ...«

»Aber das ist die Wahrheit.«

»Klar. Ihre Wahrheit. Tash hat mir eine ganz andere Geschichte erzählt. Sie sagte, Carl ist nach Acapulco geflogen, um sie zu retten. Vor Ihnen.«

In Coltranes Kopf drehte sich alles.

»Sie hat mir auch gesagt, dass sie auszieht, weil Sie sie mit Ihrer Verehrung so erdrücken, dass ihr nichts anderes übrig bleibt, als vor Ihnen davonzulaufen.«

»Das ist völlig unmöglich!«

»Wollen Sie mich etwa einen Lügner nennen?«

Der Parkplatz schien sich zu drehen. »Gott im Himmel, ich glaube, ich werde noch verrückt.«

5

Coltrane hätte beinahe die Haustür offen stehen lassen, so groß war seine Eile, in den Tresorraum hinabzustürmen, die Negative an sich zu raffen, die er dort aufbewahrt hatte, in die Dunkelkammer zu hasten und neue Abzüge von den Aufnahmen zu machen, die Duncan Reynolds zeigten, wie er Tash fotografierte.

Doch nachdem er die Tür aufgeschlossen hatte und in den Tresorraum gestürzt war, blieb er wie erstarrt vor dem Regal stehen und starrte mit offen Mund auf das leere Fach, auf das er den Umschlag mit den Negativen gelegt hatte. Er musste sie irgendwo anders hingelegt haben und hatte es nur vergessen, schoss es ihm durch den Kopf. Er wirbelte herum, lief an den Regalen entlang und sah in jedes Fach, doch er fand sie nirgendwo. In der Dunkelkammer, dachte er. Vielleicht habe ich sie dort vergessen ... Er rannte in die Dunkelkammer, doch die Negative waren verschwunden.

6

»Es tut mir Leid, wenn ich störe.« Coltrane hoffte, seine Augen sahen nicht so verwirrt aus, wie er sich fühlte. Er deutete auf Tashs Haus. »Ihre Nachbarin ist kürzlich ausgezogen.«

Die grauhaarige Frau trug eine Brille und einen mit Farbe beschmierten Malerkittel. In der Hand hielt sie einen Pinsel. Sie schien verärgert, dass Coltrane geklingelt hatte. »Vorgestern, ja. Ich habe den Möbelwagen gesehen.«

»Hat sie Ihnen vielleicht ihre neue Adresse gegeben? Ich muss ihr ein paar Schriftstücke von unserer Anwaltskanzlei zur Unterschrift vorlegen und ...«

»Sie hat sechs Monate im Haus neben mir gewohnt und nicht ein einziges Wort mit mir geredet. Ich wüsste nicht, wieso sie mir ihre Adresse geben sollte.«

»Sie haben den Möbelwagen gesehen? Haben Sie zufällig gesehen, welcher Name an dem Wagen ...«

7

»Ja, ich erinnere mich an Sie«, sagte der übergewichtige Mann in dem blauen Arbeitshemd mit dem Schriftzug PACIFIC MOVERS auf dem Rücken. »Wir haben Ihnen vor ein paar Wochen diese Ladung ausgefallener Möbel geliefert. Dieses Röhrenzeug. Aus Metall.«

»Stimmt, ja.«

»Einen Augenblick.« Der Vorarbeiter drehte sich zu seinen zwei Helfern um, die aus einem Apartmenthaus in Santa Monica kamen. »Achtet drauf, dass ihr alle Decken wieder in den Laster packt.« Er wandte sich zu Coltrane um. »Sie sagen, Sie haben mich gesucht?«

»Die Sekretärin im Büro Ihrer Firma hat mir gesagt, wo ich Sie finde. Ich habe fünfhundert Dollar für Sie, wenn Sie mir einen Gefallen tun.«

»Das muss ein verdammt großer Gefallen sein.«

»Eigentlich nicht. Sie brauchen nur im Büro Ihrer Firma in der Computerdatei eine Kundin suchen, die Natasha Adler heißt.«

»Und?«

»Sie ist eine alte Freundin von mir.«

»Und weiter?«

»Ich brauche ihre neue Adresse.«

Der Mann nickte konspirativ.

8

Je höher sich die Straße in die San-Bernardino-Berge emporwand, umso zerklüfteter wurden die Hänge. Zwischen mächtigen Felsrücken und Gesteinsbändern kämpften Fichten um ein bisschen Erde, in das sie ihre Wurzeln klammern konnten. Es wurde kälter, und Coltrane machte die Wagenheizung an. Er war froh, dass er daran gedacht hatte, einen Skianorak, Mütze, Schal und Handschuhe mitzubringen. Obwohl es vor einer halben Stunde hell geworden war, hüllten dichte graue Wolken alles in ein nebliges Zwielicht. Sporadisch wirbelten Schneeflocken gegen die Windschutzscheibe und ließen die Schneedecke rechts und links der Straße dicker werden. Er trank, den Wagen nur mit einer Hand steuernd, heißen, schwarzen Kaffee aus einer Thermosflasche und warf dabei einen Blick in den Rückspiegel. Nachdem er von der Interstate auf diese Nebenstraße abgebogen war, hatte er eine Zeit lang den Lichtschein von San Bernardino hinter sich sehen können, doch nun sah er nichts, außer schneebedeckte Felsen und Fichten, nicht einmal mehr die Scheinwerferlichter des Kleinlasters, der ihm etwa eine Viertelstunde lang gefolgt und dann abgebogen war. Es ist nicht mehr weit, sprach er sich Mut zu.

Für seine fünfhundert Dollar hatte er nicht einmal eine richtige Adresse bekommen, sondern nur ein Postfach. Offenbar hatte Tash zwar dem Fahrer des Wagens ihre genaue Adresse genannt, nicht aber dem Büro der Umzugsfirma. Sie hatten nicht einmal eine Telefonnummer von ihr. Aber ein Postfach genügt auch, dachte Coltrane bitter. ›BIG BEAR LAKE – 25 MEILEN‹, kündete ein Wegweiser an. *Bald*, schwor er sich. Bald. Bis dahin hatte er jede Menge Dinge, über die er nachdenken musste – bohrende Fragen, die nicht aufhören wollten, sein Gehirn zu zermartern. Tash!

9

Die Luft stach Coltrane kalt in die Nase und ließ seinen Atem zu weißen Wölkchen gefrieren. Nachdem er seinen Wagen in einer Seitenstraße geparkt hatte, wo er von der Hauptstraße nicht zu sehen war, stapfte er an rustikal gestylten Läden vorüber, ohne einen Blick auf ihre pseudoalpinen Fassaden zu verschwenden. In einigen Schaufenstern hing noch die Weihnachtsdekoration, doch auch das ignorierte er. Der frisch gefallene Schnee knirschte unter dem Profil seiner Wanderschuhe. Er bog um eine Ecke und erblickte auf der anderen Straßenseite das Postamt von Big Bear Lake. Im Gegensatz zu den meisten, nach Skiressort aussehenden Häusern des Orts war dieses hier ein ganz gewöhnliches, antiseptisch und funktionell wirkendes Gebäude mit einer falschen Redwood- und Steinverblendung zur Straße hin, einem flachen Schrägdach, Briefkästen vor dem Eingang und einem offenen, gut einsichtbaren Parkplatz davor.

Coltrane sah auf die Uhr: 8:25. Obwohl die Schalter erst um neun aufmachten, gingen bereits Leute durch die Tür aus und ein. Offenbar wurde das Gebäude bereits früher geöffnet, um es den Besitzern von Postfächern zu ermöglichen, ihre Post schon vorher abzuholen. Das bedeutete, dass Tash möglicherweise schon hier gewesen war, um nach ihrer Post zu sehen. Aber das bezweifle ich, dachte Coltrane. Sie ist sicher müde nach dem Umzug von vorgestern. Und gestern hat sie wahrscheinlich den ganzen Tag damit verbracht, die Kisten auszupacken. Sie wird es heute bestimmt langsam angehen lassen. Es würde noch eine Weile dauern, bis sie in die Gänge kam, hoffte er.

Er ging in das wie ein Schweizer Chalet gebaute ›House of Pancakes‹ schräg gegenüber der Post und setzte sich an einen Tisch am Fenster.

»Kaffee?«, fragte die Bedienung.

»Ja. Aber ich weiß noch nicht, was ich essen will. Es dauert vielleicht eine Weile, bis ich bestelle.«

»Lassen Sie sich so viel Zeit, wie Sie brauchen.«

Glaub mir, das habe ich vor, dachte Coltrane. Während er so tat, als studierte er die Karte, ließ er das Postamt auf der anderen Straßenseite nicht aus den Augen.

10

Zwei Stunden später – nach den langsamsten Pfannkuchen, Eiern und Würstchen seines Lebens und ausgiebiger Zeitungslektüre bei einer weiteren Tasse Kaffee – kam Coltrane zu dem Schluss, dass er nicht noch länger hier rumhängen konnte, ohne aufzufallen. Draußen war es noch immer grau und kalt. Er drückte sich vor den Schaufenstern gegenüber der Post herum und tat so, als interessierte ihn die Mode dieses Winters. Dann gab er vor, Fotos von den Häusern zu machen, wobei er das Zoomobjektiv die meiste Zeit über auf das Postamt gerichtet hielt.

Um halb eins war der Parkplatz vor dem ›House of Pancakes‹ fast voll. Ein Auto mehr würde nicht auffallen. Er holte seinen Wagen aus der Seitenstraße, fand einen geeigneten Platz, von wo er einen guten Blick auf das Postamt hatte, und bereitete sich auf ein längeres Warten vor. Hin und wieder machte er den Motor an, um nicht zu frieren. Kurz nach zwei ging er wieder ins ›House of Pancakes‹, um mittagzuessen. Es fing wieder an zu schneien. Coltrane ließ sich alle Zeit der Welt mit einem Hamburger, Pommes frites und Kohlsalat und schickte mehrere Stoßgebetet gen Himmel, dass das Schneetreiben nicht noch dichter wurde und der Parkplatz nicht mehr zu sehen war. Als er den Gang zu den Toiletten nicht länger aufschieben konnte, brachte er ihn im Eilschritt hinter sich, weil er fürchtete, dass Tash ihre Post holte, während er weg war. Als er an seinen Tisch zurückkehrte, quälte ihn die Vorstellung, sie verpasst zu haben. Um zehn nach vier erhob er sich, um zu bezahlen. Er musste all seine Selbstbeherrschung aufbringen, um seine Erregung zu verbergen, als er in diesem Moment Walt vor der Post aus seinem Mountaineer steigen sah.

»Das müsste reichen«, sagte er zu der Bedienung. »Behalten Sie den Rest.«

»Das ist sehr großzügig. Vielen Dank.«

»Ich schätze, ich bin noch in Weihnachtsstimmung.«

Als Coltrane vor die Tür trat, sah er Walt im Postamt verschwinden. Er rannte durch das Schneegestöber, um bei seinem Wagen zu sein, bevor Walt herauskam und wegfuhr. Dabei rutschte er auf einer Eisplatte aus, ruderte mit den Armen, um nicht das Gleichgewicht zu verlieren, und entging um Haaresbreite einem Pick-up, der vom Parkplatz des Restaurants wegfuhr. Sein Atem ging rasch, und die kalte Luft schnitt in seine Lungen, als er den Wagen aufschloss, sich auf den Sitz fallen ließ und den Motor startete. Besorgt registrierte er, wie stark seine Hände zitterten. Dann konzentrierte er sich auf Walt, der mit verdrossenem Gesicht und enttäuscht nach unten gezogenem Schnurrbart aus dem Postamt kam; seine behandschuhten Hände waren leer, die Fahrt offenbar umsonst gewesen.

Meine aber nicht, dachte Coltrane. Er gab Walt einen halben Block Vorsprung und ließ drei andere Wagen passieren, bevor er aus dem Parkplatz bog und die Verfolgung aufnahm. Weiß Walt, was für einen Wagen ich fahre?, fragte er sich. Er hat ihn an dem Abend gesehen, an dem ich Tash kennen gelernt habe, aber im Dunkeln und nur einen flüchtigen Blick lang … und außerdem sieht er jetzt anders aus – mit dem Schnee auf dem Dach und der Motorhaube.

Zwei der Wagen zwischen ihnen bogen in Seitenstraßen. Dann machten die Außenbezirke von Big Bear allmählich einer Postkartenszenerie Platz. Walt, der Fahrer zwischen ihnen und Coltrane folgten einer teilweise geräumten Straße, zu deren Linken sich der von Kiefern gesäumte, an den Rändern zugefrorene See erstreckte. Das dichter werdende Schneetreiben machte Coltrane nervös. Dunkle, tief hängende Wolken verhüllten die Gipfel. Weiter vorn schaltete Walt die Scheinwerfer an, der Fahrer in der Mitte ebenfalls. Coltrane wollte unsichtbar bleiben und widerstand dem Impuls. Dann wurde der Wagen vor ihm langsamer, setzte den Blinker und bog in einen vom Schnee geräumten Weg, der zu einer Hütte führte. Coltrane war jetzt nur noch fünfzig Meter hinter Walts Mountaineer.

Er ließ sich zurückfallen und hoffte, die zunehmend schwieriger werdenden Straßenverhältnisse machten seinen defensiven Fahrstil plausibel. Aber Walt wurde ebenfalls langsamer. Sag bloß, er hat mitgekriegt, wer hinter ihm ist, dachte Coltrane in Panik. Walt wurde noch langsamer. Jesus. Dann leuchtete Walts rechter Blinker auf, und der Mountaineer bog auf eine bergauf führende Straße. Zunächst säumten ein paar schmucke Chalets im alpinen Stil die Straße, dann nur noch schneebedeckte Kiefern. Nach einem halben Kilometer bog Walt nach links und folgte einem schmalen, steil bergan steigenden Weg. Bis Coltrane die Abzweigung erreicht hatte, war der Mountaineer verschwunden.

Er hielt an und starrte aus dem Seitenfenster auf die den Weg hinaufführenden Reifenspuren, die hinter einem Vorhang wirbelnder Schneeflocken zwischen den Bäumen verschwanden. Ist das der Weg zu Tashs Haus, oder hat Walt mich bemerkt und lockt mich zu einem abgelegenen Platz, wo wir allein sind?

Der fallende Schnee machte ein wisperndes Geräusch und bedeckte bereits die frischen Konturen der Reifenspuren. Was sollte er tun? Coltrane überlegte. Wenn er zu lange wartete, würde es keine Spuren mehr geben, denen er folgen konnte. Er machte den Motor aus, stülpte sich die Mütze auf den Kopf, zog Handschuhe und Schal an, befestigte den Riemen an der Kamera, die er sich um den Hals hängte, so dass sie unter seinem Skianorak war, zog den Reißverschluss bis zum Kinn hoch und stieg aus.

Es war kälter geworden, aber das kümmerte ihn nicht. Das einzige, was zählte, war, Tash zu finden. Und Antworten auf seine Fragen zu bekommen. Er folgte den Spuren auf dem von Bäumen gesäumten Weg und versank dabei bis zu den Knöcheln im Schnee, zwei Finger breit unterhalb dem Schaftrand seiner Wanderschuhe aus dickem Leder. Die großen Flocken verfingen sich an seinen Wimpern und brachten ihn mehrmals zum Blinzeln. Vorsichtig ließ er den Blick über das schneebedeckte Unterholz rechts und links der Straße schweifen, für den Fall, dass Walt sich dort irgendwo versteckt hatte. Dann gabelte sich die Straße; die Spuren führten nach rechts, und Coltrane folgte ihnen angespannt.

Abgesehen von dem Wispern des Schnees und dem Knirschen seiner Schritte war kein Laut zu hören. Es schien dunkler zu werden. Nach weiteren fünfzig Schritten durch den jetzt lichter werdenden Wald blieb er abrupt stehen, als ein dunkler Schatten vor ihm aufragte, in dem Lichter schimmerten. Das ist keine Straße, begriff er mit einem Schreck. Ich bin auf einer Auffahrt und stehe direkt vor einem Haus.

11

Einem Chalet, verbesserte er sich, obgleich es ebenso groß aussah wie ein Haus, mit den zwei Stockwerken, der überdachten Veranda und dem massiven Kamin. Er registrierte diese Details nur mit halbem Blick, bevor er mit ein paar Sätzen von der Auffahrt huschte, sich hinter den Stamm einer Kiefer duckte und mit angehaltenem Atem auf ein Anzeichen wartete, dass er gesehen worden war. Nachdem eine Minute verstrichen und nur das nun lauter werdende Flüstern des fallenden Schnees zu hören war, schob er den Kopf hinter dem Baumstamm hervor und nahm das Chalet oder vielmehr das, was er in dem Schneetreiben davon sehen konnte, genauer in Augenschein. Das untere Stockwerk war aus großen, mit Zement verfugten Felssteinen errichtet. Der Rest des Gebäudes bestand aus rohbehauenen, verputzten Baumstämmen, außer dem Kamin und zwei weiteren, die er jetzt erkennen konnte und die ebenfalls aus Stein gemauert waren. Solide, gediegen.

Sich zwischen den Bäumen haltend, folgte er dem Rand der Lichtung, ohne das Chalet aus den Augen zu lassen. Die Veranda nahm die gesamte rechte Seite ein. Im ersten Stock war ein kleiner Balkon. Das Dach war steil und spitz. Ein niedriges Gebäude, zu dem Reifenspuren führten, duckte sich neben das Chalet.

Ich bin nach wie vor viel zu leicht zu entdecken, dachte

Coltrane. Sogar bei dem Schneetreiben. Wenn ich das Haus sehen kann, dann kann man mich von drinnen auch sehen.

Na und? Jetzt, wo du Tash gefunden hast, was macht das noch für einen Unterschied, wenn man dich entdeckt? Geh auf die Veranda und hämmere an die Tür. Verlang zu wissen, was hier gespielt wird.

Aber ich weiß nicht mit Sicherheit, dass Tash im Haus ist. Nur weil ich gesehen habe, wie Walt in die Post gegangen ist, bedeutet das nicht, dass er dasselbe Postfach hat wie sie. Sie wohnte möglicherweise im Ort oder in einer anderen Hütte. Wie würde das wohl aussehen, wenn ich ins Haus stürme und Walt allein ist?

Ein Schatten bewegte sich hinter einem Fenster und ließ Coltrane erstarren. Rückwärts schob er sich Schritt für Schritt in den Wald zurück und entspannte sich erst, als er das Chalet durch das Schneetreiben nicht mehr sehen konnte. Es war kurz vor fünf. Die Dämmerung hatte bereits eingesetzt, und es wurde, begünstigt durch das Wetter, zusehends dunkler. Bald würde es stockfinster sein. Ich muss mir einen Platz suchen, wo ich unterkriechen und warten kann, dachte Coltrane. Es ist ja nicht so, dass ich noch nie bei Schnee in den Bergen war.

In Bosnien, zum Beispiel.

Der Gedanke erschreckte ihn. Woher zum Teufel war der so plötzlich aufgetaucht? Er schob den Gedanken beiseite und sah sich um. Hinter ihm stieg ein bewaldeter Hang an. Ein Stück weiter oben würde er einen guten Blick auf das Chalet haben, wenn das Wetter sich besserte. Der Schnee lag so tief, dass er über den Rand seines Stiefelschafts fiel, doch seine Wollsocken verhinderten, dass er nasse Füße bekam. Schwer atmend in der ungewohnten Höhe, erreichte er eine etwas ausgesetzte Schulter des Hangs, von wo er vermutlich über die Wipfel unter ihm auf das jetzt im Schneetreiben versteckte Chalet sehen konnte, und kroch unter die schneebedeckten Äste einer Fichte. Die Zweige wölbten sich über ihm wie ein Zelt.

Erneut hatte er das Gefühl, dies schon einmal erlebt zu haben.

In Bosnien.

Weit bin ich nicht gekommen, dachte er düster.

12

Um sechs klarte es auf. Sterne glitzerten am Himmel. Der frisch gefallene Schnee schimmerte hell im Mondschein, und die Lichter des Chalets, das unter ihm jetzt gut zu sehen war, warfen goldene Rechtecke über das kalte Weiß. Coltranes von der Kälte arg gepeinigte Nase wurde nun auch noch von dem Rauch traktiert, der aus dem größten Kamin zu ihm heraufwehte. Dies war die einzige Unvollkommenheit, die die anheimelnde Idylle auf der Lichtung unten ihm störte.

Seine Muskeln spannten sich, als er jemanden in den Lichtschein hinter einem der Fenster treten sah. Obwohl ihm klar war, dass die Fensterscheiben das Licht der Lampen im Haus wie Spiegel reflektierten und ihn ganz sicher niemand von drinnen im nachtdunklen Wald erkennen konnte, duckte er sich, einem Reflex gehorchend, hinter den Ast einer Fichte und spähte über die schneebedeckten Nadeln. Aus einer Entfernung von – wie er schätzte – hundert Metern konnte er mit bloßem Auge nicht ausmachen, wer sich in dem Fenster bewegte. Hastig zog er den Reißverschluss seines Anoraks ein Stück herab, holte die Kamera hervor und machte den Reißverschluss gegen die an seine Brust dringende Kälte rasch wieder zu. Ohne die Handschuhe auszuziehen, fummelte er mit ungeschickten Fingern die Verschlusskappe vom Objektiv und steckte sie in die Anoraktasche. Er sah durch den Sucher und hielt den Atem an, um zu vermeiden, dass er emporwaberte und die Linse des Objektivs beschlug. Dann zoomte er das Fenster heran, stellte das Bild scharf und fühlte, wie erneut Kälte seine Brust umfing, als er Walt erkannte, der mit dem Gesicht zum Fenster auf etwas hinabsah und mit der Hand eine kreisende Bewegung machte.

Walt trug ein rotkariertes Hemd. Die Vergrößerung des Objektivs reichte nicht aus, um die dünne Narbe über seiner rechten Augenbraue erkennen zu können, doch sein sandfarbener Schnurrbart war deutlich auszumachen. Walt drehte sich nach rechts – von Coltrane aus gesehen, nach links – und sagte etwas zu jemandem. Mit maximaler Vergrößerung des Zooms konzentrierte sich Coltrane auf Walts Lippen, doch er konnte nicht ablesen, was er sagte. Weiter links tauchte jemand hinter einer Glasschiebetür auf. Coltrane schwenkte die Kamera dorthin, und hätte er nicht bereits den Atem angehalten, so hätte er es jetzt getan, denn was er sah, versetzte ihm einen Stich ins Herz.

Tash trug Jeans und einen grauen, flauschigen Pullover, der ihr üppiges, offen getragenes Haar, das ihr herzzerreißend schönes Gesicht wie ein dunkel lodernder Schein umrahmte, vorteilhaft zur Geltung brachte. Zwischen den Händen hielt sie eine Kaffeetasse. Coltrane konnte sich so vollkommen in sie hineinversetzen, dass er die Wärme der Tasse zu fühlen glaubte. Sie sah auf die schneebedeckte Terrasse hinaus, drehte sich dann um und sagte etwas zu Walt, der auf sie zu trat. Sie war groß, doch er überragte sie. Er legte seine großen Hände besitzergreifend auf ihre Schultern und sah auf sie hinab. Sie erwiderte seinen Blick.

Er küsste sie.

Coltrane zuckte zusammen, als hätte er eine Ohrfeige bekommen, und um ein Haar wäre er aus der Deckung gestürzt und zu der Veranda hinabgestürmt. Doch der Schock lähmte seine Glieder. Er hörte ein Klicken und Surren und begriff, dass er ein Foto gemacht hatte. Was sehe ich da?, dachte er. Walts Hände blieben auf ihren Schultern. Sie machte keine Anstalten, die Kaffeetasse beiseite zu stellen und ihn zu umarmen. Sie drehte zwar nicht den Kopf zur Seite, um seinen Kuss zu vermeiden, doch sie erwiderte ihn auch nicht. Sie nahm ihn hin, was nicht dasselbe war, als ihn über sich ergehen zu lassen.

Walt musterte sie. Er fragte sie etwas. Ob Tashs Antwort abweisend oder bejahend war, konnte Coltrane nicht sagen.

Er musste näher heran. Ohne sich darum zu kümmern, dass seine Spuren am Morgen im Schnee zu sehen sein würden, folgte er dem Drang und stapfte den Hang wieder hinab. Weil ihm sein Blick vorauseilte, stolperte er über einen vom Schnee bedeckten Ast, und nur mit rudernden Armen und ausgreifenden Schritten konnte einen Sturz kopfüber den Hang hinab vermeiden. Noch immer halb rennend und mit ausgestreckten Armen bemüht, den Bäumen auszuweichen, erreichte er den Fuß des Hangs, bremste vorsichtig, um nicht im letzten Augenblick noch zu stürzen, seine Schritte und kam schließlich keuchend zum Stehen. Erstaunt registrierte er, wie schwer sein Atem ging, wie wild sein Herz hämmerte.

Zwischen den Bäumen am Rand der Lichtung war er nur etwa dreißig Meter vom Haus entfernt. Er brauchte das Zoom nicht mehr, um Tash und Walt hinter der Glasschiebetür zu sehen. Walts Hände lagen noch auf ihren Schultern, und Tash sah noch zu ihm empor.

Dann küsste Walt sie erneut, und diesmal stellte Tash die Kaffeetasse auf einen Tisch, legte beide Arme um seinen Nacken und erwiderte den Kuss. Sie schmiegte sich fest an ihn, empfangend, gebend, und Coltrane hörte wieder ein Klicken und dann ein Surren, als er ein zweites Foto machte.

Dann hörte er etwas anderes – ein ungewolltes Geräusch, das aus seiner Kehle stieg. Es klang, als würde er ersticken.

13

Benommen sank Coltrane in den Schnee. Den Rücken gegen den rauen Stamm einer Kiefer gelehnt, schlang er die Arme um seine Schultern und konnte das Schluchzen nicht unterdrücken, das aus seine Lunge brechen wollte. Das kann nicht wahr sein, dachte er verzweifelt. Wild schüttelte er den Kopf. Von dort, wo er im Schnee saß, konnte er die Glasschiebetür und die beiden eng umschlungenen Gestalten dahinter noch sehen. Walts Hand war jetzt unter Tashs Pullover, ihr Mund auf seinen gepresst. Sie zerrte an seinem Gürtel, und Coltrane schrie auf.

Bevor er wusste, was geschah, war er auf den Beinen und stürme mit langen Sätzen über die Lichtung auf die unter seinen Stiefeln hohl polternde Veranda. Er sah ihre erschreckten Gesichter, als er sich mit der Schulter gegen die Glasschiebetür warf. Wie ein Stich zuckte der Schmerz durch seine Schulter, doch die Scheibe hielt stand.

»Ich muss mit dir reden!«

Tash taumelte zurück.

Walt sprang nach rechts.

»Du hast gesagt, ich bedeute dir etwas!«, schrie Coltrane.

Walt tauchte, noch immer mit herabhängendem Gürtel, wieder auf. Seine Hand fuhr zum Schloss, und er schob die Tür auf.

Coltrane versuchte, sich an ihm vorbei zu schieben. »*Warum hast du mich belogen?*«

Walt schlug ihm die Faust ins Gesicht.

Coltrane taumelte zurück. Ohne seiner blutenden Lippe Beachtung zu schenken – dieselbe Stelle, wo Nolans Hieb ihm in Mexiko die Lippe gespalten hatte –, versuchte er erneut, zu Tash vorzudringen. »*Warum hast mir vorgemacht, dass du mich liebst?*«

Walts Faust krachte erneut in sein Gesicht, und er stürzte rückwärts von der Veranda. Er landete in einer Schneewehe und rappelte sich, die Tränen fort blinzelnd, die ihm der Schlag in die Augen getrieben hatte, auf die Beine, um im selben Augenblick zur Salzsäule zu erstarren, als er zwei Handbreit vor seinem Gesicht die Mündung eines Revolvers sah, die genau zwischen seine Augen zielte.

»Ich könnte dir den Kopf wegblasen«, keuchte Walt heiser.

»*Warum hast mich belogen?*«, schrie Coltrane Tash an.

»Bei deiner Vorgeschichte. Und wenn man bedenkt, dass du schon zwei Menschen umgebracht hast«, zischte Walt.

»Was?«

»Und nachts in die Fenster anderer Leute glotzen und Fotos davon machen. Um das Haus eines Polizeibeamten schleichen und der Versuch, mit Gewalt einzudringen. Keine Jury der Welt würde daran zweifeln, dass ich mich in Notwehr verteidigt habe.«

Tash schob sich mit angstgeweiteten Augen rückwärts zur Tür.

»Vor allem, wenn ich dir eine nicht registrierte Pistole in die Hand drücke«, gluckste Walt, »und daraus mit deinem Finger eine Kugel durch die Glastür jage, damit du Schmauchspuren an den Handschuhen hast, die jeden Zweifel an deinen Absichten beseitigen. Also *mach* schon. Versuch, an mir vorbei zu kommen. Gib mir einen Grund, den Abzug durchzudrücken.«

»*Warum hast du mich belogen?*«

»Du willst einfach nicht hören«, bellte Walt.

Das Krachen des Schusses war ohrenbetäubend. Die Hitze der Kugel, die an Coltranes linker Schläfe vorbeizischte, versengte sein Haar. Er hörte den Aufprall hinter sich nicht. Konnte ihn nicht hören. Auch Walt hörte er kaum, der vor seinem Gesicht brüllte: »Verschwinde von hier! Bevor ich es mir noch einmal überlege und dorthin ziele, wo ich hätte hinzielen sollen! Wenn ich dich hier noch mal sehe, wenn ich dich jemals irgendwo wieder sehe …«

Walt drückte erneut ab, diesmal an Coltranes rechter Schläfe, und der stechende Schmerz dieser Attacke auf sein Trommelfell ließ Coltranes die Hände gegen die Ohren pressen. Er fiel auf den Rücken und wand sich im Schnee. Walt zerrte Coltranes Hände von seinen Ohren, packte den Riemen der Kamera, zog sie ihm über den Kopf und schleuderte sie gegen die Steinwand des Chalets, wo sie in tausend Teile zersprang. Dann zerrte er Coltrane auf die Beine und stieß ihn über die Lichtung, die Einfahrt hinab und auf die Straße, wo Coltrane in eine dumpfe Benommenheit fiel. Er presste die Hände so fest er konnte auf seine Ohren, doch er vermochte das gellende, ihn schwindlig machende Dröhnen darin nicht zum Verstummen zu bringen.

14

»Ich möchte ein Zimmer.«

Der Mann an der Rezeption richtete sich erschrocken auf. »Du lieber Himmel! Was ist mit Ihnen passiert?«

Coltrane konnte ihn kaum hören. »Ich hatte einen Skiunfall«, brummte er.

»Mann, Sie sehen aus, als wären Sie mit einem Baum zusammengestoßen.«

»Mit einem anderen Skifahrer.«

»Sieht er auch so schlimm aus wie Sie?«

»Er hat nicht mal einen Kratzer.«

15

Das Zimmer war spartanisch ausgestattet, aber sauber – ein schmales Bett, ein kleiner Fernseher, ein Plastikstuhl. Coltrane zeigte kein Interesse daran. Alles, was ihn interessierte, war, die Tür hinter sich zu schließen, zum Fenster zu eilen, die Vorhänge zur Seite zu ziehen und sich zu vergewissern, dass die Straße nahe genug war. Das Motel lag am Rand von Big Bear Lake, nahe an der Straße, die Walt nehmen musste, wenn er in den Ort wollte. Jetzt, am Abend, sah Coltrane nur die blendenden Scheinwerfer, und ihm war klar, dass er Walts Mountaineer kaum erkennen würde, wenn er nachts vorbeifuhr. Aber bei Tageslicht sah das anders aus.

Er nahm den Telefonhörer ab und wählte die Nummer der Auskunft. Das Dröhnen in seinen Ohren war noch immer so schlimm, dass er die Stimme am anderen Ende kaum verstand. »Haben Sie in Ihrem Verzeichnis einen Teilnehmer namens Natasha Adler? ... Vielleicht einen Walt Halliday?«

Er benutzte den Bleistift und den Notizblock auf dem Nachttisch, um die Nummer zu notieren.

Der Apparat am anderen Ende klingelte fünfmal. Vielleicht sind sie weggefahren, dachte er.

»Hallo?« Der Klang von Tashs kehliger Stimme versetzte ihm einen Stich.

»Hilf mir nur, es zu verstehen. Sag mir, warum ...«

Klick.

Mit fliegenden Fingern drückte Coltrane erneut die Ziffern.

Noch während des ersten Klingelns wurde das Telefon abgenommen.

»Das wird dir noch sehr Leid tun!«, bellte Walts Stimme.

Die Verbindung wurde unterbrochen.

Coltrane drückte erneut die Ziffern, doch diesmal war nur das Besetztzeichen zu hören. Er rief alle zehn Minuten an, hörte aber nichts als das Tuut-tuut-tuut.

16

Es war ein klarer Tag. Coltrane saß auf dem Plastikstuhl und beobachtete durch das Fenster den Verkehr, der so nah vorbeirollte, dass er die Nummernschilder entziffern konnte. Um ihn herum lagen auf dem Boden verstreut gebrauchte Servietten und die Verpackungen der Sandwiches, die er sich am Abend geholt hatte. Den Fernseher als Radio benutzend, lauschte er mit halbem Ohr den wechselnden Sprechern von CNN, die über eine Hungersnot in Afrika, eine Bombenexplosion in einer Schule in Nordirland, einen Massenmord in Colorado, einen Ölteppich im Golf von Mexiko und unerklärliche Deformationen bei Fröschen überall auf der Welt berichteten. Ja, das Leben ist hart, dachte er, ohne den Blick vom Fenster zu nehmen.

Der Mountaineer fuhr kurz nach sechzehn Uhr an Coltranes Fenster vorbei. Er sah Walts grobknochiges, entschlossen dreinblickendes Gesicht hinter dem Steuer und Tash auf dem Beifahrersitz. Sofort sprang er auf die Füße und griff nach dem Anorak. Sein Wagen stand direkt vor der Tür seines Zimmers. Dreißig Sekunden später kam der Mountaineer wieder in Sicht, und Coltrane ging vom Gas, um genügend Abstand zu wahren.

Der Wagen parkte vor dem Postamt, doch Tash und Walt gingen beide in das Gebäude, und die Chance, allein mit Tash zu sprechen, war dahin.

Sie kamen heraus und fuhren zu einem Laden für Eisenwaren, in dem sie ebenfalls gemeinsam verschwanden. Eine weitere Gelegenheit verloren. Sie fuhren auf den Parkplatz eines Kinocenters, kauften Karten und gingen hinein. Coltrane ließ ihnen Zeit, sich hinzusetzen, und kaufte dann eine Karte für Meg Ryans neuesten Film. Doch nachdem er sich auf einen Sitz in der letzten Reihe hatte sinken lassen, sah er keine Silhouetten, die denen Tashs oder Walts ähnelten. Er ging hinaus, schlüpfte in das Kino, in dem Tom Cruise' letzter Film lief - und sah sie beinahe auf Anhieb.

Sie saßen rechts von ihm, ein Stück den Seitengang hinab. Um diese Tageszeit an einem Wochentag gab es jede Menge freie Plätze. Coltrane wählte einen Platz in der Mitte hinter ihnen und sah ihnen zu, wie sie den Film anschauten. Sie aßen Popcorn und tranken mit Strohhalmen aus Pappbechern, beugten sich zueinander, flüsterten. Coltranes Aufmerksamkeit war so ausschließlich auf die beiden konzentriert, dass er nicht die geringste Ahnung hatte, was auf der Leinwand vor sich ging.

Obwohl er ganz auf Tash fixiert war, hätte sie ihn beinahe überrascht, als sie sich erhob und den Gang heraufkam. Gerade noch rechtzeitig ließ er sich tief in die Polster rutschen, um nicht gesehen zu werden. Lichtschein umgab sie, als sie die Tür aufzog und ins Foyer hinaustrat. Sofort verließ Coltrane den Saal durch die Tür des anderen Gangs, doch nicht schnell genug, um sie abzufangen, bevor sie den Korridor neben dem Ausgang, durch den sie gekommen war, hinabgehen und durch die Tür mit der Aufschrift DAMEN verschwinden konnte.

Er kaufte eine Tüte Popcorn, dann schlenderte er in den Korridor und beugte sich über den Frischwasserbehälter neben der Tür zur Männertoilette. Scheinbar interessiert betrachtete er die Plakate an den Wänden des Korridors, die kommende Filme ankündigten. Als die Tür der Damentoilette aufging und Tash herauskam, drehte er sich um.

Sie erstarrte.

»Ich möchte nur eine Erklärung«, sagte er.

Sie machte einen Schritt zurück und versuchte, in die Damentoilette zu entkommen, doch Coltrane packte ihren Arm. »Was ist passiert? Warum hast du …«

»Lass mich los.«

»Wie kann sich alles so schnell ändern?«

»Du tust mir weh.«

»Sag mir nur, warum …«

»Sie haben gehört, was die Dame gesagt hat«, schnarrte eine Stimme, die klang wie das Knirschen von Kieselsteinen. »Sie tun ihr weh. Lassen Sie sie los.«

Coltrane wirbelte nach rechts herum, wo ein breitschultriger, stämmiger Mann in der Uniform eines Sheriffs des San Bernardino County in der offenen Tür der Männertoilette stand. Sein wettergegerbtes Gesicht hatte eine gewisse Ähnlichkeit mit einem verwitterten Scheunentor. Seine Hand lag auf dem Griff seines Gummiknüppels.

»Ich …«

»Zum letzten Mal: Lassen Sie ihren Arm los.«

Coltrane ließ die Hand sinken. Im Foyer schwang eine Tür auf, und Walt kam heraus. Er blieb vor Coltrane stehen und verschränkte die Arme vor der Brust, offenbar kein bisschen überrascht von dem, was er sah.

»Das war ein abgekartetes Spiel?« Coltrane fuhr wieder

zu Tash herum und ächzte mit erhobener Stimme: »Mein Gott! Alles, was ich wollte, war eine Erklärung und ...«

»Mr. Coltrane«, sagte der Sheriff. Dass der Sheriff seinen Namen kannte, machte Coltrane klar, dass der Gesetzeshüter nicht zufällig im Kino war. »Das kalifornische Anti-Stalking-Gesetz ...«

»Das *Anti-Stalking-Gesetz?* Wovon reden Sie? Ich habe ein Recht, mit dieser Frau zu sprechen. Ich habe ein Recht zu erfahren, warum ...«

»... besagt, dass die vorsätzliche, böswillige und wiederholte Belästigung eines Opfers ein Verbrechen ist. Nach Ihrem Versuch gestern Abend, gewaltsam in das Haus einzudringen, den wiederholten und unerwünschten Anrufen und Ihrem Verhalten gerade, dessen Zeuge ich geworden bin, würde ich sagen, dass Sie gefährlich nahe davor stehen, von mir festgenommen zu werden.«

Die Kartenverkäuferin und das Mädchen, das Popcorn verkaufte, lugten aufgeregt um die Ecke.

»Aber Miss Adler möchte nicht, dass die Angelegenheit auf diese Weise geregelt wird. Sie hat mir gegenüber erklärt, das sie keine Probleme will. Sie wird keine rechtlichen Schritte gegen Sie unternehmen. Ich persönlich glaube, dass das ein Fehler ist. Ich denke, dass sie die Probleme bereits hat – Sie waren das Problem, das sie hatte, als sie in Malibu gewohnt hat. Ich glaube, die einzige Möglichkeit, dieses Problem aus der Welt zu schaffen, ist, Sie festzunehmen und einzusperren. Und wenn der kalifornische Staat Sie erst mal am Wickel hat, werden Sie sich wünschen, sie hätten nie auch nur einen Blick auf diese Frau geworfen.«

»Aber ...« Coltrane war schwindlig. In seinem Kopf drehte sich alles. »Ich bin kein Stalker.«

Wirklich nicht?, dachte er in einem versteckten Winkel seines Gehirns. Wie sonst würdest du das nennen, was du in den letzten Tagen getan hast? Du bist genau wie dein Vater.

Ihm wurde übel.

»Also – ich habe folgendes Angebot«, sagte der Sheriff. »Verschwinden Sie aus Big Bear, und lassen Sie sich nie wieder blicken. Wenn ich Sie noch einmal hier sehe, verhafte ich Sie wegen der Belästigung, die ich soeben mit angesehen habe. Und das ist das Mindeste, womit Sie zu rechnen haben. Denn das nächste Mal wird Miss Adler nicht mehr so großzügig sein und auf eine Anzeige verzichten. Verschwinden Sie aus der Stadt. Sofort.«

Coltrane sah Tash an. »Okay, verdammt noch mal. Wenn du nichts mehr mit mir zu tun haben willst, dann bin ich schon weg. Vergiss, dass du mich hast glauben lassen, zwischen uns wäre etwas Besonderes. Vergiss, dass du mich belogen hast.«

»Mr. Coltrane ...«

»Ich würde nur eines gerne wissen. Wo sind die Fotos hingekommen? Wie sind die Negative aus meinem Haus verschwunden?«

»Was für Fotos? Was für Negative?« Tash schüttelte den Kopf. »Ich weiß nicht, wovon du sprichst.«

»Von Duncan Reynolds.«

»Von wem?«

»Mein Gott«, ächzte Coltrane, »bist du ein mieses Stück. Ich habe keine Ahnung, was für ein Spiel du spielst, aber ich will nichts mehr damit zu tun haben.«

»Mr. Coltrane.« In der Stimme des Sheriffs schwang eine deutliche Warnung.

»Keine Sorge. Ich gehe. Ich bin endlich wieder klar im Kopf. Fahr zur Hölle, Tash. Du bist es nicht wert.«

»Falsch«, sagte Walt, als Coltrane an ihm vorbeiging. »Sie ist das Beste, was mir je begegnet ist.«

17

Die Negative von Duncan Reynolds. Wie waren sie aus dem Tresorraum verschwunden? Diese Frage nagte die ganze Zeit in Coltranes Kopf, während er missmutig aus den Bergen nach Los Angeles zurückfuhr. Dunkelheit verhüllte die Gipfel, doch er hätte ihnen auch keine Beachtung geschenkt, wenn er sie hätte sehen können. Ihm gingen zu viele andere Dinge im Kopf herum. Als er entdeckt hatte, dass die Negative verschwunden waren, hatte er nicht weiter über Motive oder eventuell mögliche andere Erklärungen nachgedacht. Er hatte einfach angenommen, dass jemand eingebrochen war und sie gestohlen hatte und dass ihr Verschwinden mit Tashs Verschwinden zu tun hatte. Wenn er herausfinden würde, was Tash zugestoßen war, würde er auch erfahren, was mit den Negativen passiert war, hatte er gedacht. Beides hing zusammen, denn Tash war die Einzige, die wusste, dass er die Fotos von Duncan Reynolds gemacht hatte. Die logische Folgerung war daher gewesen, dass Tash irgendwie mit dem Diebstahl der Negative zu tun haben musste, doch das hatte keinen Sinn ergeben. Wieso sollte Tash die Beweise stehlen, die helfen würden, den Stalker, der sie belästigte, ins Gefängnis zu bringen?

Stalker. Die Erinnerung an die Beschuldigung des Sheriffs war noch immer wie ein Schock für ihn. Der Sheriff war sogar so weit gegangen, zu unterstellen, dass Coltrane derjenige sei, der Tash in Malibu belästigt hatte. Großer Gott, in was bin ich da hineingeraten? Er hatte das Gefühl, in einen rotierenden Strudel gesogen zu werden, ihm ausgeliefert zu sein, ohne Halt und ohne Ziel.

Diese erschreckende Vision hätte sich um ein Haar in einer plötzlich auftauchenden, scharfen Kurve der steil abwärts führenden Straße bewahrheitet, die seine Scheinwerfer nicht rechtzeitig genug aus der Dunkelheit schälten, als dass er die Geschwindigkeit langsam drosseln konnte. Er trat auf die Bremse und schlingerte mit quietschenden Reifen durch die Kurve und nur um Zentimeter an den Bäumen am Straßenrand vorbei. Mit feuchten Händen kämpfte er mit dem Steuer, bändigte den ausbrechenden Wagen mühsam und setzte dann mit hämmerndem Herzen und geschärfter Vorsicht seine Fahrt durch die Nacht fort.

Tash. Weil es ihm unwahrscheinlich erschienen war,

dass sie die Beweise stahl, die ihr helfen würden, hatte Coltrane den Gedanken automatisch verworfen. In Ermangelung einer anderen, plausibleren Erklärung für das rätselhafte Verschwinden der Negative hatten sich seine Gedanken nur im Kreis gedreht. Doch jetzt nicht mehr. Nun, da Tash abgestritten hatte, je irgendetwas von Negativen und Duncan Reynolds gehört zu haben, konnte Coltrane wieder klarer denken. Ohne seine Voreingenommenheit sah er das Problem unbefangener und objektiver, wie er es von Anfang an hätte tun sollen. Es war kein Einbruch gewesen. Es gab keinerlei Anzeichen, dass sich jemand gewaltsam Zutritt zu seinem Haus verschafft hatte. Wie hätte Tash trotz des Sicherheitssystem, der elektronischen Verriegelungen und Einbruchsdetektoren ins Haus kommen sollen? Das war völlig unmöglich für sie. Aber für *jemand anderen* war es ganz und gar nicht unmöglich: Für die einzige Person, der das Verschwinden der Negative zustatten kam – Duncan Reynolds.

Coltrane war noch nicht dazu gekommen, die Schlösser auszutauschen, und Duncan hatte einen Schlüssel. Coltrane hatte zwar den Nummerncode des Einbruchdetektors geändert, doch die meisten Sicherheitssysteme konnten per Tastenfeld mit mehreren Codes programmiert werden, und Duncan musste von einem bereits existierenden Code gewusst haben, den Coltrane nicht kannte. Duncan hatte ein Motiv und die Mittel. Es war die einzige Möglichkeit, einen so glatten, problemlosen Diebstahl zu erklären. Der Grund, warum Coltrane Duncan nicht verdächtigt hatte, war plausibel gewesen: Duncan hatte nichts von den belastenden Aufnahmen gewusst, die Coltrane von ihm gemacht hatte. Duncan hatte keinen Grund gehabt, in Coltranes Haus einzudringen und Negative zu stehlen, von deren Existenz er keine Ahnung hatte.

Es sei denn, Tash hatte es ihm gesagt.

Aber warum?

Coltrane steuerte um eine Kurve und sah tief unten das Lichtermeer von Riverside aufschimmern. Doch als er die Berge hinter sich gelassen hatte, fuhr er, statt auf den Highway 10 nach Nordwesten in Richtung der Hollywood Hills und seines Zuhauses zu biegen, weiter nach Westen auf Newport Beach zu.

18

Zahlreiche Blaulichter blendeten Coltrane, als er um die Ecke bog. Vor dem Haus, das Duncan von Packard geerbt hatte, blockierten mehrere Streifenwagen die exklusive Wohnstraße. Ein Notarztwagen stand in der Einfahrt. Direkt dahinter kam soeben ein Zivilwagen mit einem Blaulicht auf dem Dach zum Stehen. Funkgeräte quakten. In der Einfahrt hasteten Polizisten hin und her. Coltrane war plötzlich kalt – so kalt wie am Abend davor, als er durch den Schnee zu Walts Hütte im Wald gestapft war. Er parkte den Wagen weit genug entfernt, dass er nicht im Weg sein würde, stieg aus und näherte sich mit einem flauen Gefühl im Magen dem Menschenauflauf. Nachbarn waren aus ihren Häusern gekommen und standen mit besorgten Gesichtern in Grüppchen auf dem Gehweg.

»Was ist passiert?«, erkundigte sich Coltrane, als er die erste Gruppe erreichte.

Die durchwegs auffallend gut gekleideten Nachbarn musterten mit argwöhnischen Blicken seine geschwollenen Lippen.

»Wohnen Sie hier in der Gegend?«, fragte ein Polizist.

»Nein.« Obwohl ihn die Blaulichter blendeten und er eine Hand über die Augen hielt, sah Coltrane, wie ein Sanitäter die Hecktür der Ambulanz in der Einfahrt öffnete.

»Dann steigen Sie bitte wieder in Ihren Wagen und …«

»Ich wollte den Mann besuchen, der in diesem Haus wohnt.« Coltranes Stimme klang schwach und weit entfernt in seinen eigenen Ohren.

»Duncan Reynolds?«

»Ja.« Coltrane fröstelte. »Ich habe ihn seit einer Weile

nicht gesehen. Ich war in der Gegend und dachte, ich schau mal bei ihm vorbei.«

»Wann haben Sie ihn das letzte Mal gesehen?«

»Vor ein paar Wochen. Was ist passiert?«

»War er wegen irgendetwas deprimiert? Hatte er Geldprobleme? Oder Probleme in einer Beziehung? Probleme mit ...«

»Sicher keine Geldprobleme. Der Mann, für den er arbeitete, ist im November gestorben und hat ihn in seinem Testament sehr großzügig bedacht.«

»Hat ihn der Tod dieses Mannes schwer getroffen?«

»Worauf wollen Sie hinaus?«

Der Polizist zögerte. »Ein Gärtner hat den Geruch bemerkt. Er hatte Ihren Freund seit Tagen nicht gesehen. Alle Türen waren verschlossen. Er hat durch ein Fenster auf der Rückseite ins Haus gespäht und hinter einem Sessel ein Hosenbein hervorlugen sehen.«

»Großer Gott.« Coltranes Mund war so trocken, dass es ihm Schwierigkeiten bereitete, die Worte hervorzubringen.

»Als wir die Tür aufbrachen – es tut mir Leid, Ihnen das sagen zu müssen –, haben wir Ihren Freund tot aufgefunden.«

»Woran ist er ...«

»Ich bin zwar nicht der Leichenbeschauer, aber so wie es aussieht, hat er sich erschossen.«

19

Die Gedanken, die in Coltranes Kopf herumschwirrten, als er die abschüssige Straße zu seinem Haus hinabfuhr, waren so wirr und konfus, dass er den Wagen, der vor seinem Haus parkte, zunächst gar nicht bemerkte. Ein BMW. Noch vor einer Minute wäre er bereit gewesen, jeden Eid zu schwören, dass sein Gefühlsleben nicht noch komplizierter werden konnte. Er hätte sich getäuscht. Er drückte auf den

Garagentoröffner, bog in die Einfahrt und stieg aus. Auf der Straße wurde die Tür des BMW geöffnet und wieder zugeschlagen. Hohe Absätze stöckelten über das Trottoir und kamen näher.

Jennifer kam um das Heck seines Wagens herum und blieb vor ihm stehen. Sie trug einen blauen Hosenanzug, und ihr kurz geschnittenes blondes Haar schimmerte im Licht der Lampe über dem Garagentor.

Coltrane grinste verlegen. Er wusste nicht, was er sagen sollte.

Sie brach das Schweigen. »Ich habe versprochen, dass ich dich nicht wieder belästige.«

»Tust du nicht. Ich bin froh, dich zu sehen.«

Sie sprach weiter, als hätte sie ihn nicht gehört. »Ich habe mir einen Text zurechtgelegt. Ich will nichts vergessen …«

»Dann solltest du am besten weiterreden.«

»Ich habe mir geschworen, dich nicht anzurufen. Nicht bei dir zu Hause aufzutauchen. Dir nicht zufällig über den Weg zu laufen, so wie letztes Mal, als wir uns getrennt hatten. Aber hier bin ich. Und seit zwei Tagen spreche ich dir Nachrichten auf deinen Anrufbeantworter. Als du nicht zurückgerufen hast, war für mich klar, dass du wirklich nichts mehr mit mir zu tun haben willst.«

»Ich habe den Anrufbeantworter nicht abgehört. Ich war nicht da.«

»Also musste ich mein Versprechen brechen und herkommen und auf dich warten.«

»Du hättest unter Umständen sehr lange warten müssen«, sagte Coltrane.

»Das habe ich schon. Ich bin gleich nach dem Büro zu dir rausgefahren. Das war vor drei Stunden.«

»Irgendwie habe ich das Gefühl, dass du nicht wegen meines unwiderstehlichen Charmes gekommen bist.«

Jennifer nickte. » Als wir uns das letzte Mal gesehen haben, war nicht mehr viel übrig von deinem Charme, muss ich gestehen.«

»Warum bist du dann …«

»Nur weil ich sauer auf dich bin, heißt das nicht, dass

ich mich nicht scheußlich fühlen würde, wenn dir etwas passieren würde. Ihr richtiger Name ist nicht Natasha Adler.«

»Was?«

»Und um sie herum sterben die Männer wie Fliegen.«

20

Sie saßen in den Röhrensesseln in Coltranes Wohnzimmer, zwei geöffnete Dosen Diät-Pepsi vor sich auf dem Tisch, die Gläser gefüllt, doch keiner trank.

»Nachdem du mir gesagt hast, ich soll mich verpissen …«, begann Jennifer.

»Ich hoffe, ich war nicht ganz so grob.«

»Alles eine Frage der Perspektive. Aus *meiner* Perspektive …« Sie holte tief Luft. »Wie auch immer … Sagen wir der Einfachkeit halber, ich war verletzt. Ich fühlte mich missbraucht. Ich …«

Coltrane blickte auf seine Hände hinab.

»Keine Angst, ich habe nicht die Absicht, dir Vorhaltungen zu machen«, fuhr Jennifer fort. »Ich erwähne das nur, weil ich möchte, dass du verstehst, warum ich getan habe, was dann kam.«

»Nach dem, was ich in den letzten Tagen durchgemacht habe, verstehe ich, was du gefühlt hast – das kannst du mir glauben. Reib es mir ruhig unter die Nase. Ich verdiene es nicht besser.«

»Ich war wütend. Und verwirrt. Und zutiefst besorgt. Nicht nur, weil du mir den Laufpass gegeben hast, sondern wegen Tash Adler. Vielleicht hast du es ja als normal empfunden, dass du dich Hals über Kopf in sie verliebst. Aber in Anbetracht deiner üblichen Abneigung, dich emotional zu binden, fand ich diese plötzliche Verliebtheit mit Haut und Haaren mehr als beunruhigend.«

Coltrane fühlte einen Stich in der Brust.

»Die Fotos von Rebecca Chance«, sagte Jennifer. »Tash Adlers unheimliche Ähnlichkeit mit ihr. Die ganze Geschichte hat mich nicht nur verwirrt, sie kam mir auch ziemlich merkwürdig vor. Also beschloss ich, Licht in das Dunkel zu bringen. Nicht, weil ich dachte, ich würde vielleicht irgendwas Schmutziges ausgraben oder sonst was Niederträchtiges über sie herausfinden, das uns wieder zusammen bringen würde. Die Hoffnung hatte ich nicht. Habe ich noch immer nicht. Das ist nicht der Grund, warum ich gekommen bin. Wahrscheinlich wirst du sagen, dass ich das alles nur erfinde, um zwischen dir und Tash Zwietracht zu säen. Aber ich muss es trotzdem versuchen. Denn falls dir was zustoßen sollte, würde ich es mir nie verzeihen, dich nicht gewarnt zu haben.«

»Keine Sorge. Du kannst zwischen Tash und mir nicht noch mehr Zwietracht säen, als bereits zwischen uns ist«, sagte Coltrane. Als sie ins Haus gegangen waren, hatte Jennifer wegen der Platzwunden an seinen Lippen gefragt, und er hatte ihr erzählt, was in Mexiko und Big Bear vorgefallen war.

»Wenn ich Recht habe, könntest du noch sehr viel mehr Schwierigkeiten bekommen«, sagte Jennifer. »Ich glaube, dass du tatsächlich in Gefahr bist.«

»Sprich weiter.«

»Ich wollte herausfinden, wer diese Frau ist, dass sie dir so schnell und gründlich den Verstand rauben konnte.«

»Und? Du sagtest, ihr richtiger Name ist nicht …«

»Sie erblickte als Melinda Chance das Licht der Welt.«

»Woher weißt du das?«

»Ich habe denselben Privatdetektiv angeheuert wie du, als du wissen wolltest, wo Natasha Adler wohnt. Er hatte nicht viel, womit er was anfangen konnte, nur das, was du mir über die Läden erzählt hast, die ihr gehören, und die Verbindung zu Rebecca Chance. Aber das genügte. Die Läden sind nicht auf ihren Namen eingetragen. Sie werden von einer Firma mit dem schönen Namen Opportunity Inc. kontrolliert, die sie allerdings leitet. Der Privatdetektiv hat die Spur dieser Firma zurückverfolgt und so Natasha Adlers Geschichte aufgerollt. Aber ich fange besser mit dem Anfang an und erzähle dir ihren Lebenslauf chronologisch.« Sie ließ die Aktentasche aufschnappen, die sie mitgebracht hatte. »Hier ist eine Kopie ihrer Geburtsurkunde. Melinda Chance, geboren am 29. April 1972, in Fresno, Kalifornien. Vater unbekannt. Mutter – Stephanie Chance.«

»Das beweist nur, dass es mehrere Frauen mit dem Nachnamen Chance gab.«

»Hier ist eine Kopie aus einem Jahrbuch einer Highschool in Fresno.«

Mit einem nervösen Flattern im Magen sah Coltrane auf die Kopie hinab, die sie vor ihn auf den Tisch legte. Er war eine ziemlich gute fotografische Reproduktion. Er ließ den Blick über die Reihen der jugendlichen Gesichter wandern, und beinahe sofort blieb er an dem Gesicht einer jungen Frau hängen, die direkt in die Kamera sah. Ihre dunklen Haare waren ein wenig kürzer und ihre Züge eher mädchenhaft als weiblich, doch in ihren Augen glomm dieselbe schwelende Glut. Tash. Abgesehen davon, dass der Name unter dem Foto Melinda Chance lautete.

»Aus welchem Jahr ist dieses Jahrbuch?«

»1989. Sie war damals siebzehn. Kurz bevor sie aus Fresno weggezogen ist.«

»Was bedeutet dieser Spruch unter ihrem Namen? ›Für sie werden tausend Schiffe in See stechen.‹«

»Das ist ein Kompliment wegen ihres Aussehens. Zunächst wusste ich auch nicht, was es heißen soll, aber es hat mich an ein Zitat aus irgendeinem Klassiker erinnert, und ich habe einen Bibliothekar gebeten, es für mich rauszufinden. ›War dies das Antlitz, um dessenthalben tausend Schiffe in See stachen?‹ Es ist aus einem Renaissancedrama von Christopher Marlowe. Das Antlitz, von dem die Rede ist, ist das der Helena von Troja. Ich fand die Anspielung ein wenig hoch gegriffen für ein Highschool-Jahrbuch, aber dann entdeckte ich, was unterhalb des Spruchs steht: ›Liebste Beschäftigung: Schauspiel.‹ Hier ist ein Foto von einer anderen Seite im Jahrbuch. Das sind die Mitglieder der Schauspielgruppe. Melinda Chance ist bei weitem die

Hübscheste; ein echter Blickfang. Im Text zu dem Bild wird erwähnt, dass in der Theatergruppe unter anderem zur Übung Szenen aus klassischen Stücken gelesen wurden. Das muss ein ziemlich anspruchsvoller Lehrer gewesen sein – und unerschütterlich dazu. Sie haben in dem Jahr Teile aus Shakespeares *Hamlet* und Marlowes *Doktor Faustus* gelesen. Das ist das Stück, aus dem das Zitat mit den tausend Schiffen stammt. Man kann den Titel auf dem Buch erkennen, das sie auf diesem Foto hier hält. Es geht um einen Mann, der seine Seele dem Teufel verkauft.«

Coltrane lief ein kalter Schauer über den Rücken. »Worauf willst du hinaus?«

»Sie hat die Highschool in Fresno nicht abgeschlossen. Sie und ihre Mutter sind weggezogen. Der Grund dafür hatte damit zu tun, dass Melinda Chance auch mit Begeisterung bei den Cheerleaders der Football-Mannschaft der Highschool mitmachte. Sie hat zwei Spielern der Mannschaft gleichzeitig ihre persönliche Extra-Aufmunterung angedeihen lassen. Der Quarterback hat ihretwegen einen Fullback umgebracht.«

Erneut erschauerte Coltrane.

»Er hat ihn nach dem Frühlingsball der Highschool auf einem Parkplatz erstochen.«

»O Gott.«

»Der Mörder war achtzehn und alt genug, vor Gericht wie ein Erwachsener behandelt zu werden«, sagte Jennifer. »Seine Eltern waren einfache Leute, ohne gesellschaftlichen Rang. Aber der Junge, der erstochen wurde, war erst *sechzehn*, und *sein* Vater war Bankdirektor. Die Jury sprach den älteren Jungen schuldig. Er bekam zehn Jahre Gefängnis.«

»Und Melinda Chance zog weg.«

»Ja. Nach Sacramento. Dort beendete sie die Highschool und ging ans College. Doch inzwischen hieß sie Vivian Breuer. B-r-e-u-e-r. Merk dir diesen Namen. Ich erkläre dir später, warum das wichtig ist. Am College belegte sie Schauspiel und dramatische Dichtung im Hauptfach, aber die Dramen, in die sie verwickelt war, passierten nicht nur auf der Bühne. Ein junger Mann, mit dem sie zusammen war, fiel vom Balkon ihrer Wohnung im zehnten Stock. Die Polizei verhörte einen anderen ihrer Freunde, mit dem sie sich ebenfalls traf und der zur Zeit des Sturzes auch in ihrer Wohnung war. Der zweite junge Mann wurde schließlich verhaftet, weil er sie angeblich belästigt hatte. Kurze Zeit darauf hat sich der Leiter der Fakultät für Schauspiel und dramatische Dichtung, ein sechsundvierzigjähriger Familienvater mit Frau und zwei Kindern, nach der letzten Vorstellung der Frühlingsaufführung der Schauspielgruppe erschossen. Das Stück, das sie spielten, war *Die Katze auf dem heißen Blechdach* von Tennessee Williams. Du kommst nie drauf, wer die Maggie war, die Rolle, die Elizabeth Taylor in der Hollywood-Verfilmung spielte, und du errätst auch nicht, wer, wie gemunkelt wurde, ein Verhältnis mit dem Lehrer hatte.«

»Kannst du das alles beweisen?«

»Hier sind die Fotokopien von Artikeln aus der Lokalzeitung von Sacramento. Ich habe Vivian Breuers Namen unterstrichen. Inzwischen war sie gewitzt genug, sich nicht mehr für das Jahrbuch fotografieren zu lassen, aber der Privatdetektiv hat einige Mitglieder der damaligen Schauspielgruppe, die in *Die Katze auf dem heißen Blechdach* mitspielten, ausfindig gemacht, und sie haben auf den Fotos im Jahrbuch der Highschool in Fresno Melinda Chance als Vivian Breuer wiedererkannt. Von ihnen stammt auch die Information, dass sie angeblich eine Affäre mit dem Lehrer hatte, der sich erschossen hat. Das hier sind die Notizen des Privatdetektivs von den Gesprächen mit den Mitgliedern der Theatergruppe, und hier sind die Tonbandaufzeichnungen dieser Gespräche.«

Mit immer größerem Unbehagen betrachtete Coltrane den wachsenden Haufen Beweismaterial.

»Nach dem College schrieb sie sich an der Humboldt State University in Arcata, Kalifornien, ein, wo sie als Hauptfach erneut Schauspiel und dramatische Dichtung belegte, doch inzwischen nannte sie sich Linda Erikson. Dieser Nachname ist ebenfalls wichtig – später mehr. In Arcata schlug der Hauptdarsteller in William Inges *Picnic* einen anderen Schauspieler bei einem Streit nach der Kostümprobe der Aufführung so brutal zusammen, dass er an den Folgen starb. Erinnerst du dich an die Verfilmung des Stücks?«

»Ja, mit William Holden.«

»... und Cliff Robertson, genau. Holden spielt einen Vagabunden, der in einem kleinen Kaff in Kansas auftaucht und Robertson die Freundin ausspannt. Kim Novak spielte das Mädchen.«

»Und Tash hatte die Rolle von Kim Novak? Willst du damit sagen, dass sich das, was in dem Stück passiert, im richtigen Leben wiederholt hat?«

»Abgesehen davon, dass in dem Stück der eine Darsteller den anderen *nicht* totschlägt. Hier sind die Kopien der Zeitungsartikel über den Mord. Beachtenswert ist, dass es Linda Erikson wieder geschafft hat, dass ihr Bild nicht in der Zeitung erschienen ist. Der Student, der seinen Schauspielkollegen totgeschlagen hat, gab zu, dass er es getan hat, weil er Lindas wegen eifersüchtig war. Linda ihrerseits erklärte, dass sie, wie alle anderen, von der Tat geschockt sei. Sie sagte, sie sei zu betroffen, um weiter studieren zu können, und zog aus Sacramento weg, nachdem sie als Zeugin bei dem Prozess ausgesagt hatte. Der schauspielernde Student bekam acht Jahre. Hier sind die Abschriften der Tonbandaufnahmen, die der Privatdetektiv von den Gesprächen mit Mitgliedern des Ensembles bei der Aufführung von *Picnic* gemacht hat. Er hat auch ihnen die Fotos von Melinda Chance aus dem Highschool-Jahrbuch gezeigt. Sie haben sie alle als Linda Erikson wiedererkannt.«

Coltranes Hände und Füße fühlten sich taub an.

»Inzwischen machte sich der junge Mann, der in Sacramento festgenommen und verurteilt worden war, weil er sie angeblich sexuell belästigt hatte, auf den Weg, um sie zu suchen. Noch am selben Tag, an dem er aus dem Gefängnis entlassen wurde. Seine Suche führte in – du wirst es erraten – nach Arcata, wo eines Morgens seine Leiche am Strand angespült wurde. Der Bericht des Leichenbeschauers kommt zu dem Ergebnis, dass der junge Mann zu viel getrunken hatte, nachts schwimmen gegangen war, einen Kreislaufkollaps erlitt und ertrank. Hier ist eine Kopie von seinem Bericht. Willst du noch mehr hören?«

»Nein, aber ich denke, ich sollte es mir trotzdem anhören.«

»Die nächste Stadt, in der sie auftauchte, war San Francisco. Doch jetzt interessierte sie sich nicht mehr für die Uni. Plötzlich hatte sie genug Geld, um ein halbes Dutzend Modeboutiquen zu eröffnen. Sie nannte sich jetzt Evelyn Young.«

»Ich nehme an, dass der Nachname ebenfalls wichtig ist«, brummte Coltrane.

»Ja. Aber diesmal ist es offenbar so was wie ein Scherz.«

»Ich verstehe nicht.«

»Das wirst du schon noch.«

»Und das Geld für die Läden? Woher hatte sie ...«

»Von der Acapulco Venture Group.«

Der Name erweckte in Coltrane unerquickliche Erinnerungen und ließ ihn nichts Gutes ahnen.

»Einer Tochtergesellschaft der Orange Coast Investments«, erklärte Jennifer, »die ihrerseits eine Zweigniederlassung der Seaview Enterprises ist, die wiederum« – sie machte eine rhetorische Pause – »im Besitz von Randolph Packard war.«

Coltrane starrte auf den Tisch hinab, und einen Augenblick lang sah er doppelt. »Sie hat mich also angelogen, als sie sagte, sie hätte noch nie was von Packard gehört.«

»Eines der Dinge, die mein privater Ermittler nicht herausfinden konnte, ist, warum Packard ihr Geld gegeben hat.«

»Weil Packard glaubte, er wäre ihr Großvater.« Coltrane erklärte ihr, was er in Mexiko erfahren hatte.

»Vielleicht war er tatsächlich ihr Großvater«, sagte Jennifer.

Coltrane schüttelte den Kopf und bereute es im selben Augenblick, denn es machte die bohrenden Kopfschmerzen hinter seiner Stirn noch schlimmer. »Nein. Rebecca

Chance hat ihrem Hausmädchen anvertraut, dass Winston Case der Vater ihres Kindes war.«

»Vorausgesetzt, Rebecca Chance hat die Wahrheit gesagt.«

Coltranes nach wie vor verschwommenes Gesichtsfeld klärte sich etwas, als ein schrecklicher Gedanke in seinem Kopf Gestalt annahm. »Sie hat beide Männer glauben lassen, sie wären der Vater? Sie hat versucht, Randolph Packard und Winston Case gegeneinander auszuspielen? Sie wollte, dass die beiden um sie kämpfen?«

»Wie die Großmutter, so die Enkelin.«

»Und mehr als eine Generation später hat Packard seine Tochter und seine Enkelin, von deren Existenz er nichts wusste, gefunden und ihnen Geld gegeben.«

»Vielleicht schon früher. Die Tatsache, dass ihre Mutter und sie in Fresno den Nachnamen Chance benutzten, deutet möglicherweise darauf hin, dass sie gefunden werden *wollten*. Und vielleicht wurden sie in Fresno gefunden. Soweit der Privatdetektiv in Erfahrung bringen konnte, hatten sie eine Menge Geld.«

»Was ist passiert, nachdem sie in San Francisco aufgetaucht war?«

Jennifer zuckte schicksalsergeben mit den Achseln. »Sie hat ihr Revier geändert und ist in einen Segelklub eingetreten. Zwei prominente Mitglieder des Klubs haben um ihre Gunst konkurriert. Sie sind zu dritt für ein Wochenende zu einem Törn die Küste hinauf losgesegelt, aber nur sie und einer der Männer kamen zurück. Die polizeilichen Ermittlungen ergaben keine Anhaltspunkte, ihre Geschichte in Frage zu stellen: Der andere Mann ging in der Nacht an Deck, verlor das Gleichgewicht und fiel über Bord. Seine Leiche wurde nie gefunden.«

»Irgendwie hat sie die beiden auf dem Segelboot dazu gebracht, aufeinander loszugehen.«

»Natürlich. Zwei Monate später wurde der Mann, der überlebt hatte verhaftet und verurteilt, weil er sie sexuell belästigt hatte.«

»Genau wie der Student in Sacramento«, sagte Coltrane.

»Und wie der Student ertrank auch der Mann kurz nach seiner Entlassung aus dem Gefängnis. In seinem Fall war es so, dass er allein mit einem Boot rausfuhr, das kenterte.«

»Oder sie hat – in welcher Form auch immer – nachgeholfen, dass es zu dem Unfall kam, damit es einen Menschen weniger gab, der wusste, auf welche Weise sie sich ihren Kitzel verschafft«, knurrte Coltrane. »Die Überlebenden ihrer Liebesaffären haben nicht besonders viel Glück.«

»Du bist einer der Wenigen, die eine Affäre mit ihr überlebt haben. Vielleicht solltest du darüber nachdenken, während ich dir von San Diego erzähle«, sagte Jennifer. »In San Diego änderte sie ihren Namen in Donna Miller.«

»Ist das ebenfalls ein wichtiger Nachname?«

»Darauf kannst du wetten. Warum, wirst du gleich verstehen. Sie eröffnete noch einige Modeboutiquen, führte sie eine Weile und übergab sie dann einem Geschäftsführer, um für ein Jahr zu einer Reise um die Welt aufzubrechen. Das war vor sechs Monaten.«

»Vor sechs Monaten?« Die Zahl weckte etwas in Coltranes Erinnerung, das er vergessen hatte. »Eine Nachbarin von ihr hat erzählt, dass sie vor etwa sechs Monaten in Malibu aufgetaucht ist.«

»Soweit der Privatdetektiv in Erfahrung bringen konnte, ist in San Diego nichts vorgefallen. Er vermutet, sie hatte vor, sich in San Diego eine ehrbare Existenz mit sauberer Fassade aufzubauen. Als eine Art Heimatstützpunkt. Aber Malibu war etwas anderes. Melinda Chance oder Tash Adler, oder wie immer du sie nennen willst, war wieder ganz in ihrem Element – mit einer neuen Spielart allerdings, die noch mehr Aufregung versprach. Sie behauptete, das Opfer eines Stalkers zu sein, um eine Menge Polizisten um sich zu haben – große, starke Männer mit großen Schießeisen, denen sie den Kopf verdrehen konnte, bis sie aufeinander losgehen und um sie kämpfen würden.«

»Wieso behauptete?«, warf Coltrane dazwischen. »Nein, nein – du verstehst nicht. Duncan Reynolds hat sie wirklich verfolgt. Er ...« Unvermittelt fiel zu seinem Entsetzen ein weiteres Mosaiksteinchen des Puzzles an seinen richtigen Platz. »Großer Gott«, ächzte er betroffen. »Er hat sie gar nicht verfolgt! Er war ihr *Komplize*. Er hat nur getan, was sie von ihm verlangte, damit die Polizei glaubte, sie würde bedroht, und sie ihre Bodyguards noch fester am Gängelband führen und gegeneinander ausspielen konnte. Das erklärt auch, warum Duncan von den Fotos wusste, die ich gemacht habe. Tash ist die Einzige, die es ihm gesagt haben kann. Sie muss ihn irgendwie dazu gebracht haben, die Beweise zu stehlen und ihre Spuren zu verwischen. Und dann …«

»Was ist denn?«

Coltrane war aufgesprungen. »Was wurde noch gestohlen?«

21

Während Coltrane die Treppe zum Untergeschoss hinabstürmte, hörte er Jennifers eilig klappernde Schritte hinter sich auf den Stufen. Mit fliegenden Fingern schloss er die Tür zum Tresorraum auf und stürzte hinein. Ohne stehen zu bleiben, knipste er das Licht an und rannte an den Regalen vorbei zu der falschen Wand in der linken hinteren Ecke. Seine Hände zitterten, doch nicht allein wegen der Kälte in dem Raum, als er sich niederbeugte, die Riegel löste und das Wandsegment herauszog.

Hinter ihm klapperten Jennifers Absätze über den Betonboden, doch seine Aufmerksamkeit war ganz auf die versteckte Kammer gerichtet, deren Schatten er mit zusammengekniffenen Augen zu durchdringen versuchte.

»Sie ist verschwunden!« Seine Stimme brach.

Rebecca Chance blickte nicht mehr zu ihm heraus. Die lebensgroße Fotografie ihres betörend schönen Gesichts hing nicht mehr an der hinteren Wand der Kammer. Er machte einen halben Schritt rückwärts, als hätte er einen

Stoß gegen die Brust bekommen, dann stöhnte er auf und trat mit ruckartigen, schwankenden Schritten in die Kammer. Er wusste, was er finden würde, doch er konnte nicht anders. Es war, wie er erwartet hatte. Die Kammer war leer. Sämtliche Schachteln mit den Fotografien von Rebecca waren verschwunden.

Coltrane wirbelte zu Jennifer herum. »Duncan wusste nichts von der geheimen Kammer. Tash muss es ihm gesagt haben. O Gott.« Ihm wurde schwindlig, und er lehnte sich gegen das Regal. »Als ich sie in Big Bear darauf angesprochen habe, hat sie abgestritten, je irgendetwas über Negative oder einen Duncan Reynolds gehört zu haben. Es ergab keinen Sinn für mich. Warum sollte sie lügen? Also bin ich zu Duncan nach Newport Beach gefahren, um *ihn* damit zu konfrontieren. Aber es war zu spät. Er hat sich vor ein paar Tagen erschossen.«

»Duncan?« Jennifer wurde bleich. »Weshalb sollte er ...«

»Vielleicht war Tash ihm ja dabei behilflich. So wie sie, wie wir annehmen, zwei von ihren alten Verehrern behilflich war. Ein Beweis weniger gegen sie; ein Mensch weniger, der die Wahrheit kannte.«

Die Ungeheuerlichkeit dieses Gedankens ließ sie in betroffenes Schweigen versinken.

»Was hat es eigentlich mit den Nachnamen auf sich, die sie sich zulegte? Du wolltest mir erzählen, welche Bewandtnis es damit hat«, sagte Coltrane schließlich nach einer Weile.

»Breuer. Erikson. Young. Miller. Adler. Im College habe ich, bevor ich mich für Grafik entschieden habe, mit dem Gedanken gespielt, Psychologie zu studieren. Ich habe damals eine Menge Kurse in Psychologie belegt. Vor allem die Namen Erikson und Adler brachten in meinem Kopf die Glocken gleich reihenweise zum Schrillen, als ich sie nebeneinander auf dem Blatt Papier gesehen habe. Es hat mich veranlasst, auch über die anderen Namen nachzudenken. Sie passen alle. Es sind alles Namen berühmter Psychotherapeuten. Breuer und Adler waren Kollegen von Freud. Adler war sogar einer seiner Schüler.«

»Ich habe noch nie von einem bekannten Psychotherapeuten gehört, der Young hieß.«

»Ins Deutsche übersetzt heißt *young* ›jung‹ – C.G. Jung. Es ist ein Scherz ihrerseits, nehme ich an. Oder sie hat die Namen gewählt, ohne sich über den Zusammenhang im Klaren zu sein – ein Streich, den ihr ihr Unterbewusstsein gespielt hat. Der Privatdetektiv hat herausgefunden, dass sie unter allen diesen Namen in den verschiedenen Städten, in denen sie lebte, bei einem Therapeuten in Behandlung war.«

»Und was ist mit Miller?«

»Alice Miller. Der Untertitel eines ihrer Bücher lautet *Die Spuren von Kindheitstraumata bei kreativem und destruktivem Verhalten.*«

Coltranes Stimme war nur mehr ein Flüstern: »Kindheitstraumata?«

»Da ist noch was, das ich dir sagen muss.«

»Du meinst, es kommt noch schlimmer?«

»Sie hat dir erzählt, dass ihre Mutter gestorben ist. Auch das war gelogen.«

22

Bei automatischen Kameras haben der Sucher und das Objektiv verschiedene Öffnungen. Aus diesem Grund ist das Bild, das man im Sucher sieht, nicht exakt dasselbe wie das, das durch das Objektiv auf dem Film abgelichtet wird, wodurch eine exakte Bildbegrenzung schwierig ist. Der Unterschied zwischen dem Bild, das im Sucher erscheint, und dem, das das Objektiv sieht, wird als ›Parallaxe‹ bezeichnet. Genau das war ihm passiert: Coltrane war das Opfer einer mentalen Parallaxe geworden. Das, was er wahrzunehmen und zu erleben geglaubt hatte, stimmte so wenig mit dem überein, was tatsächlich geschehen war, dass er fürchtete, es würde ihm den Verstand rauben.

Um zehn Uhr morgens, nachdem er und Jennifer die Sieben-Uhr-Maschine nach Oakland in letzter Minute erwischt hatten, schritten sie in gespannter Erwartung einen langen Korridor im Redwood-Rest-Pflegeheim hinab. Ein Zimmer nach dem anderen mit offen stehenden Türen; alte, gebrechliche Männer und Frauen, die in ihren Betten lagen. In einem größeren Raum saßen etwa ein Dutzend Heimbewohner in Rollstühlen vor einem Fernseher und sahen sich eine Spielshow an. Einige Bewohner schlurften mit der Hilfe von Pflegern im Korridor umher. Coltrane nickte ihnen freundlich zu, wenn er an ihnen vorüberging, und blieb vor einem weiß gekleideten Pfleger stehen, der vor einer Tür wartete.

Der Pfleger war etwa Mitte zwanzig. Er trug eine Drahtgestellbrille und hatte das Haar zu einem Pferdeschwanz zusammen gebunden. »Sie sollten sich nicht zu viel erwarten. Es könnte sein, dass sie Sie nicht wieder erkennt.«

»Das erwarte ich auch gar nicht«, sagte Coltrane. »Es ist Jahre her, dass ich sie zuletzt gesehen habe«, log er. »Ich habe sie nicht mehr gesehen, seit wir damals in Sacramento in derselben Straße gewohnt haben. Aber ich habe diese Fotos für sie, die ich von ihrer Tochter gemacht habe.« Coltrane hob einen Umschlag mit Fotos in die Höhe. »Und als ihre Tochter erfuhr, dass ich wegen eines Fototermins nach Oakland fliege, hat sie mich gebeten, ihre Mutter zu besuchen und ihr die Fotos vorbeizubringen.« Die Kamera um seinen Hals gab seiner Geschichte die nötige Glaubwürdigkeit.

»Ihre Sprache ist manchmal ein bisschen ... äh ... unverblümt.«

»Kein Problem. Ich bewundere alte Menschen, die offen sagen, was sie denken«, erwiderte Jennifer mit einem Lächeln.

»Na ja – vielleicht ist *unverblümt* nicht das richtige Worte«, schränkte der Pfleger grinsend ein.

Coltrane neigte fragend den Kopf zur Seite.

»*Unflätig* wäre wohl treffender«, sagte der Pfleger. »Aber wer weiß, vielleicht haben Sie Glück, und sie ist heute in ihrer damenhaften Stimmung, was leider nicht so oft vorkommt. Der Doktor sagt, die Fotos, die Sie ihr bringen, werden ihre Stimmung vielleicht ein wenig aufhellen. Bisher hat das noch nichts und niemand vermocht, aber man soll die Hoffnung nicht aufgeben.« Der junge Mann griff nach dem Türknauf. »Geben Sie mir eine Minute, um mich zu vergewissern, dass sie präsentabel ist.«

»Lassen Sie sich alle Zeit, die Sie brauchen«, sagte Coltrane. Als der Pfleger die Tür des Zimmers hinter sich zuzog, wuchs Coltranes Besorgnis.

»So weit, so gut. Die Geschichte mit den Fotos hat funktioniert«, flüsterte Jennifer.

»Mir wäre fast lieber, es hätte nicht geklappt. Ich will da nicht reingehen.«

Die Aufnahmen von Tash, die Coltrane mitgebracht hatte, stammten von dem Film, den er in Acapulco verschossen hatte. Er hatte die Abzüge am Abend zuvor vergrößert, wobei er höllisch darauf geachtet hatte, dass Jennifer nicht aus Versehen eines der Negative mit den Nacktaufnahmen unter die Augen kam. Dabei entdeckte er ein Negativ, von dem er gar nicht gewusst hatte, dass es auf dem Film war. Als Carl Nolan versucht hatte, ihn mit dem Riemen seiner Kamera zu erdrosseln, hatte Coltrane verzweifelt an den Pranken des Sergeants gezerrt, um ihren Griff zu lösen, und dabei unabsichtlich den Auslöser gedrückt. Auf dem dabei belichteten Bild, das um fünfundvierzig Grad gekippt war, waren auf der rechten Seite die verwischten Schemen einer Hand und am linken Rand ein dunkler, gleichfalls verwischter Fleck – möglicherweise eine Schulter – zu sehen. Dazwischen, weiter entfernt, erkannte man Tashs gestochen scharfes Gesicht. Noch nie hatte Coltrane in einem Gesicht einen Ausdruck von so animalischem Entzücken gesehen. Er fühlte beinahe so etwas wie Scham, als er ihr Gesicht sah, so offensichtlich und unverhüllt war die sexuelle Lust, die es ihr bereitet hatte, Carl und ihn um sie kämpfen zu sehen.

Die Tür schwang auf, und der Pfleger kam heraus. »Ich kann nicht sagen, in welcher Stimmung sie ist, aber sie ist bereit, Sie zu sehen.«

Bin ich auch dazu bereit?, fragte sich Coltrane bedrückt.

Er warf Jennifer einen unsicheren Blick zu und fühlte die ermutigende Berührung ihrer Hand auf seinem Arm. Er trat in das Zimmer.

Der Verwalter des Pflegeheims hatte Coltrane eine ungefähre Vorstellung von dem vermittelt, was er zu erwarten hatte. Dennoch war er überrascht und zögerte, als Jennifer hinter sich die Tür zuzog.

»Das muss ein Irrtum sein. Wir sind im falschen Zimmer.«

»Es ist kein Irrtum«, sagte Jennifer.

»Aber ...« Coltrane starrte die offenbar schlafende Frau in dem Bett ungläubig an. »Tashs Mutter ist 1934 geboren. Sie muss dreiundsechzig oder höchstens vierundsechzig sein«, flüsterte er. »Aber diese Frau ist ...«

»Was gibt's da zu flüstern?«, quengelte die Frau im Bett pikiert. Ihre Stimme klang, als hätte sie Glassplitter in der Kehle.

»Entschuldigung«, sagte Coltrane. »Wir dachten, Sie schlafen. Wir haben überlegt, ob wir Sie wecken sollen.«

»Du meinst, ihr habt überlegt, ob ich schlafe und ihr mich begrapschen könnt.«

»Äh ...« Coltrane verschlug es die Sprache. Die Frau in dem Bett, die wie Anfang sechzig hätte aussehen sollen, hatte eher Ähnlichkeit mit einer Neunzigjährigen: strähniges, schütteres weißes Haar, rot geränderte, wässrige Augen, verwelkte, faltige Haut und ein eingefallener, frühzeitig geschrumpfter Körper. Beide Wangen waren von einer breiten Narbe entstellt. Doch was Coltrane am meisten irritierte, ja beunruhigte, war, dass sie trotz aller Exzesse, die ihren Körper verwüstet hatten – ›Alkohol, Medikamente und Drogen‹, hatte der Verwalter des Heims bereitwillig erklärt –, unverkennbar wie Rebecca Chances Tochter und Tashs Mutter aussah. So hätte Rebecca Chance ausgesehen, wäre sie so alt geworden und hätte ein solches Leben geführt, und so würde Tash im Alter einmal enden.

»Na los. Begrapscht mich ruhig. Die Pfleger machen es ständig.« Die vorzeitig gealterte Frau fuhr sich mit den Fingern durch das spinnwebartige Haar, als würde sie es kämmen.

Coltrane warf Jennifer einen schockierten, angeekelten Blick zu.

»Stephanie?« Jennifer trat näher an das Bett.

»Wer zum Teufel bist *du*?«

»Ich heiße Jennifer. Wir würden Ihnen gern ein paar Fragen stellen.«

»Zutritt verboten für Frauen.«

»Wir haben Ihnen Fotos von Ihrer Tochter mitgebracht.«

»Zutritt verboten für Frauen.«

»Wenn ich gehe, versprechen Sie mir dann, dass Sie mit meinem Freund reden?«

»Ist er gekommen, weil er mich ...«

Sie machte eine obszöne Geste, die Coltrane den Magen umdrehte.

»Ich fürchte, das würde den Pflegern gar nicht gefallen«, sagte Jennifer. »Sie wären wahrscheinlich furchtbar wütend.«

»Gut.«

»Sie würden möglicherweise eine Schlägerei vom Zaun brechen.«

»Ja.«

»Gefällt Ihnen das?«

»Sollen sie kämpfen. Sie verdienen es, bestraft zu werden.«

»Warum?«

»Weil sie mich wollen.«

»Gefällt es Ihrer Tochter auch, wenn Männer kämpfen?«

»Die kleine ...« Das nächste Wort war schockierend.

»Warum nennen Sie sie so?«

»Sie dachte, sie ist besser als ich. Hat mir meine Männer weggenommen.«

»Als sie auf dem College war?«

»Hah!«

»In der Highschool?«

»Hah! Als ich geschlafen habe, hat sie sich 'ne Rasierklinge aus dem Bad geholt, sich an mein Bett geschlichen und das hier mit meinem Gesicht gemacht. Sie hat es nicht ertragen, dass die Männer mehr an ihrer Mama interessiert waren als an ihr. Dachte, sie könnte die Rivalin vernichten. Hat aber nicht funktioniert. Ich bin noch immer so schön wie eh und je.« Sie glupschte Coltrane mit einem auffordernden Blick an. »Nicht wahr?«

»Ja.«

»Dann …«

Das Wort, das sie gebrauchte, ließ Coltrane wegsehen.

»Zu was bist du zu gebrauchen? Such dir einen neuen Freund, Missy. Der hier bringt's nicht. Fotos? Hast du gesagt, ihr habt Fotos von meiner Tochter mitgebracht?«

»Ja«, brachte Coltrane mit Mühe hervor.

»Verbrennt sie. Schickt sie zur Hölle. Und macht, dass ihr hier rauskommt. Ihr vergeudet meine Zeit. Ich hab 'ne ganze Schlange von Männer draußen stehen, die darauf warten mich zu …«

»Sie haben Recht«, sagte Coltrane. »Wir vergeuden nur Ihre Zeit. Entschuldigen Sie, dass wir Sie gestört haben.«

23

Auf den von Säulen flankierten Stufen des Pflegeheims sank Coltrane nieder und verbarg, die Ellenbogen auf die Knie gestützt, den Kopf zwischen den Händen. Er musste mehrere Male tief durchatmen, ehe sich das Schwindelgefühl in seinem Kopf und der Aufruhr in seinem Magen legten. Von der Bucht wehte eine wohl tuende, nach Salz schmeckende Brise herüber und kühlte den Schweiß auf seiner Stirn.

Endlich war er in der Lage, den Blick zu Jennifer zu heben. »Du bist diejenige, die Psychologie belegt hat.«

»Man nennt das Erotomanie. Sie ist eine Männer verschlingende Nymphomanin«, entgegnete Jennifer. »Bei Frauen ist das sehr selten.«

»Aber wie ist es möglich, dass ...«

»Erblich oder durch Umwelteinflüsse erworben. Du kannst dir's aussuchen.«

»Oder beides. Wer könnte das schon sagen«, brummte Coltrane.

»Mein Professor in Psychopathologie hat gesagt, dass emotionale Störungen vererbt werden können.« Jennifer ließ sich neben ihm auf die Stufen sinken und verschränkte die Arme über den Knien ihrer grauen Hose. »Wir wissen nichts über Rebeccas Mutter, aber sie und ihre Tochter und ihre Enkeltochter waren oder sind alle sehr schöne Frauen. Sie sind von ihrer Schönheit so besessen und fühlen sich zugleich so unsicher und unbehaglich in ihrer Haut, dass sie nur dann ein Selbstwertgefühl haben können, wenn Männer um sie kämpfen.«

»Oder sie wurden alle in ihrer Kindheit missbraucht und empfinden für Männer so extrem ambivalente Gefühle, dass sie sie dafür bestrafen wollen, weil sie sie attraktiv finden.«

»Was uns von den erblichen zu den Umwelteinflüssen bringt. Wir wissen nicht, was diese arme Frau da drin in ihrer Kindheit durchgemacht hat. Vielleicht war Winston Case ein Ungeheuer. Aber das, was sie über Tashs oder Melindas, oder wie auch immer du sie nennen willst, Kindheit gesagt hat, macht klar, dass Tash sogar schon als Kind auf alle Männer eifersüchtig war, die ihre Mutter um sich hatte. Sie brauchte Aufmerksamkeit, und weil sie sie von ihrer Mutter nicht bekam, hat sie sie sich von deren Freunden geholt. Das Problem ist, dass sie möglicherweise mehr Aufmerksamkeit bekommen hat, als sie haben wollte. Falls Tash als Kind missbraucht wurde, wundert es mich nicht, dass sie jetzt, wo sie erwachsen ist, Männer so hasst. Einerseits kann sie nicht anders, als die Männer zu reizen. Und andererseits muss sie sie dafür bestrafen, dass sie ihren Reizen erliegen. Sex mit ihr ist für sie unverzeihlich.«

Coltrane fühlte, wie seine Wangen brannten.

»Ich habe das schreckliche Gefühl, dass du der Nächste auf ihrer Liste bist, mit dem sie abrechnen muss«, sagte Jennifer. »Selbst wenn du nicht mit ihr geschlafen hättest, würde das nichts daran ändern, denke ich, denn sie hat wegen der Negative und Duncan Reynolds gelogen. Du durchschaust ihr Spiel, und das versetzt dich in die Lage, ihr Schwierigkeiten zu machen. Wenn sie sich verhält wie bisher, wird sie sich schützen wollen und einen Weg suchen, dich loszuwerden.«

»So wie sie Duncan losgeworden ist und ihre Freunde von früher. Und dasselbe macht sie jetzt mit Walt. Sie hetzt ihn gegen mich auf, damit er auf mich losgeht.«

»Wir müssen ihn warnen.«

24

»Mr. Coltrane, hier spricht Eliot Blaine«, sagte eine besorgt klingende Stimme aus dem Lautsprecher von Coltranes Autotelefon. Gleich nachdem er und Jennifer auf dem Flughafen von Los Angeles angekommen waren, hatte er zu Hause angerufen, um zu überprüfen, ob irgendwelche Nachrichten auf dem Anrufbeantworter waren. Eine Reihe von Anrufern hatten ohne ein Wort wieder aufgelegt. Beunruhigt dachte er an Ilkovic und fragte sich, ob möglicherweise Walt dahinter steckte. Dann sagte Blaine: »Ich bin der Anwalt, der Randolph Packards Hinterlassenschaft regelt. Ich weiß nicht, ob Sie es bereits aus einer anderen Quelle erfahren haben. Wenn nicht, dann verzeihen Sie mir, dass ich der Überbringer von schlechten Nachrichten bin. Ich weiß, dass Sie mit Randolphs Assistenten Duncan bekannt waren. Er hat mir einmal anvertraut, dass er die Gespräche mit Ihnen sehr schätze. Ich ... Es fällt mir nicht leicht, das zu sagen. Sie werden ebenso bestürzt sein, wie ich es war, zu erfahren, dass Duncans gestern Abend tot in seinem Haus aufgefunden wurde. Offenbar war er bereits seit einigen Tagen tot. Die Polizei scheint anzunehmen, dass er ... Es ist angemessener, wenn wir persönlich darüber sprechen. Ich bitte Sie, in meiner Kanzlei vorbeizukommen. Vor etwa einer Woche erschien Duncan mit einer seltsamen Bitte bei mir. Ich habe seinen Wunsch nach Vertraulichkeit respektiert und nicht gefragt, was es ist. Doch nun ist mir klar, dass er seine persönlichen Angelegenheiten regeln wollte, bevor … Ich habe ein Päckchen für Sie, das ich Ihnen im Falle seines Todes aushändigen soll.«

25

»Eine Audiokassette?« Verblüfft betrachtete Coltrane das schwarze Tape, das er aus dem Umschlag zog.

In seinem braunen, weich aussehenden Ledersessel hinter einem riesigen Glasschreibtisch thronend, schob Blaine einen signierten Brief in Coltranes Richtung, wobei seine manikürten Fingernägel schimmerten. »Damals hielt ich das für eine seltsame Bitte, doch in meinem Beruf sind seltsame Wünsche nicht unüblich. Duncans Anweisungen an mich waren dergestalt, dass Sie sich das Tonband in meiner Gegenwart anhören sollen. Als Sie anriefen und sagten, Sie würden kommen, habe ich meine Sekretärin gebeten, meinen Terminplan so zu ändern, dass wir es uns jetzt anhören können.«

»Vielen Dank.«

»Ich hatte auch für Duncan immer Zeit. Er war nicht nur jemand, mit dem ich geschäftlich zu tun hatte.«

»Ja, ich habe ihn ebenfalls als Freund betrachtet.«

Blaine war etwa Mitte fünfzig, mittelgroß und mittelschwer und hatte vorsichtige Augen. Seine Haare waren makellos frisiert, sein Anzug teuer und seine Schuhe so blitzblank, dass sie aussahen, als wären sie vor wenigen Minuten aus der Schachtel gekommen.

Er erhob sich und schob das Tape in das Kassettendeck einer Hifi-Anlage in einem Regal neben langen Reihen von Gesetzbüchern. Als ein leises Rauschen aus den Lautsprechern rechts und links der Anlage ertönte, kehrte er zu seinem Sessel zurück, verschränkte die Finger auf seinem Schreibtisch und straffte konzentriert sein aristokratisches Kinn.

Das Rauschen auf dem Tonband dauerte an. Etwas machte ein polterndes Geräusch, als würde ein Mikrofon auf einen Tisch gestellt. Ein leises Klirren, das nach Eiswürfeln in einem Glas klang, war zu hören, dann folgte ein Geräusch, als wenn ein großer Schluck Flüssigkeit die Kehle passierte.

»Diese Nachricht ist für Mitch Coltrane«, sagte Duncans undeutlich klingende Stimme. »Wenn Sie sich dieses Tonband anhören, bin ich tot.« Ein weiterer angestrengter Atemzug. »Wie eigenartig, mich das sagen zu hören.«

Wieder das Klirren von Eiswürfeln. Wieder das Schluckgeräusch. Dann Schweigen. Fünfzehn Sekunden verstrichen, in denen nur das Rauschen des Bandes und Duncans angestrengt gehender Atem zu hören war, ehe er weitersprach.

Er holte tief Luft. »Ich habe daran gedacht davonzulaufen, aber das würde sie nur auf den Gedanken bringen, dass ich eine noch größere Belastung für sie bin, als sie – wie ich fürchte – ohnehin denkt. Außerdem ertrage ich es nicht, von ihr fort zu sein. Was sie mich mit ihr tun lässt … Einen Mann meines Alters, mit meinem gewöhnlichen Aussehen, meinen körperlichen Unzulänglichkeiten. Niemals hätte ich auch nur im Traum daran gedacht, ich könnte noch einmal … Mir würde noch einmal das Glück widerfahren, von einer so … Vielleicht denkt sie ja gar nicht, dass ich eine Belastung für sie bin. Vielleicht habe ich gar keinen Grund, Angst zu haben. Vielleicht bleibt alles so, wie es ist, und sie lässt mich auch weiterhin …«

»Wovon, um alles in der Welt, redet er?«, fragte Blaine.

Coltrane hob eine Hand, um Blaine Einhalt zu gebieten.

»Wenn Sie bloß nicht diese Fotos von mir gemacht hätten«, sagte Duncan. »Wir haben nicht damit gerechnet, dass Sie an der South Coast Plaza sein würden. Melinda sagte Carl, dass Sie zu einer bestimmten Zeit im Beverley Center sein würden, um den Stalker aufzuspüren und zu fotografieren. Sie hatte Carl so in Rage gebracht, dass sie wusste, er würde gewalttätig werden, um Sie davon abzuhalten, sie wieder zu sehen. Wir waren sicher, dass Sie viel zu angeschlagen sein würden, um bei den anderen Boutiquen aufzutauchen. Wenn dann die Fotos, die ich von ihr auf der South Coast Plaza gemacht habe, mit der Post bei ihr zu Hause eingetroffen wären, hätten Sie – so nahmen wir an – geglaubt, den Stalker nur knapp verfehlt zu haben. Sie wären noch entschlossener gewesen, alles zu tun, um Melinda von ihm zu befreien. Und das hätte wiederum Carls Entschlossenheit gesteigert. Bis schließlich …«

Ein langer, seufzender Atemzug. »Aber Sie ließen sich ja nicht abschrecken. Sie mussten unbedingt auf der South Coast Plaza erscheinen. Inzwischen haben Sie, falls Sie noch am Leben sind, sicherlich schon rausgefunden, dass sie die Fotos, die Sie von mir gemacht haben, vernichtet hat und ich der Einzige war, der sich Zutritt zu Ihrem Haus verschaffen und die Negative stehlen konnte. Aber was Sie gesehen haben, das haben Sie gesehen – zum ersten Mal weiß jetzt jemand, dass zwischen ihr und mir eine Verbindung besteht. Wie wird sie *diese* Beweise vernichten?«

Ein Poltern war zu hören, dann nur noch eine nervtötende Stille. Nicht einmal mehr das Rauschen des Bandes war auszumachen, als wäre das Tonband abgestellt worden. Dann setzte das Rauschen wieder ein.

»Ich dachte, ich hätte sie gehört«, sagte Duncan. »Ich warte ständig darauf, ihre Schritte den Korridor herunterkommen zu hören. Sie wird mich anlächeln und ihre Arme um mich legen und mir erzählen, wer sie als Nächstes sein wird und welches Spiel sie diesmal spielen wird. Aber wenn sie mir einen Drink macht, wird sie etwas hineintun? Oder wird sie mich noch betrunkener machen als sonst und mit mir im Mondschein am Hafen spazieren gehen und mich unter Wasser drücken, wie sie es mit dem Jungen getan hat, der ihr von Sacramento nach Arcata gefolgt ist?«

»Würden mir endlich jemand erklären …«, begann Blaine.

»Schscht …«

Duncan stieß ein bitteres Lachen aus. »Sie hatte den Jungen so weit, dass er für sie durch Reifen sprang – durch brennende Reifen. Aber springen wir für sie nicht alle durch Reifen? Randolph hat sie durchschaut. Er wusste, was sie war. Er wusste, was ihre Mutter war. Er wusste, was Rebecca Chance war. Aber er hatte nicht die Kraft, ihr zu widerstehen. Genau wie ich. Selbst nachdem er so wütend auf Rebecca geworden war, dass er sie in Mexiko über diese Klippe stieß, konnte er sich ihrem Bann nicht entziehen. Er verbrachte viele Jahre damit, seine Tochter zu finden – wobei er nicht einmal wusste, ob sie wirklich seine Tochter war. Und als er sie schließlich fand und mit ihr seine Enkeltochter, tappte er wieder in dieselbe Falle. Aus Liebe entschuldigte er all die schrecklichen Dinge, die sie taten. Melinda hatte keine Bedenken, sein Geld zu nehmen, aber sie hat ihn nicht ein einziges Mal besucht und auch nicht den geringsten Versuch unternommen, ihn glauben zu lassen, er würde wiedergeliebt. Armer Randolph. Er war so einsam. Er sehnte sich nach der Geborgenheit einer Familie, aber ich war der Einzige, der sie ihm gab. Schließlich änderte er sein Testament dahingehend, dass sie das Haus erbte, das er so verabscheute, weil er dort die Frau getötet hatte, die er nie aufhörte zu lieben, selbst wenn er sie dafür hasste, dass sie ihn so niederträchtig hinters Licht geführt hatte.«

Duncans Stimme schwankte unsicher. »Ich muss Schluss machen. Ich habe Angst, sie ertappt mich mit dem Rekorder. Ich würde Sie ja jetzt warnen – aber was, wenn ich mich irre? Was, wenn sie sich nicht gegen mich gewendet hat? Ich kann einfach nicht von ihr lassen. Und wenn ich Recht damit habe, ihr gegenüber misstrauisch zu sein? Dann bin ich so gut wie tot. Ich habe nichts zu verlieren. Geben Sie Acht, dass sie Sie nicht zu Grunde richtet, so wie sie mich zu Grunde gerichtet hat. Begleichen Sie die Rechnung für mich, auch wenn ich verdient habe, was immer sie mit mir machen wird. Ich empfinde absolut keine Loyalität zu ihr. Gott stehe mir bei, denn ich brauche sie so sehr.«

Nur noch das Rauschen des Bandes war zu hören, dann ein kratzendes Geräusch – wahrscheinlich legte Duncan das Mikrofon auf den Tisch. Schließlich verstummte auch das Rauschen, obwohl die Kassette weiter lief.

»Jetzt?«, erkundigte sich Blaine. »Würden Sie mir *jetzt* erklären, was das alles zu bedeuten hat?«

26

Als Jennifer sämtliche Kopien der Dokumente und die Aufzeichnungen des Privatdetektivs vor ihm auf dem Glastisch ausgebreitet hatte, lehnte Blaine sich zurück und schüttelte den Kopf.

»Wir müssen damit zur Polizei gehen«, sagte Coltrane.

Erneut schüttelte Blaine den Kopf. »Ich wüsste nicht, was das für einen Sinn haben sollte. Das hier« – er nickte auf die Papiere hinab – »beweist gar nichts.«

»Wie meinen Sie das?«

»Ein erfahrener Strafverteidiger würde einen Fall, der auf so fadenscheinigen Zusammenhängen und Annahmen basiert, ohne große Schwierigkeiten in seine Einzelteile zerlegen, bevor es zu einer Gerichtsverhandlung kommt. Sie ergehen sich in vagen Vermutungen und ziehen daraus Schlussfolgerungen, die durch nicht bewiesen werden. Das Gesetz braucht für eine plausible Anklage konkrete Fakten, und die kann ich in Ihrer Theorie nicht erkennen.«

»Aber was ist mit all den falschen Namen, die sie benutzt hat?«

»Sie wollte damit nur ihre Privatsphäre schützen. Die Verteidigung würde argumentieren, dass sie eine unglückliche junge Frau ist, die ohne ihr Verschulden und allein wegen ihres Aussehens von Männern bedrängt wird, die sie besitzen wollen. Eine Kette unglücklicher Umstände, für die sie ebenfalls nicht verantwortlich gemacht werden kann, hat sie gezwungen, immer wieder ihren Namen zu ändern, wenn sie in eine andere Stadt zog. Sie können nicht beweisen, dass sie Männer manipuliert oder gar gezwungen hat, um sie zu kämpfen. Und Sie können auch nicht beweisen, dass sie es arrangiert hat, dass die Männer, die aus diesen Auseinandersetzungen um sie als Sieger hervorgegangen sind, tödlichen Unfällen zum Opfer gefallen sind. Das Gesetz befasst sich mit Tatsachen, nicht mit Mutmaßungen.«

»Und was ist mit Duncans Kassette?«

»Die Fantastereien eines verwirrten Mannes, der so depressiv war, dass er Selbstmord begangen hat. Die Verteidigung würde jede sexuelle Beziehung zwischen ihr und Duncan abstreiten. Sie würde argumentieren, dass Duncan sich das alles nur eingebildet habe. Wenn Sie meine berufliche Meinung hören wollen, dann ist das Material wertlos.«

»Aber es könnte die Polizei vielleicht dazu bringen, die Umstände von Duncans Tod genauer zu untersuchen. Es dürfte jetzt klar sein, dass er nicht Selbstmord begangen hat. Er wurde ermordet.«

»Klar für *Sie*. Aber wenn Melinda Chance so berechnend ist, wie Sie glauben, dann ist es meiner Meinung nach höchst unwahrscheinlich, dass sie etwas übersehen hat, das sie belasten könnte.«

Coltrane setzte an, etwas zu sagen, doch dann ließ er resigniert die Hände sinken.

»Meine *persönliche* Meinung, steht auf einem ganz anderen Blatt«, sagte Blaine. »Ich glaube, dass diese Frau gefährlich ist. Ich denke, Sie sollten das Material der Polizei geben und hoffen, dass sie vielleicht doch Ermittlungen gegen sie in die Wege leitet. Und dann sollten Sie schleunigst von der Bildfläche verschwinden.«

27

»Ich habe kurz vor Weihnachten einen Revolver und eine Schrotflinte bei Ihnen gekauft.«

Der Verkäufer in dem Waffengeschäft nickte.

»Aber ich konnte den Revolver damals wegen der vorgeschriebenen fünf Tage Wartefrist nicht mitnehmen.«

»Sie wollen ihn jetzt abholen?«

»Ja. Und eine zweite Schrotflinte.«

28

Jennifers Gesicht war starr vor Widerwillen, als Coltrane die Schrotflinte und die wie ein handlicher Aktenkoffer aussehende Kassette, in der der Revolver verpackt war, auf den Rücksitz legte. »Es passiert schon wieder«, flüsterte sie tonlos.

»Ich weiß, wie du dich fühlst«, sagte er. »Aber ich habe keine andere Wahl. Es ist meine Schuld, dass ich in diesen Schlamassel geraten bin. Wenn ich die Finger von ihr gelassen hätte ... Ich muss die Suppe selber auslöffeln, die ich mir eingebrockt habe. Du hast damit absolut nichts zu tun. Du hast mir schon genug geholfen. Ich fahre dich jetzt nach Haus und ...«

»Den Teufel wirst du tun.«

Coltrane blinzelte verdutzt.

»Ich bin stinkwütend auf dieses Flittchen«, sagte Jennifer.

Der Zorn, mit dem sie die Worte hervorstieß, veranlasste Coltrane, sie überrascht anzusehen.

»Was mich so wütend macht, ist die Art, wie sie dich benutzt hat«, zischte Jennifer. »Und die Art, wie sie dich jetzt bedroht. Und wegen dem, was sie uns angetan hat. Also erspar mir diesen Blödsinn – von wegen mich nach

Hause bringen zu wollen. Ich werde mein Möglichstes tun, dieses Weib aufzuhalten.« Jennifer wurde sich des Tons bewusst, mit dem sie ihn angefaucht hatte, und fing zu lachen an.

»Was ist so lustig?«

»Wie in alten Zeiten. Hattest du jemals einen Streit mit …«

»… ihr?«

»Ja.«

Er schüttelte den Kopf.

Ihr Lachen verstummte.

»Nein, nie«, sagte er.

Lange, beunruhigend lange sagte Jennifer nichts darauf. »Vielleicht passen wir beide einfach nicht zusammen.«

»Weil wir hin und wieder über manche Dinge anderer Meinung sind? Es ist einfach, mit jemandem nicht zu streiten, wenn dieser Jemand eine Rolle spielt und dich ständig belügt, wie Tash es getan hat.«

»Vielleicht ist das mein Problem. Ich sage immer die Wahrheit«, überlegte Jennifer.

»Ich würde das nicht als Problem bezeichnen … Falls ich weiß, was gut für mich ist, hast du mal gesagt. Ich kann dir sagen, was gut für mich ist. Du bist gut für mich.«

Jennifer musterte ihn. Dann sah sie auf ihre Hände hinab. »Aber wie denkst du morgen darüber?«

»Genau so wie jetzt«, erwiderte Coltrane. Falls wir morgen noch leben, schoss es ihm durch den Kopf. Doch das behielt er für sich.

29

Er hatte sich für einen Revolver entschieden, weil er keine Erfahrung mit Handfeuerwaffen hatte und etwas Einfaches haben wollte. Ein Revolver hatte kein Magazin, das man laden und einführen musste, und keinen Schlitten, den man zurückziehen musste und der sich verklemmen konnte, was bei halbautomatischen Pistolen immer wieder vorkam. Bei dem Revolver, den er gewählt hatte, einem Colt .357 Python, brauchte er nur den kleinen Hebel an der linken Seite der Waffe nach hinten zu schieben, die Trommel herausklappen, sechs Patronen in die Kammern schieben und die Trommel zurückschnappen zu lassen. So einfach, und schon war die Waffe einsatzbereit – eine wichtige Erwägung für jemanden mit so wenig Erfahrung auf diesem Gebiet wie Coltrane. Zugegeben, eine halbautomatische Pistole mit ähnlichem Kaliber hatte in einem Magazin mehr als doppelt so viele Schuss als die Python, aber Coltrane war zu dem Schluss gekommen, dass eine Waffe, bei der man kein gutes Gefühl hatte, fast genauso schlimm war, wie gar keine Waffe zu haben.

Er erklärte Jennifer das alles, nachdem er den Wagen in die Garage gefahren und den Revolver geladen und unter seine Sportjacke geschoben hatte. Das kalte Metall drückte unangenehm gegen seine Haut.

»Willst du die mit dir rumtragen?«

»Falls wir sie brauchen, nützt sie nichts, wenn sie in einer Schublade liegt.« Coltrane lud die Schrotflinte. »Erinnerst du dich? Ich habe dir gezeigt, wie man damit umgeht.«

»Und ich habe geschworen, dass ich so ein Ding nie anfassen werde.«

»Das war damals. Was ist mit jetzt?«

»Ja, ich erinnere mich, wie man damit umgeht.«

Coltrane hatte das Garagentor geschlossen, bevor er die Waffen lud. Jetzt hielt er die Schrotflinte in seiner Linken, entriegelte mit der Rechten die Tür von der Garage ins Haus und stieß die Tür auf. Jennifer trat hinter ihm über die Schwelle. Sie schloss die Tür hinter sich, während Coltrane sich umdrehte und den Einbruchsdetektor an der Wand deaktivierte. Doch in einem nervösen Winkel seines Gehirns schrillte bereits eine Warnung, dass etwas nicht stimmte. Der Einbruchsdetektor hätte einen dreißig Sekunden langen Piepston von sich geben müssen, der ihn erinnern sollte, das Sicherheitssystem zu deaktivieren, bevor es in den vollen Alarmmodus schaltete.

Aber er piepste nicht.

»Verdammt«, ächzte Coltrane.

Jennifer schob den Sicherheitsriegel der Tür zu. »Was ist denn?«

Die Worte, die auf dem Displayfenster aufleuchteten, jagten ihm einen kalten Schauer über den Rücken: BEREIT ZUM AKTIVIEREN.

Er wirbelte zu der im Dunkeln liegenden Treppe herum, die nach oben und unten führte, und hob den Lauf der Schrotflinte. »Ich habe die Alarmanlage eingeschaltet, bevor ich weg bin, aber jetzt ist sie deaktiviert. Jemand ist im Haus.«

Jennifer machte einen Schritt zurück und stieß mit dem Rücken gegen die Wand.

Es muss Tash sein!, schoss es Coltrane durch den Kopf. Duncan hatte die Sicherheitscodes gekannt, die den Einbruchsdetektor deaktivierten. Sie muss ihn dazu gebracht haben, ihr die Codes zu verraten.

»Coltrane!« Die Männerstimme war tief und heiser vor Wut. Sie kam von rechts, von droben aus dem Wohnzimmer.

»Walt?«

O Gott, wenn er mich mit der Schrotflinte in der Hand sieht, lässt er mir vielleicht keine Chance, mit ihm zu reden, dachte Coltrane. Mit schweißnassen Händen legte er die Pumpgun dicht neben der Wand vorsichtig auf den Fußboden der Halle, wo sie nicht auf den ersten Blick ins Auge fiel. Er knöpfte seine Sportjacke zu, um den Revolver unter seinem Gürtel zu verbergen. »Ich bin froh, dass Sie gekommen sind.«

»Das beruht auf Gegenseitigkeit.« Die heisere Stimme bebte vor Zorn.

Coltrane knipste den Lichtschalter neben der Eingangstür an, der zugleich auch das Licht im Wohnzimmer anschaltete. »Ich komme rauf. Ich muss Ihnen was zeigen.«

»Was für ein Zufall. Ich muss Ihnen auch was zeigen.«

Coltrane holte tief Luft und stieg langsam die Stufen hinauf. Jennifer folgte dicht hinter ihm. Die Knöchel ihrer Hand, in der sie ihren Aktenkoffer hielt, waren weiß.

Ein Schritt.

Noch einer.

Coltrane erreicht langsam den Treppenabsatz zum Wohnzimmer und sah Walt in der hinteren Ecke des Zimmers, möglichst weit entfernt von der brennenden Lampe neben dem Treppenaufgang. Sein Gesicht befand sich im Schatten. Er saß in einem der schwarzen Röhrensessel, die Hände auf den Knien.

»Geben Sie mir eine Minute«, sagte Coltrane. »Ich muss Ihnen was sagen.«

»Du nimmst mir das Wort aus dem Mund.«

»So?«

»Ich bin gekommen, um *dir* was zu sagen.«

»Das ist Jennifer.«

»Wenn sie schlau ist, verschwindet sie von hier.«

»Lassen Sie mich erklären. In ihrem Aktenkoffer hat sie ...«

»Es interessiert mich nicht, was sie in ihrem Aktenkoffer hat.« Walt stand auf; sein Körper erhob sich wie die Bauteile einer ferngelenkten Maschine. »Das Einzige, das mich interessiert ...«

Coltrane zuckte zusammen, als er sah, dass Walt im Aufstehen etwas vom Boden neben dem Sessel aufhob.

Einen Baseballschläger.

Er hielt ihn in der rechten Hand und schlug mit dem glatt polierten Ende in die Handfläche seiner Linken. Walt hatte in Coltranes Augen noch nie so groß und bedrohlich ausgesehen.

»... ist, dass du dieses Mal ein für alle Mal verstehst, was ich dir zu sagen habe.« Walt setzte sich in Bewegung.

»Herrgott! Hören Sie mir doch mal zu. Tash hat das schon öfter gemacht.«

»Ich habe dir gesagt, du sollst dich von ihr fern halten.«

»Ich hab' mich von ihr fern gehalten!«

»Gestern den ganzen Tag hinter ihr herzuschleichen

nennst du, dich von ihr fern halten?« Walt kam näher; der Baseballschläger klatschte in seine Handfläche.

»Das habe ich nicht getan. Ich war gestern in Oakland.«

»Klar.«

»Fragen Sie Jennifer.«

»Es stimmt«, sagte Jennifer rasch. »Mitch war zusammen mit mir in ...«

»Du lügst!« Walt zerschmetterte eine Art-déco-Lampe, die mit einem ohrenbetäubenden Krachen zerplatzte und einen Regen von Glas und Perlen über den Fußboden sandte.

Coltrane hatte noch nie einen derart wutentbrannten Blick gesehen.

»Wenn ihre beide in Oakland wart, wie kannst du dann Tash und mich zu sämtlichen Läden verfolgt haben, die ihr gehören?«, erkundigte sich Walt mit gefährlich flackerndem Blick.

»Verfolgt? Aber ich habe sie nicht ...«

Walt ließ den Schläger auf einen Glastisch krachen, der in tausend Scherben zerstob.

»In jedem verdammten Laden, in dem wir waren, klingelte das Telefon, und sie wurde verlangt. Von dir!«

»Tash ist diejenige, die lügt.« Coltrane hob besänftigend die Hände und erschrak, als Walt erneut zu einem Schlag ausholte, seine Lederjacke dabei hochrutschte und Coltrane die halbautomatische Pistole sah, die in einem Halfter am Gürtel steckte.

O Gott! Wenn er sieht, dass ich ebenfalls eine Waffe unter dem Gürtel habe, lässt er vielleicht den Schläger fallen und greift nach ... Mit einem Mal erschien ihm die Idee, einen Revolver zu kaufen, nicht mehr so genial.

»Sie muss jemanden haben, der ihr hilft«, sagte Coltrane. »Vielleicht hat sie vorher in den Läden angerufen und jemandem gesagt, er soll vorgeben, es ist ein Anruf für sie da, sobald ihr beide den Laden betretet. Dann hat sie behauptet, ich sei es gewesen.«

»Blödsinn! Wieso sollte sie ...«

»Um Sie so eifersüchtig zu machen, dass Sie auf mich losgehen!«

»So ein Schwachsinn! Du warst der Stalker, der sie in Malibu belästigt hat. Und du tust es jetzt wieder. Aber ich schwöre dir, du wirst es nie wieder tun.«

Walt schwang den Baseballschläger nach Coltranes Kopf, doch die Ausholbewegung, die er machte, warnte Coltrane und er machte einen Satz rückwärts. Der Schläger pfiff um Haaresbreite an seinem Kopf vorbei und krachte gegen die Wand.

»Sie liebt es, wenn Männer um sie kämpfen!«, schrie Coltrane.

Als Walt den Schläger in die entgegengesetzte Richtung schwang, sprang Coltrane erneut zurück, und Jennifer warf sich auf den Boden. Der Hieb verfehlte ihn so knapp, dass er den kühlenden Luftzug an seiner schweißnassen Stirn fühlte.

»Hören Sie mir zu, verdammt!«, brüllte Coltrane. »Es hat in Malibu keinen Stalker gegeben! Sie hat das alles nur erfunden! Sie hatte jemanden, der ihr dabei geholfen hat!«

»Erwartest du, dass ich dir diesen Schwachsinn abkaufe?«

»Es ist die Wahrheit!«, schrie Jennifer vom Fußboden. »Ich habe die Beweise in meiner Mappe. Sie heißt gar nicht Tash Adler. Sie heißt Melinda Chance. Sie hatte ein halbes Dutzend verschiedener Namen und …«

»Ich habe Ihnen gesagt, Sie sollen sich raushalten, Lady!«

»Ihretwegen haben sich schon eine Menge Männer umgebracht!« Jennifer richtete sich mit dem Aktenkoffer in der Hand halb vom Boden auf und hielt ihn, auf den Knien liegend, Walt entgegen. »Lassen Sie mich ihn aufmachen und Ihnen zeigen, was ich …«

»Sie haben es nicht anders gewollt!«

Walt legte all seine Kraft in den Schlag, und der Baseballschläger traf den Aktenkoffer mit solcher Wucht, dass er Jennifer aus der Hand geschmettert wurde. Er flog durch die Luft, und sein Deckel sprang auf. Papiere flatterten durch das Zimmer, und der Aktenkoffer krachte gegen die Wand und landete zwischen den Glasscherben des zerbrochenen Tischs. Jennifer stieß einen spitzen Schrei aus und fiel rückwärts.

Walt stand mit erhobenem Arm da, um den Schläger mit einem Rückhandhieb gegen Jennifer zurückschwingen zu lassen, die schützend die Arme über ihren Kopf hob. Walt zögerte, als er plötzlich zu begreifen schien, was er zu tun im Begriff war. »Ich ...«

Was immer er hatte sagen wollen – es war zu spät. Coltrane warf sich mit einem mächtigen Satz auf ihn. Das Entsetzen in Jennifers Augen hatte in ihm einen flammenden Zorn auflodern lassen, der alles übertraf, was er je empfunden hatte. Er erwischte Walt von der Seite und rammte ihn gegen den Tisch, auf dem die einzige im Zimmer brennende Lampe stand. Ineinander verkeilt krachten sie auf den Tisch, der unter ihrem Gewicht nachgab. Die Lampe zersplitterte klirrend auf dem Boden und tauchte das Zimmer in Dunkelheit. Während sie über den Boden rollten, musste Walt den Baseballschläger loslassen, um Coltranes Fäuste abzuwehren. Der Lauf von Coltranes Revolver bohrte sich in seinen Leib und ließ ihn aufstöhnen. Dann rutschte der Revolver aus dem Gürtel und fiel polternd zwischen die Trümmer des Tischs und der Lampe, und Coltrane zerrte Walt auf die Beine. Durch das ächzende Keuchen seines Atems und das wilde Hämmern seines Herzens hörte er Jennifer schreien: »Nein!«

Ihre Stimme klang flehend und schrill. »Hört auf! Das ist genau das, was sie will!«

Doch Coltrane war jenseits aller Vernunft. Nicht eine Sekunde lang zweifelte er daran, dass Walt ihn töten wollte, und deshalb musste er ihm zuvorkommen und Walt das zufügen, was Walt ihm zufügen wollte. Sie taumelten, aufeinander einschlagend, herum, bearbeiteten sich ächzend mit den Fäusten, und Blut und Schweiß vermischte sich auf ihren Gesichtern. Als Coltrane fühlte, dass seine Beine unter ihm nachzugeben drohten, warf er sich mit aller Kraft, die noch in ihm war, auf Walt. Walt taumelte zurück, doch der Schwung von Coltranes Attacke riss ihn mit und ließ sie beide ineinander verkeilt gegen die Glastür krachen, die wie eine explodierende Bombe zerbarst.

Sie taumelten weiter.

Krachten gegen das Geländer des Balkons.

Und stürzten darüber.

30

Ein Augenblick lang hatte Coltrane das Gefühl, in völliger Dunkelheit zu schweben. Dann stieg ihm sein Mageninhalt bis zur Kehle hinauf. Kühle Luft brauste an ihm vorbei. Oder anders herum – Walt und er sausten durch die Luft, fallend, sich überschlagend, einander umklammernd. Der Aufprall war ein Schock; kaltes, schwarzes Wasser schlug über ihnen zusammen. Sie stürzten mit solcher Wucht in den Pool, dass sie bis zum Boden sanken und auf den Beton prallten. Coltrane trieb es den Atem aus den Lungen, und er schnappte unwillkürlich nach Luft, schluckte Wasser und kämpfte sich, von Panik erfüllt, zur Oberfläche. Er brach durch die Oberfläche, japste keuchend nach Luft und wurde sogleich wieder von Walt an den Schultern unter Wasser gedrückt. Mit brennenden Lungen strampelte und wand Coltrane sich los und stieß sich mit angezogenen Beinen vom Grund des Pools nach oben, durchbrach erneut die Oberfläche und rang prustend nach Luft.

Um ihn herum gingen überall die Lichter an – im Wohnzimmer, aus dem sie gefallen waren, im Untergeschoss, von wo man zum Pool gelangte, zwischen den Büschen des Gartens, sogar im Pool selber. Einen Augenblick lang geblendet, konnte sich Coltrane gerade noch rechtzeitig rückwärts werfen, um Walts Händen zu entgehen, die nach seiner Kehle krallten.

»Hört auf!« Jennifers flehende Stimme war ganz nah. Sie musste die Lichter angemacht haben und zum Pool herabgerannt sein, doch Coltrane konnte sie nicht ausmachen, denn er war viel zu sehr damit beschäftigt, Walts Versuchen, ihn unter Wasser zu drücken, zu entgehen. Als Walt in dem schultertiefen Wasser für einen Moment das Gleichgewicht verlor, tauchte Coltrane an ihm vorbei, schnellte hinter ihm wieder aus dem Wasser, umschlang Walt von hinten und drückte ihn unter Wasser.

»Nein!«

Eine Stange schlug gegen Coltranes Nacken. Er spürte Borsten am Ende der Stange, und ihm dämmerte vage, dass Jennifer irgendeine der Gerätschaften zum Reinigen des Pools benutzte, um Walt und ihn zu trennen.

Walt riss sich los, rang prustend nach Luft und stürzte sich erneut auf Coltrane, während Jennifer die Stange zwischen sie klatschen ließ und ein Kissen von einem Liegestuhl nach ihnen warf.

»Hört auf!«

Sie hatten einander bei der Kehle gepackt. Coltrane fühlte, wie sein Gesicht anschwoll, während er fester zudrückte und …

Das Krachen der Schrotflinte erschreckte ihn dermaßen, dass er Walts Kehle losließ. Er taumelte rückwärts, verlor den Halt, ging unter und kam rudernd und prustend wieder an die Oberfläche. Schemenhaft sah er, dass Walt ähnlich wie er reagiert hatte. Er wischte sich das Wasser aus den Augen und konnte jetzt Jennifer ausmachen, die mit der Pumpgun in den Händen am Rand des Pools stand.

Ein Stück die Straße hinab begann ein Hund zu bellen. Eine Männerstimme in einem der Nachbarhäuser rief erschreckt: »Was war das?«

Mit ungelenken Bewegungen hebelte Jennifer eine frische Patrone in die Kammer der Schrotflinte. Die abgefeuerte Patrone flog durch die Luft und klirrte auf den Beton. »Seht euch an! Das ist genau das, was sie will. Begreift ihr noch immer nicht, dass sie euch nur benutzt? Was, in Gottes Namen, soll ich noch tun, damit ihr aufhört?«

Jennifers Augen blitzten wütend, aber auch verunsichert wegen der Schrotflinte in ihren Händen. Plötzlich begriff

Coltrane, dass er völlig von Sinnen gewesen war. »Sie hat Recht.« Er starrte Walt an. »Ich will nicht, dass ...«

Ein Lachen unterbrach ihn.

Ein kehliges, sinnliches Lachen, das von oben kam.

Verdutzt sah er nach oben und erblickte Tash, die sich über die Brüstung des Balkons im obersten Stock beugte. Ihr atemberaubend schönes Gesicht glühte vor Vergnügen. Sie schüttelte sich vor Lachen und warf den Kopf in den Nacken, um ihr perlendes Gelächter in den Nachthimmel steigen zu lassen.

»Tash?«, murmelte Walt.

»Verstehst du jetzt?«, knurrte Coltrane.

Über ihnen wischte Tash sich die Tränen aus den Augen und sah wieder auf sie herab.

»Aber ...« Walt verschlug es die Sprache vor Verblüffung.

»Lesen Sie die Dokumente, die ich in meinem Aktenkoffer habe!«, sagte Jennifer.

Tash schüttelte vergnügt den Kopf. »Sie soll noch mal schießen! Bringt sie dazu, zu euch ins Wasser zu springen und dazwischenzugehen!«

»Tash!«, stieß Walt ernüchtert hervor. »Du ...« Das Wort klang wie ein Fluch. Mit den Armen spritzend, watete er zum Rand des Pools. Er stemmte sich aus dem Wasser, sah nach oben und rannte mit tropfenden Klamotten auf die Verandatür zu.

Als Walt durch die Glastür ins Untergeschoss verschwand, hatte Coltrane ebenfalls den Rand des Pools erreicht. Mit wackligen Knien stieg er die Leiter hinauf und lief hinter Walt her.

Jennifer folgte ihm, vorbei an der Dunkelkammer und dem Tresorraum, die Stufen hinauf. Weiter oben schrie Walt irgendetwas. Nach wie vor war Tashs Lachen zu hören. Coltrane erreichte das Wohnzimmer und ließ entsetzt den Blick über den Trümmerhaufen schweifen, den Walt von seinen unbezahlbaren Möbeln übrig gelassen hatte. Er entdeckte den Revolver, den er während des Kampfs verloren hatte, und hob ihn auf. Walt sah er nirgendwo, doch über sich hörte er ein Poltern, und er drehte sich um und rannte die Stufen hinauf. Als er und Jennifer den zweiten Stock erreichten und in das Schlafzimmer stürmten, blieben sie erschrocken stehen. Das Schlafzimmer war der einzige Raum auf diesem Stock. Nur ein von Blumen gesäumter Balkon verlief auf allen vier Seiten um das Zimmer herum, und durch die Fenster, die die Wände des Raums bildeten, sah Coltrane Tash draußen auf der Terrasse um das Zimmer herum rennen, wobei sie Walts Versuche, sie einzuholen, mit höhnischem Gelächter kommentierte.

Inmitten seines Schlafzimmers stehend, drehte sich Coltrane um die eigene Achse und sah Tash zu, die draußen auf der Terrasse im Kreis herum rannte. Walt wurde langsamer; seine Brust hob und senkte sich keuchend. Tash jedoch schien die wilde Verfolgungsjagd nicht das Geringste auszumachen. Sie rannte, Haken schlagend, um kniehohe Tonschalen mit Stechpalmen herum, und duckte sich unter Walts ausgestreckten Armen hindurch. Sie trug ein weißes, knöchellanges Baumwollkleid von der Art, wie Coltrane es häufig in Mexiko gesehen hatte, das sich bei jeder Bewegung provozierend um ihre Rundungen spannte. Um die Schultern hatte sie einen roten Schal geschlungen, den sie vor ihrem tiefen Dekolletee zusammengebunden hatte. Als sie und Walt um die nächste Ecke jagten, während sich Coltrane im Zentrum des Geschehens mit ihnen drehte, schien es, als könnte Walt ungeahnte Reserven mobilisieren, denn er holte auf. Mit einem ausgestreckten Arm bekam er den flatternden Zipfel von Tashs Schal zu fassen und stoppte ihre Flucht abrupt. Nach Luft ringend, doch ohne das Gleichgewicht zu verlieren, blieb Tash stehen und schlüpfte, noch bevor Walt sie zu sich heranzerren konnte, aus der würgenden Schlinge. Doch ehe sie sich umdrehen und wieder losrennen konnte, hatte Walt einen Satz nach vorn gemacht und packte sie mit der anderen Hand am Arm. Als er sie zu sich herumwirbelte, warf er den Schal zur Seite und holte aus, um sie ins Gesicht zu schlagen.

Sie blitzte ihn herausfordernd an.

Er zögerte.

»Was ist los? Hast du Angst davor, eine Frau zu schlagen?«

»Du bist keine Frau.«

»Vor drei Stunden hast du noch ganz anders geredet, als ich dir …«

»Das macht aus dir noch keine Frau.«

Tash lachte auf. »Nein? Was dann?«

Walt schleuderte ihr das Wort ins Gesicht.

Das Lachen brach abrupt ab.

»Ich weiß nicht, was ich in dir gesehen habe«, zischte Walt. »Ich muss meine Kleidung verbrennen und mich drei Stunden lang sauber schruppen, um den Schleim und den Gestank wegzukriegen, den du hinterlassen hast.«

Tashs Augen wurden dunkel.

»Du bist ein Miststück, ein stinkender Haufen Dreck.« Walt wandte sich von ihr ab und strebte auf die Schlafzimmertür zu.

»He!«, protestierte Tash.

Als Walt ins Zimmer stürmte, war sein Gesicht vor Ekel verzerrt.

»Wohin gehst du?«, wollte Tash wissen.

Walt stapfte weiter.

»Ich bin noch nicht fertig mit dir«, rief Tash.

»Aber ich mit dir!«, bellte Walt über die Schulter zurück, ohne sie anzusehen.

»Niemand lässt mich so stehen!«

»Dann wird es Zeit, dass es jemand tut.«

»Komm sofort zurück!«

»Fahr zur Hölle.«

»Nach dir!« Tash griff mit zwei Händen nach einem schweren Blumentopf, rannte ins Schlafzimmer und warf ihn Walt an den Hinterkopf.

Einen Augenblick lang glaubte Coltrane, das splitternde Geräusch, das er hörte, stammte von dem Blumentopf, doch als dieser in einem Stück zu Boden polterte, begriff er, dass das grauenvolle Krachen von Walts Schädel gekommen war. Der stämmige Polizist stolperte auf Coltrane zu, die Arme Halt suchend ausgestreckt, doch er kam nicht so weit. Seine Augen rollten nach oben, und er sackte wie eine willenlose Puppe in sich zusammen. Als sein Gesicht auf den Teppich schlug, war an seinem Hinterkopf eine faustgroße, blutige Delle zu erkennen.

»Oh«, sagte Tash.

Der Raum schien zu schrumpfen.

»Sieh dir an, wozu du mich gezwungen hast!«

31

Coltrane war so entsetzt, dass er unfähig war, sich zu rühren. Neben ihm starrte Jennifer mit aufgerissenen Augen auf Walts reglosen Körper hinab.

Tash kauerte bereits neben dem Toten und durchsuchte seine Taschen. »Auf die Weise sollte es nicht passieren.« Sie streifte Coltrane mit einem hasserfüllten Blick. »Dafür wirst du bezahlen.«

Jetzt erst bemerkte Coltrane, dass ihre Hände glänzten.

Sie trug Plastikhandschuhe.

Aus der Tasche von Walts Lederjacke zog sie ein kleines, schwarzes Etwas, das wie eine Miniatur-Fernsteuerung aussah. Sie nahm Walts linke Hand vom Boden, schloss seine schlaffen Finger um das schwarze Ding und drückte seinen Daumen auf einen Knopf an dem Gehäuse. »Du wirst dafür bezahlen.«

»Ich rufe die Polizei«, sagte Coltrane.

Als er auf das Telefon neben dem Bett zustrebte, sah er aus den Augenwinkeln, wie Tashs Hand unter Walts Jacke fuhr, und begriff sofort. »Jennifer!«, schrie er. »Die Treppe runter!«

Tash zerrte Walts Halbautomatik aus dem Halfter, drückte sie in Walts Rechte, schob seinen Zeigefinger in den Abzugsbügel und drückte ab. Das Krachen des Schusses war ohrenbetäubend, wenn auch nicht ganz so laut, wie der Schuss aus der Schrotflinte gewesen war, aber dennoch ohrenzerfetzend. Die Kugel verfehlte Coltrane um einiges und schlug in die Wand, doch er hatte das Gefühl, die nächste würde genauer gezielt sein. Er taumelte auf die Treppe zu, während Tash Walt die Waffe aus der Hand nahm und in einer flüssigen Bewegung auf ihn richtete.

»O Gott!« Coltrane warf sich in den dunklen Schlund des Treppeneingangs. Als der Schuss aufpeitschte, fühlte er den heißen Lufthauch der Kugel an seinem Ohr. Er krachte auf die Stufen, spürte einen stechenden Schmerz durch seine Brust zucken und rollte, sich überschlagend, die Treppe bis zum Absatz des nächsten Stockwerks hinab. Undeutlich sah er Jennifers schemenhafte Gestalt die nächste Treppenflucht hinabrennen.

Ein weiterer Schuss krachte und ließ den Verputz von der Wand spritzen, der ihm ins Gesicht stach, als er sich ein Stück ins Wohnzimmer hinein wälzte. Erst als er liegen blieb, registrierte er, dass er noch immer den Revolver in der Hand hielt, den er aufgehoben hatte, bevor er ins Schlafzimmer hinaufgegangen war. Einem Reflex gehorchend, zielte er über die Treppenflucht nach oben und drückte ab, doch die Kugel verfehlte Tash, die vom Treppenabsatz des Schlafzimmers zurückgesprungen war.

Sie war so überrascht, dass auf sie geschossen wurde, dass Coltrane genügend Zeit blieb, die Stufen zur Eingangshalle hinabzustürzen, ehe Tash einen weiteren Schuss abfeuern konnte. Er stieß mit Jennifer zusammen, die mit fliegenden Fingern versuchte, die Eingangstür aufzukriegen. »Keine Zeit!«, schrie er, und zog sie mit sich die Stufen zum Untergeschoss hinab. Es war keine Sekunde zu früh, denn im nächsten Augenblick schlugen zwei Kugeln Löcher in die Eingangstür.

Sie hatten jetzt das Untergeschoss erreicht, doch im Licht der brennenden Deckenbeleuchtung würden sie ein hervorragendes Ziel abgeben. Jennifer wischte mit den Händen über die Reihe der Lichtschalter, dann lagen das Untergeschoss und der Garten im Dunkeln. Fast im selben Augenblick tauchte Tash auf dem Absatz auf, feuerte drei Schüsse in die Dunkelheit und sprang wieder zurück. Ehe seine Augen dem Gehirn befehlen konnten, den Impuls zu unterdrücken, feuerte Coltrane in Richtung des leeren Absatzes. Der Revolver lag schwer in seiner Hand, der Rückstoß war überraschend heftig.

»Jennifer?«

»Ich bin hier«, flüsterte sie hinter ihm.

»Bist du verletzt?«

»Nein.«

Coltranes Herz hämmerte so wild, dass er fürchtete, seine Arterien würden platzen. Er kauerte sich hinter einen Betonpfeiler und richtete den Lauf des Revolvers auf den Treppenabsatz.

»Der Garten.« Jennifers Stimme zitterte. »Wir können durch den Garten entkommen.«

»Nein, wir sitzen in der Falle. Um das Grundstück verläuft eine Mauer. Wir könnten uns nur hinter den Büschen verstecken, und sie würde uns vom Wohnzimmerbalkon aus in aller Ruhe abknallen. Tash!«

Keine Antwort.

»Tash!«, rief Coltrane lauter.

Noch immer keine Antwort.

»Melinda!«, schrie Jennifer.

»Was?«

»Die Nachbarn haben die Schüsse sicher gehört und die Polizei gerufen!«, sagte Jennifer. »Es ist vorbei.«

»Noch nicht!«, rief Tash/Melinda. »Aber bald.«

Wie meint sie das?, dachte Coltrane. Sie ist nicht so dumm zu warten, bis die Polizei eintrifft. *Warum ist sie noch hier*?

Und warum hat sie die Plastikhandschuhe an?

Damit sie keine Fingerabdrücke hinterlässt.

Und warum hat sie Walt die Halbautomatik in die Hand gelegt und mit seinem Finger den Abzug gedrückt?

Damit an seiner Hand Schmauchspuren gefunden werden. Hat Walt nicht genau das in Big Bear zu mir gesagt? Er hat gedroht, mich zu erschießen und mir dann eine Pistole in die Hand zu drücken und sie abzufeuern. »Damit du Schmauchspuren an den Handschuhen hast.« Damit es aussieht, als hätte ich auf Walt geschossen und er sich nur verteidigt.

Genau das versucht sie. Es soll aussehen, als hätte Walt die Schüsse aus seiner Pistole abgefeuert, nicht sie.

Aber es gibt noch andere Beweise, die sie nicht verschwinden lassen kann, dachte er. Wie will sie zum Beispiel …

Was sollte die Fernsteuerung, die sie mit Walts Daumen gedrückt hat?

»Riechst du auch Rauch?«, flüsterte Jennifer.

Coltrane wirbelte herum. Sogar im Dunkeln konnte er hinter sich dichten grauen Rauch aufwabern sehen.

Aus der Dunkelkammer.

Der Rauch stieg ihm in die Nase, und er wurde von einem Hustenanfall geschüttelt; seine Augen begannen zu tränen. Jennifer hustete ebenfalls. Der Rauch war inzwischen so dicht, dass Coltrane die Tür zum Pool nicht mehr sehen konnte.

Walt muss einen Brandsatz zwischen den Chemikalien installiert haben, schoss es Coltrane durch den Kopf. Mit der Fernsteuerung, auf die sie Walts Daumen gedrückt hat, hat Tash ihn gezündet.

»Jennifer! Weg von der …«

Eine Explosion ließ die Tür der Dunkelkammer auffliegen, Flammen schlugen heraus, schossen über den Korridor und loderten zur Decke empor. Doch so laut die Explosion auch war, sie erstickte nicht Jennifers Schrei, als sie zu dem Betonpfeiler rannte, hinter dem Coltrane kauerte.

Tash feuerte auf ihre vor den Flammen vorüberhuschende Silhouette.

Coltrane schoss zurück.

»O Gott, meine Haare!« Jennifer wischte sich mit den Händen in Panik über die Haare, um die schwelenden Funken zu löschen.

»*Jetzt* ist es bald vorbei«, rief Tash.

Coltrane warf einen gehetzten Blick auf die lodernde Feuerwand hinter ihnen.

»Ich lasse euch die Wahl!«, rief Tash. »Ihr könnt verbrennen oder euch von mir erschießen lassen.«

»Und dann schleppst du den toten Walt runter, damit es aussieht, als hätte er uns umgebracht und wäre dann in dem Feuer umgekommen, das er gelegt hat?«

»Klingt einleuchtend, finde ich«, lachte Tash.

»Aber Sie haben nicht mehr viel Zeit. Ich kann schon die Sirenen hören!«, rief Jennifer.

»Ich nicht. Es sind erst ein paar Minuten vergangen. Trotzdem – netter Versuch.«

Durch den Stoff seiner Jacke fühlte Coltrane die Hitze des Feuers an seinem Rücken. Sein Haar war heiß. Der Rauch brannte in seiner Kehle. Ein neuerlicher Hustenanfall schüttelte ihn, und er wusste, er und Jennifer hatten nur noch ein paar Sekunden, bevor sie zur Treppe laufen mussten. Obwohl das Haus aus Beton gebaut war, waren die Türen, Fußböden und Decken aus Holz; die Flammen würden sich entlang der Balken ausbreiten wie ein Feuersturm. Wir müssen hier raus, bevor …

Der Tresor!, schoss es ihm, während er erneut hustete, durch den Kopf. Er ist feuersicher! Coltrane war bereits aufgesprungen, um zum Tresor zu rennen, als ihm einfiel, dass im Tresorraum ein Halongas-Feuerlöschanlage installiert war. Sie reichte nicht, um das Feuer im übrigen Haus zu löschen, aber sicherlich, um sie beide zu ersticken, wenn sie versuchen sollten, dort drinnen Schutz zu finden.

Wir müssen die Treppe hinauf und hoffen, dass sie uns nicht erschießt, bevor wir …

Als die Hitze an seinem Rücken unerträglich wurde und Coltrane sich innerlich bereits darauf vorbereitete, schießend zur Treppe zu spurten, hörte er einen Schrei vom Treppenabsatz im Erdgeschoss. Dann krachte ein Schuss. Doch die Kugel galt nicht ihnen, sondern der Gestalt, die die Stufen vom Wohnzimmer herabtaumelte und auf Tash, die hinter dem Wandvorsprung des Treppenabsatzes kauerte, zuschwankte. Die Gestalt stieß gegen sie, und sie stürzten beide auf den Treppenabsatz, wo sie für Coltrane gut zu sehen waren. Die Gestalt war Walt. Der Schlag auf den Kopf hatte ihn nicht getötet. Er musste zu sich gekommen sein, die Stimmen unten gehört haben und die Treppe herabgetaumelt sein. Sein massiger Körper presste Tash auf den Boden, und seine Hände krallten sich um ihren Hals, als sie erneut aufschrie und den Abzug durchdrückte. Eine rote Fontäne spritzte aus seinem bereits zerschmetterten Hinterkopf. Von Panik erfasst, versuchte Tash, sich unter Walts jetzt völlig reglosem Körper hervorzuwinden.

Jennifer nutzte die Ablenkung und rannte zur Treppe. Ihre spontane Reaktion überraschte Coltrane, und er brauchte eine Sekunde länger, ehe er losstürmte.

Tash stieß Walts leblosen Körper von sich, die Stufen hinab, dann hob sie die Pistole und zielte auf Jennifer, die auf der Treppe das Gleichgewicht verlor, als sie Walts herabrollendem Körper auszuweichen versuchte. Die Kugel verfehlte sie und traf Coltrane in die Schulter. Er taumelte zurück und krachte auf den Rücken. Einen Moment lang wurde er ohnmächtig. Die Hitze des Feuers brachte ihn wieder zu Bewusstsein, und die jetzt ganz nah lodernden Flammen und der Schmerz in seiner Schulter peitschen seine Nerven zu panischer Aktivität. Schwankend stemmte er sich auf die Beine und sah Jennifer und Tash auf den Stufen miteinander kämpfen. Tash riss sich los und drückte den Abzug der Pistole durch, doch nichts geschah; der Schlitten blieb, wo er war, das Magazin war leer.

Sie warf die Pistole nach Jennifer, die gegen deren Kopf schrammte. Jennifer schrie auf und stolperte zurück. Tash wirbelte herum, fiel auf die Knie und kroch auf allen vieren die Stufen hinauf. Jennifer griff nach ihr und bekam den knöchellangen Saum ihres Kleids zu fassen. Tash stieß mit den Füßen nach ihr, doch Jennifer ließ nicht los. Tash strampelte heftiger, das Kleid zerriss und entblößte ihr Bein bis zum Knie. Jennifer warf das Stück Stoff in ihrer Hand weg.

Tash sprang auf und versuchte zu entkommen, aber Jennifer bekam erneut ihr Kleid zu fassen und riss wieder einen Streifen ab, doch ohne sie aufhalten zu können. Hintereinander stürmten die beiden die Treppe hinauf.

Jennifer weiß nicht, dass ich verletzt bin, dachte Coltrane verzweifelt. Seine rechte Schulter pochte vor Schmerz, als er die ersten Stufen emporschwankte. Sie glaubt, ich komme ihr zu Hilfe.

Durch das Brüllen der Flammen hinter sich hörte er näher kommende Sirenen und Stimmen vor dem Haus. Gott sei Dank, dachte er, als er mit zitternden Händen die Haustür entriegelte und aufriss. Doch ein splitterndes Krachen über ihm und ein schriller Schmerzensschrei erinnerten ihn daran, dass Jennifer ihn brauchte.

Er taumelte zur Treppe und stemmte sich Schritt um Schritt höher. In seinem Kopf drehte sich alles, als er zum zweiten Mal an diesem Abend vor dem Trümmerchaos in seinem Wohnzimmer stand. Wieder hörte er ein Klirren, das von oben kam. Er wandte sich zur Treppe und arbeitete sich, eine Blutspur hinterlassend, nach oben.

Ins Schlafzimmer.

Alles endet im Schlafzimmer, dachte er.

Das Zimmer lag in völliger Dunkelheit. Als er nach dem Lichtschalter an der Wand tastete und das Licht nicht aufflammte, begriff er, dass das Klirren, das er gehört hatte, die Stehlampe im Schlafzimmer gewesen war.

Die Stille in dem Zimmer zerrte an seinen Nerven.

»Wo ist sie?«, flüsterte Jennifer in der Ecke rechts von Coltrane.

»Ich weiß es nicht. Meine Augen haben sich noch nicht an das Dunkel gewöhnt. Ich …«

Etwas Schweres krachte gegen seine Brust und trieb ihm die Luft aus den Lungen. Der stechende Schmerz in seiner Schulter raubte ihm fast das Bewusstsein. Er fiel gegen eine Kommode, versuchte sich fest zu halten und stieß mit der Hand gegen die Kamera, die er dort hingelegt hatte.

»Bist du okay?«, wisperte Jennifer aus der Dunkelheit rechts von ihm.

»Nein. Ich habe …«

Wieder krachte ungefähr dort, wo Jennifer soeben gesprochen hatte, ein Wurfgeschoss gegen die Wand. »Von wo, zum Teufel, bombardiert sie uns?«

»Keine Ahnung«, flüsterte Coltrane. »Sie hat ein weißes Kleid an. Eigentlich müssten wir sie sogar im Dunkeln sehen.«

»Sie *hatte* ein weißes Kleid an.«

Coltrane verstand die Bemerkung nicht und ging nicht näher darauf ein. Er tastete nach der Kamera.

Draußen kamen die Sirenen näher. Sie waren jetzt deutlich lauter.

Auf der anderen Seite des Zimmers sah er ein winziges Aufleuchten wie von einem Glühwürmchen – einen Sekundenbruchteil lang. Dann, ebenso plötzlich, war es wieder verschwunden, und er fragte sich bereits, ob ihm seine Augen einen Streich spielten oder ob er Funken sah wegen dem Schmerz in seiner Schulter. Dann fiel im Tashs Problem mit der statischen Elektrizität ein. Er hob die Kamera, aktivierte das Blitzlicht, richtete sie dorthin, wo er das Aufleuchten gesehen hatte, und drückte auf den Auslöser.

Der grelle Lichtblitz schälte sie mitten in der Bewegung aus der Dunkelheit, als sie auf die offen stehende Terrassentür zukroch. Da der Blitz von Coltrane weg gerichtet war, blendete er ihn und vermutlich auch Jennifer weniger als Tash. Sie erstarrte in der Bewegung, eine Hand mit gespreizten Fingern vor die Augen gehoben, um sie vor dem grellen Licht zu schützen. Im nächsten Augenblick wurde es wieder stockdunkel, während Tash bereits hastig weiter zur Terrassentür kroch und Jennifer aus ihrem Versteck sprang. Jennifers rätselhafte Bemerkung, dass Tash ein weißes Kleid getragen *hatte*, machte plötzlich Sinn, denn das Kleid hatte Jennifer ihr vom Körper gerissen. Sie war splitternackt und ihr brauner Körper in der Dunkelheit kaum auszumachen. Auch Jennifers Kleider waren zerfetzt; ein Ärmel ihres blauen Blazers fehlte und die Knöpfe ihrer Seidenbluse waren aufgeplatzt.

Jennifer holte Tash auf der Terrasse ein, doch Tash warf sich geschmeidig wie eine Katze herum und wehrte sich mit der Wildheit eines in die Enge getriebenen Tiers. Sie schlug und spuckte und krallte nach Jennifer, auf deren Wangen plötzlich blutige Striemen erschienen.

»Du Miststück!«, zischte Jennifer und stürzte sich mit neu entfachter Wut auf Tash.

Die Flammen aus dem Untergeschoss erhellten die Nacht. Rauch waberte zu den beiden kämpfenden Frauen empor und drang aus dem Treppenhaus ins Schlafzimmer.

Als Jennifer sich von neuem mit einem wilden Satz auf Tash stürzte, sprang Tash zur Seite und stieß Jennifer gegen die Terrassenbrüstung, packte ihre Beine, hebelte sie aus und warf sie über das Geländer.

32

Coltrane blieb das Herz stehen.

Mit einem ruckenden Schlag setzte es wieder ein und trieb ihn an die Brüstung. Jennifer hatte das Geländer gepackt und hing über dem drei Stockwerke unter ihr liegenden Garten, während Tash auf ihre Finger einschlug und sie vom Geländer zu lösen versuchte. Aus den beiden unteren Stockwerken schlugen Flammen empor, doch der Swimmingpool war um die Ecke des Hauses, und unter den Fenstern, aus denen die Flammen schlugen, befand sich nur ein gekachelter Patio.

»Nein!« Coltrane stieß Tash zur Seite und griff mit seinem gesunden Arm über das Geländer, um Jennifer heraufzuziehen.

Der Schlag auf seine Schulter ließ ihn vor Schmerz aufschreien. Er drehte den Kopf und sah Tash zu einem zweiten Schlag ausholen. Mit Mühe konnte er parieren, doch der Schmerz, der durch seine Schulter zuckte, brachte ihn an den Rand der Ohnmacht.

»Ich kann mich nicht mehr halten!«, schrie Jennifer.

Aber Coltrane konnte sie nicht über das Geländer ziehen. Er musste ihren Arm loslassen und sich gegen Tash wehren, die einen schweren Blumentopf hochhob, um ihn auf ihn zu schleudern, wie sie es bei Walt getan hatte. Die

Anstrengung, den Topf über ihren Kopf zu stemmen, brachte Tash ins Wanken, und als Coltrane ihr einen kräftigen Stoß versetzte, taumelte sie gegen die Brüstung, verlor, vom Gewicht des Topfes aus der Balance gebracht, das Gleichgewicht und stürzte darüber.

Jennifers Kopf fuhr herum. »Sie hat meinen Fuß gepackt! Ich kann mich nicht mehr halten!«

Mit einem Satz war Coltrane am Geländer, beugte sich darüber und schlang seinen heilen Arm um Jennifers Rücken. Unter ihr sah er Tash baumeln, die sich mit beiden Armen an Jennifers Fesseln klammerte. Die aus den Fenstern schlagenden Flammen leckten nach ihren nackten Beinen. Als Coltrane spürte, dass seine Kraft nicht ausreichte, Jennifer mit einem Arm zu halten, schob er seinen verletzten Arm über das Geländer, packte ihren Arm und versuchte, sie hochzuziehen. Das Blut hämmert hinter seiner Stirn und quoll aus der Wunde. Seine zerfetzten Muskeln versagten ihm den Dienst.

»Nein!« Er konzentrierte sich wieder ganz auf seinem gesunden Arm und spürte, wie Jennifer ihm dennoch entglitt. Während ihm vor Anstrengung die Tränen in die Augen stiegen, starrte er die ganze Zeit auf Tash hinab, die sich an Jennifers Beinen hochzog und fast schon ihre Knie erreicht hatte.

Coltrane liefen vor Anstrengung, Jennifer nicht loszulassen, die Tränen über das Gesicht.

Tash kletterte höher.

Jennifer bekam ihr rechtes Bein frei und stieß nach Tash.

Tashs Hand krallte sich höher.

Jennifer stieß erneut nach ihr.

»Warum ... fährst ... du ... nicht ... endlich ... zur ...« – Jennifer trat wieder nach ihr, und Coltrane musste unwillkürlich an Walts letzte Worte denken und daran, wohin Tashs Mutter sie gewünscht hatte – »Hölle.«

Als Coltrane bereits glaubte, Jennifer würde ihm entgleiten, trat sie noch einmal zu, und Tash verlor den Halt. Ihr Hände rutschen an Jennifers Bein abwärts, und sie fiel mit einem schrillen Schrei in die Flammen unter ihr. Das Brüllen des Feuers war jetzt so laut, dass Coltrane nicht hörte, wie sie auf dem Patio drei Stockwerke tiefer aufschlug.

Mit einem Mal war Jennifer so leicht wie eine Feder. »Halt mich fest! Lass mich nicht los!«

»Ich tu mein Bestes!«, stöhnte er.

Jennifer zog sich höher. »Meine Schuhe … brennen!«

Ihr Kopf war jetzt über dem Geländer, und Coltrane fasste sie fester um den Rücken und richtete sich ächzend auf. Plötzlich lag er auf der Terrasse und Jennifer auf ihm. Ohne auf den Schmerz in seiner Schulter zu achten, wälzte er sie von sich und zerrte ihr die qualmenden Schuhe von den Füßen.

Die Flammen hatten inzwischen das Treppenhaus erreicht und leckten bereits über den Rahmen der Schlafzimmertür. Sie waren so erschöpft, dass sie kaum gehen konnten, und schwankten zu der Ecke der Terrasse hinüber, die am weitesten von den Flammen entfernt war. Von dort konnten sie auf die gleißenden Lichter der Streifenwagen und Feuerwehrautos vor dem Haus hinabsehen, auf die Feuerwehrmänner, die aus zwei Schläuchen Wasser in die Flammen spritzten, und die Menschenmenge, die zusammengelaufen war.

Eine Frau in der Menge schrie: »O Gott, da oben ist jemand!«

Zwei Feuerwehrmänner sahen nach oben, drehten den Wasserstrahl ab, der auf die Fenster gerichtet war, rannten zu dem Einsatzwagen und fuhren die Leiter aus, um die beiden Gestalten, die sie auf der Dachterrasse gesehen hatten, zu retten.

EPILOG

Feuer hat eine reinigende Wirkung, doch wie, so fragte sich Coltrane, stellt man es an, seine angeknackste Psyche zu läutern? Die traumatischen Erlebnisse der vergangenen zwei Monate hatten in so betäubt, dass er das Ausmaß des psychischen Schadens erst verstand, nachdem er das letzte Grauen überlebt hatte. Der rationale Teil seines Ichs hatte den Tod seiner beiden engsten Freunde und seiner Großeltern betrauert. Doch der irrationale Teil – das begriff er jetzt – hatte sich nie eingestanden, dass diese Morde geschehen waren und er diese Menschen unwiederbringlich und für immer verloren hatte. Diese beiden im Konflikt befindlichen Aspekte seines Ichs schienen auf unterschiedliche Universen zu reagieren, und in einem dieser Universen konnten die Morde unmöglich geschehen sein, genauso wie es unmöglich war, dass Coltrane von Dragan Ilkovic gejagt worden war. Wenn diese Dinge also nicht geschehen sein konnten, dann waren sie auch nicht geschehen. Andernfalls wäre er ganz sicherlich verrückt geworden.

Dragan Ilkovic war Coltrane wie die Verkörperung des Bösen erschienen, doch dann war er Tash Adler begegnet, deren Bösartigkeit auf einer so ungeahnt fundamentalen und tiefen Ebene ihrer Persönlichkeit verwurzelt war, dass der Schock dieser Erfahrung die Betäubung durch das, was Ilkovic ihm angetan hatte, auslöschte. Er brach ohne ersichtlichen Grund in Tränen aus. Er konnte aus Angst vor Albträumen nicht mehr schlafen. Es erforderte seine ganze Konzentration, der Polizei und den Ermittlern der Feuerwehr mehrere Male zu erklären, was an diesem Abend in dem Haus geschehen war und welche Ereignisse zu dem Blutvergießen geführt hatten.

Wenn du den absoluten Tiefpunkt erreicht hast, so sagte er sich immer wieder, wenn du nach menschlichem Ermessen nicht mehr tiefer fallen kannst, dann musst du anfangen, wieder nach oben zu klettern. In gewisser Weise hatte Tash ihm einen Gefallen getan, als sie das Haus niedergebrannt hatte, das einmal Rebecca Chance und Randolph Packard gehört hatte, denn sie hatte damit einen wesentlichen Teil einer schwärenden Vergangenheit zerstört, der von ihm Besitz ergriffen hatte.

Ähnlich verhielt es sich mit dem Geld, von dem Coltrane das Haus gekauft hatte: Es war die einzige Hinterlassenschaft seines verhassten Vaters gewesen, und obwohl die Versicherungsgesellschaft den verheerenden Schaden, den das Feuer angerichtet hatte, erstatten würde, hatte er das Gefühl, dass das Geld gereinigt und auch dieses Vermächtnis einer bedrohlichen Vergangenheit von dem Feuer vernichtet worden war. Er hatte vor, einen Teil des Geldes Gregs Witwe zu geben und den Rest verschiedenen Stiftungen zu schenken. Er weigerte sich, das Haus wieder aufzubauen, und schrieb das Grundstück zum Kauf aus.

Doch es gab noch einen weiteren wunden Punkt in seiner Vergangenheit, dem er sich stellen musste.

An einem sonnigen, milden Tag einen Monat später fuhr er zu dem Wohnwagenpark in Glendale hinaus, wo er an dem verwahrlosten Spielplatz vorbeikam, auf dem seine Mutter ihn vor langer Zeit auf einer Schaukel angeschoben hatte. Er klopfte an die Tür des zerbeulten Wohnwagens, in dem er und seine Mutter einmal gewohnt hatten und wo sein Vater seine Mutter erschossen und dann Selbstmord begangen hatte. Er klopfte mehrere Male, doch die alte schwarze Frau machte nicht auf.

»Sie wohnt nicht mehr hier, Mister«, klärte ihn ein Junge auf einem zerschrammten Fahrrad auf.

»Weist du, wo sie hingezogen ist?«

»Sie ist nirgendwo hingezogen. Sie ist tot.«

»Ah.« Er schluckte bedrückt. »Und wer wohnt jetzt hier?«

»Niemand.«

Coltrane kaufte den Wohnwagen, ließ ihn wegschleppen und sah, ohne je wieder einen Fuß in ihn gesetzt zu haben, zu, wie eine riesige Metallpresse ihn zermalmte und für immer vernichtete. Er kaufte den besten neuen Wohnwagen, den er finden konnte, ließ ihn zu dem Wohnwagenpark bringen, machte die ärmste Familie der Gegend ausfindig und stellte ihn ihr mietfrei zur Verfügung. Dann beauftragte er eine Firma, den Spielplatz dem Erdboden gleich zu machen und an seiner Stelle einen neuen zu bauen. Dies gab ihm eine enorme Befriedigung. Er war dabei, sein Haus zu säubern, sagte er sich, und die Vergangenheit hinauszufegen.

Ein Aspekt der Vergangenheit, dessen Existenz ihn mit Freude erfüllte, obgleich er sich ihm seltsam fern fühlte, war die Sonderausgabe des *Southern California Magazine*, in der Randolph Packards klassischer Fotozyklus von Häusern im Los Angeles der Zwanziger- und Dreißigerjahre seinen eigenen zeitgenössischen Aufnahmen der Objekte gegenübergestellt wurde, ergänzt von Aufnahmen von Menschen und Orten, die er während seiner Odyssee mit der Kamera gemacht hatte.

»Sie sind brillant«, sagte Jennifer. »Sie werden dir eine ganz neue Perspektive in deiner Karriere als Fotograf eröffnen.«

»Ich habe das Gefühl, als hätte sie jemand anders gemacht«, erwiderte Coltrane. »Ich bin inzwischen ein anderer Mensch geworden.«

»Gut. Ich fände es schrecklich, wenn du zu selbstzufrieden werden würdest, um dich zu verändern«, bemerkte Jennifers in scherzendem Ton.

»Eines weiß ich. Ich werde nie wieder eine Aufnahme machen, bei der ich nicht Dankbarkeit empfinde, dass ich lebe und ein Teil dieser Welt bin.«

»Wie bei dieser Aufnahme?«

»Ja.«

Auf dem Foto, das sie betrachteten, war eine traurig in die Kamera blickende, verängstigte, doch gefasst wirkende junge Frau zu sehen, mit eingefallenen Wangen, tief liegenden Augen und einem Tuch über dem Kopf, das ihren kahlen Schädel – Folge einer langwierigen Chemotherapie – verbarg. Die untergehende Sonne, in die sie blickte, war wie eine Metapher für ihr zu Ende gehendes Leben, doch das letzte Licht der hinabsinkenden Sonne ließ ihr Gesicht erstrahlen. Ihr Name war Diane Laramy, und Coltrane hatte das Foto an dem Tag gemacht, an dem er und Jennifer das Erste der Häuser, die Packard fotografiert hatte, gesucht hatten – das Haus von Rudolph Valentino, der damals ebenfalls, ohne es zu ahnen, den Abend seines Lebens erreicht hatte.

Coltrane und Jennifer hatten vermutet, dass Diane sich einer Krebstherapie unterzog, obwohl sie es nicht sicher wussten, bis Coltrane in der *Los Angeles Times* sein Foto von ihr entdeckte. Offenbar hatte niemand einen Gedanken daran verschwendet, dass möglicherweise jemand die Rechte an diesem Foto besitzen könnte, ohne dessen Genehmigung es nicht veröffentlicht werden durfte. Doch unter den Umständen war Coltrane das egal, denn das Foto erschien auf der Seite mit den Todesanzeigen. Um Diane trauerten ihre Eltern und ihr Ehemann, den sie zwei Monate zuvor geheiratet hatte. Statt Blumen und Kränzen bat die Familie um Spenden an die Amerikanische Krebsgesellschaft. Coltrane kam der Bitte nach.

»Ich muss oft an etwas denken, worüber wir an dem Tag gesprochen haben, an dem wir sie kennen gelernt haben«, sagte er zu Jennifer. Sie saßen im Wohnzimmer seines Hauses in Westwood, in dem wohnen zu bleiben er sich entschlossen hatte.

»Was meinst du?«

»Wir haben darüber gesprochen, wie sehr es uns beeindruckt hat, dass Diane im Angesicht des Todes vorhatte zu heiraten – um sich ans Leben zu klammern.«

»Ja«, murmelte Jennifer traurig. »Um sich ans Leben zu klammern.«

»Ich möchte dir etwas sagen, das ich noch nie einer anderen Frau gesagt habe. Es ist etwas, das ich dir schon lange hätte sagen sollen.«

»Ich bin mir nicht sicher, ob ich ertrage, wieder verletzt zu werden.«

»Ich habe in den letzten Wochen eine Menge gelernt. Über den Unterschied zwischen falschem Glanz und dem einzig Wahren.«

»Ich rate dir, mit dem was du sagst, vorsichtig zu sein.«

»Ich liebe dich.«

»Weißt du, was du da sagst?«

»Was hältst du davon ...«

»Wovon? Von einer Woche Hawaii?«

»Nein. Mich zu heiraten.«

»Du überraschst mich immer wieder.«

»Du würdest mich allerdings nicht überraschen, wenn du ablehnst. Ich kann dir gar nicht sagen, wie Leid es mir tut, dass ich so dumm ... so beschränkt war, dir wehzutun. Ich wäre glücklich, wenn ich die Chance bekäme, es noch einmal zu versuchen.«

»Zu heiraten ist mehr als nur ein Versuch«, sagte Jennifer. »Vergiss nicht, ich habe das schon mal erlebt. Mein Exmann hatte auch seine Probleme, eine echte Bindung einzugehen. Vielleicht sollten wir es eine Weile so lassen, wie es ist, und abwarten, wie sich die Dinge entwickeln.«

»Aber genau das ist es, was ich möchte – eine echte Bindung mit dir.«

»Woher will ich wissen, dass du mir nicht wieder wehtust?«

»Ich würde eher sterben, als dir je wieder wehzutun«, sagte Coltrane.

»Wenn du sterben würdest, würdest du mir am meisten wehtun.«

»Ich habe einen schrecklichen Fehler gemacht.« Coltrane berührte sanft ihre Wange. »Ich habe Angst, dich zu verlieren. Ich weiß, ich kann das, was geschehen ist, nicht ändern. Aber das bedeutet nicht, dass wir uns nicht von dem, was hinter uns liegt, befreien können. Mein ganzes Leben lang habe ich mich nicht von der Vergangenheit lösen können. Können wir nicht daraus lernen und nach vorn blicken und es besser machen?«

Sie sahen einander in die Augen.

»Dann sind wir füreinander das einzig Wahre?«, fragte Jennifer.

Statt zu antworten, nahm Coltrane sie in die Arme.

Der Kuss, zu dem ihre Lippen sich trafen, war tatsächlich das einzig Wahre in diesem Universum.

HEYNE BÜCHER

David Morrell

Einer der meistgelesenen amerikanischen Thriller-Autoren.

»Aufregend, provozierend, spannend.« *Stephen King*

01/13058

Der Nachruf
01/10614

Der Blick des Adlers
01/13058

Das Ebenbild
01/13255

HEYNE-TASCHENBÜCHER